中研院叢書

錢謙益
〈病榻消寒雜詠〉論釋

嚴志雄　著

中央研究院
聯經出版公司

目　次

下編　箋釋編

上編

研究編

桃日春光不暫停　邊好笑口發況冥苦邊鶴延壽辰
袖花底鶯語撻小伶天寒酒新招綠醑星中參宿
試紅妝得風未到　先開凍閣叔凌人間新詠

八十三翁錢謙益

牧齋手書〈病榻消寒雜咏〉詩其四十六
上海博物館藏

導論

牧齋之身後名

　　辛亥革命後，中華民國北洋政府於1914年設立「清史館」，趙爾巽等百餘學者受命編修《清史》，至1927-1928年間《清史稿》刊印完成。《清史稿·文苑傳》爲繆荃孫所撰(馬其昶修正)，其〈序〉述論有清一代文學，首舉錢謙益(字受之，號牧齋，1582-1664)，云：

> 明末文衰甚矣！清運既興，文氣亦隨之而一振。謙益歸命，以詩文雄於時，足負起衰之責；而魏〔禧〕、侯〔方域〕、申〔涵光〕、吳〔嘉紀〕，山林遺逸，隱與推移，亦開風氣之先。[1]

清史館學者多清朝遺老，「清運既興，文氣亦隨之而一振」、「謙益歸命」云云，似「我大清」史官言，不必當眞，而其謂牧齋以詩文雄於時，有「起衰」之功，對牧齋於明清之際文壇的成就、名望、領導地位給予了充分的肯定，斯則得

　　本書引用錢謙益著作所據版本如下：〔清〕錢謙益著，〔清〕錢曾箋注，錢仲聯標校，《牧齋初學集》(上海：上海古籍出版社，1985)，下簡稱《初學集》；錢謙益著，錢曾箋注，錢仲聯標校，《牧齋有學集》(上海：上海古籍出版社，1996)，下簡稱《有學集》；錢謙益著，錢曾箋注，錢仲聯標校，《錢牧齋全集》(上海：上海古籍出版社，2003)，下簡稱《全集》；錢謙益著，《列朝詩集小傳》(上海：上海古籍出版社，1983)；錢謙益箋注，《錢注杜詩》(上海：上海古籍出版社，2009年第2版)。重出隨文註，不另出腳註。

1　趙爾巽，《清史稿》(北京：中華書局，1976-77)，〈文苑傳·序〉卷484，頁13314-13315。

之。

《清史稿・文苑傳》中有〈錢謙益傳〉，篇幅不長，卻大有玄機在。傳文錄如後：

> 錢謙益，字受之，常熟人。明萬曆中進士，授編修。博學工詞章，名隸東林黨。天啓中，御史陳以瑞劾罷之。崇禎元年［1628］，起官，不數月至禮部侍郎。會推閣臣，謙益慮尚書溫體仁、侍郎周延儒並推，則名出己上，謀沮之。體仁追論謙益典試浙江取錢千秋關節事，予杖論贖。體仁復賄常熟人張漢儒訐謙益貪肆不法。謙益求救於司禮太監曹化淳，刑斃漢儒。體仁引疾去，謙益亦削籍歸。
>
> 流賊陷京師，明臣議立君江寧。謙益陰推戴潞王，與馬士英議不合。已而福王立，懼得罪，上書誦士英功，士英引爲禮部尚書。復力薦閣黨阮大鋮等，大鋮遂爲兵部侍郎。順治三〔按：應作「二」〕年［1645］，豫親王多鐸定江南，謙益迎降，命以禮部侍郎管秘書院事。馮銓充明史館正總裁，而謙益副之。俄乞歸。五年［1648］，鳳陽巡撫陳之龍獲黃毓祺，謙益坐與交通，詔總督馬國柱逮訊。謙益訴辨，國柱遂以謙益、毓祺素非相識定讞。得放還，以著述自娛，越十年卒。
>
> 謙益爲文博贍，諳悉朝典，詩尤擅其勝。明季王、李號稱復古，文體日下，謙益起而力振之。家富藏書，晚歲絳雲樓火，惟一佛像不爐，遂歸心釋教，著楞嚴經蒙鈔。其自爲詩文，曰牧齋集，曰初學集、有學集。乾隆三十四年［1769］，詔燬板，然傳本至今不絕。[2]

對初接觸牧齋其人的讀者而言，讀此傳或可知其若干生平事蹟，若問牧齋何以爲其時文苑一大家，傳內只以三句接引學人：「博學工詞章，名隸東林黨」、「謙益爲文博贍，諳悉朝典，詩尤擅其勝」、「明季王、李號稱復古，文體日下，謙益起而力振之」。明清之際，牧齋爲文壇一代宗師，「四海宗盟五十年」

2　同前註，卷484，頁13324。

(黃宗羲語)，著述繁富，波瀾壯闊，執贄從游者多名士，卓然名世，此傳之不足以表其詩文成就、貢獻，思過半矣[3]。或謂此傳統史傳體例所限，一般只能突出傳主生平行實、事功，固難周全。唯唯，否否。試取《文苑傳・序》中所謂與牧齋「隱與推移」的「山林遺逸」魏禧、侯方域、申涵光、吳嘉紀諸傳讀之，其所述諸人之詩文特色、文學主張、文壇軼事又何以較牧齋傳為詳？且牧齋傳中所述之牧齋遺事，更難言「事功」。雖然如此，此傳文最後一段可說是近現代「官史」對牧齋評價(相對於清乾隆朝以降的「定論」)的一大突破。上述數句肯定了牧齋為明季清初文壇作出過的不可磨滅的貢獻，而「乾隆三十四年，詔燬板，然傳本至今不絕」云云，亦從側面反映出朝廷禁燬牧齋著作是一回事，而民間愛讀、私藏牧齋著作又是一回事，乾隆朝對牧齋所作「定論」之不足以服人也就不言而喻了。

　　然而，傳文的主體顯然以敘述牧齋的政治、歷史行跡為重心(占全文篇幅四分之三)。傳文所敘牧齋事蹟有四大端：一、牧齋名隸東林黨，屢歷明季萬曆、天啟、崇禎數朝黨爭。二、南明建立之際，牧齋先擬擁立潞王，已而福王登極之局成，復輸誠於福王，並陰結權奸馬士英、阮大鋮等。三、清兵下江南，牧齋以禮部尚書迎降，復仕清。四、辭清官里居後，坐黃毓祺謀復故明事，訟繫金陵。此數事者，錯綜複雜，撲朔迷離，關乎明季政治內幕並明朝衰亡之一因、明清易代之際士大夫之人格操守、人之忠奸賢佞。傳統知識分子素負道德使命感，以褒忠貶奸之責在己，對有爭議的歷史人物尤喜議論，加之牧齋曾參預的政治、歷史事件不可謂不重大，足以引起許許多多論者的興趣。明乎此，就不難瞭解清史館館員於《文苑傳》中修此〈錢謙益傳〉時，何以詳於牧齋的政治經歷而略於其於「文苑」的成就。

　　究其實，《文苑傳・錢謙益傳》最大的失策在於其取材。此傳文其來有自，除了最後一段為新增外(約占全文篇幅四分之一)，幾全襲自十八世紀乾隆帝(1736-1795在位)敕修之《貳臣傳・錢謙益傳》，但撮略其辭而成文耳。(如此一

3　牧齋生平事蹟，可看蔡營源，《錢謙益之生平與著述》(苗栗：作者自印，1976)；方良，《錢謙益年譜》(北京：線裝書局，2007)，下簡稱《方譜》；裴世俊，《四海宗盟五十年》(北京：東方出版社，2001)。

來，《文苑傳》作者雖未直接評論牧齋的政治行為，但傳文先天上就帶有強烈的道德批判意味。)《貳臣傳》牧齋傳之撰，乾隆帝特下了御旨，文末附記此事始末：

> 〔乾隆〕四十一年[1776]十二月，詔於國史內增立《貳臣傳》，諭及錢謙益反側貪鄙，尤宜據事直書，以示傳信。四十三[1778]年二月，諭曰：「錢謙益素行不端；及明祚既移，率先歸命。乃敢於詩文陰行詆謗，是為進退無據，非復人類。若與洪承疇等同列《貳臣傳》，不示差等，又何以昭彰癉！錢謙益應列入乙編，俾斧鉞凜然，合於《春秋》之義焉。」[4]

《貳臣傳》中傳文對牧齋所加的「筆削褒貶」之義不言而喻，在此也無庸細表了。

乾隆對牧齋的「斧鉞之誅」影響深遠。終清之世，官家著述無敢有枝梧者，此不在話下，而即便私家撰作，論及牧齋，亦率多於牧齋的政治行為、人格操守再三致意，樂此不疲。錢謙益成為了一個政治、歷史、道德的問題，「貳臣」成了錢氏的標籤[5]。直到今日，牧齋此一「定性」、形象依舊盤桓於學者腦海中，

4　王鍾翰點校，《清史列傳》(北京：中華書局，1987)卷79，頁6578。

5　關於牧齋身後清人對其議論之改變，謝正光撰有〈探論清初詩文對錢牧齋評價之轉變〉一文詳論之。謝文指出，清初之議論牧齋者，主要在其人之政治操守及學術成就二端。牧齋新故之時，故舊門生表哀思之餘，發為詩文，於牧齋之學術備極推崇，而對其政治操守則略而不談。至於與牧齋交往不深之時人(此中明遺民與清官吏皆有)，對牧齋之議論則頗分歧，爭議亦烈，其爭議主要在牧齋政治操守之一端，或掊擊之，或為之迴護。及康熙之末，去牧齋之世漸遠，議論者視牧齋為一與己無涉之歷史人物而已。此等議論皆出於士大夫之流，純為論者一己之私見。及乎乾隆中葉，清廷明令禁燬牧齋著述，乃始有來自朝廷之官方言論。往後十數年間，高宗及其文學侍從之臣，遂漸為牧齋定讞。及牧齋列「貳臣」，然後於牧齋乃有所謂定論，而此一定論延續到清室覆亡為止。見氏著，《清初詩文與士人交遊考》(南京：南京大學出版社，2001年)，頁60-108。相關研究可參：Kang-i Sun Chang, "Qian Qianyi and His Place in History," in Wilt. L. Idema, Wai-yee Li, and Ellen Widmer, eds., *Trauma and Transcendence in Early Qing Literature* (Cambridge [Massachusetts] and London: Harvard University Asia Center, 2006), pp. 199-218；拙著：Lawrence C.

即使是文學研究者，亦每對牧齋的政治行爲多所議論，至若執此泛歷史、泛道德
論以爲詮釋牧齋詩文之基礎者，亦所在多有。牧齋的政治、歷史、道德問題固然
是值得思考的問題，但它不應該成爲探論牧齋的終極問題，或答案。設若我們的
目的是研究牧齋的詩文，又以此種泛歷史、泛道德判斷爲認識基礎，則我們的賦
義過程（signification process）就難免在上述的範疇中流轉，不無畫地爲牢之虞，
限制了多方討論的空間與展開。謂余不信？請觀一例。在下詔於國史內增立《貳
臣傳》之前六、七年，乾隆帝讀牧齋《初學集》，因題詩曰：

> 平生談節義，兩姓事君王。
> 進退都無據，文章那有光？
> 眞堪覆酒甕，屢見詠香囊。
> 末路逃禪去，原爲孟八郎。
> 禪宗以不解眞空妙有者爲孟八郎。[6]

　　乾隆此御製詩，作「口號詩」之一例觀可也，無多聖哲，打油有餘，譏諷之
意，一洩無遺。牧齋確喜於詩文談朝廷之安危、名士之節義，而在乾隆看來，此
滿口節義之人，卻「兩姓事君王」，言行不一，修辭不立其誠，更全無臣節。如
此進退無據、大節有虧之人，根本已失，文章復何足觀哉！復由牧齋之道德與夫
文章而及其「詠香囊」，將其言情之作亦一併否定。最後抨擊牧齋另一生命面
向，判其晚年「逃禪」乃走投無路之舉，實於佛教之眞諦無識。乾隆之詠牧齋，
因人廢言之極致，以道德批判爲終始，把牧齋一棍子打死。後之研究者固然鮮少
抱持如此極端的立場，但泰半會對牧齋的出處進退作出如乾隆詩首三句般的述
評。如此一來，仍難免落入道德判斷的窠臼。眞正的困難或尷尬在於，道德批評

（續）
　　　H. Yim, "Qian Qianyi's Reception in Qing Times," *The Poet-historian Qian Qianyi*
　　　(London and New York: Routledge, 2009), pp. 56-78.
　6　〔清〕清高宗，〈觀錢謙益初學集因題句〉，《御製詩集・三集》（台北：臺灣
　　　商務印書館，1983年《景印文淵閣四庫全書》影印國立故宮博物院藏本，第
　　　1302-1331冊）卷87，頁6a-b。《清史列傳・錢謙益傳》中亦引述本詩，卷79，
　　　頁6577-6578。

的依據及邏輯難以延伸至其他與之性質不同的意義場域(fields of meaning),譬如,牧齋的詩文、宗教信仰等。

議論、評論也許是學者的原始衝動。研究牧齋,我們繞不過牧齋的政治言論、作爲等話題。但也許走出道德批判的窠臼,採取別的思考、提問、分析範式(paradigm)以接近牧齋,會更妥貼而有效,所得更多?牧齋歿後,黃宗羲(1610-1695)就曾對牧齋的詩文作過一番相當尖銳的「實際批評」,其言曰:

> 錢謙益,字受之,常熟人。主文章之壇坫者五十年,幾與弇洲〔王世貞〕相上下。其敘事必兼議論,而惡夫勦襲,詩章貴乎鋪序而賤夫凋巧,可謂堂堂之陣,正正之旗矣。然有數病:闊大過于震川〔歸有光〕,而不能入情,一也;用六經之語,而不能窮經,二也;喜談鬼神方外,而非事實,三也;所用詞華每每重出,不能謝華啓秀,四也;往往以朝廷之安危,名士之隱亡,判不相涉,以爲由己之出處,五也;至使人以爲口實,掇拾爲《正錢錄》,亦有以取之也。[7]

我們不必同意於黃宗羲的評論,但會認爲,黃氏選擇的議題、切入的角度、談論的方式相當精到,循之可以開展深刻而豐富的討論。最重要的是,黃氏是從牧齋詩文的具體表現出發,再加以論斷,故啓發亦多。吾人立言之始、立意之先,可不愼乎?

我讀牧齋

可以從牧齋卒前數年所寫的三封信談起。順治十七年(1660)十月,牧齋爲吳偉業(梅村,1609-1672)詩集製序畢 [8],意猶未盡,復投梅村一札,有語云:

7　〔清〕黃宗羲撰,沈善洪主編,《黃宗羲全集・思舊錄》(杭州:浙江古籍出版社,2005)第1冊,頁377-378。

8　即〈梅村先生詩集序〉,《有學集》卷17,頁756-757。

別後捧持大集，坐臥吟嘯，如渡大海，久而得其津涉。清詞麗句，層見
疊出，鴻章縟繡，富有日新。有事採剟者，或能望洋而嘆。若其攢簇化
工，陶冶今古，陽施陰設，移步換形，或歌或哭，欲死欲生，或半夜而
啼，或當餐而嘆，則非精求於韓、杜二家，吸取其神髓，而佽助之以眉
山、劍南，斷斷乎不能窺其籬落、識其阡陌也。

〈與吳梅村書〉，《有學集》卷39，頁1363

其年夏，錢曾（遵王，1629-1701）開始箋注牧齋《初學集》、《有學集》詩。後
三年，康熙二年（1663）七月，箋註稿本成，呈正於牧齋，牧齋閱後，有〈復遵王
書〉[9]，內云：

四十年來，希風接響之流，湯臨川亦從六朝起手，晚而效香山、眉山。
袁氏兄弟，則從眉山起手，眼明手快，能一洗近代窠臼。眉山之學，實
根本六經，又貫穿兩漢諸史，演迤弘奧，故能凌躒千古。……偶讀謝康
樂詩云：「連巖覺路塞，密竹使逕迷。來人忘新術，去子惑故蹊。」子
美今體，撮爲兩句云：「過客逕須迷出入，居人不自解東西。」此詩家
採銅縮銀，攢簇烹煉之法也。今人注杜，輒云某句出某書，便是印板死
水，不堪把玩矣。袁小修嘗論坡詩云：「他詩來龍甚遠，一章一句，不
是他來脈處。」余心師其語，故于聲句之外，頗寓比物託興之旨。庾辭
讔語，往往有之。今一一爲足下拈出，便不值半文錢矣。

〈復遵王書〉，《有學集》卷39，頁1359-1360

9　遵王〈判春詞二十五首意之所至筆亦及之都無倫次〉其十八詩後小注云：
　「《初學》、《有學》詩集箋註始於庚子[1660]之夏，星紀一周，麄得告藏，
　癸卯[1663]七夕後一日，以箋註稿本就正牧翁，報章云：『居恆妄想，願得一
　明眼人，爲我代下注腳，發皇心曲，以俟百世。今不意近得之於足下。』今牧
　翁仙去數年，而詩箋掛一漏萬，殊不足副公之意，未知後人視之，虎狗雞鳳，
　置之於何等耳。」見謝正光箋校，嚴志雄編訂，《錢遵王詩集箋校》（增訂
　版）（台北：中央研究院中國文哲研究所，2007），頁235。遵王謂牧齋報章「居
　恆妄想」云云數語，見牧齋此〈復遵王書〉，故知牧齋此函之作期爲康熙二年
　七月初。

同年歲末，約在牧齋寫作〈病榻消寒〉詩同時，王時敏(煙客，1592-1680)貽書牧齋，商榷文事[10]，牧齋報書有語云：

> 來教指用事奧僻，此誠有之，其故有二：一則曰苦畏，二則曰苦貧。昔者夫子作《春秋》，度秦至漢，始著竹帛。以《公羊》三世考之，則立於定、哀之日也。爲衰爲鉞，一無可加。微人微鬼，兩無所當。或數典于子虛，或圖形于罔象。燈謎交加，市語雜出。有其言不必有其事，有其事不必有其理。始猶託意微詞，旋復鉤牽讔語。輟簡迴思，亦有茫無消釋者矣。此所謂苦畏也。文章之道，無過簡易。詞尚體要，簡也。辭達而已，易也。古人修辭立誠，富有日新。文從字順，陳言務去。雖復鋪陳排比，不失其爲簡，詰曲聱牙，不害其爲易。今則禪販異聞，餖飣奇字，駢花取妍，賣菜求益。譬如窮子製衣，天吳紫鳳，顛倒裋褐，適足暴其單寒、露其補坼耳，此所謂苦貧也。苦畏之病，僕所獨也；苦貧之病，眾所同也。文章之病，與世運相傳染。欲起沈痼，苦無金丹。安得與仁兄明燈促席，杯酒細論，相與頫仰江河，傾吐胸中結軼耶。
>
> 〈復王煙客書〉，《有學集》卷39，頁1365-1366

　　牧齋於此數處文字，音聲流轉在三、四個身分與位置(positionings)之間：讀者、作者、注釋者、評論者。合而觀之，不妨視作牧齋爲讀己之詩文者開示的一種「錢謙益詮釋學」。

　　致梅村、遵王二書似援筆急就，詞意紛沓，且八十老人，難免叨嘮，所發議論，「盲點與洞見」(blindness and insight)互見。如謂吟嘯梅村詩集，如癡如

　〈致錢謙益〉(1663/1664?)，見〔清〕王時敏，《王煙客集・尺牘下》(蘇州：振新書社，1916)，頁17a-18a。牧齋於康熙二年癸卯(1663)歲末覆煙客此函，西元已在1664年(詳見本書第四章考論)。煙客函謂「凝寒濡毫」，應亦作於是冬。本年十二月四日爲西元1664年元旦，特未審煙客函實書於1663年末或1664年初耳。

醉，久之始得其「津涉」，以為「非精求於韓、杜二家，吸取其神髓，而佽助之以眉山〔蘇軾，東坡〕、劍南〔陸游，放翁〕，斷斷乎不能窺其籬落、識其阡陌」，難辨其係牧齋夫子自數家珍，抑係點評梅村詩歌之言。若言梅村詩之高妙，在融鑄唐（韓、杜）、宋（眉山、劍南），則斷難服人。梅村詩始終唐音。清代趙翼(1727-1814)之論，較能概括梅村詩風，其言即曰：「……梅村詩有不可及者二：一則神韻悉本唐人，不落宋以後腔調，而指事類情，又宛轉如意，非如學唐者之徒襲其貌也；一則庀材多用正史，不取小說家故實，而選聲作色，又華豔動人，非如食古者之物而不化也。蓋其生平，於宋以後詩，本未寓目，全濡染於唐人，而己之才情書卷，又自能瀾翻不窮；故以唐人格調，寫目前近事，宗派既正，詞藻又豐，不得不推為近代中之大家。」[11]又如於〈復遵王書〉中譏議「今人注杜，輒云某句出某書，便是印板死水，不堪把玩」，這有道理。牧齋主張，讀詩須注意詩家「採銅縮銀，攢簇烹煉之法」，觀其脫胎換骨，別開生面的技藝。牧齋舉謝靈運〈登石門最高頂〉詩四句：「連巖覺路塞，密竹使逕迷。來人志新術，去子惑故蹊。」謂杜甫撮為兩句：「過客徑須迷出入，居人不自解東西。」以為詩家「採銅縮銀，攢簇烹煉」之一例。牧齋此說固有見地，但不無小疵。牧齋引杜詩出自〈將赴成都草堂途中有作，先寄嚴鄭公五首〉其三，次聯上句今諸本俱作「過客徑須愁出入」，第五字作「愁」，非牧齋所引「迷」字。杜公詩中有「迷」字，在首聯韻腳處，二句作：「竹寒沙碧浣花溪，菱刺藤梢咫尺迷。」細味文詞，杜公似仍以二聯四句擬謝靈運原四句，非如牧齋所謂「子美今體，撮為兩句」。牧翁引杜詩或一時糊塗記誤（檢其《錢注杜詩》，此句亦作「過客徑須愁出入」）[12]，或故意竄改。錯或改得卻大妙，謝康樂四句正可撮為此「錢本杜詩」二句，詞意更覺雋秀，且平仄都對（「愁」、「迷」都屬陽平

11　〔清〕趙翼，《甌北詩話》卷9，收入郭紹虞編選，富壽蓀校點，《清詩話續編》（上海：上海古籍出版社，1983），頁1282。趙翼甚不喜牧齋為人，於此論梅村詩前，即先譏諷牧齋道：「惟錢、吳二老，為海內所推，入國朝稱兩大家。顧謙益已仕我朝，又自托於前朝遺老，借陵谷滄桑之感，以掩其一身兩姓之慚，其人已無足觀，詩亦奉禁，固不必論也。」其說大似乾隆，乃上文所謂泛歷史、泛道德批判之一例。

12　《錢注杜詩》，頁450。

聲)。

之所以述上二事，非為辨正牧齋，特藉之揭明，讀牧齋詩文，會須熟繹其修辭，涵泳其華實，詳其本源，探其精、變、微、險、奇之處，久之而知牧齋馭文之術、謀篇之大端，所得便多，樂趣無窮。牧齋告語梅村，云：「別後捧持大集，坐臥吟嘯，如渡大海，久而得其津涉。清詞麗句，層見疊出，鴻章縟繡，富有日新。」牧齋所據知梅村「津涉」者，「清詞麗句」、「鴻章縟繡」，一切首先是修辭、文章。牧齋說梅村詩的魅力足以讓人「或歌或哭，欲死欲生，或半夜而啼，或當餐而嘆」。其感染力何由致之？「攢簇化工，陶冶今古，陽施陰設，移步換形……」。仍然是修辭、文章。牧齋於〈復遵王書〉亟言「詩家採銅縮銀，攢簇烹煉之法」，謂「袁小修〔中道，1575-1630〕嘗論坡詩云：『他詩來龍甚遠，一章一句，不是他來脈處。』余心師其語，故于聲句之外，頗寓比物託興之旨。」「比物託興」之旨，要通過「陽施陰設，移步換形」的手段、過程成就之。詩家「攢簇化工，陶冶今古」、「採銅縮銀，攢簇烹煉」之法見諸何處？首先是「一章一句」、「聲句」。得意忘形，得魚忘筌？如不先端詳其形、講究其筌，何從得其意(或魚)？羚羊掛角，無跡可求？曰有：可求之於其捫攀掛角處。

牧齋善以比興見深致，託物以言志，妙思神筆，層出不窮。牧齋誦梅村詩，讚歎其「陽施陰設，移步換形」之精妙，謂其能精求於韓、杜二家，復佽助之以眉山、劍南，神乎其技。覆書遵王，為言學眉山之妙用：「四十年來，希風接響之流，湯臨川〔顯祖〕亦從六朝起手，晚而效香山〔白居易〕、眉山。袁氏兄弟，則從眉山起手，眼明手快，能一洗近代窠臼。」此「四十年來」、「近代」非泛言，實指能於前後七子復古派以外另樹一幟之勁旅，其所以能異軍突起，牧齋似暗示，在於陶冶今古，打破分唐界宋、「詩必盛唐」的「近代窠臼」。不過牧齋於此一端只輕鬆帶過，他似乎急著要說東坡對他更實在、具體而微的啟發：「袁小修嘗論坡詩云：『他詩來龍甚遠，一章一句，不是他來脈處。』余心師其語，故于聲句之外，頗寓比物託興之旨。庾辭讔語，往往有之。」「比物託興」，淺言之，「比興」之謂也，《文心雕龍・比興》：「故比者，附也；興者，起也。附理者，切類以指事；起情者，依微以擬議。起情，故興體以立；附

理，故比例以生。比則畜憤以斥言，興則環譬以託諷。」[13]牧齋詩文中比興的運用琳琅滿目，匠心獨運，且每每要往更精巧、隱微的象徵（symbolism）、隱喻（metaphor）、寓言（allegory）層面上探求、領悟之。古今論比興之勝義無算，此處獨標劉勰《文心雕龍‧比興》之言，以其說理圓通，兼且內有「比則畜憤以斥言，興則環譬以託諷」之語。牧齋「晚年好罵」[14]，又滿腹孤憤牢騷，發而為聲、為文，確乎「斥言」、「託諷」累累。

詳味牧齋文辭，其所謂「比物託興之旨」是藉著「庾辭讔語」的修辭策略（rhetorical strategies）而達致的。「庾辭」即「讔語」；庾辭讔語，並言也。《國語‧晉語》：「有秦客庾辭於朝，大夫莫之能對。」韋昭注：「庾，隱也，謂以隱伏譎詭之言問於朝也。」[15]《文心雕龍‧諧讔》云：「讔者，隱也，遯辭以隱意，譎譬以指事也。」[16]庾辭讔語，簡言之，即謎語，利用暗示、比喻等手法以「指事」，今人稱編碼、代碼語言、暗語（coded language, a codified system of language）於義近之。先秦「隱語之用，被於紀傳。大者興治濟身，其次弼違曉惑。蓋意生於權譎，而事出於機急，與夫諧辭，可相表裡者也。」[17]到了漢魏，諧讔的傳統則變為滑稽遊戲、俚俗不雅之作，喪失了箴戒規諷的作用，故劉勰歎曰：「空戲滑稽，德音大壞。」[18]牧齋之庾辭讔語有此病否？至少在〈復遵王書〉的脈絡中，牧齋是會否認的。牧齋謂其庾辭讔語、比物託興之旨遙承東坡，而論坡公之學曰：「眉山之學，實根本六經，又貫穿兩漢諸史，演迤弘奧，故能凌躒千古。」則牧齋之遁辭譎譬，亦根本經典，掎摭諸史，生於權譎，出於要務，即彥和亦無棄也。（不過，必須指出，牧齋筆下，滑稽遊戲的庾辭讔語亦層出屢見，甚或可視為牧齋文字之一大特色。其離經叛道的遊戲、幽默文字堪稱明

13　〔南朝梁〕劉勰撰，《文心雕龍‧比興》（《景印文淵閣四庫全書》，第1478冊）卷8，頁1a。

14　牧齋於上述致梅村函中即自言：「信心衝口，便多與時人水火。豫章徐巨源規切不肖為文，晚年好罵，此敘一出，恐世之詞人，樹壇立站者，又將鉗我於市矣。」《有學集》卷39，頁1363。

15　〔吳〕韋昭注，《國語》（《景印文淵閣四庫全書》，第406冊）卷11，頁5。

16　《文心雕龍‧諧讔》卷3，頁10a。

17　同前註，頁19b。

18　同前註，頁20b。

清文學諧謔藝術的上佳展演，讀之甚覺暢快有趣，不必以嚴肅沉痛專求牧齋。）

　　「庾辭讔語」若與「微言」相提並論，其權威性與政治性又立時彰顯。康熙二年歲末，牧齋老友王煙客來函，謂嗜讀牧齋文字，卻以其用事奧僻，每有不能領會者。牧齋報書，以「二苦」自解。二苦一為「苦畏」，有所畏懼，故以奧僻之文辭、事典以隱其志、指其事。牧齋自審：「以《公羊》三世考之，則立於定、哀之日也。為衰為鉞，一無可加。徵人徵鬼，兩無所當。」昔者孔子作《春秋》，至魯定公、哀公之世，多「微辭」，所謂「定、哀多微辭」是也。如《公羊傳·定公元年》云：「元年，春，王。定何以無『正月』？『正月』者，正即位也。定無『正月』者，即位後也。即位何以後？昭公在外，得入不得入，未可知也。曷為未可知？在季氏也。定、哀多微辭，主人習其讀而問其傳，則未知己之有罪焉爾。」[19]《公羊》諸家疏解，已釋明箇中原委，略云：「正月」，正諸侯之即位，無「正月」者，昭公出奔，國當絕，定公不得繼體奉正，故孔子諱為微辭。孔子之作《春秋》，當哀公之世，定公歿未幾，臣子猶在，故孔子畏之，上以諱尊隆恩，下以辟害容身，故作微辭，謹慎也[20]。要言之，隱微委曲的修辭策略之所以出現，是道德主體(the moral subject)一方面欲抒發其對歷史、政治事件的價值判斷(value judgment)，即褒貶(衰鉞)之義，而一方面又不能不對當時政治力量、時局有所忌諱(ideological and political taboos)，遂出之以隱微修辭，以寄託其「筆削之義」，或「微言大義」[21]。太史公曰：「孔氏著春秋，隱桓之間則章，至定哀之際則微，為其切當世之文而罔褒，忌諱之辭也。」[22]牧齋報王煙客書末有語云：「苦畏之病，僕所獨也。」以其書寫者，多明清之際軍國大事，其所臧否者，多一時權要，立言不能不慎也。復次，牧齋身涉明清之際甚具敏感性、爭議性的政治、歷史事件，其隱情、衷情難以直抒胸臆可知。牧齋欲吐

19　舊題〔周〕公羊高撰，〔漢〕何休解詁，〔唐〕徐彥疏，陸德明音義，《春秋公羊傳注疏》（《景印文淵閣四庫全書》，第145冊）卷25，頁1a-4a。

20　同前註，頁1a-5a。

21　此種隱微修辭的特色，我於他處論述牧齋的詩史觀時曾有更詳盡的討論，可參拙著：*The Poet-historian Qian Qianyi*, pp. 20-25.

22　〔漢〕司馬遷撰，〔宋〕裴駰集解，〔唐〕司馬貞索隱，張守節正義，《史記·匈奴列傳·贊》（北京：中華書局，1959）卷110，頁2919。

骨髓，乃借種種事典增加迷障，此亦不難理解。牧齋意有所託而辭曲隱，訴諸種種隱喻修辭，自言：「或數典于子虛，或圖形于罔象。燈謎交加，市語雜出。有其言不必有其事，有其事不必有其理。始猶託意微詞，旋復鉤牽讔語。輟簡迴思，亦有茫無消釋者矣。」用當代的理論語言來說，牧齋幾乎是在懇請讀者留意、端詳文本傳達的「敘事眞理」(narrative truth)，不要以「歷史眞理」(historical truth)求之。桃李不言，下自成蹊。「陽施陰設，移步換形」、「比物託興」、「庾辭讔語」、「微詞」等等語言結撰(linguistic formulations)總是躊躇滿志地召喚著象喻詮釋(figural interpretation)。

　　牧齋自判「用事奧僻」之另一原因在「苦貧」，搦筆染翰時，苦於學淺才疏，遂「裨販異聞，餖飣奇字，駢花取妍，賣菜求益。譬如窮子製衣，天吳紫鳳，顛倒裋褐，適足暴其單寒、露其補坼」，自數其饋貧之糧、之窘如此。牧齋「苦貧」云云，固自謙之詞，卻不經意地道出自己文字的另一特色。牧齋詩文，素以典故繁富、筆法繁複、寄託幽微見稱，而詞意窈渺、晦澀難解之處亦觸目皆是。其所以如此，或不在「苦貧」，反而在「苦博」。牧齋學富筆勤，藻思振揚，淺學者難窺其津涉，唯望洋興歎而已矣；其才高意廣，縱恣奇倔，亦每有筆在意先，駢拇枝指，蕪雜不精者，用牧齋自己的話來說，「輟簡迴思，亦有茫無消釋者矣」。牧齋文字不好懂，有因讀者學力不足者，也有因牧老過於賣弄學問，筆墨恣縱而致者，要當分別觀之。

　　從牧齋詩文的「一章一句」到其「來脈處」，詮釋者透過想像、學養、研究策略，依著各自的性情、關懷、知識性格，可以連接不同的知識體系，文學的、歷史的、政治的，不一而足，抉發出不同的意涵(significance)，興發不同的意趣(interest)。如前輩史家陳寅恪氏之著《柳如是別傳》，留意於牧齋詩文中「古典」(傳統文史典實)與「今典」(明清之際的政治、歷史事件、牧齋的行實、遭際)之交涉互動，詩、史互證，援用大量周邊證據(circumstantial evidence)，反覆推敲，多方鑽研，提出牧齋入清後參預「復明運動」的種種可能性，洵爲研究牧齋「心史」的一大功臣[23]。《柳如是別傳》的辨證方法自成體系，陳氏博學、雄

23　陳寅恪，《柳如是別傳》(上海：上海古籍出版社，1980)。

辯、想像力豐富，《別傳》終成呈顯「政治寓言」(political allegory)的一大奇
書，溔歟盛哉！然而，陳書所揭櫫的方法與信念不必是讀牧齋最可靠或唯一的指
南，陳氏展示的最終是一史家的「靈視」(a historian's vision)。也許在陳氏奠下
的豐厚基礎上，我們應嘗試開拓不同的研究進路，有不同的關懷，並填補過去的
偏廢。

我始終認為，牧齋著作吸引當時後世許許多多讀者的，最終是其文學成就，
正在其「一章一句」、「聲句」的魅力。固然，牧齋亦一重要歷史人物，其政治
行為、人格、文字之誠與偽，清初以降，一直是人們談論的焦點。直到今天，牧
齋研究(自覺或不自覺)泰半仍陷於一種泛歷史、泛道德主義的話語、心理形式
中。這似乎是一種沒有出路的封閉迴圈。我們賴以論述牧齋的，主要是他的詩
文，而牧齋築構的，本質上是一個隱喻性的文字、意義體系，從中浮現的是其文
本身分(textual identity)，充滿築構性(constructedness)。(至於出自他人之手而被
記載下來的牧齋的種種事蹟亦滿載寓言意味，難辨真假，無異「傳奇」。)這個
再現性的世界(representational world)所反映的「志」(will, desire)、「真」
(sincerity)、行蹟(traces of action)不能直接指向須經由事實驗證始能成立的歷史
真相(historical truth)。在缺乏真實證據支持下作的種種判斷，無論邏輯如何雄
辯、嚴密，只能視作種種可能性(plausibilities)，難以據言真正的牧齋究竟如何
如何。

回到文學的認識論、本體論立場重新認識牧齋可能會更接近牧齋歷久彌新的
力量泉源——牧齋所賴以不朽的，是他的詩文。當時後世，牧齋讀者無算(包括
18世紀批評牧齋最嚴苛並禁燬牧齋著作的乾隆皇帝)，即便是非議牧齋其人者，
鮮少不傾服其詩文(乾隆是例外)。固然，關於牧齋的歷史、政治傳說增加了他文
字的魅力(正面也好，負面也好)。但假如牧齋只是一個政治、歷史人物，而非
「四海宗盟五十年」的文壇宗主，也沒有留下可觀的詩文(新式標點《錢牧齋全
集》凡八冊)，則牧齋斷不會至今仍留在人們的記憶中。(試問我們記得幾個降
清、仕清的明朝大臣的名字？又誰會誦讀乾隆皇帝之詩以自娛？)

回到文學的立場上思考牧齋，並不意味我們就會迴避或相對化那些環繞牧齋
的重要問題。我們仍會探論牧齋的形象、身分、思想、行為等，但方法論、目的

論有所不同，我們會注目於這種種文化形式(cultural forms)與認知場域(cognitive fields)的構成機制與賦義過程，而文本與文本性(textuality)將成為我們悉力以赴的論述對象。這個轉向，目的在於拓展一個重要的探索空間——牧齋的精神、思想、情感。我們循著文本的形式、目的、功能、結構、意象、修辭、寓意等等的探討可以細緻地體會、再現牧齋的性格、情感、內心底蘊。此一探問方式對瞭解牧齋其人其作極為重要，卻是一般帶有目的論的歷史觀、泛歷史／道德批判性的研究所刻意忽視或無能力開展的。從文本與文本性的探論中湧現的牧齋會相對化、複雜化、問題化一些過往加諸其身上的道德判斷、人格標籤；而從中萌發的字詞的歧義、多義、失義；價值的鬆動、翻轉、轉變；事件的莫衷一是、非邏輯性、不可理解性會讓即便是誠懇的研究者無法將之收編進其抱持的認識與知識體系。(譬如，人們如何談論牧齋詩文中洋溢著的遺民性情感與思想，而牧齋又是他們認定的「貳臣」？)

　　從牧齋詩文的「一章一句」到其來龍去脈是一個引人入勝的詮釋與賦義空間，而牧齋筆下的「比物託興」、「庾辭讔語」、「微詞」尤其讓讀者低迴沉思，尋味其寄託之所繫、立言之指歸。陳寅恪《柳如是別傳》多以政治寓言為說解，結穴在明清改朝換代之際漢滿的對立、牧齋對清朝新政權的仇視、對明室復興的寄望，甚至落實到具體的歷史事件與人物身上。過去數十年間，學人多視陳氏之說為確解、不二法門。《別傳》影響深遠。此種種意蘊的確存在於牧齋的詩文中，是一個重要的探索方向，值得大書特書。我一直認為，牧齋的某些詩篇透露著強烈的「用世」之心，是「行動」的一種獨特方式(poetry as a way of action)，牧齋藉之抒表其對政治事件的評騭，企圖影響輿論、公論、史論，也是他形塑自我、意欲形象(self-image, intended image)的重要手段。後之研究者倘能為牧齋「發皇心曲」，牧齋是會感激的。追根究柢是研究者的美德，若能沿波討源，探得、彰顯詩篇背後的「本事」，自是大好事、樂事。然而，要是我們的終極關懷僅是對詩篇所影射的史事、政事探賾索隱，則不無畫地為牢的遺憾；如果研究的目標是務必鉤深致遠，事事都必須落實到明清之際的某一事件或人物，或牧齋的某一生命環節，更不無過度詮釋的危險。欲使這種諷寓式閱讀(allegorical reading)成為嚴謹、有說服力的學術工作，而非僅停留在「感覺」的層面或演成

「歧出之義」般的脫軌表演(甚或囈語),我們的詮釋方法有必要更講究。嚴格來說,在技術層面上,「諷寓解讀」(allegoresis)能否成立,關鍵在於文本的細節(details)、形構(textual configuration)與所影射之事本身有否足夠的相似關係(analogical relationship)(二者的形構、細節須整體相似,非僅是局部相似),以及解讀的過程有否充分剖析、彰顯二者之間的相似性。這首先要求對文本與所影射之事作相當細膩的解讀與描述,繼而能以分析性、概念性的語言具體而微地再現存在於二者間的類似關係,並述論作如此詮釋的必要性、重要性、啓發、創獲。設若我們黽勉從事,而且成功地為牧齋「代下注腳,發皇心曲」,牧齋的微言大義、皮裡春秋一旦豁然開朗,豈不快哉!然而,假如我們求之過深,強作解人,則啓蒙發覆、鉤沉提玄之樂很有可能就會變成穿鑿附會、捕風捉影之失,可不慎歟!

　　此外,還要斟酌有無必要一一實指其事。明人謝榛(1495-1575)講過一句話,頗有見地。他說:「詩有可解,不可解,不必解,若水月鏡花,勿泥其跡可也。」[24]牧齋的詩多以隱喻性語言出之,字裡行間充滿多義性、歧義性、模糊性(ambiguity)。在我們釋讀的過程中,若已掌握、凸顯、闡明詩中所欲傳達的感情、思想、意蘊,也許就不必刻意坐實其背後的「本事」,以免喧賓奪主,失去空靈,破壞「詩意」——在文學研究的立場上,審美觀照與史事揚發之間應取得某種平衡。牧齋在〈復遵王書〉中說:「余心師其語,故于聲句之外,頗寓比物託興之旨。庾辭讔語,往往有之。今一一爲足下拈出,便不值半文錢矣。」顯然,牧齋亦自覺,他的詩「值錢」之處,正在吸引讀者再三咀嚼、反覆尋味的語言魅力,若是將其託意、本事和盤托出,一覽無餘,未免不是煞風景的事。復次,牧齋詩有「不可解」者。此作者故意恍惚其詞,蔽障重重,當時讀者已難窺其奧,後世讀者即便潛心玩索,亦無從知其底細。上引牧齋〈復王煙客書〉結云:「文章之病,與世運相傳染。欲起沉痼,苦無金丹。安得與仁兄明燈促席,杯酒細論,相與頫仰江河,傾吐胸中結轖耶。」魯定公元年,《春秋經》書:

24　〔明〕謝榛,《四溟詩話》(北京:中華書局,1985年影印《叢書集成初編》本)卷1,頁1。

「元年，春，王。」「定何以無『正月』？」經傳以夫子書法寓含譏貶之義，而微辭婉晦，「主人習其讀而問其傳，則未知己之有罪焉爾」。或謂其時《春秋》諸傳未傳，夫子口授弟子以解詁之義，上以諱尊隆恩，下以辟害容身，慎之至也。煙客寓書牧齋，問其「奧僻」之所諱。牧齋報書謂胸中有種種「結轖」，不能言，不敢言，須明燈促席，把酒面談，才能盡情傾吐。牧齋的一些微言隱語，吾人生數百載以後，欲知其本末，除非起牧齋於九泉而問之了。哲學家Ludwig Wittgenstein有一句名言（容我斷章取義）："What we cannot speak about we must pass over in silence."（凡是不能言說的，應該對之保持緘默。）[25]對於牧齋「不可解」的庾辭讔語、詩人深致之言，也許我們就不必強作解人，喋聒不休了。

從牧齋的「一章一句」、「聲句」到其來龍去脈處，除了「祭如在，祭神如神在」的政治、歷史世界外，尚有同樣豐富多采的感情世界、文化世界、思想世界、精神世界，有待讀者細加研味。一沙一世界，一葉一菩提。"To see a world in a grain of sand / And a heaven in a wild flower".[26]用心看，當下世界一樣圓滿自在。在一切義理之前，先是章句──文字結撰、文采風流。牧齋讀梅村詩集，在「窺其籬落、識其阡陌」的感悟前，先是陶醉於梅村的「清泂麗句」、「鴻章縟繡」，讚歎於其「攢簇化工，陶冶今古，陽施陰設，移步換形」之巧妙。指點遵王箋注己之篇什，牧齋先曉之以己之宗尙本源、詩家「採銅縮銀，攢簇烹煉」之技法，提醒他不要落入「某句出某書」的「印板死水」層次。老友王煙客來書問其「用事奧僻」之用意，牧齋以「二苦」作答。「苦畏」，攸關政治、歷史之忌諱，而「苦貧」，則關乎文章經緯法度、修辭組織之技藝，二者不分軒輊。在牧齋的文字世界裡，政治與藝術同樣重要。

假如不是因為牧齋文字的撩撥──固然，還有他的政治操守、立場──他死後一世紀乾隆皇帝斷不會對他一再鞭屍，而後之歷史學家早就讓他安眠地下，尋找別的褒貶對象去了。

25　Ludwig Wittgenstein, *Prototractatus* (London: Routledge & Kegan Paul, 1971), 7, p. 237.

26　William Blake, "Auguries of Innocence," *Blake: The Complete Poems* (Harlow, England; London: Pearson/Longman, 2007), p. 612.

庖丁解牛，信乎技進乎道。但如果沒有牛，無用刀之地，庖丁解甚麼？一；道立於一。一切先有象，然後有所謂意象。若言意象，盲的不盲的，摸到的(體)都是自己相信的象，像是。意中之象，鏡中花、水中月，本來虛幻之景，卻已是天地間可以印證的最大象限了。而前現代中國南方的象、東南亞的象，大陣象，可以訓練成無堅不摧、如坦克般的戰象。這又超乎一般人的想像了。故曰：象與道相依存，離象無道。而天下為道術裂，人心不足蛇吞象。「人若贏得全世界，卻賠上自己的性命，能得著甚麼益處呢？人要拿出甚麼來對換自己的性命呢？」[27]我等以文學研究為職志者，可不察乎？可不慎歟！《文心雕龍》的話總是那麼華美而實在。彥和說：「神用象通，情變所孕。物以貌求，心以理應。刻鏤聲律，萌芽比興。結慮司契，垂帷制勝。」[28]我服膺其言。

我讀牧齋，願從潛心揣摩其「一章一句」、「聲句」始。

牧齋之〈病榻消寒雜咏四十六首〉

本書的研究素材是牧齋逝世前半年斷斷續續寫成的最後一組重要詩作，題名〈病榻消寒雜咏四十六首〉，七言律體。〈病榻消寒雜咏四十六首〉前有序，其言曰：

> 癸卯[1663]冬，苦上氣疾。臥榻無聊，時時蘸藥汁寫詩，都無倫次。昇平之日，長安冬至後，內家戚里，競傳《九九消寒圖》。取以銘詩，志《夢華》之感焉。亦名三體詩者，一為中麓體，章丘李伯華少卿罷官後，好為俚詩，嘲謔雜出，今所傳《閒居集》是也；其二為少微體，里中許老秀才好即事即席為詩，杯盤梨棗，坐客趙、李，臚列八句中，李本寧敘其詩，殊似其為人；其三為怡荊體：怡荊者，江村劉老，莊家翁不識字，衝口哦詩，供人冊笑，間有可為撫掌者。有詩一冊，自謂詩無

27　《聖經‧新約聖經‧馬太福音》（香港：香港聖經公會，1970）第16章26節，頁33。

28　《文心雕龍‧神思》卷6，頁3a。

他長，但韻腳熟耳。余詩上不能寄託如中麓，下亦不能絕倒如劉老，揆
諸孟季之間，庶幾似少微體，惜無本寧描畫耳。或曰：三人皆准敕惡
詩，何不近取佳者如歸玄恭爲四體耶？余矍然笑曰：有是哉！并識其語
於後。臘月廿八日，東澗老人戲題。

《有學集》卷13，頁636

　　牧齋詩序透露，〈病榻消寒雜咏四十六首〉寫於康熙二年癸卯(1663)的冬
天。其時，牧齋已是八十二歲的耄耋之人。詩序下署「臘月廿八日」。癸卯年
十二月廿八日已是西元的1664年1月25日，而牧齋歿於康熙三年甲辰五月二十四
日，西元爲1664年6月17日。由此可知，從〈病榻消寒〉組詩輟簡到牧齋撒手西
歸，相隔僅四月餘而已。〈病榻消寒〉詩幾乎是牧齋詩藝的最後展演，《有學
集》所收牧齋詩亦止於本題。牧齋病榻纏綿，賦詩「消寒」，一詠再詠而至四
十六章，漪歟盛哉[29]。請先略述各詩之旨趣如下：

　　「儒流釋部空閒身」一首(詩其一)，牧齋自嘲自傷之詞，以老病交逼，世出
世間事，難再料理，撫今追昔，故舊凋喪，意緒不免沉痛。結以「年老成精」之
「頑民」自喻，精神爲之一振。
　　「栗烈凝寒爐火增」一首(詩其二)，通篇自嘲之詞，出語滑稽。牧齋亟言寒
冷，夜不成寐，輾轉反側，狀甚狼狽。讀之可想像常熟窮冬之苦寒。
　　「耳病雙聾眼又昏」一首(詩其三)，言老病之無奈、服用藥物之煩厭。無奈
之餘，卻有一股兀傲之氣潛行其中。
　　「徑寸難分瘁聳形」一首(詩其四)，寫病耳聾之困擾，自嘲自憐，詩意抽
象，多譬喻之詞，而運思甚巧，非庸手可辦。
　　「病多難訴乳山翁」一首(詩其五)，爲「答乳山道士〔林古度，茂之，
1580-1665〕問病」作。本首係答老友問疾之作，語調親切，不嫌叨嘮。牧齋細
數病狀，知有耳聾、瘖瘖、風痹之疾。又道畏寒之狀，語帶幽默，讀之莞爾。

29　詩見《有學集》卷13，頁636-674。

　　「稚孫仍讀魯《春秋》」一首(詩其六)，詩意幽微，寄興遙深。牧齋稚孫讀《春秋》，老人意緒稍見振拔。詩以「蠹簡」起興，接寫杜預經解之成一家之學，又及何休、鄭玄之各自是非、函矢相攻。牧齋所措意於《春秋》者，則在書之大義，「尊王攘夷」，不在煩言碎義章句之學，牧齋以詠春秋之世齊桓、管仲霸業事寄寓此意。詩之末聯，復似以兩晉舊史喻明清之交之「百年」近事，以《春秋》之義理事功語「兒曹」以古今之王業相業、指劃明清百年間之軍國大事、人物功過。

　　「懶學初無識字憂」一首(詩其七)，牧齋自棄自嘲之辭，惟亦頗寓自滿自得之意。老人自嘲少時無心向學，老則視文學詞章無異刻舟求劍，愚昧之舉，又亟言厭惡經卷文詞，思之即意亂心煩，氣脈紛雜。末聯頗寓自得之意，以古之高士仲長先生自喻，不期然而有類於仲長先生〈獨遊頌〉之作。

　　「直木風搖自古憂」一首(詩其八)，典故繁富，運思縝密。前四句，多用《莊子》書中語，喻己「不才」，惟仍不免遭群小攻迕，譏哂群小謗傷之無聊。下四句筆意蕩開，詠己胸次坦然，又述己晚年於「文明」事業之「艱貞」。結以「魯酒吳羹一笑休」總攬全篇。牧齋以酒之厚薄、羹之酸苦，喻人生遭際之難以逆料，五味雜陳，苦樂交集，一笑置之可也。

　　「詞場稂莠遞相仍」一首(詩其九)，衛道者言，火氣甚猛，罵後生信口雌黃，致譏誚於前賢。筆力較杜甫〈戲為六絕句〉猶健，近韓愈之〈調張籍〉。牧齋所批判者，文壇輕薄後生，斥彼輩於前賢嗤笑指點，以自抬身價。詩下半典故俱涉韓愈舊事，構句一氣呵成，剪裁無痕。或云文人相輕，自古已然，牧齋則藉詠美韓愈、孟郊事，表知己互不相掩，相惜相親之難能可貴、之可欽佩。

　　「聲氣無如文字親」一首(詩其十)，所詠人物五，乃〈病榻〉詩四十六章中之最夥者。本詩以「聲氣無如文字親，亂餘斑白尚沉淪」一聯領起。牧齋桑榆晚景，所親近者，「沉淪典籍」之文士也。「亂餘斑白」云云，出語沉痛。「亂餘」，明清易鼎，天崩地坼劫餘之時；「斑白」，言其老。此輩文士滄桑歷劫，猶埋首典籍，孜孜矻矻，至老不倦，牧齋引為知己同道。此五人者，蕭士瑋(1585-1651)、盧世㴶(1588-1653)、徐紉(?-1670)、李楷(1603-1670)、王時敏(1592-1680)。各人均身閱鼎革，明清改朝換代之際，出處行藏各有不同，而無

減對牧齋敬慕愛戴之情。牧齋與諸人之友誼基礎，正在於以文字通聲氣，同聲相應，同氣相求，亂餘斑白，猶沉淪典籍，惺惺相惜。

「柏寢梧宮事儼然」一首(詩其十一)，牧齋追憶前輩國老之儀容豐度，與己初入仕時之青澀，語特馴雅，而鶴語堯年之感充斥字裡行間。詩後小注云：「余五六歲，看演《鳴鳳記》，見孫立庭袍笏登場。庚戌登第，富平爲太宰延接，如見古人，迄今又五十四年矣。」富平即孫丕揚(1531-1614)，陝西富平縣人，明嘉靖、隆慶、萬曆年間名臣，爲官以廉直、敢言、善籌劃稱。嘉靖間孫氏曾有劾奏嚴嵩父子事，《明史》孫氏傳失載，而其事於時事劇《鳴鳳記》中早有渲染，深入民心。牧齋本詩追憶富平舊事，特點題此劇，讀者因之而記孫氏之挺勁不撓，敢於言事。牧齋本詩之富平寫照，可補史之闕。

「硯席書生倚稚驕」一首(詩其十二)，寫五十餘年前於登第名次飲恨之事，由夜觀演戲觸動，抒發人生如戲，戲如人生之感歎，而修辭特隱微，乃牧齋「庾辭讔語」之一例。牧齋於詩後置小注，云：「是夕又演《邯鄲夢》。」《邯鄲夢》，明湯顯祖名作，「臨川四夢」之一。牧齋此詩「朱衣早作臚傳讖，青史翻爲度曲訛」一聯最撲朔迷離，乃借《邯鄲夢》戲文影射前明庚戌(1610)科舊事，辱罵奪其狀元榮寵之韓敬爲狗。牧齋此首滄桑憶往，感慨繫之，怨天、欷歔、憤懟兼而有之。

「紗縠襌衣召見新」一首(詩其十三)，牧齋譏刺其於前明之頭號政敵、仇人，權臣周延儒(1593-1644)，並及崇禎帝，詩意狠辣，略無恕辭。此詩亦牧齋之「庾辭讔語」。周延儒伏誅於1644年初，越數月，崇禎帝自縊煤山，明亡。迨牧齋本章之詠，又二十年矣。牧齋病榻上偶憶此筆舊帳，猶憤恨難平，乃發爲此章咒罵之詞。牧齋「晚年好罵」，而善罵，此篇罵人藝術之精妙，教人拍案叫絕。本詩後置小注，云：「壬午[1642]五日，鵝籠公有龍舟御席之寵。」牧齋才大，舉重若輕。本首所詠之事，不在周延儒身敗名裂之際，或藉周氏伏誅後之輿論，落井下石，此庸手可辦。牧齋切入之時間點，正周氏權望最隆，崇禎帝對之最寵信之時。牧齋追憶前朝舊事，猶唾其面鞭其屍而後快。牧齋對周氏怨毒之深，一至於斯。

「鼓妖雞既史頻書」一首(詩其十四)，牧齋撰許士柔(?-1642)墓誌銘成，有

感而發。詩後小注云:「病中撰〈許司成墓誌〉,輒簡有感。」誌文在牧齋《有學集》卷二十八。文與詩對讀,詩之力量始盡顯,其本事始明。牧齋與許氏為常熟同里人,錢許二家交誼甚篤。牧齋本詩微言大義,貶斥崇禎帝並諸權臣,褒美許氏之忠賢,影射崇禎朝之黨爭內幕並許氏與己於其中之遭遇。詩首二聯辭氣剛勁,大開大闔,譏諷之意,宣洩無遺。詩下半對崇禎帝雖不無諷意,而辭氣轉為婉轉蘊藉,恕辭也。老人心事,五味雜陳,其感喟,別具一深沉之普遍意義,非獨關崇禎一朝舊事矣。

「羊腸九折不堪書」一首(詩其十五),辭紛意亂。〈病榻消寒〉自詩其十一之「牽絲入仕陪元宰」,至其十四之「高空寥廓轉愁余」,牧齋於晚明數朝仕宦之挫折已詠其犖犖大者,詩其十五可視作牧齋憶記此種種經驗後之情緒宣洩,故其辭紛亂,其意緒鬱悶難解。

「氈毳重圍四浹旬」一首(詩其十六),詠陷獄事。清順治四年(1647)至六年(1649)間,牧齋曾二度下清人獄:順治四年,逮獄北京;順治五年至六年,頌繫金陵。本詩後有小注,云:「記丁亥[1647]覊囚事」,即指下北京獄事。牧齋此次罹禍,其因不明,或謂受順治三年(1646)冬山東謝陞「私藏兵器」案牽連。牧齋以三月梢被捕,同年夏釋歸,本詩即詠其與二僕覊囚時之可憐、狼狽景況,繪聲繪影,甚傳神,而對仗極工巧,非老手莫辦。

「頌繫金陵憶判年」一首(詩其十七),沉痛。清順治四年覊囚事釋後,牧齋返里。順治五年秋,又遭清人逮捕,頌繫金陵,逾年始解。牧齋本篇即詠囚繫金陵期間,與乳山道士林古度「周旋」事。牧齋此次逮獄,乃受黃毓祺(1579-1648)起兵海上案牽連所致。此次繫獄,屬軟禁偵訊性質,故得與友朋應酬,並採詩舊京。牧齋詩後置小注,云:「事具戊子[1648]《秋槐集》。」即今《有學集》卷一之《秋槐詩集》,乃今傳牧齋入清後第一集詩,而其於頌繫金陵期間所寫者,極重要,蓋牧齋之「明遺民」形象,自此奠定,為其入清後自我建構不可或缺(甚或最重要)之一環。牧齋此一形象,首見於其與林古度、盛集陶、何寏明等遺民唱和之什。

「忠驅義感國恩賒」一首(詩其十八),言志之作,追憶明亡前夕,與文武大臣謀王室事,即牧齋詩後小注所云:「記癸未[1643]歲與群公謀王室事。」其時

崇禎十六年，大明江山搖搖欲墜，牧齋思有所作爲，赤手回天，與老成輩謀王事。本詩多以西漢末、東漢末故實以喻明末政局及己之抱負。崇禎十六年，牧齋六十二歲，在廢籍，猶思奮起與群公謀王室事，終徒勞而事不濟，明祚斬絕。至牧齋寫本詩時，又二十年矣，病榻纏綿，時日無多，詩末發英雄遲暮之歎，意志消沉。

「蕭疎寒雨打窗遲」一首(詩其十九)，抒發身世之感，情緒惘然。全詩一派寂寥蕭索，種種怖畏記憶如「愕夢」，縈迴腦際，無從排遣。首聯「夢」與「思」二字爲全篇主腦。

「呼鷹臺下草蒙茸」一首(詩其二十)，自嘲之詞，亟寫英雄遲暮，可笑復可憐之態。本章語調舒緩。

「龍嶼雞籠錯小洲」一首(詩其二十一)，詩後小注云：「讀元人《島夷志》有感。」《島夷志》，元末汪大淵所撰。汪氏嘗附舶以浮於海，此志即記其所見海外諸地，凡九十九條，涉及域外地名逾二百。牧齋於病榻上讀《島夷志》，或非純爲消寒送日而已，似有若干關心海外殘明勢力動向之意。《島夷志》首二記爲「彭湖」及「琉球」，前者即今臺灣之外島澎湖，而後者，據學者考證，即今臺灣。牧齋讀《島夷志》，開卷即此二記，因之而思及鄭成功之入臺，不亦自然？甚或牧齋之讀《島夷志》，正爲此二記？本詩意象詭奇，浮想聯翩。

「推篷剪燭夢悠悠」一首(詩其二十二)，詩後小注云：「廣陵人傳研祥北訊。」研祥者，馮文昌，明萬曆間名宦、文人馮夢禎(1548?-1605)孫，牧齋門人。牧齋入清後詩文之及研祥者雖不頻繁，然觀其作期及內容，可藉知研祥爲事牧齋有始終之弟子，而牧齋病榻纏綿之際，猶關心研祥消息，亦可知牧齋之惦念研祥也。牧齋本詩表研祥於己始終不離不棄之情義，而於牧齋筆下，研祥似亦不忘故國舊君之遺民。

「中年招隱共丹黃」一首(詩其二十三)，詩後小注云：「孟陽議倣《中州集》體列，編次本朝人詩。」牧齋此首追思故友程嘉燧(孟陽，1565-1644)。牧齋與孟陽情同手足，友誼眞摯，當時後世，傳爲美談。牧齋本詩之詠孟陽，低徊於「中年招隱」與「《中州》青簡」二大端，宜也，蓋前者最能見二人之情義與夫相處之樂，而後者乃二人學術文章相激盪之結果——崇禎中，牧齋罷官里居，

構耦耕堂於拂水山莊，邀孟陽偕隱，孟陽乃移家相就，晨夕遊處，先後十年。而牧齋之編纂《列朝詩集》，亦興起於孟陽之有感於《中州集》以詩存史，建議牧齋與己倣《中州集》體例，編次明朝詩人。

「至後京華淑景催」一首(詩其二十四)，寫時序之感、人生之慨。新正將臨，淑景初回，幽陽潛起，人間熱鬧而牧齋心事卻顯蒼茫。全詩多虛設之詞。

「望崖人遠送孤籐」一首(詩其二十五)，詩後小注云：「讀黃魯直先忠懿王〈像贊〉有感。」黃庭堅有〈忠懿王贊〉，乃詠五代十國吳越國王錢俶(929-988)者，而牧齋為忠懿王二十二世後裔。本首追思先祖王業並崇佛遺事，自傷衰殘窮蹇，俯首低迴，結以己能如遠祖皈依佛法自慰。全詩典故繁富，寄託幽眇，語特雅馴。

「石語無憑響卜虛」一首(詩其二十六)，牧齋歲暮胡思亂想、遊戲之作。全詩押上平聲六魚部韻，而實用孟浩然〈歲暮歸南山〉詩韻。孟夫子之詩係五律，歲暮書懷，自傷衰老放廢，牧齋詩則七律，句句用典。孟詩疏放，牧齋詩曲折。以作意言，二詩同於歲末書懷一端，餘則無多關涉。

「由來造物忌安排」一首(詩其二十七)，平易舒緩，表頤養天年，行事一以隨緣適意付之可也；儘管風燭殘年，事事乖違，要之不迎不拒，聽之可也；再則亂世不強出頭，明哲保身，而動靜行止，任運隨緣可也。

「寒爐竟日畫殘灰」一首(詩其二十八)，詩後小注云：「小盡日靈嵒長老送參。」靈巖長老乃繼起和尚釋弘儲(1605-1672)，臨濟宗一代名僧，明清易代之際「以忠孝作佛事」，座下龍象甚眾，緇白出身不同凡響。牧齋與繼起交遊事跡之見於文字者，始自順治十四年(1657)，終於康熙三年(1664)春牧齋順世前數月，其間二人相知相重，聲氣相投。靈巖長老不忘故人，歲末送參致意，牧齋感而作本詩，辭氣平易，不作道人語，直似向老友道家常、言近時心情、喊窮、自嘲自解，不一而足。

「兒童逼歲趁喧闐」一首(詩其二十九)，蒼老渾成，乃〈病榻消寒〉詩中之上佳者。似信筆寫歲晚即將過年景況，而意象虛實交錯，思入微茫，寄意幽眇，循之頗可窺見牧齋此際之幽微心境。全詩除句七「老大荒涼」一語外，全為景語，看似句句摹寫具體意象，其實句句涉虛。本詩意境，須於抽象層次上推求

之，而牧齋寫意中之象，多訴諸感官。

「衰殘未省似今年」一首(詩其三十)，懊惱自嘲之詞。牧齋於詩其二十八喊窮，謂退翁和尚曰：「躲避病魔無複壁，逋逃文債少高臺。」本詩直似該聯之申寫，上半抱怨爲「窮鬼」、「病鬼」所折磨，下半寫自己如何爲古今最窮之人。

「雀羅門巷隘荊薪」一首(詩其三十一)，詩後小注云：「戲擬老杜〈客至〉之作。」牧齋本首之「戲擬」老杜，直似〈客至〉之「滑稽仿作」，詼諧苛刻，兼而有之，與老杜所詠之賓主忘機、清幽絕俗迥然不同。牧齋詩旨，似在諷刺當時「隱淪」寒士之逢迎「上相」，冀得其周濟關照。牧齋此首諷意辛辣，語含譏誚。當代「隱淪」之士覽之，得無赧然？

「高枕匡牀白日眠」一首(詩其三十二)，若作於上首同時，則牧齋賦「戲擬老杜〈客至〉之作」畢，意猶未盡，續寫本詩以諷刺其時投機逐利、舞文弄法之文士。詩後小注云：「示遵王、勒先。」則弟子遵王(錢曾，1629-1701)、勒先(陸貽典，1617-1686)適過談，牧齋示諸子以本詩，又或因二人來訪，牧齋遂即席賦詩，以資談助。遵王、勒先，牧齋常熟里人，晚年極親近之門人。牧齋本詩須讀至末聯，其寄意始明。「柴桑集」，陶淵明集，「畫扇」則陶公之〈扇上畫贊〉，其所頌美者悉古之隱士。牧齋於前三聯所抒發者，乃對其時汲汲於名利之徒之譏諷。

「老病何當賦〈子虛〉」一首(詩其三十三)，詩後小注云：「聞定遠讀道書，戲示。」「定遠」者，馮班(1602-1671)也，常熟人，與兄馮舒(1593-1645)，吳中稱「海虞二馮」，皆牧齋高弟。此首幽默好笑。師弟間相契甚厚，調笑爲樂，牧齋戲謔作此，爲定遠讀道書寫照，用典巧切，生動傳神，妙。究其實，「讀道書」者，何止定遠，牧齋亦殷勤讀之，晚年且於虞山築胎仙閣，練延年益壽術。虞山素稱仙山，養生修煉之風氣甚盛。

「老大聊爲秉燭遊」一首(詩其三十四)，詩後小注云：「追憶庚辰[1640]冬半野堂文讌舊事。」牧齋本詩，追憶二十餘年以前與一代才妓柳如是締緣伊始時之美好時光。庚辰隆冬，柳如是扁舟訪牧齋於虞山，半載後二人結褵。至牧齋賦〈病榻消寒〉本詩時，錢柳二人已相守相隨逾二紀。牧齋病榻纏綿之際，追憶庚辰冬半野堂文讌舊事，依然心花怒放。詩結句云：「好夢何曾逐水流」，可見牧

齋始終愛戀柳如是。

「一剪金刀繡佛前」一首(詩其三十五)，詩後小注云：「同下，二首，爲河東君入道而作。」本首淒美。「入道」，皈依我佛，昨日種種，譬如昨日死，今日種種，譬如今日生。牧齋學佛人，柳如是入道，應喜得法侶，而牧齋寫此首，卻滿載不忍不捨之情，且出之以綺詞儷語，肅穆不足，豔麗有餘。此老之心思眞難摸透。

「鸚鵡疎窗晝語長」一首(詩其三十六)，牧齋詠「河東君入道」之又一首。較諸上詩，本詩典故較簡單，句法亦較平易，惟詩之寄意依然耐人尋味。要之，牧齋於柳如是入道之際，未見心生歡喜，喜得法侶，依舊愛欲癡慕，不忍不捨。語言則綺語儷詞，予人綺思遐想。牧齋心中究竟作如何想，似未能於二詩中探得。

「夜靜鐘殘換夕灰」一首(詩其三十七)，詩後小注云：「和老杜『生長明妃』一首。」牧齋本首及下一首，辭意惝恍飄忽，撲朔迷離。牧齋之和「生長明妃」，取義非在明妃之身世始末，亦非在明妃遠嫁匈奴之「怨恨」，其措意者，在詩中人之返魂(「香猶在」)、再葬(「葬幾回」)，並其零落飄淪之感(「舊曲」、「新愁」)，此皆與明妃遺事或杜詩旨意無多關涉。「和杜」云云，借題發揮而已。牧齋詩別有寄託，耐人尋味，其所影射對象，非爲明妃，乃一吳地女子，歌妓出身，轉徙流離，經歷曲折，乃至於魂斷異鄉，然其本事云何，無從稽考矣。

「秦淮池館御溝通」一首(詩其三十八)，詩後小注云：「和劉屏山『師師垂老』絕句。」劉屏山即劉子翬(1101-1147)，南北宋之交人，道學家，亦有詩傳世。詳味牧齋詩中意象，似別有本事，非關北宋末汴京青樓名妓李師師。牧齋歌詠對象，似爲一出身秦淮池館之嬌嬈名姝，其經歷曲折，有入於帝王家之事，惟此究爲何人，亦如上首，無從確考矣。

「編蒲曾記昔因緣」一首(詩其三十九)，詩後小注云：「新製蒲龕成。」蒲龕，所以禮佛奉佛者，新製蒲龕完工，牧齋似頗得意，賦詩記之。此首語帶幽默，自得自嘲，兼而有之。

「信筆塗鴉字不齊」一首(詩其四十)，牧齋述己衰老無奈之狀，大概即前詩

其三十所謂「衰殘未省似今年」之意，又嗟歎才思枯竭，江郎才盡。牧齋描畫老態，入木三分，自嗟才盡，屬詞比事，亦甚傳神。此首平易道來，乾淨俐落，顫顫牧老，栩栩如在目前，眞不可多得之好詩。

「落木蕭蕭吹竹風」一首(詩其四十一)，詩後小注云：「懷落木菴主。」本詩乃牧齋歲末懷人之作。落木庵主，徐波(元歎，1590-1663?)是也，明清之際詩人，牧齋老友，少牧齋八歲。本詩末聯曰：「永明百卷丹鉛約，少待春燈爛漫紅。」錢曾注其本事如此：「徐元嘆見公所著《宗鏡提綱》，歡喜贊嘆，欲相資問，故有春燈之約。」此「春燈之約」，二老恐無法實現矣。牧齋寫本詩後不及半年即逝世，而此時元歎甚或已卒。惟牧齋歲末仍有此首懷落木庵主之詩，又有「春燈」之約，固以元歎尚在人間。或牧齋寫本詩時未悉元歎謝世之噩耗？

「丈室挑燈餞歲餘」一首(詩其四十二)，詩後小注云：「除夜定遠、夕公、遵王見過。」知除夕夜，弟子定遠、夕公、遵王來謁，相談甚歡，牧齋作本詩紀之。定遠者，馮班也，遵王即錢曾，夕公則錢龍惕，字夕公。親近弟子過訪，詩酒歡會，牧齋興致高，談興濃，告衆弟子以己擬編著之二書，即詩中第二聯所詠並句後小注所謂之「謂編次唐詩」及「余將訂《武安王集》」。

「繙經點勘判年工」一首(詩其四十三)，感觸頗深。牧齋於生命之最後十餘年間，花大力氣著成《心經》、《金剛經》、《楞嚴經》、《華嚴經》諸疏解。〈病榻消寒〉詩本首乃牧齋回憶年來注經甘苦之作。牧齋寫本詩時，《心經》、《金剛》、《楞嚴》諸疏已付梓人，本詩之詠，或專指《華嚴經疏鈔》，此牧齋治佛書之最後一種。

「滿堂歡笑解寒冰」一首(詩其四十四)，詩後小注云：「歸玄恭送春聯云：『居東海之濱，如南山之壽。』」本詩寫將近過年熱鬧光景，兼謝弟子歸莊(玄恭，1613-1673)送春聯祝福，並邀其來虞山喝春酒。

「新年八十又加三」一首(詩其四十五)，詩後小注云：「元旦二首。」本詩及下一首，確是春意盎然，充滿生趣。本詩似「新年願望」，唯求適意任情，安享晚年，並「隨身煩惱」消，遠離憂患常安樂。

「排日春光不暫停」一首(詩其四十六)乃牧齋「元旦二首」之二，亦〈病榻消寒雜咏四十六首〉最終篇。本首寫春回大地，人間過年熱鬧取樂。

　　此癸卯冬數月間四十六章詩，牧齋命之曰「雜咏」，確非刻意經營、有組織、有系統之組詩。然而，正其如此，這些詩篇可能是牧齋靈魂深層更忠實的映現與記錄，而且，以文類言，幾乎是牧齋生前最後一次的情感、思想袒露。牧齋八十二歲老人，病榻纏綿之際，賦詩吟對以消寒送日，竟然仍幾乎首首精采絕倫、妙趣橫生，是牧齋一生詩藝的絢美綻放。命名「雜咏」，或以其所賦詠者內容、情調不一；牧齋序謂詩「都無倫次」，或以諸詩作期非順序或接續，而題材亦不統一。然而，若細加董理，仍可歸納出若干主題或方向。請嘗試言之。

　　一、言老、病、寒冷(詩其一至五)。

　　二、言文事：經史、文詞、文壇風氣、文友及人文世界(詩其六至十)。

　　三、追思晚明政壇：前輩國老、入仕、打擊、政敵、忠臣同志(詩其十一至十五)。

　　四、回憶順治四年、五年二次陷清人獄事(詩其十六至十七)。

　　五、追憶明亡前夕與諸公謀王室事並訴說今日之惘然、英雄遲暮之感(詩其十八至二十)。

　　六、傷時感事，諷刺時人時事(詩其三十一至三十二)。

　　七、緬懷與柳如是締結因緣之始，並抒發於今柳氏「入道」時之感觸(詩其三十四至三十六)。

　　八、以古喻今，詠二秦淮歌妓之遭遇(詩其三十七至三十八)。

　　九、寫癸卯歲暮、除夕及甲辰(1664)元旦熱鬧、歡樂(詩其二十八、四十二、四十四至四十六)。

　　此外，不在上述各詩組中者，尚有十餘首，或懷人(詩其二十二至二十三、四十一)；或抒發時序之感、人生之慨(詩其二十四至二十七、二十九至三十、三十九至四十)；或讀書感懷(詩其二十一)；或言注佛經甘苦(詩其四十三)等。

　　〈病榻消寒〉詩四十六首雖斷續寫成，但可明確知道為牧齋癸卯冬數月間及甲辰元旦之作，出自八十二、八十三歲間之牧齋老人手筆。此四十六首詩中，老、病、寒乃其基調，總題〈病榻消寒〉，名副其實。抽繹其所思，回憶之詩(poems of remembrance)為大宗，牧齋詠及其生平最耿耿於懷、眷戀，或念念不忘之諸大事。「詩可以群」，亦可藉知詩人之交遊狀況。年在桑榆間，出現在

〈病榻消寒〉詩中之人物(除追思晚年政壇數詩所涉及之數人)，幾全爲文士，如非摯友、文友，即爲牧齋晚年最親近之門弟子。貫穿全部詩作的另一特色，爲首首有我，牧齋以抒情主體(lyrical subject)或道德主體(ethical subject)出現、發聲，老氣橫秋，主體性(subjectivity)強烈。〈病榻消寒雜咏四十六首〉是牧齋詩作中一組重要的文本，可構成一相對統一而豐富的研究課題[30]。

本書之章節及結構

　　本書含上下二編，上編爲「研究編」，分四章探論〈病榻消寒雜咏四十六首〉及相關議題。本書之撰，肇始於若干疑問：牧齋雖在文學方面成就卓越，但亦自命「愛官人」，事功、用世之心至老不減。詩歌，作爲一種美學形式與實踐，是否與牧齋的政治理想、抱負有所交集，可以互動互爲？年逾八旬，病榻纏綿，隆冬苦寒，賦詩作爲一種創作及心靈活動，對於一個臨近生命盡頭的老人而言，有何特別意義？〈病榻消寒〉詩前有序，撰於大部分詩作完成後的「臘月廿八日」。牧齋此序的表演性相當強烈，無疑是牧齋自我定義、自我建構的一次作爲。牧齋自述其詩作旨趣時毋寧也在爲自己造像。透過序及詩，牧齋究竟希望留下一個怎樣的自我形象？這四十六首詩既然是牧齋生命終結前最後一組數量可觀、內容豐富的詩作，我們可否從中窺探牧齋老人生命最後一段的心路歷程？〈病榻消寒〉詩反映出怎樣的精神世界、生命情態？牧齋自序謂己作似「少微體，里中許老秀才好即事即席爲詩，杯盤梨棗，坐客趙、李，臚列八句中」，爲「惡詩」，自嘲之意溢於言表，究竟〈病榻消寒〉詩的藝術特色如何？

　　茲述本書上編四章之要旨如次：

　　本書第一章爲〈詩書可卜中興事，天地還留不死人——牧齋的詩學工夫論與

30　牧齋〈病榻消寒雜咏四十六首〉向無全面、系統性的研究。陳寅恪《柳如是別傳》對若干首有相當詳盡的探論，但主要是爲考論其他問題而述及，非專爲論述〈病榻消寒雜咏〉而展開。孫之梅在其所著《錢謙益與明末清初文學》(濟南：齊魯書社，1996)的第四章「錢謙益與清初的詩歌」中以「回味生平的個人傳記」一小節討論〈病榻消寒雜咏〉，屬綜述泛論性質。見頁453-460。

「自我技藝」觀〉。牧齋的詩觀與其詩作實踐息息相關，是理解牧齋〈病榻消寒〉詩的重要基礎。本章嘗試透過牧齋詩論中的某些重要觀念，先理論性地探討賦詩此一創作行為於晚年牧齋的意義。本章的出發點是一個問題：中國古典詩的創作過程與經驗是否可以(及如何可以)視為一種思想及身體上的工夫論，創作者可以從中鍛鍊出主體性？〈病榻消寒〉詩多環繞老病的情境展開、作結。然而，細味這四十六章詩，卻似有一股暗湧在默默地流動，那是一股頑強的生存意志，在在對抗著老病的詛咒。我聯想到法國哲學家 Michel Foucault (傅柯)的「自我技藝」觀(techniques of the self)，這個主體性建構理論頗有助我們瞭解〈病榻消寒雜咏〉這組文本的生發過程，以及牧齋將病榻上的「呻吟語」轉化為一首一首律詩的特殊意義。我援用Foucault的自我技藝觀探討牧齋晚年詩論中兩個重要的主題：詩人「自貴重」說及詩人「救世之詩」說，旨在探究牧齋詩論中「靈心」、「性情」、「學問」、「世運」等作為自我技藝鍛鍊場域的可能性及其意義，從而突顯牧齋晚年的詩觀，即：詩不但是寄託個人情志的載體，更是鍛鍊、經營、安頓生命的場所，進而更是影響、干預、參與世運的力量。

第二章為〈陶家形影神──牧齋的自畫像、「自傳性時刻」與自我聲音〉。本章的最終目的，是釋讀牧齋〈病榻消寒雜咏〉詩的前序。但直接談論牧齋的詩序有點不智，可能會被牧齋牽著鼻子走。牧齋的前序是一個表演性的(performative)言說形構，有一個頗為縝密的歪理在。設若我們一開始就為牧齋「傳意」，牧齋序文精采的語言形構會讓我們無從置喙。一般的詩前小序交代成詩的時、地、因緣，偶及其「本事」。牧齋的序含有這些訊息，但除此以外，牧齋還在序文的主體作了一番對於所謂「三體」詩的思辨，自判自家詩歌究近何體、風格云何。這是牧齋對自己生前最後一組大型詩作的「自我聲音」(self-voice)的宣告。「自我」(self)、「聲音」(voice)云云，一般是詩人「習性」(*habitus*)的流露。我們有理由相信，牧齋的〈病榻消寒雜咏〉是他晚期風格(late style)的體現。如此，若要比較透徹地瞭解牧齋詩序對於「自我聲音」的思辨，我們的視域有必要更開闊，對牧齋生命最後一、二十年在詩文中所採取的種種「自我建構」策略有一定認識。是以雖然本章最終的目的是探論牧齋為〈病榻消寒〉詩所寫的前序，我將採取一個迂迴進入的方式展開論述。我提出一個「自傳性時刻」(the autobiographical moment)的理論概念用以統攝全章論及的詩文；討論牧齋作品中文字性的「自畫像」(self-portraiture)與「自我再現」(self-representation)之間的微妙關係；析論「傳記」(biography)與「自傳」(autobiography)之間的緊張性及其帶來的焦慮(anxiety)如何影響著牧齋晚年作品的某些創作「意圖」(intentionality)。最後，我將詮解牧齋〈病榻消寒雜咏〉的詩序，剖析其中的「自我聲音」與牧齋自陳的〈病榻消寒雜咏〉的寄意。

　　第三章爲〈蒲團歷歷前塵事——牧齋〈病榻消寒〉詩中之佛教意象〉。順治七年庚寅(1650)，牧齋苦心經營、寶愛無比的藏書樓絳雲樓不戒於火，燬於一旦。牧齋劫後細思因果之由，百感交集，遂發大心願：「誓盡餘年，將世間文字因緣，迴向般若。」嗣後十餘年間，直至逝世前數月，牧齋孜孜矻矻，勞筋苦骨，製成佛經箋疏多種。毫無疑問，纂疏佛經及從事與宗門有關的工作是牧齋晚年生活中的重要部分，其詩文中佛教意象更俯拾即是，乃牧齋晚年文字的一大特色。本章主要析論〈病榻消寒雜咏四十六首〉中以佛事爲素材、爲氛圍的七首詩，餘及其他取象於佛教事典的詩聯十餘。本章側重的是文學意象(literary imagery)的分析，雖難免涉及若干佛學義理，但都是爲了更有效地詮釋文本中的佛教意象而述及，並非本章論述的重心。

　　本章含五節。第一節讓「夫子自道」，藉由檢討牧齋爲《大佛頂首楞嚴經疏蒙鈔》所撰的數篇〈緣起〉、〈後記〉，突顯庚寅絳雲樓之遭火劫與牧齋「賣身充佛使」，抖擻筋力爲佛經作疏解的時節因緣。第二節以「家」爲論述框架，觀察牧齋如何以家族記憶及家園情景，表抒其佛教情愫與自我定義(self-definition)。第三節探論牧齋因柳如是下髮「入道」而作三詩，剖析牧齋在追憶與柳氏締結情緣之始及賦咏柳氏剃髮入道之際，牧齋詩中佛教意象與情韻的「出軌」表現。第四節藉由析論牧齋因「新製蒲龕成」及自述注經辛勞所寫各一詩，管窺牧齋暮年「針孔藕絲渾未定」的心境。第五節爲餘論，點評散見於上述各詩外的不同詩聯中的佛教意象，以鉤勒佛教元素在牧齋詩中的隨機表現與應用。〈病榻消寒雜咏四十六首〉寫於牧齋病榻纏綿之際，也是牧齋下世前最後一組重要詩作。也許通過本章對牧齋詩中佛教意象的探討，我們能從一個側面窺視牧齋臨終前的心境以及精神狀態。

　　第四章爲〈聲氣無如文字親——牧齋「亂餘斑白尙沉淪」之人／文世界〉。牧齋〈病榻消寒雜咏四十六首〉詩其十所咏人物最夥，共五人。此五人者，蕭伯玉少牧齋三歲，盧德水少牧齋六歲，王煙客少牧齋十歲，牧齋與此三人可謂同輩。徐伯調生年不詳，後死於牧齋六年，李叔則少牧齋二十一歲，揆諸相關文獻，知伯調與叔則於牧齋爲後輩。各人均身閱鼎革，明清改朝換代之際出處行藏各有不同，而無減對牧齋敬慕愛戴之情。牧齋與各人之友誼基礎，正在於以文字通聲氣，亂餘斑白，尙沉淪典籍，惺惺相惜，相互愛重。牧齋〈病榻消寒〉詩其十所咏，僅牧齋與諸人交遊事跡之一斑耳。竊以爲，考論牧齋與各人交誼始末，於瞭解牧齋之行誼思想，大有裨益。本章闢三節，考述牧齋與此五君之交遊，目的在重現章題中所謂之「人／文世界」，雖掠影浮光，或可見鳳毛之一斑。「聲氣無如文字親，亂餘斑白尙沉淪。」此牧齋詩之主腦，本章各節亦以此意爲綱領，鋪陳材料，旨在彰顯牧齋與各人於「人文」、文學、學問之共同關懷、交會與相互激盪。

　　至若探論牧齋與五人交往各別之細節，復有助瞭解牧齋於不同人生階段之遭際與情志。要之，蕭伯玉於五人中年齒與牧齋最近，約於同時立朝（明天啓初）。二人闕下諦交，出處進退亦有相若者，而牧齋顛躓於仕途，困窘危急時，伯玉屢伸援手。盧德水入仕較牧齋與伯玉晚，居官年月與牧齋亦不相屬。牧齋與德水初非政壇上共進退之黨人，二人始以杜詩及書文相敬慕。牧齋與德水約於牧齋丁丑獄案前後定交，牧齋赴逮途中訪德水於山東德州。二人氣類相感，一見如故。德水約於此時出補禮部，旋改御史，贊漕運。牧齋、德水諦交後問訊不斷，且共同閱歷明朝末祚，二人相知深厚，以道義相勗勉。本章述牧齋與伯玉、德水之交，必兼敘牧齋於晚明政壇之經歷始得深刻，而讀者觀覽三人交遊始末，可循知牧齋明季政治生涯之大略。徐伯調、李河濱則非牧齋所素識者，而於牧齋逝世前數年，相繼貽書致敬，論學論文，求賜序，情意殷切。書文往返，牧齋乃引二人爲知己同道，且有厚望焉。《初學集》刪定之役，囑於伯調；爲「好古學者」張軍，遏止復古派復興於關中，託於河濱。牧齋爲此二友所寫書函、序文，述及一生學術、文學思想數番轉變之因緣，並其最終之堅持與主張，乃探究牧齋學術之重要文獻，可作牧齋「學思自傳」觀。牧齋與伯調、河濱之交，文壇前後輩文字

之交，觀其始末，可藉知牧齋桑榆時對己文學「遺產」之安排、對後輩之期盼、對文壇之願景，亦可窺見牧齋於時人心目中之地位。江南常熟、太倉一衣帶水，百里相望，而牧齋與王煙客於前明有無交往無考。迨明社既屋，自順治初至牧齋逝世前十餘年間，二人交往殷勤，感情篤厚。牧齋與煙客於清初之文壇藝壇，巍然如魯殿靈光，二人惺惺相惜，相互愛重。二老贈言、進退以禮，往返文字，或道家常、訴衷曲，或寄託遙深，百感交集，期於傳世者，洵陽九百六，灰沉煙颺之時，詩文「可以群」之一段佳話。煙客高門之後，先世及己數世仕明，入清後不無「身分危機」(identity crisis)之憂慮，牧齋乃為設計其可對歷史評價有所交代之「自我形象」，厥功不細。順康之世，大亂甫定，牧齋與煙客溫文爾雅之交，亦反映江南吳中虞山、婁東文苑藝林之呼息，而人文世界、精神之漸次復甦。

　　本書下編為「箋釋編」，逐一箋解〈病榻消寒雜咏四十六首〉。牧齋詩素稱難讀。牧齋學問淵博，於內外典無所不窺，腹為篋笥，其詩典故繁富，冷典、僻典，所在多有。牧齋為詩，鎔鑄唐宋，下及金元，幾無一字無來歷，縱貫古今，千姿百態。牧齋詩講求比物託興，微言大義，庾辭讔語，層出疊見，讀其詩，除須習讀「古典」(classical allusions)外，尚須推求其「今典」(topical allusions)，始能明其旨歸。如欲透徹瞭解牧齋詩，或有必要為每詩作一箋解，本書的「箋釋編」便是這方面的努力。在體例上，本書的「箋釋」為一新嘗試，以其結合傳統的「注」與「箋」於一箋解。一般注與箋分別處理：注，釋典故、字義，而箋，說詩旨、章法、句法、字法。牧齋詩已有錢曾為作注，造福讀者，功德無量。然而，錢曾的注亦非淺易，有些不好懂。本書的箋釋盡量汲取錢曾原注之精華，使薪火得以相傳，不埋沒前人的貢獻。然而，古人注書，體尚簡要，辭貴清通，引述多撮略擺落，不盡合今日之學術規範。今為全面覆案原文，盡量恢復原書文面貌，並刊正誤謬，方便讀者觀覽研讀。此外，若干典故、語詞，於古人為常識，不煩出注，而近世以還，知識結構丕變，今之讀者或已難明其原委，有必要補注增注。復次，錢曾注亦有不盡理想者，此注家所不免，本書箋釋稍有辨正。

　　本書牧齋詩箋釋，務求疏通全詩意義脈絡，以述句、聯、章為經，以釋典故、字義為緯。於此詮釋框架中，注不另出，悉寫入詩箋中。如此，材料之去取

選擇宜乎精嚴，重心不在名物訓詁、隸事纂組，而在解說詩意，引述材料，力求精準，能「服務主題」。徵引或詳或略，不計較篇幅長短，以箋釋明了爲終始目的。箋文頗長，爲詳解，每篇甚或可作一小論文看，一則以牧齋詩意深微，三言兩語，說不清楚，一則除典故、字義外，對牧齋之行誼、相關人物與牧齋之關係、涉及之歷史事件與背景均有所交代或考辨，只得不憚辭費，老實道來。本書牧齋詩箋釋之最終目的，務使讀者不必分看詩文、注文、箋文，苟能耐心通讀一過，全詩旨趣、意境、相關背景基本了然於心，乃可進一步思索牧齋詩奧妙之所在。時至今日，爲古典詩文注入新活力，本書箋釋編的述論方法，或不失爲可行之途。至若辭繁不殺、黏吝繳繞，爲達成上述目的，工拙不計，旨求引玉，貽笑大方，所自知也，諸希亮察爲幸。

第一章

詩書可卜中興事，天地還留不死人——
牧齋的詩學工夫論與「自我技藝」觀

　　面對、閱讀明清之際文壇盟主、歷史爭議人物錢謙益康熙二年癸卯(1663)冬斷斷續續寫下的四十六首〈病榻消寒〉詩時(《有學集》，卷13，頁636-674)，於我腦際浮現的，時而是一個鶴髮龍鍾、窮病交煎的衰頹老翁；時而是一個指點江山、議論文壇、意氣飛騰的辯士；時而，又是一個追懷前緣、喋喋不休、舊情綿綿的戀人。嬉笑怒罵，窮情極變，他的意緒時或消沉，或鷹揚，或婉轉，或忿懟。身閱明清二朝，他看盡世態炎涼，但前塵影事、悲歡離合卻又無法去懷。不過，他始終得面對一個無法否認的事實：年過八秩之期，他已耳聾眼昏，氣息交喘，體衰力竭。時日，似乎無多了。是以〈病榻消寒〉詩多環繞老病的情境展開、作結。然而，細味這四十六首詩，我卻發現有一股暗湧在默默地流動，那是一股頑強的生存意志，在在對抗著老病的詛咒。人生非金石，年壽有時而盡，但心事未了，牧齋不服老，不願死。久病纏綿，他當然得靠藥物維生，但同時，我亦感到，詩乃至於文(兼取狹、廣二義)亦是他賴以續命的「藥劑」。(詩題「消寒」，意味著賦詩這動作、這種精神活動能給予作者某種能量，抵禦寒苦。)控引情理，離章合句之際，牧齋演排記憶、振起神思、鍛鍊生機。

　　我想到法國哲學家Michel Foucault的「自我技藝」觀(techniques of the self)，他構築的這個主體性建構原理頗有助我們瞭解〈病榻消寒雜詠〉這組文本的生發過程，以及牧齋將病榻上的「呻吟語」轉化為一首一首律詩的特殊意義。拙著要析論的是明清之際(十七世紀中葉)錢謙益的詩作，並認為援藉Foucault晚年提出的自我技藝觀可有效地闡發〈病榻消寒雜詠〉底蘊的某些特質。也許我先對這一思想參照作一闡釋性、理論性的轉化，建立「自我技藝」觀與牧齋晚年詩論的會通基礎，予以這個思考方向必要的合理性。牧齋的詩觀與其詩作實踐息息

相關,是理解牧齋〈病榻消寒〉詩的重要基礎。通過下面的分析,我們也可發現,牧齋的詩學理論具有相對完整的論述結構與向度,而中國傳統詩學與現當代文論、哲學未必就一定風馬牛不相及。不同文化、傳統、體系的比較分析,也許能激發異樣的思辨趣味,開拓更多的論述空間與可能性。

此外,雖然拙著的研究焦點是牧齋的詩作實踐,但隨著議論的展開,我們將會觸及若干更深刻的課題,即:中國古典詩的創作過程與經驗是否可以(及如何可以)視為一種思想及身體上的工夫論,創作者可以從中鍛鍊出主體性(subjectivity)?此中的主體意識與文本性(textuality)如何區判?文藝創作的經驗與機制又會給詩人帶來何種實存或體質上的變化?中國傳統強調「技進於藝,藝進於道」的追求進程和理想目標,有一個分別和價值的高下序列。但形而下的「技」與「藝」與超驗的「道」究竟存在著怎麼樣的相互、辯證關係,而「道」又是否可以內蘊於「技」或「藝」之中,有無內在統一的可能?

一、「自我關注」與生命的終極意義

牧齋詩序透露,〈病榻消寒雜咏四十六首〉寫於癸卯(1663)年的隆冬。那時牧齋已是八十二歲的耄耋之人了。牧齋詩序下署「臘月廿八日」。癸卯年十二月廿八日已是西元的1664年1月25日,而牧齋歿於甲辰年五月二十四日,西元為1664年6月17日。由此可知,從〈病榻消寒〉組詩輟簡到牧齋逝世,相隔只有數月而已。〈病榻消寒〉詩幾乎是牧齋詩藝的最後展演,《有學集》所錄牧齋詩亦止於本題。〈病榻消寒〉詩這個頗為特別的寫作背景讓我聯想到Foucault「自我關注」(care of the self, *epimeleia heautou, cura de soi*)理論的某些面向。

始自七〇年代(上世紀),Foucault即不厭其詳地說明,在希臘—羅馬文化裡,「自我關注」發展成一個普遍的德目(自我技藝觀即內蘊其中)。在他論述的現象裡,有幾個方面是頗可以比照牧齋所面對的情境以及錢詩所興發的意緒的。一者,自我關注原先在柏拉圖哲學裡是以一個教育的(pedagogical)模式存在的,而到了這時期,一個醫療的(medical)模式取而代之。自我關注轉變成一個長期的醫療訴求:人必須成為自己的醫者,始能成就自我關注的義諦。再者,既然自

我關注須終身以之，它的目的已不是爲成年之後的生命或生活作準備，而是爲生命的某種終極意義(a certain complete achievement)作準備，而且這終極意義是要到生命的最後階段方能完成的。這種安樂──死亡相倚(a happy proximity to death)的認知強調了老年作爲完成(old age as completion)的義諦。此外，前此伴隨著「自我教養」(cultivation of the self) 的發展，各種自我認知(self-knowledge)的實踐(practices)已然形成，比如「緘默的教養」(a cultivation of silence)、「傾聽的能耐」(the art of listening)等等。到了這時期，傾聽眞理的方向更反躬內省：人必須收視反聽，觀看並聆聽自己，從而發掘蘊藏內裡的眞理(looking and listening to the self for the truth within)。(TS: EST, 235-36)[1]要之，自我關注已非一時一地爲將來生活的準備，而是一種生活的方式。它變成一個對自己──且爲自己──關注的德目：人應該是自己的目標，爲的是自己，且終身以之。(Attending to oneself is therefore not just a momentary preparation for living; it is a form of living....[I]t becomes a matter of attending to oneself, for oneself: one should be, for oneself and throughout one's existence, one's own object.) (Hermeneutic: EST, 96)[2]

　　上述的一些觀念，對我們討論錢詩中生死病老的意象及其象徵意義是相當有啓發性的。自秋徂冬，病榻纏綿，牧齋無疑處於「長期的醫療訴求」中，老病衰頹的自我和身體成爲牧齋必須對治的目標，而「自我關注」現在成了牧齋時時刻刻要做的功課。長期臥病在床，在嚴寒冬日中一首詩又一首詩的完成，不啻牧齋「自我技藝」的展演。不難想像，這些文本都是自我凝視的產物，充滿內省的意味。牧齋面對的是自己，關注的是自己，一生的記憶與當下的自我、病體互動互爲，表述、抒發的是一己認定的眞理。此時的詩，是老人邁向死亡路上安排種種

1　Michel Foucault, "Technologies of the Self," in Paul Rabinow, ed., Robert Hurley & others, trans., *Ethics: Subjectivity and Truth* (New York: The New Press, 1997), pp. 235-236.本章"Technologies of the Self"簡稱"TS"; *Ethics: Subjectivity and Truth*簡稱"EST"，重出隨文註，不另出腳註。"Technologies of the Self"另有Luther H. Martin, Huck Gutman, & Patrick H. Hutton, eds., *Technologies of the Self: A Seminar with Michel Foucault* (Amherst: The University of Massachusetts Press, 1988)本，兩本文字稍有不同，今據EST本。

2　Michel Foucault, "The Hermeneutic of the Subject," EST, p. 96.本章"The Hermeneutic of the Subject"簡稱Hermeneutic，重出隨文註，不另出腳註。

自我知識、眞理最絕對的手段,無人能干涉。老、病、主體(書寫的、思想的、感覺的)、詩互攝互融,成就著一種終極意義。然而老人始終不願意在這個寒冬中死去(他的確也是撐到隔年仲夏才撒手西歸的),他掙扎著,思想、情緒劇烈地活動。這四十六首詩最後命名「消寒」,而牧齋對抗的,不僅是寒冬,更是死亡。「雜咏」,不唯意指即興、無組織的詩作,它還見證著老人的思維、思緒還能延展到生命、記憶、經驗的不同角落,而生命本就雜亂無章,「雜咏」是生命還在生發著。

牧齋如何面對、描畫並企圖克服「老病苦」、「生死海」帶來的焦慮與困境?我們將會發現,牧齋賴以超越的精神資源之一是「文」:詩文、文學、文史以至於爲義更深廣的文化。伴隨著年老病痛的形容刻劃,牧齋〈病榻消寒〉詩傳達、體現著一個心靈探索與掙扎的歷程。「文」在〈病榻消寒〉組詩中有結構性及象徵性的重大意義。一者,它影響著某些篇章出現次第的安排以至於〈病榻消寒〉組詩的整體面貌。再者,反映在詩篇內容裡,「文」是牧齋克服老病,轉出主體性的關鍵所在:牧齋締造的自我形象(intended self-image)之一就是以一個「文」的承載、傳遞者活著(並企圖活在他身後的歷史記憶中)。這其中的自我塑造(self-formation)、自我改造(self-transformation)與主體性的互爲互動關係,Foucault的自我技藝觀可爲我們提供很精微的分析進路。

二、「思想」與「行動」的辨證關係

「自我技藝」與主體性

我必須先費些周章進一步說明Foucault「自我技藝」的相關理論。

Foucault 1978年前後開始構築自我關注的理論,自我技藝觀爲其核心。探究自我注重、自我修養的最終旨趣,Foucault 曾淺近地說過,是審視「一個人怎樣將他／她自己塑造成一個主體」(a human being turns him- or herself into a subject)[3]。在一篇題爲"Subjectivity and Truth"的文章裡,Foucault指出,「自我

3　Lecture to a conference on "Knowledge, Power, History: The Humanities as a Means

技藝」此一概念是瞭解「主體性」與「眞理」(subjectivity and truth)[4]之間如何互動的鎖鑰。(ST: EST, 87)[5]

　　Foucault曾從不同的角度闡發過自我技藝的涵義。就其大者而言，自我技藝指向「某些肯定存在於任何文明的規程；個體被規勸或被規定遵行，以確定他們的身分，並通過自我宰制或自我認知的關係保有它，或轉化它，以期達致一定的目的。」(the procedures, which no doubt exist in every civilization, suggested or prescribed to individuals in order to determine their identity, maintain it, or transform it in terms of a certain number of ends, through relations of self-mastery or self-knowledge.)在哲學傳統中，這意味著，把「認識自己」(know yourself)這個古典德目放回它生成的、流衍的、更廣大的背景中考量。焦點轉移之後，「認識自己」改而面對這些問題：個人該對自己做些甚麼？該對自我施行哪些工作？當自己本身就是行動的目標、行動施展的場域、行動使用的工具，以及行動的主體時，個人該如何施展行動去「管控自己」？(ST: EST, 87)這種種針對自我(或他人)的宰制(domination)及技藝，Foucault說，可以以他過去提出的「治理性」(governmentality)觀念去理解：自我技藝不啻爲一種「自我治理」(self-government)[6]，而「自我『關注』與『技藝』的歷史於是乎亦可以是探論主體性歷史的一個進路。」(The history of the "care" and the "techniques" of the self would thus be a way of doing the history of subjectivity.)(ST: EST, 88)在他處，Foucault說，這個認識亦可以發展成一種自我或主體詮釋學(a hermeneutics of the self; the

(續)────────────────────────────

　　　　and Object of Criticism," October 1981; later published as the first part of Foucault's "Afterword," in Hubert L. Dreyfus and Paul Rabinow, *Michel Foucault: Beyond Structuralism and Hermeneutics* (Chicago: University of Chicago Press, 1982), pp. 208-209.

　4　二者的交涉，是「自我認知」(self-knowledge)在各種特定歷史條件下的存在模式。

　5　Michel Foucault, "Subjectivity and Truth," EST, p. 87. 本章"Subjectivity and Truth"簡稱"ST"，重出隨文註，不另出腳註。

　6　Foucault還強調，個人對自我的治理，是難免與別人形成種種關係的。這些關係可以彰顯於諸如教育、行爲輔導、靈性指引、生活模範的規定(pedagogy, behavior counseling, spiritual direction, the prescription of models for living)等結構中。(ST: EST, 88) hermeneutic of the subject)。(Hermeneutic: EST, 93-106; TS: EST, 225)[7]

然而，據我的觀察，Foucault其實並不傾向以治理性的觀念談論自我技藝。箇中原因，也許可以從Foucault下面這番話看出端倪。他說：「也許我一直過分強調宰制與權力的技術了。我現在越發對個人與別人的互動感到興趣，以至於自我宰制的技藝，以及個人通過自我技藝對自己施行行動的方式。」(Perhaps I've insisted too much on the technology of domination and power. I am more and more interested in the interaction between oneself and others, and in the technologies of individual domination, in the mode of action that an individual exercises upon himself by means of the technologies of the self.)(TS: EST, 225)的確如此，主體、主體性、自我等意義範疇，而非治理性，才是 Foucault 自我技藝觀更欲琢磨的義理，而當他扣緊這些觀念講自我技藝時，語調最從容自得，遊刃有餘。下例可見一斑。Foucault說，自我技藝「容許個人以他們自己的方式，或在別人的幫助下，在他們的身體上、靈魂上、思想上、行為上、生存方式上實施一定名目的作為，從而改造自己，以臻於某種快樂、純潔、智慧、完美，或不朽的境界。」(permit individuals to effect by their own means, or with the help of others, a certain number of operations on their own bodies and souls, thoughts, conduct, and way of being, so as to transform themselves in order to attain a certain state of happiness, purity, wisdom, perfection, or immortality.)(TS: EST, 225)Foucault又特別指出，某種自我「態度」(attitude)的獲得與自我技藝的開展形影相隨：「〔自我技藝意指某些〕個人鍛鍊或改造的模式，不獨指某些技能的獲得……它們更特別意味著某些態度的獲得。」(ST: EST, 88)

Foucault《性史》第二及第三卷的研究素材是古希臘羅馬文化和基督教早期傳統。Foucault以更謹嚴的哲學思維來經營他的方法學體系。於此，自我技藝被

7　上述種種，可參Robert M. Strozier, *Foucault, Subjectivity and Identity: Historical Constructions of Subject and Self*（Detroit: Wayne State University Press, 2002），pp. 139-174; 又：*Technologies of the Self: A Seminar with Michel Foucault*一集所收 Michel Foucault, Rux Martin, Luther H. Martin, William E. Paden, Kenneth S. Rothwell, Huck Gutman, Patrick H. Hutton所著各文。

定義為個體在「自我塑造」過程中運用的種種手段，用以造就一個「道德主體」（ethical subject）。必須注意：這裡及下文出現的「道德」或「倫理」一語，多指Foucault所謂的「自我與其自身的關係」（*rapport à soi*），但亦有指謂一般意義的道德／倫理行為、價值者，要視乎語境而定。在自我塑造的進程裡，個體鎖定自身的某些內容作為道德實踐的對象，建立他與他所依從的戒律的相對關係，並為達成他的道德目的而決定以某種特定的方式生存，「這種種，都要求他對自己作出行動，去導引、考驗、改進並改造自己。」（And this requires him to act upon himself, to monitor, test, improve, and transform himself.）（HS2: 28; XS: 143）[8]個體經由「道德主體化」（moral subjectivation）的努力建構自己作為道德行為的主體；在這個過程裡，個體確立並發展各種與自我的關係，藉之反思、認識、考察、分析自我，並以自己作為改造的對象（object），當中牽涉種種自我的實踐（practices of the self）。（HS2: 29; XS: 143）為使這個思辨方向得以展開，Foucault強調了個體思想活動的重要性，以及主體性與行動緊密的互為互動關係。Foucault聲稱，「沒有任何道德活動不驅使個人塑造自己成為道德主體；沒有任何道德主體的塑造不關涉『主體化模式』（modes of subjectivation）以及支撐它們的『禁慾活動』或『自我的實踐』。道德行為與這種種自我活動（self-activity）是割裂不開的⋯⋯。」（HS2: 28; XS: 143）此中關係，Foucault曾用更精微的哲學概念表述過，那就是論者樂道的、《性史》第二卷中主體化模式的「倫理學四元結構」（the ethical fourfold），意謂：「倫理實體」（the ethical substance）、「屈從模式」（mode of subjection; *mode d'assujettissement*）、「自我技藝」（*travail éthique*）及「道德目的論」（the moral teleology; *telos*）[9]。

8　Michel Foucault, *The Use of Pleasure: The History of Sexuality: Volume 2*, trans., Robert Hurley (London: Penguin Books, 1992), p. 28.中譯見余碧平譯，《性經驗史》（增訂版）（上海：上海人民出版社，2002）（世紀文庫），頁143。本章 *The Use of Pleasure: The History of Sexuality: Volume 2* 簡稱HS2；《性經驗史》簡稱XS，重出僅文註，不另出腳註。中譯大致參照余譯，但我據英譯對余譯作了大幅度修改，務請注意。

9　可參Paul Rabinow 為EST所撰長序："Introduction: The History of Systems of Thought," EST: xxvii-xl. 又參何乏筆（Fabian Heubel），〈從性史到修養史──論傅柯《性史》第二卷中的四元架構〉，《歐美研究》第32卷第3期（2002年9

主體化模式的四元結構

　　主體化模式的第一環是「倫理實體的決定」(the determination of the ethical substance)：個體必須把自己的這一部分或那一部分建構成其道德行爲的主要內容。(HS2: 26; XS: 141)「倫理實體」指我們自己或我們行爲中被當作倫理判斷的內容，可以是個人的情感、意圖或欲望。它將決定與加之於我們身上的「道德符碼」(moral code)建立哪種關係，將自己哪一部分置諸考慮之內。(Davidson: 228)[10]第二環是「屈從模式」：重點在於，個體確定與某一規律的關係，並認識到有義務依循這一規律立身行事。(HS2: 27; XS: 141)屈從模式可溯源於宗教性的教條、理性思維，或風俗習慣。它決定道德符碼與自我之間的具體連接以及這一符碼如何控制我們自身。(Davidson: 228-29)接而第三環：即主體「塑造」自我(elaboration)的種種「道德努力」(ethical work)。這些努力、實踐、技藝的目的，Foucault強調，不僅是爲使行爲符合既定的規律，更重要的是，試圖藉之把自己轉化爲行爲的道德主體，釋放出眞正的自我。(HS2: 27; XS: 143)主體化模式的第四環歸結於道德主體的「目的論」。Foucault認爲，一個道德活動(a moral action)的結果自然是活動本身的完結，但其意義，卻不僅只在於完成此項活動而已：它期於確立一套個體樂於拳拳服膺的道德行爲(a moral conduct)，爲的，不只是教他的行動與各種價值和規則合拍，更是爲了呼喚出一種屬於道德主體自己的存在樣態(a mode of being)(HS2: 28; XS: 142)，它可以是純粹，不朽，自由，

(續)————————————

　　　　月)，頁437-467；本文後收入黃瑞祺主編：《後學新論：後現代／後結構／後殖民》(台北：左岸文化，2003)，頁47-106，二本文字稍有不同。《後學新論》頁47-73另收入何乏筆，〈自我發現與自我創造——關於哈道特和傅柯修養論之差異〉一文，亦可參考。《後學新論》頁11-45又收入黃瑞祺：〈自我修養與自我創新：晚年傅柯的主體／自我觀〉一文。黃文探究的旨趣與拙著不同，但拙著所觸及的Foucault的觀念黃文多有闡發，可補拙著之不足，宜合觀。

10　Arnold I. Davidson, "Archaeology, Genealogy, Ethics," in David Couzens Hoy, ed., *Foucault: A Critical Reader* (Oxford, UK & Cambridge, MA: Blackwell Publishers Ltd., 1986), p. 228.本章"Archaeology, Genealogy, Ethics"簡稱Davidson，重出隨文註，不另出腳註。Davidson: 229製有一圖，標示道德行爲及主體化模式的四元結構，頗一目了然，可參看。

或成為我們自己的主宰，不一而足。(Davidson: 229)

　　茲舉一二實例如次，用以說明上述主體化四元結構所可以引發的論述操作。《性史》第二卷探論的對象是希臘文化中「快感享用」(the use of pleasure; *chrēsis aphrodisiōn*)的認識與實踐。依上述四元結構來講，這「快感享用」應該就是倫理實體的所在。《性史》第二章所論的「養生法」(Dietetics)、第三章的「家政學」(Economics)及第四章的「性愛論」(Erotics)等都可以理解為各種屈從模式體系。在第二章第四節裡，Foucault舉論希臘人出於對「性行為、消耗、死亡」(act, expenditure, death)三者的「擔憂」(anxiety)而進行的各種肉體養生法。這些養生法毋寧就是種種自我技藝。Foucault說：「〔這些擔憂〕出於反思，其目的，不在於建立對性行為的規範，也不在於創發性愛的技巧，究其實，其目的是要發展出一套生存的技藝。」(〔These anxiety themes〕took shape within a reflection that did not aim at a codification of acts, nor at the creation of an erotic art; rather, its objective was to develop a technique of existence.)Foucault畫龍點睛，道出其背後的道德目的論：「這一技藝造就了一個可能性：個人成為管控自己行為的主體，……是自己謹小慎微的導師，對時節、分寸充分了解。」(This *technē* created the possibility of forming oneself as a subject in control of his conduct;…a skillful and prudent guide to himself, one who had a sense of the right time and the right measure.)(HS2: 138-139; XS: 235-236)在這一節中，Foucault還援用了中國傳統的房中術作為希臘人這種生存技藝的參照。Foucault認為——他根據的是Robert van Gulik(高羅佩)的研究——古希臘人對性慾所帶來的激烈、消耗、死亡與不朽的憂慮同樣存在於中國人的思維裡，而中國人是透過實施「保留精液」的方法去取得「增強生命力和恢復青春的效果」的。Foucault相信，「這種『性愛技巧』帶有強烈的倫理目標，它試圖盡可能強化一種有所控制的、深思熟慮的、多種多樣的和延續不斷的性活動的積極效果，其中，時間——那種結束性行為、使身體衰老與帶來死亡的時間——被消除了」。(HS2: 137; XS: 234-235)很明顯，在Foucault的理論體系裡，中國古代的房中術是被看作帶有特定道德目的論的自我技藝而被論及的。

差異、變易或踰越的地帶

　　主體化模式的四元結構環環相扣，主體性的塑造得在種種屈從模式下展開，而Foucault又不忘刻劃個體生存無從規避的歷史性(historicity)，即，人活在更廣大的，無所不在的權力(power)結構／話語之中的情狀。(HS2: 32)如此看來，「自我塑造」談何容易？「自我技藝」的施展，又豈不困難重重？Foucault似乎也意識到會啓人這樣的疑竇，所以他在論述這四元結構最詳盡的地方——《性史》第二卷「導言」部分的第三節：「道德與自我實踐」(Morality and Practice of the Self)——即說明，這四方面之間互有關聯，但彼此之間亦存在著某種獨立性。這一點Foucault研究者多會指出(如Davidson: 229-230)。其實，Foucault花了不少心思，在描述這種種「規範體系」(prescriptive ensemble)、「規範機制」(prescriptive agencies)的同時，也或明示或暗示地強調了當中可能或必然的「差異」(differences)，而個人的主體性毋寧就是這些差異出現的原因(亦可以倒過來說，這些差異提供了個人主體性存在的空間)。例如，Foucault 指出，「規範機制」可以經由一種「分散的方式」(a diffuse manner)傳播：「它們不太可能構成一個系統性的整體，它們構築起的，是各種要素複雜的互動，在其中，它們或相互抗衡、糾正，或在某些關節上相互抵消，因此，妥協或漏洞在所難免。」(HS2: 25; XS: 140)Foucault談論個體的實際道德行爲(the morality of behaviors)時，使用了一連串正反兼顧的句式，亦予人他重視道德主體自主性的感覺，例如：「〔道德主體〕或多或少地遵循一種行爲標準」(comply more or less fully with a standard of conduct)；「服從或抵抗一項禁令或規範」(obey or resist an interdiction or a prescription)；「尊重或蔑視一套價值」(respect or disrespect a set of values)。(HS2: 25-26; XS: 140)Foucault提醒我們，探究人的實際行爲時，我們必須辨識「個人或團體面對一套或明或暗地在文化中運作而人們又或多或少地意識到它的存在的規範體系時，他們如何行事，他們又擁有多少變易或踰越的邊緣地帶。」(how and with what margins of variation or transgression individuals or groups conduct themselves in reference to a prescriptive system that is explicitly or implicitly operative in their culture, and of which they are more or less aware.)(HS2:

25-26; XS: 140)我覺得，Foucault念茲在茲的，就是個人如何在重重有形無形的
束縛中，利用「變易或踰越的邊緣地帶」，爭取個人的主體性[11]。

思想作為道德實踐的內容

對我而言，Foucault的主體化理論具有特殊魅力，因為它非常有利於指認個
人自覺的、形之於外的種種努力、實踐、技藝以及其指向的特定歷史情境，同時
又結構性地回溯到個人的思想情志，並逼近個人種種施為所欲達致的精神境界。
而當我讀到Foucault下面的幾句話時，覺得牧齋〈病榻消寒雜咏〉詩內蘊的「思
想」與「行動」的辯證關係頗可以用 Foucault 說的「靈魂裡的交煎傾軋」即「道
德實踐」觀來理解。Foucault在論述主體化過程的「倫理實體的決定」時強調：

> ……個人可以在要完成的行動上嚴格遵循禁令，履行其義務，以之作為
> 實踐忠貞的要義。但是也可以把忠貞的真諦建構在對慾望的控制，即在
> 對慾望的激烈鬥爭、在拒絕誘惑的能耐：就此而言，構成忠貞的內涵是
> 那警戒與那掙扎。在這些情況下，靈魂裡的交煎傾軋便成為道德實踐的
> 主要內容，其意義遠遠超過是否真的會作出那些行為本身。
>
> …[O]ne can relate the crucial aspects of the practice of fidelity to the strict
> observance of interdictions and obligations in the very acts one
> accomplishes. But one can also make the essence of fidelity consist in the

---

11　Foucault 區別兩種道德行為：「以倫理為導向的道德」（"ethics-oriented"
moralities）及與之相對的「以規範為導向的道德」（"code-oriented" moralities）。
《性史》第二、三卷探論的重心無疑是前者：「……各種個人與自我發生關係
的方式；個人努力把自己變成道德主體而有的種種行動、思想和情感。這裡著
重的，是與自我構成關係的形式、個人為達致這目的而應用的方法與技藝、為
改造自己的生存模式而對自己所作的鍛鍊。」（…In the relationship he [the
individual] has with himself, in his different actions, thoughts, and feelings as he
endeavors to form himself as an ethical subject. Here the emphasis is on the forms of
relations with the self, on the methods and techniques by which he works them out,
on the exercises by which he makes of himself to transform his own mode of being.）
（HS2: 30; XS: 144）

mastery of desires, in the fervent combat one directs against them, in the strength with which one is able to resist temptations: what makes up the content of fidelity in this case is that vigilance and that struggle. In these conditions, the contradictory movements of the soul—much more than the carrying out of the acts themselves—will be the prime material of moral practice.（HS2: 26; XS: 141）

Foucault明確地把思想、情感、慾望等心靈活動等同行爲實踐，這不啻把思想與行爲一般的辯證關係作了一番本體論上的倒置，賦予了思想活動重要的行動性意義[12]。再者，在主體化的歷程裡，個人的意識、心理活動更是個人與別人、社會、世界交接時產生意義的關鍵所在。Foucault說：「我說的『思想』，是指那建立……眞與假的遊戲，而最終把人建構成認知主體的那個甚麼；換言之，是個人據以接受或拒絕規則、建構自己作爲社會及司法上的主體的基礎；它是那建立個人與別人關係、建構個人作爲道德主體的那個甚麼。」（Preface to HS2: EST, 200）[13]

　　本書要集中探論的，是以中國律詩面貌出現的一組文本；它們呈顯的，除了詩人複雜微妙的情緒、姿勢外，還有詩人活躍的省思（introspection）活動，以及某些強烈的志願與意向。律詩的體式劃定了詩人「靈魂」活動的物理性象限，詩人必須履行他對聲韻、格律等的義務。我們會看到，詩人以精湛老練的詩藝滿足了這種種要求；但更重要的是，我們將感覺到，詩人企圖獲得的，並非只是一首

12　自我技藝指向的最終目的，在Foucault的形容下，又往往出人意表，充滿「詩意」。例如，夫妻間的忠貞（conjugal fidelity）可以是爲了「更完全地控制自我」；可以是「一種突發而激烈的、棄絕世情的」行爲；可以是源於渴求「心靈上絕對的寧靜」，或「對慾念的躁動無動於衷」，又或「確保死後獲得救贖和幸福不朽的淨化」。（HS2: 28; XS: 142）

13　Michel Foucault, "Preface to *The History of Sexuality*, Volume Two," EST, p. 200. 本章"Preface to *The History of Sexuality*, Volume Two"簡稱"Preface to HS2"，重出隨文註，不另出腳註。請注意：收入EST的"Preface to *The History of Sexuality*, Volume Two"與HS2的序文迥異，內容雖偶有重疊，實際上應判讀爲二文。請參EST: 199編者案語。

首精采的詩的完成，而是要以詩爲媒介，爲場域，指向、窺探精神上某些重要的問題，並希望作出結論，獲得解答。這些問題的探索以至於解決（或無法解決）又迴向地影響著、構成著詩人的身體、精神、生存狀況與情態。正是在這樣的認識下，我把牧齋的賦詩行爲及目的視作一種自我技藝或生存藝術，從而突顯它自我鍛鍊及自我塑造的精神及實踐。再者，利用詩篇所賦予的、思想可及的幅度，詩人的省思範圍還延伸到外界：他對親人、友朋、時流、社會與政治等都作出了思考、定義與評論。對詩人而言，這無疑是 Foucault 定義下的，個人與別人及世界建立關係的一種特殊方式，即便這種種都只發生在詩人的思想裡，它們已具有強烈的行動實踐意味。而實際上，我們有理由相信，如果牧齋願意，他寫就的詩篇可以在很短時間內便能流通於友朋及爲數不少的特定讀者群中（當中包括明遺民與清朝大臣）。這意味著，牧齋知道，他有可能通過他的詩作參與、干涉、影響身外的、更廣大的知識／權力話語（discourse）。明清易鼎之際政治情勢複雜險惡，加上他又曾臣事明清二朝，晚年文壇領袖的地位亦四方垂視，牧齋命筆賦詩之際（乃至於寫就而考慮公諸於世、入集與否之際）是不可能不把這種種因素考慮進去的[14]。這又必然加強了琢煉字句、經營情思的必要。

　　容或有讀者會詰疑，我們將讀到的，看來無非是牧齋臥病榻上斷斷續續寫下的，相當細碎的思想及生活片段，它們是否值得，或我們有否可能藉之，展開上述那些深刻的議題的探討？容我再回到Foucault，我同意他的看法。在Foucault的論述裡，個人情思和日常的瑣碎活動都被視作探究「思想」（thought）的重要範圍，且思與行、思與言的互動互爲關係必須給予高度的重視。他主張，「思想」不應只求之於諸如哲學或科學等理論體系，它可以，且應該，在眾生的言說、動作、行爲中探求得到。他強調：「在這意義上，思想被理解成行動的確鑿形式──是行動沒錯，只要它意味著眞與假的遊戲、接受或拒絕規則、與自己及他人的關係。經驗的形式的研究，於是乎可以從『實踐』（瑣碎與否不論）出發，但前提是，實踐這裡的含意是行動的不同體系，而這些體系又內蘊著上述定義的思想。」

14　牧齋於明亡以前已雄視東南詩壇，後雖一度仕清而爲「貳臣」，於「大節有虧」，但其文壇盟主的地位始終沒有受到影響，名流後進奔走翕集其門者不可勝數。

（Preface to HS2: EST, 200）

三、「自我技藝」與牧齋晚年詩論

以上集中地介紹了Foucault的自我技藝觀及其內蘊的幾個關鍵觀念，包括道德主體及行爲、實踐；主體性與自我意識、認知、反思；及主體化模式與眞理遊戲、歷史性等等。現在我嘗試把它們理論性地過渡到牧齋晚年的詩學體系。認識牧齋的詩學主張與寄託是我們理解牧齋詩作實踐十分重要的基礎。我找到一個有利的切入點：牧齋爲少他四十七歲的族曾孫錢曾(遵王，1629-1701)所撰的二篇詩序[15]。

詩人「自貴重」、「交相貴重」說

牧齋〈族孫遵王詩序〉[16]說：

> 竊常謂今人之詩所以不如古人者，以謂韓退之之評子厚，有勇于爲人、
> 不自貴重之語，庶幾足必蔽之。何也？今之名能詩者，庀材惟恐其不
> 博，取境惟恐其不變，引聲度律惟恐其不諧美，駢枝鬪葉惟恐其不妙
> 麗，詩人之能事，可謂盡矣。而詩道顧愈遠者，以其詩皆爲人所作，剽
> 耳偭目，追嗜逐好。標新領異之思，側出于內；嘩世炫俗之習，交攻于
> 外，搞詞拈韻，每怵人之我先；累牘連章，猶慮己之或後。雖其申寫繁
> 會，鋪陳綺雅，而其中之所存者，固已薄而不美，索然而無餘味矣，此
> 所謂勇于爲人者也。

《有學集》卷19，頁827

---

15 錢曾生平及其詩作特色，請參謝正光著，嚴志雄編訂，《錢遵王詩集箋校》(增訂版)(台北：中央研究院中國文哲研究所，2007)，〈前言〉，頁5-19。錢仲聯認爲：「牧齋門下，能一宗其家法，門庭階闥，矩範秩然者，惟其族曾孫遵王一人而已。」見上揭書錢仲聯序，頁3。

16 謝正光認爲此序至遲成於順治十年(1653)，詳參氏著《錢遵王詩集箋校》，頁4-5。

牧齋從韓愈論柳宗元「勇於為人，不自貴重」之語轉出「自貴重」關係詩文成敗的理論[17]。他的實際目的，固然是評議「今人之詩」為了順應時髦而競逐於絢麗、奇詭、華美的詩藝[18]。在他看來，這都是「詩人」可盡的「能事」。然而弔詭的是，當他們獲得時流的許可時，卻離「詩道」愈遠了，因為他們的詩是「為人所作」。關鍵之處，若用Foucault的話來解釋，是他們作詩的行為並沒有充分地開展出一個主體化的過程，結果詩作缺乏詩人的真我，建構不出道德主體，呈顯不出主體性，「薄而不美，索然而無餘味」。今之名能詩者，「劓耳偭目，追嗜逐好」、「勇于為人」，是屈從於別人的宰制、規範而已。「自貴重」與Foucault「自我關注」的精神是相通的，二者強調的都是個人情志的積極活動，

17　韓愈原文為：「子厚前時少年，勇於為人，不自貴重顧藉，謂功業可立就，故坐廢退……。」見〈柳子厚墓誌銘〉，《韓昌黎文集校注》（上海：上海古籍出版社，1987）卷7，頁513。

18　牧齋的詩文論多兼理論與「爭議」（polemics）的雙重目的，而其抨擊者，多為他所謂的「俗學」、「謬學」。他在給王士禛寫的〈王貽上詩序〉中說：「詩道淪骨，浮偽並作，其大端有二。學古而贗者，影掠滄溟、弇山之賸語，尺寸比儗，此屈步之蟲，尋條失枝者也。師心而妄者，懲創《品彙》、《詩歸》之流弊，眩運掉舉，此牛羊之眼，但見方隅者也。」《有學集》卷17，頁765。他在〈愛琴館評選詩慰序〉中說：「古學日遠，人自作辟。邪師魔見，醞釀于宋季之嚴羽卿、劉辰翁，而毒發于弘、德、嘉、萬之間。學者甫知聲病，則漢、魏、齊、梁、初、盛、中、晚之聲影，已盤互于胸中，備耳借目，尋條屈步，終其身為隸人而不能自出。」《有學集》卷15，頁713。牧齋對前後七子復古派的摹擬理論、不讀唐以後書的主張深痛惡絕；對鍾、譚竟陵派「淒聲寒魄」、「噍音促節」，充滿「鬼趣」與「兵象」的「淒清幽眇」詩學極力排擊；對公安派的「獨抒性靈」而「鄙俚公行」、不重學問亦不以為然。可參拙文，〈錢謙益攻排竟陵鍾、譚側議〉，《中國文哲研究通訊》第14卷第2期（2004年6月），頁93-119。本章所引述牧齋詩文論或多或少都存在上述的針對性與指向性，但我不擬在文中一一指出。一者，時賢在這方面的研究已頗豐碩，沒有必要在此再贅敘。再者，本章取徑不同，希望發掘牧齋詩論中不同於諸家的理論意趣。牧齋詩論的研究頗多，可參胡幼峰，《清初虞山派詩論》（台北：國立編譯館，1994）；裴世俊，《錢謙益詩歌研究》（銀川：寧夏人民出版社，1991）、《錢謙益古文首探》（濟南：齊魯書社，1996）；孫之梅，《錢謙益與明末清初文學》（濟南：齊魯書社，1996）；丁功誼，《錢謙益文學思想研究》（上海：上海古籍出版社，2006）；楊連民，《錢謙益詩學研究》（北京：社會科學文獻出版社，2007）；拙著：Lawrence C. H. Yim, *The Poet-historian Qian Qianyi* (London and New York: Routledge, 2009)等。

並通過一定的技藝鍛鍊，以進於道德目的論的「道」。牧齋接著說：

> 生生不息者，靈心也，過用之則耗。新新不窮者，景物也，多取之則
> 陳。能詩之士所謂節縮者川嶽之英靈，所閟惜者天地之章光，非以爲能
> 事，故自貴重，雖欲菲薄而不可得也。……唐人之詩，或數篇而見古，
> 或隻韻而孤起，不惟自貴重也，兼以貴他人之詩。不自貴則詩之胎性
> 賤，不自重則詩之骨氣輕，不交相貴重則胥天下以浮華相誘説，僞體相
> 覆蓋，風氣浸淫，而江河不可復挽。故至于不自貴重，而爲人之流弊極
> 矣。

《有學集》卷19，頁828

從「自貴重」再轉深而爲「交相貴重」，牧齋開出了一個相當獨特的詩學認識
論，把個人的內心情思、群體活動與自然世界放置在一個有機的、互爲互動的關
係裡。詩人不但要珍惜自己及他人的「靈心」，也要珍惜物象世界的「英靈」、
「章光」，否則靈感將「耗」，景物會「陳」，賊伐生命、生機，害身殘壽。上
面說過，Foucault的自我關注理論與對身體保養的重視息息相關，這裡牧齋亦用
身體、精力爲喻，其理趣是相似的。自我技藝施展的最終目的是變化氣質、呼喚
出眞我。牧齋認爲，不自貴則詩的「胎性」賤，不自重則詩的「骨氣」流於輕
浮。胎性與骨氣是最個人化的，強調詩要胎性貴、骨氣重，其實是順著身體的比
喻而拈出，詩歌最珍貴的地方就是個人主體性的呈顯。

主體化模式最重要的一環是自我的技藝、實踐。牧齋的「自貴重」說沒有缺
少這一層。牧齋說：

> 遵王生長綺紈，好學汲古，逾于後門寒素。其爲詩，別裁眞僞，區明風
> 雅，有志于古學者也。比來益知持擇，不多作，不苟作，介介自好，夐
> 夐乎其難之也。得我説而存之，其爲進勦禦焉？吾老矣，庶有虞于子
> 乎？孟亮曰：「善哉！不獨爲遵王告也。宜書之以示世之君子。」

《有學集》卷19，頁828

錢曾之獲牧齋讚賞，詩藝而外，還在於他雖生長富貴之家，但他好學汲古的努力，甚或超過寒門子弟。這首先就強調了學問與磨礪的重要性。至於詩道，錢曾能「別裁真偽，區明風雅」；換作Foucault會說，錢曾作詩的實踐與「真與假的遊戲」建立了自覺的關連，有自我的堅持在。牧齋並為錢曾明白開示了詩學的自我技藝：志於古學、自我貴重、不多作、不苟作。牧齋知道，這樣取徑荊棘滿途；其「難」，在於為了建構詩人的主體性，他必須與當時的詩學規範體系背道而馳。牧齋認為，他為錢曾提供的自我貴重「說」是能「禦」錢曾的志意的；在別人的輔導下進行自我教養亦是Foucault自我技藝相關的內容。

「淘洗鎔鍊」、「彈斥淘汰」作為詩人自我塑造的手段

在給錢曾寫的另一篇詩序裡，牧齋再次強調詩人主體化與自我塑造的緊密關係，其〈題交蘆言怨集〉說[19]：

> 余年來採詩，撰《吾炙集》，蓋興起于遵王之詩。所至採掇，不能盈帙。然所採者多偃蹇幽仄、么絃孤興之作，而世之通人大匠、掉鞅詞壇者，顧不與焉。……今年秋，遵王復以近作見眎，且屬余為翦削。余告之曰：「古人之詩，以天真爛漫自然而然者為工，若以翦削為工，非工于詩者也。天之生物也，松自然直，棘自然曲，鶴不浴而白，烏不黔而黑。西子之捧心而妍也，合德之體自香也，豈有于矜嚬笑、塗芳澤著哉？今之詩人，駢章麗句，諧聲命律，軒然以詩為能事，而驅使吾性情以從之，詩為主而我為奴。由是而膏唇拭舌，描眉畫眼，不至于補湊割剝，續鳧斷鶴，截足以適屨，猶以為工未至也。如是則寧復有詩哉！吾之所取于《吾炙》者，皆其緣情導意、抑塞磊落、動乎天機而任其自爾者也。通人大匠之詩，鋪張鴻麗，捃拾淵博，人自以為工，而非吾之所

19　謝正光主此序當作於順治十三年(1656)以後，詳參氏著《錢遵王詩集箋校》，
　　頁52。

謂自然而然者也。遵王之學益富、心益苦，其新詩淘洗鎔鍊，不遺餘力
矣，而其天然去雕飾者自在。西施之嫣然一笑，豈不益增其妍，而合德
亦何惡于異香也哉！……。」

《有學集》卷19，頁829-830

錢曾向牧齋求教「斵削」詩章之道，牧齋卻曉之以詩作不以「斵削為工」之理，
主張詩章要需「天真爛漫自然而然」始為工。然則，詩人自我之性情能否保存、
表現、發揮在詩篇裡，是牧齋評定詩藝高下的準則。牧齋強調「詩有本」，詩人
苟以賣弄技巧為鵠的，「驅使吾性情以從之，詩為主而我為奴」，無非是對規範
機制的屈從，不但不能磨練意志、塑造新吾，反而會喪失自我、埋沒性情。
「驅」、「從」之語，「主」、「奴」之喻，強烈透露了Foucault所謂「以規範
為導向的道德行為」的意味[20]。牧齋提倡一種與之對抗的自我技藝：作詩需不遺
餘力地「淘洗鎔鍊」，「天然去雕飾」。其實，就個人付出的精神與力氣言，牧
齋批評的，以「駢章麗句，諧聲命律」為能事的「今人」之詩，與他樂於見聞
的，淘洗鎔鍊之詩可能是難分軒輊的。關鍵再次在於，在命筆作詩這個道德歷程
裡，個人有否努力提煉自己成為道德主體，而這個過程又能否「緣情導意、抑塞
磊落、動乎天機而任其自爾」，藉之可以導引出詩人的主體性。其實，牧齋並非
完全反對「諧美」、「妙麗」等「詩人之能事」。請看他在〈陸敕先詩稿序〉[21]
寫的這段話：

讀敕先之詩者，或聽其揚徵騁角，以按其節奏；或觀其繁絃縟繡，以炫
其文彩；或搜訪其食跖祭獺、採珠集翠，以矜其淵博；而不知其根深殖
厚，以性情為精神，以學問為孚尹，蓋有志于緣情綺麗之詩，而非以儷
花鬪葉，顛倒相上者也。

《有學集》卷219，頁825

20　參前註11。
21　為陸貽典(1617-1686)作。陸貽典為明遺民詩人，牧齋弟子，虞山詩派重要成
　　員，著《觌庵詩鈔》，今存。

牧齋在意的，是詩人的「根殖」：性情與學問。根深殖厚，則詩作雖「緣情綺麗」而無損詩人的主體性。牧齋曾隨機設教，說明過真詩之極致乃成就於詩人性情與學問的互為互動，以及詩人傾注其中的陶煉與持擇。他在〈陳古公詩集序〉[22]中援佛學唯識學義理論析世界的「空有」與其反映於人身的識、心、語言文字的關係：

> 佛言此世界初，風金水火四輪，次第安立，故曰四輪持世。四輪之上為空輪，而空輪則無所依。道書載海內洞天福地，其中便闢疏窗，玲瓏鉤貫，一重一掩，如人肺腑。以此證知空輪建立，灼然不誣也。人身為小情器界，地水火風，與風金四輪相應。含而為識，竅而為心，落卸影現而為語言文字。偈頌歌詞，與此方之詩，則語言之精者也。今之為詩者，矜聲律，較時代，知見封錮，學術柴塞，片言隻句，側出于元和、永明之間，以為失機落節，引繩而批之，是可與言詩乎？此世界山河大地，皆唯識所變之相分。而吾人之為詩也，山川草木，水陸空行，情器依止，塵沙法界，皆含攝流變于此中。唯識所現之見分，蓋莫親切于此。今不知空有之妙，而執其知見學殖封錮柴塞者以為詩，則亦末之乎其為詩矣。……佛于鹿宛轉四諦後，第三時用維摩彈斥，第四時用般若真空淘汰清靜，然後以上乘圓頓甘露之味沃之。今不知彈斥，不知淘汰，取成糜之水乳以當醍醐，此所謂下劣詩魔入其心腑者也。嗚呼！將使誰正之哉？陳子古公自評其詩曰：「意窮諸所無，句空諸所有。」聞者河漢其言。余獨取而證明之，以為今之稱詩可與談彈斥淘汰之旨，必古公也。古公之詩，梯空躡玄，霞思天想，無鹽梅芍藥之味，而有空青金碧之氣，世之人莫能名也。昔人稱西土讚頌之詩，凝寒靜夜，朗月長宵，煙蓋停氛，帷燈靜耀，能使聞者情抱暢悅，怖淚交零。古公之詩，庶幾近之。

22　陳古公或即陳元素，遺民隱者之流，詩文見重一時。詳參陳寅恪，《柳如是別傳》（上海：上海古籍出版社，1980），冊下，頁1094-1096。

《有學集》卷18，頁799-800

牧齋稱揚陳古公的詩境已臻於佛教的「空有」之義，故能牽動人心裡最深層的情緒，或大悲或大喜。牧齋這段議論容或有精微的佛理在，但其最終目的，仍是文學批評。陳古公的詩「梯空躡玄，霞思天想，無鹽梅芍藥之味，而有空青金碧之氣」。何以致之？牧齋表出，陳古公爲詩能致力於「彈斥淘汰」；換言之，其詩，其詩境，乃是努力鍛鍊出來的結果(當然，亦有彈斥淘汰「俗學」的意味)。牧齋又暗示，努力經營以外，陳古公的詩復以「上乘圓頓甘露之味沃之」。這「味」，不好坐實，狹義當指陳古公的佛教情韻與修爲，但以之指其性情與學問亦無不可。

「汲古去俗」、重「學問」的詩學工夫論

上文表過，牧齋認爲詩人必須「自貴重」然後其詩的「胎性」始能貴。他另曾藉道家「結胎」之說設喻，闡論「古學」於有志於詩文之士的重要性。〈陳百史集序〉[23]說：

> 泰昌紀元庚申[1620]，與秦人文太青、齊人王季木談文左掖門下，各持所見，斷斷不相下。余曰：「子亦知道家結胎之說乎？古之學者，六經爲經，三史六子爲緯，包孕陶鑄，精氣結轄。發爲詩文，譬之道家聖胎已就，飛昇出神，無所不可。今人認俗學爲古學，安身立命於其中，凡胎俗骨，一成不可變，望其輕身霞舉，其將能乎？」……百史之學已成，其文可以傳矣，吾所謂就聖胎者信矣。自時厥後，願益努力自任，以汲古去俗爲能事。余老且賤，不敢如先正所云以斯文付子，庶幾正告海內曰：「當今不得不以此事推百史。」余自此益絕意翰墨，不復以隻字落人世。豈不快哉！

《全集》冊7，頁676-677

23　爲陳名夏(1601-1654)作。

重學、「通經汲古」之說是牧齋詩文論中重要的內容與堅持。至於「學」的指涉，此處牧齋拈出六經、三史、六子，在他處所舉名目或不一，要皆歷代重要典墳（但偏重儒家），可資涵泳服習以建立學問根柢者。經緯相錯交織，「包孕陶鑄，精氣結轖」，然後發為詩文，則無往而不利。「聖胎」之喻雖或詭奇，但當中強調磨淬鍛鍊的工夫是相當明豁的。

　　學問而外，牧齋之主詩以性情為主，以自然為工，自然有著儒家古典詩學的氣味。他在〈尊拙齋詩集序〉[24]中的一番話，就把《禮記・樂記》和《毛詩・大序》的古訓衍繹得淋漓盡致：

> 〈記〉曰：「人生而靜，天之性也。感於物而動，性之欲也。」性不能以無感，感不能以無欲。物與性相摩，感與欲相盪，四輪三劫，促迫於外，七情八苦，煎煮於內，身世軋戞，心口交蹠，萌於志，發於氣，衝擊於音聲，而詩興焉。故曰：「詩言志，歌永言，長言之不足，則嗟嘆之，嗟嘆之不足，則詠歌之。」暢其趣，極其致，可以哀樂而樂哀，窮通而通窮，死生而生死，性情之變窮，而詩之道盡矣。
>
> 《全集》冊7，頁411-412

牧齋標舉性情，崇尚天然，提倡「眞詩」，但我們卻絕不能就以為他主張詩應該漫興任性，衝口吟哦，不事文飾。牧齋在上引文字之後接著說：

> 今之論詩者，刌度格調，劌鉥肌理，奇神幽鬼，旁行側出，而不知原本性情。……有人曰：「眞詩乃在民間。文人學士之詩，非詩也。」斯言也，竊性情之似，而大謬不然。夫詩之為道，性情學問參會者也。性情者，學問之精神也。學問者，性情之孚尹也。春女哀，秋士悲，物化而情麗者，譬諸春蠶之吐絲，夏蟲之蝕字。文人學士之詞章，役使百靈，感動神鬼，則帝珠之寶網，雲漢之文章也。執性情而棄學問，採風謠而

24　為龔鼎孳(1615-1673)作。

遺著作，輿歌巷諼，皆被管絃，〈掛枝〉、〈打棗〉，咸播郊廟，胥天
下用妄失學，爲有目無覩之徒者，必此言也。

《全集》冊7，頁412

「淘洗鎔煉」、「天然去雕飾」（見上文）是作品呈現的藝術效果或達致的境界，
最終仍是詩人淬煉出來的，成就於詩人的刻意經營。這裡的「陶」、「洗」、
「鎔」、「煉」、「去」各字即透露著活躍的「窮削」行動。牧齋將「民間」與
「文人學士」之詩對立起來，認爲前者不足以披表「性情」的眞義[25]。他主張，
「性情」與「學問」互爲因果，而詩，必須是二者互動互爲的產物；在邁向詩道
的進程裡，個人的磨練、修養、進取不可或缺。文人學士的「詞章」猶「寶
網」，是「文章」、「著作」（這幾個詞本身就顯示著組織、結撰的成果），不應
與春女秋士本能性的、如「春蠶之吐絲，夏蟲之蝕字」的情感噴發相提並論。牧
齋這段文字體現了一個眞與假的論證過程，並提示了一個藝進於道的工夫論。

爲了突出「自我技藝」的論點，上面的論述偏重於牧齋工夫論的一面。必須
指出，牧齋論性情與學問的關係其實亦有相當形而上的面向。牧齋在〈題杜蒼略
自評詩文〉[26]中說：

夫詩文之道，萌折于靈心，蟄啓于世運，而茁長于學問。三者相値，如
燈之有炷有油有火，而燄發焉。今將欲刳其炷，撥其油，吹其火，而推
尋其何者爲光，豈理也哉！方其標舉興會，經營將迎。新吾故吾，剗換
于行間。心神識神，湧現于句裡。如蛻斯易，如蛾斯術。心了矣，而口
或茫然。手了矣，而心猶介爾。于此之時，而欲鏤塵畫影，尋行而數
墨，非愚則誣也。柳子之讀〈毛穎傳〉也，曰：「譬如追龍蛇、搏虎
豹，欲與之角而力有不暇。」

25　牧齋此論，意在闢李夢陽晚年所倡「眞詩乃在民間」之説。李夢陽以「途巷蠢
　　蠢之夫」之謳哿呻吟皆其自然之情，實與《詩經》比興之義無異，優於當世
　　「文人學子」「直率」而「情寡」之詞。此論見李氏自編《弘德集》自序中。
26　爲明遺民杜芥作。

《有學集》卷49，頁1594-1595

牧齋認為，當詩人與「道」終於交通時，上文所述的工夫論不復存在(但我們不應忘記，這個工夫論仍是詩人之藝得以進於道的先決條件)。那一刻，詩人經由性情與學問所孕育的靈心與外界引發歌詩行為的「世運」相激盪，其中，靈心、學問、世運何者是因，何者為果已不重要，也無從追究，而詩人的意識、情志來自過往，生發於現在，且只能存在於現在——沒有將來，將來只可能是現在的再現。這時相中的內心活動無法呈顯自己，必須憑寄於外物，那可以是詩。詩的物質性是字句與筆墨紙的構成，自成體系與世界，詩人必須屈從其格律聲調。當詩人帶著性情、學問與世運參與詩時，就某一意義來說，一個新的、互為主體性(intersubjective)的他者湧現：詩是一個相生相剋的場域，「死生而生死」，詩人與語言文字於此相爭奪，相攻防，相扶持，相誘發；最後，假如成功的話，各安其所，物我兩忘，一首真詩於焉誕生，它是屬於詩人的，屬於世界的，也屬於自己的[27]。它裏藏著凝住的時空與情思等待著重生。讀者，必須出現。

「詩人救世之詩」與權力、政治話語

我們必須進一步探論「世運」在牧齋詩學裡的涵義，因為這一觀念不但關乎詩人與自己建立的內省關係，更是詩人與別人及世界接連起來的目的性與理論性的原因。在牧齋的形容下，文人學士之詩具有「役使百靈，感動神鬼」的神秘力量。誠然，在中國人的思想世界裡，詩文與超自然世界的相關或親緣性很早就藉著《毛詩·大序》「故正得失，動天地，感鬼神，莫過於詩」的經典性信念與後來「天人合一」或「天人感應」的宇宙論、認識論建立了。但牧齋在明亡以後重

---

27 當然，我這樣的說法是在對「互為主體性」(intersubjectivity)一概念作稍微「出軌」的使用下展開的。「互為主體性」一般指主體之間的溝通、接受與理解，旨在探究這樣的交通緣何得以成立，以及其間所造就的主客間互動的樣態。但既然牧齋文中有「新吾故吾，剝換於行間。心神識神，湧現於句裡」的想像，儼然離析、催生著一個新的主體，而詩文作為一種存在，在牧齋的形容下又往往具有人格(甚或神格)，則我用「互為主體」的觀念去捕捉這裡的創作情狀似亦可自圓其說。

新提出這個舊說並加以發展卻具有特殊的歷史意義。牧齋晚年詩論裡有一個相當重要的主題,即:詩並非只是寄託個人情志的載體,更是鍛鍊、經營、安頓生命的場所,進而更可以(並應該)是影響、干預、參與「世運」的力量,乃不朽之盛事,經國之大業。

上文表過,在Foucault的論述裡,當主體感知到自身的意義及與他人的關係並因決定對規範服從與否而介入真與假的遊戲時,思想即行動。這個邏輯結構亦適用於描述牧齋的詩觀。牧齋有「詩人救世之詩」之說。他在〈施愚山詩集序〉[28]中暢論歌詩與世運互為因果的關係:

> 昔者隆平之世,東風入律,青雲干呂,士大夫得斯世太和元氣吹息而為詩。歐陽子稱聖俞之詩哆然似春,淒然似秋,與樂同其苗裔者,此當有宋之初盛,運會使然,而非人之所能為也。兵興以來,海內之詩彌盛,要皆角聲多,宮聲寡;陰律多,陽律寡;噍殺恚怒之音多,順成嘽緩之音寡。繁聲入破,君子有餘憂焉。愚山之詩異是,鏗然而金和,溫然而玉詘。柎搏升歌,朱絃清泛,求其為衰世之音,不可得也。歐陽子曰:「樂者,天地人之和氣相接者也。地氣不上應曰雺,天氣不下應曰霧。天地之氣不接,而人之聲音從之。」愚山當此時,能以其詩迴斡元氣,以方寸之管,而代伶倫之吹律,師文之扣絃,何其雄也。
>
> 《有學集》卷17,頁760

「太和元氣」與「隆平之世」相得益彰,詩風與「運會」交相鼓盪,這是《毛詩・大序》「治世之音安以樂,其政和」的意思。牧齋從宋之初盛跳接到天崩地坼、改朝換代的明清之際。他指出,在亂世的影響下,詩歌多表現出「角聲」、「陰律」、「噍殺恚怒」與「繁聲」等特徵。「亂世之音怨以怒」、「亡國之音哀以思」,這道理牧齋固然是懂得的,是以他特別欣賞施愚山那「鏗然」、「溫然」,迥異於時流的詩作。牧齋認為,施愚山的詩風出於自覺的選擇與堅持,其

28　為施潤章(1618-1683)作。

目的是「以其詩迴斡元氣」。這個看法突顯了詩人的自我技藝與實踐，而從其中轉出的道德主體及主體性的意義更非比尋常──詩人被賦予了「救世」的任務：

> 《記》曰：「溫柔敦厚，詩之教也。」說《詩》者謂〈雞鳴〉、〈沔水〉殷勤而規切者，如扁鵲之療太子；〈溱洧〉、〈桑中〉咨嗟而哀歎者，如秦和之視平公。病有淺深，治有緩急，詩人之志在救世，歸本于溫柔敦厚，一也。……溫柔敦厚之教，詩人之鍼藥救世，愚山蓋身有之。《詩》有之：「神之聽之，終和且平。」和平而神聽，天地神人之和氣所由接也。其斯以同樂之苗裔而爲詩人救世之詩也與？

《有學集》卷17，頁760-761

世界病了，詩人不但有「志」救世，而且有救世的「鍼藥」，不但有救世的鍼藥，且其「身」即爲鍼藥。經由不同的表現方式(或「殷勤而規切」，或「咨嗟而哀歎」)，溫柔敦厚的詩教與政治世界、歷史事件發生關係、發揮作用。溫柔敦厚導向「和平」，和平然後可以「神聽」，和平神聽而「天地神人之和氣」於是乎相互交通：詩／詩人是靈媒，接引天上人間。在古希臘的傳統裡，自我注重的目的之一，是傾聽、發現logos，或曰「道」。希臘人的logos比較是「真理」的意思[29]，而牧齋這裡的「神」卻是比較接近於神秘意義的神了。此二者最終的指向容或不同，但其從物質世界出發而扣觸、而通向精神世界的活動與意向是相同的。牧齋的詩觀有特定的歷史性，又往往揉之以玄思，真假相生，虛實交錯，情、意、志、知、行等概念時或兼有思想與行動的強烈意義。他在明亡前講過一個以「歌風占敵」的故事：

> 戊寅[1638]之春，余病臥請室。同繫者聞邊遽，驚而相告。余方手一編

29　更準確地說，希臘文logos一語同時含蘊ratio (reason; 理)與oratio (speech; 言)二義。Logos與中國傳統的「道」的可比性，可參Zhang Longxi, *The Tao and the Logos: Literary Hermeneutics, East and West* (Durham & London: Duke University Press, 1992), pp. 22-33。

詩，吟咀不輟，挾筴而應之曰：以此占之，奴必不爲害。告者不憚而去。居無何，邊吏以乞款入告，舉朝有喜色。告者復問：「子所誦何人詩？詩何以能占虜耶？」余展卷而應之曰：「此吾師高陽公之少子名鉽字幼度之詩也。吾師爲方叔元老，身係天下安危。諸公子皆奇偉雄駿，屬橐鞬，握鉛槧，以從公於行間……。幼度之詩，有光熊熊然，有氣灝灝然……。今夫吾師者，國家之元氣也，渾淪盤礴，地負海涵，其餘氣演迤不盡，而後有幼度兄弟，而後有幼度兄弟之詩。微國家之元氣於吾師，微吾師之元氣於幼度之詩。《傳》有之，深山大澤，實生龍蛇。幼度之詩，殆亦國家之餘氣也。純門之役，師曠驟歌北風，而知楚之不競於晉。斯可以覘國已矣，而又何疑焉？」告者曰：「子之言則善矣，古者師能審音，子非師而效師之歌風也何居？」嗟夫！余固世之僇人也，幽囚困踣，懂而不死。余雖有目，無以異於師之瞽也。鄭之師慧，過宋朝而私焉，曰：必無人焉。余之來也，歸死於司敗，不敢造朝，未知有人焉與否。羽書旁午，病臥請室，無已而以歌風占敵，自附於子野，子猶以有目嘲我，不亦過乎？告者憮然而退。

〈孫幼度詩序〉，《初學集》卷31，頁915-916

在〈施愚山詩集序〉裡，詩人可以「以其詩迴斡元氣」，在這裡，詩人就是「元氣」的化身。這元氣是牧齋座師孫承宗(1563-1638)[30]，「方叔元老，身係天下安危」的大臣，乃「國家之元氣」。其子孫幼度曾握鉛槧從父行間。牧齋認爲，可以「微國家之元氣於吾師，微吾師之元氣於幼度之詩」，孫幼度之詩，「殆亦國家之餘氣」[31]。明末孫承宗曾多次領軍禦清，而邊境再次告急時，牧齋正在獄

---

30 孫氏歿於崇禎十一年(1638)，傳見《明史》卷250，〈列傳〉，第138。牧齋有長文多篇述孫氏行實，可參〈特進光祿大夫左柱國少師兼太子太師兵部尚書中極殿大學士孫公行狀〉，《初學集》卷47，頁1160-1238。牧齋與孫氏一門關係十分密切。牧齋崇禎十五年(1642)有〈高陽孫氏闔門忠義記〉一文，記崇禎十一年孫氏一門死義事。清人陷高陽，孫家闔門起與之戰，除孫承宗外，「子五人孫六人與從子孫八人皆死」。牧齋文見《初學集》卷41，頁1088-1090。

31 牧齋於〈純師集序〉中更直言：「夫文章者，天地之元氣也。忠臣志士之文章

中誦讀孫幼度的詩。(其時孫承宗已告老歸田數年。)牧齋以孫詩「有光熊熊然，有氣灝灝然」，以之「占」戰事必轉危爲安。後亦如牧齋所料。這純是巧合而己，明朝畢竟在不久之後便爲清人所破滅。牧齋在明末發爲此論，是他美好的願望(且不無戲語的成分)，或亦偶有一二事可佐其說。但牧齋在明亡以後依然主張詩人可以回復元氣，干涉世運，並提倡創作溫柔敦厚的歌詩，這便跡近妄想了。但正亦由於這分近乎頑愚的堅執，致使我們可以視牧齋的詩論與詩作爲一種自我技藝與自我實踐。嘗試論之：命筆作詩是倫理實體，而在明清之際特定的時代、歷史條件的陶鑄下，屈從的模式是順應亂世之音、亡國之音。牧齋卻反其道而行，提倡、從事一種與時代不合拍的「和平而神聽」的詩，這無疑是牧齋執意的自我技藝與實踐。其道德目的是救世，激昂蹈厲，迴斡元氣。這個主體化模式塑造出來的道德主體既是一個特立獨行的詩人，亦是一個企圖改變世運塗轍的行動者(agent)。如果我們再深思，這個道德主體所要挽回的元氣屬誰──如果是指向明室──則作詩更從自我技藝與實踐轉而爲帶有政治意圖的行爲了。再述數事以實吾說。

牧齋在〈題紀伯紫詩〉[32]中說：

> 余方銀鐺逮繫，纍然楚囚。誦伯紫之詩，如孟嘗君聽雍門之琴，不覺其欷歔太息，流涕而不能止也。雖然，願伯紫少闊之，如其流傳歌咏，廣賣焦殺之音，感人而動物，則將如師曠援琴而鼓最悲之音，風雨至而廊瓦飛，平公恐懼，伏于廊屋之間，而晉國有大旱赤地之凶。可不愼乎！可不懼乎！

《有學集》卷47，頁1548-1549

牧齋於明季因介入黨爭下獄，獄中讀孫幼度詩而占「奴〔清人〕必不爲害」，一

　　與日月爭光，與天地俱磨滅。然其出也，往往在陽九百六、淪亡顛覆之時，宇宙偏沴之運，與人心憤盈之氣，相與軋磨薄射，而忠臣志士之文章，出焉。」見《初學集》卷40，頁1085。

32　爲明遺民詩人紀映鍾(1609-?)作。

派樂觀。入清不久,他因涉嫌參與復明運動而再度下獄[33],獄中他讀紀伯紫的詩。這次,他愴然淚下,因紀氏的詩觸動的是亡國之痛。牧齋用了兩個典故表出這層意思:雍門之琴與師曠鼓最悲之音。古史傳說:雍門周為孟嘗君鼓琴,徐動宮徵,叩角羽,孟嘗君歔欷而曰:「先生鼓琴,令文立若亡國之人也。」師曠為晉平公鼓最悲之音前,師涓曾為鼓「亡國之聲」。及師曠援琴而鼓之,一奏而白雲起西北,再奏而大風至雨隨之,廊瓦飛,左右奔走,平公恐懼,伏於廊屋之間,晉國大旱,赤地三年。牧齋讀紀氏詩,歔欷流涕不能止,聯想到雍門及師涓、曠之鼓琴,無疑是不得不承認國已破亡這個事實,而亡國之音聲又是他們這一代人共同的情緒底蘊、發為詩文時顯著的風格。儘管如此,他仍勸紀氏「少閟之」,恐其詩歌助長「焦殺之音」,必須「慎」,必須「懼」。這表達了牧齋對抗屈從模式裡的規範系統、機制的意志。

牧齋〈答彭達生書〉[34]說:

> 僕西垂之歲,皈心空門,于世事了不罣眼。獨不喜觀西臺智井諸公之詩,如幽獨若鬼語,無生人之氣,使人意盡不歡。而亦以立夫《桑海》之編,克勤《遺民》之錄,皆出于祥興漸滅之後,今人忍于稱引,或未之思耳。今日為詩文者,尚當激昂蹈屬,與天寶、元和相上下,足下有其質矣。僕故為之揚屬其辭,以張吾軍,知不以我為夸為誕,而河漢其言也。

《有學集》卷38,頁1333

謝翱登西臺哭祭文天祥、鄭思肖沉《心史》於智井,都是宋遺民事跡之皎皎者。異代同悲,明遺民每喜以謝、鄭自況。牧齋於此卻謂惡讀遺民歌詩,以其流露意志銷沉鬱邑的亡國之音;不獨不喜遺民詩,亦不喜時人稱引元朝吳萊(立夫)《桑海遺錄》、明代程敏政(克勤)《宋遺民錄》等載記,以其皆宋室滅亡後的遺民舊

---

33 順治四、五年(1647-48)間事,牧齋受黃毓祺謀反案牽連被捕,下南京獄。
34 為彭士望(1610-1683)作。士望,字達生,號躬菴,又號晦農,「易堂九子」之一。

事，讀之「使人意盡不歡」[35]。際此衰頹之世，牧齋卻勉勵時人戮力爲唐「天寶」、「元和」體。何故？天寶年間，安史禍亂未作之前，詩稱盛唐；元和新體詩文，或奇詭，或苦澀，或流盪，或矯激，或淺切，或淫靡，不一而足，要皆體式與情韻之蛻變[36]。由此觀之，牧齋所期許同儕之「激昂蹈厲」者或盛與變，不欲其淪爲了無生意的幽獨之音。這不亦自我塑造、自我鍛鍊殷切的期盼嗎？尤有進者：牧齋所取於元和者，實偏重於韓、柳，而寄意在「中興」。他在〈彭達生晦農草序〉中說：

> 昔者有唐之文，莫盛于韓、柳，而皆出元和之世，〈聖德〉之頌，〈淮西〉之雅，鏗鏘其音，灝汗其氣，曄然與三代同風。若宋之謝翱，當祥興之後，作鏡歌鼓吹之曲，一再吟咏，幽幽然如鴞啼鬼語，蟲吟促而猿嘯哀。[37]

《有學集》卷19，頁811

此處元和一義的最佳注腳，可以在牧齋明季所撰〈徐司寇畫溪詩集序〉[38]中找到。他說：

> 昔者有唐之世，天寶有戎羯之禍，而少陵之詩出；元和有淮蔡之亂，而昌黎之詩出。說者謂宣孝、章武中興之盛，杜、韓之詩，實爲鼓吹。

《初學集》卷30，頁903-904

35　必須指出，牧齋此論，有其爲答彭士望來書的針對性，爲強調「中興」之義而刻意如此行文。實則牧齋對明遺民詩文、對歷代易代之際遺民作品（尤其是宋遺民之作）多所青睞、嘉許，爲清初推廣「遺民學術」最力者之一。可參拙著，*The Poet-historian Qian Qianyi*, pp. 15-55。

36　〔唐〕李肇，《唐國史補》（台北：臺灣商務印書館，1983年《景印文淵閣四庫全書》影印國立故宮博物院藏本，第1035冊）卷下，頁11b。

37　時人亦確有以韓愈視牧齋者。牧齋在〈戲題徐仲光藏山稿後〉中說：「仲光貽書，屬余評定其文，自比李翱、張籍，而以昌黎目吾。」見《有學集》卷49，頁1605。

38　爲徐石麒(1578-1645)作。

「鼓吹」者，原指「軍樂」，引申爲揚發、唱導、羽翼、輔佐之意，牧齋於此數語中用之，強調的是意志的作用[39]。詩人目擊時艱，秉才雄鷙者踔厲風發，企圖以文章之英華挽回運數，再造「中興」之世。

雖然，時難運蹇之日，變徵之調又豈易排拒？牧齋〈答杜蒼略論文書〉說：

> 足下謂吾之評文，恐流入可之、魯望、表聖之倫，而微詞相諷諭。此則高明之見如此，而僕固不敢有是論也。可之之文，出于退之，再傳魯望、表聖，託寄不一，要皆六經之苗裔，《騷》、《雅》之耳孫也。其所以陷于促數噍殺、往而不返者，以其生于唐之季世，會逢末刦之運數，而發作于詩章。故吾于當世之文，欲其進而爲元和，不欲其退而爲天復，有望焉，有禱焉，非其文之謂也。

> 《有學集》卷38，頁1307-1308

儘管不願意，但從牧齋述杜蒼略語可知，大概牧齋自己的詩文亦已稍入「促數噍殺」一路了。既然牧齋知道，孫樵(可之)、陸龜蒙(魯望)、司空圖(表聖)生長晚唐，「會逢末刦之運數」，即使是「六經之苗裔，《騷》、《雅》之耳孫」，薰染既久，發爲篇章，亦難免表現出亂世、衰世的情調，則牧齋又何嘗不知道，世運、文運，又豈可能爲一二子之意志所轉移？雖然，他仍呼籲時人振起，踵武元和之體，不欲其屈服於如天復之末刦。天復朝後，哀帝以少年天子被挾持登基，越四年，唐亡。牧齋語重深長地說：「有望焉，有禱焉，非其文之謂也！」非其文之謂，非其文之謂，背後的寄託，其知其不可爲而爲之，思過半矣。牧齋晚年，明遺民曾燦(青黎)曾致書牧齋並贈詩三章，中有聯云：「詩書可卜中興事，天地還留不死人。」牧齋大喜，謂：「壯哉其言之也」[40]。而牧齋的自我期許以及在一特定社群中的物望亦可以想見矣。

39　牧齋於〈唐詩鼓吹序〉云：「夫鼓吹，角聲也。人有少聲，入于角則遠，四子其將假遺山之《鼓吹》以吹角也，四子之聲，自此遠矣。」見《有學集》卷15，頁710。

40　見牧齋〈與曾青黎書〉引，《有學集》卷38，頁1335。

第二章

陶家形影神——

牧齋的自畫像、「自傳性時刻」與自我聲音

…[A]n unlettered stone would leave the sun suspended in nothingness.
……沒有銘刻文字的墓碑讓太陽高懸於虛空中。
Paul de Man, "Autobiography As De-Facement"[1]

　　本章的最終目的，是釋讀牧齋〈病榻消寒雜咏〉詩的前序。但直接談論牧齋的詩序有點不智，可能會被牧齋牽著鼻子走。牧齋的前序是一個表演性的（performative）言說形構，有一個頗為縝密的歪理在。設若我們一開始就為牧齋「傳意」，牧齋序文精采的語言形構（linguistic formulation）會讓我們無從置喙。一般的詩前小序交代成詩的時、地、因緣，偶及其「本事」，牧齋的序含有這些訊息，但除此以外，牧齋還在序文的主體作了一番對於所謂「三體」詩的思辨，自判自家詩歌究近何體、風格云何。這是牧齋對自己生前最後一組大型詩作的「自我聲音」（self-voice）的宣告。「自我」（self）、「聲音」（voice）云云，一般是詩人「習性」（habitus）的流露，文學批評所稱作家創作的不同「時期」（periods），其中一個判別的根據可能就是作家創作生涯中的各個「習性」。我們有理由相信，牧齋的〈病榻消寒雜咏〉是他晚期風格（late style）的體現。（牧齋在另一可與〈病榻消寒雜咏〉詩序對讀的文本中即自言：「老來作詩，約有二種。」詳下文第四節。）如此，若要比較透徹地瞭解牧齋詩序對於「自我聲音」的思辨，我們的視域（perspective）有必要更開闊，對牧齋生命最後一、二十年在

1　Paul de Man此文原刊於*MLN* 94.5 (December 1979): 919-30，後收入氏著*The Rhetoric of Romanticism* (New York: Columbia University Press, 1984), pp. 67-81.

詩文中所採取的種種「自我建構」(self-constitution)策略有一定認識。是以雖然本章最終的目的是探論牧齋爲〈病榻消寒〉詩所寫的前序,我將採取一個迂迴進入的方式展開論述。

在下文的第一節,我提出一個「自傳性時刻」(the autobiographical moment)的概念,用以統攝全文論及的牧齋詩文;第二節討論牧齋作品中文字性的「自畫像」(self-portraiture)與「自我再現」(self-representation)的微妙關係;第三節析論「傳記」(biography)與「自傳」(autobiography)之間的緊張性及其帶來的焦慮(anxiety)如何影響著牧齋晚年作品的某些創作「意圖」(intentionality)。在第四節,在以上各節的墊基上,我將詮解牧齋〈病榻消寒雜咏〉的詩序,剖析其中的「自我聲音」與牧齋自陳的〈病榻消寒雜咏〉的寄意。「蒼顏白髮是何人?試問陶家形影神。」這是下文將論及的牧齋詩的一聯。我提醒讀者,設若我們執「蒼顏白髮」的「歷史性」(historicity, historicness)去描畫牧齋之爲「何人」,錢老會竊笑。「攬鏡端詳聊自喜,莫應此老會分身。」這是上引詩聯的下二句。我們在本書讀到的所有詩文,都只是鏡像中錢老的「分身」、「形影神」,一切都是「再現」、「敘述」(narrative),歷史無法復原,更沒有「眞理」(truth)這回事。

一、「自傳性時刻」

以一個不斷隱退、逃逸、逆反的姿態(stance)與世界交接。這是牧齋在入清以後詩文(後結集爲《有學集》)中銘刻下的鮮明形象。像印章,上面刻的是陰文,而藉著鈐印的力度、印泥及紙張的物質作用,手提起來,卻是清晰深刻的陽文,而且本來是符號性的線條(graph)立刻顯現爲文字,產生可以被閱讀並理解的意義。生命存在的實際情態與經由文本機制反映出來的形象並非一體之兩面,故而「敘述的眞理」(narrative truth)不能直接指向「歷史的眞理」(historical truth)。我們必須細究其中經過的種種「隱喻性替換」(metaphorical substitutions)、「敘述與形象性策略」(narrative and figural strategies)與「文本性再現」(textual representations)。我不是在暗示著一個「言意之辯」式的困境。因

爲說「言不盡意」或「得魚忘筌」，首先是把「言」與「意」二元對待起來，而且認定兩者都是實存。倘若我們所指的「言」與「意」是存在於一個相生相剋、脣寒齒亡、互相催發而又互相藏閃的辯證關係中的呢？在這個結構中尋找眞理或希企眞理的顯現，必然見山是山見水是水，可同時又見山不是山見水不是水，海市蜃樓，進退維谷。假如我們置身這個境況原來的目的是要述說「自我的故事」（self-story），那麼有兩個可能性：一是離棄此間的山水，乾脆放棄文字語言，以實際的行動參與歷史、進入世界，留下行跡、行事交由別人描述，生命成爲一篇「傳記」的素材。一是雖然知悉文字的虛妄性、築構性（constructedness），依舊安之若素，樂於支配其中的種種資源，刻意編織、建構一個「自我形象」（self-image），其產物，是「自傳」。然而，前者並不表示對傳記形構結果的完全放棄，不聞不問，而後者，亦不意味著我們就可以按圖索驥，獲知更多、更絕對的眞理。

今天重讀Paul de Man二十多年前對自傳所作的論述，依然覺得思辨深刻，引人入勝。de Man 在"Autobiography As De-Facement"中雄辯地說：

> 人們一般以爲，生命成就了自傳，如同一個行動帶來其後果，但我們又何嘗不可以認爲——且理由同樣充足——自傳性的作業（the autobiographical project）本身可以成就並限定生命，且不管自傳作者做的是甚麼，都毫無疑問地受制於自畫像的技術要求（technical demands of self-portraiture），因之，自始至終被限定於作者所選擇的載體資源？再說，由於這其中被認爲起著作用的摹仿論是一個形構的模式（固然還有別的模式），究竟是被形構的對象（referent）限定著最後被形構出來的形象（the figure），還是剛好相反？難道，那個看似存在的出處（reference），不正也是形象產物結構的對應物，換言之，它已經絕非一個明晰直接的形構對象，而更接近某種虛擬（fiction），因而其本身就必然內涵著某種程度的參照性製作（referential productivity）？[2]

2　de Man, "De-Facement," p. 69.

對de Man而言,自傳既非特定文類,亦非某種寫作模式。抽象點說,它是一種形象釋讀(a figure of reading)或理解,可以存在於任何文本。當兩個主體(subjects)——書寫的與被書寫的——相遇,而彼此以一種相互性的、反思性的替換(mutual reflexive substitution)限定著對方,一個「自傳性的時刻」就出現了。其中發生的替換與限定建基於分別性(differentiation)與類同性(similarity)。這個自傳性的時刻被內化在一個文本結構中,而這文本冠上了作者的姓名,表示作者是進行理解的主體,而文本乃其作品。de Man這個論述的理論意義在於揭示了自傳性時刻的抽象本質:它並非只存在於歷史或經驗中的某一處境或事件,更重要的,它出現在被形構的對象在一個語言結構(a linguistic structure)中應機示現(manifestation)的當下,而其中的種種認知(cognition)、自我知識(knowledge of self)都是在一個轉喻性結構(tropological structure)中發生的[3]。de Man宣稱:

> 自傳之所以堪玩味,不在於它會披露可靠的自我知識——它斷不會——而在於它以教人訝異的方式暴露出,在一切以轉喻替換築構的文本系統中,結束(closure)和總體化(totalization)之不可能(那正是成為存有[coming into being]的不可能)。[4]

可以說,牧齋晚年的種種作為,文學性與非文學性的,都像在進行著一項「自傳性作業」,刻意留下一個又一個意味深長的姿態、身影、聲音供人觀看、

---

3 轉喻(或譯轉義,trope)是以形象化的修辭手法表達思想或概念。某一語詞或形象的本義在轉喻的位置上偏離本義,故須通過詮釋以明寄意。轉喻在現當代西方文學理論、語言學、歷史哲學中有非常複雜的意涵。這裡我們只強調它在de Man理論中的最基本性格。轉喻一般包括隱喻(metaphor)、換喻(metonymy)、提喻(synecdoche)、反諷(irony)等,而轉喻是在更大的「修辭性語言」(rhetorical language)或「形象性語言」(figurative language)的框架中被思考的。進一步的探論不妨參看"Figuration"和"Figure, Scheme, Trope"二詞條,見 Alex Preminger et al, eds., *The New Princeton Encyclopedia of Poetry and Poetics* (Princeton, New Jersey: Princeton University Press, 1993), pp. 408-12。另可參許德金、朱錦平撰,〈轉義〉,收入趙一凡等編,《西方文論關鍵詞》(北京:外語教學與研究出版社,2006),頁881-890。

4 de Man, "De-Facement," p. 71.

思考、詮釋。本章討論的牧齋詩文大都內含一個自傳性時刻，亦顯露出一個轉喻性結構。我們嘗試透視牧齋如何運用文本、文學活動的種種資源，形構出不同的自我形象。我們逼近牧齋的這些身影，傾聽牧齋的自我聲音，分辨其中的主體與「言語行為」（speech act）、「文學主體性」（literary subjectivity）的微妙關係。本章探論的牧齋詩文，大都來自其一生的最後十年間，尤其是逝世前數年。這些文本容或可以從某些側面反映出牧齋在生命的最後階段對自我的理解、對自我形象的建構與對自我「參照性製作」的努力。

二、自畫像

「自畫像」強烈的「自我再現」（self-representation）傾向和氛圍使之成為一種非文字式的自傳[5]。在這個啓發下，我們討論牧齋為其「像」與「贊」所題的詩文，但我們的思考要再轉一層。下論的像及贊是牧齋的圖象性再現，而牧齋的題辭是就「我」的再現所作的文字性再現，內裡充滿自我再現的意緒，是以我們以一種文字性的「自畫像」視之。

牧齋〈顧與治書房留余小像自題四絕句〉（1656-57)曰：

峻嶒瘦頰隱燈看，況復撐衣骨相寒。
指示傍人渾不識，為他還着漢衣冠。

蒼顏白髮是何人？試問陶家形影神。
攬鏡端詳聊自喜，莫應此老會分身。

數卷函書倚淨瓶，匡牀兀坐白衣僧。
驪山老母休相問，此是西天貝葉經。

5　Robert Folkenflik, "Introduction: The Institution of Autobiography," 見氏編 *The Culture of Autobiography: Constructions of Self-Representation* (Stanford, California: Stanford University Press, 1993), p. 12.

褪粉蛛絲網角巾，每煩椶梂拂拭煤塵。

凌烟褒鄂知無分，留與書帷伴古人。

《有學集》卷8，頁380-381

這裡「余」是觀者，觀的也是「余」；「自題」既是「自我評論」（self-commentary），也是「自我定義」（self-definition）。從「小像」到「絕句」是視覺形象轉變爲文本形象的流動過程，其中隱含「自我認知」（self-cognition）與「自我建構」的活動；意識、思想的介入把「余小像」的靜態性與歷史性打破，昨日之我與今日之我重疊，互相定義著(也延異著)對方。

詩有四首，可詩中的「余」只爲一？其一聚焦於末句的「漢衣冠」，而其二最突出的形象是首句的「蒼顏白髮」者。倘若我們不追問其一的「冠」與其二的「不冠」的分別，二詩的「余」大體可視作同一人。但其二的「蒼顏白髮」者緣何得以立變爲其三的「白衣僧」，而此僧又在其四裹上「網角巾」，變回「書帷」中的一介書生？「莫應此老會分身」？此老會分身──畫中的我(the painted self)與詩中浮現的我(the poetic self)、畫中與詩中的我與題詩的我(the writerly self)構成一個複雜的轉喻結構，作者借題詠具象的我抒寫抽象的我，我才剛出現就戞然轉變。此中意象流動不居乃作者刻意爲之。詩中夫子自道：「蒼顏白髮是何人？試問陶家形影神。」[6]與其說這是作者對畫自問，不如說這是作者對讀詩

6　陶淵明〈形影神〉序云：「貴賤賢愚，莫不營營以惜生，斯甚惑焉。故極陳形影之苦，言神辨自然以釋之。」陶詩三章，設爲形、影、神贈答，其寄意歷來人言言殊，涉及「形神相生相滅」、「神不滅」、「生必有死」、「自然委運」等旨意之辨，以及陶詩中佛、道、名教的哲學思想與人生觀。惟細味牧齋本詩，實與陶淵明三詩并序無直接關聯，特借用陶詩詩題字面意義並其形、影、神之意象而已。陶詩見〔晉〕陶潛撰，《陶淵明集》（台北：臺灣商務印書館，1983年《景印文淵閣四庫全書》影印國立故宮博物院藏本，第1063冊）卷2，頁1a-2b。陶詩亦每多有自傳意味，業師孫康宜教授在其著 Six Dynasties Poetry 一書中就特闢 "Poetry as Autobiography" 一節探論陶詩的自傳特質。參 Kang-i Sun Chang, *Six Dynasties Poetry* (Princeton, New Jersey: Princeton University Press, 1986), pp. 16-37。此外，陶淵明的〈五柳先生傳〉亦開創了中國自傳文的一個新類型。參川合康三著，蔡毅譯，《中國的自傳文學》（北

者的提示。「余」存在於形、影、神之間，不輕易落於言詮／筌。

可是史家陳寅恪卻必欲解牧齋之胸臆。在陳氏建構的明清之際歷史分析話語的框架下，牧齋詩的寄意無不歷歷可考。陳評牧齋詩其一說：「第二句有李廣不封侯之歎，即己身在明清兩代，終未能作宰相之意。末二句則謂己身已降順清室，爲世所笑罵，不知其在弘光以前，固爲黨社清流之魁首。感慨悔恨之意，溢於言表矣。」其二：「末二句自謂身雖降清，心思復明，殊有分身之妙術也。」其三：「牧齋表面雖屢稱老歸空門，實際後來曾有隨護延平之舉動。今故作反面之語，以遜辭自解，藉之掩飾也。」其四：「網巾乃明室所創，前此未有，故可以爲朱明之標幟……。末二句自謂不能將兵如唐之段志玄尉遲敬德，只能讀書作文。」[7]這是順著「漢衣冠」一語開出來的相當精采的轉喻性分析。然而，爲令詩意與史意交通無隔，陳氏必須消解詩中一個逸出其詮釋畦徑的元素。很明顯，牧齋詩其三的「白衣僧」形象與陳氏突顯的復明志士形象不盡諧和。陳氏的策略是將此首讀爲「反面之語」、「遜辭」、「掩飾」之跡，保持了牧齋復明志士形象的統一性。陳氏之說或然，惟不必然、盡然。而且，爲了詩，爲了「白衣僧」的牧齋，我寧可選擇流連在詩的美學系統內。細玩四詩文意，牧齋給予其三「白衣僧」的我的形容無寧是最怡然自得的：其一著漢衣冠的我骨相寒薄，崚嶒瘦頰；其二的我蒼顏白髮；其四戴網角巾的我晦暗不華；而白衣僧宴坐匡牀，函書、淨瓶旁置，玩誦著貝葉佛經，一派清淨舒心。

然而，我們且看牧齋如何描畫置身於「法堂清眾」間的自己。牧齋〈自題小贊〉曰：

> 法堂清眾，雲衣翩翩。供來西國，花雨諸天。叟何爲者？不禪不玄，獨立傲然。負苓拾穗，而支離攘臂于其間。相其眉毛抖擻，衣祴悉牽。殆將芒鞋露肘，柳櫂橫肩。歷百城之烟水，而見德雲于別峰之巔。

(續)────────────

京：中央編譯出版社，1999)，頁56-70。換言之，私意以爲，牧齋所欲興發的，除了陶詩所喚出的形、影、神意象外，還有陶氏詩文中的那種靈動的、多重視角的自我形象。

7　陳寅恪，《柳如是別傳》(上海：上海古籍出版社，1980)，頁1145-1147。

《有學集》卷42，頁1445

　　如真有像，斷然出以充滿動感的、逆出(順入逆出)的筆意。贊文結構亦見一波三折之勢，可以想像三個轉接突兀、對比鮮明的畫面。第一節，首四句：清眾不立佛殿，集在法堂，牧齋該是會喜歡的。眾僧禮佛誠篤，諸天護法，天人撒下繽紛花雨。種種無量花雨，種種無量妙法。如此法樂，「白衣僧」的牧齋應心生歡喜，樂於參與吧？牧齋的「分身」在第二節(含五句)出現，卻是一「不禪不玄」、「獨立傲然」的老叟。猶有進者，此叟竟以支離疏的面貌負耒拾穗、攘臂於清眾之間。這一形象化的效果自然讓我們聯想到《莊子・人間世》中的支離疏。支離疏雖然奇形怪狀，形體殘缺 [8]，但「挫鍼治繲，足以餬口；鼓筴播精，足以食十人。上徵武士，則支離攘臂於其間；上有大役，則支離以有常疾，不受功；上與病者粟，則受三鍾，與十束薪。」莊子嘆曰：「夫支離其形者，猶足以養其身，終其天年，又況支離其德者乎！」[9]然而牧齋並非在贊文中提唱道家無用之用、棄聖絕知的道理。此叟雖然不禪不玄，卻仍負耒拾穗，勞力於其間，與清眾們保持著若即若離的關係(不……不……而……于其間)。我們不妨想像此叟是廁身僧眾中的一個苦行僧或行者。在贊文第三節(最後六句)中，此叟「眉毛抖擻，衣襪悉牽」，鋒芒畢露，精神外耀──支離疏搖身而變為遍歷百城煙水，參五十三位善知識的善財童子。「見德雲于別峰之巔」，指善財童子初參德雲比丘。善財登勝樂國妙峰頂，拜尋七日，不見德雲比丘，及見德雲比丘，則在別峰之上 [10]。

　　牧齋〈自題小贊〉的底層依然是一個轉喻式的結構。「自題小贊」，首先就宣告了「我」書寫的對象就是「我」，一個自傳性時刻於焉誕生。在第一節中「我」與「法堂清眾」重疊交映，宛轉互含。勻稱的四言句、美妙的佛教意象與和諧的音韻營造出一種靜態的美。「我」卻在第二節與「清眾」們戛然分判，顯

8　「頤隱於臍，肩高於頂，會撮指天，五管在上，兩髀為脅。」見〔晉〕郭象注，《莊子注》(《景印文淵閣四庫全書》，第1056冊)卷2，頁18a。

9　同前註，頁18a-b。

10　善財童子五十三參的故事原出《華嚴經・入法界品》。

露出像支離疏般離奇怪異的形貌。贊題、第一節與第二節的結構關係或可曰順入逆出。第二節老叟的形象鮮明突出,「獨立傲然」,與之互含的「我」遂亦志盈心滿。至第三節而波瀾再起,藉善財童子堅毅求道的故事再轉出一騰躍、逸出的身影。第二節到第三節,逆入逆出。在這兩節中動感不斷增強(不……不……獨立傲然……攘臂……抖擻……悉牽……芒鞋露肘……柳樾橫肩……歷百城……見),給予了暗藏的「我」生機勃勃、勇猛向上的精神面貌。招喚出來的「我」且神龍見首不見尾。贊文第三節披露的,只是善財的第一參。入山七日,竭力拜尋,仍要在「別峰之顛」才偶遇德雲比丘。之後五十二參,百城煙水,是漫長無際的時間歲月,說不盡的轉折、歷練。我們將會在那一個山峰上遇見牧齋?

再看四首牧齋題「僧衣畫像」的詩:

> 莫是佯狂老萬回?壞衣掩脛髮齊腮。
> 六時問汝何功課?一卷離騷酒百杯。
>
> 周冕殷冔又刲灰,緇衣僧帽且徘徊。
> 儒門亦有程夫子,贊歎他家禮樂來。
>
> 紫殿公然溺正銜,又從別室掉雷車。
> 天公罰作村夫子,點檢千文與百家。
>
> 罵鬼文章載一車,嚇蠻書檄走龍蛇。
> 顛書醉墨三千牘,聖少狂多言法華。

此四詩傳達的嬉笑怒罵的性情與傲岸不群的神態與上述的題像四絕句和小贊的意趣是何其相似?但此四詩題為〈題歸玄恭僧衣畫像四首〉(1658;《有學集》卷9,頁439-440),描畫的不是自己,而是門人歸莊(玄恭,1613-73)。我們在下面二節中將會申論,歸莊是牧齋一個很特別的分身、聲音,此處且先按下不表。

三、「反傳記行動」

　　自傳最重要的修辭概念，在de Man看來，是prosopopeia，中譯「活現法」或「擬人法」：在一個話言環境裡，虛擬一個已謝世的，或不在場的，或沒有語言能力的個體，並給予這個體言說的能力(the power of speech)。可以這樣想像——一個幽靈在墳後唸誦著自己的墓誌銘⋯⋯。於是從聲音(voice)我們懸想到嘴巴、眼睛、臉孔。de Man說：

> 活現法是自傳的轉喻，藉著它，一個人的名字⋯⋯得以像一張臉孔般被理解、被記起。我們的課題關乎給予臉孔及剝奪臉孔、有臉與沒臉、形象：形象化與抹去形象。
>
> Prosopopeia is the trope of autobiography, by which one's name…is made as intelligible and memorable as a face. Our topic deals with the giving and taking away of faces, with face and deface, *figure*, figuration and disfiguration.[11]

　　de Man的自傳理論是緊扣英國浪漫派詩人William Wordsworth(1770-1850)的《墓誌銘叢說》(*Essays upon Epitaphs*)展開的。他發現，儘管Wordsworth認為「讓死者在他的墓碑後講話」是一個「溫柔的虛擬」(tender fiction)，可以把陰間和人世間巧妙地連結起來，Wordsworth卻終歸主張，不如讓「存活者」(survivors)自己現身說話[12]。Wordsworth這看來自相矛盾的舉動其實正好透露出prosopopeia潛在的危險：我們讓「死者」開口說話的那一刻，轉喻法內含的對稱結構必然會同時導致與「死者」相對的「生者」喪失說話的能力，冰封在自己的死亡中(struck dumb, frozen in their own death)[13]。

11　de Man, "De-Facement," p. 76.

12　*Ibid.*, p. 77.

13　*Ibid.*, p. 78.

　　其實，Wordsworth所最終反對的，是隱喻性的、活現性的或轉喻性的語言。他對不能承載思想(thoughts)的語言十分反感(語言是思想的化身[incarnation]幾乎是他的信仰)，說：「語言是神思的剝脫，假如它無法擔當、提供養分並靜默地離去……。」(Language, if it do not uphold, and feed, and leave in quiet...is a counter-spirit....)[14]de Man揭開此話背後的玄機：「正因為語言是修辭格(或隱喻，或活現)，它終究不是物事本身，只是其再現，物事的一幅圖像，是以它是闇啞的，一如圖像啞口無言。」(To the extent that language is figure [or metaphor, or prosopopeia] it is indeed not the thing itself but the representation, the picture of the thing and, as such, it is silent, mute as pictures are mute.)[15]又說：「正因為在書寫中我們依賴這種語言，我們全都是……聾的，啞的──並非沉默不語，因為緘默意味著我們仍然擁有自主發聲的可能，而是像一幅圖像般啞口無言，那是說，永遠被剝奪了聲音，注定默默無聞。」[16]

　　自傳、傳記、自傳性、傳記性文本所形構、所再現的是一個人的音、容、形、貌、行事為人，以及其精神、思想、情感世界。無論是自己進行詮釋或是由他人操刀，傳達心聲、發皇心曲始終是書寫的目的。然而，自傳是自我發聲與「自我披露」(speech acts of self-revelation)[17]──過去的命運容或由上天宰制，個人力量無法左右，但經由書寫，通過文本，個人得以對過去的經驗重加組織、理解、詮釋、評論、解釋。就某一意義而言，自傳的書寫行動無異重新掌控命運的一種作為。相對而言，傳記是他人對傳主的客觀敘述，觀看、詮釋的方式傳主無從過問(至少理論上來說)。易言之，傳主已被剝奪了直接發聲的權力與空間，無由直陳自己的思想或情感，啞口無言。自傳與傳記還有一個更重要的、本質上的分別。這關乎傳主的思想與意識(consciousness)結構：「傳記寫的是一個業已完結的生命，一個終極；自傳寫的是一個仍在持續中的生命。」(Biography is

---

14　*Ibid.*, p. 79引。

15　*Ibid.*, p. 80.

16　*Ibid.*, p. 80.

17　Jerome Bruner, "The Autobiographical Process," 收入Folkenflik編*The Culture of Autobiography*, p. 42.

about a completed life, a telos; autobiography, about a life in process.)[18]從這個角度來看，書寫自己的故事有一個重要的本體論意義：文本在見證著，自己還存活，思想還在受想行識中，擁有生命的過去、現在與未來的生命[19]。

　　本節討論牧齋一組相當特別的自傳性文本，其撰作的緣由，是要擺脫一連串以牧齋為形構對象的傳記性文本。牧齋拒絕被「冰封」在自己特定的生命階段、被凝固在一個刻板印象中、被剝奪發聲的權力和空間，變得像圖像那樣啞口無言。牧齋跟Wordsworth一樣，厭惡那種無法「思想」，蒼白無力的比喻性語言。他要以「存活者」的態勢開口說話，且不許歲月催人老。牧齋這個「反傳記行動」的最終目的是要抗拒被他人索然無味地或錯誤地詮釋，而「反傳記」，也是不讓歲月、死亡狂傲的一種作為。

　　Wordsworth和de Man談的是紀念死者的墓誌銘，而我們要探討的，卻是無論從目的、功能或情韻來看都大異其趣的慶生文本：壽文、壽詩。

18　Folkenflik, "Introduction: The Institution of Autobiography," p. 15.
19　本書稿審查人於審查意見書中有高明之論，頗可與筆者本章所述相發明，特節錄如下，以饗讀者，並以誌謝。審查人云：
　　……〔杜聯喆輯《明人自傳文鈔》〕其中有錢世揚所撰〈畸人傳〉。世揚乃牧齋之父，自號畸人。〈畸人傳〉者，世揚之「自傳」也。文末數行，述作「自傳」之所由云：「既以畸于人，安所得身後名。然亦何可泯泯如薦艸。令其出于他人之手而失真，不若自傳之為真也。迺論次其生平作畸人傳。」檢《牧齋外集》卷十四〈先父景行府君行狀〉收篇有云：「惟是先君大節懿行，較著耳目者，敢參伍先君所自傳，而狀之如右。固曰與其出於他人之手而失真，不若自傳之為真也。孤之狀先君，所一言半詞，稍溢先君之自傳者，先君其吐之乎？孤則何敢。」
　　牧齋方外交弘儲繼起撰有〈退翁自銘塔〉，見《靈巖紀略》。審其撰〈自銘〉之由，與牧齋之父所言至相近：「自銘塔者何？門弟子為翁營歸藏之地，而翁憂其身後之文之不獲翁心也，故自銘。蓋自世有諛墓之文，于是有諛塔之文。身後之文，往往文過其實，翁恥之。」銘末署辛亥，合康熙十一年。蓋示寂前之一載也。
　　牧齋有同祖弟名謙貞字履之者，亦能詩，有《未學菴詩集》，順治毛氏汲古閣刻。惜其書流傳不廣，今之治虞山之學者，遂鮮及之。履之三十時有〈自敘〉七律一首，五十二歲作〈自敘小傳〉，四言十二韻。
　　至牧齋之平生友好與門人，如繆昌期、李流芳、王時敏、黃道周、黃周星及歸莊等，咸有〈自傳〉行世，俱見杜輯《明人自傳文鈔》。然則作者所論述「自傳性時刻」一說，亦明末清初作者一時之風尚耶？（見意見書，頁11-12）

　　順治八年九月(1651)，牧齋七十初度，執意避壽，馳往南京小住，仍覺「市
囂聒耳，乃出城棲長干大報恩寺，與二三禪侶，優游浹月，論三宗而理八識」
(葛譜)。又作〈七十答人見壽〉詩一首，其詞曰：

> 七十餘生底自嗟？有何鱗爪向人誇？
> 驚聞窸窣牀頭蟻，羞見彭亨道上蛙。
> 著眼空花多似絮，撐腸大字少於瓜。
> 三生悔不投胎處，罩飯僧坊賣餅家。

《有學集》卷4，頁177

牧齋詩是「答人見壽」，可見此次避壽行動並沒有完全成功。即便已住到大報恩
寺裡去了，依舊有人獻上祝壽詩文。牧齋在詩末發出「三生悔不投胎處，罩飯僧
坊賣餅家」之歎喟。言辭間除了表達了對宗門法海的傾心嚮往外，更重要的是，
道出了做為一個公眾人物的尷尬困境：為盛名所累，不但己之言行在在要滿足、
呼應人們的期盼，且舉手投足，一言一行，都有可能成為別人書寫、刻劃的對
象，無所遁形於天地之間。牧齋不喜賀壽文詞的原因在一篇賀人六十初度的壽文
中有所透露，說：「余棲心內典，觀世間文字相，如幻影陽燄，況近代祝嘏之
詞，類於俳優，久欲謝絕而未能也。」(〈海宇王親翁六十初度序〉，1658；
《全集》，冊7，頁451)數年之後，他又說：「吳中近俗，爭誇詡為稱壽述德之
詞，牛腰行卷，所至塞屋，金廂玉軸，照曜堂戶。」(〈曒城張孝子錫類編
序〉，1660；《全集》，冊7，頁391)此種「類於俳優」的祝嘏詩文似乎並不只
流行於吳中。歸莊在康熙七年(1668)為吳偉業（1609-1671）寫的〈吳梅村先生六
十壽序〉中曾說：

> 戊申五月甲子，為先生六十誕辰。某方奉先生之書渡江至海陵，留滯踰
> 時，不能以時趨進一觴；至長至節中，始獲登堂，而又不知所以為壽。
> 蓋先生科名之盛，官階之崇，譽望之隆，祚胤之繁昌，邱園室家之樂，
> 眉壽之無疆，福嘏之未艾，計當世士大夫之為先生壽者，皆已稱述無

遺，無待於山野窮賤孤獨之人。而山野窮賤孤獨之人，欲鋪揚頌美，以求媚悅，又非所以自處也。故特舉文章一事，與先生之所以推揚先達，下交晚進者，敘述其略。冀先生之一笑而舉其觴，知先生當不以世俗之所以爲壽者爲責我也。[20]

此段文字從側面反映出，當時士大夫撰製壽詩壽文，泰半有公式套路可循：述「科名」，美其舉業出類拔群；述「官階」，頌其位居要津；述「譽望」，表其德高望重；述「祚胤」，歌其福祚隆興、子孫繁昌；述「室家」，羨其琴瑟和鳴；結以「眉壽」、「福嘏」之祝，亦不過壽比南山、福如東海之意。其千篇一律，趣味索然可以想見。難怪牧齋大發牢騷，認爲「近代祝嘏之詞，類於俳優」，無非是逢場作戲，喧鬧一番，如優人模仿他人動作，拿腔作勢，斷不能彰顯傳主的眞性情、眞眉目，是故必欲「謝絕」之爲痛快。

在八十歲來臨前的一年，牧齋展開了更大規模的文宣活動，希望遏止別人在他來年誕辰時獻奉壽詩壽文。他給族弟錢君鴻寫了一封長信：〈與族弟君鴻論求免慶壽詩文書〉（1660），其主要內容錄如後：

籛後人謙益白，君鴻賢弟秀才足下：昨得書，撫教甚至。惠長律六百言，期以明年初度，長筵促席，歌此詩以侑觴。開函狂喜，笑繼以忙。俄而悄然以思，又俄而踧然以恐，蓋吾爲此懼久矣。犬馬之齒，幸而及耄。四方知交，不忘陳人長物，或有稱詩撰文，引例而相存者，良欲致詞祈免，而未敢先也。今此言自吾子發之，則吾得間矣。敢藉子爲鼙鼓，以申告于介眾。吾子其敬聽之無忽。

今夫人之恆情，所欣喜相告者，頌也，祝也。其所掩耳匿避者，罵也，呪也。子之愛我憐我，欲引而致于我者，其必爲頌爲祝，而不爲罵且呪也審矣。今吾有質于子，夫有頌必有罵，有祝必有呪，此相待而成也。有因頌而召罵，有因祝而招呪，此相因而假也。若夫即頌而爲罵，即祝

---

20 〔清〕歸莊，《歸莊集》（上海：上海古籍出版社，1984），頁261-262。

而爲呪，此則非待非因，非降自天，無可解免者也。

今吾撫前鞭後，重自循省，求其可頌者而無有也。少竊虛譽，長塵華貫，榮進敗名，艱危苟免。無一事可及生人，無一言可書册府。瀕死不死，偷生得生。絳縣之吏不記其年，杏壇之杖久懸其脛。此天地間之不祥人，雄虺之所慭遺，鵂鶹之所接席者也。人亦有言：「臣猶知之，而況於君乎？」今我之無可頌也，我猶知之，而子顧不知？我昭而子反聾，無是理也。我知之，子亦知之，而眯目糊心，懵而相頌。子之出于筆舌也則易，而我之恟駭怛悸，眊然而當之也則甚難。韓退之曰：「歡華不盈眼，咎責塞兩儀。」今也歡華則無，咎責滋大。子雖善頌，將若之何？

子之頌我，鋪陳排比，駢花而錯繡。吾讀之，毛豎骨驚，以爲是〈客嘲〉之廋詞、〈頭責〉之變文也。允矣哉，頌之爲罵也！夫安得而不怖？哀哉斯民，老而不死。如秋杌樹，春則還生；如冬冰魚，煖則旋活。昧昧焉，屯屯焉，聽其以大地爲圈牢，以人世爲巢幕，斯亦已矣。頌贊之不已，又從而祝延之，申之以眉壽，饗之以鐘鼓。當斯時也，如睡斯魘，如夢斯噩，耳目瞀亂，血脈僨張。三彭啁哳，五神奔竄。雖有善呪者，莫毒于此。奚必出子都之三物，詛熊相于實沈，而後謂之呪與？故曰：祝有益也，呪亦有損。知呪之有損，則祝之無益也，可知已矣。吾子其何擇焉？子如不忍于罵我也，則如勿頌。子如不忍于呪我也，則如勿祝。以不罵爲頌，頌莫禕焉。以無呪爲祝，祝莫長焉。吾子而不愛我也則已，子誠愛我憐我，猶以是爲橘中之遺叟，雞窠之老人，矜全之，護惜之，養其不材，而保其天年，則盍亦祓除其罵呪，使其神安無恐怖乎？誠欲祓除罵呪，則請自祈免頌祝始，在吾子善擇之而已矣。

《有學集》卷39，頁1339-1341

此處引文第一段嗟歎，自己還有一年才八十初度，但族弟君鴻已急不及待，獻上長律六百言(七十五句)賀壽。牧齋「蹴然以恐」，遂藉回覆的機會，寫下長篇大

論的〈求免慶壽詩文書〉，用以辭謝四方知交引例相存而稱詩撰文。第二段點破慶壽體文在修辭上的築構性、虛偽性。為滿足此類文體特定功能的要求，壽詩壽文拼湊的意義必然在「為頌為祝」的語境中打轉。第三段點出，慶壽文體另一基本性格是隱瞞眞相、眞理，刻意迴避某些傳主忌諱的重要情實。如自己「少竊虛譽，長塵華貫，榮進敗名，艱危苟免」，性格、行事充滿缺憾，「無一事可及生人，無一言可書冊府」。至其目下的生存境態：「瀕死不死，偷生得生。絳縣之吏不記其年，杏壇之杖久懸其脛。」意者子曰：老而不死是為賊，以杖叩其脛，[21] 庶幾近之。然而撰作壽詩壽文者必會「眯目糊心，懵而相頌」，顧左右而言他，刻意遺落眞相。第四段指出，慶壽詩文在先天上已為隱藏眞相、眞貌的話語，而在修辭策略上又必盡「鋪陳排比，駢花而錯繡」之能事，則在明眼人看來，稱壽述德、「為頌為祝」之詞，反而變為「為罵且呪」，滿載嘲諷意味的「廋詞」、「變文」[22]。

〈求免慶壽詩文書〉的結尾突然出現一片清雅絕俗的超然情景：

> 江天孤迥，如在世外。禪誦之餘，清齋遲客。盤無黃雞紫蟹之具，飯有紅蓮白稻之炊，煮葵翦韭，酌醴焚枯，農家之常供也。擣香篩辣，折花傾酒，仙家之風物也。弟勸兄酬，我歌汝和，歡擊瓦缶，醉臥竹根。誠不知夫東海之揚塵、北山之移谷也。子能去子之占占者、嘵嘵者，刳心易貌，而從我游焉，則善矣。去人促迫，語不能了。僅畢其說，以報謝足下，并以為約。謙益再拜。

《有學集》卷39，頁1342

21　語出《論語・憲問》。

22　《漢書・揚雄傳下》：「時雄方草《太玄》，有以自守，泊如也。或嘲雄以玄尚白，而雄解之，號曰〈解嘲〉。其辭曰：客嘲揚子曰……。」〔漢〕班固撰，〔唐〕顏師古注，《漢書》（北京：中華書局，1962）卷87下，頁3565-3566。《世說新語・排調》：「頭責秦子羽。」劉孝標注引張敏〈頭責子羽文〉：「子欲為名高也，則當如許由、子威、卞隨、務光，洗耳逃祿，千載流芳。」〔宋〕劉義慶撰，〔梁〕劉孝標注，《世說新語》（《景印文淵閣四庫全書》，第1035冊）卷下之下，頁4a。

「弟勸兄酬，我歌汝和」，喚起的隱約仍是賀壽的場面，惟此老端的「會分身」，妙筆一揮，從上面充滿虛假、惡俗的「長筵促席」，一躍而至「江天孤迴，如在世外」的桃源仙境，「歡擊瓦缶，醉臥竹根」，逍遙自在。這破空而來的「移置」（displacement）又完成了一次轉喻性替換的表演。藉之招喚出來的理想境態安靜地、優雅地，但又強有力地疏離著、嘲諷著、批判著現實世界中的慶壽文字和種種做作。牧齋約請錢君鴻「去子之占占者矔矔者，刳心易貌，而從我游」，則在此清境美土中的牧齋的容顏，亦非世人所熟知的了。其爲貌果何如？我們可能要再一次「試問陶家形影神」了。

〈求免慶壽詩文書〉牧齋刻印了不少副本，廣寄四方友好。同年郵寄周安石的信中就附了一分：

> 弟以明年八旬，痛絕稱壽之客，以此決不爲人作壽詩，而不能不爲仁兄破例，口占一律，以爲元歎續貂，並辭壽小箋奉上。此箋與介壽之詩，同函奉致，恐當爲歧舌國中人。明年仁兄爲守辭壽之戒，不必李桃之報也。[23]

《全集》卷7，頁237-238

牧齋逸脫的方向也可以是橫向的：立足於另一種文類去顛覆朝他而來的傳記性企圖。與其寄望別人不以陳腐的方式描畫自己，不如自己作一次「自我定義」的動作，以正視聽。是以同年牧齋有〈書史記齊太公世家後〉一文，屬史論，但牧齋是如此收結該文的：

> 昔者周史卜畋，其兆曰：「將大獲，非熊非羆。」而詩人歌牧野肆伐，則曰「維師尚夫，時維鷹揚。」鷹揚云者，所以極命百歲老人，飛騰鷙擊，攫身側目之狀，非熊非羆，猶爲笨伯云爾。廉頗老將，被甲上馬，

23　另二例：〈與徐元歎〉：「昨有辭壽詩文一首，即日當呈看，卻要求袁重其作説帖傳送也。一笑！」《全集》，冊7，頁252；〈與邵潛夫〉：「明年八十，有謝稱壽牋一通，附博一笑，勿謂此老倔強猶昔也。」《全集》，冊7，頁264。

亦尚可用。馬援征壺頭病困，曳足以觀鼓噪，年才六十餘耳，獨不畏此翁笑人耶？今秋腳病，蹣跚顧影。明年八十，恥隨世俗舉觴稱壽，聊書此以發一笑，而并以自勵焉。[24]

《有學集》卷45，頁1501-1502

　　此文絕大部分屬考史文字，廣引秦漢典籍，多方考論，辨明「太公七十鼓刀始學讀書，則遇文王時為八十」。牧齋「書史記齊太公世家後」云云，究賾探微，其實意在「六經注我」。在上引文字中，牧齋坦白道出，此文之作，係因「明年八十，恥隨世俗舉觴稱壽，聊書此以發一笑，而并以自勵」。觀此而知此文所欲興發的，除史意外，是一個自傳性時刻。文中「六十」、「七十」、「八十」、「百歲」的喻意搖曳多姿地編織出一片生機、透露出種種抱負。牧齋不服老，拒絕被凝固在生命的某一階段。年屆八旬，世所謂高齡矣。惟牧齋猶指望百歲之時，以國師大老之姿，鷹揚於牧野之中。

　　雖然牧齋已經毫不含糊地、系統地作出了「辭壽」的「反傳記」行動，還是有人成功地、滿懷信心地在他的誕辰獻上了稱壽之文。那是歸莊。今檢歸莊集中，有題〈某先生八十壽序〉一文。審其文詞，係為牧齋作無疑。「某先生」云云，乃後之編輯歸莊文集者竄改耳。歸文曰：

先太僕嘗言：「生辰為壽，非古也。」顧世俗尚之不能廢，至近日尤濫甚。尋常無聞之人，至六七十歲，必廣徵詩文，盈屏累軸。於是有宜用詩文為壽，反峻卻之為高如先生者。先生於辛丑[1661]歲年登八十，厭人之以詩文為壽，有答其從弟一書堅拒之，先期刻之傳於世，蓋惟恐人之贈之以言也。其門人歸莊默而思曰：「吾師也，宜為壽。壽之維何？

24　越年，牧齋有〈五石居詩小引〉(1661)一文，再發揮此義：「生甫秦川公子，一麾出守，載廉石以歸，補衣竹杖，居然道人也。然吾相生甫，方頤豐下，兩頰光氣隱隱，以為晚年當有遇合，為功名富貴中人，生甫聞而笑之。吾年八十，每搜史冊中老人作伴侶。吳季子年九十，能將兵伐陳，蘇長公以為仙去不死。太公七十起於屠釣，牧野鷹揚，正在百歲時。安知生甫晚遇，不如此兩人耶？」《有學集》卷20，頁859-860。

貧者不以貨財爲禮,舍文無以也。且先生年七十時,亦嘗拒人之以詩古文爲壽矣,顧於莊所作序獨喜。序初書於便面,先生以爲易於刓敝,出冊子命重錄之。安知今日壽之以文,不仍得先生之歡乎?」因取先生答其弟書,反覆誦玩。笑曰:「吾知所以壽先生矣!」

先生之文云:「祝我者,詛我也;頌我者,罵我也。」吾今則以詛爲祝,以罵爲頌。何言乎以詛爲祝?先生之文云:「致祝者,將曰:『公侯之子孫,必復其始,其殆如先世籛鏗,享年八百。』」吾則以爲人生非金石,豈能累數百年長生久視乎!自漢以來,名臣享上壽者,如張蒼、羅結百餘歲,呂岱、高允、文彥博及吾朝魏、劉兩文靖、王端毅、陸文定九十餘歲,二千年間,指不多屈。先生之壽考,得如數公足矣,以爲籛鏗復見者,非愚則諛。此必無之事,豈非以詛爲祝者乎。

何言乎以罵爲頌?先生之文云:「絳縣之老,自忘其年;杏壇之杖,久懸其脛。」據所用《論語》之事,先生蓋自罵爲賊矣!吾以爲賊之名不必諱。李英公嘗自言少爲無賴賊,稍長爲難當賊,爲佳賊,後卒爲大將,佐太宗平定天下,畫像凌煙閣。且史臣之辭,不論國之正僭,人之賢否,與我敵,即爲賊。是故曹魏之朝,以諸葛亮爲賊;拓跋之臣,以檀道濟爲賊,入主出奴,無一定謂。然則賊之名何足諱,吾惟恐先生之不能爲賊也!先生自罵爲賊,吾不辨先生之非賊,又惟恐先生之不能爲賊,此豈非以罵爲頌者乎。

先生近著有〈太公事考〉一篇[25],舉史傳所稱而參互之,知其八十而從文王,垂百歲而封營丘。先生之寓意可知。莊既以先生之自戲者戲先生,亦以先生之自期者期先生而已,他更無容置一辭也。先生如以莊之言果詛也,果罵也,跪之階下而責數之,罰飲墨汁一斗亦惟命;如以爲似詛而實祝,似罵而實頌也,進之堂前,賜之卮酒亦惟命。以先生拒人之爲壽文,故雖以文爲獻而不用尋常壽序之辭云。[26]

25　即牧齋文〈書史記齊太公世家後〉。
26　《歸莊集》,頁252-253。

　　歸莊是牧齋一個很持別的「分身」、「隱喻」(我們記得，隱喻得以建立，喻體與喻依之間必須存在某種類似性)。

　　牧齋與歸家是「三世有緣」。歸莊是歸有光(1506-71)的曾孫。眾所周知，牧齋於明季清初極力推揚歸有光，譽爲「宿學大儒」，以其學術、文章、詩歌均非流俗可及[27]。至歸莊謀刻歸有光全集，更以體例、編次之役屬牧齋。牧齋與歸莊父歸昌世(1574-1645)爲摯友，感情篤厚。歸莊在牧齋身後曾滿懷感激地述說：

> 文章之道，宋元以前無論，論近代。自宋金華開一代之風氣，其後作者
> 多有，至嘉靖而其派雜，至萬曆而其途塞。先太僕府君，當嘉靖橫流之
> 時，起而障之，迴狂瀾以就安流，而晉江、常州，其協力隄防者也。虞
> 山錢牧齋先生，當萬曆蕪穢之後，起而闢之，剪荊棘以成康莊，而嘉定
> 之婁子柔、臨川之艾千子，其同心掃除者也。顧府君晚達位卑，壓於同
> 時之有盛名者，不甚章顯，虞山極力推尊，以爲三百年第一人，於是天
> 下仰之如日月之在天，後進綴文之士，不爲歧途所惑，虞山之力爲多。[28]

　　歸莊是牧齋的及門弟子，但他與牧齋的關係在師友之間，過從甚密，而牧齋常以歸莊爲一出色的「索解人」、知音許之。牧齋有〈與錢磉日書〉，內云：

> 齊人書郵，得見佳刻多帙。珠林玉府，使人應接不暇。至於微言苦語，
> 喚醒人間大夢。繙閱之際，賞心奪目。然亦如啞子作夢，此中了了，而
> 口不能言，亦不敢言也。見歸玄恭敘，似略識此中風旨。悠悠世上，索
> 解人正未可多得耳。

《有學集》卷38，頁1332

牧齋坦言讀錢肅潤(磉日；1619-99)書中的「微言苦語」，約略領會，卻又無法

27　《列朝詩集小傳》，丁集，「震川先生歸有光」，頁559。

28　見歸莊，〈吳梅村先生六十壽序〉(1668)，《歸莊集》，頁260-261。

說清楚。及讀歸莊爲錢書所撰序文，始「似略識此中風旨」。(或曰牧齋讀錢礎日之微言苦語，心領神會，特愼不敢言，而喜得歸莊代己言之。)牧齋在爲歸莊詩集所撰的序文中憶述了一事：

> 丙申 [1656] 閏五月，余與朱子長孺屛居田舍，余繙《般若經》，長孺箋杜詩，各有能事。歸子玄恭儼然造焉。余好佛，玄恭不好佛，余不好酒，而玄恭好酒，余衰老如枯魚乾螢，玄恭骨騰肉飛，急人之難甚于己，兩人若不相爲謀者。玄恭早夜呼憤，思繼述乃祖太僕公之文章，以余爲知太僕也，時時就問于余。論文未竟，輒縱談古今用兵方略如何，戰爭棋局如何，古今人才術志如何。余隱几側耳，若憑軾巢車以觀戰鬭，不覺欣然移日。余老不喜多言，玄恭誘之使言，初猶格格然，久之若牽一繭之絲，縷縷而出，又如持瓶傳水，傾瀉殆盡，而余顧不自知，兩人以此更相笑也。
>
> 〈歸玄恭恆軒集序〉(1656)，《有學集》卷19，頁821

　　錢、歸二人表面上的差別無損二人若合符契、親密無間的互動、愛惜。《莊子‧大宗師》中，「子桑戶、孟子反、子琴張，三人相與友語曰：『孰能相與於無相與，相爲於無相爲，孰能登天遊霧，撓挑無極，相忘以生，無所終窮？』三人相視而笑，莫逆於心，遂相與友，莫然有間。」[29]其笑類魚相忘乎江湖，人相忘乎道術，莫逆於心，無庸言表。而錢、歸之相契相得，除了氣味相投、性情相融以外，還有彼此叩問、切磋、調笑、戲謔之樂。牧齋不諱言，歸莊能在不知不覺中「誘之」使其言，「若牽一繭之絲，縷縷而出，又如持瓶傳水，傾瀉殆盡」。除了善於誘發導引外，歸莊還極善於發皇牧齋之心曲，代下其文之注腳，充當牧齋之「索解人」。

　　牧齋讀歸莊〈八十壽文〉，當會喜上眉梢，莞爾而笑。然而牧齋的「反傳記」行動亦被歸莊帶到一個既滑稽又尷尬的結局。歸莊的確是一個出色的詮釋

29　《莊子注》卷3，頁12b-13a。

者、注解者，文章亦寫得跳脫流宕。歸莊自言牧齋七十歲時已厭人以詩文爲己慶壽，卻獨喜愛其所獻之壽文。原文題在扇面，牧齋恐易於破損，特命移錄別冊保存，可見牧齋對歸莊的欣賞與肯定。今讀歸莊獻奉的〈八十壽文〉，亦的確另闢蹊徑，「雖以文爲獻而不用尋常壽序之辭」。但修辭、結構上的創新並不意味意義含量的增加。歸文雖謂「以詛爲祝，以罵爲頌」，實則先行相對化（relativize）了「詛」與「罵」的慣常意義，使之在自己建立的語境中具有「祝」與「頌」的意義向度，然後順著牧齋原文的理路、揣摩著牧齋的愛憎，補充了可符錢望的例子，肆意「爲頌爲祝」，最後更畫龍點睛地突顯了牧齋「八十而從文王，垂百歲而封營丘」的願望。然而典故作爲隱喻是喻體聯想性的延伸，不會增加喻體本質上的意義，而這裡的「釋義」是「隨文而釋」，是原「詞目」本義的對等置換。歸莊的〈八十壽文〉與牧齋的〈求免慶壽詩文書〉、〈書史記齊太公世家後〉構成了一個漂亮的「詮釋循環」（hermeneutic circle），但同時亦帶出了一個類似prosopopeia的困局。數年來牧齋藉著不同媒介、場合建立的流動不居的意義與自我形象被納入歸文與之對稱的結構後被定型下來，形、影、神都被鎖住了，無法再蛻衍變化。就此角度言，歸莊是牧齋的自傳性時刻、轉喻、分身、發聲的場所；當歸莊爲牧齋形神俱肖地發聲、演義時，牧齋亦同時被封鎖在自己的轉喻中，被剝奪了聲音與臉孔。當歸莊朗讀〈八十壽文〉時，我們亦彷彿聽到牧齋在自己的墓碑後誦唸自己的墓誌銘[30]。

　　歸莊善誘，但即便蠶繭之絲「縷縷而出」，亦不會超過原來蠶繭的蓄藏，而「持瓶傳水，傾瀉殆盡」，亦不會超出瓶身原來的容量。牧齋必須在「歸莊」以外找尋自我發聲的場所。

30　固然，本節所謂之「反傳記行動」，不無「戲劇化」的意味，蓋牧齋「辭壽」之諸多動作實「表演性」十足，作態的成分高，筆者特設計此一「情境」（situation），以便呈顯各文本的表演性而已。實際上，本年前後，牧齋仍有爲他人頌壽、賀壽之作，且誠如本書稿審查人所指出，即便牧齋嘗有「辭壽」之意，終亦不能無「自壽」之詩，即〈紅豆樹二十年復花九月賤降時結子纍一顆河東君遣僮探枝得之老夫欲不誇爲己瑞其可得乎重賦十絕句示遵王更乞同人和之〉是也（見《有學集》卷11，頁549-553）。錢曾（遵王）和作附牧齋原唱之後（頁553-554）；其他「同人」（陸貽典、方文、馮班、錢龍惕）之和詩，見謝正光箋校，嚴志雄編訂，《錢遵王詩集箋校》（增訂版），頁319-323。

四、自我聲音

　　牧齋曾說：「古人詩暮年必大進。詩不大進必日落，雖欲不進，不可得也。欲求進，必自能變始，不變則不能進。」（〈與方爾止〉，《有學集》，卷39，頁1356)現在，我們且看牧齋如何給他自己一生中最後一組詩作品題(寫於1664年1月，越數月，牧齋下世)。〈病榻消寒雜咏四十六首〉前冠自序，文頗長，其言曰：

> 癸卯[1663]冬，苦上氣疾。臥榻無聊，時時蘸藥汁寫詩，都無倫次。昇平之日，長安冬至後，内家戚里，競傳《九九消寒圖》。取以銘詩，志《夢華》之感焉。亦名三體詩者，一爲中麓體，章丘李伯華少卿罷官後，好爲俚詩，嘲謔雜出，今所傳《閒居集》是也；其二爲少微體，里中許老秀才好即事即席爲詩，杯盤梨棗，坐客趙、李，臚列八句中，李本寧敘其詩，殊似其爲人；其三爲怡荊體：怡荊者，江村劉老，莊家翁不識字，衝口哦詩，供人冊笑，間有可爲撫掌者。有詩一冊，自謂詩無他長，但韻腳熟耳。余詩上不能寄託如中麓，下亦不能絕倒如劉老，揆諸孟季之間，庶幾似少微體，惜無本寧描畫耳。或曰：三人皆准敕惡詩，何不近取佳者如歸玄恭爲四體耶？余釋然笑曰：有是哉！并識其語於後。臘月廿八日，東澗老人戲題。[31]

《有學集》卷13，頁636

此序結撰的意態、意趣有系譜可尋。〈跋留題丁家水閣絕句〉(1656)曰：

31　「東澗老人」是牧齋順治十二年(1655)開始用的別號，或曰「東澗遺老」。牧　齋在〈題吉州施氏先世遺冊〉(1662)中解釋過此號之由來：「乙未[1655]歲，〔施〕偉長遊臨海，謁先廟，拜武肅、忠懿、文僖畫像，獲觀鐵券及周成王饗彭祖三事鼎，鼎足篆『東澗』二字。以周公卜宅時，乃卜澗水東、瀍水西，故有此款識也。謙益老耄昏庸，不克冀除先人之光烈，尚將策杖渡江，灑掃墓祠，拂拭宗器，以無忘忠孝刻文，乃自號東澗遺老，所以志也。」《有學集》卷49，頁1600。

余澹心采詩，來索近作。余告之曰：「吾詩近有二種：長言放筆，漫興無稽，強半是靜軒先生有詩爲證。若乃應酬牽率，枯腸覓對，『子路乘肥馬，堯舜騎病豬』，取作今體詩□，自謂獨絕。」澹心爲撫掌大笑。此詩削稿，改罷長吟，自家意思，便多不曉，大率是前所云耳。書一通寄澹心，傳示白門諸友，共一哄堂耳。丙申仲春少三日，蒙叟書於燕子磯舟中。

《全集》冊8，頁906

〈題爲龔孝升書近詩冊子〉曰：

往在白下，余澹心采詩及余。余告之曰：老來作詩，約有二種。長言讕語，率意放筆，不徵典故，不論聲病，吳人嗤笑俚詩，謂是靜軒先生有詩爲證。余詩強半似之。至若取次應酬，牽率屬和，撐腸少字，撚鬚乏苗，不免差排成聯，尋撦作對。「子路乘肥馬，堯舜騎病豬」。此十字金針詩格，閟爲家寶。但是扇頭屏上，利市十倍。不敢云「舍弟江南，家兄塞北」也。金陵士友，爲之閧堂大笑。頃孝老過吳門，出素冊屬寫近詩。扁舟細雨，聊爲命筆。輒簡觀之，大約是二種詩中前一種耳。晼晚失學，老歸空門。世間文字，都如嚼蠟。詩選之刻，流傳咸陽，聞高句麗使人頗相訪問。而大冠如箕，有戟手罵詈者。若令見余舊詩，拖沓潦倒，向慕者或不免撫掌三歎，而唾詈者庶可以開口一笑也。孝老愛我，將以「老去詩篇渾漫興」代爲解嘲，則吾豈敢。

《有學集》卷47，頁1553

三文都像戲言，洋溢著自嘲(self-mockery)的意味，但自嘲之餘又復滿載自得之意、自得之趣，而從其中對姿態(manner)、語態(tone)等話題的談論，我們或可進窺牧齋對言語行爲、發聲(articulation)與文學主體性的最後思維向度。

　　詩歌在這裡，幾乎可視作「日用本領工夫」[32]，是日常生活(the everyday)，「吾家事」[33]。跋〈留題丁家水閣〉詩，自謂近作有兩種寫作模態，一是「長言放筆，漫興無稽」，一是「應酬牽率，枯腸覓對」，均恃詩藝嫻熟，出口成章。但牧齋於此二種撰製中仍是有所取捨的。〈留題丁家水閣絕句〉寫就後有經過「削稿」、「改」的過程。雖云「放筆」、「漫興」，仍有可取之處，不忍割棄，修削後攔入集中。〈題爲龔孝升書近詩冊子〉顯係〈跋留題丁家水閣絕句〉的擴充版。於此，所謂「長言放筆」的含義有進一步的引申，拈出「不徵典故，不論聲病」爲其表徵，則牧齋不以格律、格調爲論，不以「俚詩」爲鄙俗，講求性情優於格調矣。至如「應酬牽率，枯腸覓對」之製，雖自嘲頗類「子路乘肥馬，堯舜騎病豬」一路詼諧韻語[34]，卻有「市場」價值，「扇頭屏上，利市十倍」。率爾成詠亦遊刃有餘，言外之意，是頗滿足於自己的急智巧思的。前跋〈留題丁家水閣絕句〉，自判所作多「放筆」、「漫興」之什，今爲龔鼎孳(1616-73)書近詩冊子，擱筆睇視，依然滿紙「長言讕語」。牧齋一代詩宗、文壇領袖，讀者將如何看待？於此牧齋竟再下一轉語，謂龔鼎孳愛己，必舉老杜「老去詩篇渾漫興」以況之[35]，爲己「解嘲」。然則詩人「暮年」之變、之進，「漫興」是一個方向。「拖沓潦倒」，其人本色，「粗頭亂服」，亦可了悟自家面目，任性適情，笑罵由人也。就此角度言，「漫興」是「日常生活詩學」

32　挪用朱子語，但絕無其「平日莊敬涵養之功」的暗示。

33　挪用老杜語，但絕無其訓子宗武鄭重寫詩的意味。

34　「子路乘肥馬，堯舜騎病豬」，實爲明馮夢龍(1574-1646)所撰題聯。《論語》有「騎肥馬，衣輕裘」、「堯舜其猶病諸」之語。馮著《古今譚概・無術部》「中官對句」條嘲考官：「太監府有歷事監生，遇大比，亦是本監考取類送鄉試。一璫不深書義，曰：『今不必作文論，只一對佳便取。』因出對云『子路乘肥馬。』諸生俯首匿笑。一點者對云『堯舜騎病豬。』璫大稱善。」〔明〕馮夢龍輯，《古今譚概》(上海：上海古籍出版社，1997年《續修四庫全書》，第1195冊影印明刻本)卷6，(原刻無頁碼，《續修》本總第274頁)。上引〈題爲龔孝升書近詩冊子〉文中「舍弟江南，家兄塞北」云云，實作「舍弟江南沒，家兄塞北亡」，出〔宋〕胡仔撰，《漁隱叢話》(《景印文淵閣四庫全書》，第1480冊)引《邇齋閒覽》：「李廷彥獻百韻詩于一達官，其間有句云。達官惻然傷之，曰：不意君家凶禍重併如此。廷彥遽起自解曰：實無此事，但圖對屬親切。」前集卷55，頁7a-b。

35　出杜甫〈江上值水如海勢聊短述〉。

(everyday poetics)的一個美學範疇，也是牧齋暮年詩一大特色。然而我們不能就認爲，牧齋晚歲之作都「不徵典故，不論聲病」，率爾操觚，淺近鄙野。他所側重的，應是詩性自我發聲、抒發(poetic self-expression)的可能性、自由幅度，以及其可能呈顯的面貌。牧齋在較嚴肅的場合曾論述過明人楊循吉(1456-1544)對「好詩」的看法。楊氏曰：「予觀詩不以格律體裁爲論，惟求直吐胸懷、實敘景象，婦人小子皆曉所謂者，然後定爲好詩。……」牧齋案曰：「近代崇奉俗學，以剽賊模擬爲能事，君謙斯言，眞對病之藥也……。」[36]可見〈跋留題丁家水閣〉與〈題爲龔孝升書近詩冊子〉行文或似戲論，其實仍與牧齋的詩學主張有若干關聯的。

〈病榻消寒雜咏〉詩序亦以詼諧幽默的語調寫成，論所謂「三體詩」的部分亦似即興而發，信手拈來。但此文與上述二文有兩個重要的分別：一者牧齋在釋解詩題「消寒」一語上，有一沉痛寄託。一者順著牧齋論「三體詩」的方向，我們或可以探論牧齋對詩歌語言與主體性關係的最後看法。先論前者。

畫《九九消寒圖》，富貴人家「昇平之日」事也[37]。然牧齋撮其語「以銘詩」，卻是寄託「《夢華》之感」，則追憶往昔昇平歲月、心傷國變滄桑乃其弦外之音矣。《東京夢華錄》作者孟元老生長北宋末年，長住汴京，北宋覆亡後南逃。晚年追憶舊京繁華模樣，寫成《夢華錄》。在寫〈病榻消寒雜咏〉序文前一二年間，牧齋曾二度言及《夢華錄》，皆不勝感慨唏噓。其於〈跋方言〉(1661)云：

> 余舊藏子雲《方言》，正是此本，而紙墨尤精好。紙背是南宋樞府諸公

---

36 《列朝詩集小傳》，丙集，「楊儀部循吉」，頁281。
37 劉侗《帝京景物略》「春場」條述畫《九九消寒圖》之習俗：「日冬至，畫素梅一枝，爲瓣八十有一。日染一瓣，瓣盡而九九出，則春深矣。曰『九九消寒圖』，有直作『圈九叢』、『叢九圈』者，刻而市之，附以九九之歌，逑其寒燠之候，歌曰：『一九二九，相喚不出手。三九二十七，籬頭吹觱篥。四九三十六，夜眠如露宿。五九四十五，家家堆鹽虎。六九五十四，口中呬暖氣。七九六十三，行人把衣單。八九七十二，貓狗尋陰地。九九八十一，窮漢受罪畢。纔要伸腳睡，蚊蟲蟎蚤出。』」見〔明〕劉侗：《帝京景物略》(《續修四庫全書》，第729冊影印明天啓刻崇禎增修本)卷2，頁46b-47a。

交承啓劄,翰墨燦然。于今思之,更有《東京夢華》之感。

《有學集》卷46,頁1517

於〈跋抱朴子〉(1662)云:

《抱朴子‧內篇》二十卷,宋紹興壬申歲刻,最爲精緻。其跋尾云:
「舊日東京大相國寺東榮六郎家,見寄居臨安府中瓦南街東,開印輸經
史書籍舖。今將京師舊本《抱朴子‧內篇》校正刊行。」此二行五十
字,是一部《東京夢華錄》也。老人撫卷,爲之流涕。歲在壬寅
[1662],正月四日,東澗遺老謙益題。

《有學集》卷46,頁1522

牧齋撫宋本《抱朴子》「爲之流涕」之際,北宋覆亡與明清興亡更替的歷史記憶
亦在牧齋的感喟中揉合爲一。於此,不妨借古喻今,以孟元老序《夢華錄》之
語,轉喻牧齋今日之心情。孟元老說:

僕從先人宦游南北,崇寧癸未到京師⋯⋯。太平日久,人物繁阜。垂髫
之童,但習鼓舞;班白之老,不識干戈。時節相次,各有觀賞。⋯⋯僕
數十年爛賞疊遊,莫知厭足。一旦兵火,靖康丙午之明年,出京南來,
避地江左。情緒牢落,漸入桑榆。暗想當年,節物風流,人情和美,但
成悵恨。⋯⋯古人有夢遊華胥之國,其樂無涯者。僕今追念,回首悵
然。豈非華胥之夢覺哉。目之曰《夢華錄》。⋯⋯此錄語言鄙俚,不以
文飾者,蓋欲上下通曉耳。觀者幸詳焉。[38]

千頭萬緒的記憶、幽怨哀傷的感情、隱微曲折的心事,亦需可以通達的語言

---

38 〔宋〕孟元老撰,《東京夢華錄》(《景印文淵閣四庫全書》,第589冊),頁
1a-2a。

承載。或曰「上下通曉」的語言背後，亦可寄託「華胥之夢覺」的沉痛記憶與感慨。下論牧齋詩序中「三體詩」之說。

「三體詩」云云，牧齋杜撰之詞耳。「中麓體」，李開先(1502-68)四十歲罷官後所製《閒居集》之風貌，「嘲謔雜出」之「俚詩」。牧齋《列朝詩集小傳》稱李「爲文一篇輒萬言，詩一韻輒百首，不循格律，詼諧調笑，信手放筆。……所著，詞多于文，文多于詩。……多流俗璩碎，士大夫所不道者。」[39]言下之意，不無譏彈。今考明嘉靖年間，唐順之等出而矯文必秦漢、詩必盛唐之復古主張。李開先爲詩文詞曲，反模擬蹈襲，與唐等互通聲氣，頗爲密切。於此一端，牧齋是頗爲讚賞的。雖然，猶以其作「多流俗璩碎」爲憾。此處則謂李詩有「寄託」，爲己所「不能」。則其「寄託」者何？牧齋《初學集》中有〈跋一笑散〉一文，謂「其自序以謂無他長，獨長於詞，遠交王渼陂，近交袁西野，足以資而忘世，樂而忘老。……又曰：借此以坐消歲月，暗老豪傑。嗚呼！其尤可感也！」(《初學集》，卷85，頁1791)觀此則牧齋或自謙不如李開先之能以文字遊戲人生、消遣歲月，文酒詞曲自樂而「老豪傑」於詼諧調笑之俚語中。則牧齋此「不能」，乃人生情調之抉擇、個人情性之不同，非謂己之製作不如中麓體嘲謔雜出之鄙俚也。

「少微體」，老秀才「即事即席」之作，「近取諸身」，眼前尋常物事，身邊張三李四，亦可入詩，演成八句一律。與「少微體」創作機制相近者「怡荊體」，莊家翁劉老不識字，衝口吟哦，詼諧滑稽，偶有天趣。牧齋謂己作「不能絕倒如劉老」，純係戲語，可勿論。三體相較，牧齋自揣「庶幾似少微體」，特標出「李本寧敘其詩，殊似其爲人。」則「少微體」率性自在，以能顯露個人性情面貌而又不失爲藝事爲勝矣。牧齋頗以「無本寧描畫」，敘己之詩爲憾。本寧者，明季名臣李維楨(1547-1626)是也。李負文名於當世，惟牧齋對李詩文之「品格」不無微詞。《列朝詩集小傳》評李維禎云：「自詞林左遷，海內謁文者如市，洪裁豔詞，援筆揮灑，又能骫骳曲隨，以屬厭求者之意。其詩文聲價騰涌，而品格漸下。余誌其墓云：『公之文章固已崇重于當代矣，後世當有知而論

---

39 《列朝詩集小傳》，丁集上，「李少卿開先」，頁377。

之者。』亦微詞也。」[40]則牧齋緣何於詩序中又抒發了欲得李維楨爲己敘詩的願
望？除了寫活了少微體的許老秀才的面目外，對牧齋而言，李維楨還代表著一個
已逝去的、令人懷緬的時代。牧齋在〈邵潛夫詩集序〉（1660？）中說：

> 通州邵潛夫，以詩名萬曆中，爲雲杜李本寧、梁溪鄒彥吉所推許。乙卯
> [1615]之秋，潛夫挾彥吉書謁余，不遇而去。迨今四十五年，潛夫附書
> 渡江，以詩集見貽。……當鴻朗盛世，本寧以詞林宿素，自南都來訪彥
> 吉及余，參會金昌、惠山之間。彥吉山居好客，園林歌舞，清妍妙麗，
> 賓從皆一時勝流，觴詠雜遝。由今思之，則已爲東都之燕喜、西園之宴
> 游，灰沉夢斷，迢然不可復即矣。……潛夫詩和平婉麗，規摹風雅，自
> 以七葉爲儒，行歌采薇，而絕無嘲啁噍殺之音。讀潛夫之集，追思本
> 寧、彥吉，昇平士大夫，儒雅風流，髣髴在眼。於乎！其可感也！余每
> 過彥吉園亭，回首昔游，天均之堂，塔光之榭，往者傳杯度曲，移日分
> 夜之處，胥化爲黑灰紅土。與舊客雲間徐曳，杖藜指點，悽然別去。
>
> 《有學集》卷19，頁811-812

牧齋之思懷李維楨，以李能喚起一個「鴻朗盛世」、「昇平士大夫」文酒風流的
年代。其詩文「品格」之高下與否，已不是至關重要的考量了。循著李維楨的身
影，牧齋能找回晚明時「儒雅風流」的自己。

　　〈跋留題丁家水閣絕句〉、〈題爲龔孝升書近詩冊子〉中的「漫興」與〈病
榻消寒雜咏〉詩序中的「漫興」在「日常生活詩學」中的展演是相似的、同質
的，都建立在與身邊物事、眾生「遊」的平常心與自在。既然詩是生活，內裡的
環節當然不可能盡是佳構，平庸、乏味、滑稽、荒唐的可能更多，更不用說，敗
筆亦比比皆是。何況老人心事，過眼繁華，如夢如泡影，平常日用，亦別有滋味
在心頭，里中許老秀才，名不見經傳，亦彷彿自己分身。然而，牧齋已暗示，我

40　同前註，「李尚書維楨」，頁444。李維楨，《明史》有傳。另參錢謙益：
　　〈李本寧先生七十敘〉，《初學集》卷36，頁1006-1007；〈南京禮部尚書贈
　　太子少保李公墓誌銘〉，《初學集》卷51，頁1297-1299。

們觀看〈病榻消寒雜咏〉詩，在日常生活的意態、意韻外，尚須注意其中所寄託的「《夢華》之感」。則這組文本，「漫興」而外，也是一座「墓碑」，上面的「墓誌銘」銘寫著明清之際的歷史、文化記憶，以及牧齋個人的遭際與命運。就此意義言，牧齋晚歲之作，尤其是〈病榻消寒雜咏〉詩，「中麓」、「少微」、「怡荊」三體都是，又三體都不能道盡牧齋文詞背後的隱微的寄託。

有人說，三體以外，別有一體，甚佳，時稱「玄恭體」。牧齋囅然笑曰：「有是哉？」有是哉？已經透過轉喻結構捕捉到了里中的許老秀才，又何必勞煩崑山歸莊玄恭子？何必讓自己再鎖在自己的「分身」裡，讓prosopopeia結構中自己的「對應物」代己發聲[41]？

牧齋最後竟隱遁、停頓在一抹不置可否、得意的微笑裡。

de Man說，在自傳性文本中，「結束」、「總體化」、「成為存有」是不可能的。他是指在依賴轉喻性替換構形的自傳性文本中，「我」永遠都只是實存的我的再現，無法讓「我」真正的「活」或「重活」。Wordsworth先是承認，經由prosopopeia讓「我」說話是一個「溫柔的虛擬」。但最後仍然認為，不如讓「存活者」直接發聲說話。他對比喻性語言欲迎還拒、欲語還休，也是因為比喻永遠無法傳達、呈現、重構人作為人最本質性的存在感：感覺、官感(色、聲、香、味、觸等等)。實際存在與文本性再現在Wordsworth的思維裡形成一個無法消解的張力。而我們觀看在自傳性時刻出現的牧齋，就顯得從容自在多了，書寫的與被書寫的主體各得其所，相得益彰。分別似乎在於，牧齋從不相信，詩性文本有可能呈顯實存的我。他在文本中嘗試締造的，是一個藉由種種「形象性」機制而示現的，在形、影、神之間不斷流轉、轉喻的「我」。牧齋即東澗老人，牧齋又非東澗老人，二者都是自傳性文本受想行識的結果而已——神與志的湧現才是牧齋的最終關懷。在這種狀態下，筌所捕捉到的魚永遠都是一種再現的魚，一種敘述的真理，是不能蒸來吃的。

41　不過牧齋亦的確有「玄恭體」長詩一首。可看〈贈歸玄恭八十二韻戲效玄恭體〉(1662)，《有學集》卷12，頁595-597。

第三章

蒲團歷歷前塵事——

牧齋〈病榻消寒〉詩中之佛教意象

順治七年庚寅(1650)，牧齋苦心經營、寶愛無比的藏書樓絳雲樓不戒於火，燬於一旦。牧齋劫後細思因果之由，百感交集，遂發大心願：「誓盡餘年，將世間文字因緣，迴向般若。」(〈大佛頂首楞嚴經疏蒙鈔緣起論〉，《全集・錢氏有學集文鈔補遺》，頁473)嗣後十餘年間，直至康熙三年(1664)逝世前數月，牧齋孜孜矻矻，勞筋苦骨，製成佛經箋疏多種，其中尤以《大佛頂首楞嚴經疏蒙鈔》耗時最久，卷帙最繁浩，於佛學的貢獻功德無量。毫無疑問，纂疏佛經及從事與宗門有關的工作是牧齋晚年生活中的重要部分，其詩文中佛教意象更俯拾即是，乃牧齋晚年文字的一大特色[1]。

本章主要析論〈病榻消寒雜咏四十六首〉中以佛事為素材、為氛圍的七首詩，餘及其他取象於佛教事典的詩聯十餘。本章側重的是文學意象(literary imagery)的分析，雖難免涉及若干佛學義理，但都是為了更有效地詮釋文本中的佛教意象而述及，並非本章論述的重心。究其實，本章所探論的詩篇及詩聯，循

1　牧齋與佛教、佛學之關係，相關論著多有述及，可看：吉川幸次郎，〈居士としての錢謙益──錢謙益と仏教〉，《吉川幸次郎全集》(東京：筑摩書屋，1970)第16卷，頁36-54；連瑞枝，《錢謙益與明末清初的佛教》(新竹：清華大學歷史研究所碩士論文，1993)，又氏著，〈錢謙益的佛教生涯與理念〉，《中華佛學學報》第7期(1994年7月)，頁315-371；裴世俊，《錢謙益古文首探》(濟南：齊魯書社，1996)，頁44-55；孫之梅，《錢謙益與明末清初文學》(濟南：齊魯書社，1996)，頁203-257。近年，謝正光撰有〈錢謙益奉佛之前後因緣及其意義〉，《清華大學學報(哲學社會科學版)》第21卷(2006年第3期)，頁13-30。謝文首駁錢鍾書《管錐編》論牧齋「昌言佞佛，亦隱愧喪節耳」之說，復於牧齋先世與佛門夙緣、常熟一地其他宗族及牧齋知交之奉佛、牧齋之護佛與論政、破山寺住持去留之爭諸端考辨特詳，可參。

之可彰顯牧齋桑榆晚景時的心緒與情懷，或生活情景，但詩之爲文學、美學結撰
與佛學之爲學，終究屬不同的表義系統、知識論場域，若執詩中一二佛教意象、
名相而鬯談佛學，過分強調牧齋詩中的佛學義理成分，難免有割裂文意之嫌，終
非明智之舉。

　　本章含五節。第一節讓「夫子自道」，藉由檢討牧齋爲《大佛頂首楞嚴經疏
蒙鈔》所撰的數篇〈緣起〉、〈後記〉，突顯庚寅絳雲樓之遭火劫與牧齋「賣身
充佛使」，抖擻筋力爲佛經作疏解的時節因緣。第二節以「家」爲論述框架，觀
察牧齋如何以家族記憶及家園情景，表抒其佛教情愫與自我定義（self-
definition）。第三節探論牧齋因柳如是「下髮入道」而作三詩，剖析牧齋在追憶
與柳氏締結情緣之始及賦詠柳氏剃髮入道之際，牧齋詩中佛教意象與情韻的「出
軌」表現。第四節藉由析論牧齋因「新製蒲龕成」及自述注經辛勞所寫各一詩，
管窺牧齋暮年「針孔藕絲渾未定」的心境。第五節爲餘論，點評散見於上述各詩
外的不同詩聯中的佛教意象，以鉤勒佛教元素在牧齋詩中的隨機表現與應用。

　　〈病榻消寒雜咏四十六首〉寫於牧齋病榻纏綿之際，也是牧齋下世前最後一
組重要詩作。也許通過下文對牧齋詩中佛教意象的探討，我們能從一個側面窺視
牧齋臨終前的心境及精神狀態，這也是本章寫作的最終目的。

一、「將世間文字因緣，迴向般若」

　　檢讀牧齋入清後詩文，我們發現，牧齋反覆地說「余老歸空門，不復染指聲
律」（〈梅村先生詩集序〉，《有學集》，卷17，頁756）、「余老歸空門，闕疏
翰墨」（〈葉九來鋤經堂詩序〉，《有學集》，卷17，頁773）、「余自刧灰之
後，不復作詩，見他人詩，不忍竟讀」（〈胡致果詩序〉，《有學集》，卷18，
頁801）之類的話。究竟是甚麼因緣，使「四海宗盟五十年」（黃宗羲語）[2]的一代

2　見黃宗羲〈八哀詩〉之五〈錢宗伯牧齋〉：「四海宗盟五十年，心期末後與誰
　　傳？憑威引燭燒殘話，囑筆完文抵債錢。紅豆俄飄迷月路，美人欲絕指箏絃。
　　平生知己誰人是，能不爲公一泫然。」見〔清〕黃宗羲著，《南雷詩曆》卷
　　2，收入《黃梨洲詩集》（香港：中華書局，1977），頁49。黃詩原文夾注詩意

文壇宗匠擺出這樣的姿態？

　　明清二代居士佛教盛行，緇白僧徒遍布天下，士大夫習禪禮佛，既是精神的嚮往，亦是社會文化氛圍中的尋常活動[3]。雖然牧齋在明季已爲居士佛徒領袖，深通教義，廣結高僧，但導致牧齋晚年於佛法義學之勇猛專攻，仍有待順治七年庚寅，絳雲樓之燬於一炬。絳雲樓不戒於火，牧齋自歎爲「江左書史圖籍一小刦」[4]，其所藏宋元精本、圖書玩好及所裒輯《明史稿》、《昭代文集》略燼。但靈異的是，樓中諸佛像梵筴卻如有神護，得不焚。牧齋益信與佛事因緣非比尋常，於樓燬次年，開始撰造《楞嚴經疏蒙鈔》，發大心願：「誓盡餘年，將世間文字因緣，迴向般若。」牧齋於生命之最後十餘年間，花大力氣著成《心經》、《金剛經》、《楞嚴經》、《華嚴經》諸疏解。諸經疏中，牧齋之製《楞嚴經疏蒙鈔》，自創始至付梓，前後歷十載光陰，五、六易其稿，期間艱辛備嘗，於佛學貢獻甚鉅，亦最能見出牧齋於佛學著述之精勤。牧齋治佛經之時節因緣，其中之艱難，於數篇《楞嚴經疏蒙鈔》之〈緣起〉、〈後記〉文字中有懇切之敘述。

　　命中注定要作「佛使」，抖擻筋力爲《楞嚴經》作解，牧齋以爲，少時佛祖已有開示。他十八歲時曾得一夢：

　　　　萬曆己亥[1599]之歲，蒙年一十有八，我神宗顯皇帝二十有七年也。帖
　　　　括之暇，先宮保命閱《首楞嚴經》。中秋之夕，讀眾生業果一章，忽發
　　　　深省，寥然如涼風振簫，晨鐘扣枕。夜夢至一空堂，世尊南面凝立，眉

（續）────────────

　　本事，今略去。
3　可參嚴耀中，《江南佛教史》（上海：上海人民出版社，2000），頁260-287，
　　「寺廟及其社會功能」一章；Timothy Brook, *Praying for Power: Buddhism and
　　the Formation of Gentry Society in Late-Ming China* (Cambridge, Mass.: Harvard
　　University Press, 1993)。
4　牧齋〈書舊藏宋雕兩漢書後〉有語云：「嗚呼！甲申之亂，古今書史圖籍一大
　　刦也。庚寅之火，江左書史圖籍一小刦也。今吳中一二藏書家，零星掇拾，不
　　足當吾家一毛片羽。」《有學集》卷46，頁1529。牧齋又曾於〈贈別胡靜夫
　　序〉中云：「己丑[1649]之歲，訟繫放還，網羅古文逸典，藏弆所謂絳雲樓
　　者，經歲排纘，摩娑盈箱插架之間，未遑於雒誦講復也。而忽已目明心開，欣
　　如有得。劫火餘燼，不復料理，蓬心茅塞，依然昔我。每謂此火非焚書，乃焚
　　吾焦瞬耳。」《有學集》卷23，頁898。

間白毫相光，昱昱面門。佛身衣袂，皆涌現白光中。旁有人傳呼禮佛，蒙趨進禮拜已，手捧經函，中貯《金剛》、《楞嚴》二經，《大學》一書。世尊手取《楞嚴》，壓《金剛》上，仍面命曰：「世人知持誦《金剛》福德，不知持誦《楞嚴》，福德尤大。」蒙復跪接經函，肅拜而起。既寤，金口圓音，落落在耳。由是憶想隔生，思惟昔夢。染神浹骨，諦信不疑矣。

其開悟之神異如此。然令牧齋之發願注經，猶待庚寅冬絳雲樓之火災。絳雲燬燼，痛定思痛，悟往昔文字，都為虛妄。牧齋云：

> 庚寅之冬，不戒於火，五車萬卷，蕩為劫灰。佛像經廚，火燄輒返。金容梵夾，如有神護。震慴良久，瞿然憬悟。是誠我佛世尊，深慈大悲，愍我多生曠劫，遊盤世間文字海中，沒命洄淵，不克自出。故遣火頭金剛猛利告報，相拔救耳。赳念瘡疣，痛求對治。剜心發願，誓盡餘年，將世間文字因緣，迴向般若。憶識誦習，緣熟是經，覽塵未忘，披文如故。撫劫後之餘燼，如寤時人說夢中事。開夢裡之經函，如醒中人取夢中物。此《佛頂蒙鈔》一大緣起也。
>
> 　　　　　　　　　　　〈大佛頂首楞嚴經疏蒙鈔緣起論〉，
> 　　　　　　　　　《全集・錢氏有學集文鈔補遺》，頁472-473

牧齋此〈緣起〉，署年「閼逢敦牂」，即甲午，1654年，在庚寅絳雲火災後五載，書於《楞嚴經疏蒙鈔》稿之初成。數年後，牧齋又云：

> 蒙之鈔是經也，創始於辛卯[1651]歲之孟陬月，至今年[1657]中秋而始具草。歲凡七改，稿則五易矣。七年之中，疾病侵尋，禍患煎逼，僦居促數，行旅喧呶，無一日不奉經與俱。細雨孤舟，朔風短檠，曉窗雞語，秋戶蟲吟。暗燭暈筆，殘膏漬紙，細書欹格，夾注差行。每至目輪火爆，肩髀石壓，氣息交綴，懂而就寢。蓋殘年老眼，著述之艱難若

此。今得潰於成焉，幸矣！

〈〔《大佛頂首楞嚴經疏蒙鈔》〕後記〉，

《全集・文鈔補遺》，頁476

知至順治十四年(1657)中秋，《楞嚴經疏蒙鈔》五削稿矣。順治十三年(1656；《楞嚴經疏蒙鈔》脫稿前一年)，牧齋作〈丙申元日〉詩，再表志向堅定：

> 朝元顛倒舊衣裳，肅穆花宮禮梵王。
> 佛日東臨輝象設，帝車南指滌文章。
> 秋衾昔夢禪燈穩，春餅殘牙粥鼓香。
> 誓以丹鉛迴法海，三千牀席刻初長。

《有學集》卷6，頁264

後數年，牧齋又云：

> 踰三年己亥[1659]，江村歲晚，覆視舊稿，良多踦駁。抖擻筋力，刊定繕寫。寒燈闇淡，老眼昏花，五閱月始輟簡。……明歲〔順治十八年，1661〕，余年八十，室人勸請流通法寶，以報佛恩，遂勉狗其意。

〈〔《大佛頂首楞嚴經疏蒙鈔》〕重記〉，

《全集・文鈔補鈔》，頁478

則牧齋之撰《楞嚴經疏蒙鈔》，歷時幾近一紀始竟其功，前後至少六易其稿。牧齋於是書耗費心血之巨，思之令人動容。除了《楞嚴經疏蒙鈔》外，牧齋還撰述了《心經小箋》、《金剛會箋》、《華嚴經註》(是書或至牧齋逝世前一年始輟簡，詳下)；又搜羅、編次了卷帙繁浩的《憨山大師夢遊全集》，纂閱了《紫柏尊者別傳》等。此外，牧齋還寫下大量的高僧塔銘、傳略，爲高僧詩文集撰製序跋，代佛寺或佛事修募緣疏，爲僧像作贊、偈、頌，並有不少與僧人往還或與佛事有關的書信。在生命的最後十餘年中，從七十歲開始，牧齋爲佛教典籍、佛事

傾注了無限心力，其精勤與夫精進，讓人肅然起敬。論者謂「先生晚歲，註經工夫居多」[5]，這至少表出了牧齋晚年生活極其重要的一面；又有謂其闡發佛學文字，明初宋濂(潛溪，1310-1381)以後一人而已[6]，推許甚厚。

在《楞嚴經疏蒙鈔》脫稿前後，牧齋函其友王時敏(煙客，1592-1680)，有語云：

> 荒村殘臘，風雪拒户。紙窗竹屋，佛火青熒。……老病日增，身世相棄。畏近城市，自竄於荒江墟落之間。人世聲華，取次隔絕。……舊學荒落，老筆叢殘。每思傾囊倒庋，自獻左右，少慰嗜芰采荇之思。周章捫擋，慚懼而止，每以自愧，又以自傷也。衰殘窮寒，歸心法門。辟如旅人窮路，迫思鄉井。衣珠茫然，糞掃無計。[7]
>
> 〈與王烟客〉，《有學集》卷39，頁1357-1358

牧齋以旅人窮途感懷身世，以歸依法門，猶浪子思鄉，辭情逼切。但是，宗門法海，是否牧齋的最終救贖？生命臨近盡頭，佛教是否其安身立命之處？

二、「大梁仍是布衣僧」與「老大荒涼餘井邑」

牧齋以「旅人窮路，追思鄉井」比喻歸心法門之逼切。「追思」，是回憶、省思的心靈活動。「鄉井」在閭里，安穩實在，日常引汲，近在目前，而物比人長久，它又默默照看著時光及生命的消逝與延續。觀之，察覺身下所在，難免點撥存在意識，而飲水思源，又或惹人緬想先人遺事，觸動思古幽情。本節先論〈病榻消寒雜咏〉其二十五、二十九兩章，不妨以此認知為切入點，觀察牧齋如

5　〔清〕葛萬里，《牧翁先生年譜》，見雷瑨、君曜編：《清人説薈二編》(上海：掃葉山房，1917)，頁589。

6　參金鶴沖，《錢牧齋先生年譜》，《牧齋雜著》附錄，《全集》，冊8，頁948。金鶴沖《錢牧齋先生年譜》下文簡稱《金譜》。

7　同書稍後，有「《首楞》一鈔，稿已五削；《般若》二本，幸而先成」之語，則是書當作於順治十四年(1657)年前後。

何以家族記憶及家園情境爲興寄，表抒他的佛教情愫與自我定義。

大梁仍是布衣僧

　　牧齋是五代十國吳越國的建立者吳越武肅王錢鏐(852-932)二十五世孫[8]。吳越王三代五世皆崇佛，於史知名。誠敬佛法，亦是海虞牧齋的家族傳統，牧齋父祖輩均篤信佛教。〈病榻消寒〉其二十五曰：

> 望崖人遠送孤藤，粟散金輪總不應。
> 三世版圖歸脫屣，千年宗鏡護傳燈。
> 聚沙塔湧幡幢影，墮淚碑磨贔屭稜。
> 莫嘆曾孫顦顇盡，大梁仍是布衣僧。
> 讀黃魯直先忠懿王〈像贊〉有感。

《有學集》卷13，頁656-657

牧齋本首追思先祖遺事，自傷衰殘窮蹇，俯首低迴，結以己能如遠祖皈依佛法自慰。詩後小注云：「讀黃魯直先忠懿王〈像贊〉有感。」宋黃庭堅(魯直)《山谷集》卷十四〈錢忠懿王畫像贊〉云：「文武忠懿，堂堂如春。中有樗里，不以示人。雷行八區，震驚聽聞。提十五州，共爲帝民。送君者自崖而反，以安樂其子孫。九萬里則風斯在下矣，眇大物而成仁。」[9]蓋頌五代忠懿王歸地趙宋，「共爲帝民」爲「成仁」之行，其子民亦得「安樂其子孫」。忠懿王即錢俶，錢鏐之孫。牧齋〈題武林兩關碑記〉亦云：「昔我先王，有國吳越。當五代濁亂之季，生全十四州之蒼赤，仰父俯子，昌大繁庶。」(《有學集》，卷49，頁1597)同意於黃庭堅〈忠懿王贊〉。

　　本詩流露著強烈的時間及歷史意識，而意象與典故極爲紛繁，宜逐句索解。

8　牧齋曾於〈武略將軍瞻雲姪孫墓誌銘〉文後署「吳越二十五世王孫七十五翁牧齋譔」。見《牧齋雜著・牧齋外集》卷16，收入《全集》，冊8，頁782。

9　〔宋〕黃庭堅撰，《山谷集》(台北：臺灣商務印書館，1983年《景印文淵閣四庫全書》影印國立故宮博物院藏本，第1113冊)卷14，頁21a。

全詩以環繞吳越王奉佛的典實爲經，以己之身世及於佛法的抱負爲緯。首聯上句字面脫自黃山谷〈錢忠懿王畫像贊〉：「送君者自崖而反，以安樂其子孫。」惟牧齋下「孤籐」一語，頓使「安樂」落空，而時間指涉，則自先祖遠史轉移至目前。「孤籐」，或喻錢家直系子孫並不繁昌。牧齋爲父世揚單傳，自己亦只得一子孫愛（錢妾朱氏所出，錢柳僅育有一女）[10]。七十七歲時，孫佛日（孫愛子）夭逝，錢作〈桂殤詩〉哀悼之，達四十五章之多，悲慟可知。下句「粟散」、「金輪」云云，語本唐釋道世《法苑珠林》之言「貴賤」：「總束貴賤，合有六品：一貴中之貴，謂輪王等；貴中之次，謂粟散王等；三貴中之下，謂如百僚等；四賤中之賤，謂駘駑豎子等；五賤中之次，謂僕隸等；六賤中之下，謂姬妾等。麁束如是，細分難盡。」[11]牧齋句接以「總不應」，則嗟歎先祖貴爲王者而己家世並不富貴顯赫。這是自傷之詞而已。牧齋宦途雖蹇躓蹉跎，但立身明季數朝，後仕清，或出或處，仍負名望甚高，且錢家是海虞望族，牧齋至少大半生家境相當優裕，晚年欠債雖頗重，仍無衣食之虞。

　　次聯曰：「三世版圖歸脫屣，千年宗鏡護傳燈。」句三承首二句來，言先祖三世經營，終「歸脫屣」[12]，頗含宿命論悲觀色彩，要之，禍福相倚，家族顯貴，不過三代。此句本事實爲吳越王之歸地趙宋。明馮琦原編，陳邦瞻增輯《宋史紀事本末》略云：「太宗太平興國三年己酉。……其臣崔仁冀曰：『朝廷意可知矣，大王不速納土，禍且至！』俶左右爭言不可。仁冀厲聲曰：『今已在人掌握，且去國千里，惟有羽翼乃能飛去耳！』俶遂決策，上表獻其境內十三州、一

10　牧齋另一子名壽耇，早夭。

11　《法苑珠林》卷5，收入大藏經刊行會編，《大正新脩大藏經》（台北：新文豐出版公司，1983年影印大正13年至昭和9年大正一切經刊行會排印本），第53冊，第2122經，頁306a-b。《大正新脩大藏經》下簡稱《大正藏》。

12　「脫屣」，《漢書·郊祀志》云：「天子曰：『嗟乎！誠得如黃帝，吾視去妻子如脫屣耳。』」見〔漢〕班固撰，〔唐〕顏師古注，《漢書》（北京：中華書局，1962）卷25上，頁1228。又《三國志·魏書·崔林傳》云：「刺史視去此州如脫屣，寧當相累邪？」見〔晉〕陳壽撰，〔劉宋〕裴松之注，《三國志》（北京：中華書局，1959）卷24，頁679。又《列仙傳·范蠡》云：「屣脫千金，與道舒卷。」見〔漢〕劉向撰，《列仙傳》（《景印文淵閣四庫全書》，第1058冊）卷上，頁12a。

軍、八十六縣。俄朝退，將吏始知之，皆慟哭曰：『吾王不歸矣！』」[13]其事確如「三世版圖歸脫屣」。此句言先祖「失國」事，對句則稱美忠懿王之「千秋大業」。「宗鏡」，五代永明延壽法師(904-975)所撰《宗鏡錄》，馬端臨《文獻通考》云：「晁氏曰：『皇朝僧延壽撰。……建隆初，錢忠懿命居靈隱，以釋教東流，中夏學者不見大全，而天臺、賢首、慈恩性相三宗又互相矛盾，乃立重閣，館三宗知法僧，更相詰難，至詖險處，以心宗旨要折衷之。因集方等祕經六十部，華、梵聖賢之語三百家，以佐三宗之義，成此書。學佛者傳誦焉。』」[14]吳越王崇佛，禮敬法師延壽，屢加供養，延壽《宗鏡錄》成且親為製序[15]。《宗鏡》發明唯心義理，而「傳燈」，則指《景德傳燈錄》一類禪門著述[16]，燈以照暗，禪宗祖祖相授，以法傳人，如傳燈然，故名。其體例介於僧傳與語錄之間，與僧傳相比，略於記行，詳於記言，與語錄相比，燈傳擷取語錄精要，又按授受傳承世系編列，相當於史部中之譜錄。「護傳燈」，猶護佛法以傳之永久。牧齋此句歌頌先祖於佛法傳承之貢獻功莫大焉，誠千秋偉業。牧齋「傳燈」云云，或有時代的針對性。明季清初，禪宗師承混亂，法嗣屢興爭訟，牧齋痛心疾首，一再強調撰修僧史的重要性，呼籲有心人致力釐清明末尊宿們在佛教史上的地位[17]。他曾相當惱火地說：

> 佛海發願修《續傳燈錄》，乞言於余。……當佛海載筆之初，魔民外道，橫踞法席，靡然從之者，如中風飲狂，叫號跳躑，余辭而闢之，欲以一掌埋江河，故於斯錄之修，嗟咨太息，三致意焉。……佛海斯錄，區別宗派，勘辨機緣，其用心良苦。《傳燈》之源流既明，一切野狐

13　〔明〕馮琦原編，陳邦瞻增輯，《宋史紀事本末》（《景印文淵閣四庫全書》，第353冊）卷2「吳越歸地」，頁2b-3a。

14　〔清〕馬端臨著，《文獻通考》（《景印文淵閣四庫全書》，第610-616冊）卷227，「宗鏡錄一百卷」，頁9b-10a。

15　參《佛祖統紀》卷26，淨土立教志第十二之一，蓮社七祖，法師延壽，《大正藏》，第49冊，第2035經。

16　宋景德元年(1004)東吳道原撰。

17　參連瑞枝，〈錢謙益的佛教生涯與理念〉，頁349-351。

惡，又不攻而自破矣。閑邪去僞之指，隱然於筆削之間，此又其著錄之
深意也。

〈〔題佛海上人卷〕又題〉，《初學集》卷86，頁1809

牧齋個人並無完整一部僧史或燈錄的著作，但他在文章及書信中，於「不詳法
嗣」的尊宿及「禪而不禪」的僞禪反覆致意[18]，筆削予奪，無所貸宥，頗可印證
此詩中「護燈傳」的宏願。如此，上述詩聯除詠美吳越王崇佛事外，亦暗表自己
對明清之際佛門宗派正統承傳的關注。詩聯中上句言人世功業，下句言宗門功
德，一失一得，發人深省，對仗尤工妙。（三、四句合觀，或亦有以先祖爲「宗
鏡」，己爲「燈傳」之意。）

第三聯曰：「聚沙塔湧幡幢影，墮淚碑磨贔屭棱。」本聯表層意象雖明晰，
但用典實甚繁深，寄意亦相當幽眇。上句含二故實，皆出佛典。「聚沙塔」，聚
細沙成寶塔，兒童遊戲，而《妙法蓮華經・方便品》云：「乃至童子戲，聚沙爲
佛塔，如是諸人等，皆已成佛道。」其所以故者：「乃至童子戲，若草木及筆，
或以指爪甲，而畫作佛像，如是諸人等，漸漸積功德，具足大悲心，皆已成佛
道。」[19]童子聚沙爲寶塔，所積功德已如此。而吳越王眞有造塔事佛事，至今仍
爲人稱頌。《佛祖統紀》載：「吳越王錢俶，天性敬佛，慕阿育王造塔之事，用
金銅精鋼造八萬四千塔，中藏《寶篋印心呪經》，布散部內，凡十年而訖功。」[20]
「幡幢」即幢幡，刹上之幡。童子戲聚沙爲塔，三寶感應，諸天歡喜，幡幢湧
現。吳越王金銅精鋼，十年造塔，塔中供藏經典，此多寶塔種種莊嚴殊勝更不可
思議矣。

此聯上下句對比強烈。「墮淚碑」固詩文習用典實，然與末聯二句合觀，知
牧齋此句實本蘇軾〈送表忠觀道士歸杭〉詩。舊注云：「先生〈表忠觀碑〉載趙
抃知杭州，言故吳越國王錢氏墳廟在錢塘臨安者，皆蕪廢不治。請以妙因院爲
觀，使錢氏之孫爲道士曰自然者居之，以守其墳廟。詔許之，改妙因爲表忠

18　同前註，頁349-351。
19　《妙法蓮華經》卷1，《大正藏》，第9冊，第262經，頁9a。
20　《佛祖統紀》卷43，《大正藏》，第49冊，第2035經，頁394c。

觀。」[21]知至坡公時，吳越王錢氏墳廟已蕪廢，無人照拂。蘇詩云：「先王舊德在民心，著令稱忠上意深。墮淚行看會祠下，挂名爭欲刻碑陰。淒涼破屋塵凝座，憔悴雲孫雪滿簪。未信諸豪容郭解，卻從他縣施千金。」[22]「墮淚碑」，襄陽百姓於峴山羊祜平生遊憩之所建碑立廟，歲時饗祭，望碑者莫不流涕。杜預因名之日墮淚碑。羊祜嘗云：「自有宇宙，便有此山，由來賢達勝士，登山遠望，如我與卿者多矣！皆湮滅無聞，使人悲傷。如百歲後有知，魂魄猶應登此也。」[23]是在宇宙和歷史碩大的映照下，感悟一死生與乎人世的豐功偉績，無非虛幻妄作，須臾散滅，卻又依戀不捨。至唐而李白賦〈襄陽曲四首〉，詩其三云：「峴山臨漢江，水綠沙如雪。上有墮淚碑，青苔久磨滅。」[24]「贔屭」，猛士有力貌。「贔屭稜」，許是碑座碑身諸靈獸、力士雕刻。本句言「碑」，復言「贔屭稜」，本最堅碩、期之永久之構設，卻嵌「磨」字於其中，則碑已蕪廢磨滅矣。此聯承次聯意，詠吳越王之禮佛事並其現世功業，其佛事作為影響猶在，而於史上之功業，則已泯滅無聞矣。

　　合二句讀，則牧齋於此追思先祖崇佛德業，以「幡幢影」、「贔屭稜」頌美其模楷永存，流芳百世，而繹紬文理，又復有自傷、猶豫之思。上句「聚沙為佛塔」為「童子戲」的，不妨設想是牧齋，牧齋其中一號即「聚沙居士」。說「湧」，彷彿現象自發，非人為念力牽動。此詩化描述，暗喻錢家與佛因緣，祖先所種，源遠流長，後人承澤，重之以修持，佛法佛性，隨機觸發，都可參究。下句言「碑」，有紀念碑(monument)不朽之意。但「墮淚」觸發悲情，下接「磨」字，更意味深長。要之，先祖於歷史、佛事之功業功德聲稜絕俗，後人無限景仰，但歲月無情，風雨磨損，指認、傳承維艱。(在這個認識下，上句「聚沙」一語亦難免沾染虛誕妄作的意味。)循此觀照，上下句立顯一微妙張力

---

21 〔宋〕王十朋，《東坡詩集註》(《景印文淵閣四庫全書》，第1109冊)引次公語，卷15，頁38a。
22 同前註，頁38a-b。
23 見〔唐〕房玄齡等奉敕撰，《晉書・羊祜傳》(北京：中華書局，1974)卷34，頁1020。
24 〔唐〕李白，《李太白文集》(《景印文淵閣四庫全書》，第1066冊)卷4，頁4a-b。

(tension)。此聯在詩篇轉處，牧齋俯首低徊，主體反思性(self-reflexivity)為全詩八句中之最稠密者。

末聯曰：「莫歡曾孫顅頷盡，大梁仍是布衣僧。」此聯振起作結。「曾孫」，《事林廣記》云：「俗傳玉帝與太姥魏眞人武夷君建幔亭、綵屋數百間，施雲裀紫霞褥，宴鄉人男女千餘人於其上，皆呼爲曾孫。」[25]「曾孫」、「顅頷」云云，實脫自坡公〈送表忠觀道士歸杭〉詩此聯：「淒涼破屋塵凝座，憔悴雲孫雪滿簪。」舊注云：「此指言錢道士矣。《爾雅》：『子之子爲孫，孫之子爲曾孫，曾孫之子爲玄孫，玄孫之子爲來孫，來孫之子爲晜孫，晜孫之子爲仍孫，仍孫之子爲雲孫。』注云：『輕遠如浮雲也。』」[26]牧齋詩「曾孫」云云，泛指吳越王之苗裔。下句「大梁布衣」語出宋李燾撰《續資治通鑑長編》：「〔開寶七年十一月〕戊子，吳越王俶遣使修貢，謝招撫制置之命也。並上江南國主所遺書，其略云：『今日無我，明日豈有君！明天子一旦易地酬勳，王亦大梁一布衣耳。』」[27]「布衣僧」，牧齋自喻。「大梁仍是布衣僧」，意謂即便功業無成，但誠心向佛，一如先祖，直可以「僧」視己。此句盡顯牧齋皈依佛法之堅決不移。

牧齋此首格律謹嚴，用意措語深刻，廣用吳越王奉佛故實，而巧妙地將自己崇敬佛法並竭力護法的意願穿貫其中，雖有自傷之詞、低徊夷猶之思，但向佛之心仍顯得相當堅確。

老大荒涼餘井邑

〈病榻消寒〉其二十五追懷家族遠史，其二十九則放眼於鄉間閭里：

兒童逼歲趁喧闐，嶽廟星壇言子阡。

25　〔宋〕祝穆，《古今事文類聚》（《景印文淵閣四庫全書》，第925-929冊），前集卷34，「武夷冲佑觀」，頁38a。

26　〔宋〕王十朋，《東坡詩集註》引次公語，卷15，頁38b。

27　〔宋〕李燾，《續資治通鑑長編》（《景印文淵閣四庫全書》，第314-322冊）卷15，頁15b-16a。

夢裡挨肩爭爆竹，忙來哺飯看秋千。

氣蒸籬落辭年酒，燄卷星河祭竈烟。

老大荒涼餘井邑，半龕殘火一翁禪。

《有學集》卷13，頁660

牧齋此首蒼老渾成，乃〈病榻消寒〉詩中極佳之作。全詩八句，五十六字，除句七「老大荒涼」四字明顯爲情語外，俱爲「意象」(imagistic)語，由一連串的具體意象(concrete images)築構而成[28]，惟其雖句句摹寫具體意象，實句句涉虛。這些意象的質地訴諸感官(senses)，整首詩是一個精采細膩的感官再現(sensory representation)。語調舒緩不逼，時空則結穴於現在，看似信筆寫村墟歲晚熱鬧，羅布身邊物事成篇。但我們是否只須以之爲一首描繪過年熱鬧的即興之作視之，無庸深究？如詩中缺乏下列兩個特徵，不妨如此。但(一)在詩的收結一聯，牧齋以「半龕殘火一翁禪」的形象出現。(二)仔細觀察詩中各個意象的排列、構成形式，我們發現，詩的底層結構內含一個二元對待，而隨立隨破的辯證關係。上述特徵，值得深入討論，且提點了一個以禪宗現象、審美觀來詮釋本詩的可能策略。

本詩意象或寫當下，或從當下起興，而禪詩審美觀，特重「現量」境[29]。(牧齋此首全詩幾乎不用典，這無論在〈病榻消寒〉詩，或在牧齋晚年詩作中，都是十分罕見的。詩中不援用典故，可能是爲增加臨即感[immediacy]的策略。)這裡先略說以現量觀釋讀本詩的可能性。禪者視外境爲「浮塵」，爲「幻化相」，如《楞嚴經》所云：「一切浮塵，諸幻化相，當處出生，隨處滅盡。幻妄稱相，其性眞爲妙覺明體。如是乃至五陰六入，從十二處，至十八界，因緣和合，虛妄有生，因緣別離虛妄名滅。」[30]至於感官、外物與意識的相互生發作

28　究其實，「荒涼」的情緒特質仍是來自物象的荒蕪淒清的。

29　關於現量境、直覺境、圓融境、日用境等禪宗概念與禪宗詩歌審美觀的關係，可參吳言生，《禪宗詩歌境界》(北京：中華書局，2001)各章所述。

30　〔清〕錢謙益，《楞嚴經疏解蒙鈔》卷第2(之3)，《卍新纂續藏經》(台北：新文豐出版公司，1987)，第13冊，第287經，頁585c、586a。《卍新纂續藏經》下簡稱《續藏經》。

用，佛學說得很圓通：眼、耳、鼻、舌、身、意六根爲內六入；色、香、聲、味、觸、法六塵爲外六入；內六入與外六入互相涉入而產生眼識、耳識、鼻識、舌識、身識、意識，合稱六識。意識活動可概括爲五陰(或稱五蘊)，即色陰(一切物質現象)、受陰(感受、感覺)、想陰(知覺)、行陰(思維活動)、識陰(意識活動的主體)。佛教認爲，五陰和合而成的身心只是暫時的，虛幻而不實的，故曰：「五蘊皆空」。但是，在禪悟體驗中，無情有佛性，山水悉眞如，或謂「青青翠竹，總是法身；欝欝黃華，無非般若」[31]。禪者並不刻意排斥外境，而禪宗審美觀，則崇尚禪定直覺意象。要之，「心隨萬境轉，轉處實能幽。隨流認得性，無喜復無憂。」[32]要以「般若無知」的自性、本心自處，不陷邏輯思維(「理障」)，以直覺意象，使「現量」呈顯。(六祖《壇經》說：「內見自性不動，名爲禪。」)[33]現量，感官對外境諸法自相的直接反映，不加諸思維，不起分別心，不計度推求。與現量相對的是比量，以分別之心，比類已知之事，量知未知之事。現量與比量的分別，大慧普覺禪師云：「巖頭云：『若欲他時播揚大教，須是一一從自己胸襟流出。』……所謂胸襟流出者，乃是自己無始時來現量本自具足，纔起第二念，則落比量矣。比量是外境莊嚴所得之法，現量是父母未生前威音那畔事。從現量中得者氣力麤，從比量中得者氣力弱。」[34]

藉此現量觀，既可判別禪悟的高下，亦可窺視詩歌的思想境界、詩藝的造詣。如王夫之(1619-1692)以爲，詩人廁身天地，與外物相値相取，興會標舉之際，神於詩者，可臻現量之境。他說：「『長河落日圓』，初無定景；『隔水問樵夫』，初非想得。則禪家所謂『現量』也。」[35]又說：「禪家有『三量』，唯『現量』發光，爲依佛性；『比量』稍有不審，便入『非量』；況直從『非量』

31　《景德傳燈錄》卷6，《大正藏》，第51冊，第2076經，頁247c。
32　同前註，卷2，頁214a，天竺三十五祖第二十二祖摩拏羅者偈語。又《鎮州臨濟慧照禪師語錄》引，見《大正藏》，第47冊，第1985經，頁501a。
33　《六祖大師法寶壇經》，坐禪第五，《大正藏》，第48冊，第2008經，頁353b。
34　《大慧普覺禪師語錄》卷22，《大正藏》，第47冊，第1998A經，頁906b。
35　〔清〕王夫之，《薑齋詩話》，卷下，《清詩話》(上海：上海古籍出版社，1963)，上冊，頁9。

中施朱而赤，施粉而白，勺水洗之，無鹽之色敗露無餘，明眼人豈爲所欺耶？」[36]
禪悟、禪悅，可以默默了然於心中，而詩歌，終究是再現（representation）的語言
行爲。現量詩境追求一種神理湊合，帶有主體胸次的「情」（或「性」）的當下景
物描畫（description）[37]。循此「認知──表現」（cognitive-expressionist）的理路出
發，讀者是有可能依由詩篇的語言再現，進窺／溯源「言」背後的「意」的。
（這活動，可視作某種意義的「以意逆志」。）這「意」，可以特指形而上的、宗
教上的禪境，或是心理性的、詩人的情志，此二者可以相通，但不必求（或言）其
一定相通。就其依賴的表現形式言，現量禪境與現量詩境則必不牴牾。

　　下說牧齋詩。起聯曰：「兒童逼歲趁喧闐，嶽廟星壇言子阡。」「喧闐」，
狀聲音震天，故此語又作「喧天」。牧齋耳聾，如何聽得見？蓋年關將近（「逼
歲」），兒童放恣嬉鬧玩耍，其高分貝之尖呼聲中牧齋之耳。何以上句寫兒童歡
鬧，下句卻接以三地景意象？以牧齋耳聾，兼又耳鳴，聲音雖入耳，卻轟轟然，
似遠處傳來，而牧齋居處稍遠，正「嶽廟」、「星壇」、「言子阡」之所在。明
王鏊《姑蘇志》卷九「虞山」云：「〔山麓〕……又西北爲拂水巖，崖石陟峻，
水奔注如虹，凌風飛濺，最爲奇勝。自南循山而西，有致道觀，又西有招眞宮，
昭明太子讀書臺在焉，又西則嶽祠諸廟……。」[38]致道觀即牧齋句中「星壇」所

36　同前註，頁22。又：王夫之在《相宗絡索》曾比較現量、比量及非量的本質：
　　「『現量』現者有現在義，有現成義，有顯現眞實義。現在，不緣過去作影。
　　現成，一觸即覺，不假思量計較。顯現眞實，乃彼之體性本自如此，顯現無
　　疑，不參虛妄……。『比量』比者，以種種事，比度種種理。以相似比同，如
　　以牛比兔，同是獸類；或以不相似比異，如以牛有角，比兔無角，遂得確信。
　　此量于理無謬，而本等實相原不待比，此純以意計分別而生。……『非量』情
　　有理無之妄想，執爲我所，堅自印持，遂覺有此一量，若可憑可證。」見傅雲
　　龍、吳可主編，《船山遺書》（北京：北京出版社，1999）第7卷，頁4093。

37　"Descriptive poetry with a strong sense of emotional involvement." 黃兆傑語，參
　　Siu-kit Wong, trans., *Notes on Poetry from the Ginger Studio* (Hong Kong: The
　　Chinese University Press, 1987), p. 173*n*12. 敘事學中「告訴」（telling）及「呈
　　現」（showing）的概念亦有助這現象的思考。王夫之以現量論詩是其詩學體系
　　特色之一。這方面迄今最具理論性的討論可參蕭馳〈船山詩學中"現量"義涵
　　的再探討〉，見氏著，《抒情傳統與中國思想──王夫之詩學發微》（上海：
　　上海古籍出版社，2003），頁1-39。

38　〔明〕王鏊撰，《姑蘇志》（《景印文淵閣四庫全書》，第493冊）卷9，頁15b-

在，其西即「嶽廟」。錢曾注引元盧鎮重修《琴川志》云：「東嶽行祠在縣治西虞山南麓，依山高聳，規模雄偉。歲久摧圮，屢雖再新。然創造之由，無碑誌可考。」又引《海虞文苑》張應遴〈虞山記〉云：「致道觀，庭列虛皇壇，七星古檜，亦昭明所植，天師以神力移之。屈蟠夭矯，如龍如虬，其三猶蕭梁時物。」[39]「言子阡」指「言子墓」，今存，在虞山東麓，古墓依山建築，規模雄偉[40]。牧齋句取象於「言子墓」，而改「墓」字爲「阡」（「阡」有「冢」、「墳」意），或牧齋先得上句，末字爲「闤」，下句末字在韻腳，故改「宅」爲平聲且協「闤」字韻之「阡」字。

歲暮是時相(春夏秋冬四季)在自然律中的終結，猶如人類生命周期(生老病死)中的晚景，瀕臨死亡。法國哲學家Emmanuel Lévinas 說，死亡是存在向自我的一種回歸，是與現象學相對的運動。終結的現象使人們愛好提問，譬如，對生命，對「自我表現著的表現行爲，時間性的或歷史性的表現。」[41]這無疑就是牧齋詩句一所喚起的當下之境，由耳識所觸發。天眞無邪、生命伊始的「兒童」對終結作放肆的、歡快的、最絕對的揶揄（「逼」、「趁喧闤」）。句一的絕對與純粹「逼」出句二絕對與終極之景：「廟」、「壇」、「阡」，函蓋山河大地、神秘力量與人文作爲。「嶽廟」、「星壇」、「言子阡」三意象眞現量之景，而轉注句一「喧闤」，主體思想躍動的幅度是驚人的，直如王夫之所云：「初無定景」、「初非想得」。嶽廟，五岳神廟，建於東南西北中五岳，以鎮山河大地，王者所以巡狩，是世界與皇權相感通的表徵。星壇則道觀焚醮、施法之場所，道士搬運宇宙神異力量，以干涉人事的舞臺。言子，指言偃，字子游；孔門高弟，文學：子游、子夏。武城絃歌，君子習禮學道表率，人文教化永恆的精神。（言

(續)————————
　　16a。
39　錢曾注引，見《有學集》卷13，頁660-661。
40　常熟城中又有「言子宅」，范成大《吳郡志》云：「言偃宅，《蘇州記》云：『在常熟縣西。』《史記》云：『言偃，吳人也。』《吳地志》云：『宅有井，井邊有洗衣石，周四尺，皆其故物。』《輿地志》云：『梁蕭正德爲郡太守，將石去，莫知所在。』」見〔宋〕范成大，《吳郡志》（《景印文淵閣四庫全書》，第485冊）卷8，頁1a-b。
41　〔法〕艾瑪紐埃爾‧勒維納斯（Emmanuel Lévinas）著，余中先譯，《上帝‧死亡和時間》（Dieu, la mort et le temps）（北京：三聯書店，1997），頁51-52。

子墓現存基道有三座牌坊，第三道牌坊橫額石刻「南方夫子」四大字。)即是之故，在某一層次言，這三個意象本身帶有強烈的象徵色彩。但妙的是，二句諸意象，虛實互攝，牧齋言「嶽廟」、「星壇」、「言子阡」，並非泛舉以啓發哲學性的思維，詩中所取，兼有自然拾得的實際義。牧齋世居常熟虞山。此三境地一方面可如上述，予人宏偉、神異與不朽的印象，而另一方面，從牧齋身處的角度觀看，三者無疑又是身邊景物，平居之所見，宜乎接於兒童歡鬧句後。詩句取義，兩方面都有可能，都無損其爲耳識所引發的現量境。

次聯曰：「夢裏挨肩爭爆竹，忙來哺飯看秋千。」此聯意象虛實交錯，思入微茫。「夢裏」句可作數解。首聯言「兒童」，則本聯此處或承上聯意，寫兒童興奮，睡夢中猶「挨肩爭爆竹」。或此爲牧齋之夢，夢境中兒童挨肩爭爆竹。又或牧齋夢己返老還童，挨肩爭爆竹。又或牧齋在睡夢中，而戶外兒童正鬧翻天，挨肩爭爆竹。上述種種情況都有可能。下句盪「秋千」(鞦韆)者，應是兒童，而「忙來哺飯」者[42]，應指大人。

《金剛經》訓誨道：「一切有爲法，如夢幻泡影，如露亦如電，應作如是觀！」(著名的六如偈)諸法無我，諸行無常，但首聯中「無明」的「兒童」被懸置在「嶽廟」、「星壇」、「言子阡」所可以立的、鉅大的貪戀欲樂諸意中，遊戲其間，太危險了！上述首聯二句隨耳識所興發的意識情量雖模稜兩可，但遷變流轉，含義依然太豐富了。金剛般若，隨說隨掃。次聯上句首字落「夢」，緊承首聯二句，立即破除了前二句可能引出的種種虛幻妄想。此句有極亮麗的色與聲境：「挨肩爭爆竹」，表面仍是寫兒童遊戲，但更巧妙的是，此句有另一框架包蓋，若依唯識學八識論的原理，可說是第六識的夢中意識(三種「獨頭意識」的其中一種)。如此一來，可以是兒童在夢裡挨肩爭爆竹，也可以是詩的主體夢見兒童挨肩爭爆竹。前一解寫實，後一解著虛；後者可以理解爲主體對一切有爲法(由首聯所象徵)的參悟，由自性反觀，無異夢中熱鬧喧闐一場，凡所有相，所有因緣和合所生的感官世界，都如夢幻一般虛妄。此句的表象結構由虛實二元組

---

42 《漢書‧高帝本紀》有「輟飯吐哺」之語，師古曰：「輟，止也。哺，口中所含食也。飯音扶晚反。哺音步。」見〔漢〕班固撰，〔唐〕顏師古注，《漢書》卷1上，頁40。

成：挨肩爭爆竹，聲、色境之最強烈，但這卻是包攝在更大的，最虛幻不實的夢境中的。是以句三終究為虛。句四發端即接以實景：「忙來哺飯」，牽動六識中的舌識。全句呈顯的，則是禪宗極重視的、飢餐困眠、隨緣適性的日用境。這依然是由歲晚村居的現量境所演生而來。但歲末農事已畢，「忙來」二字並無著落。這顛覆了人為的直線時間軌跡。取而代之的雙向(現在、過去)互攝的時間圓融境提示著讀者，該注意詩句背後的精神層次。禪者追求存在而超越，日用是道的心境，不主張向外修道，而是將修行與生活一體化，「飢來喫飯」、「寒即向火」、「困來打睡」(九頂惠泉的「九頂三句」語)[43]。牧齋詩的「忙來哺飯」與惠泉的「飢來喫飯」，語構是何等的相似！錢句的寄意，思過半矣。句四承句三的夢識而來，而易之以最實在的口腹的舌識，指向禪修的日用境。但又隨立隨破，之後接以「看秋千」一意象。忙來哺飯，看著的，卻是晃動不居的鞦韆，虛幻變遷的象徵，又由實而入虛。

第三聯曰：「氣蒸籬落辭年酒，餤罍星河祭竈烟。」「籬落」，籬笆。「辭年酒」云云，寫江南過年風俗。梁宗懍《荊楚歲時記》云：「歲暮，家家具肴薪，詣宿歲之位，以迎新年。相聚酣飲，留宿歲飯，至新年十二日，則棄之街衢，以為去故納新也。」[44]「祭竈」，《荊楚歲時記》云：「十二月八日為臘月……其日，並以豚酒祭竈。」又按語云：「《禮記》云：『竈者老婦之祭也，盛於盆，尊於瓶。』言以瓶為罇、盆盛饌也。許慎《五經異義》云：『顓頊有子曰黎，為祝融，火正也。祀以為竈神，姓蘇名吉利。婦姓王名搏頰。』漢宣帝時，陰子方者，至孝而仁恩。嘗臘日辰炊，而竈神形見，子方再拜受慶。家有黃犬，因以祭之，謂為黃羊陰氏，世蒙其福，俗人所競尚，以此故也。」[45]

本聯二句，主要緣取味塵與色塵而構成充滿鼻識與眼識的意象，時空指涉則

43　《五燈會元》卷18，「嘉定府九頂寂惺惠泉禪師」：「上堂。昔日雲門有三句，謂函蓋乾坤句、截斷眾流句、隨波逐浪句。九頂今日亦有三句，所謂飢來喫飯句、寒即向火句、困來打睡句。若以佛法而論，則九頂望雲門，直立下風。若以世諦而論，則雲門望九頂，直立下風。二語相違，且如何是九頂為人處。」《續藏經》，第80冊，第1565經，頁373a-373b。

44　〔梁〕宗懍，《荊楚歲時記》(《景印文淵閣四庫全書》，第589冊)，頁25b。

45　同前註，頁24b。

扣緊鄉村歲暮。句五「籬落」，家園所有，予人私隱與安全感。酒味辛，蒸之，可以想像氤氳瀰漫，味覺的感受驟增。上句著墨於歲晚家常，取象最近。下句色境，卻由與「辭年酒」同趣的「祭竈烟」一推而放眼至最邈遠的「星河」，然謂其爲自家燃火竈烟所掩蓋，則天河亦沾染人間色彩矣。本聯虛實互攝，所緣之境本爲最虛：「氣」、「燄」──《楞嚴經》說：「火性無我，寄於諸緣。」──但放在家舍的（domesticated）氛圍裡思量，感覺卻又最溫煦實在。聯中下句言「祭竈」，竈者，老婦之祭也。」這個「老婦」的形象暗渡至末聯。在詩篇收束二句，詩的主體直接出現。

末聯曰：「老大荒涼餘井邑，半龕殘火一翁禪。」「井邑」，故里也，承上三聯種種意蘊。《周易》曰：「井：改邑不改井，井，以不變爲德者也。」《正義》曰：「『改邑不改井』者，以下明『井』有常德，此明『井』體有常，邑雖遷移，而『井體』無改，故云『改邑不改井』也。」[46]

「井邑」承前六句所有意象。「井體有常，邑雖遷移，而井體無改。」此解大可援藉以喻詩中主體的心性。井邑間種種，一切現成。禪者以水喻心，「靜則有照，動則無鑒」[47]，以般若慧眼燭破緣生幻相，不爲色相所染，心境虛明澄澈。全詩末句中，「半龕殘火」、「一翁禪」並列，寧靜安穩，係牧齋自喻。萬象森羅，人事紛紜，收攝爲「半」、爲「一」，圓滿自足，乾淨利落，的是禪翁止觀。

說詩至此，唯餘三字未解，乃末聯上句的「荒涼」與「餘」。此雖寥寥三字，卻把全詩從禪境帶回人間的感情世界，映現出的是難忍割捨的情塵。禪之所以爲禪，爲佛教，終究仍要終極地超越存在與生死。神照本如的開悟詩云：「處處逢歸路，頭頭達故鄉。本來成現事，何必待思量。」[48]如向眞如理體回歸

---

46 見〔魏〕王弼，〔晉〕韓康伯注，〔唐〕陸德明音義，孔穎達疏，《周易注疏》（《景印文淵閣四庫全書》，第7冊），頁21a-b。

47 《注維摩詰經》卷6：「〔僧〕肇曰：心猶水也。靜則有照，動則無鑒。癡愛所濁，邪風所扇，湧溢波蕩，未始暫住。以此觀法，何往不倒。」《大正藏》，第38冊，第1775經，頁386c。

48 《五燈會元》卷6：「神照本如法師。嘗以經王請益四明尊者。者震聲曰：汝名本如。師即領悟。作偈曰：處處逢歸路，頭頭達故鄉。本來成現事，何必待思

（「歸路」、「故鄉」），本來現成，又何用乎思量計較？但牧齋詩末聯上句無疑
起了強烈的分別之心，分別生滅，分別世情。說「老大」，而以「荒涼」形容，
觸動身、意二識，卻只立不破，流露出對時間、壽命流逝的焦慮與感喟。說「餘
井邑」，是對人世、家園無限留戀與依靠。如此，則全詩末句的止觀，是牧齋的
願望，甚或是他處理人生晚景的生存機制，而非他已達到的禪悟境界。「老大荒
涼」，桑榆晚景，一生顯隱窮通，最終只餘「井邑」，固不無失意落寞之感，然
「井邑」者，家庭閭里之慰藉也，安穩實在，故牧齋於末句雖以「一翁禪」之自
我形象現身，其徘徊眷戀者，依舊在人間。

三、錢柳因緣與柳氏「下髮入道」

柳如是二十四歲(1641)嫁入錢家，時牧齋已屆耳順之年。越二年，錢柳所營
絳雲樓落成，締造了一段後人無限想像的風流韻事、文化記憶。絳雲之築，在所
居半野堂後，據時人形容：房櫳窈窕，綺疏青瑣，旁龕金石文字。宋刻書數萬
卷、三代秦漢鼎彝環璧之屬、晉唐宋元以來法書名畫、官哥定州宣成之瓷、端谿
靈璧大理之石、宣德之銅、果園廠之髹器，充牣其中。柳氏儉梳靚妝，湘簾棐
几，爇沉水，鬥旗槍，寫青山，臨墨妙，考異訂訛，間以調謔[49]。這種種，儼然
宋世李清照與趙明誠、蘇軾與朝雲的故事在明季刻意搬演。信是人間美景、賞心
樂事。儘管帝都的鐘簴金人即將崩摧，江南的詩酒文讌並未因此停歇，雖然，對
國事的憂虞還是有的[50]。

明清鼎革帶來的政治和歷史情勢把錢柳仙侶般的生活全然打亂。1644年，李
自成陷北京，清人繼之，入主中國。南京明福王弘光朝立，牧齋為籌劃重臣。不
多時，清兵大舉南下。弘光朝瓦解，恭立金陵城下迎降的大臣包括禮部尚書牧

（續）————————————

　　量。」《續藏經》，第80冊，第1565經，頁138c。

49　〔清〕顧苓，〈河東君小傳〉，收入范景中、周書田編：《柳如是事輯》（杭
　　州：中國美術出版社，2002），頁6。

50　如陳寅恪於《柳如是別傳》中指出，晚明幾社讌集時，除飲酒賦詩外，亦熱中
　　於當時實際政治問題的討論，故陳氏認為，幾社的組織，可視作「政治小集
　　團」。參陳寅恪，《柳如是別傳》（上海：上海古籍出版社，1980），頁282。

齋。降臣隨例北遷，牧齋受清主官，遂爲「貳臣」[51]，時維順治三年（1646）正
月。至六月而牧齋以疾辭官南返。順治四年（1647），牧齋以黃毓祺造返案受牽連
下南京獄，至次年（1648）獄始解，得返家。劫餘之人，再次回到絳雲樓，是怎麼
樣的一種心情呢？牧齋有〈人日示內二首〉贈柳如是，柳和作亦二首，諸譜或繫
順治六年己丑（1649），或繫七年庚寅（1650）。今考錢柳所營絳雲樓燬於庚寅歲十
月。揆諸詩意，二人優游於圖籍，笑語燈前，錢柳之作當在牧齋獄解之後，絳雲
樓火災之前。牧齋詩其一云：

夢華樂事滿春城，今日淒涼故國情。
花爝舊枝空帖燕，柳燔新火不藏鶯。
銀幡頭上衝愁陣，柏葉尊前放酒兵。
憑仗閨中刀尺好，剪裁春色報先庚。

其二云：

靈辰不共劫灰沉，人日人情泥故林。
黃口弄音嬌語澀，綠窗停梵佛香深。
圖花卻喜同心蒂，學鳥應師共命禽。
夢向南枝每西笑，與君行坐數沉吟。

《有學集》卷2，頁75

柳氏〈依韻奉和二首〉其二云：

佛日初輝人日沉，綵旛清曉供珠林。
地於劫外風光近，人在花前笑語深。

51　此處用「貳臣」一語，爲行文方便而已，「貳臣」之稱，實肇始於乾隆於十八
　　世紀之創設《貳臣傳》。

洗罷新松看沁雪，[52]行殘舊藥寫來禽。

香燈繡閣春常好，不唱卿家緩緩吟。[53]

　　牧齋詩其一首聯上下句今昔對比。「夢華」指《東京夢華錄》，作者孟元老生於北宋末，長居汴京，北宋覆亡後南逃，晚年追憶舊京都市繁華，因有是書之製。牧齋以「樂事」形容「夢華」，顯係追念明亡以前的繁華歲月。但《夢華》一書既有家國陵夷之思，則上句的「樂事」難免沾有不堪回首的意韻。下句落「淒涼」一語，道破牧齋經歷明清鼎革，並因事下獄後的潦落心情。下接一聯即極力刻劃人事滄桑，不堪回首之感。第三聯「衝愁陣」、「放酒兵」是欲振起意緒。但全詩要到最後一聯，壓抑的情緒始得舒緩。這二句帶出閨中的柳如是。

　　承其一收二句，其二全首情緒一變而為寧靜、喜悅。首二句是自寬之詞，慶幸劫餘之人仍得與妻子棲遲於故林，共享片時安樂之辰。次聯上句藉黃口弄音的意象渲染生意，下句則透露出佛教給予錢柳的精神撫慰。言「佛香深」，佛龕供香，六時禮拜，可以想像。惟此一宗教層面，在牧齋詩中點到即止，反而在柳氏的和作中占著更重要的位置。柳詩首聯即全用佛事敷陳，洋溢虔敬之意。此下各句承牧齋詩其二意譜寫吉祥，卻不落陳套。如「來禽」用王羲之《來禽帖》「青李來禽」意，與牧齋詩「黃口弄音」、「共命禽」的意象相呼應，既工切，亦清新。而「黃口」、「來禽」等意象的實際指涉，很有可能是錢柳剛誕生的女兒[54]。果如是，詩文的喜悅感更顯實在。末聯略帶調謔，博君一笑可知[55]。

52　指沁雪石，原為元代趙孟頫家故物，後牧齋購得此石，置之絳雲樓前，絳雲樓焚毀，石亦爐。參陳寅恪，《柳如是別傳》，頁813-814。柳氏詩中言及此石，益可證錢柳此數章詩成於絳雲樓失火以前。

53　《有學集》卷2附，頁76。

54　陳寅恪即採取這樣的讀法，參《柳如是別傳》，頁924-925。

55　錢柳結緣前期，牧齋有〈陌上花樂府三首東坡記吳越王妃事也臨安道中感而和之和其詞而反其意以有寄焉〉三首贈柳氏，柳氏和作亦如數。詩用樂府舊體，末句均落「緩緩歸」三字收結。錢柳詩見《初學集》卷18，頁636-637。柳詩此處「緩緩吟」之語本此。此數首詩的釋讀另可參陳寅恪，《柳如是別傳》，頁629-631。

柳如是是牧齋晚年的精神支柱。順治四年三月，牧齋被捕，下北京獄[56]。羈囚期間，牧齋作「次東坡御史臺寄妻詩」，即出獄後寫定的〈和東坡西臺詩韻六首〉，其自序云：

> 丁亥[1647]三月晦日，晨興禮佛，忽被急徵。銀鐺拖曳，命在漏刻。河東夫人沉疴臥蓐，蹶然而起，冒死從行，誓上書代死，否則從死。慷慨首塗，無刺刺可憐之語。余亦賴以自壯焉。獄急時，次東坡御史臺寄妻詩，以當訣別。獄中過紙筆，臨風閟誦，飲泣而已。生還之後，尋繹遺忘，尚存六章。值君三十設帨之辰，長莚初啓，引滿放歌，以博如皐之一笑，并以傳眎同聲，求屬和焉。
>
> 《有學集》卷1，頁9

危急之際，牧齋只能依靠詩文安排身後、宣洩情緒，思之可憐。出獄後則坦然記述這段心路歷程，不但將當時所作筆之於文，且傳示友儕，囑求和作，用以表彰高義，歌頌紅妝。牧齋對文學力量的極度重視、迷戀，可見一斑，對柳氏的敬愛，更表露無遺。

又十餘年，正當牧齋寫作〈病榻消寒〉詩的秋天，柳如是「下髮入道」，照說有大智慧者應喜得法侶，但牧齋究竟如何反應，流露出怎樣的情緒？

以下討論牧齋〈病榻消寒〉詩其三十四到三十六三首。此數章追憶與柳如是締結姻緣之始、賦詠柳氏秋間剃髮入道事，心事微妙複雜，索解不易，故以下所論多揣測之詞，固不宜以定論觀也。

好夢何曾逐水流

〈病榻消寒〉其三十四曰：

56　參方良，《錢謙益年譜》(北京：線裝書局，2007)，頁156-157。更詳盡的考論可參氏著，〈錢謙益清初行蹤考〉，《江南大學學報(人文社會科學版)》第4卷第4期(2005年8月)，頁45-48；〈清初錢謙益、柳如是到德州考辯〉，《常熟理工學院學報(哲學社會科學)》，2008年9月第9期，頁118-120。

老大聊為秉燭遊，青春渾似在紅樓。

買回世上千金笑，送盡生平百歲憂。

留客笙歌圍酒尾，看場神鬼坐人頭。

蒲團歷歷前塵事，好夢何曾逐水流。

追憶庚辰[1640]冬半野堂文讌舊事。

《有學集》卷13，頁664

本詩詩後小注云：「追憶庚辰[1640]冬半野堂文讌舊事。」其時為前明崇禎十三年庚辰十一月。柳如是翩然來訪，止居半野堂，牧齋為築我聞室，十日落成，錢柳等文讌歡娛浹月於斯。半載以後，二人結褵於茸城（松江）舟中，柳隨牧齋返常熟，乃稱柳夫人，結束前此將近十年之遷轉飄泊。牧齋築絳雲樓於半野堂後，二人優游其中，彷如神仙眷侶。庚辰仲冬，牧齋之迷醉於柳氏不難想見[57]。至牧齋賦〈病榻消寒〉本詩時，錢柳二人已相守相隨逾二十載。牧齋病榻纏綿之際，追憶庚辰冬半野堂文讌舊事，依然心花怒放。詩結句云：「好夢何曾逐水流」，可見牧齋始終愛戀柳如是。

詩上四曰：「老大聊為秉燭遊，青春渾似在紅樓。買回世上千金笑，送盡生年百歲憂。」陸游〈學射道中感事〉詩有句云：「得閒何惜傾家釀，漸老真須秉燭遊。」[58]不及牧齋意興之高昂。鮑照〈代白紵曲〉其六下半云：「卷幌結帷羅玉筵，齊謳秦吹盧女絃，千金顧笑買芳年。」[59]庶幾牧齋千金買笑之歡，而牧齋句醇雅過之。牧齋此二聯，實從〈古詩十九首〉之〈生年不滿百〉一首翻出。〈生年不滿百〉云：「生年不滿百，常懷千歲憂。晝短苦夜長，何不秉燭遊。為

---

57 隔年仲春，牧齋嘗言：「庚辰冬，余方詠《唐風·蟋蟀》之章，修文讌之樂，絲肉交奮，屨舄錯雜，嘉禾門人以某禪師開堂語錄緘寄，且為乞紱。余不復省視，趣命僮子於蠟炬燒卻，颺其灰於溷廁，勿令污吾詩酒場也。」〈書西溪濟舟長老冊子〉，《初學集》卷81，頁1732。牧齋奮如熱戀中之公子哥兒。

58 〔宋〕陸游，《劍南詩藁》（《景印文淵閣四庫全書》，第1162-1163冊）卷7，頁26b。

59 〔宋〕鮑照，《鮑明遠集》（《景印文淵閣四庫全書》，第1063冊）卷3，頁11b-12a。

樂當及時，何能待來茲。愚者愛惜費，但爲後世嗤。仙人王子喬，難可與等期。」[60]牧齋雖云「聊爲」秉燭之遊，實則興致勃勃，樂而忘返，蓋「青春渾似在紅樓」，如能買美人一笑，送盡生年百歲之憂，又何惜千金之費？錢柳等文讌洟月，其時窮冬，虞山苦寒地，然我聞室中想已春意盎然。

詩第三聯曰：「留客笙歌圍酒尾，看場神鬼坐人頭。」[61]本聯下句「看場神鬼坐人頭」一空依傍，全無舊典，而「神鬼坐人頭」之景況與宴會氣氛、場面殊不諧協。錢曾注此句云：「公云：文讌時，有老嫗見紅袍烏帽三神坐絳雲樓下。」[62]若非錢曾爲轉述錢公語，述其「本事」如此，吾人讀牧齋此句必百思不得其解。

末聯曰：「蒲團歷歷前塵事，好夢何曾逐水流。」上句「前塵事」，錢曾注引《首楞嚴經》「若分別性，離塵無體，斯則前塵分別影事」云云作解[63]，治絲愈棼，大可不必。要之，禪者視外境爲「浮塵」，爲「幻化相」，六塵非實存，虛幻如影，故有「前塵」、「影事」之說，此即牧齋「前塵事」一語之寄意。牧齋學佛人，坐「蒲團」上，固知五蘊皆空，一切經歷無非前塵影事，惟與柳如是之情事猶歷歷在目，不忍割捨，縱墮入情障所不計也。下句「好夢」之典原甚淒麗，元陸友仁《吳中舊事》引《竹坡詩話》云：

姑蘇雍熙寺，每月夜向半，常有婦人往來廊廡間歌小詞，且笑且歎。聞

60　〔梁〕蕭統編，〔唐〕李善等注，《六臣註文選》（《景印文淵閣四庫全書》，第1330-1331冊）卷29，頁11a-b。

61　上句「留客」以「笙歌」，可以想像，而「酒尾」一語卻甚費解。明萬曆間許自昌《樗齋漫錄》云：「吳中俗人宴會好說酒尾，蓋飲後說古詩一句是也。」則「酒尾」或指飲酒後；「笙歌圍酒尾」意謂飲酒後繼以笙歌圍簇。見〔明〕許自昌，《樗齋漫錄》（上海：上海古籍出版社，1997年《續修四庫全書》，子部，雜家類，第1133冊影印明萬曆刻本）卷12，頁2a-b。

62　《有學集》卷13，頁665。錢曾牧齋詩注之可貴，於此亦可見一斑。雖然，此解尚有可疑者，則「神鬼坐人頭」之處是否即絳雲樓？牧齋已明言，此爲庚辰冬半野堂文讌舊事，而絳雲樓之築，在錢柳結褵後二年，即崇禎十六年（1643），庚辰冬文讌時絳雲樓尚未存在。以此，注中「絳雲樓」云云，若非牧齋記誤，即爲錢曾筆誤。「神鬼」示現處，應在半野堂或我聞室。

63　同前註。

者就之，輒不見。其詞云：「滿目江山憶舊遊，汀洲花草弄春柔。長亭
繫住木蘭舟。好夢易隨流水去，芳心空逐曉雲愁。行人莫上望京樓。」
好事者錄藏之。士子慕容崑卿見之，驚曰：「此予亡妻所為，外人無知
者，君何從得之？」客告之故。崑卿悲歎曰：「此寺蓋其旅櫬所在
也。」[64]

　　牧齋乃反用「好夢易隨流水去」之意，以言與柳如是之情緣乃其生命中之好
夢美夢，雖日月丸飛，星霜駒逝，世事到頭須了徹，可前塵影事，事事關情，一
切宛如昨日，刻骨銘心。

橫陳嚼蠟君能曉

　　〈病榻消寒〉其三十五曰：

　　　一剪金刀繡佛前，裹將紅淚洒諸天。
　　　三條裁製蓮花服，數畝誅鋤穮穭田。
　　　朝日妝鉛眉正嫵，高樓點粉額猶鮮。
　　　橫陳嚼蠟君能曉，已過三冬枯木禪。
　　　同下，二首，為河東君入道而作。

　　　　　　　　　　　　　　　　　　　　　　　　《有學集》卷13，頁664

　　牧齋於詩後置小注，云：「同下，二首，為河東君入道而作。」本首淒美。
　　首聯曰：「一剪金刀繡佛前，裹將紅淚洒諸天。」句構俐落而意緒紊亂。
「一剪金刀」，脫自元好問〈紫牡丹三首〉其二，其詩云：「夢裡華胥失玉京，
小闌春事自昇平。只緣造物偏留意，須信凡花浪得名。蜀錦浪淘添色重，御鑪風

64　見〔元〕陸友仁，《吳中舊事》（《景印文淵閣四庫全書》，第590冊），頁
　　25b。另錢曾注引。陸書錢曾題《吳中記事》，當係筆誤。見《有學集》卷
　　13，頁665。

細覺香清。金刀一剪腸堪斷，綠鬢劉郎半白生。」[65]遺山詩「一剪」者，猶「一枝」，宋人稱一枝曰一剪[66]。以牧齋詩句言，「一剪金刀」，剪花供「繡佛」前，自是禮佛所宜。惟本詩既為「河東君入道而作」，則此「金刀一剪」，謂剪斷煩惱絲乎？下句亦有所本，劉禹錫〈懷妓四首〉其一云：「玉釵重合兩無緣，魚在深潭鶴在天。得意紫鸞休舞鏡，能言青鳥罷銜牋。金盆已覆難收水，玉軫長拋不續絃。若向麻姑山下過，遙將紅淚洒窮泉。」[67]錢句「裏將紅淚洒諸天」與劉句「遙將紅淚洒窮泉」構句大似，意象相近，諒非偶合。劉禹錫詩題「懷妓」，而河東君亦妓人出身，此層關涉，恐亦非偶然。「紅淚」，舊詩文中借指美人之淚[68]。「諸天」，天空，天界，亦佛教名相：三界二十八天，即欲界六天、色界十八天、無色界四天。亦指各天之護法天神[69]。劉禹錫詩題「懷妓」，實怨妓、恨妓之忿詞，以玉釵無緣重合，覆水難收，妓有新歡而不我眷懷也。本詩係牧齋為柳如是入道而作，何以起首即啓人以此種哀怨悽惻之聯想？抑牧齋僅擷用舊詩文之字面意象，無他深意？

次聯曰：「三條裁製蓮花服，數畝誅鋤稗穢田。」上句「三條」，「三衣」、「條衣」之謂，指僧衣[70]。「蓮花服」亦即三衣、條衣[71]。本句言河東君

65　〔金〕元好問，《遺山集》（《景印文淵閣四庫全書》，第1191冊）卷9，頁20a。

66　「金刀一剪」者，剪花一枝，緘寄遠人，以表相思。

67　〔唐〕劉禹錫，《劉賓客文集》（《景印文淵閣四庫全書》，第1077冊），外集卷7，頁9a。

68　王嘉《拾遺記》載：「文帝所愛美人，姓薛名靈芸，常山人也。……靈芸聞別父母，歔欷累日，淚下霑衣。至升車就路之時，以玉唾壺承淚，壺則紅色。既發常山，及至京師，壺中淚凝如血。」見〔晉〕王嘉，《拾遺記》（《景印文淵閣四庫全書》，第1042冊），頁1a-b。後因以「紅淚」稱美人淚。

69　參《佛光大辭典》（高雄縣：佛光出版社，1988），頁6297。

70　比丘有「三衣」：大眾集會或行授戒禮時穿大衣，或名眾聚時衣；禮誦、聽講、說戒時穿上衣；日常作業、安寢時穿內衣。僧衣由割截之布片縫合而成，有九條至二十五條之別，故曰「條衣」。釋法雲《翻譯名義集》云：「《菩薩經》云：『五條名中著衣，七條名上衣，大衣名眾集時衣。』《戒壇經》云：『五條下衣斷貪身也，七條中衣斷嗔口也，大衣上衣斷癡心也。』」同前註，頁551。

71　《翻譯名義集》卷7云：「《眞諦雜記》云：『袈裟是外國三衣之名，名含多義：或名離塵服，由斷六塵故；或名消瘦服，由割煩惱故；或名蓮華服，服者

「入道」，裁製袈裟。下句所以對者則出人意表。「誅鋤」，根除草木[72]。「穱
稏」，稻名[73]。「穱稏」云云，無佛教典實。牧齋或以「誅鋤」、力耕喻河東君
修善斷惡、去染轉淨，精進修行？

第三聯曰：「朝日妝鉛眉正嫵，高樓點粉額猶鮮。」「朝日」，曹植〈美女
篇〉句：「容華耀朝日，誰不希令顏？」[74]上句「妝鉛」、下句「點粉」實有所
本。徐陵《玉臺新詠》卷九載〈王叔英婦贈答一首〉，元末明初陶宗儀《說郛》
引《林下詩談》云：「王淑英婦，劉孝綽之妹，幼有辭藻。春日，淑英之官，劉
不克從，寄贈以詩曰：『妝鉛點黛拂輕紅，鳴環動珮出房櫳。看梅復看柳，淚滿
春衫中。』時人傳誦之。」[75]牧齋易「黛」為「粉」，並析原文為二語，嵌上下
句中[76]。上句「眉正嫵」云云，亦有典實。《漢書・張敞列傳》云：「〔敞〕又
為婦畫眉，長安中傳張京兆眉嫵。有司以奏敞。上問之，對曰：『臣聞閨房之
內，夫婦之私，有過於畫眉者。』上愛其能，弗備責也。然終不得大位。」[77]下
句典出唐釋道世《法苑珠林》引《雜寶藏經》：

> 佛在迦毘羅衛國入城乞食，到弟孫陀羅難陀舍，會值難陀與婦作妝香塗
> 眉間，聞佛門中，欲出外看，婦共要言：「出看如來，使我額上妝未乾
> 頃便還入來。」難陀即出，見佛作禮，取缽向舍，盛食奉佛。佛不為

(續)

　　　離著故；或名間色服，以三如法色所成故。』」《大正藏》，第54冊，第2131
　　　經，頁1170b-c。

72　《楚辭・卜居》：「寧誅鋤草茅，以力耕乎？」見〔宋〕洪興祖，《楚辭補
　　　註》(《景印文淵閣四庫全書》，第1062冊)，頁2a。

73　杜牧〈郡齋獨酌〉詩云：「罷亞百頃稻，西風吹半黃。尚可活鄉里，豈唯滿囷
　　　倉。」「罷亞」後夾注：「稻名。」〔清〕清聖祖御定：《御定全唐詩》
　　　(《景印文淵閣四庫全書》，第1423-1431冊)卷520，頁6a。〔宋〕趙與時，
　　　《賓退錄》(《景印文淵閣四庫全書》，第853冊)卷10，頁10b，引蘇軾詩亦有
　　　「翠浪舞翻紅穱稏，白雲穿破碧玲瓏」之句。

74　〔梁〕蕭統編，〔唐〕李善等注，《六臣註文選》卷27，頁36b。

75　〔明〕陶宗儀，《說郛》(《景印文淵閣四庫全書》，第876-882冊)卷84下，頁24a。

76　「粉」，「自三代以鉛為粉。秦穆公女弄玉有容德，感仙人蕭史，為燒水銀作
　　　粉與塗，亦名飛雲丹，傳以簫曲終而同上升。」〔五代〕馬縞，《中華古今
　　　註》(《景印文淵閣四庫全書》，第850冊)卷中，頁4b。

77　見〔漢〕班固撰，〔唐〕顏師古注，《漢書・張敞列傳》卷76，頁3222。

取，過與阿難，亦不爲取，阿難語言：「汝從誰得缽，還與本處。」於
是持缽詣佛，至尼拘屢精舍。佛即勅剃髮師，與難陀剃髮。難陀不肯，
怒拳而語剃髮人言：「迦毘羅一切人民，汝今盡可剃其髮耶。」佛問剃
髮者：「何以不剃？」答言：「畏故不敢爲剃。」佛共阿難，自至其邊，
難陀畏故，不敢不剃。雖得剃髮，常欲還家，佛常將行，不能得去。[78]

　　《玉臺新詠》所載〈王叔英婦贈答一首〉有「看梅復看柳」之句，牧齋詩本聯二
句實牧齋「看柳〔如是〕」（gaze）之寫照。張敞爲婦畫眉甚嫵、阿難爲婦點額上
妝，剃髮後又亟欲還家就婦，皆「閨房之內，夫婦之私」，牧齋以本聯暗示與柳夫
婦恩愛之情。本詩爲柳入道而作，牧齋何苦作此綺語，勾起情欲之想，墮情障中？
　　末聯曰：「橫陳嚼蠟君能曉，已過三冬枯木禪。」本聯寄意，耐人尋味。
「橫陳嚼蠟」云云，典出《楞嚴經》，經文云：「我無欲心，應汝行事，於橫陳
時，味如嚼蠟。命終之後，生越化地。如是一類，名樂變化天。」[79]此所謂「欲
界六天」之「樂變化天」，居第五界天，前四界爲「四天王天」、「忉利天」、
「須焰摩天」、「兜率陀天」。以性事言，四天王天能止身之外動，忉利天內動
微細，須餤天過境方動，兜率陀天境遇尚能不違心。此四天所同者，爲心超形
外，似離於動。至於樂變化天，已無淫欲念，肉體橫陳於前，不能引發淫欲之
思，應汝行事，味同嚼蠟。此等人命終時，能生超越色塵化成自受樂之地，不必
假借異性淫行而得樂，因無五欲之樂，故名樂變化天。牧齋言「橫陳嚼蠟」，不
必寄託此全部義蘊，畢竟此是詩語而非法語，或只強調無淫欲之思一端。此意亦
見於下句「三冬枯木禪」一典。
　　宋釋普濟《五燈會元》載：「昔有婆子，供養一庵主，經二十年。常令一二
八女子送飯給侍。一日，令女子抱定，曰：『正恁麼時如何？』主曰：『枯木倚
寒巖，三冬無暖氣。』女子舉似婆。婆曰：『我二十年祇養得箇俗漢。』遂遣
出，燒卻庵。」[80]於橫陳時，味同嚼蠟、妙齡女子抱庵主，庵主只覺枯木倚寒

78　《法苑珠林》卷22，《大正藏》，第53冊，第2122經，頁451a。
79　《楞嚴經疏解蒙鈔》卷8(之4)，《續藏經》，第13冊，第287經，頁762a。
80　《五燈會元》卷6，《續藏經》，第80冊，第1565經，頁140c。禪宗術語中，枯

嚴,無暖氣,二事同一理趣。牧齋句言「君能曉」,乃指河東君曉得此道理,無欲念,抑指河東君知曉牧齋無性欲?都有可能,惟本詩既爲河東君入道而作,此聯似歸河東君爲妥。則牧齋言河東君無欲念。雖說佛經常就眾生「性欲」,方便說法。《法華經・方便品》即云:「今我亦如是,安隱眾生故,以種種法門,宣示於佛道。我以智慧力,知眾生性欲,方便說諸法,皆令得歡喜。」[81]且色即是空,空即是色,亦大徹大悟之門。但此首寫柳如是入道,牧齋於第三聯寫夫婦閨房中之恩愛,復於此聯言性欲之有無,渲染烘托,發人遐思,究竟有無必要?

「入道」,皈依我佛,昨日種種,譬如昨日死,今日種種,譬如今日生。牧齋寫柳如是入道,卻滿載不忍不捨之情,且出以綺詞儷語,肅穆不足,豔麗有餘。此老之心思真難摸透。

颺盡春來未斷腸

〈病榻消寒〉其三十六曰:

> 鸚鵡踈窗晝語長,又教雙燕話雕梁。
> 雨交澧浦何曾濕,風認巫山別有香。
> 初著染衣身體澀,乍抛綢髮頂門涼。[82]
> 縈烟飛絮三眠柳,颺盡春來未斷腸。

《有學集》卷13,頁665

(續)————

木比喻無心之狀態,或只執著坐禪以求開悟,而無向下化他之功用。於叢林中,對於只知終日坐禪而不飲不臥之禪者,或貶稱爲枯木眾。參《佛光大辭典》,頁3844,「枯木」條。

81 《妙法蓮華經》卷1,《大正藏》,第9冊,第262經,頁9b。此語係就廣義言,《法華經》「性欲」語嚴格而言,「性」指眾生因熏習所成之「染性」,「欲」指眾生緣境來合而起之「欲樂」。《無量義經・說法品》,卷1,亦云:「性欲無量,故說法無量;說法無量,義亦無量。無量義者,從一法生;其一法者,即無相也。如是無相,無相不相,不相無相,名爲實相。」《大正藏》,第9冊,第276經,頁385c。

82 此二句別本作「研卻銀輪蟾寂寞,搗殘玉杵兔淒涼」。參錢仲聯校語,見《有學集》卷13,頁666。

較諸上詩，本詩典故較簡單，句法亦較平易，惟詩之寄意依然耐人尋味。

首聯曰：「鸚鵡疎窗晝語長，又教雙燕話雕梁。」牧齋於上首第三聯曰：「朝日妝鉛眉正嫵，高樓點粉額猶鮮。」乃言夫婦閨中之恩愛者，出以綺豔之辭。本詩首聯亦似寫錢柳琴瑟之好、家庭之樂，而造意較靜好醇雅。《說文》云：「鸚鵡，能言鳥也。」[83]「雙燕」，似比目鴛鴦之可羨。「疎窗」、「雕梁」，庭院朗暢，層閣雕梁堪穩棲。「晝語長」、「話雕梁」，可以想像戀人絮語綿綿。

次聯曰：「雨交澧浦何曾濕，風認巫山別有香。」「澧浦」，《楚辭・九歌・湘君》云：「捐余玦兮江中，遺余珮兮醴浦。」（「醴」同「澧」。）[84]《山海經・中山經》云：「洞庭之山……帝之二女居之，是常遊于江淵，澧沅之風，交瀟湘之淵。」[85]此三湘之地帝堯二女娥皇、女英之傳說。古以帝舜陟方而死，葬蒼梧之野，二妃從之，俱溺死湘江，遂爲瀟湘之神。合下句讀之，知牧齋句非取義於二女之傳說。「巫山」，錢曾注引《六臣註文選》李善引《襄陽耆舊傳》云：「赤帝女曰姚姬，未行而卒，葬於巫山之陽，故曰巫山之女。」[86]引實未完，後有「楚懷王遊於高唐，晝寢，夢見神遇，自稱是巫山之女」云云[87]。究其實，此巫山神女故事方是牧齋句結穴所在，錢曾宜引宋玉〈高唐賦〉作解。《文選》載宋玉〈高唐賦並序〉云：

王問玉曰：「此何氣也？」玉對曰：「所謂朝雲者也。」王曰：「何謂朝雲？」玉曰：「昔者先王嘗遊高唐，怠而晝寢，夢見一婦人曰：『妾

83　〔漢〕許慎撰，〔宋〕徐鉉增釋，《說文解字》（《景印文淵閣四庫全書》，第223冊）卷4上，頁23a。

84　語出《楚辭・九歌・湘君》，見〔宋〕洪興祖，《楚辭補註》卷2，頁10b。

85　〔晉〕郭璞撰：《山海經・中山經》（《景印文淵閣四庫全書》，第1042冊）卷5，頁34b-35a。又李白〈遠別離〉云：「遠別離，古有皇英之二女，乃在洞庭之南，瀟湘之浦。海水直下萬里深，誰人不言此離苦！日慘慘兮雲冥冥，猩猩啼煙兮鬼嘯雨。我縱言之將何補？」〔唐〕李白著，《李太白文集》卷2，頁1a。

86　見《有學集》卷13，頁666。

87　〔梁〕蕭統編，〔唐〕李善等注，《六臣註文選》李善引《襄陽耆舊傳》卷19，頁1b。

巫山之女也，爲高唐之客。聞君遊高唐，願薦枕席。』王因幸之，去而
辭曰：『妾在巫山之陽，高丘之阻，旦爲朝雲，暮爲行雨。朝朝暮暮，
陽臺之下。』旦朝視之如言，故爲立廟，號曰『朝雲』。」[88]

又《文選》載宋玉〈神女賦並序〉云：

楚襄王與宋玉遊於雲夢之浦，使玉賦高唐之事。其夜王寢，果夢與神女
遇，其狀甚麗。王異之，明日以白玉。……忽兮改容，婉若遊龍乘雲
翔。嫷被服，倪薄裝。沐蘭澤，含若芳。性和適，宜侍旁。順序卑，調
心腸。[89]

　　此巫山神女雲雨之事正牧齋本詩聯賦詠之焦點，「雨」、「濕」、「風」、
「香」云云，亦取象於宋玉之賦文，上句「澧浦」事特其陪襯耳。牧齋本聯言薦
枕席之事；巫山雲雨，男女合歡之喻。惟牧齋賦此，卻言「何曾濕」、「別有
香」，大似上引《楞嚴經》「我無欲心，應汝行事，於橫陳時，味如嚼蠟」之寄
意。牧齋於柳氏下髮「入道」之際，於首聯寄寓夫婦琴瑟調和之感，復於本聯渲
染巫山雲雨之事，難免勾起綺思情恨，何苦來哉？
　　第三聯曰：「初著染衣身體澀，乍拋綢髮頂門涼。」牧齋本聯正寫柳如是下
髮「入道」。「染衣」，即僧服，出家後，脫去在俗之衣，改著木蘭色等壞色所
染之衣[90]。「乍拋綢髮」，似言剃髮[91]。出家時，須落髮並著染衣，始成僧尼，
故稱「剃髮染衣」。柳如是固未眞正落髮著染衣，出家爲沙門，牧齋本聯泛寫

88　同前註，頁1b。
89　同前註，頁10b-11b。
90　《大方廣佛華嚴經》卷17：「爾時，正念天子白法慧菩薩言：『佛子！一切世
　　界諸菩薩眾，依如來教，染衣出家。云何而得梵行清靜，從菩薩位逮於無上菩
　　提之道？』」《大正藏》，第10冊，第279經，頁88b。
91　「綢髮」，《詩經·小雅·都人士》：「彼君子女，綢直如髮。」《傳》曰：
　　「密直如髮也。」見〔漢〕毛亨傳，鄭玄箋，〔唐〕孔穎達疏，陸德明音義：
　　《毛詩注疏》（《景印文淵閣四庫全書》，第69冊）卷22，頁28b。此「綢髮」
　　一語之出處。「綢」猶「稠」，多而密也。

耳。柳如是之「入道」，應係受某戒，通過某種儀式而已，仍是在家居士，帶髮修行。本詩上聯既出以綺語儷詞，本聯「身體澀」、「頂門涼」之意象亦難免沾上綺思(對柳氏身體之凝視遐思)。本聯異文作「斫卻銀輪蟾寂寞，搗殘玉杵兔淒涼。」(《有學集》，卷13，頁666「校記」)舊言月中有玉桂，有蟾蜍，有玉兔，有姮娥，有吳剛[92]。牧齋詩聯言月中仙人仙物互動之「失序」(disorder)，以表「寂寞」、「淒涼」之感。牧齋似言，柳如是「入道」，自己頓失伴侶，不免寂寞淒涼。

末聯曰：「縈烟飛絮三眠柳，颭盡春來未斷腸。」「三眠柳」，宋計敏夫《唐詩紀事》云：「商隱賦云：『豈如河畔牛星，隔年只聞一過；不及苑中人柳，終朝剩得三眠。』注：『漢〔苑〕中有人形柳，一日三起三側。』」[93]「三眠柳」一語藏柳氏名，牧齋用以暗指柳氏，此種用例牧齋詩文中屢見。末句云「颭盡春來」，此柳「未斷腸」，似詠柳如是「入道」時之心情。「未斷腸」，是否即平安喜樂，法喜充滿？此意不見於二詩他處，未敢遽言。

詩其三十五、三十六合觀，牧齋於柳如是入道之際，未見心生歡喜，喜得法侶，依舊愛欲癡慕，不忍不捨。措語則綺語儷詞，予人綺思遐想。柳如是入道，牧齋心中究竟作如何想，詩意紛沓，探驪卻未必能得珠。

以下再總述上論，以收結本節。

牧齋自注，其三十五、三十六二章乃「為河東君入道而作」。之前置其三十四，自注謂「追憶庚辰冬半野堂文讌舊事」。詩篇順序如此安排，自有深意。三首合觀，思舊撫今之感益彰。錢柳姻緣，始自明崇禎十三年庚辰冬柳氏之訪牧齋於虞山半野堂。牧齋為築我聞室，留柳氏度歲。二人定情，約在此時。崇禎十四年春，錢柳作西湖之遊。同年六月，行結褵禮於芙蓉舫中[94]。此數月間錢柳贈答篇什最多，皆藻詞麗句，極盡繾綣綺豔之思，時人或以《香奩》、《玉臺》之體

---

92 李白〈古朗月行〉有句云：「白兔擣藥成，問言與誰餐。」又云：「蟾蜍蝕圓形，大明夜已殘。」〔唐〕李白，《李太白文集》卷3，頁10b。

93 〔宋〕計敏夫，《唐詩紀事》(《景印文淵閣四庫全書》，第1479冊)卷53，頁13a。

94 參《柳如是年譜》，收於《柳如是事輯》，頁473-481。

目之，筆者則曾以「情慾的詩學」（poetics of desire）一角度探論錢柳之《東山酬和集》[95]。〈病榻消寒〉其三十四追思庚辰樂事，語調卻稍見落寞。詩前四句雖有「秉燭遊」、「青春」、「紅樓」、「千金笑」等意象，但此四句以「老大」起，以「百歲憂」束，難免予人若干強顏歡笑之感。第三聯更充滿鬼氣：上句述半野堂賓主文讌歡娛，卻接之以下句之「神鬼坐人頭」，讀之悚然。末聯上句點出，牧齋是坐「蒲團」上回憶此種種往事的，則觀看人世悲歡離合，無非「前塵」與「影事」，詩中大喜大悲相互出現，當可理解。詩結以「好夢何曾逐水流」一句，固係自寬之詞，言與柳氏婚姻為「好夢」，未隨流水東逝。但其聯想，仍覺陰深，以其脫自鬼語。

其三十四如以「蒲團」上悟後之言視之，其悲歡互替、幽明交迭的視境大略可解。康熙二年秋，與牧齋結褵二十一年後，柳如是下髮入道。牧齋〈病榻消寒〉其三十五、三十六賦詠此事，卻滿載不忍不捨之情，且出之以綺語儷詞。其三十五前四句敘柳氏下髮，「金刀」、「紅淚」二句肅穆不足，豔麗有餘。次聯稍挽回虔潔之意，對仗亦工：上句言「蓮花服」，下句以「穬稗田」對，神來之筆，暗喻柳氏於佛事功課之用心。第三聯雖援用佛典，卻純為綺語。以鉛為妝，眉嫵好媚，凝視者，柳氏姿色。「高樓」一句，用《襍寶藏經》事，其意在婦之嬌嗔及蠱惑力量。結聯更露骨，以「橫陳嚼蠟」一義寫柳氏性欲之有無。雖說佛經常就眾生「性欲」，方便說法，且色空之妙，佛法之良，不妨為大徹大悟之門。但此首寫柳氏入道，情色之想，有否必要諸多渲染？

其三十六起二句以「鸚鵡」、「雙燕」喻錢柳琴瑟之歡。次聯卻如上首，涉性事，用巫山雲雨之舊事以喻男女合歡。牧齋此二句化用賦文，表此意，卻云：「未曾濕」、「別有香」。是否暗示錢柳雲雨之際，柳氏如上引《楞嚴經》所云：「我無欲心，應汝行事，於橫陳時，味同嚼蠟」？如真有此意，則首聯所寫錢柳魚水合歡，對比之下，難免蒙上陰影。次聯既著綺思，第三聯「身體」、

---

95 顧苓，〈河東君小傳〉，《柳如是事輯》，頁5。拙著：〈情慾的詩學——窺探錢謙益柳如是《東山酬和集》〉，收入王瓊玲編，《明清文學與思想中之情、理、欲——文學篇》（台北：中央研究院中國文哲研究所，2009），頁227-259。

「頂門」二語難免興發情色的聯想。末聯上句「三眠柳」暗藏柳氏名，暗指柳氏。全詩結句說「颺盡春來」，此「柳」「未斷腸」，是否暗示柳如是「依如來教，染衣出家」，非為看破紅塵？

四、「針孔藕絲渾未定」──牧齋暮年心境管窺

針孔藕絲渾未定

〈病榻消寒〉其三十九曰：

> 編蒲曾記昔因緣，蒲室蒲菴一樣便。
> 寬比鵝籠能縮地，溫如蠶室省裝綿。
> 燈明龍蟄含珠睡，風煖雞栖伏卵眠。
> 針孔藕絲渾未定，於今真學鳥窠禪。
> 新製蒲龕成。

《有學集》卷13，頁668

牧齋詩後小注云：「新製蒲龕成。」新製「蒲龕」完成，牧齋似頗得意，賦詩記之。此首語帶幽默，自得自嘲，兼而有之。

首聯曰：「編蒲曾記昔因緣，蒲室蒲菴一樣便。」「蒲龕」，以蒲草編製之小室，用以禮佛奉佛，猶「禪龕」[96]。牧齋聯嵌三「蒲」字樣，為義本各不同。「編蒲」，「編蒲書」之謂，本喻苦學不倦[97]。牧齋「編蒲」云云，似非取苦學

---

[96] 杜甫〈謁文公上方〉詩有句云：「吾師雨花外，不下十年餘。長者自布金，禪龕只晏如。」見〔清〕仇兆鰲，《杜詩詳註》（《景印文淵閣四庫全書》，第1070冊）卷11，頁49a-b。

[97] 《漢書・路溫舒傳》云：「路溫舒，字長君，巨鹿東里人也。父為里監門，使溫舒牧羊，溫舒取澤中蒲，截以為牒，編用書寫。」見〔漢〕班固撰，〔唐〕顏師古注，《漢書》卷51，頁2367。任昉〈為蕭揚州薦士表〉云：「既筆耕為養，亦傭書成學。至乃集螢映雪，編蒲輯柳。先言往行，人物雅俗，甘泉遺儀，南宮故事，畫地成圖，抵掌可述。」見〔梁〕蕭統編，〔唐〕李善等注，《六臣註文選》卷38，頁38b-39b。

之意，只因其禪龕亦編蒲而成，遂牽連及此。下句「蒲室」、「蒲菴」，可同義通假，指草庵、佛龕[98]，惟「蒲菴」云云，又有「思親」義[99]。牧齋句似不涉思親意，特其新製蒲龕成，高興，「編蒲」也好，「蒲室」也好，「蒲菴」也好，「一樣便」。「便」，安也，適宜也，啓下二聯。

次聯曰：「寬比鵝籠能縮地，溫如蠶室省裝綿。」此聯言蒲龕大小適中，溫暖。上句「鵝籠能縮地」云云，含二典。「鵝籠」事，見梁吳均《續齊諧記·陽羨書生》：「東晉陽羨許彥於綏安山行，遇一書生，年十七八，臥路側，云：『腳痛』，求寄彥鵝籠中，彥以為戲言，書生便入籠。籠亦不更廣，書生亦不更小。宛然與雙鵝並坐，鵝亦不驚。彥負籠而去，都不覺重。」[100]「縮地」，晉葛洪《神仙傳·壺公》云：「〔費長〕房有神術，能縮地脈，千里存在，目前宛然，放之復舒如舊也。」[101]「鵝籠」，下句以「蠶室」對，出語詼諧。「蠶室」謂宮刑，《漢書·張湯傳》顏師古注云：「謂腐刑也。凡養蠶者，欲其溫而早成，故爲密室蓄火置之。而新腐刑亦有中風之患，須入秘室乃得以全，因呼爲蠶室耳。」[102]此聯「溫」字啓下一聯。

第三聯曰：「燈明龍蟄含珠睡，風煖雞栖伏卵眠。」此聯寫此蒲龕給予牧齋之溫暖、安穩感。錢曾注引陳搏(希夷)《五龍甘臥法》云：「修仙之心，如如不

98　如元張翥〈奉答新仲銘禪師〉：「我識新公老禪衲，一燈蒲室是眞傳。」見〔元〕張翥《蛻菴集》(《景印文淵閣四庫全書》，第1215冊)卷5，頁12a。陸游〈梅市暮歸〉云：「何當倚蒲龕，一坐十小劫。」見〔宋〕陸游，《劍南詩薰》卷73，頁13a。元周伯琦〈答覆見心長老見寄〉云：「浙水東頭佛舍連，蒲庵上士坐忘年。」見〔清〕顧嗣立編，《元詩選·初集》(《景印文淵閣四庫全書》，第1468-1471冊)卷52，頁61a。

99　錢曾注引明初宋濂(景濂，1310-1381)〈蒲菴禪師畫象贊〉云：「師名來復，字見心。兵起，避地會稽山慈溪，與會稽鄰壞，中有定水院，師主之，爲起其廢。尋以干戈載途，不能見母，築室寺東澗，取陳尊宿故事名爲蒲菴，示思親也。」見《有學集》卷13，頁668。

100　〔北宋〕李昉編，《太平廣記》(《景印文淵閣四庫全書》，第1043-1046冊)卷284，頁7a-b。

101　同前註，卷12，頁4a。

102　《漢書·張湯傳》顏師古注，見〔漢〕班固撰，〔唐〕顏師古注，《漢書·張湯傳》卷59，頁2651。

動，如龍之養珠，雞之抱卵。」[103]「五龍甘臥法」或稱「五龍酣睡訣」、「五龍蟄法」，道家「睡功」，內丹胎息之法，其語常見於修仙口訣靈文，甚或房中術。牧齋固非於此蒲龕修練道家胎息睡功，特借龍養珠、雞抱卵之意象與感覺，以喻此龕之安泰。牧齋用此而添「燈明」、「風煖」二語領起上下句，益增溫暖安逸之感，信宜「睡」，宜「眠」。

末聯曰：「針孔藕絲渾未定，於今真學鳥窠禪。」此聯另起一意作結。下句「鳥窠禪」承上各聯「蒲龕」之意蘊。宋釋普濟《五燈會元》「鳥窠道林禪師」云：「〔禪師〕後見秦望山有長松，枝葉繁茂，盤屈如蓋，遂棲止其上，故時人謂之鳥窠禪師。復有鵲巢於其側，自然馴狎，人亦目爲鵲巢和尚。」[104]道林禪師棲止樹上，牧齋謂己製蒲龕而禮佛其中似之。上句「針孔」、「藕絲」卻喻不安、「未定」之感。「針孔」，西晉傅咸〈小語賦〉云：「唐勒曰：『攀蚊髯，附蚋翼，我自謂重彼不極，邂逅有急相切逼，竄於針孔以自匿。』」[105]「藕絲」場面則較恐怖。《觀佛三昧海經》云：「我持此法當成佛道，令阿修羅自然退敗。作是語時，於虛空中有四刀輪，帝釋功德故，自然而下當阿修羅上。時阿修羅耳鼻手足一時盡落，令大海水赤如絳汁。時阿修羅即便驚怖。遁走無處，入藕絲孔。」[106]「針孔」、「藕絲」云云，牧齋自嘲也，謂己藏匿於蒲龕，求其穩暖，自欺欺人，無關道行修爲。

在上論〈病榻消寒〉詩其三十四中，牧齋坐「蒲」上，細參前塵影事，追思與柳如是的情緣。此首起句則說「編蒲」，參牧齋自注，知爲牧齋「新製蒲龕成」。此蒲龕之製，觸發牧齋思想往昔「因緣」。蒲團供坐禪、跪拜；蒲龕則視乎大小，或可用以靜修。此詩對本章的意義，卻在藉此可管窺牧齋的心理與精神

---

103 錢曾注引，見《有學集》卷13，頁669。

104 《五燈會元》卷2，《續藏經》，第80冊，第1565經，頁51c。

105 見〔唐〕歐陽詢等撰，《藝文類聚》（《景印文淵閣四庫全書》，第887-888冊）卷19，頁6a-b。又《藝文類聚》同卷載宋玉〈小言賦〉云：「景差曰：『載氛埃兮乘剽塵，體輕蚊翼，形微蚤鱗，聿遑浮踴，凌雲縱身。經由針孔，出入羅巾，飄妙翩綿，乍見乍泯。』」注云：「言奮身騰踴不過由針眼穿羅巾。」頁5b。

106 《觀佛三昧海經》卷1，《大正藏》，第15冊，第643經，頁647b。

狀態。牧齋因「編蒲」而記起何種往昔「因緣」，反而不必坐實，誠如首聯下句
所謂「一樣便」。詩中的象徵意義指向隱遁或隱藏的強烈意欲，又反映出一種失
魂落魄的精神狀況。次聯上句以「縮地」一典喻此蒲龕或「寬比鵝籠」，雖小，
卻可容身，容大千世界。下句謂此龕「如蠶室」，予人溫暖、慰藉。第三聯承
此，極力補足安穩、安泰之感，牧齋化用「龍之養珠，雞之抱卵」之語，添以
「燈明」、「風煖」的意象，益增溫暖安逸的感覺。惟上述種種至末聯而全然崩
解。牧齋在上句「藕絲」後接以「渾未定」一語，雖或不至於「驚怖」，但心神
怔忡可知。在這個認識下反觀第三聯的「龍蟄含珠睡」、「雞栖伏卵眠」，便覺
表面安穩，實如纍卵，岌岌可危。末聯二句語意緊密相扣。牧齋借用「鳥窠禪」
一典，卻似無自得之意，而在表達隱遁或隱藏的心境。

牢籠世界蓮花裡

〈病榻消寒〉其四十三曰：

> 繙經點勘判年工，頭白書生硯削同。
> 豈有鉤深能摸象，卻愁攻苦類雕蟲。
> 牢籠世界蓮花裡，磨耗生涯貝葉中。
> 歲酒酌殘兒女鬧，犍椎聲殷一燈紅。

《有學集》卷13，頁671

　　牧齋於生命之最後十餘年間，花大力氣著成《心經》、《金剛經》、《楞嚴
經》、《華嚴經》諸疏解。〈病榻消寒〉詩本首乃牧齋回憶年來注經甘苦之作。
牧齋寫本詩時，《心經》、《金剛》、《楞嚴》諸疏已付梓人，本詩之詠，或專
指《華嚴經疏鈔》，此牧齋治佛書之最後一種，《金譜》於康熙二年(1663)條末
云：「《華嚴經注》亦輟簡」[107]。

---

107 《金譜》，《牧齋雜著》附錄，頁951。

本詩首聯曰：「繙經點勘判年工，頭白書生硯削同。」「點勘」，點校也[108]。「判年」，猶半年。牧齋之製《楞嚴經疏蒙鈔》費時幾一紀，其言「判年」者，或指其付梓前於順治十六年(1659)最後一次整稿所耗時間（「五閱月始輟簡」），或指其治《華嚴經疏鈔》費時半年。「硯削」，「摩研編削」之謂[109]。「摩研」，切磋研究；「編削」，編次簡冊。此聯狀己注經之辛勤勞碌。《錢牧齋先生尺牘》載〈與趙月潭〉一函，有語云：「別後掩跡荒村，自了繙經公案。寒燈午夜，雞鳴月落，揩摩老眼，鑽穴貝葉。人世有八十老書生，未了燈窗夜債，如此矻矻不休者乎？朔風日競，青陽逼除。俯仰乾坤，又將王正。」（〈與趙月潭〉，《全集‧錢牧齋先生尺牘》，卷1，頁255)所述情狀可與本詩此聯相觀照。

次聯曰：「豈有鉤深能摸象，卻愁攻苦類雕蟲。」此牧齋自謙之詞，謂經義精深奧妙，雖黽勉為之，猶恐未得正解。「鉤深」，「鉤深致遠」，出《易‧繫辭上》：「探賾索隱，鉤深致遠，以定天下之亹亹者，莫大乎蓍龜。」[110]「摸象」，永明延壽《心賦注》注引《大涅槃經》云：「明眾盲摸象，各說異端，不見象之真體，亦況錯會般若之人。依通見解，說相似般若，九十六種外道，及三乘學者，禪宗不得旨人，並是不見象之真體。唯直下見心性之人，如晝見色，分明無惑，具己眼者，可相應矣。」[111]「雕蟲」云云，出自揚雄《法言‧吾子》：「或問：『吾子少而好賦。』曰：『然。童子雕蟲篆刻。』俄而曰：『壯夫不為也。』」[112]牧齋用此，取「雕蟲篆刻」之字面義以自謙抑。

108 韓愈〈秋懷詩〉十一首其七句云：「不如覷文字，丹鉛事點勘。」見〔唐〕韓愈撰，〔宋〕魏仲舉編，《五百家註昌黎文集》(《景印文淵閣四庫全書》，第1074冊)卷1，頁44b-45a。

109 典出《後漢書‧蘇竟傳》：「〔竟〕王莽時，〔與〕劉歆等共典校書……與龔書〔劉歆兄子〕曉之曰：『君執事無恙。走昔以摩研編削之才，與國師公從事出入，校定祕書……。』」注云：「《說文》曰：『編，次也。』削謂簡也，一曰削書刀也。」見〔劉宋〕范曄撰，〔晉〕司馬彪撰志，〔唐〕李賢注，〔蕭梁〕劉昭注志，《後漢書》(北京：中華書局，1965)卷30上，頁1042。

110 《易‧繫辭上》，見〔魏〕王弼，〔晉〕韓康伯注，〔唐〕陸德明音義，孔穎達疏，《周易注疏》(《景印文淵閣四庫全書》，第7冊)卷11，頁43b。

111 《心賦注》卷2，《續藏經》，第63冊，第1231經，頁121a。

112 〔晉〕李軌，〔唐〕柳宗元注，〔宋〕宋咸、吳祕、司馬光添注，《揚子法言》(《景印文淵閣四庫全書》，第696冊)卷2，頁1b。

　　第三聯曰：「牢籠世界蓮花裏，磨耗生涯貝葉中。」對仗極工妙。「牢籠世界」，錢曾注引王融〈三月三日曲水詩序〉「牢籠世界，彌壓山川」云云爲解[113]。此二語實出《淮南子・本經訓》：「帝者體太一，王者法陰陽，霸者則四時，君者用六律。秉太一者，牢籠天地，彌壓山川……。」高誘注云：「牢，讀屋霤，楚人謂牢爲霤。彌山川，令出雲雨，復能壓止之也。」[114]牧齋「牢籠世界」後置「蓮華裏」三字，則易此太一世界爲佛世界矣。《華嚴經・華藏世界品》云：「此上過佛剎微塵數世界，有世界，名：寶蓮華莊嚴；形如半月，依一切蓮華莊嚴海住，一切寶華雲彌覆其上，七佛剎微塵數世界圍遶，純一清淨，佛號：功德華清淨眼。」[115]蓮華世界如此美好，而己只堪作佛奴，抖擻筋力爲佛經作疏解。（牧齋〈贈歸玄恭八十二韻戲效玄恭體〉[1662]有句云：「吾老歸空門，賣身充佛使。貝葉開心花，明燈息意藥。三幡研精微，四輪徵恢詭。」見《有學集》，卷12，頁596）「磨耗」，損耗也。「貝葉」，貝多羅葉，梵語*pattra*之音譯，古印度以此種樹葉書寫經文，故佛經又稱貝葉經[116]。

　　末聯曰：「歲酒酌殘兒女鬧，犍椎聲殷一燈紅。」前明天啓七年（1627），牧齋有〈丁卯元日〉之作，其詞云：「一樽歲酒拜庭除，稚子牽衣慰屏居。奉母猶欣餐有肉，占年更喜夢維魚。鉤簾欲迓新巢燕，滌硯還疏舊著書。旋了比鄰雞黍局，並無塵事到吾廬。」（《初學集》，卷4，頁123）三、四十年後，時日相近，牧齋依舊一「硯削書生」，惟此時所疏之書已非前賢之「舊著書」，乃佛門之貝葉經。「兒女鬧」，或脫自范成大詩。范成大〈冬至晚起，枕上有懷晉陵楊使君〉云：「新衣兒女鬧燈前，夢裡莊周正栩然。騎馬十年聽曉鼓，人生元有日高眠。」[117]「犍椎」，又作犍遲、犍槌、犍抵，寺院敲打用之報時器具。《翻譯名義集・犍椎道具篇》云：「阿難升講堂擊犍椎者，此是如來信鼓也。」[118]此

113　見《有學集》卷13，頁672。
114　《淮南子・本經訓》，見〔漢〕劉安撰，高誘注，《淮南鴻烈解》（《景印文淵閣四庫全書》，第848冊）卷8，頁10a。
115　《大方廣佛華嚴經》卷9，《大正藏》，第10冊，第279經，頁44b。
116　參「貝多羅葉」條，《佛光大辭典》，頁3009。
117　〔宋〕范成大，《石湖詩集》（《景印文淵閣四庫全書》，第1159冊）卷20，頁17b。
118　見《有學集》卷13，頁672。

錢曾注所引，而阿難此事實出《受新歲經》：「是時尊者阿難聞此語已，歡喜踊躍不能自勝，即升講堂手執犍槌，並作是說：『我今擊此如來信鼓，諸有如來弟子眾者盡當普集。』」[119]是「受新歲日」號召眾如來弟子來集者也。然則本聯上句言家人熱鬧過年，下句召弟子來集，歡樂度歲。牧齋之「信鼓」，依舊在人間。

　　在〈病榻消寒〉四十六首中，這是牧齋以佛教意象經營的最後一首。在病榻上，牧齋除了斷斷續續寫作〈病榻消寒〉各詩外，還勉力補訂另一部佛學箋疏《華嚴經注》。牧齋注經，素稱嚴謹贍詳，是以治學的態度與方法對待的。本詩即充分表達了這志尚。首聯下句以「硯削」借喻注經的辛勞。《後漢書》所載「摩研編削」事固「硯削」之出典，然削亦有消損意，首聯二句既自述「頭白書生」繙經點勘之勤勞，則直以損耗形骸解亦無不可，且更形象化。次聯上句為自謙之詞。鉤深致遠，探賾索隱，學者之師模。牧齋自謙無此廣博精深的才學識力能為佛典摸得「象之實體」，己所為者，僅「雕蟲篆刻」之小技而已。第三聯上句點出所注之經或即《華嚴經》，下句直陳注經辛苦，生命為之「磨耗」。本詩前三聯順理而成章，從容不逼，藉此可知牧齋箋注佛典之投入與辛勤。但對本章而言，尤須注意者，卻在牧齋能否在親近佛經時取得宗教的慰藉，歡喜從事，不住外境，惟心獨照。詳味詩意，牧齋似乎還有罣礙，未能豁然瑩淨。除第三聯「磨耗」一語外，首聯的「硯削」、次聯的「攻苦」都透露著某種程度的苦惱。而第三聯上句用「牢籠世界」形容「蓮花」，尤須細味。《淮南子・本經訓》有「牢籠天地，彈壓山川」之語。在牧齋詩裡，「牢籠」字面上固是形容蓮花境界包攝一切，籠挫天地萬物，但參之以《淮南子》的原義，仍難免隱隱然暗示著壓逼、彈壓、橫制之感。此意合下句「磨耗生涯貝葉中」看，更呼之欲出，頗有精力不堪勞苦之喟歎。詩到最後兩句卻大有舒放之感，其來源，非蓮花貝葉，而是小兒女的喧鬧及新歲即至，門生故舊之來訪。

　　上論〈病榻消寒雜咏〉諸詩有兩種不同的表象、再現結構：一者或可曰因事

---

119 《受新歲經》，《大正藏》，第1冊，第61經，頁858b。「受歲」，原指夏安居結束後，比丘新增一戒臘。參「受新歲經」條，《佛光大辭典》，頁3108。

成篇，一者屬觸景抒懷。

　　〈病榻消寒〉其二十五乃「讀黃魯直先忠懿王〈像贊〉」有感而作，是以詩中備陳吳越王奉佛故實，衍而成篇，歌詠吳越王爲詩篇構體重心。吳越王乃牧齋先祖，是以語調尊敬嚴肅。牧齋歌頌先祖之餘，復即吳越王崇佛典實而暗喻自己對佛事佛法的關懷與擁抱。「千年宗鏡護傳燈」一句，暗示牧齋對明清之際禪門法統傳承的關注，願以「世間文字」，力闢謬種流傳，力攘野狐僞禪。結句直道「大梁仍是布衣僧」，用表向佛法的篤信皈依：「老入空門」，安身立命，猶遊子思鄉。句四、句八，一爲「經世」之學，一屬個人宗教信仰層次。此二端頗可概括牧齋晚年於佛教的兩種功課、努力(佛學與學佛)。此篇發端於家族遠史，詩的「主體」亦隱隱然置身於「史」的脈絡中，頗有知我罪我的考量在。相對而言，其二十九一首語調轉顯舒緩平適，屬歲暮抒懷之什。此詩前三聯備寫閭里歲晚準備過年的熱鬧光景。收結二句拈出主體，牧齋以在佛龕殘火旁取暖的老翁出現，並透露出他對存在情境的反思，不唱高調，不著議論，以眞面目視人觀之可也——要之，一「井邑」間的老禪翁。佛法於他，是身邊事，一如詩中前六句收入眼底的歲晚喧騰，道在平常日用中。牧齋依戀的終究在人間，雖慕道心切，仍是入世修身，非出世修爲。

　　〈病榻消寒〉詩其三十四至三十六述與柳如是的關係。其三十五、三十六係「爲河東君入道而作」。「入道」於佛教，是「出家」的宗教行爲，昨日種種，從今視作前生。錢柳姻緣，始於庚辰歲柳氏之訪牧齋於半野堂，宜乎牧齋寫柳氏入道之前，先置「追憶庚辰多半野堂文讌舊事」一章。其三十四一詩頗見悟後之言，坐「蒲團」上觀照一生中最感動、最重要的情事。詩中出入陰陽，亦可見牧齋能以佛教的眼界，看透人世幻象。相對而言，牧齋寫柳氏削髮入道，雖揉用佛典意象，究其實，純爲綺語。雖說就眾生「性欲」，方便說法，綺語參禪，亦有傳統[120]，但此二章儷詞綺語，紛沓而至，未免渲染過甚，勸百而諷一。(雖然，

---

120 牧齋在〈注李義山詩集序〉中就曾寫道：「余曰：『……義山〈無題〉諸什，春女讀之而哀，秋士讀之而悲。公〔石林長老源公〕眞清淨僧，何取乎爾也？』公曰：『佛言眾生爲有情。此世界，情世界也。欲火不燒然則不乾，愛流不飄鼓則不息。詩至于義山，慧極而流，思深而蕩。流旋蕩復，塵影落謝，

男性老年，並害氣喘咳嗽之疾臥榻，其性欲流動的情況，或可提供此二詩另一種解讀的方向。）[121]總而言之，牧齋於柳氏入道之際，未見心生歡喜，喜得法侶。愛欲癡慕，依然是牧齋此二詩的底蘊。

〈病榻消寒〉詩其三十九興發於「新製蒲龕成」。蒲龕製以供佛像、靜修，此詩前六句即備言此龕(或象徵佛法、佛門)可以寄託生命、予人慰藉。但收結二句，卻顯心神不寧，如阿修羅遁走藕絲孔，將前六句經營的止觀全然打碎。詩之結句更透露，牧齋於佛法所求取的，可能是一種逃避、隱藏的機制。其四十三一首自陳箋疏佛經的投入與辛勞。其種種經驗，卻為學人語。牧齋晚年苦攻《金剛》、《心經》、《楞嚴》、《華嚴》等經，並為箋解，功德無量。惟牧齋仍徘徊於出世入世間，留戀人世煙雲。此詩最後二句破空而來，雖寥寥數語，卻殊堪玩味。要之，牧齋病榻呻吟，依戀的依然是人間，箋注佛經可以排遣永日，且將世間文字因緣，迴向般若，但他最終的慰藉，來自身邊小兒女的歡鬧，以及新正時友朋之來盤桓左右。

牧齋其實並沒有終止在「世間文字海」的「游盤」。儘管他一再說老入空門，不復染指聲律、不復作詩，他存世詩什中足以讓他在文學史上占一席位的作品卻多半成於晚年，尤其是入清以後，他生命的最後二十年。詩文可能才是牧齋的最終救贖。《清史稿》評牧齋曰：「明末文衰甚矣！清運既興，文氣亦隨之一振。謙益歸命，以詩文雄於時，足負起衰之責。」[122]明清之際文學風氣的推移自然不必與明清政權興替掛鉤，但無論如何，在這時期，牧齋的確是移風易俗的關鍵人物。晚明王、李復古派的勢力依然雄厚，雲間詩派亦源流於七子。牧齋起而著論排擊，致力調和唐宋，特標宋元詩傳統。牧齋放論既凌厲，所作詩又膾炙

(續)

　　則情瀾障而欲薪爐矣。……由是可以影視山河，長把三界，疑神奏苦集之音，阿徒證那含之果。寧公稱杼山能以詩句牽勸，令入佛智，吾又何擇于義山乎？」文見《有學集》卷15，頁703-705。佛徒與豔詩的關係，可參張伯偉，〈宮體詩與佛教〉，《禪與詩學》（浙江：浙江人民出版社，1992），頁187-223；吳言生《禪宗詩歌境界》一書中亦有所論述。

121　牧齋〈病榻消寒〉詩序說他是因「苦上氣疾」而臥榻的。見《有學集》卷13，頁636。

122　趙爾巽，《清史稿》（北京：中華書局，1976-77），〈文苑·序〉卷484，頁13314。

人口，影響所及，一時詩人相率而入宋元一路，詩風爲之丕變。牧齋及其門下，甚至形成所謂的「虞山詩派」，「有錢宗伯爲宗主詩壇旗鼓，遂凌中原而雄一代」[123]。

上文表過牧齋如何備言纂疏《楞嚴經》的辛勞，以及他摒棄文學的種種姿態，但且看《楞嚴經疏蒙鈔》剛輟簡，他讀到讓他讚嘆的詩篇時，是如何的手之舞之，足之蹈之：

> 老大歸空門，沉心研內典。
> 鈔解首楞嚴，目眵指亦繭。
> 詩筒如束筍，堆案不遑展。
> 蟲蝕每成字，蛛網旋生蘚。
> 今年中秋日，十軸麤告葳。
> 暇日理素書，秋陽晒殘卷。
> 鶴江一編詩，宛然在篋衍。
> 快讀三四章，老眼霍如洗。
> 得意手欲笑，沉吟鬚盡撚。
> 君詩有遠體，拂拭忌臕腴。

〈秋日曝書得鶴江生詩卷題贈四十四韻　生名高，金壇人。〉，《有學集》卷8，頁368

筆者在上一章已論述過，牧齋入清以後的詩文每每流露牧齋「自我建構」(self-constitution)的強烈意欲與企圖，而在〈病榻消寒雜咏四十六首〉中，牧齋透過詩篇回憶性的再現，竭力營造種種「意欲形象」(intended image)。本章所述牧齋有關佛事的詩文都有這樣的傾向。牧齋希望以一劫後餘生、誠心事佛的「布衣僧」示人（及後世）。但當牧齋詠及柳如是及身邊兒女，或孤寂自處時，卻

---

123 陳祖范，〈海虞詩苑序〉，收於〔清〕王應奎輯，《海虞詩苑》，清乾隆二十四年(1759)王氏家刊本，頁1a-b。又可參胡幼峰，《清初虞山派詩論》（台北：國立編譯館，1994），頁16-22。

不經意地流露出對人世的百般依戀或忡忡不寧的心神。也許，這才是眞正的、思想複雜而感情矛盾的牧齋。雖然，這無意，亦無法，低貶牧齋對佛法的嚮往及對佛學的貢獻。

五、餘論：句

除上文各節所述詩外，佛教意象散見於〈病榻消寒雜咏四十六首〉其他詩篇之詩聯者，尚有十餘見。這些意象多被牧齋挪用爲老病的形容、隱喻，或心情的寫照，或修辭效果的幫襯，多半已無佛教義理的寄託。以下爲此種詩聯稍作點評，以明其特色。

〈病榻消寒雜咏四十六首〉其一

儒流釋部空閒身，酒户生疎藥市親。

未肯掉頭抛白髮，也容折角岸烏巾。

國殤急鼓多新鬼，廟社靈旗半故人。

年老成精君莫訝，天公也自辟頑民。

年老成精，見《首楞嚴經》。

《有學集》卷13，頁637

首聯中「釋部」與「儒流」並舉，以指儒、佛二教，爲一概念性隱喻（conceptual metaphor）。後接以「空閒身」一語，表己於此二事已無涉。「釋部」此一佛教意象被置於牧齋自嘲自傷之語境中。「儒流」，儒家者流，助人君順陰陽，明教化者。游文於六經之中，留意於仁義之際，祖述堯舜，憲章文武，宗師仲尼，以重其言，于道爲最高[124]。「釋部」，佛教典籍。牧齋終生，以儒爲志業，而佛教宗門法海，其晚年所皈依，且曾傾力箋注《金剛》、《心經》、《楞嚴》、《華嚴》諸典籍，襄助教門事業，亦不遺餘力。今則謂於「儒流釋

---

124 〔漢〕班固撰，〔唐〕顏師古注，《漢書‧藝文志》卷30，頁1728。

部」爲「空閒身」,以老耄病體,不復執著,亦不復有所作爲。此固牧齋自嘲自傷之詞。老病交逼,不唯於世出世間大事,難再聞問,即便美酒佳饌,亦無福消受;「酒戶生疎」,或其譬喻,「藥市親」云云,想是實情。起二構句,連綴「儒流」、「釋部」、「酒戶」、「藥市」四名目,亟言其大者,而「身」字、「親」字承接妥貼,虛實相濟,此老意巧句練,可見一斑。

末聯「年老成精」一語典出《楞嚴經》,惟於聯語之意義結構中,被挪爲老朽之形容,復轉爲「頑民」之借喻,前者偏重其形象性功能,後者則賦予「頑民」此一概念更深刻之意義。本詩第三聯詠「故人」之殉國難,末聯則反思己之身世。「年老成精」,牧齋詩後自注,謂見《首楞嚴經》。今案《楞嚴經》中無此語,而「年老成魔」云云,則七、八見,牧齋筆誤或約略言之耳。(固然,若於本聯中落「魔」字,於義恐未安,易以「精」字,亦屬理所當然。)據《楞嚴經》所述,此「年老成魔」者,或怪鬼、魅鬼、蠱毒魘勝惡鬼、厲鬼等等,不一而足,要皆妖魔鬼怪,附體於修行之人,「惱亂是人」,使墮無間獄者[125]。特牧齋「年老成魔」或「年老成精」云云,取其字面義,爲己老朽形象寫照耳,於《楞嚴》經義,無甚關涉。全詩結以「頑民」一語,牧齋自喻,寄興遙深。「天公」所「辟」、所迴避者,此「年老成精」之「頑民」。頑民,典出《尚書·多士》。〈序〉曰:「成周既成,遷殷頑民,周公以王命誥,作〈多士〉。」《尚書注疏》曰:「『頑民』謂殷之大夫士從武庚叛者,以其無知,謂之『頑民』。民性安土重遷,或有怨恨,周公以成王之命誥此眾士,言其須遷之意。」[126]〈多士〉具體文義,且置之不論,此「頑民」猶勝朝之「遺民」,則明甚。明乎此,知牧齋於詩末以明之遺民,心懷「怨恨」者自居矣。「老年成精」後著「君莫訝」三字,復以「也自」說「天公」,此老亦眞「頑民」也!

〈病榻消寒雜咏四十六首〉其四

徑寸難分睟聾形,《方言》云:「睟聾,聾也。」睟,音宰。方言州部比

---

125 見錢謙益,《大佛頂首楞嚴經疏解蒙鈔》卷第9、10。

126 〔漢〕孔安國傳,〔唐〕陸德明音義,孔穎達疏,《尚書注疏》(《景印文淵閣四庫全書》,第54冊)卷15,頁1a-b。

《玄經》。

人間若有治聾酒，天上應無附耳星。

鬭蟻軍聲酣乍止，鳴蛙戰鼓怒初停。

一燈遙禮潮音洞，梵唄從今用眼聽。

《有學集》卷13，頁638-639

　　本詩下半由「形神」之思衍成，第三聯爲一隱喻(metaphor)，結聯則頗涉「文字禪」。在本詩意義脈絡中，出自佛教經籍之意象被牧齋挪用爲耳病之形容。第三聯上下句以蟻鬭忽停，蛙鳴驟止，比擬耳鳴耳聾之病狀。唐柳宗元〈爲裴中丞伐黃賊轉牒〉文句中亦含此二典，曰：「眾輕鬭蟻，勇劣怒蛙。」舊注已揭明「鬭蟻」之出典：「晉殷仲堪父嘗患耳聰，聞床下蟻動，謂之牛鬭。」[127]「怒蛙」則本《韓非子》：「越王伐吳，欲人之輕死也。出見怒蛙，乃爲之軾。從者曰：『奚敬於此？』王曰：『爲其有氣故也。』」[128]「耳聰」而眾聲入耳喧譁，無限擴大。牧齋句則接以「酣乍止」、「怒初停」之語，二句中上四與下三字遂構成強烈對比之張力(tension)，聲浪由極劇烈而驟歸死寂，極繪聲繪影之能事。

　　耳病之擾人如此，患者亦無可奈何，故牧齋於結聯以自嘲之妙語排遣之，曰：「一燈遙禮潮音洞，梵唄從今用眼聽。」「潮音洞」，宋羅濬撰《寶慶四明志》云：「補陀洛迦山在東海中，佛書所謂海岸孤絕處也。一名梅岑山，或謂梅福煉丹於此山，因以名。有善財巖、潮音洞，洞乃觀音大士化現之地。唐大中年，西域僧來，即洞中，燔盡十指，親覩觀音與說妙法，授以七色寶石，靈跡始著。」[129]潮音洞遠在海岸孤絕處，而觀世音菩薩示現說法，意者牧齋乃感嘆，從今欲聞威音妙法，唯待神跡出現方可矣。此句若合第三聯讀，潮音洞或亦耳穴

127 〔唐〕柳宗元，《柳河東集》（《景印文淵閣四庫全書》，第1076冊）卷39，頁9a。

128 〔周〕韓非撰，〔元〕何犿注，《韓非子》（《景印文淵閣四庫全書》，第729冊）卷9，頁15b。

129 〔宋〕羅濬，《寶慶四明志》（《景印文淵閣四庫全書》，第487冊）卷20，頁10b。

之隱喻。「眼聽」云云，本宋僧惠洪〈泗州院旃檀白衣觀音贊〉中語：「龍本無耳聞以神，蛇亦無耳聞以眼。牛無耳故聞以鼻，螻蟻無耳聞以身。」[130]蓋勉學人摒心求法聞道者也。明人盧之頤撰《本草乘雅半偈》卷十亦有語曰：「《埤雅》言：『蛇以眼聽。』《爾雅翼》言：『蛇死目皆閉，蘄產者目開如生；舒、蘄兩界間者則一開一閉。此理之不可曉者。』然肝開竅於目。莊周云：『蛇憐風，風憐目。』故蛇聽以眼。」[131]此中道理，尚待請教醫家，而其循環論證，即莊子亦為發一笑可知。牧齋「用眼聽」云云，用禪偈佛語(暗藏莊周語)以喻耳部生理機能衰竭不可復原，自嘲自憐耳，與其晚年唱為讀詩以「香觀」(用鼻聞)同趣，行文固有學問在，惟不必求之過深，以免失之於鑿。

〈病榻消寒雜咏四十六首〉其五

病多難訴乳山翁，不但雙荷睹賽聾。
暗訝仲長還有口，痹愁皇甫不關風。
畏寒塞向專塗北，負日循牆只傍東。
莫謂齒人徒改歲，老能熏鼠豈無功。
答乳山道士問病。

《有學集》卷13，頁640

本詩首聯下句「雙荷」一語本關乎佛教「耳體」、「六根」之概念，而牧齋借以指雙耳，狀耳聾之病。本首牧齋詩後自注，云：「答乳山道士問病。」乳山道士者，寓居金陵之閩人林古度(字茂之)是也，乃與牧齋年輩相若之摯友。本首係答老友問疾之作，故語調親切，不嫌叨嘮。牧齋細數病狀，上四句即見耳聾、痤瘡、風痹之疾。首聯云：「病多難訴乳山翁，不但雙荷睹賽聾。」牧齋耳聾似已甚久，眾人皆知。「雙荷」，錢曾注引楊慎《禪林鉤玄》云：「六根，眼如蒲

---

130 〔宋〕釋覺範，《石門文字禪》(《景印文淵閣四庫全書》，第1116冊)卷18，頁6a。
131 〔明〕盧之頤，《本草乘雅半偈》(《景印文淵閣四庫全書》，第779冊)卷10，頁29b。

桃朵，耳如新卷荷，鼻如雙垂瓜，舌如初偃月，身如腰鼓顙。」[132]《楞嚴經》述「耳根」，亦有「耳體，如新卷葉」之語：「由動靜等二種相擊，於妙圓中黏湛發聽。聽精映聲，卷聲成根。根元目爲清靜四大，因名耳體，如新卷葉。浮根四塵，流逸奔聲。」[133]牧齋以「雙荷」（卷曲之蓮葉）借代雙耳，其意象本此，惟句意實與佛經教義無涉。

〈病榻消寒雜咏四十六首〉其六

稚孫仍讀魯《春秋》，蠹簡還從屋角搜。
定以孤行推杜預，每於敗績笑何休。
縣車束馬令支捷，蹴海牢山仲父謀。
聊與兒曹攤故紙，百年指掌話神州。

《有學集》卷13，頁640

本詩末聯曰：「聊與兒曹攤故紙，百年指掌話神州。」上句「故紙」一語，錢曾詩注以禪門公案作解，實「過度詮釋」（over-interpretation）之一例。「神州」，錢曾注引《世說新語·輕詆》以解，則得其實。《世說》云：「桓公入洛，過淮、泗，踐北境，與諸僚屬登平乘樓，眺矚中原，慨然曰：『遂使神州陸沉，百年丘墟，王夷甫諸人，不得不任其責！』」[134]「神州陸沉，百年丘墟」，國破家亡也。「指掌」，舊有春秋指掌圖、春秋指要圖、指掌圖記之書，則首聯《春秋》之語境，又延展至本句化用桓溫語之脈絡中，如鹽入水，視之無痕。此「百年」者，揆諸詩意，非兩晉舊史，實乃明清之交百年近事也。如此，則牧齋與兒曹所話之百年近事，關乎明清二代興廢之跡、人物功過是非之月旦，牧齋特以《春秋》之事義譬況之，褒貶與奪必寓其中。本聯上句「故紙」一語，

---

132 見《有學集》卷13，頁640。
133 《楞嚴經疏解蒙鈔》卷4（之2），《卍新纂續藏經》，第13冊，第287經，頁647c。
134 〔宋〕劉義慶撰，〔梁〕劉孝標注，《世說新語》（《景印文淵閣四庫全書》，第1035冊）卷下之下，頁22a。

錢曾引福州古靈神贊禪師事以解，其言曰：「本師又一日在窗下看經，蜂子投窗紙求出。師睹之曰：『世界如許廣闊不肯出，鑽他故紙驢年去！』遂有偈曰：『空門不肯出，投窗也大癡。百年鑽故紙，何日出頭時？』」[135]蓋古靈諷其本師不曉「體露眞常，不拘文字」之理[136]。錢曾此注，解「故紙」之爲名物尚可，惟失之淺顯矣。細味詩意，此「故紙」者，猶首聯所謂之「蠹簡」，魯之《春秋》，牧齋以其義理事功語兒曹以古今之王業相業，指劃明清百年間之軍國大事、人物功過，復寓己之幽微心事，寄興遙深，斷不宜以禪門公案作解即了事。

〈病榻消寒雜咏四十六首〉其十五

羊腸九折不堪書，箭直刀橫血肉餘。

牢落技窮修月斧，顚狂心癢掉雷車。

伶仃怖影依枝鴿，吸呷呼人貫柳魚。

補貼殘骸惟老病，折枝摩腹夢迴初。

《有學集》卷13，頁648

本詩第三聯曰：「伶仃怖影依枝鴿，吸呷呼人貫柳魚。」上句化用禪門公案事，而此聯猶首聯意，喻己經歷險危，思之猶有餘悸。「伶仃」，孤獨貌。「怖影鴿」，事見《五燈會元》、《景德傳燈錄》等載記：鷂子趁鴿子，飛向佛殿欄子上顫。有人問僧：「一切眾生，在佛影中常安常樂。鴿子見佛爲甚麼卻顫？」僧無對。法燈代云：「怕佛。」[137]牧齋句取其「怕」義，表孤獨伶仃無依靠之心情耳，於原公案事無涉。

〈病榻消寒雜咏四十六首〉其十六

羶毳重圍四決句，奴囚併命付灰塵。

---

135 《五燈會元》卷4，《續藏經》，第80冊，第1565經，頁90b。
136 此亦古靈語，同前註，頁90c。錢曾注則引《傳燈錄》，其文脫略甚多，乃至於混淆古靈及其本師之事，讀者慎之。錢曾注見《有學集》卷13，頁641。
137 《五燈會元》卷6，《續藏經》，第80冊，第1565經，頁140c。

三人縲索同三木，六足鉤牽有六身。

伏鼠盤頭遺宿溺，饑蠅攢口喫餘津。

頻年風雨雞鳴候，循省顛毛荷鬼神。

記丁亥羈囚事。

《有學集》卷13，頁649

　　本詩次聯曰：「三人縲索同三木，六足鉤牽有六身。」「六足」、「六身」本佛教名相，而被「誤置」於此。此聯實詠與二僕同束縛於牢籠，行則若帶縲索，處則若關桎梏。「縲索」，繩索，《莊子‧駢拇》：「附離不以膠漆，約束不以縲索。」[138]「三木」，《後漢書‧馬援傳》：「可有子抱三木，而跳梁妄作，自同分羹之爭乎？」注云：「三木者，謂桎、梏及械也。」[139]又〈范滂傳〉：「滂等皆三木囊頭，暴於階下。」注云：「三木，項及手足皆有械，更以物蒙覆其頭也。」[140]此「三木」之書義，牧齋句中「三木」云云，不若讀如字，謂三人被束縛，形同三桂木，動彈不得也。其對句亦同其趣。三人六足，腳鐐相「鉤牽」，如一足牽一身。此聯極形象化，對仗巧妙。「六足」、「六身」，亦佛教名相，前者指「六足論」，小乘有部宗之六部根本論藏，後者指二「法身」、二「報身」、二「應身」[141]。又《左傳‧襄公三十年》有「亥有二首六身」之字謎[142]。牧齋句與佛典及《左傳》義無涉，唯讀者見此數語被「誤置」於此，不免莞爾。

〈病榻消寒雜咏四十六首〉其二十三

138　〔晉〕郭象注，《莊子注》（《景印文淵閣四庫全書》，第1056冊）卷4，頁4a。

139　〔劉宋〕范曄撰，〔晉〕司馬彪撰志，〔唐〕李賢注，〔蕭梁〕劉昭注志：《後漢書‧馬援傳》卷24，頁832。

140　〔劉宋〕范曄撰，〔晉〕司馬彪撰志，〔唐〕李賢注，〔蕭梁〕劉昭注志，《後漢書‧范滂傳》卷67，頁2205。

141　參「六足論」條，《佛光大辭典》，頁1267。又「六身」條，頁1268。

142　〔晉〕杜預著，〔唐〕陸德明音義，孔穎達疏，《春秋左傳注疏》（《景印文淵閣四庫全書》，第143-144冊）卷40，頁5a。

中年招隱共丹黃，栝柏猶餘翰墨香。

畫裏夜山秋水閣，鏡中春瀑耦耕堂。

客來蕩槳聞朝咏，僧到支筇話夕陽。

留卻《中州》青簡恨，堯年鶴語正悲涼。

孟陽議倣《中州集》體列，編次本朝人詩。

《有學集》卷13，頁655-656

　　本詩第三聯言「僧」，以見己與程嘉燧於前明結隱之地往來皆高人、法侶，無俗客，惟非關佛事。詩之次聯曰：「畫裏夜山秋水閣，鏡中春瀑耦耕堂。」第三聯曰：「客來蕩槳聞朝咏，僧到支筇話夕陽。」「耦耕堂」、「秋水閣」、「聞咏」，皆拂水山莊之構築，而「夕陽」或亦暗指莊中之「朝陽樹」。牧齋〈耦耕堂詩序〉云：「耦耕堂在虞山西麓下，余與孟陽讀書結隱之地也。天啓初，孟陽歸自澤潞，偕余樓拂水，礀泉活活循屋下，春水怒生，懸流噴激，孟陽樂之，爲亭以踞礀右，顏之曰聞詠。又爲長廊以面北山。行吟坐臥，皆與山接。朝陽樹、秋水閣次第落成。於是耦耕堂之名，遂假孟陽以聞四方。既而從形家言，斥爲墓田，作明發堂于西偏，而徙耦耕堂于丙舍，以招孟陽，廬居比屋，晨夕晤對，其游從爲最密。」（《有學集》，卷18，頁782）詩云「畫裏」、「鏡中」、「客來」、「僧到」，耦耕堂風景如畫，無俗客，可以想見。

　　〈病榻消寒雜咏四十六首〉其二十七

由來造物忌安排，遮莫殘年事事乖。

無藥堪能除老病，有錢不合買癡獃。

未論我法如何是，且道卿言亦自佳。

漫說趙州行腳事，雲門猶未辦青鞋。

《有學集》卷13，頁655-656

　　本詩末聯曰：「漫說趙州行腳事，雲門猶未辦青鞋。」此爲一概念性隱喻。「趙州」，牧齋〈石林長老七十序〉云：「趙州年一百二十八，十方行腳，則七

十已後，正其整理腰包，辦草鞋錢之日也。……將使公爭強㩵力，為塵勞㩵攫之
事乎？則公為已老。將使公護法利生，為莊嚴淨福之事乎？則公為方壯。然則世
固不應老，而公亦不應以自老也。」(《有學集》，卷25，頁969)下句「雲
門」、「青鞋」云云，脫自杜甫〈奉先劉少府新畫山水障歌〉句：「若耶溪，雲
門寺。吾獨胡為在泥滓，青鞋布襪從此始。」仇兆鰲《杜詩詳注》卷四引胡夏客
云：「若耶溪長數十里，凡有六寺，皆以雲門冠之。」[143]趙州和尚年七十歲始
十方行腳，牧翁盍興乎來，辦其青鞋布襪而往遊雲門，亦可能事也。又或奮起而
弘護大法，誰曰不宜？此亦牧齋全詩動靜行止，任運隨緣之意也。

> 〈病榻消寒雜咏四十六首〉其二十八
> 寒爐竟日畫殘灰，情緒禁持未破梅。
> 躲避病魔無複壁，遁逃文債少高臺。
> 生成窮骨難拋得，自鎖愁腸且放開。
> 慚愧西堂分衛畢，旋傾齋鉢送參來。
> 小盡日靈嵒長老送參。

《有學集》卷13，頁660

　　本詩末聯述己與靈巖繼起和尚(1605-1672)之交遊事，意象虛中帶實。詩後
小注云：「小盡日靈嵒長老送參。」長老云誰？靈巖繼起和尚是也。釋弘儲，字
繼起，號退翁、夫山和尚等，南通州人，俗姓李，明清之際一代名僧，臨濟宗大
和尚。繼起國變前已出家，師事三峰漢月(1573-1635)，為高弟。其後十坐道
場，而住蘇州靈巖最久。明清交替，繼起身為法王而「以忠孝作佛事」，東南士
子欲全忠孝大節者仰慕傾心，皈依門下者不在少數。繼起座下龍象甚眾，緇白出
身不同凡響[144]。

　　詩末聯曰：「慚愧西堂分衛畢，旋傾齋鉢送參來。」二句詠靈巖長老送參之

---

143 〔清〕仇兆鰲，《杜詩詳註》卷4，頁19b。
144 參柴德賡，〈明末蘇州靈岩山愛國和尚弘儲〉，《史學叢考》(北京：中華書
　　局，1982)，頁372-414。

隆情美意。叢林制度，東為主位，西住賓位。《禪林象器箋‧稱呼門》云：「他山前住人，稱西堂。蓋西是位，他山退院人來此山，是賓客，故處西堂。」[145]禪門術語中，「分衛」猶「乞食」。《翻譯名義集》云：「《善見論》云：『此云乞食。』《僧祇律》云：『乞食分施僧尼，衛護令修道業，故云分衛。』」[146]細味本聯上句意，應指退翁和尚施食於西堂僧眾。牧齋意或以此喻和尚普濟眾生之功德。繼起獨好人物，別具至心，當時窮困潦倒之士多得其贈與，而「志士詩人多與交遊，常具供給不倦」[147]，如「海內三遺民」之名士徐枋窮甚，繼起屢加周濟扶持，徐枋感激不盡，當時後世傳為美談。下句詠繼起「送參」與己，可見牧齋與繼起交情篤厚。

〈病榻消寒雜咏四十六首〉其三十八

秦淮池館御溝通，長養嬌嬈香界中。

十指琴心傳漏月，千行珮響從翔風。

柳矜青眼舒隋苑，桃惜紅顏墜漢宮。

垂老師師度湘水，縷衣檀板未為窮。

和劉屏山「師師垂老」絕句。

《有學集》卷13，頁667

　　本詩首聯下句「香界」本佛教名相，然於此語境中，讀如字即可，此牧齋挪用佛教意象之又一例也。牧齋於詩後置小注云：「和劉屏山『師師垂老』絕句。」[148]首聯曰：「秦淮池館御溝通，長養嬌嬈香界中。」起句即啟人疑竇。若牧齋以「御溝通」、「長養嬌嬈」影射李師師與宋徽宗有染，以青樓名媛而受寵於帝王，屬詞比事，尚屬允洽。惟師師所居汴京青樓瓦子何得云「秦淮池

145 參「西堂」條，《佛光大辭典》，頁2583。

146 《翻譯名義集》，卷7，《大正藏》，第54冊，第2131經，頁1174a。

147 見〔清〕王豫、阮亨輯，《淮海英靈續集》（《續修四庫全書》，第1682冊影印清道光刻本），辛集卷3，頁1b。

148 指劉子翬〈汴京紀事二十首〉其二十，見〔宋〕劉子翬，《屏山集》（《景印文淵閣四庫全書》，第1134冊）卷18，頁3a。

館」？北宋風月場所，青樓瓦子櫛比，絲竹調笑，而「秦淮池館」，槳聲燈影，
錦繡輝煌則屬晚明之文化記憶（cultural memory），雖同是煙花地，韻致始終不
同。牧齋本首寫晚明名妓，可謂「立竿見影」矣。「嬌嬈」，妍媚貌，女貌嬌
嬈，謂之尤物。「香界」，《楞嚴經》云：「阿難！又汝所明，鼻香爲緣，生於
鼻識。此識爲復因鼻所生，以鼻爲界。因香所生，以香爲界。」[149]牧齋用「香
界」之字面義耳，與佛經義理無涉，實與所謂「天香國色」於義爲近。本聯二句
合觀，牧齋暗喻秦淮池館之嬌嬈名妹入於帝王之家，惟此究爲何人，不可確考矣。

> 〈病榻消寒雜咏四十六首〉其四十一
> 落木蕭蕭吹竹風，紙窗木榻與君同。
> 白頭聾瞶無三老，青鏡鬖眉似一翁。
> 行藥每於參禮後，安禪即在墓田中。
> 永明百卷丹鉛約，少待春燈爛漫紅。
> 懷落木菴主。

《有學集》卷13，頁670

　　此詩下半述落木菴主徐波（元歎，1590-1663?）之生活及其與己之交遊事，頗
用佛教意象及名義，惟與義理無關。第三聯曰：「行藥每於參禮後，安禪即在墓
田中。」徐氏究心佛學，晚年禮中峰讀徹蒼雪法師、靈巖繼起弘儲禪師，時人甚
或以「枯禪」視之，故牧齋本聯有「參禮」、「安禪」之詠。「安禪即在墓田
中」，牧齋蓋謂徐氏行將就木乎？非也。徐氏葬父母於天池山麓，遂結廬老焉，
故落木庵所在，即其父母墓田丙舍之中，故云。

　　結聯曰：「永明百卷丹鉛約，少待春燈爛漫紅。」錢曾注云：「徐元歎見公
所著《宗鏡提綱》，歡喜贊嘆，欲相資問，故有春燈之約。」是徐氏與牧齋爲法
友矣。「永明百卷」指五代永明延壽禪師所纂《宗鏡錄》，凡百卷，八十餘萬
字。牧齋著有《宗鏡提綱》一卷（今似不傳）。「丹鉛約」，徐氏欲就是書相資

---

149 《楞嚴經疏解蒙鈔》卷3（之1），《續藏經》，第13冊，第287，頁600b。

問，牧齋允相與研討也。「春燈之約」，二老恐無法實現矣。牧齋寫本詩後不及半年即順世，而此時徐氏甚或已卒。沈德潛(1673-1769)曾撰徐氏傳文，謂其「年七十四卒」，則徐氏歿於康熙二年(1663)，正牧齋寫〈病榻消寒〉詩之年。牧齋歲末仍有此首懷落木庵主之作，且有「春燈」之約云云，固以徐氏尚在世。或牧齋寫本詩時未悉徐氏逝世之噩耗？或沈德潛記誤？待確考。

〈病榻消寒雜咏四十六首〉其四十二
丈室挑燈餞歲餘，披衣步屧有相於。
詩詮麗藻金壺墨，謂編次唐詩。史覆神遘玉洞書。余將訂《武安王集》。
窮以文章為菀圃，老將知契託蟲魚。
無終路阻重華遠，自合南村訂卜居。除夜定遠、夕公、遵王見過。

《有學集》卷13，頁670-671

詩首聯曰：「丈室挑燈餞歲餘，披衣步屧有相於。」「丈室」，本佛教名相，牧齋用之泛指斗室。唐釋道世《法苑珠林》卷二十九云：「於大唐顯慶年中，勅使衛長史王玄策，因向印度過淨名宅，以笏量基，止有十笏，故號方丈之室也。」[150]後多以指寺院之正寢。牧齋句用此語泛指斗室耳，不必拘泥原義，如白居易〈秋居書懷〉詩云：「何須廣居處，不用多積蓄。丈室可容身，斗儲可充腹。」[151]「餞歲」，設酒宴送別舊歲也。除夕夜，親近弟子過訪，詩酒歡會，牧齋興致高，「披衣步屧」，談興甚濃，下聯即告眾弟子以己擬編著之二書。

〈病榻消寒雜咏四十六首〉其四十五
新年八十又加三，老耄於今始學愗。
入眼歡娛應拾取，隨身煩惱好辭擔。

---

150 《法苑珠林》卷29，《大正藏》，第53冊，第2122經，頁501c。
151 〔唐〕白居易，《白氏長慶集》(《景印文淵閣四庫全書》，第1081冊)卷5，頁8b-9a。

山催柳綠先含翠，水待桃紅欲放藍。

看取護花旛旋動，東風數日到江潭。

元旦二首。

《有學集》卷13，頁673

　　詩次聯曰：「入眼歡娛應拾取，隨身煩惱好辭擔。」「辭擔」一語脫自《大智度論》，以寄輕鬆過日之願望。日子波瀾不驚，自有喜樂年華，當心存感慰。「辭擔」，猶「棄擔」，《大智度論・大智度初品中》云：「〔經〕棄擔能擔。〔論〕五眾麁重常惱故，名為『擔』。如佛所說：『何謂擔？五眾是擔。』諸阿羅漢此擔已除，以是故言『棄擔』。『能擔』者，是佛法中二種功德擔應擔：『一者、自益利，二者、他益利。』一切諸漏盡，不悔解脫等諸功德，是名自利益；信、戒、捨、定、慧等諸功德能與他人，是名利益他。是諸阿羅漢，自擔、他擔能擔，故名『能擔』。復次，譬如大牛壯力，能服重載；此諸阿羅漢亦如是，得無漏根、力、覺、道，能擔佛法大事擔。以是故諸阿羅漢名『能擔』。」[152] 牧齋句未必全依此佛學名義，只願「隨身煩惱」消，遠離憂患常安樂，自在清靜。此牧齋之「新年願望」也。

　　〈病榻消寒雜咏四十六首〉其四十六
　　排日春光不暫停，憑將笑口破沉冥。
　　苔邊鶴跡尋孤衲，花底鶯歌拉小伶。
　　天曳酒旗招綠醑，星中參宿試紅燈。
　　條風未到先開凍，閙殺凌人問斬冰。

《有學集》卷13，頁674

　　詩之次聯曰：「苔邊鶴跡尋孤衲，花底鶯歌拉小伶。」本聯上句應自白居易〈小臺〉詩化出。白詩云：「新樹低如帳，小臺平似掌。六尺白藤床，一莖青竹

---

152 《大智度論》卷3，《大正新脩大藏經》，第25冊，第1509經，頁81c-82a。

杖。風飄竹皮落，苔印鶴跡上。幽境與誰同，閒人自來往。」[153]牧齋詩中之幽境則野鶴與「孤衲」共徘徊。此句寂靜，對句則熱鬧。「花底」百囀歌者，不辨為春鶯抑小伶。此中「孤衲」為「排日春光不暫停，憑將笑口破沉冥」之陪襯耳。

---

153 〔唐〕白居易，《白氏長慶集》卷30，頁8b。

第四章

聲氣無如文字親——

牧齋「亂餘斑白尚沉淪」之人／文世界

　　牧齋下世前半年，婁東王時敏(煙客，1592-1680)來函，連文累紙，盡吐傾慕之情，有語云：「……於先生鴻著，獨有深嗜，不啻飢渴之於飲食。寤寐訪求，寒暑抄寫，積久遂已成帙。」又云：「倘蒙傾筐倒庋，悉畀錄藏，俾得以炳燭之光，晨夕咀誦，樂而忘老，誠不啻絳雪引年，仙家十齎者矣。」[1]乃求借抄牧齋全部著作者也。煙客累幅來問，牧齋亦長篇作答。牧齋此札，乃其下世前數月間所寫最長一封，可見其重視與煙客之友誼。牧齋覆書有語云：「鄙人制作，不勝昌歜之嗜，至於籌燈繕寫，目眵手胼，非知之深、好之篤，何以有此？」末云：「寒燈臥病，蘸藥汁寫詩，落句奉懷，附博一笑。方當餞歲，共感流年。窮冬惟息勞自愛。」(《有學集》，卷39，頁1364-1366)煙客與牧齋函應寫於康熙二年癸卯(1663)歲末(詳下文第三節)，而牧齋「落句奉懷」云云，疑即牧齋〈病榻消寒雜咏四十六首〉詩其十之末聯。然則〈病榻消寒〉詩其十或即興起於煙客之貽書，而牧齋覆函附錄所以際煙客者也。

　　牧齋〈病榻消寒雜咏四十六首〉其十云：

> 聲氣無如文字親，亂餘斑白尚沉淪。
> 春浮精舍營堂斧，春浮，蕭伯玉家園，今爲葬地。東壁高樓束楚薪。東壁樓，在德州城南，盧德水爲余假館。
> 《越絕》新書徵宛委，指山陰徐伯調。秦碑古字訪河濱。指朝邑李叔則。
> 嗜痂辛苦王烟客，摘埴懷鉛十指皴。

1　〔清〕王時敏，《王煙客集·尺牘下》(蘇州：振新書社，1916)，頁17a-18a。

《有學集》卷13，頁644

「聲氣無如文字親」一句，或脫自《左傳‧襄公三十一年》：「故君子在位可畏，施舍可愛，進退可度，周旋可則，容止可觀，作事可法，德行可象，聲氣可樂，動作有文，言語有章，以臨其下，謂之有威儀也。」[2]此左氏傳言君子之氣象也。牧齋句似偏取「聲氣可樂，動作有文，言語有章」數義。「亂餘斑白尙沉淪」，其「尙沉淪」者，正上句之「文字」也。《後漢書‧崔駰傳》云：「崔氏世有美才，兼以沉淪典籍，遂爲儒家文林。」[3]合二句讀之，知牧齋所親近者，「沉淪典籍」之「儒家文林」也。「亂餘斑白」云云，出語沉痛。「亂餘」，明清易鼎，天崩地坼劫餘之時；「斑白」，言其老也。此輩文士滄桑歷劫，猶沉淪典籍，孜孜矻矻，至老不倦，牧齋引爲同道知己。「聲氣」、「亂餘」一聯領起下六句。

次聯曰：「春浮精舍營堂斧，東壁高樓束楚薪。」此聯上句詠蕭士瑋（伯玉，1585-1651），下句詠盧世㴶（德水，1588-1653），二人皆牧齋由明入清垂三、四十年之執友，至老猶殷殷懷念者。伯玉歿於順治八年（1651），德水歿於後二年（1653）。牧齋於上句後置小注云：「春浮，蕭伯玉家園，今爲葬地。」此即句中「營堂斧」之意。「堂斧」，墳墓也[4]。牧齋於下句後置小注云：「東壁樓，在德州城南，盧德水爲余假館。」前明崇禎十年丁丑（1637），牧齋被奏劾，逮京究問，道經山東，乃訪德水於德州，居停於程氏之東壁樓「浹旬」（十二日）。此爲牧齋與德水之初次會晤，而牧齋於赴逮途中，得晤久相思慕之同調（牧齋與德水皆耽於杜詩，有著述），暫享詩、書、酒之樂，此東壁樓小住，於牧齋具有特殊意義，自不待言，宜乎牧齋有此追憶東壁樓之詠。句中「束楚薪」云云，脫自《詩‧王風‧揚之水》。〈揚之水〉三章，章六句。首章起句云：「揚

2　〔周〕左丘明傳，〔晉〕杜預注，〔唐〕孔穎達疏、陸德明音義，《春秋左傳注疏》（台北：臺灣商務印書館，1983年《景印文淵閣四庫全書》影印國立故宮博物院藏本，第143-144冊）卷40，頁34a。

3　〔南朝宋〕范曄撰，〔唐〕李賢等注，《後漢書》（北京：中華書局，1965）卷52，頁1732。

4　語出《禮記‧檀弓上》：「堂」，四方而高者；「斧」，下寬上狹長形者。

之水，不流束薪。」次章起句云：「揚之水，不流束楚。」[5]意謂水至湍迅，而不能流移「束薪」、「束楚」。「薪」、「楚」，木也，牧齋「束楚薪」云云，則感歎今東壁樓已毀，淪爲捆捆炊薪矣。

　　第三聯曰：「《越絕》新書徵宛委，秦碑古字訪河濱。」本聯上下句分詠徐緘（伯調，?-1670）、李楷（叔則，1603-1670），用典甚妙。上句「《越絕》」云云，指《越絕書》，書載春秋吳、越二國史事，上起大禹治水，下迄兩漢，旁及其他諸侯，文章以博奧偉麗稱。「宛委」，宛委山，傳說禹登宛委山得金簡玉字之書[6]。後因以喻書文之珍貴難得。牧齋於本句後置小注云：「指山陰徐伯調。」以知句中「《越絕》」、「宛委」云云，借其事以況伯調者也。「《越絕》」而言「新書」，喻伯調能著文章博奧偉麗如《越絕》之書文也。「徵宛委」，「徵」於伯調也。《吳越春秋·越王無余外傳》云：「在于九山東南天柱，號曰宛委。」舊注云：「在會稽縣東南十五里。」[7]伯調山陰人。明清時期山陰、會稽兩縣一體（山陰即會稽，邑在山陰，故名），而宛委在會稽，牧齋乃以「宛委」借指山陰徐伯調。牧齋下句後置小注云：「指朝邑李叔則。」「秦碑」、「河濱」云云，出典爲「蔡中郎石經」。宋姚寬《西溪叢語》云：「漢靈帝熹平四年，〔蔡〕邕以古文、篆、隸三體書《五經》，刻石於太學。至魏正始中，又爲一字石經，相承謂之七經正字。……北齊遷邕石經于鄴都，至河濱，岸崩，石沒于水者幾半。」[8]此古代珍稀文物之傳奇經歷也。李楷，字叔則，晚號岸翁，學者稱河濱先生，陝西朝邑人。陝西，古秦地，「秦碑古字訪河濱」者，喻秦人李叔則滿腹經籍，學者景仰。

　　詩末聯曰：「嗜痂辛苦王烟客，摘槧懷鉛十指皴。」牧齋本聯詠王煙客酷愛

5　〔漢〕毛亨傳，鄭玄箋，〔唐〕孔穎達疏，陸德明音義，《毛詩注疏》（《景印文淵閣四庫全書》，第69冊）卷7，頁47a。

6　《吳越春秋·越王無余外傳》云：「〔玄夷蒼水使者〕東顧謂禹曰：『欲得我山神書者，齋於黃帝巖嶽之下三月，庚子登山發石，金簡之書存矣。』禹退又齋三月，庚子登宛委山，發金簡之書。案金簡玉字，得通水之理。」〔漢〕趙煜，《吳越春秋》（《景印文淵閣四庫全書》，第463冊），卷4，頁3a-b。

7　同前註，頁2b-3a。

8　〔宋〕姚寬撰，《西溪叢語》（《景印文淵閣四庫全書》，第850冊）卷上，頁14b。

己之著作。「嗜痂」者,南朝宋劉邕之「變態」行為也。《宋書·劉穆之傳》載:「邕所至嗜食瘡痂,以為味似鰒魚。嘗詣孟靈休,靈休先患灸瘡,瘡痂落床上,因取食之。靈休大驚。答曰:『性之所嗜。』靈休瘡痂未落者,悉褫取以飴邕。邕既去,靈休與何勖書曰:『劉邕向顧見啖,遂舉體流血。』南康國吏二百許人,不問有罪無罪,遞互與鞭,鞭瘡痂常以給膳。」[9]昔者周文王嗜昌歜(菖蒲根醃製物)[10],孔子慕文王而食之以取味,乃「文明」之啖食,而劉邕竟嗜吃瘡痂,以為味似鰒魚(即鮑魚),信乎人情、口味各殊,每有不可思議者。「摘椠懷鉛」,漢揚雄舊事。劉歆《西京雜記》云:「揚子雲好事,常懷鉛提椠,從諸計吏訪殊方絕域四方之語,以為裨補輶軒所載,亦洪意也。」[11]「鉛」者,鉛粉;「椠」,書寫用木片。揚雄所從事者,猶今之「田野調查」,終成《方言》一書,學者至今稱之。牧齋以「嗜痂」、「摘椠懷鉛」二事以喻王煙客。煙客明清之際江南太倉人,畫壇巨擘,「婁東畫派」鼻祖。明亡後,牧齋與煙客友情契洽,而煙客酷愛牧齋詩文,歷年蒐求,寒暑抄錄,目眵手胼而不止,牧齋乃有句中「十指皴」之形容。

牧齋〈病榻消寒雜咏四十六首〉本首所咏人物最夥。此五人者,蕭伯玉少牧齋三歲,盧德水少牧齋六歲,王煙客少牧齋十歲,牧齋與此三人可謂同輩。徐伯調生年不詳,後死於牧齋六年,李叔則少牧齋二十一歲,揆諸相關文獻,知伯調與叔則於牧齋為後輩也。各人均身閱鼎革,明清改朝換代之際出處行藏各有不同,而無減對牧齋敬慕愛戴之情。牧齋與各人之友誼基礎,正在於以文字通聲氣,同聲相應,同氣相求,亂餘斑白,尚沉淪典籍,惺惺相惜,相互愛重。

牧齋〈病榻消寒〉詩其十所咏,僅牧齋與諸人交遊事跡之一斑耳。竊以為,考論牧齋與各人交誼始末,於瞭解牧齋之行誼思想,大有裨益。下文闢三節,考述牧齋與此五君之交遊,目的在重現章題中所謂之「人／文世界」,雖掠影浮

---

9 〔梁〕沈約撰,《宋書》(北京:中華書局,1974)卷42,頁1308。

10 〔周〕左丘明傳,〔晉〕杜預注,〔唐〕孔穎達疏,陸德明音義,《春秋左傳注疏·僖公三十年》:「王使周公閱來聘,饗有昌歜、白黑、形鹽。」卷16,頁9a。

11 〔漢〕劉歆撰,〔晉〕葛洪輯,《西京雜記》(《景印文淵閣四庫全書》,第1035冊)卷3,頁1b。

光，或可見鳳毛之一斑。「聲氣無如文字親，亂餘斑白尙沉淪。」此牧齋詩之主腦，下文各節亦以此意爲綱領，鋪陳材料，旨在彰顯牧齋與各人於「人文」、文學、學問之共同關懷、交會與相互激盪。

至若探論牧齋與五人交往各別之細節，復有助瞭解牧齋於不同人生階段之遭際與情志。要之，蕭伯玉於五人中年齒與牧齋最近，約於同時立朝(明天啓初)。二人闕下諦交，出處進退亦有相若者，而牧齋顚躓於仕途，困窘危急時，伯玉屢伸援手。盧德水入仕較牧齋與伯玉晚，居官年月與牧齋亦不相屬。牧齋與德水初非政壇上共進退之黨人，二人始以杜詩及書文相敬慕。牧齋與德水約於牧齋丁丑獄案前後定交，牧齋赴逮途中訪德水於山東德州。二人氣類相感，一見如故。德水約於此時出補禮部，旋改御史，儹漕運。牧齋、德水諦交後問訊不斷，且共同閱歷明朝末祚，二人相知深厚，以道義相黽勉。下文述牧齋與伯玉、德水之交，必兼敍牧齋於晚明政壇之經歷始得深刻，而讀者觀覽三人交遊始末，可循知牧齋明季政治生涯之大略。

徐伯調、李河濱則似非牧齋所素識者，而於牧齋逝世前數年，相繼貽書致敬，論學論文，求賜序，情意殷切。書文往返，牧齋乃引二人爲知己同道，且有厚望焉。《初學集》刪定之役，囑於伯調；爲「好古學者」張軍，遏止復古派復興於關中，託於河濱。牧齋爲此二「筆友」所寫書函、序文，述及一生學術、文學思想數番轉變之因緣，並其最終之堅持與主張，乃探究牧齋學術之重要文獻，可作牧齋「學思自傳」觀。牧齋與伯調、河濱之交，文壇前後輩文字之交，觀其始末，可藉知牧齋桑榆時對己文學「遺產」之安排、對後輩之期盼、對文壇之願景，亦可窺見牧齋於時人心目中之地位。

江南常熟、太倉一衣帶水，百里相望，而牧齋與王煙客於前明有無交往無考。迨明社既屋，自順治初至牧齋於康熙三年(1664)逝世前，十餘年間二人交往殷勤，感情篤厚。牧齋與煙客於清初之文壇藝壇，巍然如魯殿靈光，二人惺惺相惜，相互愛重。二老贈言、進退以禮，往返文字，或道家常、訴衷曲，或寄託遙深，百感交集，期於傳世者，洵陽九百六，灰沉煙颺之時，詩文「可以群」之一段佳話。煙客高門之後，先世及己數世仕明，入清後，不無「身分危機」(identity crisis)之憂虞，牧齋乃爲設計其可對歷史評價有所交代之「自我形象」

(self-image)，厥功不細。順康之世，大亂甫定，牧齋與煙客溫文爾雅之交，亦反映江南吳中虞山、婁東文苑藝林之呼息，而人文世界、精神之漸次復甦也。

下文於諸家文字，多所徵引，以其雋永可誦，可爲諸人傳神留影，存其「聲氣」。至若文繁辭瑣之誚，所不辭也，幸諒之也。

一

春浮精舍營堂斧／蕭士瑋

順世前三年(順治十八年辛丑，1661)，牧齋爲門人虞山汲古閣主人毛晉(子晉，1599-1659)撰誌墓之文。八十歲老人，語特悲哀。〈隱湖毛君墓誌銘〉起首云：

> 兵興以來，海內雄俊君子，不與刦灰俱燼者，豫章蕭伯玉、徐巨源，德州盧德水，華州郭胤伯。浮囊片紙，異世相存，各以身在相慰藉。不及十年，寢門之外，赴哭踵至。余乃喟然歎曰：「古之老于鄉者，杖屨來往，不在東阡，即在北陌。今諸君子雖往矣，江鄉百里，雞豚近局，南村河渚之間，尚有人焉，吾猶不患乎無徒也。」少年間黃子子羽、毛子子晉相繼捐館舍〔案：順治十六年七月毛氏歿，十月黃翼聖歿〕，咸請余坐榻前，抗手訣別。嗟夫！陸平原年四十作〈歎逝賦〉，以塗暮意迮爲感，今余老耄殘軀，慣爲朋友送死，世咸指目以爲怪鳥惡物，而余亦不復敢以求友累人。所謂「託末契于後生」者，將安之乎？斯其可哀也已！
>
> 《有學集》卷31，頁1140

毛晉壯從牧齋遊，事牧齋以師友之誼。牧齋生前著作，多付汲古閣梓行。〈墓誌〉述及之蕭伯玉，歿於順治八年(1651)，盧德水，歿於後二年(1653)，皆牧齋由明入清相交垂三四十年之執友，而毛晉所敬事者。初，汲古閣刻《十三經註疏》行世，牧齋爲撰序，而毛晉復請序於盧德水。盧氏之言曰：「子晉攜所刻

《十三經註疏》相晊，自謂平生精力，盡于此書。余取而觀之，遠勝監本。……子晉爰命余作序，余再三不敢出手。又謂子晉曰：『虞山一序，觀止矣，何爲益多？』子晉亦不復相強。然子晉雅意，終不可負。爰詮次數語，以贈子晉，併以留別。」[12]毛晉父歿後，墓誌銘請託於牧齋，母歿將葬，墓誌銘則求於蕭伯玉。蕭氏之言曰：「虞山毛姥戈氏，長者毛公叔漣之妻，而鳳苞〔案：毛晉初名鳳苞，後改子晉〕之母也。將葬，鳳苞以狀來請，曰：『吾父則宗伯錢先生幸誌而銘之矣。維吾母艱勤，乞彰，是在夫子。』」[13]觀茲數事，足見此數人之惺惺相惜，交往之親密無間也。

　　蕭士瑋(1585-1651)，字伯玉，江西泰和人。爲文章奇肆奔放，中萬曆丙辰(1616)會試，天啓壬戌(1622)賜同進士出身，除行人。歷吏部郎中、太常寺卿，移疾還鄉里。明亡，自屛草野，日痛哭祈死。辛卯(1651)四月，卒於西陽之僧舍，年六十七。蕭伯玉之爲人，牧齋〈蕭伯玉墓誌銘〉述之最傳神，以無俗情、無俗務、無俗交、無俗學、無俗文無俗詩譽之，其言略云：伯玉之爲人，易直開止，天性淡宕。登第後，爲園于柳溪，名曰「春浮」，極雲水林木之致。將之官，輒低佪不肯出，曰：「勿令春浮逋我。」其于榮利聲勢，泊如也。故其生平無俗情。清齋法筵，圍壇結界。閒房棐几，橫經籍書。門牆溷廁，皆置刀筆。驛亭旅舍，未嘗不焚香誦讀也。故其生平無俗務。在官則單車羸馬，蹩躠退朝。居家則鐵門銅鐶，剝啄絕跡。以朋友爲性命，以緇衲爲伴侶，以雜賓惡客煩文讕語爲黥髠疢痏。故其生平無俗交。通曉佛法，精研性相。《起信》則截流賢首，《唯識》則穿穴窺基。〔案：蕭氏著有《起信論解》。〕四部之書，刊落章句，淘汰菁華。故其無俗學。于古今文章，辨析流派，挐剟砂礫，眼如觀月，手如畫風。故其無俗文無俗詩。（《有學集》卷31，頁1128-1129）

12　〔清〕盧世㴶撰，〈毛子晉刻十三經〉，《尊水園集略》(上海：上海古籍出版社，1997年《續修四庫全書》，集部第1392冊影印復旦大學圖書館藏清順治刻十七年盧孝餘增修本)卷8，頁2a-b。

13　〔明〕蕭士瑋撰，〈毛母戈氏孺人墓誌銘〉，《春浮園集》(北京：北京出版社，2000年《四庫禁燬書叢刊》，集部第108冊影印北京大學圖書館藏清光緒刻本)卷下，頁5b。《春浮園集》含《文集》、《附錄》、《詩》、《南歸日錄》、《偶錄》、《日涉錄》、《汸遊錄》、《蕭齋日紀》。

蕭伯玉歿後六年(1657),其猶子伯升(蕭孟昉)蒐輯伯玉遺文,請牧齋刪定,且為其序。牧齋乃為作〈蕭伯玉《春浮園集》序〉,於文首即特表己與伯玉「文字之交」之「有終始」,其言曰:

> 余每與伯玉晤語,移日分夜,談諧間作,故不恆商榷文字。間或微言評泊,相視目笑而已。天啟初,余在長安,得伯玉愚山詩,喜其煉句似放翁,寫置扇頭。程孟陽見之,相向吟賞不去口。伯玉每得〔余〕詩文,矜重藏弄,丹黃點勘,比于歐、蘇諸集。彼此落落,固未嘗盱衡抵掌,以文人相命。然而兩人聞之,交相得也。喪亂甫息,伯玉遺石濤遺書,勸以研心內典,刊落綺語。余方箋註《首楞嚴》,謝絕筆墨,報書曰:「如兄約久矣。」書往而伯玉已不及見,然吾兩人文字之交,其終始如此也。

《有學集》卷18,頁786

牧齋於文後又鄭重表揚伯玉之歸心佛學,謂其所著能芟薙枝葉,諸所悟解,以了義為宗,以唯心為鏡,不以性掩相,不以實掩權,不以圓融掩行布,「坊禪講之末流,掃邪偽之惡網」云云。(牧齋另有〈蕭伯玉《起信論解》序〉,載《初學集》,卷28,可參。)

順治八年(1651),蕭伯玉託石濤致書,牧齋報書而外,又作〈石濤上人自廬山致蕭伯玉書於其歸也漫書十四絕句送之兼簡伯玉〉,後綴小跋,云:「石濤開士自廬山致伯玉書,於其歸,作十四絕句送之,兼簡伯玉。非詩非偈,不倫不次,聊以代滿紙之書,一夕之話,若云長歌當哭,所謂又是一重公案也。辛卯三月,蒙叟弟謙益謹上。」[14]詩其三云:

14　據汪世清考證,清初有二石濤。牧齋、伯玉之友乃弘鎧,字石濤,廬山僧,雪嶠圓信弟子,而此石濤弘鎧並非清初著名畫僧石濤(1642-1707;石濤生卒年有數說,此處亦據汪氏考證)。詳汪世清,〈石濤生平的幾個問題──石濤散考之一〉,《卷懷天地自有真──汪世清藝苑查疑補證散考》(台北:石頭出版股份有限公司,2006),頁556。

白社遺民剩阿誰？顛仙何處坐圍棋？

天池御碣渾無恙，多謝天龍好護持。

其六云：

多生無著與天親，七日同爲刲外身。

飽喫殘年須努力，種民天種不多人。

其九云：

紀歷何須問義熙，桃源春盡落英知。

北窗大有羲皇地，閒和陶翁甲子詩。

《有學集》卷4，頁131-133

　　詳味詩意，除以身在相慰藉外，故國舊君之思寓焉[15]。牧齋於〈蕭伯玉墓誌銘〉中記「陪京繼陷，〔伯玉〕自屏草野，嘻嘻咄咄，野哭祈死。辛卯四月十三日，卒于西陽之僧舍，年六十有七。」（《有學集》，卷31，頁1128）是以表伯玉以遺民終也[16]。

　　蕭伯玉與牧齋締交早，相知深，是真愛牧齋詩文，心折於牧齋者。伯玉云逝，陳家禎爲撰〈明太常寺卿蕭伯玉先生行狀〉，有語曰：「先生雄長文盟，虎視嘉隆諸君子後，意不可一世，顧獨心折一虞山。又嘗寓書於余，曰：『定吾文者，非子而誰？』余知先生而不能言，能言先生者，惟虞山。故其猶子孟昉，久

<hr>

15　石濤歸前，牧齋有致毛晉一札，有語云：「八行復伯玉，幸致石濤師兄，並附齋銀一金，窮子老醆，正可一笑也。信筆作十四絕句，當令白家老嫗誦之。兄見之，當爲一笑也。《夏五集》有抄本，可屬小史錄一小冊致伯玉，俾少知吾近況耳。」〈與毛子晉〉（其十七），《全集・牧齋雜著・錢牧齋先生尺牘》卷2，頁305。

16　《皇明遺民傳》卷一有蕭士瑋傳，即撮牧齋蕭氏〈墓誌〉而成。見謝正光、范金民編，《明遺民錄彙編》（南京：南京大學出版社，1995），頁1096-1097。

虛玄宮之石，以俟錢先生，而使余先以狀。」[17]時人亦知牧齋推許伯玉著作，胡致果(其毅)〈春浮園集後序〉云：「毅聞之虞山宗伯錢公曰：古人著作，必有指歸，指歸所在，即吾之誠然者是也。……虞山公於近代文人，少所推讓，獨於先生之緒言，嘉歎不置，則其指歸所在可知矣。」[18]崇禎十六年(1643)冬，牧齋《初學集》百卷刻成，以伯玉能讀己文，索伯玉敘之。伯玉謂「每吮毫和墨，神氣輒索」，因思蘇黃同世，山谷終身服膺坡老之文，然未嘗為敘，其見於題跋者，往往有之，乃別出心裁，撰〈讀牧翁集七則〉以應。伯玉文出以詩話體，謂牧齋文得「古法」，見輒神思清發，宿累都捐，久而酣暢益發，懷古之思。又謂文之有法，如天地萬物俱為妙道之行。牧齋文尺寸必謹於成法，至委折奇致，不煩繩削而自合，如駭雞枕，四面視之皆正，非若院體書以無復增損為法。又謂近人詩文，間亦有長處，恨苦不「停當」，牧齋詩文之教人讚服者，特以其「停當」。又謂柳如是文心慧目，於牧齋詩文寸心得失之際，妙有識鑒，銖兩不失毫髮，誠牧齋閨閣內之知己快友。又謂牧齋文章有為而作。牧齋含悲負痛，無以自解，故奮筆於楮端，其於政事之得失、邪正之消長，不以一身禍福易其憂國之思，鋒銛芒豎，感慨淋漓。又謂古人以詩文兩者難兼美，而牧齋獨能。讀牧齋文，體氣高妙，以為至矣，而詩波瀾老成，亦極其妙[19]。伯玉之論，為較早見且別具特色之錢牧齋「實際批評」(practical criticism)，故特撮述如上，以供讀者參考。

伯玉之推美牧齋者，所在多有，散見於其詩文、尺牘、日記。如〈余讀錢受之詩文，酷肖歐公。受之亦云，余詩甚類放翁。受之又與余言，有程孟陽者，為老成人，不可不亟見之。余愛閒多病，安得出門。近聞受之為孟陽結廬拂水，敷文析理，與相晨夕，致足樂也。朋友文章之福，世有如受之者乎？余故賦此遙寄之。〉中有句云：

17　《春浮園集‧附錄》，頁8a。
18　同前註，頁15a-b。
19　《春浮園集》，卷下，頁11b-13b。約在寫〈病榻消寒〉詩同時，牧齋有〈和遵王述懷感德四十韻兼示夕公勒先〉一詩，乃示門人以己生平詩文之指歸者也，中有句云：「深慚初學陋，委信古人賢。文字期從順，源流屬泝沿。」可見伯玉牧齋詩文「停當」之論，牧齋亦當首肯。牧齋詩見《有學集》卷13，頁630-631。

堪語一片石，遠在虞山麓。

此中有怒虎，挾以老蒼鵑。

名士樂沃土，兩雄而一宿。

我欲獨身來，壁觀龍象蹴。

生畏狂彌明，壓倒劉師服。

善將貴代謀，火攻非吾欲。

匆匆聊及此，付與錢郎讀。[20]

又如《蕭齋日記》（崇禎八年乙亥，1635）臘月十七日條云：「錢牧齋寄來楊忠烈誌，隨取讀之，沉痛綸至，覺李獻吉于蕭愍廟碑猶多矜顧之意。近來詩文，能別裁僞體，直追正始，惟此老耳。邇日讀歸太僕集，亦不愧古人。乃是古非今之輩，妄云唐以下文須禁入目。此種議論，皆於文章源流未夢見耳。」[21]

蕭伯玉集以園名，春浮園主人以園寄寓其性情懷抱可知。伯玉曾作〈春浮園記〉，有語曰：「余世家柳溪，楊文貞貽先宗伯，有『溪影入簾春雨足』之句。余園去柳溪可二百武，背市負郭，便耕釣之樂，而無鳴吠之警，結屋數椽，以畜妻子。左帶平原，水木幽茂，蟬鳴鳥呼，頗類山谷。」[22]蕭伯升云：「〔伯玉〕生平淫書史、耽林泉，殆其天性。郭子玄所謂天地所不能易，陰陽所不能回者。故坐春浮園中，矻矻著書，嶺上白雲，祇以自怡，乞言者趾錯戶外，輒矜愼不肯應。」[23]春浮園勝景，牧齋〈寄題泰和蕭伯玉春浮園十四詠〉組詩爲一一賦詠，

20　《春浮園集・詩》，頁23a-b；又見《春浮園偶錄》（崇禎四年，辛未，1631），頁23b-24a。

21　《蕭齋日記》（崇禎八年乙亥，1635），頁23b。

22　《春浮園集》卷上，35a-b。關於蕭伯玉及其春浮園於明清之際地域、園林文化之意義，可參John W. Dardess, *A Ming Society: T'ai-ho County, Kiangsi, in the Fourteenth to Seventeenth Centuries* (Berkeley & London: University of California Press, 1996), pp. 39-42, 251-253.

23　〔清〕蕭伯升，〈先集恭跋〉，《春浮園集》卷下，頁36a-b。雖然，春浮園主人亦非萬慮俱寂。伯玉於《深牧菴日涉錄》（1633）九月初五條記：「余以亡血過多，百病俱作，間服參著，收效亦鮮，惟服補脾之劑及六味地黃丸，血乃漸止。蓋余喜讀書，好深沉之思，思能傷脾。」頁1b-2a。好學深思之士，精神勞累久之，難免傷身。

計有柳溪、公安亭、金粟堂、芙蓉池、嬋娟迳、杯山、聽鶯弄、宜月橋、宿雲
墩、愚山、浮山、秋聲閣、蕭齋、梟閣，循之頗可想像春浮園昔日風貌[24]。伯玉
既歿，歉葬斯園。牧齋〈蕭伯玉墓誌銘〉述蕭伯升之語云：「飯僧補藏，吾伯父
與吾父之慧命也，必以藏事。春浮，伯父之所以釣游也，必以葬。虞山夫子，伯
父之師資也，必以銘。」（《有學集》，卷31，頁1129）伯玉逝，園廢。趙進美
《春浮園集・序》云：「丁酉[1657]冬，按部西昌，復過春浮園，取先生舊記而
問其一二故蹟存者，為之流連歎息。嗟乎，先生不可復作，思其生平意會所寄，
則此園之水石竹樹，猶庶幾見之。今甫十年，而污池頹巖，斷煙冷砌，已令人興
平泉草木之感。過此以往，豈復可知？」[25]

　　揆諸相關詩文，尚有一事，或可附述於此。蕭伯玉歿後，蕭伯升蒐輯遺文，
請牧齋詮次刪定，則今傳《春浮園集》頗寓牧齋為故友編定遺稿最終面貌之用
心。觀乎牧齋云：「秋窗小極，輟兩日繙經功課，刪定伯玉《春浮》遺集，遂得
輒簡。集中詩文，度可二百紙，而雜著如《南歸》、《汴遊》諸錄，卻與相
半。……世有解人，展卷玄對，可以知吾伯玉風流蘊藉，鬚眉灑落，迢迢如在尺
幅之上。吾輩道人，尋味其勸修策進，微言苦語，加受鉗錘，如聞呵咄，以《林
間錄》、《智證傳》例觀，則所益尤不淺也。」可證[26]。今檢伯玉集中〈春浮園
記〉後附二跋，一為韓敬所撰〈春浮園記跋〉[27]。頗疑此韓敬即牧齋終生厭惡之
歸安韓敬(其事詳本書下編詩其十二箋釋)。牧齋云：「我交伯玉，忘分忘年。」
又云：「我與伯玉，宿世善友。」（〈祭蕭伯玉文〉，《有學集》，卷37，頁
1195-1196)惟伯玉又愛賞韓敬文，乃至於綴諸己文後，牧齋覽之，情何以堪？而
牧齋為伯玉整理遺稿，不以個人恩怨而抹去韓敬此文，不失厚道矣。信乎明季清

24　作於崇禎二年(1629)，見《初學集》卷7，頁228-231。

25　稍後，蕭伯升似曾為修葺整飾。吳偉業〈蕭孟昉五十壽序〉云：「同里許君堯
　　文官於吉水，貽書及余，述所謂春浮園者，嘉樹名卉，高臺曲池，滋榮而益
　　觀；圖書彝鼎，庋藏而加富。孟昉又能以其餘力揩拄道法，為淄素之所歸
　　往。」康熙七年(1668)作，見〔清〕吳偉業著，李學穎集評標校，《吳梅村全
　　集》(上海：上海古籍出版社，1999)卷36，頁772。

26　文後署丁酉(1657)七月十八日，題作〈春浮園別集小序〉，蕭氏《南歸日錄》
　　前附，頁1a-b。此文《錢牧齋全集》失收。《林間錄》、《智證傳》皆佛典。

27　《春浮園集》卷上，頁38b-39a。

初人物之恩怨情讎，盤根錯節，錯綜複雜，實非局外人或後之讀者所可輕易議論者也。

東壁高樓束楚薪／盧世㴶

盧世㴶（德水，1588-1653），明清之際一雄俊人也，曾作〈具繇求友人作生誌〉，乃「自我定義」（self-definition）之妙文，其詞曰：

> 山東有人焉，曰盧世㴶，字德水，號南村。曾官戶禮兩部主事，改授御史，都無所表見。今則疾矣，廢矣！年五十五，鬚髮皓然，一似七八十歲者。其爲人快口淺衷，有觸輒發，發不中節，輒悔，隨悔隨改，或不及改，直任曰是吾之過也。約略平生，頗得志於酒。無之而非酒，無酒而不醉。一尊陶然，百慮俱淡，相期終此身而不必名後世，生老病死，聽之而已。性好書，積至數千卷，塞座外而不遑研，掀翻涉獵，聊復自娛。問以經濟，恍墮煙霧，進之窮理盡性，益復茫如矣。莊周有言：人之君子，天之小人；天之小人，人之君子。世㴶既不能爲君子，遂無繇爲小人。材不材，兩無所底。或有舉五柳先生所云「無懷葛天之民」以相擬者，逡巡未敢承也。[28]

明清之際，盧德水雖非顯宦，然亦有可稱道者，盧氏同里人田雯（1635-1704）〈盧南村公傳〉述之詳矣，其言曰：

> 公爲人簡易佚蕩，高自位置，恥矜懻忮以邀名當世。讀書尚志，馳騁百家。爲文章，不屑雷同，筆墨飛動，無餖飣僻怪之習。尋登進士第〔天啓五年，1625〕，除戶部主事。未幾，省母歸。復強起，補禮部，改監察御史，領汎舟之役〔案：漕運〕。值久旱河竭，盜賊充斥。公疏數十上，犁中漕弊，皆報可。役甫竣，竟移疾去。當是時，國事日非，東西

28　《尊水園集略》卷11，頁70a-b。以文中「年五十五」之語推斷，本文應作於崇禎十五年（1642）。

交訌。公俛仰興懷，如抱隱憂，悲天憫人，往往發之於詩，遊於酒，人日沉飲自放而已。甲申已後，每攍衣循髮，歌泣無聊，掃除墓地，有沉淵荷鍤之意。本朝拜原官，微詣京師，以病廢辭。癸巳〔1653〕，卒於家，年六十六。[29]

　　盧氏事蹟，尚可補充者，則甲申年李自成陷北京後，四月間派兵攻克山東德州，置官。盧氏與御史趙繼鼎、主事程先貞、推官李贊明等謀，擒斬大順官將。後又以為明故王發喪之名，倡議討賊，誅殺數處大順所設置官吏。或云清兵入德州，盧氏迎降[30]。

　　跡盧氏平生，一學者也。屏居尊水園中，營杜亭、畫扇齋、匿峰菴、涪軒等，堆書數千卷，塞破戶外，几案排連，筆研置數處，蠟淚縱橫。盧氏脫帽褫韝，立而讀之，讀竟，轉立它處，再讀它書，讔誦長吟，戊夜不休，亟呼酒。二奴子取瘦瓢貯酸酒，大容十升，异以進之。盧氏父手鯨飲，微醉則假寐，鼻息雷鳴。少頃輒醒，醒復讀書如故。奴子垂頭而睡，弗問也[31]。盧氏一生，酷愛讀書、鈔書、藏書，自言：「余生而有書癖，見古集善本，必齋戒以將之，危坐以進之，鼓歌以舞之，流略摩娑，不啻彝鼎。」[32]此外，尚有刻書著書之役。今傳《尊水園集略》卷七為「鈔書雜序」，敘《莊子外篇雜篇》等七十種書。卷八為「刻書序」，敘己刻及他人刻書三十四種。盧氏拳拳嗜書之心，可見一斑。「卒之日，其子孝餘以公書千百本，納之古朴長寬之棺中。」[33]

　　盧氏一生讀書之最勤奮者，杜甫詩，曾著《杜詩胥鈔》，崇禎七年(1634)刻行，含「杜詩胥鈔」十五卷、「贈言」一卷、「大凡」一卷、「餘論」一卷。

29　〔清〕田雯撰，《古歡堂集》(山東：山東大學，2006年《山東文獻集成》，第1輯第35冊影印山東省圖書館藏清康熙間德州田氏刻本)卷1，頁1a-b。

30　〔清〕計六奇撰，《明季南略》(北京：中華書局，1984)卷2，「北事」：「〔六月〕廿七癸未，清兵入德州，盧世㴐迎降，濟王走死，馬元騄奔南京，謝陞亦出山入仕於清。」頁135。

31　〈盧南村公傳〉，1b-2a。

32　〈毛子晉刻十三經〉，《尊水園集略》卷8，頁1a。

33　〈盧南村公傳〉，頁4a。

「胥鈔」，錄杜詩白文及杜甫自注；「贈言」，收友人所爲作序、記、贈詩等；
「大凡」，述編撰始末、體例、杜甫生平及杜詩概觀；「餘論」，分論各體杜
詩。盧氏於「大凡」言：「余數年間，於杜詩近四十餘讀。」可見其於杜詩用力
之精勤，《杜詩胥鈔》對杜詩研究至今仍有一定價值[34]。

　　牧齋之與德水結緣，應亦以杜詩始。通檢牧齋《初學》、《有學》二集，盧
氏之名首見於牧齋所著《讀杜小箋》卷首。牧齋曰：「今年夏[1633]，德州盧戶
部德水刻《杜詩胥鈔》，屬陳司業無盟寄予，俾爲其敘。予既不敢注杜矣，其又
敢敘杜哉？」又曰：「德水北方之學者，奮起而昌杜氏之業，其殆將箴宋、元之
膏肓，起今人之廢疾，使三千年[35]以後，渙然復見古人總萃乎？苦次幽憂，寒窗
抱影，紬繹腹笥，漫錄若干則，題曰《讀杜詩寄盧小箋》，明其因德水而興起
也。曰《小箋》，不賢者識其小也。寄之以就正于盧，且道所以不敢當序之
意。」（《初學集》，卷106，頁2153-2154）[36]越年（1634）九月，牧齋續成《讀杜
二箋》，於卷首復及盧氏，曰：「《讀杜小箋》既成，續有所得，取次書之，復
得二卷。侯豫瞻自都門歸，攜《杜詩胥鈔》，已成帙矣。無盟過吳門，則曰：
《寄盧小箋》尙未付郵筒也。德水於杜，別具手眼，余言之戔戔者，未必有當於
德水，宜無盟爲我藏拙也。子美〈和春陵行〉序曰：『簡知我者，不必寄元。』
余竊取斯義，題之曰《二箋》而刻之。」（《初學集》，卷109，頁2187）又二年
（1636），盧氏復刻書一種，牧齋爲書〈讀盧德水所輯龍川二書後題〉，曰：「德
州盧德水刻陳同甫《三國紀年》、《史傳序》，題之曰《龍川二書》。又深自貶
損，以謂淺見寡聞，不敢出手作序，擬請虞山先生數語，以發明二書之所以然。
嗚呼！余少而讀龍川之書，爲之窴而歎，寐而起。酒闌燈炧，屏營歔欷者，二十
餘年矣，其敢無一言以副德水之意乎？」文末曰：「今天下全盛，建州小奴，游
魂殘魄，漸就澌滅。而士大夫深憂過計，有如歐陽子之云唐子孫不能以天下取河
北者。天子方撫髀英豪，一旦登庸德水使執政，召問當從何處下手，德水必有以

34　2009年冬，訪書南京圖書館，得觀所藏《杜詩胥鈔》電子掃描檔二種，原書以
　　「善本」著錄，惜非全帙，僅存「杜詩胥鈔」白文部分，餘皆缺焉。

35　「三千年」云云，原文如此，疑誤字。

36　文後署癸酉臘日，在崇禎六年（1633）。

自獻矣。余老矣，尚能執簡以記之。」(《初學集》，卷26，頁817-818)

觀上述數處文字可知，牧齋固引德水爲氣類相契之同道同志也。此際二人應未曾面晤，而已深相仰慕若此。期間，德水有〈奉寄錢牧齋先生〉詩一題，表欲「執贄」於牧齋，奉爲「吾師」。其言曰：

當年舉業時，喜公制舉義。
案上與袖中，明誦而暗記。
興來取下酒，時時得大醉。
及至通籍後，涉獵古文字。
間獲公一篇，捧之如輯瑞。
親手楷錄過，密密收篋笥。
此道頗難言，小技實大事。
前後不相接，賴公幸未墜。
賤子亦孤硬，不肯泛執贄。
惟遇公所作，遂爾傾心媚。
翹首望東南，飢渴通夢寐。
每想公肝腸，漸及公眉鼻。
定是古人心，應復天人質。
逢人必細問，答者多不備。
更端再三詢，希微領其意。
人固未易知，知人亦不易。
吾師吾師乎，何日笑相視？
虞山一拳石，儼與岱宗二。
破龍拂水間，光怪多奇閟。
我敬瞿純仁，清剛刷油膩。
我敬王宇春，沉寂饒禪智。
我敬何允泓，方雅復深邃。
又有陸生銑，光明俊偉器。

先輩顧朗仲，文已詣境地。

馮陶吳湯許，中可置一位。

昔也今則亡，堪下文章淚。

凡此數君子，隱約嗟淪躓。

左右公提攜，世始識項臂。

先達急窮交，古道今人棄。

惟公能續古，惟公能錫類。

博大眞人稱，贈公公不愧。

寬敦風鄙薄，鴻濛換叔季。

即予一荒傖，公亦不遐遺。

箋杜乃因盧，用意何淵粹。

賤子焉敢當，沒世受其賜。

陳辭慚不文，臨風再拜寄。[37]

辭氣恭順，崇慕敬仰之情，躍然紙上。

　　迨崇禎十年至十三年間(1637-1640)，牧齋與德水友誼愈見親密。先是崇禎十年(丁丑，1637)三月，牧齋同邑人張漢儒赴京疏奏牧齋及瞿式耜惡狀五十六款。案發，牧齋與瞿氏、馮舒逮京究問。閏四月，被捕進京，道經山東，乃造訪盧氏於德州，居停於程魯瞻之東壁樓「浹洵」(十二日)。將抵德州，牧齋有〈將抵德州遣問盧德水〉詩，中有句云：「抱經有約尋盧閣，書牘何顏問杜亭。」(《初學集》，卷11，頁367)客居東壁樓時，有〈德水送芍藥〉詩(同上，頁370)，可以想見德水待牧齋之殷勤。又有〈東壁樓懷德水〉詩(同上)，雖近在咫尺，猶賦詩言「懷」，情意纏綿。期間德水作〈上牧齋先生〉一首，曰：

平生一寸心，結託數番紙。

夢想凡幾年，今日奉絢履。

攝衽聆微言，徹骨透腦髓。

方知有身世，方知有經史。

曠觀古及今，懷抱盡於此。

先生救世手，淵淵饒內美。

伊呂伯仲間，名位偶然耳。

從不受人譽，何乃來人毀？

讒夫即高張，焉能亂天紀？

風雨動魚龍，仁義動君子。

《初學集》卷11，頁371牧齋答詩後附[38]

牧齋應和之詩為〈次韻酬德水見贈〉：

蒼黃被急徵，性命落片紙。

昔為頭上布，今為足下履。

感君逢迎意，纏綿入骨髓。

炙眉忘艱辛，抗言論文史。

半生歷坎陷，刺刺正坐此。

逆人吐刺芒，愛我甘痰美。

辟如中風走，暫息聊復耳。

慚無席上珍，視彼櫝中毀。

志士思風雨，瞽史知星紀。

矢詩敢遞歌，聊以復吾子。

《初學集》卷11，頁370-371

盧詩「逢迎」牧齋，謂親聆教益，始知「身世」、「經史」之為義。下半則

---

38 亦見《尊水園集略》卷1，頁10a。《尊水園集略》本有異文：「先生救世手」
句作「先生蓋代才」；「從不受人譽」句作「併不受人譽」。

譽美牧齋為「救世手」，老成持重，此案必無虞。牧齋和詩除答謝德水厚待之意外，亦借申己之清白。讀此二詩，復可知二人此際談文論史，相得甚歡。

　　居停「浹洵」後，牧齋再上「徵」途，適德水以事外出，無從握手道別，牧齋乃作〈欲別東樓去四首〉留別留題。詩前小序曰：

> 閏四月望日，發德州，將歸死於司敗，吏卒促迫，僕馬惶遽。居此樓浹
> 旬，一旦別去，又不獲與主人執手，欲哭欲泣皆不可，賦〈欲別東樓
> 去〉四章，題於樓之前榮壁上。庶幾他日解網生還，要德水、魯瞻痛飲
> 此樓，屬而和之。

詩其一曰：

> 欲別東樓去，樓遲念浹旬。
> 槐陰亭早夏，燕語殯餘春。
> 酒為開嘗好，書從借看新。
> 他時與朋好，風雨話斯晨。
>
> 《初學集》卷11，頁381-382

牧齋於赴逮途中，得晤久相思慕之同調於患難中，暫享詩、書、酒之樂，此東壁樓小住，信乎難忘也。本年冬，牧齋於北京寫長詩〈送何士龍南歸兼簡盧紫房一百十韻〉。何士龍者，牧齋同邑人，名雲，學者，牧齋延至家塾。丁丑案發，何慷慨誓死，草索相從[39]。〈送何士龍南歸〉詩有句曰：「孟冬家書來，念母心不遑。」又云：「子行急師難，子歸慰母望。」可知何氏之歸，為慰母望也。牧齋詩述獄案始末，頌何士龍自願相從之高義，亦及盧德水款待之情。詩末云：「君歸持此詩，灑掃揭東廂。解鞍憩杜亭，先以告紫房。」（《初學集》，卷12，頁

39　牧齋本年《桑林詩集》自序云：「丁丑春盡赴急徵，稼軒幷列刊章，士龍相
　　從，草索渡淮而北。赤地千里，不忘吁嗟閔雨之思，遂名其詩曰《桑林詩
　　集》。」《初學集》卷11，頁355。

428-430)可見牧齋別後對德水之憶念。

　　崇禎十一年(1638)五月二十四日，牧齋得赦，出獄。中秋夜，與眾宴集於城西方閣老園池，時盧德水、崔道母、馮躋仲俱集，牧齋作〈中秋夜餞馮爾賡使君於城西方閣老園池感懷敘別賦詩八章時德州盧德水東萊崔道母及馮五十躋仲俱集〉。詩其五云：

> 咨嗟思古人，今有盧德水。
> 逆我檻車中，開門納行李。
> 漢吏捕亡命，秦相搜客子。
> 洶洶蹤跡及，盧生若瑱耳。
> 卻笑北海家，闔門浪爭死。
> 杜亭三間屋，軒車行至止。
> 或有磊落人，定交複壁裏。

其六云：

> 杜亭主人出，居停有兩公。德水祠少陵及杜十郎，顏曰杜亭。
> 一為浣花叟，一為陽翟翁。
> 十郎不出戶，臥陰楊柳風。
> 杜二長羈旅，屋茅卷三重。
> 人生非鹿麋，安得骨相同？
> 指爪旋滅沒，有如踏雪鴻。
> 巫陽誰筮與？詹尹何去從？
> 且醉平原酒，豁達開心胸。

《初學集》卷14，頁496-499

二章皆詠德水之風義與性情者也。

　　崇禎十一年九月，牧齋南還，復經德州，不及登東壁樓，於城西旅社拾紙作

詩四首留題。此後數年間，牧齋與德水應尚有京口晤飲一事，惟二家集中無直接詩文可資考述。牧齋崇禎十三年(1640)有〈得盧德水宿遷書卻寄六十四韻〉詩，起首云：

> 自君持斧來，輒訂銜盃約。
> 三春候候過，三年夢猶噩。
> 含桃已褪紅，綠竹旋解籜。
> 始泛南徐舟，共躡北固麓。
> 淮海勢鬱盤，江山氣磊落。
> 於茲見偉人，執手向寥廓。
> 置席忘寒溫，開顏匪嗢噱。
> 試飲京口酒，還想平原酌。
>
> 《初學集》卷17，頁590

則牧齋與德水京口之會，或即在本年暮春。除本詩外，同卷中又有〈得書之夕夢與德水共簡書笥得徐武功告天文一紙因口占贈德水有與我並閑千畝竹為君長嘯一窗風之句覺而成之并寄德水河上〉詩，作於上詩同時，牧齋想念德水之殷切，於茲可見一斑。德水集中，有〈奉寄虞山先生〉二首，其一云：

> 經國文章截衆流，片言隻字足千秋。
> 羽陵簡蠹煩收拾，汲冢書殘要纂修。
> 左馬兩公魂自舉，韓歐數子氣相求。
> 眼明手快饒心賞，莫向青山歎白頭。

其二云：

> 賤子平原一鄙倫，偶從筆墨識先生。
> 東樓問字詩詳說，北固携尊酒細傾。

天上綸扉真險事，山中宰相亦虛名。
何如高臥觀今古，四海朋來善氣迎。[40]

揆諸詩義，應作於上述牧齋二詩約略同時。牧齋詩謂於夢中與德水共簡書笥，德水詩則以「經國文章」歸牧齋，又殷殷以書史著述事期諸牧齋，可見二人友誼之一大基礎，乃在文章學問，亦正其如此，二人之交情始能醇厚綿長。

德水集中，尚有〈傚杜為六絕句〉一題，似作於面晤牧齋之前，可作時人對牧齋評價之一種看。詩曰：

弇州歷下文章好，別出臨川燈一枝。
猶有人焉徐渭在，逼在史漢又工詩。

苦愛虞山錢受之，兩場墨義冠當時。
間觀古作尤沖雅，安得執鞭一問奇。

雲杜文宗李本寧，大官廚內五侯鯖。
平鋪直敍能條貫，傳記題辭墓誌銘。

乾辣尖酸鍾伯敬，依稀出土鳳凰釵。
其人既往書行世，我所躭兮在史懷。

洺水詩人白礀甫，吟成山鬼哭秋墳。
一生任性真窮死，此語得之我友云。

遐想高人潘雪松，天然清水出芙蓉。
幾回細把遺編讀，雪氣松心夏亦冬。[41]

---

40 《尊水園集略》卷3，頁23a-b。

　　牧齋生於明萬曆十年(1582)，德水論及諸人，徐渭(文長，1512-1593)、李攀龍(歷下，1514-1570)、王世貞(弇州，1526-1590)、潘士藻(雪松，1537-1600)、李維楨(本寧，1547-1626)、湯顯祖(臨川，1550-1616)於牧齋為前輩，鍾惺(伯敬，1574-1624)則為同輩，牧齋後生於眾人[42]。

　　此中各人，徐渭天才超軼，詩文絕出倫輩。善草書，工寫花草竹石。嘗自言：「吾書第一，詩次之，文次之，畫又次之。」當嘉靖時，王、李倡七子社，謝榛以布衣被擯。渭憤其以軒冕壓韋布，誓不入二人黨。後二十年，公安袁宏道遊越中，得渭殘帙以示祭酒陶望齡，相與激賞，刻其集行世[43]。李攀龍為明後七子領袖之一，才思勁鷙，名最高，獨心重王世貞，天下亦並稱王、李。所著《滄溟集》風行天下，歷百年而不衰。好之者推為一代宗匠，亦多受世抉摘云[44]。王世貞早年與李攀龍為後七子領袖。攀龍死後，世貞獨主詩壇二十年。一時士大夫及山人、詞客、衲子、羽流，莫不奔走門下。善詩，尤擅律、絕。著述繁富，影響深邃[45]。潘士藻，為官以敢言直諫聞。焦竑〈奉直大夫協正庶尹尚寶司少卿雪松潘君墓誌銘〉曰：「〔士藻〕雅嗜讀書，聞賢人君子之言行與時事之大者動有紀述。嘗見其數鉅冊於几間，君輒自掩避，不欲遽傳也。今行世者有《闇然堂雜集》、詩文集、《周易述》若干卷，亦足見君之大都矣。」[46]李維楨官至禮部尚書，《明史》稱其為人樂易闊達，賓客雜進。其文章，弘肆有才氣，海內請求者

(續)

41　同前註，卷4，頁16b-17a。詩中謂鍾惺「其人既往」。案鍾氏歿於天啓四年(1624)，則德水此題詩當作於此年以後。

42　詩其五所詠之白礪甫生平無考，幸讀者有以教之。河北《永年縣志》載：「白南金，字礪甫，性倜儻不羈。少為諸生，不喜事帖括，旋棄去。專肆力於詩，所著自成一家言，脫去窠臼。趙儕鶴、魏懋權、李霖寰諸先達皆亟稱之。有《泲詞》二集行世。」〔清〕夏詒鈺等纂修，《永年縣志》(台北：成文出版社，1969年《中國方志叢書》，華北地方河北省第187號影印清光緒三年[1877]年刊本)卷31，頁3b(總第722頁)。

43　〔清〕張廷玉等撰；鄭天挺點校，《明史‧徐渭傳》(北京：中華書局，1974)卷288，頁7388。

44　《明史‧李攀龍傳》卷287，頁7378。

45　《明史‧王世貞傳》卷287，頁7381。

46　〔明〕焦竑，《澹園集》(北京：中華書局，1999)卷30，頁460。

無虛日，能屈曲以副其望，碑版之文，照耀四裔，負重名垂四十年[47]。湯顯祖，江西臨川人。少善屬文，有時名，性剛正不阿，仕途蹭蹬。退而築玉茗堂，致力於戲曲、詩文創作，所作「臨川四夢」膾炙人口，至今不衰[48]。鍾惺，竟陵派宗師。官南都時，僦秦淮水閣讀史，恆至丙夜，有所見即筆之，名曰《史懷》。自袁宏道矯王、李詩之弊，倡以清眞，惺復矯其弊，變而爲幽深孤峭。與同里譚元春評選《唐詩歸》、《古詩歸》。鍾、譚之名滿天下，謂之竟陵體[49]。此中除潘士藻與白南金外，皆明嘉靖以降，百年內之文壇宗匠級人物。德水此戲爲六絕句，固非文學史系統論說，然於徐渭、李攀龍、王世貞、李維楨、湯顯祖間置牧齋，足見其推許之隆盛矣。

　　以上所述，所據材料皆牧齋、德水明亡前著述。見聞所及，除〈病榻消寒〉詩其十句外，入清後牧齋似無詩及德水。豈天崩地坼，二人交往亦告中斷？非也。

　　清順治三年丙戌（1646）秋，牧齋與德水尚有一會，牧齋再寓杜亭，且此次有柳如是作伴。牧齋《列朝詩集》丁集中「鵝池生宋登春」小傳中有語曰：「丙戌歲，余寓杜亭浹旬，與德水談詩甚快。」[50]考丙戌歲爲清順治三年。本年一月牧齋赴北京，仕清爲禮部右侍郎，管秘書院事，充任《明史》副總裁。六月，稱疾乞歸，七月動身南返。歸鄉途中，訪德水於德州，寓杜亭「浹旬」焉。「浹旬」云云，屢見牧齋崇禎十年寓東壁樓詩，此次居停時間長短不可確考，「浹旬」或泛寫耳，而訪期月日則可知爲中秋前後[51]。

47　《明史·李維楨傳》卷288，頁7386。

48　《明史》有傳。

49　《明史·鍾惺傳》卷288，頁7399。

50　《列朝詩集小傳》，丁集中，「鵝池生宋登春」，頁517。

51　參方良，〈清初錢謙益、柳如是到德州考辯〉，《常熟理工學院學報》（哲學社會科學）2008年9月第9期，頁118-120。方文考論牧齋之再訪德水在本年中秋前後，主要證據爲：德水集中有〈正夫家藏思陵石墨錢牧齋先生題詩其上余次韻奉和〉一詩。正夫，指程先貞，德水人，約與牧齋同時辭清官歸里。又德水〈無題六首〉其二有自注云：「余作〈安人墓志〉，虞山牧翁謂：『簡古，直逼子厚。覺李北地〈志左宜人〉爲煩。』」方氏考德水亡妻謝安人生卒年並德水此志作期，指出牧齋此評當在順治三年。又牧齋爲程先貞《海右陳人集》撰序，文後署「丙戌中秋蒙叟錢謙益書」，此爲牧齋在德州時日之重要線索。此外，牧齋辭官南返，柳如是特意北上迎接，寓杜亭並題詩壁上。德水、程先

　　《有學集》中，牧齋之憶及德水者，尚見於〈李長蘅畫扇冊〉，其語曰：
「淵明集有〈畫扇贊〉，盧德水取以名室，曰畫扇齋。余愛德水之妙于欣賞而工
于標舉也，過杜亭，信宿齋中，因語德水：『此中難著俗物，如吾友程孟陽、李
長蘅，乃畫扇齋中人耳。』德水死，此齋為馬肆矣。子羽得長蘅畫扇，宜舉德水
例以名其齋。德水以淵明之贊，而子羽以長蘅之畫，如燈取影，各有其致，余他
日黨補為之贊。」（《有學集》，卷46，頁1539）乃不忘故友之風雅絕俗者也。再
則晚年述及注杜詩因緣，則必謂興起於德水。此外，《列朝詩集》詩人小傳中，
亦有數處附記德水論詩之語[52]。凡此種種，亦可作牧齋與德水交之有始終觀也。

　　以下略述牧齋於晚明數朝之政治經歷，並蕭伯玉、盧德水於此脈絡中與牧齋
之交集，以明牧齋、伯玉、盧德水相交之另一面向與意義。讀者循此，亦可稍知
明季政壇之複雜險巇與士人立身行事之艱難危厲。

　　明崇禎元年（1628），牧齋四十七歲。春，朝廷起牧齋自廢籍（詳下），授官禮
部右侍郎兼翰林院侍讀學士。十月，會推閣臣。十一月，「閣訟」事發。初，有
司上報大臣入閣人選，牧齋與焉，「枚卜」入閣在望。或云枚卜一事，牧齋志在
必得，欲首推，而時周延儒為崇禎所眷注，乃力阻之，令不得列名。溫體仁亦為
時望所擯，不得與名。於是體仁、延儒相勾結，體仁發難，延儒為之助，以浙闈
韓千秋舊事為詞（詳下），疏劾牧齋結黨受賄。十一月初六日，召對文華殿，命體
仁與牧齋廷辯，體仁應答如流，而牧齋嗒不能言，以事前不知情，無心理準備故
也。崇禎乃疑真有植黨事，怒，命革職回籍聽勘[53]。次年，閣訟結案，牧齋坐杖

（續）──

　　　　貞、先貞父程泰（魯瞻、魯翁）均有和詩，內容亦有「中秋」之指涉。總上言
　　　　之，本文所舉牧齋《列朝詩集》丁集第十「鵝池生宋登春」小傳中牧齋「丙戌
　　　　歲，余寓杜亭浹旬，與德水談詩甚快」云云，為牧齋與德水明亡後於順治三年
　　　　再晤之直接證據，而方良所舉之周邊文獻可藉知此會在中秋前後，牧齋回南途
　　　　中。特此時牧齋、德水滄桑劫後重晤於杜亭，牧齋謂與德水「談詩甚快」，而
　　　　二家集中卻無唱和之什留存，莫解其故。

52　見《列朝詩集小傳》，丁集上，「李同知先芳」；丁集中，「鵝池生宋登
　　春」；丁集下，「鄭秀才胤驥」；丁集下，「劉尚書榮嗣」；潤集・香奩中，
　　「邢氏慈靜」諸條。

53　參方良，《錢謙益年譜》（北京：線裝書局，2007），頁55-56。《錢謙益年
　　譜》下簡稱《方譜》。此處及下述牧齋於晚明政局中之經歷，可參《方譜》相
　　關各年載述。

論贖。六月，出都南歸。此乃牧齋於前明最有希望致身臺閣之一次，亦其所受政治打擊最嚴酷之一次。

前此，萬曆三十八年（1610），牧齋廷試高第中探花，授翰林院編修。有謂廷試本置牧齋爲狀元，及榜發，狀元乃浙江歸安韓敬，蓋韓敬受業湯賓尹，廷對，湯爲韓夤緣得之。（次年，韓敬以京察見黜。）榜發後不久，牧齋丁父憂歸里。至光宗泰昌元年（1620），始還朝，補翰林院編修原官。翌年爲天啓元年（1621）。八月，牧齋爲浙江鄉試正考官。還朝，補右春坊右中允，知制誥，分撰神宗實錄。浙闈事發。牧齋奉浙江典試命，韓敬等設計陷害，使人冒牧齋門客，授關節於士之有文譽者，約事成取償，士多墮術中。榜發，韓敬請撫、按，將全場朱卷刻板，表章人文。迨京省廣布，所取士錢千秋首場文，用俚語詩「一朝平步上青天」之句，分置七篇結尾。韓敬等即使人舉發。牧齋大駭，自具疏檢舉。次年（1622）二月，事白，部議牧齋以主考官失察，命奪俸三月。冬，以太子中允移疾歸。天啓四年（1624）秋，赴召，以太子諭德兼翰林院編修，充經筵日講官，歷詹事府少詹事，纂修神宗實錄。五年，兼侍讀大學士。時有興風作浪者，作《東林黨人同志錄》，列牧齋爲黨魁。五月，朝廷究「黨人」名目，牧齋「除名爲民」，乃南歸。崇禎朝以前，牧齋立朝事跡之大較如此，嘗自言：「余自通籍以後，浮湛連蹇，強半里居。」（〈黃子羽六十壽序〉，《有學集》，卷23，頁923）係實情，而其「浮湛連蹇」，又與數朝黨爭、東林黨人之起廢升沉相終始。迨崇禎改元，牧齋應召還朝，升遷頗快，甚負時望，年底得列名於枚卜，入閣在望。不意閣訟不勝，削職罷歸。此事牧齋終生含恨，耿耿掛胸臆間。而終明之世，牧齋未再復起，時人以「山林宰相」目之。

「閣訟」後數年，牧齋居鄉。至崇禎十年（丁丑，1637）二月，因張漢儒奏劾案赴京就逮，是爲丁丑獄案。先是崇禎九年有常熟人張景良者，欲攻尚書陳必謙以邀官，入京謀之於常熟人陳履謙。履謙謂不如誣告牧齋及瞿式耜，以其爲當國者所顧忌者。遂捃拾牧齋、式耜居鄉事而周內之，景良更名漢儒而上其疏。溫體仁果持之，擬旨逮牧齋及式耜，事在其年冬也。十年二月，牧齋及式耜赴逮，途中訪盧德水於山東德州，事如上述。閏四月，牧齋下刑部獄嚴訊。入獄後，作〈辯冤疏〉，對張漢儒之奏，逐條反駁。時尚書、侍郎暨臺諫、郎署多聲援牧

齋,相見者五十餘人。四方孝秀在闕下者,從牧齋於請室而受經。牧齋在獄憂危,讀書吟詠,作文,未嘗或輟。各方為牧齋奔走鳴冤者益眾,崇禎始悟溫體仁有黨。六月,體仁佯引疾,遂罷相,得旨放歸。獄漸解。十一年五月二十四日,牧齋得赦,出獄。九月,得諭旨,著贖徒三年去,乃出都門。

牧齋〈祭蕭伯玉文〉云:「昔在公車,秋牘郵傳。」又云:「闕下定交,如杵臼間。」(《有學集》,卷37,頁1295)伯玉萬曆四十四年(1616)成進士,天啟二年(1622)廷試,授行人司行人,是年牧齋在朝。牧齋與伯玉之初晤、定交,即在本年,前此有書信往還。浙闈韓千秋案及後牧齋因黨人名目被削籍為民事,伯玉固在闕下目睹也。至崇禎元年牧齋還朝,枚卜閣臣之際,牧齋謂「伯玉遺余方寸牘曰:『政將及子,勉赴物望。』」及閣訟事發,牧齋謂「伯玉謀于李忠文〔邦華,?-1644〕,間行走使,齎千金為納橐饘。」(〈蕭伯玉墓誌銘〉,《有學集》,卷31,頁1129-1130)考崇禎元年以前,伯玉曾引疾還里,杜門卻客[54]。至崇禎改元,「輦上諸君子咸推轂,先生因強起赴闕。」[55]則牧齋與伯玉約略於同時還朝。惟本年伯玉事亦不順。伯玉冊封秦府,同官當使琉球,規避相排擠,伯玉爭之力,左遷光祿寺典簿,出補府僚。(同上,頁1128)牧齋有〈出都門口占寄蕭伯玉〉一首,可作此時二人之寫照看。詩云:

> 同日南遷客,前期潞水楂。
> 不知蕭伯玉,底事尚京華?
> 赤日燒肌爐,蒼蠅聒耳譁。
> 想君消受得,猶未苦思家。

《初學集》卷8,頁237

牧齋以閣訟不勝,罷廢田間。崇禎四年(1631),伯玉曾致書相慰,其言曰:「山中圖史足娛,兼得好友〔案:指程嘉燧〕,相與晨夕,此福當矜慎享之。異

---

54 〔清〕陳家禎,〈明太常寺卿蕭伯玉先生行狀〉,《春浮園集·附錄》,頁10a。
55 同前註,頁10a-b。

時坐中書堂,四體不得暫安,口腹不得美厚,身肩天下之憂苦,思欲一唱渭城,不暇矣。瑋居家一無所爲,然後世或以嬾廢,誤入高逸,未可知也。」[56]至崇禎十年(1637)丁丑獄案發前,伯玉又致書牧齋,云:

> 咄咄怪事,瑋爲眠食不安者月餘。世議迫脇,蛇蝎一器,聚發狂鬧,正人君子,必不見赦,子瞻諸公,累見於前事矣。然困阨之中,無所不有。天佑正人,窮而愈明。諦觀往局,亦未有不獲護持而安全之者。所云如國手暮,不煩大段,用意終局,便須贏也,然國手亦已苦矣。顧翁當此際,亦惟有弘以達觀,付以宿因,庶無往而不夷耳。瑋一官無所事事,而能使此身不得自由。亟圖扁舟一往見翁而不得。季弟家來,欲候錢先生,適與意合,翁毋以他客而並絕之。欲與言者,可與之言也。[57]

崇禎十一年(1638)牧齋獄解,九月遂南還。歲末,伯玉往訪牧齋於虞山,僑居瞿式耜之西園(春暉園),留月餘[58]。牧齋劫後初歸,老友來訪(時程嘉燧亦在,伯玉弟季公後亦至),流連度歲,其樂何如?二家集中,收此時應和投贈之詩多題,如牧齋〈戊寅除夕偕孟陽守歲時蕭伯玉僑居春暉園〉云:

> 歸來喜得共茅蓬,又餞流年爆竹中。
> 繞屋松楸停早雪,綠堤桃李遲春風。
> 梅憐分張衝寒白,燈惜團圞破曉紅。
> 明日還尋抱關叟,以蕭望之喻伯玉。蹇驢應過小橋東。

---

56 〈與錢牧齋書〉,《春浮園偶錄》(辛未[1631]九月二十八日),頁40a-b。

57 〈與錢牧齋〉,《春浮園集》卷下,頁26a-b。此函應作於伯玉任南京大理評事最後一年(崇禎九年,1636)。丁丑年閏四月以後,牧齋已下刑部獄,而伯玉「丁丑服闋」(〈明太常寺卿蕭伯玉先生行狀〉,頁11b),大可見牧齋於京中,與函中「亟圖扁舟一往見翁而不得」云云意不協。再者,若牧齋時已在北京,則絕非「扁舟」可達也。

58 「南評事除服,攜家而北,過拂水丙舍,流連度歲,愾然賦詩返棹。」〈蕭伯玉墓誌銘〉,頁1128。

《初學集》卷14，頁523

伯玉〈牧齋投余詩有明日還尋抱關叟騫驢應過小橋東句再次其韻〉云：

> 清霜日日點飛蓬，桃李遲歸待嫁中。
> 與老維憂藏穀牧，破愁恃酒馬牛風。
> 山籠暮靄微烘碧，梅勒餘寒倒暈紅。
> 徒惜可人能辨賊，寒驢衝雪踏橋東。[59]

及伯玉告別，牧齋依依不捨，賦詩十章贈別，詩題〈太和蕭伯玉自白下過訪假館稼軒西園過從促數且有判年之約忽焉告別驪駒在門扳留不皇分張多感賦詩十章以當折贈云〉。詩其九曰：

> 南國無衣賦，中原板蕩憂。
> 臨河能不歡，蹈海亦堪羞。
> 生計東風菜，前期夜雪舟。
> 還須憑快閣，極目攬神州。
> 快閣在太和縣。黃魯直詩云：「快閣東西倚晚晴。」

其十曰：

> 古人嗟贈處，斯義在今朝。
> 馬肆長宜閉，羊裘莫浪招。
> 時清危部黨，世難穩漁樵。
> 共飽殘年飯，音書慰寂寥。

《初學集》卷15，頁534-537

---

59 《春浮園集·詩》，頁32a。

前者猶以國事相勉許，後者則諄諄以明哲保身相誡約，可知牧齋與伯玉固有心社
稷者，而明季政局險仄難爲也。此時伯玉有一詩，亦見此意。〈錢牧齋北歸留余
拂水度歲得白門信有剚刃於余者時箕仙言牧齋爲遠公再來〉云：

> 天心仁愛託風雷，聖主原無畢世猜。
> 蘇子相傳其已死，遠公説法再歸來。
> 弓矰謾道集高翼，斤斧何曾赦棄材。
> 入社攢眉緣止酒，燈青竹屋且銜杯。[60]

顧牧齋與伯玉約於同時立朝(天啓初)，出處行藏亦有相若者，而牧齋處境險
危時，伯玉屢加扶持，宜乎牧齋愛伯玉之深也。牧齋〈祭蕭伯玉文〉鄭重表彰伯
玉對己之恩義，有語曰：

> 椓人竊柄，群飛刺天。我如危林，一葉未鐫。兄與梅公，屏跡周旋。噤
> 而告我，何以自全。君胡不胄？國人望焉。陽甲乍圻，冰腹彌堅。使節
> 兄躓，閣訟我牽。促數叫閽，號咷橐韉。鈎黨批格，飲章蔓延。以我標
> 榜，累爾逃遭。兄曰無畏，公其晏眠。勿以懸車，忘彼控弦。相思命
> 駕，訪我歸田。耦耕老友，明發新阡。梅白布車，桃紅放船。班荊語
> 數，作秦就便。相望衡宇，共此華顛。曾不五稔，南北播遷。生死訣
> 別，沉灰颭烟。

《有學集》卷37，頁1296

牧齋與伯玉，文章之交，亦性命之交也。

盧德水之成進士、入仕較牧齋與伯玉晚，其居官年月與牧齋不相屬。德水天
啓五年(1625)登進士，授戶部主事，時牧齋在朝。然本年五月，牧齋即以黨人名
目被除名爲民，南歸。疑二人此時未及相見，二家集中亦無文字道及此時相識。

60　同前註，頁31a。

德水授戶部主事後，未幾即趨歸，侍太安人養。太安人既天年終，栖遲久之，始
強起補禮部，旋改御史，儹漕運[61]。牧齋崇禎六年(1633)自序《讀杜小箋》，猶
稱德水「德州盧戶部德水」；崇禎九年(1636)「陽月朔」（十月一日）爲德水作
〈讀盧德水所輯龍川二書後題〉，復有「天子方撫髀英豪，一旦登庸德水使執
政」之語。準此，德水此時似仍鄉居未出。德水之復起補禮部，似正牧齋崇禎十
年丁丑獄案前後。崇禎十一年牧齋獄解後，中秋夜宴集北京城西閣老園池，德水
亦在座，時德水或正供職禮部。牧齋崇禎十三年(1640)〈得盧德水宿遷書卻寄六
十四韻〉詩有「帝曰汝往哉，漕事汝經度」、「君銜督漕命，雄才恣揮霍」等
句，時德水已改御史，督漕運。

設若上考不誤，則牧齋與德水之初晤，在牧齋崇禎十年赴逮途中訪德水於山
東德州。牧齋待罪之身而德水熱情款待，語恭情切，牧齋感激，不在話下。此後
數年，二人尚有北京、京口之會，又屢有投贈篇什並書信往還。明清易鼎，牧齋
事二姓爲「貳臣」，德水或亦有「迎降」事，「清興，即家拜監察御史，徵詣京
師，病篤，不能行，蒙恩以原官在籍調理」[62]，乃隱於鄉。二人情誼未減，順治
三年牧齋辭清廷官南返，再訪德水於德州，復寓杜亭。牧齋與德水初非政壇上共
進退之黨人，二人始以杜詩及書文相敬慕，而氣類相感，一見如故，終以道義相
激盪，且共閱歷明室之末祚，宜乎牧齋感念德水之深也。

二

越絕新書徵宛委／徐緘

徐緘（伯調，?-1670），明清之際特立獨行士也，殁於康熙九年，生年無考。
伯調與毛奇齡(1623-1716)、施閏章(1619-1683)友好，其詩見賞於宋琬(1614-
1674)，年齒或亦與三人爲近。伯調事蹟，毛奇齡〈二友銘〉述之甚詳，略云：

---

61 〔清〕王永吉，〈墓誌銘〉，《尊水園集略》附，頁2b。
62 同前註，頁3a。

伯調家山陰之木汀，又家梅市。初擅舉子文，為雲門五子之一。既以詩、古文爭
長海內，人皆知其名。方是時，山陰詩文自靖、慶後沿趨不振，而伯調力反之，
一歸于正。伯調出遊，所至飾厨饌，爭相為歡。四方請教，日益輻輳，而伯調以
蹇傲，未能委曲隨世氏仰，且韋布軒冕，相形轉驕，每見之詩文，以寫忼慨，以
故人多媢之，間有困者。宣城施閏章獨重伯調，所至必迎之。伯調好鍊沖舉，餐
氣啜液，嘗自厭毛髮不潔，作〈游仙詩〉以自喻。後竟以鍊功不得法斃死。伯調
初為祁彪佳（1602-1645）愛重，使二子從學，故邀伯調家梅市。至是祁已殉國，
其兄弟猶在也，與永訣曰：「讀書種子絕矣。」伯調嘗著〈讀書說〉，計應讀經
共二千八百四十七葉，史共一萬七千七百九十八葉，以一歲之日力計之，除吉
凶、慶弔、祭祀、伏臘外，可得三百日。每日以半治經，限三葉，以半治史，限
二十葉，閱三年訖功，其勤如此。尤富聞見，雖口吃不善辯，而傍通曲引，歷歷
穿貫，叩之無不鳴。與人語，纖屑不略，語過輒記憶，每見之行文，以資辯論。
伯調詩十卷、文六卷，已刻名《歲星堂集》[63]。

　　宋琬〈徐伯調歲星堂集序〉述伯調之為人曰：「余友施愚山〔閏章〕寓書於
余曰：『山陰徐緘者，〔徐〕渭之亞也。』余遺人招徐生，久之，竟不至。比余
罷官客湖上，徐生顧時時來，相與盱衡抵掌，抗言今昔，意所不合，雖尊貴有氣
勢者，口期期不服也。」又曰：「徐生家在若耶、鏡湖之間，其所居曰梅市，漢
梅福樓隱地也。扁舟箬笠，弋釣自娛，落落焉，與世俗鮮有所諧，故時人亦無知
徐生者。其言曰：『文章非以悅俗，不為當世所罵，則無後世之傳也。』」[64]

　　至伯調所著詩文，宋琬評曰：「縱橫辯博，矩矱森整，雖破除崖岸而無險怪
夐兀之態，使其生與渭同時，角材而校其勝負，〈白鹿表〉曷足為徐生道哉。」[65]
施閏章亦為《歲星堂集》撰序，所論較宋琬周詳。施以文辭之卓然表見於世者，
或「可喜」，或「可畏」。可喜者如吳楚之豔質，粉白黛綠，爭妍取憐，可畏者

63　〔清〕毛奇齡，〈二友銘〉，《西河合集》（中央研究院傅斯年圖書館藏清康熙
　　間李塨等刊蕭山陸凝瑞堂藏板本）卷10，頁2b-8b。王晫《今世說》、《皇明遺
　　民傳》等徐緘小傳均襲自毛氏此文。

64　〔清〕宋琬著，辛鴻義、趙家斌點校，《宋琬全集·安雅堂文集》（濟南：齊魯
　　書社，2003）卷1，頁21。

65　同前註。

則如偉人，高冠佩劍，顧盼非常，祖臂大呼，眾皆潰散。施以「可畏」歸伯調，曰：「伯調與余論詩最久，其詩不甚可喜，然魁梧自負。當其研練匠心，則堅金美玉，無可瑕疵。以予官齊魯，褰裳渡江，北遊淮泗，涉黃河，登泰山而望滄海，鬱其蒼茫之氣。著為詩歌，尤洋洋多大風，望氣者皆錯愕歛手。予嘗畏其難，欲抑之使近人。伯調握筆不肯下，殆未易與爭雄也。……若使詩能窮人如伯調者，雖欲不窮不可得已。」[66]施閏章另有〈徐伯調五言律序〉，論伯調所為五律「熊熊渾渾，磅礡光怪，可喜可怖，雖或鑱刻險仄，不合時宜，亦杜之苗裔矣。即此一體，足留伯調天地間。」[67]

《歲星堂集》，民國初孫殿起《販書偶記》嘗著錄，其時或仍可見其書，今已不見中外圖書館藏，不知尚存天壤間否？伯調詩零星見於清代詩選、詩話載錄，如《全浙詩話》、《兩浙輶軒錄》、《國朝詩人徵略二編》等[68]。今上海圖書館庋藏伯調《雪屋未刻集》稿本一種，盡七言古，約合百題，此或伯調存世詩之最大宗矣[69]。

《雪屋未刻集》載〈志感〉一題（「志感」前有二字，首字漶漫不可辨，次為「申」字，皆抹去，頗疑即「甲申」二字），前有小序，序與詩文合讀，對瞭解伯調之生平並其國變後之志節情操，頗有幫助。序曰：

> 崇禎壬午[1642]閏冬，大冢宰鄭玄嶽 諱三俊 首授司李。志不欲就選

66　〔清〕施閏章，〈歲星堂詩序〉，《學餘堂文集》（《景印文淵閣四庫全書》，第1313冊）卷7，頁27a-b。

67　同前註，卷6，頁13b。

68　承蒙本稿審查人不吝賜告，下列十九種清初詩選收錄有伯調詩，計為：黃傳祖《扶輪廣集》；魏裔介《觀始集》；程棅、施誼《鼓吹新編》；魏耕、錢价人《今詩粹》；陳允衡《國雅》；徐崧、陳濟生《詩南》；顧有孝《驪珠集》；趙炎《尊閣詩藏》；鄧漢儀《天下名家詩觀》；徐崧《詩風初集》；王士禎《感舊集》；陸次雲《詩平初集》；蔣鑨、翁介眉《清詩初集》；曾燦《過日集》；孫鋐《皇清詩選》；陶煊、張燦《國朝詩的》；吳元桂《昭代詩針》；彭廷梅《國朝詩選》。

69　2009年冬，訪書滬上，得借讀上海圖書館藏本，似為海內外孤本。此本上圖製有影像檔，惟攝製品質不佳，原鈔字體在行楷間，影像檔中筆劃每有難辨識者，宜重加攝製，以造福讀者。

人，癸未[1643]春，給假南歸，所簽假單，適三月十九日也。甲申
[1644]是日，天崩地坼，繼弘光乙酉，日陷月沉。今轉盼滄桑矣。雖隔
歲踰期，而展視之餘，不覺泫然流涕，繼以太息也。先帝英明馭世，威
福縣己，往往破格用人。於乙亥[1635]歲，詔如科場式，拔士之尤者貢
於廷，余亦濫厠充數。壬午既籍天官，可出為小草，而忽經鼎革，苟全
性命。功名出處，信有數存焉，而廢興存亡之際，則為感深矣。

詩曰：

中原鹿走蒼鵝飛，魯陽莫挽虞淵暉。新亭戮力者誰子，一夕北風空淚
揮。辭漢金人滴鉛水，昆明劫灰烟不起。金符鐵券總浮塵，何況區區告
身紙。浮名一去流水棄，葛巾漉酒傾瓦盆。昔年雞肋不足問，但看紙上
月日驚心魂。嗚呼三月何月何日，四海悲風哭聲失。赤角妖芒暗紫宮，
龍髯墮地山河畢。南遷天子亦何有，但辦華林後園走。爛羊都尉盡星
散，空把黃金入人手。如今翻覆淚沾巾，忽聽啼鵑叫過春。獨耻帝泰君
莫笑，魯連東海一波臣。[70]

據知伯調於前明崇禎八年(1635)破格拔為貢生，十五年(1642)取得入仕資格，十
六年不欲謁選，於三月十九日告假南歸，翌年同月日，崇禎帝自縊於煤山，明
亡。伯調對崇禎猶多眷慕之情，於「南遷天子」弘光，則略無怨辭矣。詩之末聯
曰：「獨耻帝泰君莫笑，魯連東海一波臣。」伯調固明遺民，傷心國變，義不仕
新朝者也。以秦喻清，亦可見伯調視清朝為暴虐政權。惜本詩作期無考，未審其
為喪亂之初過激之言，抑為伯調入清後二十餘年始終抱持志節之抒表矣。

　　康熙元年(1662)，牧齋有〈答山陰徐伯調書〉一通，篇幅頗長。(《有學
集》，卷39，頁1346-1349)書末有「長夏端居」之語，則本函應寫於是年夏日。
文首云：「往年獲示大集，茹吐包孕，鯨鏗春麗。」又云：「手教累紙，稱讚僕

70　原本無頁數。

文章媲美古人，致不容口。」知伯調曾寄牧齋己著《歲星堂集》並長函，內多頌
美之辭。牧齋謂「敢援古人信于知己之義，略陳其生平所得」，以告伯調。後即
縷述己少時至老「七十年來」文學、學術思想之發展，李流芳(長蘅)、程嘉燧、
湯顯祖(若士)等對己之教益，並自判文章「不如古人者」四大端。此段文字(約
莫千言)，為瞭解牧齋文學淵源、轉變、堅持、體會之重要材料，然與本文考述
之重心關係不大，於此不贅。牧齋書如此結尾：

> ……以足下愛我之深，譽我之過，僕不能奉承德音，鄭重策進，而厚自
> 貶抑，如前所云云者，亦恃足下知我，以斯言為質，而深求文章學問之
> 利病，庶可以自附師資相長之誼云耳。
> 今更重有屬于足下，《初學》往刻，稼軒及諸門人，取盈卷帙，遂至百
> 卷。敢假靈如椽之筆，重加刪定，汰去其繁荄踳駁，而訶其可存者，或
> 什而取一，或什而取五，庶斯文存者得少薙稂莠，而向所自斷者，亦藉
> 手以自解于古人。則足下昌歜之嗜，庶乎不虛，而僕果可以自附于知己
> 矣。今之好古學者，有叔則、愚公，確菴、孝章、玄恭諸賢，其愛我良
> 不減于足下，刊定之役，互為訂之，其信于後世必也。長夏端居，幸為
> 點筆，以代拭汗。新秋得報簡見示，幸甚。

《有學集》卷39，頁1349

此牧齋「八十餘老人」安排書稿編訂事之重要文獻。伯調學者、詩人，有名於
時，對牧齋著述有「昌歜之嗜」，牧齋引為「愛我」、「譽我」、「知我」之
「知己」，鄭重請託《初學集》重加刪定之役。牧齋點名「愛我」之「編輯委
員」，「今之好古學者」，尚有李楷(叔則)、施閏章(愚公)、陳瑚(確菴)、金俊
明(孝章)、歸莊(玄恭)。藉此名單，頗可知牧齋下世前數年所親近信賴之小社群。
　　牧齋去函後，伯調有覆書，毛奇齡〈二友銘〉為迻錄。伯調《歲星堂集》今
既不傳，茲不憚文繁，過錄於此，以為省覽伯調「聲氣」之一助，並藉以反映其
與牧齋論文章旨歸之一斑。伯調書云：

長者教思，敢忘佩誦？但歷引長蘅、若士之言，以規橅秦漢爲俗學，不如奉唐宋大家爲質的，則不然。夫學無古今，眞與贋而已。學史漢者，正如孔廟奏古樂，琴瑟枳敔，僅得形模，故難爲耳。若夫學大家，則古樂之遞變者也。三百漢魏樂府以降，如近世清商梨園等曲，雖去古已遠，其窮情極態，亦復感動頑惠，故可爲。實則彼以古而難追，以今而易襲，未可謂易爲者爲古，而難爲者反非古也。夫眞能爲史漢者，莫如大家，然大家之文不類史漢，眞能爲大家者，莫如先生，然先生之文不類大家。此無他，眞者内有餘，故不求類，贋者内不足，故求類也。若夫景濂、熙甫之文，鄉者亦嘗略觀之。今因先生之言，復從南昌人家借得學士集，反覆覽觀。竊以爲，惟聖人之文能兼德行、言語之盛。下此即《國策》、《史記》，詘于譚理，濂洛關閩，不善行墨。今景濂思起而兼之，取理于程朱，而掞詞于遷固，憪然自以爲古之作者莫己若也，而不知其去古者，正復坐此。今其集具在，凡文少埋蔽，稍橅前古，猶卓然可觀。若明明言理，則皆卑葡熟爛，老生學究，振筆有餘。由此觀之，二者之不能合併也決矣，景濂之不及古人明矣。遂欲縣此爲質，使後學咸宗焉？緘不能無少惑也。且夫長蘅，若士之言，亦安足据也？[71]

伯調文辭，不卑不亢，與牧齋論辯，勇於提出己見。此函周亮工《賴古堂名賢尺牘新鈔・藏弆集》亦收入，係撮錄，約上引篇幅之半[72]。二本頗有異文，特不知孰近原本矣。〈二友銘〉載伯調覆書，無一語及牧齋囑咐編訂《初學集》事，頗不合情理，疑亦非原函照錄也。

秦碑古字訪河濱／李楷

李楷(1603-1670)，字叔則，號霧堂，晚號岸翁，學者稱河濱先生，陝西朝邑(今大荔)人。少聰敏，好古文學，讀書朝萊山，殊自刻苦。弱冠舉天啓甲子

---

71 〈二友銘〉，頁7a-8a。
72 〔清〕周在浚輯，《賴古堂名賢尺牘新鈔・藏弆集》(《四庫禁燬書叢刊》，集部第36冊據清華大學圖書館藏清康熙賴古堂刻本影印)卷9，頁6b-7a。

(1624)鄉試，後屢上春官不第。築通帝樓，高十丈許，命書估日送圖籍，手自評騭。已而避寇白門，與馬元御、韓聖秋等稱關中四子。抗疏論秦事，不果行。入清朝，知寶應縣。暇則行遊名勝，題詠遍邑中，求詩若字者，皆厭其意。然竟以傲睨中讒。謝去，流寓廣陵，幾二十載，構堂名霧，與李大虛著《二李珏書》，文名用傾海內，輿金幣以乞者日踵於門。久之歸里。每有一作，當事爭付梓。其制義、古文、詩歌，當代名宿交口引重，書法稱一代神手，畫事雲間蕭尺木自讓不及。亦旁及二氏之學，故自號棗栢居士，又曰西岳褐道人。所著文集若干種，合爲《河濱全書》，一百卷[73]。王士禛《居易錄》載：「〔李〕平生作詩文，每廣坐酒酣，令兩人張絹素疋紙，懸腕直書，略不加點，如疾雷破山，怒濤穿脇，移晷而罷。擲筆引滿，旁若無人，舉座爲之奪氣，名噪一時。亦以此坎壈失職，傲然不屑也。書學東坡，尤善飛白。」[74]

　　《河濱全書》共百卷，叔則勤於著述，可想而知，然直至最近，可見叔則著作僅六卷，收入《河濱遺書鈔》，其七世族孫李元春清嘉慶間所選輯者也。所謂遺書六種，實戔戔小冊耳，卷一《霧堂經訓》，卷二《霧堂詹言》，卷三《霧堂雜著》，卷四《岸翁散筆》，卷五《飛翰叢話》，卷六《楚騷偶擬》，乃論經史、雜錄、隨筆、擬騷之屬，而叔則之詩集、文集不與焉。李元春序《河濱遺書鈔》云：「因合選諸集，分爲三部，而先以《遺書》付梓，《文選》、《詩選》次焉。」[75]而李氏所謂《文選》、《詩選》，不知究竟有無，近世以還，向無傳本。叔則詩只零星見於《朝邑縣後志》、《晚晴簃詩匯》等。至二○一○年，《清代詩文集彙編》問世，第三十四冊收河濱著作，《文選》、《詩選》竟赫然在焉。《河濱文選》十卷(附賦選一卷)，《河濱詩選》亦十卷，各體悉備，二書共一千一百多葉(今二葉縮印爲一頁)，雖非大觀，亦云富矣(《河濱遺書鈔》亦附《文選》、《詩選》後)。(本書定稿之際，借得《清代詩文集彙編》該冊，大

73　〔清〕王兆鰲纂修，《朝邑縣後志》(《中國方志叢書》，華北地方陝西省第241號據清嘉慶間重刊康熙五十一年[1712]刊本影印)卷6，頁14a-b(總第283-284頁)。

74　〔清〕王士禛著，袁世碩主編，《王士禛全集·雜著·居易錄》(濟南：齊魯書社，2007)，第5冊卷11，頁3887。

75　〔清〕李元春，《河濱遺書抄·序》(上海：上海古籍出版社，2010年《清代詩文集彙編》，第34冊據清嘉慶謝蘭佩謝澤刻本影印)，頁2b。

喜過望，急讀一過，惟《文選》、《詩選》中，未發現與牧齋直接有關之材料，不無遺憾云。)[76]

牧齋康熙元年(1662)所作文中，有一序、一書、一跋，皆與叔則有關。先是本年仲冬，牧齋「中寒彊臥」，繙閱李長科(小有)《宋遺民傳》目錄，得叔則序文。叔則有言「宋存而中國存，宋亡而中國亡」者，牧齋謂讀之而「撫卷失席」，曰：「此《元經》陳亡而書五國之旨也。」復沉思：「其文迴翔萌折，一至于此。」(〈復李叔則書〉，《有學集》，卷39，頁1343)浹兩月，「風林雪被」之際，牧齋族孫攜叔則函及《霧堂全集》至，乃叔則請序於牧齋也。牧齋云：「扶病開卷，感慨則涕泣橫流，賞心則歡抃俱會。幽憂之疾，霍然有喜。既而翻覆芳訊，尋味話言。緬懷豫州知我之言，深惟敬禮後世之訊，不辭固陋，作序一篇。」(同上，頁1343)此序即《有學集》卷二十所載〈李叔則霧堂集序〉是也。序文起首云：「河濱李子叔則，不遠數千里，郵寄所著《霧堂集》，以唐刻石經爲贄，而請序於余。叔則手書累幅，執禮恭甚。以余老於文學，畧知其利病，謂可以一言定其文。余讀之赧然，感而卒業，欷歔歎息焉。」(《有學集》，卷20，頁832)

牧齋序置叔則文於「秦學」之傳承中而丈量之，謂朝邑二韓氏(苑雒、五泉)之文「逶迤樂易，流而近今，而其基址則古學也，是謂今而古」，西極文太青則「詰盤晃兀，峻而逼古，而其梯航則今學也，是謂古而今。」牧齋謂文太青之後二十餘年，「叔則代興」，其「含茹陶鑄，旁摭曲紹，其在二韓、太青季孟之間」。(同上)

牧齋《列朝詩集小傳》中有「韓參議邦靖」、「文少卿翔鳳」、「王考功象春」相關諸傳，參互閱讀，可進一步探論牧齋心目中所謂之「秦學」。二韓者，韓邦奇(汝節，1479-1556)、邦靖(汝慶，1488-1523)兄弟也，二人同舉正德三年(1508)進士。汝節性剛直，尚氣節，嗜學，諸經子史及天文、地理、樂律、術

76　《河濱全書》稱百卷，今李元春所選刻《遺書》、《文選》、《詩選》合共僅二十餘卷，知其遺落尚多也。李元春於《詩選》末即有識語云：「集中各體悉備，然晚年遊戲之作，實不欲以示後人，故存者亦少，錄附八音詩數首，以見曼倩恢諧，正無一不關理要也。」可證。語見《河濱詩選》卷10，頁40b。

數、兵法之學，無不精悉，所著書今傳者尚多。汝慶與兄同舉進士，亦負重名，時稱「關中二韓」，所著《朝邑縣志》及《韓五泉詩》今傳(其《朝邑縣志》以語言簡練、體例嚴謹尤爲學者稱頌)。牧齋汝慶傳末引王九思(敬夫，1468-1551)之語論汝慶之文學造詣，云：「五泉子〔汝慶號〕古詞歌，浸淫唐初，逼漢魏；七言絕句詩，類少陵。《朝邑志》，其文章之宏麗者。」[77]牧齋並論二韓曰：「汝節奇偉倜儻，譚理學，負經濟，海內稱苑洛先生，以地震死。汝慶才藻爛發，風節凜然，關中至今稱二韓子。」[78]

　　二韓正德、嘉慶間人，牧齋生萬曆初，未之及見也。牧齋與文翔鳳(字天瑞，號太青，生卒年不詳，約1625年前後在世)則爲同輩，且有同年之誼(二人同登萬曆庚戌[1610]榜進士)，甚友好。天瑞爲理學家而能詩文，其治學宗旨，在「事天尊孔而黜佛氏」(此其詩文集《皇極篇》自序語)[79]，牧齋云：「其論學以事天爲極則，力排西來之教，著《太微》以翼《易》，謂《太玄》潛虛，未窺其藩。余將行，攜其藁過邸舍，再拜付余，語人曰：『《太微》南矣。』余媿不能爲桓譚也。」[80]於天瑞之詩、賦，牧齋予以佳評，云：「其爲詩離奇瑰兀，不經繩削，馳騁其才力，可與唐之劉叉、馬異角奇鬪險。晚作〈嘉蓮詩〉，七言今體，至四百餘首，亦古未有也。」又云：「以辭賦爲專門絕學，覃思腐毫，必欲追配古人。」[81]

　　究其實，牧齋與天瑞，學問淵源、旨歸不同，信奉亦異(牧齋信佛，故有上引「余媿不能爲桓譚」之語)，而牧齋始終厚愛天瑞，文氏傳後半於此表露無遺，云：

　　天瑞白晳長身，秀眉飄鬐，風神標格，如世所圖畫文昌者。其爲人忠孝誠敬，開明豈弟，迥然非世之君子也。初第時，與余辨論佛學，數日夜

77　《列朝詩集小傳》，丙集，「韓參議邦靖」，頁358。
78　同前註。
79　〔明〕文翔鳳撰，《皇極篇》(《四庫禁燬書叢刊》，集部第49冊影印天津圖書館藏明萬曆刻本)，頁1b。
80　《列朝詩集小傳》，丁集下，「文少卿翔鳳」，頁652。
81　同前註。

不寢食,曰:「子姑無困我。」庚申[1620]冬,以國喪,會關門,極論
近代詩文俗學,祈其改而從古。天瑞告王季木曰:「虞山兄再困我
矣。」天瑞與余不爲苟同如此。然而天瑞之文賦,牢籠負涵,波譎雲
詭,其學問淵博千古,眞如貫珠。其筆力雄健,一言可以扛鼎。世之人
或驚怖如河漢,或引繩爲批格,要不能不謂之異人,不能不謂之才子
也。文中子曰:「揚子雲古之振奇人也。」余於天瑞亦云。[82]

雖然,牧齋於天瑞之學問宗尙、詩文面目難免不無遺憾,以天瑞師從「近
代」也。此「近代」者,於牧齋非同小可,意指前後七子復古派。王象春(季
木,1578-1632),牧齋、天瑞另一同榜進士也。牧齋於「王考功象春」傳中追憶
數人關下論學一段往事,盡揭其規勸二人捨「近代」而從古學之言論,云:

季木於詩文,傲睨輩流,無所推遜,獨心折於文天瑞。兩人學問皆以近
代爲宗。天瑞贈詩曰:「元美吾兼愛,空同爾獨師。」其大略也。
〔案:元美指王世貞(1526-1590),後七子之一;空同指李夢陽(1472-
1529),前七子之一。〕歲庚申,以哭臨集西關門下,相與抵掌論文,
余爲極論近代詩文之流弊,因切規之曰:「二兄讀古人之書,而學今人
之學,胸中安身立命,畢竟以今人爲本根,以古人爲枝葉,竄臼一成,
藏識日固,並所讀古人之書胥化爲今人之俗學而已矣。譬之堪輿家,尋
龍捉穴,必有發脈處。二兄之論詩文,從古人何者發脈乎?抑亦但從空
同、元美發脈乎?」季木撟然不應。天瑞曰:「善哉斯言,姑舍是,吾
不能遽脫履以從也。」厥後論賦,頗辨駁元美訾謷子雲之語,蓋亦自余
發之。季木退而深惟,未嘗不是吾言也。……余嘗戲論之:「天瑞如魔
波旬,具諸天相,能與帝釋戰鬬,遇佛出世,不免愁宮殿震壞。季木則
如西域波羅門教邪師外道,自有門庭,終難皈依正法。」[83]

---

82 同前註,頁652-653。
83 《列朝詩集小傳》,丁集下,「王考功象春」,頁653-654。

意者於「秦學」之譜系中，叔則之奇辭奧旨似天瑞，此牧齋之所以言「其後二十餘年，而叔則代興，人咸謂《太微》之冢嫡也。」(〈李叔則霧堂集序〉，《有學集》，卷20，頁832)而牧齋又許叔則有近於二韓者。牧齋論二韓氏之文曰：「苑雒之文奧而雄，五泉之文麗而放，皆自立阡陌，不倚傍時世者也。」(同上)除文章辭豐意雄、沉博絕麗以外，牧齋所強調者，或更在「自立阡陌，不倚傍時世」之「獨立」精神。牧齋以二韓氏之「基址」在「古學」，故能「今而古」，天瑞之「梯航」自「今學」，實乃「古而今」，於二者有所軒輊，不言而喻。復次，二韓與前七子之空同子李夢陽為同時人，牧齋之推重二韓氏，又或在二韓能於當時復古派壇坫以外獨樹一幟也。天瑞「從空同、元美發脈」，牧齋為之握腕者再。循此而思，則牧齋之獎勉叔則，端在其才力可比美天瑞，而其為學，可以踵武二韓氏，「今而古」，不落復古派之窠臼也。

牧齋尤賞叔則文之不自意而「精魂離合，意匠互詭」者，曰：「吾讀叔則文，至〈詹言〉、論辨諸篇，穿穴天咫，籠挫萬物，罕譬曲喻，支出橫貫，眩掉顛踣，若寐若厭，久之如出夢中。此則文心怳忽，作者有不自喻，宜其借目於我也。」又曰：「舉世歎譽叔則，徒駭其高騁夐厲，疾怒急擊，驅濤湧雲，凌紙怪發，豈知其杼軸余懷，有若是與？」則叔則作文，又有合於牧齋所提倡之「靈心」說矣。牧齋復謂「叔則才力雄健，既已絕流文海，以余老為沒人也，就而問涉焉」(同上，頁833)，則叔則固心折於牧齋之議論者也。

牧齋此序，有隱約其辭莫名所指者，在末段。其言曰：「若夫危苦激切，悲憂酸傷，樊南之三歎於次山者，周覽叔則之文，歷歷然擣心動魄，而論次則姑舍是。《詩》不云乎：『我聞有命，不敢以告人。』叔則聞余言也，欷歔歎息，殆有甚于余也哉！」(同上)叔則之「危苦激切，悲憂酸傷」者，關乎明清交替國變滄桑之事乎？牧齋「舍是」，「不敢以告人」，以其觸犯時諱乎？誠如是，則牧齋與叔則之同情共鳴，又有在文章以外者矣。

牧齋序《霧堂集》已，意猶未盡，復修長札投叔則，謂「生平迂愚，恥以文字媚人，況敢膏唇歧舌，以誑知己？私心結轖，偶多棖觸。序有未盡，輒復略陳」。(〈復李叔則書〉，《有學集》，卷39，頁1343)此後一大段文字，攸關其時關中文風之動向及牧齋之關懷抱負。牧齋曰：「僕年四十，始稍知講求古昔，

撥棄俗學。門弟子過聽，誦說流傳，遂有虞山之學。謏聞空質，重自慚悔。老歸空門，都不省記。側聞中原士大夫，颺何、李之後塵，集矢加遺，雖聖秋亦背而咻我。」（同上）牧齋往昔建立通經汲古之「虞山之學」，排擊復古派，廓清文苑，而近者秦中文士復颺何、李之後塵，牧齋焉能不多「粗觸」？接言：「而足下以不朽大業，鄭重質問，滄桑竹素，取決于老耈之一言，此其識見，固已超軼時俗，而追配古人矣。」叔則問道於己，牧齋引以為同志同調，而於叔則之秦地時人，牧齋則譏誚有加，曰：「天地之大也，古今之遠也，文心如此其深，文海如此其廣也，竊竊然載一二人為巨子，仰而曰李、何，俛而曰鍾、譚，乘車而入鼠穴，不亦愚而可笑乎！」（同上，頁1343-1344）論者謂牧齋晚年好罵，信焉。上猶僅詬叱李、何，此則殃及池魚，竟陵鍾、譚，一齊挨罵。牧齋又言：

> 僕既已畏影逃虛，舍然于前塵影事，而猶覼縷相告者，良愍舉世之人，乘舟不知東西，望吾叔則，勿與隴人同遊，而曉示之以斗極也。來教諄復以昌黎、李翱為況，聞命震掉，若墜淵井。循覽大集，大率虛懷樂善，貶損過當，則又伏而深思，以足下學殖富、才力強，冥搜博採，出神入天，有能尺尺寸寸，從事商討，策騏驥于九阪之途，而閑之以秋駕，至則文苑之郵良矣。

又言：

> 《易》曰：「或之者，疑之也。」豈叔則于此，猶有或而疑與？抑亦巽以自下，未敢質言與？帝車冥冥，蛙紫錯互，叔則不以此時斷金觹決，示斗極于中流，而又奚待與？伏勝篤老，師丹多忘，斯文未墜，所䠱望于達人良厚。唇燥筆乾，意重詞滿，扶病點筆，略約累紙。要以下上今古，中導志意。非布席函丈，明燈永夕，固未能傾倒百一也。

《有學集》卷39，頁1344-1346

　　牧齋離合其文，控引其辭，慫恿秦人內訟，真文章聖手也。其意在激勵叔則奮起於關中，別裁偽體，匡時救弊，遏止復古派復萌。「曉示之以斗極」、「示斗極于中流」云云，固指牧齋所謂古學之所從來與為文之阡陌次第，惟細味文意，亦不無喻己虞山之學之意也。牧齋此一號召，叔則如何反應，有無報書，無從考論矣[84]。

　　約略與〈復李叔則書〉同時，牧齋作〈書廣宋遺民錄後〉一文（文後署「玄默攝提格之涂月」，即壬寅[1662]十二月，見《有學集》，卷49，頁1607-1608），亦及叔則。文謂牧齋時人李長科(小有)以「陸沉之禍，自以先世相韓，輯《廣遺民錄》以見志」。牧齋嘉其志，而惜其「所采于逸民史，其間錄者，殊多謬誤」，至有「令人掩口失笑」者。序李長科書者，叔則也，牧齋嘉歎不置，曰：「撰序者李叔則氏，謂宋之存亡，為中國之存亡，深得文中子《元經》陳亡具五國之義。余為之泣下霑襟。其文感慨曲折，則立夫〈桑海錄序〉及黃晉卿〈陸君寶傳後序〉，可以方駕千古，非時人所能辦也。小有，字長科，故相國李文定公之孫。叔則，名楷，秦之朝邑人。逝者如斯，長夜未旦。尚論遺民殆又將以二君為眉目。」(同上)叔則書宋亡而中國亡，牧齋讀而泣下霑襟，何其感慨如斯之深？其視宋若明，以元為清，傷心外族之入主中國歟？若然，則「逝者如斯，長夜未旦」云云，寄慨遙深矣。牧齋本年數文之推獎叔則，或與叔則能發此政治正統論(theory of political legitimacy)不無關係。

　　陸機年四十而為〈歎逝賦〉，序之曰：「昔每聞長老追計平生同時親故，或彫落已盡，或僅有存者。余年方四十，而懿親戚屬，亡多存寡，昵交密友，亦不半在。或所曾共遊一塗，同宴一室，十年之內，索然已盡。以是思哀，哀可知矣。」[85]牧齋八十為毛晉作誌墓之文，泃「年彌往而念廣，塗薄暮而意迮」[86]，其哀思不知幾倍於陸機矣。〈歎逝賦〉云：「託末契於後生，余將老而為客。」《六臣註文選》李周翰曰：「言後生見我老，不與我交，以客禮相待，復增其憂

84　《河濱文選》卷七收河濱書信十五通，無與牧齋者。
85　〔梁〕蕭統編，〔唐〕李善等註，《六臣註文選》（《景印文淵閣四庫全書》，第1330-1331冊）卷16，頁21a-b。
86　同前註，頁25a。

耳。末契，下交也。」[87]後生待我以虛僞不誠，老杜〈莫相疑行〉言之最深刻，曰：「晚將末契託後生，當面輸心背面笑。」[88]牧齋「末契」之歎，良可憫也。

　　至牧齋八十餘垂暮之齡，徐伯調、李河濱相繼貽書致敬，情意殷切。二人固後生於牧齋，而此際已非「後生」，老成人也。由明入清，閱歷興亡，二人均以學問文章著名於時，而特立獨行，不隨世俯仰，亦牧齋所謂「雄俊君子」也。前此牧齋與二人曾否晤面，有否交情，不可考。書文往返，牧齋乃引二人爲知己同道，有厚望焉。《初學集》刪定之役，囑伯調；爲「好古學者」張軍，遏止復古派復興，託於河濱，非「晚將末契託後生」也。二人對牧齋之付託，反應曰何，亦不可考。惟牧齋垂老猶對文事文苑念茲在茲，則明甚。編定詩文集，以垂永久，爲身後計；攘斥復古後勁，關乎當時後世文統之承緒。牧齋固「愛官人」，熱中於政治者，然至老未能置身臺階斗柄之地，而於文壇，則始終勇猛自信，屹立不搖，無怪乎「四海宗盟五十年」矣。

三

嗜痂辛苦王烟客，摘蘗懷鉛十指皴／王時敏

　　王時敏（1592-1680），字遜之，號煙客，明末清初江南太倉人，明大學士王錫爵孫。以廕官至太常寺少卿。煙客系出高門，文采早著。鼎革後，家居不出，獎掖後進，名德爲時所重。明季畫學，董其昌有開繼之功，煙客少時親炙，得其眞傳。錫爵晚而抱孫，彌鍾愛，居之別業，廣收名跡，悉窮秘奧。於黃公望墨法，尤有深契，暮年益臻神化。愛才若渴，四方工畫者踵接於門，得其指授，無不知名於時，爲一代畫苑領袖[89]。煙客之於畫道也，所謂婁東派之鼻祖，上續華亭董其昌之緒，下導虞山畫派，入清三十餘年，巍然如魯殿靈光。煙客與王鑑、

87　同前註，頁25b。

88　〔清〕仇兆鰲撰，《杜詩詳註》（《景印文淵閣四庫全書》，第1070冊）卷14，頁35a。

89　趙爾巽號《清史稿・王時敏傳》（北京：中華書局，1976-77）卷504，頁13900。

王翬、王原祁並稱「四王」，加吳歷、惲恪，亦稱「清六家」。亦工詩文，善書法，隸書尤爲出名。

　　煙客少牧齋十歲。竊嘗疑煙客系出名門，王錫爵萬曆三十八年(1610)卒，煙客於四十二年(1614)即就門廕，拜官璽司，居官前後二十四年，至崇禎十三年(1640)始不復出，且煙客師事董其昌，早有畫名於時，其昌與牧齋素有交誼，加之虞山、太倉一衣帶水，百里相望，緣何牧齋刊刻於明末之《初學集》中，竟無隻字片語及煙客？近讀煙客七世孫王寶仁所編煙客年譜(《奉常公年譜》)及相關復社文獻，始稍解其故。《年譜》載，天啓六年(1626)煙客爲父卜地遷葬，請唐時升爲作行狀，溫體仁作墓誌銘[90]。崇禎四年(1631)，爲生母營葬事，自作行略，而請周延儒撰墓誌銘[91]。牧齋、體仁、延儒於崇禎朝之恩怨過節，已於上文述及。煙客父母之墓誌銘，分別請於體仁、延儒，王氏與二人關係之密切，思過半矣。牧齋與煙客於前明即便相識，而交情冷漠，亦在常理之中。

　　約與牧齋丁丑獄案同時，復有一事，可藉知牧齋與煙客之難以親近。或謂崇禎一朝黨爭，溫體仁修郤牧齋，思一舉並彈治復社張溥(天如)。陸世儀《復社紀略》云：「社事以文章氣誼爲重，尤以獎進後學爲務。其於先達所崇爲宗主者，皆宇內名宿：南直則文震孟、顧錫疇、錢謙益、鄭三俊、瞿式耜、侯峒曾、金鼇、陳仁錫、吳甡等……。」[92]其時復社聲氣遍天下，其奔走附麗者，輒自矜曰：「吾以嗣東林也。」執政大僚由此惡之[93]。崇禎九年(1636)、十年(1637)，多事之秋，張漢儒訐奏牧齋、陸文聲奏陳復社，兩案併興。(計六奇《明季北略》卷十三「崇禎十年丁丑」正月記「溫體仁擬旨逮錢、瞿」事，後即置三月「陸文聲奏復社」事。)[94]《明史・溫體仁傳》云：「庶吉士張溥、知縣張采等倡爲復社，與東林響應。體仁因推官周之夔及奸人陸文聲訐奏，將興大獄，嚴

90　〔清〕王寶仁編，《奉常公年譜》(北京：北京圖書館出版社，1998年《北京圖書館藏珍本年譜叢刊》，第66冊影印清道光十八年[1838]刻本)卷2，頁2b。

91　《奉常公年譜》卷2，頁4b。

92　〔清〕陸世儀，《復社紀略》(台北：明文書局，1991年《明代傳記叢刊》，第7冊影印排印本)卷2，頁574-575。

93　《明史・張溥傳》(北京：中華書局，1974)卷288，頁7404。

94　〔清〕計六奇：《明季北略》(北京：中華書局，1984)卷13，頁215-216。

旨察治。」[95]《明史・張溥傳》云：「里人陸文聲者，輸貲爲監生，求入社不許，〔張〕采又嘗以事抶之。文聲詣闕言：『風俗之弊，皆原於士子。溥、采爲主盟，倡復社，亂天下。』」[96]有謂陸文聲在京奏陳復社，煙客曾陰爲之助。陸世儀《復社紀略》云：「〔陸文聲〕……繕疏走入京，期登聞上奏。逢璽卿王時敏家人引之，進謁烏程。其黨人自韓城、德清外，又有四任子焉：一爲朱泰藩，文懿公賡之後也；一爲許曦，穎陽相國之後也；一爲袁樞，文榮公煒之後也；一爲王時敏，文肅公錫爵之後也。四人皆以才識通練爲相君所倚重；時敏與體仁又兩世通家誼，恩禮較他人尤厚。」[97]陸世儀又載煙客「蓄怨復社」者二事：一者，煙客子挺、揆、撰、甥吳世睿澤皆美秀能文，獨外壇坫；兩張以其立異，頗少之。一者，二張納某家僮爲徒，並助之削隸籍。煙客家法素嚴，僮僕千餘，深以此爲恥，而竟無如之何。「由此，蓄怨復社久矣。」[98]《復社紀略》於煙客之介入陸文聲事言之鑿鑿，記其關節如此：

> 文聲一見時敏，告以入京之意。前張嶢事，兩張主之；故時敏啣受先
> 〔張采〕甚於天如，乃曰：「相君仇復社，參之正當其機。但相君嚴
> 重，不輕見人；而主局者惟德清爲政，宜就商之。」因導往弈琛。文聲
> 面進疏稿，弈琛即裹入示體仁。[99]

　　陸世儀此記，不無可疑之處。上謂陸文聲「逢璽卿王時敏家人引之，進謁烏程」，此處則謂居中引線獻計者，乃煙客本人。究竟煙客於此事件中扮演之角色如何，文獻不足，難以確考，然當時輿論對煙客不利，則大有可能。《奉常公年譜》崇禎九年丙子(1636)條載煙客寄家中諸子長信一通，頗可反映煙客當時之處境及心情。其辭如下：

95　《明史・溫體仁傳》卷308，頁7936。

96　《明史・張溥傳》卷288，頁7404。

97　《復社紀略》卷4，頁600。

98　同前註，頁601。

99　同前註，頁600。

我爲陸人一事，雖綿薄不能排解，然數月以來，或當面痛切曉警，或托人婉持，自謂竭盡心力，不意里中反以爲罪。京中此時，群小得志，滴水興波。此人邇來脚步愈闊，心膽愈橫，如瘖狗逢人便噬，不論生熟。同里士紳在都者畏其唇舌，無不與之周旋，款贈特厚。我家門望尤其所最注意，彼若有時而來，我何能獨拒之？然聞彼在人前尚謂我待之簡薄，頗有惡言，乃獨以密字加我，豈不冤哉！總之，里中有非常風波，我在京不能消弭，又不能絕其往來，旁觀者自然疑猜。況吾州小人，流落京師者甚多，險幻駕虛，固自不免。要之，久必自明，不必分剖。至若首揆嚴峭孤冷，人不可得而親。我每隨眾朝房一見，並無私覿。乃同鄉諸公及地方當事者，妄以先世舊誼，謂我可片言解紛，屢貽書托我，使我何以置對？我婆娑一官，久思引退，悔抽身不早耳。[100]

時煙客職璽司，雖謂閒曹冷署，然列禁廷侍從，體貌優崇，而煙客與溫體仁兩世通家誼，係事實，加之陸文聲在京積極活動時，煙客頗與之周旋，且有款贈，自亦承認。煙客於此事之嫌疑，洗脫匪易。至如前引此煙客蓄怨於復社二張，空穴來風，未必無因。惟煙客於上引致諸子信中力辯己之清白及其時京中形勢，所述亦入情入理。且此函係家書，似無須作假。（固然，煙客欲借口於諸子以求諒解於鄉黨亦不無可能。）正值陸文聲事擾擾攘攘之際，煙客晉陞太常寺少卿（此乃煙客於明朝所獲最高官位）[101]。煙客是否溫體仁黨人，體仁是否倚重煙客，恩禮較他人尤厚可置之不論，惟煙客與首揆體仁關係至少不惡，此則明甚。約在同時，張漢儒訐牧齋案發。牧齋與瞿氏等既涉案，自然盡量收集京中、江南一帶相關情報，以作準備，而期間風聞煙客種種，可以想像。至隔年春牧齋赴京就逮時，煙客已於二月「領勅出都」，差役在外，與牧齋等繫獄事無涉[102]。雖然，晚明時煙客與溫體仁、周延儒之關係既剪不斷理還亂，而溫、周又係牧齋最怨恨之人，煙客與牧齋若有芥蒂，亦屬自然。明乎此，則牧齋《初學集》中不見煙客

100　《奉常公年譜》卷2，頁8b-9a。

101　同前註，頁6b。

102　同前註，頁10b。

蹤影，似又不難理解。

　　以上所述，係僅據相當有限之文獻，作一可能之猜測而已。而明季政局、人事關係錯綜複雜，諸家載記復各有偏袒、矛盾，欲究其實，恐不容易，或無甚必要。

自寫秋槐落葉圖

　　迨明社既屋，清人定鼎中原，江南動盪稍定，二家集中(牧齋《有學集》、《錢牧齋先生尺牘》；煙客《王煙客集》)，或詩、或文、或書信之及對方者夥矣。爲排纂如次：

順治七年(1650)：煙客有〈致錢謙益〉函
順治八年(1651)：牧齋爲煙客作〈奉常王烟客先生見示西田園記寄題十二絕句〉、〈西
　　　　田記〉；煙客有〈致錢謙益〉函。
順治十一年(1654)歲末(1655)：煙客有〈致錢謙益〉函
順治十四年(1657)歲末(1658)：牧齋有〈與王煙客書〉
順治十七年(1660)歲末(1661)：牧齋爲煙客作〈書西方十六妙觀圖頌有序〉、〈王奉常
　　　　煙客七十壽序〉，又有〈與王煙客〉二札。
康熙元年(1662)：牧齋作〈題烟客畫扇〉；又有〈題王文肅公南宮墨卷〉、〈壬寅三月
　　　　十六日太原王端士異公懌民虹友瑯琊王惟夏次谷許九日顧伊人吳江朱長孺族孫遵王
　　　　壻微仲集於小閣是日敬題烟客奉常所藏文肅公南宮墨卷論文即事欣感交并予爲斐然
　　　　不辭首作〉四首
康熙二年(1663)歲末(1663/1664?)：煙客有〈致錢謙益〉函；牧齋有〈復王煙客〉、〈與
　　　　王煙客〉二通；牧齋爲煙客作〈王烟客奉常像贊〉。
此外，作期無考者，尙有牧齋爲煙客二子所作〈二王子今體詩引〉。

　　下文謹據上列文獻，試考述牧齋與煙客於順治七年(1650)至康熙二年(1663/1664)十餘年間之互動與情誼。

　　通檢牧齋、煙客二人詩文集，煙客順治七年(1650)〈致錢謙益〉一札，似爲

二人互動可考之最早文件。煙客函有語云：

> 伏聞老先生杜門卻掃，精選國朝詩文，以付剞劂，擷一代之菁華，樹千
> 秋之儀的，爲後學津梁不淺，匪止藝林鉅麗之觀。昨子羽〔黃翼聖〕傳
> 述台意，欲得先文肅〔王錫爵〕三草寓目，尚僮馳上記室，倘蒙流覽採
> 擇，獲附鴻編以不朽，何幸如之。暑月無可爲獻，沙瓜頗稱佳產，而今
> 夏爲霪雨所薄，不能多得，謹以六十枚奉貢，別侑一二籃物，眞所謂
> 野人芹也。惟笑存之。深秋事略，倘幸稍間，即趨侍左右，不盡馳
> 仰。[103]

　　煙客此札最可能之作期爲順治七年季夏。考牧齋此數年間行事，順治五年
(1648)起始有編纂詩文集事。煙客謂牧齋時選「國朝詩文」，欲得王錫爵三草寓
目云云。牧齋《列朝詩集》本年前後竣工，惟集中不收王錫爵詩。牧齋索閱王錫
爵三草，應非爲斯選。所謂「國朝詩文」，疑爲牧齋所編《昭代文集》，其稿百
餘卷，燬於絳雲樓火災[104]。絳雲樓祝融之劫乃本年十月間事，此後牧齋再無編
纂前明詩文集之役，則煙客本函當寫於絳雲火災之前。信之開首云：「客夏摳謁
台堦，得侍提誨者竟日。」牧齋順治四年(1647)三月至六年(1649)上半年猶頌繫
南京，牧齋與煙客會晤，只能在牧齋自南京歸里後不久。順治七年五、六月間，
牧齋曾有遠行，而信謂牧齋「杜門卻掃，精選國朝詩文」，則本函應寫於賦歸後
之「暑月」。又《奉常公年譜》本年條載：「十月十五日前後，有虞山之行。」[105]
亦與此處謂「深秋事略，倘幸稍間，即趨侍左右」事合。
　　順治七年本函以前，煙客之奉贈於牧齋者，有千百倍貴重於六十枚「沙瓜」
(即西瓜)之物。煙客門人、清初「四王」之常熟人王翬(石谷，1632-1717)於康
熙五年(1666)曾憑記憶，摹繪十餘載前曾寓目之宋徽宗〈江渚秋晴〉圖眞跡。畫
成，題識其上，有語云：

---

103 《王煙客集・尺牘上》，頁23b-24a。
104 〔清〕顧苓，〈東澗遺老錢公別傳〉，收入《全集》，冊8，頁961。
105 《奉常公年譜》卷3，頁5b。

婁東王奉嘗〔奉嘗〕家收藏縑素甲於江南。西廬清暇日，出所珍祕，啜
茗相賞，內得徽廟倣劉宋陸探微〈江渚秋晴卷〉。樹石纖秀，氣象疎
遠，獨山水不施輪廓，竟以青赤揎染而成，尤爲奇古，洵乎聖藻宸翰，
自與凡手不同。吾邑錢牧翁宗伯誕日，奉常以此畫爲壽。宗伯寶之，不
啻如胐髓。絳雲一燼，惜爲天公奪去。[106]

越三年，王翬攜畫過婁東示煙客，煙客爲題其後，有語曰：

> 此〈江渚秋晴卷〉，純倣楊昇，不多用筆，全以色揎染成圖，疎秀高
> 奇，如三代彝鼎照人，洵稱希世之寶。舊爲余所購藏，後歸虞山宗伯。
> 既聞其遭鬱攸之厄，時復悵然於懷。不意石谷乃能追憶臨摹，……反覆
> 披玩，煥若神明頓還舊觀，歡喜不能釋手。[107]

觀此二記，足見煙客之寶愛此〈江渚秋晴卷〉。牧齋壽，煙客以此遺牧齋，二老
尊貴愛重對方若此。明亡以後，牧齋選輯《列朝詩集》，以詩存史，工程龐大，
耗費心力極鉅，思之令人動容。所編《昭代文集》未成，燬於絳雲一炬，其內容
爲何，不詳，惟曾見其稿者謂有百卷，可知亦卷帙繁浩之製。牧齋對前明詩文之
整理保存，貢獻莫大焉。煙客高門之後，滄桑劫後，對家族歷史之傳承、門戶家
業之維持，念茲在茲，若乃祖文章能入選牧齋《昭代文集》中，意義極其重大。
宋徽宗眞跡固希世之寶，牧齋與煙客於其時之文壇藝壇，不亦巍然如魯殿靈光？
宜乎其惺惺相惜，相互愛重。

順治八年（1651），煙客復投牧齋一札，曰：

> 睽侍左右，倏又經年。塵累繭牽，帶水久闊，擁篲捫省，疎節何以自
> 遣，惟有朝宗一念，晨夕瀠洄左右而已。西田荒落，絕無物可觀，祇以

---

106 〔清〕陸時化，《吳越所見書畫錄》（《續修四庫全書》，子部第1068冊影印復
    旦大學圖書館藏藏清乾隆懷烟閣刻本）卷6，頁48b-49a。
107 同前註，頁49a-b。

殘年厭苦塵鞅，聊縛把茅，爲處陰息影之地。不知農舍漁菴，何由入鉅
公清聽，既蒙賜之詩歌，復重之以大記，琱言瑋撰，直軼少陵、昌黎而
上之，使沮茹污菜，遂與歙湖、輞水爭勝，而感慨淋漓，一唱三嘆，綽
有餘音，尤令人低徊不能已已。

又曰：

竊不自揣，尚欲裝成一冊，仰丐手書，爲子孫世世之寶，想老先生必不
我拒也。恭諗大壽攬揆，千齡伊始，初知老先生客戒方堅，未敢遽爾唐
突。既與子相約，擬辰下馳詣奉觴，而以瘍發於足，不戒於湯，臃腫支
離，平復未可旦夕冀。瞻言尺五，深懼後時，特先令豚兒拜舞堦下，俟
賤足稍可蹣跚，即當躋堂稱兕，以效岡陵之祝耳。空囊無可爲敬，一絲
將悃，寒窶之意可掬。伏惟老先生以形外䘵存之，邀寵何如？諸容百頓
不備。[108]

　　煙客此札寫於順治八年仲秋以後。「既蒙賜之詩歌，復重之以大記」云云，前
者指牧齋〈奉常王烟客先生見示西田園記寄題十二絕句〉，後者指牧齋〈西田
記〉，皆寫於本年。〈西田記〉後署「中秋二十日」，而本札有「恭諗大壽攬
揆……特先令豚兒拜舞堦下」之語。牧齋生於九月二十六日，本年七十歲。煙客此
札當寫於本年八月二十日後，九月二十六日以前，乃命子赴常熟爲牧齋賀壽時所奉
呈者。本札與上札合讀，知牧齋與煙客於順治六年(1649)、七年(1650)均曾晤面。
　　「西田」者，煙客於太倉城西十二里所築別業也，興築於順治三年(1646)
秋，至本年園中構築相繼告成。煙客子抃自撰《王巢松年譜》云：「〔丙戌，
1646〕秋間興築始起，嗣後日積月累，費至四五千金，壘石穿池，亭臺竹樹，頗
堪遊賞，時集文人談客，觸咏其中，如是者三十年。」[109]順治四年(1647)煙客

108 《王煙客集·尺牘上》，頁24a-b。
109 〔清〕王抃，《王巢松年譜》(上海：上海書店，1994年《叢書集成續編》，史
　　部第37冊影印吳中文獻小叢書)，頁18。

有由西田寄兒輩札，云：「城中人情，日異而月不同，我畏之眞如火坑，得汝等分任家事，一毫不以相聞，我投老村塢，經年不入城市，豈非至樂？」[110]西園中有農慶堂、語稼軒、飯犢軒、逢渠處、巢安、綠畫閣、垂絲千尺、西廬等建築。煙客又延畫友卞文瑜爲繪壁，「高妙直追董巨公」云云[111]。至順治八年，煙客乃作〈西田感興〉詩三十章，其序云：

> 余以頹齡，適丁迍運，西林卜築，六載於茲。惟田圃之是謀，與樵牧而
> 爲侶。眷焉晨夕，永矢窹歌。豈其離群索居，妄希高蹈？庶幾處陰息
> 景，用畢餘生。何圖世路巀屼，時態獰惡，既困誅求於刻木，復驚毒蠚
> 於含沙。且也洪潦爲災，田廬胥溺。辛歲無計，莨楚徒嗟。每當抑鬱無
> 憀，不勝低徊永歎。觸物興感，因事屬詞。每韻各爲一章近體，共得三
> 十首。數年來歲功時景，人事物情，豐歉悲愉，約略可見。俚淺鄙僿，
> 詎可云詩。正如黽響蟲吟，聊取排愁破悶。匪敢曰賢，差足以擬釘鉸云
> 爾。[112]

　　本年牧齋爲煙客作〈奉常王烟客先生見示西田園記寄題十二絕句〉及〈西田記〉。記文末云：「西田落成，會奉常六十始壽，群公屬予言張之。余未游西田，于其勝未能詳也，聊約夢語以爲記。重光單閼[1651]之歲中秋二十日。」（《有學集》，卷26，頁999）煙客誕日爲八月十三日，牧齋之詩並文應作於約略同時，頗有以詩文爲煙客賀壽之意。

　　煙客〈西田感興〉共三十章，爲其集中最大宗之組詩，雖自謙「俚淺鄙僿」，實頗得意，詩成郵寄諸友好，求賡和焉。在上述致牧齋札之前，煙客修函寄常熟陸銑（孟鳧，1581-1654），有語云：

> 不肖某，馬齒虛度，故國遺民，自愧靦焉視蔭。桑蓬忽屆，蒿蔚增悲，

---

110 《奉常公年譜》順治四年條卷3，3b-4a。
111 同前註，順治七年條卷3，頁5a。
112 《王煙客集・西廬詩草》上卷補，頁3a-b。

概不敢當簫賜。惟西田村舍數椽，爲情賞所寄，冀得邀名公佳什，使沮
茹頓沐光輝。乃承賢昆仲先生塡箟迭和，珠琳競爽，字字玉琢錦洗，光
華首壓縹緗。而老先生意猶未盡，復爲寄托古人，反覆歌詠，窮工極
妙，變化入神，尤令人洞心駭目。但比擬過當，非庸劣所堪承。捧誦周
環，祇增愧汗。而仰藉鼎噓，又得邀宗伯翁大記，異日並載名集，漁菴
農舍，遂與昌黎盤谷、次山杯湖並傳，何幸如之！[113]

知煙客詩孟鳧兄弟曾贈和，寄祝嘏意也。牧齋與孟鳧爲摯友，煙客緣孟鳧致意，
牧齋乃爲作十二絕句並〈西田記〉賀煙客壽。細味牧齋詩文，疑牧齋詩題「王烟
客先生見示西田園記」云云，或即煙客〈西田感興〉詩，非別有所謂「西田園
記」，蓋牧齋詩語頗有襲自煙客〈西田感興〉諸詩者。煙客詩亟寫棲隱西田漁
村，「投老菰蘆身始閒，惟餘幽事得相關」之樂，復寓流年、身世之感，不宜盡
以尋常田園詩視之。其中有隱約透露心事者，如其二十二：

> 白袷烏巾道服涼，茶煙禪榻鬢絲飀。
> 關情舊雨英游隔，回首前塵靈夢長。
> 林壑猶能容釣弋，乾坤何用識滄桑。
> 含愁默默支頤坐，匣劍依然夜吐芒。[114]

煙客白袷烏巾，茶煙禪榻，宛如林壑間隱者，而追憶舊雨，回首前塵，卻有「靈
夢」之歎。既已泯跡江村，滄桑去懷，卻又支頤愁坐，且謂「匣劍依然夜吐
芒」。昔者「吳之未滅也，斗牛之間常有紫氣……華曰：『是何祥也？』煥曰：
『寶劍之精，上徹於天耳。』」[115]（又：《西京雜記》卷一：「高帝斬白蛇劍，
劍上有七采珠，九華玉以爲飾，雜廁五色琉璃爲劍匣，劍在室中，光景猶照於外，

---

113 《王煙客集‧尺牘上》，頁25b。
114 《王煙客集‧西廬詩草》上卷，頁5a。
115 〔唐〕房玄齡等撰，吳則虞點校，《晉書‧張華傳》（北京：中華書局，1974）
　　卷36，頁1069。

與挺劍不殊。」)[116]則煙客似仍有未能釋懷於國變滄桑者也。牧齋贈詩其一云：

> 天寶繁華靨夢長，西田茅屋是西莊。
> 最憐清夜禪燈畔，村犬聲如華子岡。

《有學集》卷4，頁159

以唐王維擬煙客。王維〈山中與裴迪秀才書〉云：「夜登華子岡，輞水淪漣，與月上下。寒山遠火，明滅林外。深巷寒犬，吠聲如豹。村墟夜舂，復與疏鐘相間。」[117]一片清趣。惟牧齋詩起句謂「天寶繁華靨夢長」，則詩禪、幽棲而外，尚以閱歷天寶之亂之王拾遺以喻煙客也。

煙客詩三十首，此首最耐人尋味：

> 鍾阜絪縕紫氣收，江天寥闊迥生愁。
> 宮槐葉落迷芳苑，海嶠龍歸失故湫。
> 哀角悲笳燕市雨，暮煙衰草石城秋。
> 癡頑卻笑歸村老，蝸舍溪邊祇自謀。[118]

此為煙客〈西田感興〉組詩中唯一放眼於西田風物之外者，而其所詠，關乎明清興替，語特沉痛。「鍾阜」者，鍾山也，明太祖孝陵所在。「紫氣收」，神光不再。「宮槐」、「海嶠」一聯，傷心國變，緬懷舊君。王維〈菩提寺禁裴迪來相看說逆賊等凝碧池上作音樂供奉人等舉聲便一時淚下私成口號誦示裴迪〉云：「萬戶傷心生野煙，百寮何日再朝天？秋槐葉落空宮裡，凝碧池頭奏管弦。」[119]《舊唐書·王維傳》載：

---

116 《西京雜記》卷1，頁3b。
117 〔唐〕王維撰，〔清〕趙殿成註，《王右丞集箋注》（《景印文淵閣四庫全書》，第1071冊）卷18，頁14b。
118 《王煙客集·西廬詩草》上卷，頁5b。
119 〔清〕清聖祖御定，《御定全唐詩》（《景印文淵閣四庫全書》，第1423-1431冊）卷128，頁18b。

祿山陷兩都，玄宗出幸，維扈從不及，爲賊所得。維服藥取痢，僞稱瘖病。祿山素憐之，遣人迎置洛陽，拘於普施寺，迫以僞署。祿山宴其徒於凝碧宮，其樂工皆梨園弟子、教坊工人。維聞之悲惻，潛爲詩曰：「萬戶傷心生野煙，百官何日再朝天？秋槐花落空宮裏，凝碧池頭奏管絃。」賊平，陷賊官三等定罪。維以凝碧詩聞于行在，肅宗嘉之，會縉請削己刑部侍郎以贖兄罪，特宥之，責授太子中允，乾元中，遷太子中庶子、中書舍人，復拜給事中，轉尚書右丞。[120]

而今「宮槐葉落」，芳苑迷離，百官無日再朝天，此煙客之慟明室也。杜甫〈同谷七歌〉歌之六：「南有龍兮在山湫，古木巃嵸枝相樛。木葉黃落龍正蟄，蝮蛇東來水上游。我行怪此安敢出，拔劍欲斬且復休。」[121]今則「海嶠龍歸」，失其故湫，煙客故國舊君之思寓焉。下聯「燕市」、「石城」，分寫北京南京。燕市風雨棲遲，唯聞哀角悲笳，似鬼哭神號。石城之秋，盡是暮煙枯草，一片衰頹零落。結聯自嘲。國云亡矣，己一歸村老叟，獨抱此幽憂之思，不亦「癡頑」不合流俗？「慮難曰謀」[122]、「二人對議謂之謀」，[123]今乃「自謀」，無人可與語此牢愁之思也。

牧齋贈煙客詩之其七大有情味，其詞曰：

> 列檻虞山近可呼，野烟村火見平蕪。
> 閒窗潑墨支頤坐，自寫秋槐落葉圖。

《有學集》卷4，頁161

煙客詩末聯傷無人與言其艱苦者，牧齋詩起句直謂「虞山近可呼」，知其素

---

120 〔後晉〕劉昫等撰，《舊唐書》（北京：中華書局，1975）卷190下，頁5051-5052。
121 《御定全唐詩》，（《景印文淵閣四庫全書》，第1423-1431冊）卷128，頁20a。
122 〔漢〕許慎撰，〔宋〕徐鉉增釋，《說文解字》（《景印文淵閣四庫全書》，第223冊）卷3上，頁7a。
123 《晉書・刑法志》卷30，頁928。

心者虞山牧齋也(牧齋有號曰「虞山老民」),可與為友,訴衷曲。(煙客詩其四有聯曰:「雨霽南軒看積翠,天空此牖見浮眉。」後置小注曰:「玉峰在南,虞山在北。」)[124]煙客前詩謂「含愁默默支頤坐」,牧齋於此則言不妨「閒窗潑墨支頤坐」,大可寬心繪其「秋槐落葉圖」。尋味牧齋詩意,似告語煙客,與其懷抱「秋槐落葉」之隱痛,不若以此為自我形象,正告世人,煙客乃一故國遺民,不忘宗國舊君者。

煙客詩三十首,以此殿後:

> 六十頹齡住釣嵒,繞籬蒼翠鬱松杉。
> 身同邱井悲空老,家似秋蓬苦戰茷。
> 緗帙遺書餘蠹蝕,紫囊傳笏但塵緘。
> 惟藏宸翰茅茨裡,長有祥雲擁玉函。[125]

煙客此首自傷淪落,哀己六十頹齡而棲遲於寂寞荒江,老大無成。「緗帙遺書」,傳家之寶,煙客祖父、父數世仕宦之資本,而今「餘蠹蝕」,傷己不能以斯文光大門楣。「紫囊」、「笏」,士人高第帝主所恩賜,煙客大父、父之舊物也,家族仕宦光榮歷史之表徵,而今「但塵緘」,傷家門舉業、仕宦顯赫不再。末聯隱約寄寓故國舊君之思。煙客家藏明神宗御箚,即詩中所謂之「宸翰」也。煙客寶之,謂其雖藏於己之「茅茨」中,自有佛力護持。

牧齋贈煙客詩其八云:

> 閟閣香燈小築幽,金函神祖御書留。
> 吉祥雲海茅茨裏,長湧神光鎮斗牛。

《有學集》卷4,頁161

---

124 《王煙客集‧西廬詩草》上卷,頁4a。
125 同前註,頁6a。

　　此牧齋之所以廣煙客詩結聯意，振起煙客意緒者也。煙客自愧所居乃荊扉「茅茨」，牧齋則言西田之築也幽，閟閣香燈，神宗御書且赫赫在焉，非尋常居所也。神廟之御藻宸章不獨諸天庇護，且神光熲熲，如寶劍之精光上徹於天，洞然長鎮斗牛吳越之地，彷彿明室王氣仍騰湧示現其間也。(牧齋〈吳漁山臨宋元人縮本題跋〉)(1663)有語云：「蓋江左開天之地，斗牛王氣，垂芒散翼，煥爲圖繪，非偶然者。」〔《有學集》，卷46，頁1544〕)

　　上述牧齋詩意亦見於其爲煙客所作之〈西田記〉，而文辭更詭奇。其述西田之風物，曰：「廣平百里，卻望極目，玉山西南，虞山西北，若前而揖，若背而負，日起霞落，月降水升，歸雲屬連，倒影薄射，西田之景物也。」此固描畫西田景色者，惟亦不無太倉、虞山同土壤、共呼息，可望可即之意也。然則牧齋、煙客可以友矣。

　　牧齋文中段最奇，設爲客遊西田歸述其所見。其辭曰：

> 客遊西田者，以謂江岸縈迴，柴門不正，誅茅覆宇，丹臒罕加。竹屋繩床，類巖穴之結構；牛欄蟹舍，胥江村之物色。主人卻謝朝簪，息機雲壑。箕裘日新，蘭錡如故。夙世詞客，前身畫師。擅輞水、歙湖之樂，謝三年一病之苦。杖履盈門，漉囊接席。無朝非花，靡夕不月。此則主人之樂，而西田之所以勝也。

此美西田之出塵絕俗者也。主人「卻謝朝簪」，優游其間，得享詩畫、兒孫、賓客、花月之樂。主人畫師，西園猶王右丞之輞川別業也。此賀壽之得體語。不意牧齋緊接又設一客語，其言盡揭主人之隱憂：

> 客有曰：「子知主人之樂矣，未知主人之憂。家世相韓，身居法從，宸章昭回，行馬交互。大田卒獲，寧無周京離黍之思？嘉賓高會，或有青門種瓜之感。讀方〔案：「文」之訛〕叔名園之記，愾歎盛衰；詠右丞秋槐之詩，留連圖畫。子非主人也，亦焉知主人之樂乎？」

《有學集》卷26，頁998

此憂者，遺民舊臣憂戚之思也。牧齋雖設爲或之之辭，實句句落實，字字咬緊。「家世相韓」，典出《史記・留侯世家》：「留侯者，其先韓人也。大父開地，相韓昭侯、宣惠王、襄王。父平，相釐王、悼惠王。……秦滅韓且年少，未宦事韓，韓破，且家僮三百人，弟死不葬，悉以家財求客刺秦王爲韓報仇，以大父、父五世相韓故。」[126]煙客大父王錫爵歷仕明嘉靖、隆慶、萬曆三朝，且爲萬曆朝首輔；父王衡亦萬曆朝翰林編修，所謂太史者。牧齋「相韓」之喻，得其實。秦滅韓時張良猶年少，未宦事韓，煙客則萬曆、泰昌、天啓、崇禎四世舊臣，即牧齋所謂「身居法從，宸章昭回，行馬交互」者也。「周京離黍」，亡國之歎也。《詩・王風・黍離序》：「〈黍離〉，閔宗周也。周大夫行役至于宗周，過故宗廟宮室，盡爲禾黍，閔周室之顛覆，彷徨不忍去，而作是詩也。」[127]「嘉賓高會，或有青門種瓜之感」云云，化用阮籍〈咏懷・昔聞東陵瓜〉詩語：「昔聞東陵瓜，近在青門外。連畛距阡陌，子母相鉤帶。五色曜朝日，嘉賓四面會。膏火自煎熬，多財爲患害。布衣可終身，寵祿豈足賴。」[128]東陵侯本事，見《史記・蕭相國世家》：「邵平者，故秦東陵侯。秦破，爲布衣，貧，種瓜於長安城東。瓜美，故時俗謂之東陵瓜。」[129]則東陵侯亦亡國之人也。「文叔」，指宋李格非，字文叔，嘗著《洛陽名園記》。其〈書洛陽名園記後〉有語云：「方唐貞觀、開元之間，公卿貴戚開館列第於東都，號千有餘邸。及其亂離，繼以五季之酷，其池塘竹樹，兵車蹂蹴，廢而爲丘墟；高亭大榭，煙火焚燎，化而爲灰燼，與唐共滅而俱亡者，無餘處矣。」[130]名園之廢毀，亦唐朝之末路也。「右丞秋槐之詩」，即上述王維安史之亂時拘執於菩提寺而作「凝碧池」詩事。

此際煙客六十大壽，前此已析家產與諸子，退隱西田且數年，牧齋緣何設此沉重之語以探誘煙客心思？明亡以後，煙客名德爲地方所仰重，藝苑則奉爲宗

---

126 〔漢〕司馬遷撰，〔宋〕裴駰集解，〔唐〕司馬貞索隱，張守節正義，《史記・留侯世家》（北京：中華書局，1959）卷55，頁2033。
127 《毛詩注疏》（《景印文淵閣四庫全書》，第69冊）卷6，頁1a。
128 《六臣註文選》（《景印文淵閣四庫全書》，第1330冊）卷23，頁7b-8a。
129 《史記・留侯世家》，頁2017。
130 〔宋〕李格非，〈書洛陽名園記後〉，《洛陽名園記》（《景印文淵閣四庫全書》，第587冊），頁11a。

師，家業尙豐厚，子孫繁昌，大可就此安度餘生。惟太倉王煙客一族始終非尋常百姓，嘉靖以降，數世顯宦，帝主恩譽有加，明清鼎易，煙客如何立身、如何自我定義，不獨關係煙客有生之年之形象，實與乃祖王錫爵、父王衡及己於青史上如何留名後世攸關。煙客若無明確表示，友朋或亦感不安。牧齋贈煙客詩即有此首(詩其九)：

> 滄海波如古井瀾，圯橋流水去漫漫。
> 世人苦解人間事，家世紛紛說相韓。
>
> 《有學集》卷4，頁162

　　明清易代，天崩地坼，滄海橫流，於今只剩古井之微波？圯橋流水去漫漫，上已無爲韓復仇之張良？即便當時歷史形勢正其如此，世人對「詩性正義」(poetic justice)仍有訴求：「世人苦解人間事，家世紛紛說相韓。」爲家族於後世之名聲計，爲釋「世人」之疑，煙客宜有一言以對。上述煙客〈西田感興〉「鍾阜絪縕紫氣收」一首於此「自我建構」(self-constitution)之工作已露端倪，惟語辭尙或含糊。牧齋讀後有感，乃於〈西田記〉中設客之言「主人之憂」，爲盡揭其覆。

　　「秋槐」之爲義，牧齋知之深矣，其入清後第一集詩即命名《秋槐詩集》，序目云：「起乙酉，盡戊子年」，即順治二年(1645)至五年(1648)間詩也。牧齋又有〈題《秋槐小稿》後〉(1650)一文，其言曰：

> 余自甲申以後，發誓不作詩文。間有應酬，都不削稿。戊子[1648]之秋，囚繫白門，身爲俘虜。閩人林㿟茂之，僂行相勞苦，執手慰存，繼以涕泣。感嘆之餘，互有贈答。林㿟爲收拾殘弃，楷書成冊，題之曰《秋槐小稿》。蓋取王右丞葉落空宮之句也。己丑[1649]冬，子羽持孟陽詩帙見示，並以素冊索書近詩。撿得林㿟所書小冊，拂拭蛛網，錄今體詩二十餘首，並以近詩系之。嗟夫！莊舄之越吟，漢軍之楚歌，訑然而吟，訕然而止，是豈可以諧宮商、較聲病者哉？〈河上〉之歌，同病

相憐，其亦有爲之欷歔煩醒，頓挫放咽，如李賀所謂金銅仙人拆盤臨載，潸然淚下者乎？孟陽已矣！子羽其並眎孟龛，庶幾實獲我心爾。庚寅[1650]二月二十五日，蒙叟錢謙益書於絳雲樓左廂之沁雪石下。

《全集‧牧齋雜著‧牧齋有學集文鈔補遺》，頁503

《秋槐詩集》所載詩意義極不尋常，牧齋與閩人林古度(茂之)等唱和之什乃牧齋於明亡後重新面對社群之首批作品，而牧齋作爲明遺民之自我形象亦於焉誕生。(關於林古度，另請參本書下編詩其五之箋釋。)文中提及之子羽爲常熟人黃翼聖(1595-1659)，牧齋門人而煙客之姊丈也。子羽所得牧齋手書之《秋槐小稿》曾示煙客亦極有可能。無論如何，煙客讀牧齋西田詩及文極感激，有謝函如上引。煙客且求牧齋爲手書之，俾「裝成一冊」，「爲子孫世世之寶」。

又十年(1661)，煙客七十大壽，有〈七十自詠〉四首之作，詩其二云：

> 恩波太液浩無津，每詠秋槐倍愴神。
> 竊祿五朝叨法從，偷生七袠媿遺民。
> 身因頑健翻爲累，時際艱難轉幸貧。
> 傳笏當年稱盛事，夢華今已隔前塵。[131]

煙客此首，辭氣篤定，句句有我，其「自詠」，猶「自我宣言」(self-proclamation)。前四句，直似對牧齋詩文之回應：故國舊臣之思，未嘗去懷，以累世受國恩。詠「秋槐葉落」之句，傷心倍於右丞。唐世天寶亂後，百官尚有朝天之日，明清易鼎，鍾山紫氣永銷。「五世相韓」，竊祿五朝，自愧偷生而爲遺民遺老矣。(「媿遺民」，「媿」同「愧」。此語可作二解：「愧爲遺民」，或「愧對遺民」，均以「遺民」爲「自我認同」[self-identification]之指歸。)身雖在，而時際艱難，家門維持匪易。紫囊傳笏，門楣光耀，前塵往事耳，思之如宋孟元老之追憶東京夢華。

---

131 《王煙客集‧西廬詩草》下卷，頁3a。

〈七十自詠〉前有自序，其言曰：

> 余偷延視息，忽屆稀齡。循省生平，深愧虛度。惟是胸懷結轖，夢寐囈喃。每思效蛙黽之鳴，少攄榛苓之感。而椎拙自愧，牽綴未能。勉賦俚句四章，仰呈詞壇一笑。儻荷不遺鄙僿，俯賜賡酬，庶沙礫溷投，反博珠〔珍〕圓入手。而春花蔚粲，頓令茅塞開心，不但絳雪延年，兼亦黃露洗髓矣。[132]

煙客順治十八年(1661)七十歲，誕日為八月十三，然據《奉常公年譜》載：「親朋子姪，請於新正預祝。四方知交，及諸戚黨來賀者，接踵而至，開讌累日，有〈七十自詠〉詩四律……。」[133]知親朋子姪於新正為煙客預祝生日。[134]煙客既囑和於親友，此詩或於壽宴前已寫就並郵寄諸賓客，則其實際作期為順治十七年年底而非十八年。順治十七年十二月，牧齋有二函致煙客，皆與賀煙客壽有關。牧齋〈與王煙客〉(1661)云：

> 長至之後，便擬拏舟挐楫，登堂再拜，獻西方妙觀之圖，致南極老人之祝。月之十三日，舟至吳門，封船驅迫，勢如豺虎，宵遁晝伏，僅而得免，心悸魂搖。加以寒風砭骨，僵臥委頓，匍匐而返。祇得先遣一介，賚捧頌圖，九頓堂下，以告不寧。嚴寒稍解，賤體健飯，即當躬詣潭府，搏顙拜手，以請後至之罪。恃老先生道義骨肉，當憐其老病而恕其惰慢，不以為非而鄙遺之也。公郎俱不遑另啓，謹一一道意。孝逸、伊人，常在侍右，並道積悃。臨啓不勝瞻悚之至。[135]

132　同前註。

133　《奉常公年譜》卷3，頁13b-14a。

134　據《王巢松年譜》順治十八年條：「是年大人七十，於正月中旬豫慶。」頁28。

135　牧齋函謂冬至日後本擬拏舟挐楫，赴太倉為煙客祝壽，「獻四方妙觀之圖，致南極老人之祝」。順治十七年冬至日為十一月廿日（西曆12月21日），牧齋信又有「月之十三日」之語，而函中所述為窮冬物色，應指十二月十三日。牧齋之赴太倉，似在順治十七年十二月中前後，為預賀煙客七十壽辰，但似無與新正

《全集·錢牧齋先生尺牘》卷1，頁195

除夕以前，牧齋復有另一〈與王煙客〉書(1661)，有語云：

> 祝嘏之文，仰體仁人君子一腔忠孝，遂放筆而極言之，亦自分必有當於
> 高明。頃見〈自壽〉詩云：「恩波太液浩無津，每詠秋槐倍愴神。」斯
> 可謂豐山九鐘，應霜而鳴。旋觀鄙作，真不覺撫卷自失也。……荒村節
> 物，重辱嘉貺。脯醢餅餌，事事精絕，既醉飽德，不但辛盤生色也。逼
> 除匆匆，率筆奉謝。諸俟面時九頓，不多及。[136]

《全集·錢牧齋先生尺牘》卷1，頁196

知牧齋本擬親赴太倉爲煙客祝壽(但似非赴壽宴)，惟以路阻兼天寒，中途折返。
牧齋之賀禮二事：「西方妙觀之圖」，有序及頌，即〈書西方十六妙觀圖頌有
序〉(1661)[137]，又有「祝嘏之文」，即〈王奉常煙客七十壽序〉(1661)[138]。二

(續)───────────────────

　　壽宴之意。若上論不誤，則牧齋本函應作於順治十七年十二月十三日以後，西
　　元已在1661年。

136 此札或作於順治十七年歲末，稍晚於上札，西元已在1661年。信謂「頃見〔煙
　　客〕〈自壽〉詩」。如上文所述，煙客親朋子姪請於順治十八年新正預祝煙客
　　壽，而煙客有〈七十自咏〉詩四律。(《奉常公年譜》卷3，頁414)煙客〈七十
　　自咏〉序云：「……勉賦俚句四章，仰呈詞壇一笑。儻荷不遺鄙僿，俯賜賡
　　酬，庶沙礫潿投，反博珠〔珍〕圖入手。而春花蔚粲，頓令茅塞開心，不但絳
　　雪延年，兼亦黃露洗髓矣。」(《王煙客集·西廬詩草》下卷，頁3a)煙客既囑
　　和於親友，此詩或於壽宴前已先行郵出，故而牧齋於「逼除」時已得讀。

137 此篇乃牧齋爲賀煙客七十大壽而作。上述牧齋〈與王煙客〉(1661)一札有語
　　云：「長至之後，便擬拏舟挐楫，登堂再拜，獻四方妙觀之圖，致南極老人之
　　祝。月之十三日，舟至吳門，封船驅迫，勢如豺虎，宵遁晝伏，僅而得免，心
　　悸魂搖。加以寒風砭骨，僵臥委頓，葡匐而返。祇得先遣一介，賚捧頌圖，九
　　頓堂下，以告不寧。」信中所謂「頌圖」即本文。上考牧齋之赴太倉，似在順
　　治十七年十二月中前後，本頌文亦應成於此時之前不久，西元應已入1661年
　　(順治十七年十二月一日已爲西元1661年元旦)。惟牧齋頌文起首云：「歲在辛
　　丑」。辛丑乃順治十八年，此牧齋預寫煙客慶壽之時耳，頌文實際作期應在順
　　治十七年十二月中前後。

138 牧齋本篇爲壽文。上述除夕以前牧齋有〈與王煙客〉書(1661)，內云：「祝嘏

文皆別出心裁之妙文,非尋常筆墨也。十載以前,牧齋作西田詩並文以壽煙客,猶支離其辭以誘煙客,至本年書〈圖頌〉及〈壽序〉,直以「忠孝」歸煙客矣。牧齋「豐山九鐘,應霜而鳴」云云,典出《山海經‧中山經》:「豐山……有九鐘焉,是知霜鳴。」郭璞注云:「霜降則鐘鳴,故言知也。物有自然感應,而不可為也。」[139]牧齋以此喻煙客知己,「自然感應」,己為「霜」,煙客為「鐘」,而其所以「應」己者,〈七十自詠〉四首詩其二是也。

　　牧齋〈書西方十六妙觀圖頌有序〉之序文云:

> 歲在辛丑[1661],太原奉常卿烟客先生,春秋七十。奉常身藉高華,心棲禪寂。嘗授西方十六觀門於聞谷印公,深味其要妙。於斯世之燕喜壽豈,稱千金而奉萬年者,不啻條風之過耳也。顧獨以五世韓相,七葉漢貂,白首者艾,忠君愛國,有未能舍然者。予竊謂西方極樂國土之觀,與吾人忠君愛國之心,同此心也,同此觀也。清淨以證果,憑十念而往生;忠孝以植因,即六塵為淨域。其歸一而已矣。妙喜言:「余雖學佛者,然忠君愛國之心,與忠義士大夫等。」妙喜嘗閱《華嚴》八地文,洞徹央崛因緣。彼豈謂漚和涉有,與心觀有異相哉?從孫遊鄴國,持西方十六觀畫冊為余壽。睟容觀相,金碧交光,蓋趙藩居敬堂物也,謹以獻於奉常,以無量壽佛觀門,當寶掌千儀之祝。
>
> 《有學集》卷42,頁1449

　　「忠君愛國」云云,言之再三,牧齋本篇之指歸,思過半矣。「五世韓相」,其事如上述,「七葉漢貂」,取義近之。左思〈詠史〉詩句:「金、張藉舊業,七葉珥漢貂。」[140]漢朝世族金日磾、張湯七代為高官[141],以之況煙客數

(續)────────

　　之文,仰體仁人君子一腔忠孝,遂放筆而極言之,亦自分必有當於高明。」
　　「祝嘏之文」云云,即此〈壽序〉,其作期應亦在順治十七年十二月中前後,
　　西元已入1661年,理由如上數註所述。

139　〔晉〕郭璞撰,《山海經》(《景印文淵閣四庫全書》,第1042冊)卷5,頁27b。

140　《六臣註文選》(《景印文淵閣四庫全書》,第1330冊)卷21,頁4b。「珥貂」,冠以貂為飾,喻顯貴近臣。

世仕宦,亦貼切。妙喜,南宋初大慧宗杲(1089-1163),對金主戰。其謂「予雖學佛者,然愛君憂國之心,與忠義士大夫等」[142],牧齋於詩文中屢述之,爲其會通出世入世間事之重要資源。煙客亦學佛人,牧齋以西方十六觀圖爲賀壽之禮,煙客必歡喜讚歎不已。此圖係明嘉靖間趙康王朱厚煜居敬堂舊物,珍貴可知,且此圖本牧齋從孫所以壽牧齋者(牧齋本年八十大壽),而牧齋以之轉贈煙客,並爲作頌十二首,牧齋對煙客情意之殷厚可知。

明神宗萬曆朝,有所謂「國本之爭」,前後長達十餘年。所爭者,以神宗遲遲不冊立元嗣爲東宮,而朝臣以建儲爲國本大事,與帝爭之急。萬曆二十一年(1593)正月,王錫爵還朝,出任首輔。錫爵在閣時所曾處理最重大之政治事件即此國本之爭,並以曾奉召擬「三王並立」之諭旨而引致舉朝大譁,被物議。萬曆二十二年(1594)六月錫爵引疾乞休,歸里,然此後十餘年間,仍以建儲事屢遭攻擊[143]。錫爵萬曆三十八年(1610)卒,諡文肅,賜全祭葬,加贈太傅,勅建特祠,春秋丁祭[144]。《明史・王錫爵傳》載:「〔萬曆二十一年〕十一月,皇太后生辰,帝御門受賀畢,獨召錫爵煖閣,勞之曰:『卿扶母來京,誠忠孝兩全。』錫爵叩頭謝,因力請早定國本。」[145]牧齋〈王奉常煙客七十壽序〉亦扣緊「忠孝兩全」一意做其文章。〈壽序〉首段云:

> 余庚戌[1610]二座主,皆出太原文肅公之門。次世誼,二公于辰玉先生
> 〔煙客父王衡〕輩行,而余于煙客奉常則兄弟也。奉常又命二子執經余
> 門,蓋余與王氏交四世矣。辛丑[1661]歲,奉常年七十,門人歸子玄

141 見左思〈詠史〉句李善註,《六臣註文選》(《景印文淵閣四庫全書》,第1330冊)卷21,頁4b。

142 〔宋〕大慧宗杲:〈示成機宜〉,《大慧普覺禪師語錄》卷24,收入大藏經刊行會編:《大正新脩大藏經》(台北:新文豐出版公司,1983年影印大正13年至昭和9年大正一切經刊行會排印本),第47冊,第1998A經,頁912c。

143 《奉常公年譜》萬曆三十八年(王錫爵終年)條云:「文肅公以建儲事,橫被流言。去秋因病移床,檢出書箱一隻。……至是文肅公重寫一通,并錄原諭原揭,隨本上進,本中有『孤忠未明』及『以雪沉冤』之語。」可證。卷1,頁8b。

144 同前註,頁2a。

145 《明史・王錫爵傳》卷218,頁5753。

恭、周子孝逸輩請余爲祝嘏之文。余老耄，厭生卻賀，囁嚅未敢應。然
王氏之爲壽，非尋常燕饗而已，君子于是蔵國成焉，占天咫焉，又用以
頌豐芑歌燕喜焉，不可以莫之識也。

牧齋此「于煙客奉常則兄弟」、「余與王氏交四世」之譜系固係亂編者也，牧齋
對煙客所抒表之友好則可感，盛意可掬。本段之後，牧齋即傾力頌揚文肅公之
忠、奉常公之孝。其辭曰：

文肅事神宗皇帝，當盛明日中，君臣大有爲之日，菀枯之集，孳于宮
闈，水火之爭，蔓于朝著。公以孤忠赤誠，揩拄宮府，上欲泯伏蒲廷諍
之跡，而下不欲暴羽翼保護之心。久之，事見言信，身去而國本定。余
嘗論次申文定事，謂昔人有言，此陛下家事。東朝之事，神廟與先帝親
爲證明，豈可動哉。

又曰：

奉常藐然孤孫，痛憤謠諑，臚陳本末，丹青炳然，使天下後世，通知兩
朝慈孝，君父無金玦衣厖之嫌，儲貳無黃臺瓜蔓之恐，而文肅日中見
斗，值負塗盈車之候，遇雨之吉，已應于生前，張弧之疑，并消於身
後，則奉常錫類之孝遠矣，所謂蔵國成者此也。

王錫爵之任首揆，以「懼失上旨」，立奉詔擬「三王並封」論旨，而又「外
慮公論」，同時上反對三王並封之疏一事最招非議[146]。牧齋之論錫爵，以「孤
忠赤誠」爲旨歸，於其中細節，無多敘述，實模糊焦點而爲長者諱之辭也。至謂
煙客「痛憤謠諑，臚陳本末」，則有其事。據《奉常公年譜》萬曆三十八年
（1610）條載：

146　同前註，頁5752。

文肅公以建儲事橫被流言。去秋因病移床，檢出書箱一隻，題「緊要文卷」四字。起封閱之，皆緱山公〔王衡〕手錄次第御札，併御筆批答之語。至是文肅公重寫一通，并錄原諭原揭，隨本上進。本中有「孤忠未明」及「以雪沉冤」之語。[147]

此「緊要文卷」乃煙客父王衡所輯藏，後王錫爵本人董理之而上進者。王錫爵於是年十二月十九日卒。《奉常公年譜》萬曆三十九年(1611)條載：「煙客於居喪之日即爲王錫爵補輯年譜、奏草、文集並刻行之。」[148]申時行〈王文肅公疏草敍〉云：「〔錫爵〕先後與同官合奏，或獨請，或密陳疏若干首，其子辰玉太史槽而藏之，秘不示人，人亦莫之知也。公沒而其孫時敏出槽中疏草刻之，刻成以屬余敍。」[149]或謂煙客此刻流布遠近，錫爵東朝定策，心事乃白。

牧齋如椽之筆、舌底蓮花所欲成就者一印象：太倉太原王氏乃一忠孝傳家之高門望族。牧齋此文爲壽序。牧齋才大，乃能順轉此忠孝之論爲賀壽之吉祥語。牧齋言煙客一家之「福報」如此：

〈文王〉之詩曰：「陳錫哉周侯，文王孫子，本支百世。凡周之士，不顯亦世。」謂文王受命于天，其本支嫡庶，百世爲天子諸侯，而周士之有顯德者亦如之。文肅陰翊元良，于本支嫡庶，有百世功。其子孫受亦世之報，宜也。自古陰德之食，不報于其滿，而報于其餘。文肅之股肱國本，眉目清流也，而不能免于浮石沉木之口。雖其功成名遂，身致太平，而申旦不寐，未有能舍然者，此則其餘而未滿者也。歲有餘十二日未盈，三歲得一月而置閏，取其餘而未盈也。文肅之餘，在君臣邦國間，其未盈也，則食報于子孫，奉常父子，其當之矣。天道不僭其容，以不顯亦世，本支之報，私與太原一家，所謂占天怳者此也。

---

147 《奉常公年譜》萬曆三十八年條，卷1，頁8b。

148 同前註，頁9a-b。

149 申時行，〈王文肅公疏草敍〉，文見〔明〕王錫爵撰，《王文肅公文集》(《四庫禁燬書叢刊》，第7-8冊影印北京大學圖書館藏明萬曆王時敏刻本)，頁1b-2a。

　　此後一大段文字，乃煙客壽宴盛美之形容，至謂「凡百君子，與于燕會者，相與念國恩，仰舊德，頌豐芑而歌燕喜，忠孝之心，有不油然而生矣乎？」牧齋妙筆生花，眞可謂參天地之化育矣。牧齋全文如此作結：「余定陵老史官也，佩文肅琬琰之遺訓，故記斯宴也，亦用史法從事。諸子有志于古學者也，作爲詩歌以祝壽，豈亦將取徵詩史，恥爲巫祝之詞，則余之志其不孤也矣！」（《有學集》，卷24，頁949-951）

　　牧齋此〈王奉常煙客七十壽序〉後段寫煙客之壽宴，繪聲繪影，至謂「今觀于王氏之壽宴，其知之矣。升其堂……御其賓筵……奉常拜于前，諸子拜于後」云云，予人牧齋亦在座之印象。實則牧齋未與斯宴，上述牧齋〈與王煙客〉（1661）一札已坦言：「長至之後，便擬拏舟挈檻，登堂再拜，獻四方妙觀之圖，致南極老人之祝。月之十三日，舟至吳門，封船驅迫，勢如豺虎，宵遁晝伏，僅而得免，心悸魂搖。加以寒風砭骨，僵臥委頓，匍匐而返。祇得先遣一介，賷捧頌圖，九頓堂下，以告不寧。」知此壽序爲牧齋想像之辭耳，壽宴之前已寫就，「爲情造文」，其情可掬。

　　明亡以後，王煙客爲維繫王錫爵所傳家業、承繼王家之斯文傳統費盡心思。今「定陵老史官」錢謙益以「史法」將其家族歷史結合忠孝之價值觀大書特書，且將之形容爲一家族、一社群乃至一地生生不息之力量泉源，不啻爲王氏覓得於歷史記憶中之理想及意欲形象（ideal, intended image），上可接續王文肅之相業垂光，下可世代傳家。

　　牧齋書就〈圖頌〉及〈壽序〉，爲王氏延續十餘年之形象建構工作可謂大功告成。宜有贊。後四年，牧齋作〈王烟客奉常像贊〉（1664），其詞曰：

穆穆文肅，配食清廟。袞衣介圭，即圖周、召。英英太史，鼇禁繼出。麻紙方新，巾香猶鬱。奉常世美，有光厥緒。天球河圖，恆在東序。惟明有臣，惟王有子。奉璋衺衺，是茂是似。武頌〈豐芑〉，成誥〈梓材〉。高曾喬木，有人矣哉！銖衣拂石，沉灰填海。幅巾道衣，一床未改。西莊輞川，芍圃蘭亭。人之視之，右軍右丞。秋槐吟孤，誓墓心苦。顧瞻周道，泣涕如雨。澄懷觀水，薰心染香。不起于座，刀齊尺

染。我懷斯人，蒜烟葭露。穆如清風，拂此毫素。

《有學集》卷42，頁1434

「秋槐」之義，上文已表，「誓墓」云云，亦非等閒字也。〈誓墓文〉，晉王羲之所作，乃於父母墓前自誓，歸隱不仕者也[150]。不仕乃「遺民」之一大特徵，牧齋以之歸煙客。

康熙元年(1662)，煙客諸子謁牧齋於常熟，文讌雅集，並觀賞煙客藏王錫爵南宮墨卷。《奉常公年譜》順治二年(1645)條載：「是年得文肅公南宮闈牘墨本，以數百千易諸老兵之手。吳梅村偉業為之跋尾。」[151]煙客子抃云：「三月初，虞山錢遵王托伊人道意，折柬相招。余兄弟暨瑯琊昆仲、九日、伊人俱赴其約。惟子俶、庭表兩公，以遠遊不與。初到第一夕，集拂水山莊。第二夕，集述古堂。馮定遠、錢夕公、鄧肯堂皆在座。第三日集牧翁夫子胎仙閣，出新題先文肅南宮墨卷。夫子即席首唱七律四章。一代鉅公，得登龍望見顏色，真非常幸事也。」[152]斯會也，牧齋為作〈題王文肅公南宮墨卷〉，有語云：

奉常少侍文肅，曾觀此卷，謂出嚴文靖家。亂後乃得之不知何人。嗚呼異哉！有唐之季，贊鄭公之遺笏，記衛公之故物，承平久長，竊歎斯作。居今之世，獲見斯筆，其隱心動色，又如何也？周陳大訓，魯歸寶玉。天之所與，有物來相。謙益敢謹書其事，以示觀者。其將以為西清東觀，遺文未墜，而慨然有遐焉，斯亦文肅之志也。

《有學集》卷49，頁1599

牧齋知禮，後恭署：「壬寅歲三月望，門下學生虞山錢謙益再拜謹書」。牧齋述

---

150 《晉書‧王羲之傳》略云：時驃騎將軍王述少有名譽，與羲之齊名，而羲之甚輕之，由是情好不協。……述後檢察會稽郡，辯其刑政，主者疲于簡對。羲之深恥之，遂稱病去郡，于父母墓前自誓。後因以誓墓稱去官歸隱。卷80，頁2100。

151 《奉常公年譜》卷3，頁2b-3a。

152 《王巢松年譜》，頁29。

王錫爵遺墨始末，亦頌王氏斯文之未墜。

牧齋所作四律即《有學集》中之〈壬寅三月十六日太倉太原王端士異公懌民虹友瑯琊王惟夏次谷許九日顧伊人吳江朱長孺族孫遵王塈微仲集於小閣是日敬題烟客奉常所藏文肅公南宮墨卷論文即事欣感交并予爲斐然不辭首作〉，有句曰：「字裏鋒芒環斗極，行間筋骨護皇輿。婁江榮氣浮河雒，午夜虹光夾御書。」（其三）又有句曰：「橫經問字皆同術，即席分題各擅場。自愧疎慵徒捧腹，更無衣鉢付歐陽。」（其二）（《有學集》，卷12，頁577-580）詩題中之「太原」，指王錫爵一族，而「瑯琊」則王世貞一族也。太倉此二王氏眾子弟聯袂來謁，「橫經問字」於虞山門下，「天下歸心」，牧齋何樂如之！

嗜痂辛苦王烟客

順治十七年(1660)十月，牧齋投吳梅村一札，乃序梅村詩集後，意猶未盡，再表讀梅村集之感慨者也。牧齋〈與吳梅村書〉末則附筆云：「煙老有嗜痂之癖，或可傳示，以博一笑。」（《有學集》，卷39，頁1363）蓋梅村與煙客同里，比鄰而居，相友善，故牧齋有「可傳示」此函之託，不無傳示同人，「奇文共欣賞」之意。入清後，牧齋與煙客感情契密之另一原因，在於煙客之酷愛牧齋詩文。此煙客於致牧齋諸札中表露無遺，而牧齋覆煙客信中，亦有所披露。如順治十一年(1654)十二月梢(1655)，煙客〈致錢謙益〉函有語云：

> ……鴻著詩文，時於友人扇冊借抄，晨夕快讀，以當刮翳金鎞，延年絳雪，用助炳燭之光，歡喜更無量也。言念學問文章，如先生汎瀾淵海，光燄千古，曠世而不一遇。[153]

牧齋順治十四年(1657)歲末〈與王烟客書〉有語云：

> ……仁兄留心長物，耿耿胸臆間。長言讕語，每相薦撙，斷編醫翰，手

---

153 《王煙客集‧尺牘上》，頁24b-25a。

自披錄。昔人破琴輟絃，希風千古，不揆衰朽，坐而得之。舊學荒落，
老筆叢殘，每思傾囊倒庋，自獻左右，少慰嗜芰采荇之思。周章摒擋，
慚懼而止，每以自愧，又以自傷也。

《有學集》卷39，頁1357-1358

順治十七年(1660)歲末(1661)牧齋〈與王煙客〉函有語曰：

歲月逾邁，老病侵尋。陳人長物，不免引鏡自憎，且復自笑。每士友從
婁東來，流傳仁翁記存之殷，獎借之過，欣慨交并，感愧兼集。至於少
壯失學，衰老無聞，文章之道，茫無識知。不謂謬妄流傳，以嗜痂之
癖，仰累法眼。子羽每言仁翁篤好之過，每得片紙，必篝燈拂几，手自
繕寫。聞之不禁背汗橫流，身毛俱豎。……頃見〈自壽〉詩云：「恩波
太液浩無津，每詠秋槐倍愴神。」斯可謂豐山九鐘，應霜而鳴。旋觀鄙
作，真不覺撫卷自失也。

《全集・錢牧齋先生尺牘》卷1，頁196

至牧齋下世前數月，煙客復有長札投牧齋，盡吐傾慕之情。〈致錢謙益〉
(1663/1664?)[154]內云：

垂老端憂，屏居多暇，時取古人書讀之，而早歲迨迨，未嘗學問，觸處
觗滯，罔識津涯耳，不得其指要。差幸一隙微明，於先生鴻著，獨有深
嗜，不啻飢渴之於飲食。寤寐訪求，寒暑抄寫，積久遂已成帙。每當衰
憊不支，憂思軫結，旋視錄本，則霍然體輕，灑然意釋，頓失愁病所
在。小窗晴暖，病眼昏眵，映簷把讀，不知日之移晷。自謂殘年樂事，
無以踰之。然而耽好徒勤，於作文關鍵、立言指歸，實未窺萬一。至於

---

154 牧齋覆煙客此函時在康熙二年癸卯(1663)歲末，西元已在1664年(詳下牧齋覆
函作期考論)。煙客函謂「凝寒濡毫」，應亦作於是冬。本年十二月四日為西
元1664年元旦，特未審煙客函實書於1663末或1664年初耳。

用字奧僻處，茫然不得其解，醯雞之覆，悼嘆良多。惟是光燄飛騰，元氣磅礴，如高雲圓蓋而星緯錯陳，大海洄瀾而環怪坌涌，以爲雄肆高華，臻文宗之極致。上下千百年，縱橫一萬里，惟老先生一人而已。固自念言，生幸同時，又同土壤，參承洵至宿緣。乃壯年以萍梗浮蹤，弗獲北面稱弟，丐餘芬以自淑，良爲虛負此生。今則景逼崦嵫，殘光行盡，自分枯楊黮黶，不能爲問字之侯芭。惟愛慕博奧，庶或得比於蕭穎士之僕耳。

煙客溢美之辭固有，惟其情之眞切亦可感知。接下一段，則較坦率，有判斷，且能指出牧齋文若干可議處：

簡閱舊抄，應酬之作，約略居半，多非老先生精思所屬，然率意揮洒而魚龍百變，波瀾老成，迥非時流所可企及。乃若碑版之文，一日繫九鼎，照四裔而垂千秋者，直當軼駕韓、歐，顧斳固非肯遽出。愚意惇史直筆，南董是師，品騭抑揚，毋庸鯁避。其間興嘆劫塵，寓感舟壑，輪囷肝膽，隱躍筆端，疑或有掖時眼，然撝寶帳祕，自古有之。亦何妨密示同志？矧某忐慎，每先緘縢夙戒者乎？

煙客此函，重有求於牧齋者：

茲因孝逸趨侍，特託懇請。倘蒙傾筐倒庋，悉畀錄藏，俾得以炳燭之光，晨夕咀誦，樂而忘老，誠不啻絳雪引年，仙家十賚者矣。[155]

煙老「嗜痂之癖」，可謂深矣，是眞愛牧齋文者[156]。煙客累紙來問，牧齋亦長

---

155 《王煙客集・尺牘下》，頁17a-18a。

156 前輩學者潘重規先生舊藏清初抄本《初學集》，據云凡五冊，幾達千葉，約合八十萬字，鈔寫字體在行楷間，復用朱筆勘校，加圈點。潘氏判此本即王煙客手抄本，爲撰〈王烟客手鈔錢謙益初學集考〉，附氏著《錢謙益投筆集校本》

篇作答。牧齋此札,乃其下世前數月間所寫最長一封,可見其重視與煙客之友誼也。〈復王煙客書〉(1664)[157]有語云:

> 孝逸來,得手書勞問,情事委折,如侍函丈。迴環捧誦,拊掌太息。竊怪仁兄學殖深厚,辭條清芬,當世文士,罕有其比。重自闠藏,被褐懷玉,不欲少見孚尹,吐光怪於人間,此真加於人數等矣。鄙人制作,不勝昌歜之嗜,至於籥燈繕寫,目眵手胼,非知之深、好之篤,何以有此?上下古今,橫見推挹,顧影茫然,不知所措。殆有如莊子所云「始聞之懼,復聞之息,卒聞之而惑」者。拊心定氣,伏枕沉思,始知仁兄知我愛我,終不若僕之自知也。

牧齋此後即詳述其「自知」者何,自愧文章遠不及韓、蘇數家,甚或「自唐李遐

(續)————————————

(台北:文史哲出版社,1973)後,頁69-86。此本若真出煙客手筆,歷經數百年而尚存於世,深具文獻、藝術價值,彌足珍貴。不知此本現藏何處,異日苟得觀賞,則幸甚矣。煙客又曾藏牧齋信札數十通,其〈跋顧伊人湄所藏牧翁雜簡〉云:「牧翁宗伯文章之妙,超軼古今,振耀寰宇,已不待言。其為簡牘,長篇則布濩浩瀚,莫測涯涘,即小言亦停泓演迤,霑丐不窮。故凡從遊者,以得隻字為至寶。伊人於及門中,講藝論詩,尤有水乳之合。平生往來尺牘,所得獨多,彙輯裝襥成卷,雖短牋剩語,而風流激賞,辭約意盡,已不啻連篇累幅,此固字字出神龍頷下,實伊人髻中珠也。余亦積有數十通,篋藏歲久,半委之蛛絲蠹腹。屢欲檢出付標,奈耄荒,舉念輒忘。茲辱見眎,深幸起予,因於尾卷漫綴數行,聊志同心之喜。若名蹟珍重,輕以塵垢,點污朵雲,則吾豈敢。」〔清〕王時敏,《王奉常書畫題跋》(《續修四庫全書》,子部第1065冊影印復旦大學圖書館藏清宣統二年李氏甌鉢羅室刻本)卷上,頁8a-8b。又煙客好鈔書,王寶〈奉常公事略〉云:「〔煙客〕平生撮錄經傳子集,不下數萬卷。」《王煙客集‧西廬懷舊集》,頁3b。

157 牧齋此札或作於康熙二年癸卯(1663)歲末,西元已在1664年初。信中謂「客歲」有答李叔則(楷)、徐伯調(絿)二書。牧齋〈答山陰徐伯調〉、〈復李叔則書〉(《有學集》卷39),皆作於康熙元年(1662)。書中又云:「寒燈臥病,蘸藥汁寫詩。」牧齋〈病榻消寒雜咏四十六首〉序云:「癸卯冬,苦上氣疾。臥榻無聊,時時蘸藥汁寫詩,都無倫次。」(《有學集》卷13,頁636)所述病況、詞意與牧齋札中所言近似。〈消寒〉詩序後署「臘月廿八日」,即西元1664年1月25日,此札中謂「方當餞歲,共感流年。窮冬惟息勞自愛」,與該時日亦相約。

叔、獨孤至之，以迨金之元好問，元之姚燧」，於古學之閫奧猶濛濛然云云。復次，牧齋又回答煙客「來教指用事奧僻」之問題，謂「此誠有之，其故有二：一則曰苦畏，二則曰苦貧」。所謂「苦畏」，牧齋云：

> 或數典于子虛，或圖形于罔象。燈謎交加，市語雜出。有其言不必有其事，有其事不必有其理。始猶託意微詞，旋復鉤牽讔語。輟簡迴思，亦有茫無消釋者矣。

此牧齋道其微詞讔語之修辭策略，惟其所「畏」者何，而必出之以隱微之語言，則牧齋始終未正面道破。以常理度之，或牧齋所書寫者較具敏感性，若直而不迂，恐犯時諱，此其所「畏」也。至若「苦貧」，牧齋云：

> 文章之道，無過簡易。詞尚體要，簡也。辭達而已，易也。古人修辭立誠，富有日新。文從字順，陳言務去。雖復鋪陳排比，不失其為簡，詰曲聱牙，不害其為易。今則禪販異聞，餖飣奇字，駢花取妍，賣菜求益。譬如窮子製衣，天吳紫鳳，顛倒袍褐，適足暴其單寒、露其補坼耳，此所謂苦貧也。

此牧齋所以自謙學問不足，而不得不乞巧於駢花驪葉者也。至於煙客求悉錄己文，牧齋不之拒(惟不欲即予煙客)，並告以文稿編輯安排事：

> 《初學》之刻，稼軒為政。取盈卷帙，未薙榛蕪。此後草稿叢殘，都無詮次。累承嘉命，不敢自棄。擬以湯液餘罍，少為排纘，初集翦削繁蕪，汰其強半，效廬山內外之例，釐為二集。後集亦效此例。俟有成編，專求是正，然後寫以故紙，藏諸敝篋，放唐衢之詩瓢，埋劉蛻之文冢。山川陵谷，刼火洞然。海墨因緣，深資啓發。仁人之言，其利溥哉！亂後無意為文，障壁蠟車，不堪塗乙。一二族子，有志勘讎，意欲請孝逸、伊人，共事油素。惟仁兄力為獎勸，俾勿以槐市為辭，則厚幸

矣。

本札後，牧齋再有一短札與煙客，乃所知見二家問訊之最後一通矣。錄如次：

> 別後衰病日增，上氣結塞。藥多於食，眠多於起。筆床硯匣，不復相親。昨始強起握管，作報書一通，並繕寫像贊，屬東牀遣書馳致。忽奉翰貺，珍羞錯列。寒盧病榻，暄如陽春。台丈念我愛我，不啻解衣推食。心中藏之，未知何以報稱也。商確文事，已具前札，不復累書。犬子重承垂念，深荷記存。草次奉謝，未盡百一。[158]

此中所謂「像贊」，應即上述〈王烟客奉常像贊〉。後不及半年，牧齋辭世。

牧齋與煙客自順治七年以迄康熙二年垂十餘年之交誼，溫文儒雅君子之交也。二人贈言、進退以禮，多文飾，後之讀者，必有以迂腐視之可知。而竊以為，二老之交，其可貴可愛處亦正在此。順康之世，大亂甫定，兵火近銷，牧齋與煙客之交，亦反映吳中虞山、婁東文苑藝林之呼息，而人文世界之漸次復甦也。復次，牧齋、煙客，前明數朝舊臣，滄桑劫後，其所憂慮有不止於倖存者，即在其身後名也，而此又關乎其家族於歷史上之評價與形象，不可謂不重大。至煙客之愴神於「宮槐葉落」，牧齋知煙客可經營之而為己之自我形象矣。故明

---

158 牧齋此札或作於康熙二年癸卯(1663)歲末，西元已在1664年初。函中謂「別後衰病日增，上氣結塞。藥多於食，眠多於起」，又有「病榻」之語。牧齋〈病榻消寒雜咏四十六首〉序云：「癸卯冬，苦上氣疾。臥榻無聊，時時蘸藥汁寫詩，都無倫次。」《有學集》卷13，頁636。所述事與詞意與牧齋札中所言近似。〈消寒〉詩序後署「臘月廿八日」，即西元1664年1月25日，此函或作於約略同時。牧齋信又謂「忽奉翰貺，珍羞錯列」，而煙客慣於歲末送年禮，亦可證牧齋此報書寫在歲暮。

「遺民」之身分，清人默許。其人若無過於激烈之言論或實際對抗之行為，身家性命無虞。既無咎，復可對傳統道德價值觀有所交代，是宜就之。牧齋乃多方設喻，離合其文以誘喚煙客。至煙客終自稱「遺民」，牧齋乃以「忠君愛國」大書特書煙客及其先世。牧齋誠為煙客解決其歷史評價上「身分危機」之師資也。煙客亦真嗜愛牧齋詩文者，歷年蒐求，寒暑抄錄，目眵手胼而不止，宜乎牧齋引以為知己也。且煙客周到體己，逢年過節，例有遺贈於牧齋者，又曾數訪牧齋於虞山。牧齋、煙客於其時，文壇畫壇二巨擘也，學者宗之，而其惺惺相惜，彼此敬愛若此，數百載以後，思之猶令人無限神往。

　　牧齋為煙客所寫詩，尚有一絕，康熙元年(1662)間之作，循之正可思見牧齋與煙客交之情味與人文意義。牧齋〈題烟客畫扇〉云：

　　　吹笛車箱去不回，人間粉本付沉灰。
　　　空齋畫扇秋風裏，重見浮嵐暖翠來。

　　　　　　　　　　　　　　　　　《有學集》卷12，頁582

牧齋〈王石谷畫跋〉(1663)有語云：「黃子久〔公望，1269-1354〕沒二百餘年，沈、文一派，近在婁江。……子久居烏目西小山下，坐湖橋，看山飲酒，飲罷，輒投其鉼于橋下，舟子刺篙得之。至今呼黃大癡酒鉼。晚年遊華山，憩車箱谷，吹仙人所遺鐵笛，白雲潝起足下，擁之而去。」（《有學集》卷46，頁1546)[159]又〈題孟陽倣大癡仙山圖〉(1658)詩有句云：「每對山窗圖粉本，更從禪榻倣《浮嵐》。」後置夾注云：「大癡有《浮嵐暖翠圖》。」（《有學集》，卷9，頁426)牧齋〈題烟客畫扇〉詩固詠煙客之藝事者也，譽美煙客能踵武黃公望，而讀上數語亦已可知詩中典故之意。惟詩上半「付沉灰」云云，不無象徵舊日美好世界已付劫灰之意，以之指國變滄桑、人物凋零亦無不可。煙客藝術之可貴處，乃在秋風蕭颯之時，讓人間「重見浮嵐暖翠」。此「浮嵐」、「暖翠」，何只圖畫景致，乃人文化成之創造，亦天崩地坼後重現之生機。牧齋與煙客改朝

---

159 文後署「癸卯仲冬十七日」，即康熙二年(1663)十一月十七日。

換代後之倖存於世、二人建立之眞摯情意、其反覆往來之文字，正可視爲此「浮嵐」、「暖翠」之轉喻，宜乎牧齋與煙客於順治七年至康熙三年十餘年間惺惺相惜也。

下編
箋釋編

凡例

一、本編箋釋引用錢謙益著作所據版本如下：〔清〕錢謙益著，〔清〕錢曾箋注，錢仲聯標校：《牧齋初學集》（上海：上海古籍出版社，1985年），箋中簡稱《初學集》；錢謙益著，錢曾箋注，錢仲聯標校：《牧齋有學集》（上海：上海古籍出版社，1996年），簡稱《有學集》；錢謙益著，錢曾箋注，錢仲聯標校：《錢牧齋全集》（上海：上海古籍出版社，2003年），簡稱《全集》；錢謙益著：《列朝詩集小傳》（上海：上海古籍出版社，1983年）；錢謙益箋注：《錢注杜詩》（上海：上海古籍出版社，2009年第2版）。牧齋〈病榻消寒雜咏四十六首〉並錢曾注見《有學集》，卷13，頁636-674。

二、一般古籍，統一使用臺北臺灣商務印書館1983年《景印文淵閣四庫全書》影印國立故宮博物院藏本，以此《四庫全書》本有網上電子版，讀者覆案較便捷也。正史據北京中華書局標點本。佛典一般使用《大正藏》、《續藏經》本。

三、牧齋詩已有錢曾爲作注，造福讀者，功德無量。本編箋釋盡量汲取錢曾原注之精華，使薪火得以相傳，不埋沒前人貢獻。然而，古人注書，體尚簡要，辭貴清通，引述多撮略擺落，不盡合今日之學術規範。今爲全面覆案原文，盡量恢復原書文面貌，並刊正誤謬，方便讀者觀覽研讀。此外，若干典故、語詞，於古人爲常識，不煩出注，而近世以還，知識結構丕變，今之讀者或已難明其原委，有必要補注增注。復次，錢曾注亦有不盡理想者，此注家所不免，本編箋釋稍有辨正。

四、體例上，本編箋釋爲一新嘗試，結合傳統「注」與「箋」於一箋解。本編牧齋詩箋釋，務求疏通全詩意義脈絡，以述句、聯、章爲經，以釋典故、字義爲緯。於此詮釋框架中，注不另出，悉寫入詩箋中。如此，材料之去取選擇力求精嚴，重心不在名物訓詁、隸事纂組，而在解說詩意。徵引或詳或略，不計較篇幅長短，以箋釋明了爲終始目的。除典故、字義外，箋文中對牧齋之行誼、相關人物與牧齋之關係、涉及之歷史事件與背景均有所交代或考

辨。本編牧齋詩箋釋之最終目的，務使讀者不必分看詩文、注文、箋文，苟能耐心通讀一過，全詩旨趣、意境、相關背景基本了然於心，乃可進一步思索牧齋詩奧妙之所在。至若辭繁不殺、黏吝繳繞，為達成上述目的，工拙不計，旨求引玉，貽笑大方，所自知也，諸希亮察為幸。

序

牧齋〈病榻消寒雜咏四十六首〉序曰：

癸卯[1663]冬，苦上氣疾。臥榻無聊，時時蘸藥汁寫詩，都無倫次。昇平之日，長安冬至後，內家戚里，競傳《九九消寒圖》。取以銘詩，志《夢華》之感焉。亦名三體詩者，一爲中麓體，章丘李伯華少卿罷官後，好爲俚詩，嘲謔雜出，今所傳《閒居集》是也；其二爲少微體，里中許老秀才好即事即席爲詩，杯盤梨棗，坐客趙、李，臚列八句中，李本寧敍其詩，殊似其爲人；其三爲怡荊體：怡荊者，江村劉老，莊家翁不識字，衝口哦詩，供人冊笑，間有可爲撫掌者。有詩一冊，自謂詩無他長，但韻腳熟耳。余詩上不能寄託如中麓，下亦不能絕倒如劉老，揆諸孟季之間，庶幾似少微體，惜無本寧描畫耳。或曰：三人皆准敕惡詩，何不近取佳者如歸玄恭爲四體耶？余囅然笑曰：有是哉！并識其語於後。臘月廿八日，東澗老人戲題。

【箋釋】

　　牧齋詩序後署「東澗老人」。「東澗老人」或「東澗遺老」，牧齋別號，牧齋於順治十二年(1655)始用之。牧齋於〈題吉州施氏先世遺冊〉(1662)曾釋此號之由來，曰：「乙未[1655]歲，〔施〕偉長遊臨海，謁先廟，拜武肅、忠懿、文僖畫像，獲觀鐵券及周成王饗彭祖三事鼎，鼎足篆『東澗』二字。以周公卜宅時，乃卜澗水東、瀍水西，故有此款識也。謙益老耄昏庸，不克糞除先人之光烈，尚將策杖渡江，灑掃墓祠，拂拭宗器，以無忘忠孝刻文，乃自號東澗遺老，所以志也。」(《有學集》卷49)

　　牧齋詩序透露，〈病榻消寒雜咏四十六首〉寫於康熙二年癸卯(1663)冬。其時，牧齋八十二歲。詩序落款日期爲「臘月廿八日」。癸卯年十二月廿八日爲西元1664年1月25日，而牧齋歿於康熙三年甲辰五月二十四日，西元爲1664年6月17

日。由此可知，自〈病榻消寒〉組詩輟簡至牧齋撒手人寰，相距僅四月餘而已。牧齋一生詩作以此壓軸，《有學集》所收牧齋詩亦止於本題。牧齋病榻纏綿，賦詩「消寒」，一詠再詠而至四十六章，可云富矣。（組詩最後二章，牧齋自注云：「元旦二首。」知係寫於牧齋序詩後數日之甲辰年元旦。）

〈病榻消寒雜咏〉詩序語調詼諧幽默，似即興而發，信手拈來。然牧齋詩題「消寒」一語，實有沉痛寓意。畫《九九消寒圖》，富貴人家「昇平之日」事也，而牧齋撮其語「以銘詩」，卻爲寄託「《夢華》之感」，則追憶往昔昇平歲月、心傷國變滄桑乃其弦外之音矣。《東京夢華錄》作者孟元老生長北宋末年，長住汴京，北宋覆亡後南逃，晚年追憶舊京繁華模樣，乃有《夢華錄》之作。於此，不妨借古喻今，以孟元老序《夢華錄》之語，轉喻牧齋今日之懷抱。孟氏云：「僕從先人宦游南北，崇寧癸未到京師，……太平日久，人物繁阜。垂髫之童，但習鼓舞；斑白之老，不識干戈。時節相次，各有觀賞。……僕數十年爛賞疊遊，莫知厭足。一旦兵火，靖康丙午之明年，出京南來，避地江左。情緒牢落，漸入桑榆。暗想當年，節物風流，人情和美，但成悵恨。……古人有夢遊華胥之國，其樂無涯者。僕今追念，回首悵然。豈非華胥之夢覺哉。目之曰《夢華錄》。」（《東京夢華錄》，收入周光培編：《歷代筆記小說集成·宋代筆記小說》，冊7）

「三體詩」云云，牧齋杜撰之詞耳。「中麓體」，李開先（1502-1568）四十歲罷官後所製《閒居集》之風貌，「嘲謔雜出」之「俚詩」。牧齋《列朝詩集小傳》稱李「爲文一篇輒萬言，詩一韻輒百首，不循格律，詼諧調笑，信手放筆。……所著，詞多于文，文多于詩。……多流俗璅碎，士大夫所不道者。」（丁集上「李少卿開先」）言下之意，不無譏彈。今考明嘉靖間，唐順之（1507-1560）等出而矯文必秦漢、詩必盛唐之復古主義。李開先爲詩文詞曲，反模擬蹈襲，與唐等互通聲氣，頗爲密切。於此一端，牧齋頗爲讚賞。雖然，猶以其作「多流俗璅碎」爲憾。此處則謂李詩有「寄託」，爲己所「不能」。則其「寄託」者何？牧齋《初學集》中有〈跋一笑散〉一文，謂「其自序以謂無他長，獨長於詞，遠交王渼陂，近交袁西野，足以資而忘世，樂而忘老。……又曰：借此以坐消歲月，暗老豪傑。嗚呼！其尤可感也！」（《初學集》卷85）觀此則牧齋或

自謙不如李開先之能以文字遊戲人生、消遣歲月，文酒詞曲自樂而「老豪傑」於
詼諧調笑之俚語中。則牧齋此「不能」，乃人生情調之抉擇、個人情性之不同，
非謂己之製作不如中麓體嘲謔雜出之鄙俚也。

　　「少微體」，老秀才「即事即席」之作，「近取諸身」，眼前尋常物事，身
邊張三李四，亦可入詩，演成八句一律。與「少微體」創作機制相近者「怡荆
體」，莊家翁劉老不識字，衝口吟哦，詼諧滑稽，偶有天趣。牧齋謂己作「不能
絕倒如劉老」，純係戲語，可勿論。三體相較，牧齋自揣「庶幾似少微體」，又
謂「李本寧敍其詩，殊似其爲人」。則「少微體」率性自在，以能顯露個人性情
面貌，而又不失爲藝事爲勝矣。牧齋頗以「無本寧描畫」，敍己之詩爲憾。本寧
者，明季名臣李維楨（1547-1626）是也。李負文名於當世，惟牧齋對李詩文之
「品格」不無微詞。《列朝詩集小傳》評李維楨云：「自詞林左遷，海內謁文者
如市，洪裁豔詞，援筆揮灑，又能骫骳曲隨，以屬厭求者之意。其詩文聲價騰
涌，而品格漸下。余誌其墓云：『公之文章固已崇重于當代矣，後世當有知而論
之者。』亦微詞也。」（丁集上「李尚書維楨」）然則牧齋又緣何於詩序中抒發欲
得李氏爲己敍詩之願望？除寫活少微體許老秀才之面目外，對牧齋而言，李維楨
復象徵一業已消逝而敎人懷緬之世代。數載以前，牧齋曾於〈邵潛夫詩集序〉
（1660?）中云：「通州邵潛夫，以詩名萬曆中，爲雲杜李本寧，梁溪鄒彥吉所推
許。乙卯[1615]之秋，潛夫挾彥吉書謁余，不遇而去。迨今四十五年，潛夫附書
渡江，以詩集見貽。……當鴻朗盛世，本寧以詞林宿素，自南都來訪彥吉及余，
參會金昌、惠山之間。彥吉山居好客，園林歌舞，清妍妙麗，賓從皆一時勝流，
觴詠雜遝。由今思之，則已爲東都之燕喜、西園之宴游，灰沉夢斷，迢然不可復
即矣。……潛夫詩和平婉麗，規摹風雅，自以七葉爲儒，行歌采薇，而絕無嘲啁
噍殺之音。讀潛夫之集，追思本寧、彥吉，昇平士大夫，儒雅風流，髣髴在眼。
於乎！其可感也！余每過彥吉園亭，回首昔游，天均之堂，塔光之樹，往者傳杯
度曲，移日分夜之處，胥化爲黑灰紅土。與舊客雲間徐叟，杖藜指點，凄然別
去。」（《有學集》卷19）牧齋之思懷李維楨，以李能喚起一「鴻朗盛世」、「昇
平士大夫」文酒風流之年代。李詩文「品格」之高下與否，已不復至關重要之考
量矣。追溯李維楨身影，牧齋能回首來時路，重認己之風華歲月與夫天崩地坼前

之「鴻朗盛世」。

　　（牧齋此詩序更詳盡之分析，請看本書上編第二章：〈陶家形影神──牧齋的自畫像、自傳性時刻與自我聲音〉。）

其一

儒流釋部空閒身，酒戶生疎藥市親。

未肯掉頭拋白髮，也容折角岸烏巾。

國殤急鼓多新鬼，廟社靈旗半故人。

年老成精君莫訝，天公也自辟頑民。

年老成精，見《首楞嚴經》。

【箋釋】

　　詩首聯曰：「儒流釋部空閒身，酒戶生疎藥市親。」「儒流」，儒家者流，助人君順陰陽，明教化者。游文於六經之中，留意於仁義之際，祖述堯舜，憲章文武，宗師仲尼，以重其言，於道爲最高。（《漢書·藝文志》）「釋部」，佛教典籍。牧齋終身以儒爲志業，而佛教宗門法海，其晚年所皈依，且曾傾力箋注《心經》、《金剛》、《楞嚴》、《華嚴》諸典籍，襄助教門事業，亦不遺餘力。今則謂於「儒流釋部」爲「空閒身」，以老耄病體，不復執著，亦不復有所作爲矣。此固牧齋自嘲自傷(self-mockery, self-pity)之詞。老病交逼，不唯於世出世間大事，難再聞問，即便美酒佳饌，亦無福消受；「酒戶生疎」，或其譬喻，「藥市親」云云，想是實情。起二構句，連綴「儒流」、「釋部」、「酒戶」、「藥市」四名目，亟言其大者，而「身」字、「親」字承接妥貼，虛實相濟，此老意巧句煉，可見一斑。

　　起聯難免稍帶衰颯頹唐之感，接以「未肯掉頭拋白髮，也容折角岸烏巾」一聯，則精神爲之一振，筆意峭拔。《莊子·在宥》云：「雲將曰：『天氣不和，地氣鬱結，六氣不調，四時不節。今我願合六氣之精，以育群生，爲之奈何？』鴻蒙拊脾雀躍掉頭曰：『吾弗知！吾弗知！』雲將不得問。」蓋神人以干涉天地四時爲愚蠢無知之舉。牧齋句則從老杜來。杜甫〈送孔巢父謝病歸游江東兼呈李白〉句曰：「巢父掉頭不肯往，東將入海隨煙霧。」言高士疾俗尙之難諧。又〈樂遊園歌〉曰：「數莖白髮那拋得，百罰深杯亦不辭。」則與友暢飲，不以衰

老辭杯也。牧齋「未肯掉頭拋白髮」者，俯仰身世，所懷萬端，特不肯屈服於年老衰朽也。此意與本聯下句合讀，更見彰顯。上言「未肯」，下言「也容」；「也容」者，所甘心也，甘心於戴「折角」之烏角巾。杜公〈南鄰〉詩云：「錦里先生烏角巾，園收芋粟不全貧。」仇兆鰲注：「角巾，隱士之冠。」牧齋謂「也容折角岸烏巾」，甘為隱者，亦欲友善如漢郭太之隱逸高士也。《後漢書‧郭太傳》略云：郭太字林宗，家世貧賤，母欲使給事縣廷。林宗曰：「大丈夫焉能處鬥筲之役乎？」遂辭。就成皋屈伯彥學，三年業畢，博通墳籍。游於洛陽，名震京師。或勸林宗仕進，對曰：「吾夜觀乾象，畫察人事，天之所廢，不可支也。」遂不應。性明知人，好獎訓士類，身長八尺，容貌魁偉，褒衣博帶，周遊郡國。嘗于陳、梁間行遇雨，巾一角墊，時人乃故折巾一角，以為「林宗巾」，其見慕皆如此。知林宗風流儒雅，特立獨行，亦洞燭機先之飽學士也。宋陸游〈閒居自述〉詩詠及「岸烏巾」，意境最妙：「自許山翁嬾是真，紛紛外物豈關身。花如解笑還多事，石不能言最可人。淨掃明窗憑素几，閒穿密竹岸烏巾。殘年自有青天管，便是無錐也未貧。」幽居靜志，率性任運，真乃排遣桑榆晚景最愜意之方式也。特牧齋一輩文士，遭逢明清鼎革，身丁喪亂，撫今追昔，恐只能興發如牧齋本詩第三聯之感喟。

　　第三聯曰：「國殤急鼓多新鬼，廟社靈旗半故人。」極沉痛。國殤，「謂死於國事者，《小爾雅》曰：『無主之鬼謂之殤。』」（《楚辭集注》）凡軍旅夜鼓鼙，軍動則鼓其眾。「急鼓」，本防夜警之，以致憂戚之鼓。（《周禮》）揆諸詩意，牧齋用為軍動之喻。「國殤急鼓」，軍動接戰，為國事捐軀而成無主之孤魂矣。「廟社」，宗廟社稷。「靈旗」，《史記‧孝武本紀》：「其秋，為伐南越，告禱泰一，以牡荊畫幡日月北斗登龍，以象天一三星，為泰一鋒，名曰『靈旗』。為兵禱，則太史奉以指所伐國。」《史記正義》曰：「韋昭云：『牡，剛也。荊，強。』」按：用牡、荊指伐國，取其剛為稱，故畫此旗指之。」今附靈旗之上者，多牧齋「故人」，則彼等為社稷殞命，化為剛強貞烈之英魂矣。本聯「新鬼」、「故人」對偶，互攝互合，牧齋語特沉痛悲楚，致悼念哀思也。復次，清朝於1644年入主中土，至牧齋書此，已近二紀。此「國殤」之「新鬼」，泛指明季清初二十年來為「廟社」犧牲之烈士自無不可。惟「急鼓」、「靈

旗」、「新鬼」數語，情詞激越，似爲近事所牽動。今考清人定鼎中原後，南明數朝之克復事，至牧齋歿前五、六年而最轟烈，後又轉最消沉。先是，順治十六年(1659)年鄭成功以戈船八千北征，圍攻南京，東南大震。已而敗績城下，倉皇撤退，其派駐城外將士，幾全數爲清兵殲滅。同年五月，緬王具龍舟鼓樂，遣人迎永曆帝。十八年(1661)，鄭成功移駐臺灣。五月，殂於臺。十一月，前監國魯王薨。冬，緬人執永曆，獻諸清師，吳三桂旋絞帝於昆明。康熙二年(1663)夏月，牧齋感憤無極，遂不復詠《投筆集》〈後秋興〉組詩。《投筆集》最後二疊詩爲〈後秋興〉之十二、十三，詩前小序即云：「壬寅[1662]三月二十三日以後，大臨無時，啜泣而作」、「自壬寅七月，至癸卯[1663]五月，僞言繁興，鼠憂泣血，感慟而作，猶冀其言之或誣也」。此二疊十六章詩，顯係爲永曆帝被執殺及相關大事而作。由是觀之，牧齋本年冬賦〈病榻消寒雜咏〉，本聯「國殤急鼓多新鬼，廟社靈旗半故人」所指，此數年間相繼薨逝之南明諸君臣將士亦大有可能。

　　本詩第三聯詠「故人」之殉國難，末聯則反思己之身世。「年老成精」，牧齋詩後自注，謂見《首楞嚴經》。今案《楞嚴經》中無此語，而「年老成魔」云云，則七、八見，牧齋筆誤或約略言之耳。(固然，若於本聯中落「魔」字，於義恐未安，易以「精」字，亦屬理所當然。)據《楞嚴經》所述，此「年老成魔」者，或怪鬼、魅鬼、蠱毒魘勝惡鬼、厲鬼等等，不一而足，要皆妖魔鬼怪，附體於修行之人，「惱亂是人」，使墮無間獄者。(《大佛頂首楞嚴經疏蒙鈔》卷9、10)特牧齋「年老成魔」或「年老成精」云云，取其字面義，爲己老朽形象寫照耳，於《楞嚴》經義，無多關涉。全詩結以「頑民」一語，牧齋自喻，寄興遙深。「天公」所「辟」、所迴避者，此「年老成精」之「頑民」。頑民，典出《尚書·多士》。〈序〉曰：「成周既成，遷殷頑民，周公以王命誥，作〈多士〉。」《尚書正義》曰：「『頑民』謂殷之大夫士從武庚叛者，以其無知，謂之『頑民』。民性安土重遷，或有怨恨，周公以成王之命誥此眾士，言其須遷之意。」〈多士〉具體文義，且置之不論，此「頑民」，猶勝朝之「遺民」，則明甚。明乎此，知牧齋於詩末以明之遺民，心懷「怨恨」者自居矣。「老年成精」後著「君莫訝」三字，復以「也自」說「天公」，此老亦真「頑民」也！

其二

> 栗冽凝寒爐火增，抱薪擁絮轉凌兢。
>
> 漆身吞炭依稀是，爛額焦頭取次能。
>
> 兒放空拳窗裂紙，婢伸赤腳被添冰。
>
> 長安九九消寒夜，羆褥丹衣疊幾層？

【箋釋】

　　此首亟言常熟冬夜之寒冷難耐，詩人狀甚狼狽。全詩意象並各聯意義結構，以冷熱爲對比。首聯上句前四，「栗冽凝寒」，言冷；下三，「爐火增」，狀熱。下句上四，「抱薪擁絮」，狀暖；下三，「轉凌兢」，言冷。次聯：「漆身吞炭依稀是，爛額焦頭取次能」，言取暖。第三聯：「兒放空拳窗裂紙，婢伸赤腳被添冰」，狀其冷。詩中此對仗之第二聯及第三聯意象結構，分別由熱與冷之感覺築構而成。末聯上句，言冷，下句，言暖。此冷熱交替之辯證關係於詩中形同鬥爭，實詩人諸方取暖之隱喻，惟暖不勝寒，詩人夜不成寐，輾轉反側，可以想見。本詩意象妙絕，讀之不禁莞爾。

　　本詩通篇自嘲(self-mockery)之詞，出語滑稽。起聯曰：「栗冽凝寒爐火增，抱薪擁絮轉凌兢。」上句：凝寒栗冽，故增爐火。下句言「抱薪」，緊承上句下三字。古常言抱薪救火，以湯止沸，喻不得其法，無濟於事。牧齋此則抱薪增爐火也，而其無補於事則同。陶淵明〈與子儼等疏〉云：「自量爲己，必貽俗患，俛俛辭世，使汝等幼而飢寒，余嘗感孺仲子賢妻之言，敗絮自擁，何慚兒子。」勉子高潔自持，毋以貧賤妄自菲薄也。牧齋「擁絮」云云，純是說冷，雖「擁絮」，猶「轉凌兢」。（揚雄〈甘泉賦〉「持閎闔而入凌兢」句，注云：「凌兢，寒涼戰栗之處也。」）

　　次聯曰：「漆身吞炭依稀是，爛額焦頭取次能。」上句「漆身吞炭」，語出《史記·刺客列傳》：「居頃之，豫讓又漆身爲厲，吞炭爲啞，使形狀不可知。」牧齋用此，絕非言自殘軀體而圖復仇之苦節。本聯「漆身吞炭」、「爛額

焦頭」云云，喻其抱薪增爐火以驅寒之狼狽貌耳。

　　第三聯曰：「兒放空拳窗裂紙，婢伸赤腳被添冰。」本聯似化用杜詩〈茅屋為秋風破所歌〉「布衾多年冷似鐵，嬌兒惡臥踏裡裂」二句，又益之以唐詩人盧仝舊事。《唐才子傳》載：「仝，范陽人。初隱少室山，號玉川子。家甚貧，惟圖書堆積。後卜居洛城，破屋數間而已。一奴，長鬚，不裹頭；一婢，赤腳，老無齒。終日苦哦，鄰僧送米。朝廷知其清介之節，凡兩備禮徵為諫議大夫，不起。」牧齋用此寫為「婢伸赤腳」，又益「被添冰」之形容，設為老婢寒夜睡覺之情狀，有趣，想像力豐富。「窗裂紙」之意象，亦杜詩所無，或受盧仝傳文「破屋數間」意象之啟發而得，亦未可知。

　　末聯「九九消寒」云云，冬日數九之舊俗也。其法不一，有「畫九」者。預畫素梅一枝，枝有梅九，梅有九瓣，凡八十一瓣。自冬至日起，每日填色染瓣一，迨及仲春，終成「消寒圖」，而冬去寒消矣。審牧齋詩意，「長安」富貴人家自有「消寒」妙法，不同凡俗，以其「罷褥」、「丹衣」甚多，足以禦寒也。「罷褥」，《拾遺記》載：施西域所獻之「紫罷文褥」於台上，坐者皆溫。《拾遺記》又載，羽山之民獻火浣布於中國。「羽山之上，有文石，生火，煙色以隨四時而見，名為『淨火』。有不潔之衣，投於火石之上，雖滯污漬涅，皆如新浣。」其布或赤色，製為「丹衣」。長安富貴人家，「罷褥」、「丹衣」不知「疊幾層」，自無本詩上三聯所言之寒苦相也。惟本詩末聯，幸勿讀作牧齋之「社會批評」（social criticism）。此老冷不可支，通篇發牢騷語而已耳。

其三

　　耳病雙聾眼又昏，肉消分半不堪捫。
　　液湯蜇鼻醫方苦，參附充腸藥券煩。
　　好友禱嵩求益算，惡人詛岱請收魂。
　　兩家剝啄知誰勝？憑仗蒼穹自討論。

【箋釋】

　　此首言病，無奈之餘，卻有一股兀傲之氣潛行其中。首二聯牢騷語，亟言老病之無奈，服用藥物之煩厭。起聯細數病狀，曰耳聾、眼昏、消瘦。「肉消半分」，用《梁書·沈約傳》典：「〔沈約〕與徐勉素善，遂以書陳情於勉曰：『……百日數旬，革帶常應移孔；以手握臂，率計月小半分。以此推算，豈能支久？若此不休，日復一日，將貽聖主不追之恨。』」蓋欲謝事求歸老也。牧齋八秩高齡，此種種老人病痛，自屬難免。無可奈何，仍賴藥石維生，遂有「液湯」、「參附」一聯。「參附」，人參、附子，煮爲「液湯」服用之，冀能提升補氣，保命扶衰也。

　　第三聯筆意蕩開，轉寫他人對己病情之反應，此中又有「好友」、「惡人」之辨，分置上下句。友朋愛己，爲禱於嵩嶽，求「益算」。「益算」，延年益壽也。（《三國志·趙達傳》：「閑居無爲，引算自校，乃嘆曰：『吾算訖盡某年月日，其終矣。』」）「禱嵩」者，似爲虛寫，古無此延壽之習，應係爲對下句「詛岱」一語而泛寫。岱者，岱山，即泰山，五嶽之東嶽。《博物志》云：「泰山一曰天孫，言爲天帝孫也。主召人魂魄。方萬物始成，知人生命之長短。」「惡人詛岱」，致詛於岱，求其召牧齋之魂魄，望其速死。（此雖牧齋自言時人待己之態度，移之以況牧齋身後之評價，亦無不可，蓋牧齋生前死後，評價始終毀譽參半，愛憎各異。而詛咒牧齋最狠毒之「惡人」，則無過於十八世紀中葉以後之清高宗乾隆皇帝。乾隆對牧齋口誅筆伐，斥其爲「貳臣」中之最不堪者，「非復人類」，直欲起牧齋於九泉，鞭之撻之而後快。）對愛己惡己「兩家」之

願望，牧齋竟如置身事外，視若「剝啄」之叩門聲，與己無關。(唐韓愈〈剝啄行〉有妙語云：「剝剝啄啄，有客至門。我不出應，客去而嗔。」又〈聽賢師琴〉云：「門前剝啄誰叩門，山僧未聞君勿嗔。」)今「好友」與「惡人」「兩家」之「剝啄」者，牧齋存亡攸關，此老卻故作灑脫，謂付之「蒼穹」可也，其意或近唐李白〈門有車馬客行〉中語：「大運且如此，蒼穹寧匪仁。惻愴意何道，存亡任大鈞。」

其四

> 徑寸難分矒聳形，《方言》云：「矒聳，聾也。」矒，音宰。方言州部比
> 《玄經》。
>
> 人間若有治聾酒，天上應無附耳星。
>
> 鬬蟻軍聲酣乍止，鳴蛙戰鼓怒初停。
>
> 一燈遙禮潮音洞，梵唄從今用眼聽。

【箋釋】

本首寫病耳聾之困擾，而詩意抽象，多譬喻之詞，如強作解人，或可循「形名」、「形神」二端而觀察之。要之，詩上半，以形名之辨結撰；下半，以形神之特質成章。

首聯上句謂「徑寸難分矒聳形」，牧齋於句後置小注，引述揚雄《方言》云：「矒聳，聾也。」牧齋乃嗟嘆，即便得「徑寸」大之夜光明珠，亦難鑒察「矒聳」之本質及情狀。（《史記·田敬仲完世家》：「梁王曰：『若寡人國小也，尚有徑寸之珠照車前後各十二乘者十枚，奈何以萬乘之國而無寶乎？』」）耳聾之難以名狀，其猶《方言》分疏之繁複乎？《方言》云：「聳，矒，聾也。半聾，梁益之間謂之矒，秦晉之間聽而不聰，聞而不達，謂之矒。生而聾，陳楚江淮之間謂之聳。荊揚之間及山之東西雙聾者謂之聳。聾之甚者，秦晉之間謂之𧲺，吳楚之外郊凡無耳者亦謂之𧲺。其言𧲺者，若秦晉中土謂墮耳者𧲺也。」聾之名義，隨「州部」轉移，其義符均從「耳」，而愈治愈繁，讀之如墮五里霧中，無怪乎牧齋有下句「方言州部比《玄經》」之歎，譬之以「玄之又玄」之《太玄經》（句二）。《太玄經》，亦揚雄所著書，仿《周易》體裁組織，分一玄、三方、九州、二十七部、八十一家、七百二十九贊，以應《周易》之兩儀、四象、八卦、六十四重卦、三百八十四爻。牧齋「州部」云云，取《太玄經》「方州部家」之名目以譬《方言》之區域耳。

次聯曰：「人間若有治聾酒，天上應無附耳星」，堪稱妙對；以「治聾

酒」、「附耳星」二語入詩者不多見，而牧齋運思甚巧，非庸手可辦。舊詩話中有載社日飲酒治聾之事者，如南唐宋初《賈氏談錄》云：「宋李昉為翰林學士，月給內醞，兵部李相濤，小字社翁，好滑稽，嘗因春社寄昉詩：『社翁今日沒心情，為乞治聾酒一瓶。惱亂玉堂將欲徧，依稀巡到第三廳。』社酒號治聾酒。」「附耳星」之徵兆，其解更妙：「西畢大星旁小星附耳搖動，有讒臣在側。」（《天原發微》卷3）牧齋用此二典，而謂「若有」、「應無」，非發為議論也。其時牧齋正苦於耳聾，乃取二典「治聾」、「附耳」之字面意義，描繪「辟聾」之情狀，復表老人失聰之無可奈何耳。

　　上言本詩下半由「形神」之思衍成，蓋本詩第三聯為一隱喻(metaphor)，結聯則頗涉「文字禪」，故云。第三聯曰：「鬥蟻軍聲酣乍止，鳴蛙戰鼓怒初停。」上下句以蟻鬥忽停，蛙鳴驟止，比擬耳鳴耳聾之病狀。唐柳宗元〈為裴中丞伐黃賊轉牒〉文句中亦含此二典，曰：「眾輕鬥蟻，勇劣怒蛙。」舊注已揭明「鬥蟻」之出典：「晉殷仲堪父嘗患耳聰，聞床下蟻動，謂之牛鬥。」「怒蛙」則本《韓非子》：「越王伐吳，欲人之輕死也。出見怒蛙，乃為之軾。從者曰：『奚敬於此？』王曰：『為其有氣故也。』」「耳聰」而眾聲入耳喧譁，無限擴大也。牧齋句則接以「酣乍止」、「怒初停」之語，二句中上四與下三字遂構成強烈對比之張力(tension)，聲浪由極劇烈而驟歸死寂，極繪聲繪影之能事。

　　耳病之擾人如此，患者亦無可奈何，故牧齋於結聯以自嘲之妙語排遣之，曰：「一燈遙禮潮音洞，梵唄從今用眼聽。」「潮音洞」，宋羅濬撰《寶慶四明志》云：「補陀洛迦山在東海中，佛書所謂海岸孤絕處也。一名梅岑山，或謂梅福煉丹於此山，因以名。有善財巖、潮音洞，洞乃觀音大士化現之地。唐大中年，西域僧來，即洞中，爇盡十指，親覩觀音與說妙法，授以七色寶石，靈跡始著。」潮音洞遠在海岸孤絕處，而觀世音菩薩示現說法。意者牧齋乃感嘆，從今欲聞威音妙法，唯待神跡出現方可矣。此句若合第三聯讀，潮音洞或亦耳穴之隱喻。「眼聽」，本宋釋覺範〈泗州院旃檀白衣觀音贊〉，其言曰：「龍本無耳聞以神，蛇亦無耳聞以眼。牛無耳故聞以鼻，螻蟻無耳聞以身。」（《石門文字禪》卷18）蓋勉學人捫心求法聞道也。(明人盧之頤撰《本草乘雅半偈》卷十亦有語曰：「《坤雅》言：『蛇以眼聽。』《爾雅翼》言：『蛇死目皆閉，蘄產者目

開如生；舒、蘄兩界間者則一開一閉。此理之不可曉者。』然肝開竅於目。莊周云：『蛇憐風，風憐目。』故蛇聽以眼。」此中道理，尚待請教醫家，而其循環論證，即莊子亦為發一笑可知。)牧齋「用眼聽」云云，用禪偈佛語(暗藏莊周語)以喻耳部生理機能衰竭不可復原，自嘲自憐耳，與其晚年唱為讀詩以「香觀」(用鼻聞)同趣，行文固有學問在，惟不必求之過深，以免失之於鑿。

其五

病多難訴乳山翁，不但雙荷睹賽聾。
暗訝仲長還有口，痺愁皇甫不關風。
畏寒塞向專莩北，負日循牆只傍東。
莫謂齒人徒改歲，老能熏鼠豈無功。

答乳山道士問病。

【箋釋】

本首牧齋詩後自注，曰：「答乳山道士問病。」乳山道士者，寓居金陵之閩人林古度(字茂之)是也，乃與牧齋年輩相若之摯友。本首係答老友問疾之作，故語調親切，不嫌叨嘮。牧齋細數病狀，上四句即見耳聾、瘖瘂、風痺之疾。

首聯曰：「病多難訴乳山翁，不但雙荷睹賽聾。」牧齋耳聾似已甚久，眾人皆知。「雙荷」，錢曾注引楊慎《禪林鉤玄》云：「六根，眼如蒲桃朵，耳如新卷荷，鼻如雙垂瓜，舌如初偃月，身如腰鼓顙。」《楞嚴經》述「耳根」，亦有「耳體，如新卷葉」之語：「由動靜等二種相擊，於妙圓中黏湛發聽。聽精映聲，卷聲成根。根元目爲清靜四大，因名耳體，如新卷葉。浮根四塵，流逸奔聲。」(《大佛頂首楞嚴經疏蒙鈔》卷4)牧齋以「雙荷」(卷曲之蓮葉)借代雙耳，其意象本此，惟句意實與佛經教義無涉。

次聯云：「暗訝仲長還有口，痺愁皇甫不關風。」上句用《新唐書·隱逸傳·王績傳》典：「仲長子光者，亦隱士也，無妻子，結廬北渚，凡三十年，非其力不食。績愛其眞，徙與相近。子光瘖，未嘗交語。與對酌酒懽甚。」(清王念孫《廣雅疏證》：「䂓覤、籧篨、侏儒、僬僥、瘖瘂、僮昏、聾聵、矇瞍，八疾也。」)牧齋蓋言，雖「還有口」，然已如隱者仲長子光，患「瘖瘂」之疾，難於言語矣。皇甫事，見《晉書·皇甫謐傳》：「居貧，躬自稼穡，帶經而農，遂博綜典籍百家之言。沈靜寡欲，始有高尚之志，以著述爲務，自號玄晏先生，著《禮樂》、《聖眞》之論。後得風痺疾，猶手不輟卷。」皇甫痛風，苦於

痹疾(風濕性關節炎一類病痛),牧齋反言:「不關風」,意者牧齋手腳關節疼痛,風濕痛,不風濕亦痛,故有此妙語苦語無奈語。

詩下半,述畏寒之狀,語帶幽默,讀之莞爾。第三聯下句「負日循牆只傍東」,錢曾注引《列子》及《左傳》文以解。《列子》云:「昔者宋國有田夫,常衣縕黂,僅以過冬。暨春東作,自曝於日,不知天下之有廣夏隩室,綿纊狐貉,顧謂其妻曰:『負日之暄,人莫知者,以獻吾君,將有重賞。』」此「野人獻曝」之事典也。《左傳》:「及正考父佐戴、武、宣,三命滋益共,故其鼎銘云:『一命而僂,再命而傴,三命而俯,循牆而走,亦莫余敢侮。饘於是,鬻於是,以餬余口。』其共也如是。」「循牆」者,蓋如晉陸雲〈贈鄱陽府君張仲膺〉詩所云:「古賢受爵,循牆虔恭。」牧齋詩「負日循牆」云云,僅取舊典之字面形象,以表畏寒、諸方取暖之狼狽狀耳。

第三聯上句「畏寒塞向專塗北」,及末聯「莫謂豳人徒改歲,老能熏鼠豈無功」二句,用《詩經·豳風·七月》典故,錢曾失注。〈七月〉第五章云:「五月斯螽動股,六月莎雞振羽。七月在野,八月在宇,九月在戶,十月蟋蟀入我牀下。穹窒熏鼠,塞向墐戶。嗟我婦子,曰為改歲,入此室處。」《毛詩正義》述詩意甚明,其言曰:「……蟋蟀之蟲,六月居壁中,至七月則在野田之中,八月在堂宇之下,九月則在室戶之內,至于十月,則蟋蟀之蟲入於我之牀下。……蟲既近人,大寒將至,故穹塞其室之孔穴,熏鼠令出其窟,塞北出之向,墐塗荊竹所織之戶,使令室無隙孔,寒氣不入。豳人又告妻子,言已穹窒墐戶之意。嗟乎!我之婦與子,我所以為此者,曰為改歲之後,雹發、栗烈大寒之時,當入此室而居處以避寒,故為此也。」舊年將盡,豳人為備寒所為者四事:盡塞其室之孔穴、熏鼠令其出窟、塞北向之窗牖(「向」,「北出牖也」,北向窗)、用泥塗荊竹所織之門,以其通風故也。牧齋詩第三聯上句化用〈七月〉所詠之後二事,下句對以《列子》及《左傳》所述「負日」、「循牆」二事,真妙絕之對也。末聯純為戲語,博乳山道士一粲耳。論者謂〈七月〉乃周公旦「憂勞民事」之作,朱熹《詩集傳》則以古已有其詩,自周公始陳成王前,俾知稼穡艱難,並王業所自始。由此觀之,豳民以過十月改歲(《毛詩正義》曰:「以仲冬陽氣始萌,可以為年之始,故改正朔者以建子為正,歲亦莫。」),乃作種種度寒之準備,亦

歲時之要緊事也。牧齋則以多病畏寒，乃有諸多禦寒取暖之動作，甚或自比豳人，而句中「改歲」一語前落一「徒」字，自嘲也。蓋知己之作爲，非關農桑稼穡之艱難也。詩末又言，己固老病放廢之人，然作此「熏鼠」之事，亦非全無功勞(至少婦子入此室處而不用與鼠同居也)，此純屬戲語，牧齋眞老頑童。

其六

稚孫仍讀魯《春秋》，蠹簡還從屋角搜。

定以孤行推杜預，每於敗績笑何休。

縣車束馬令支捷，蔽海牢山仲父謀。

聊與兒曹攤故紙，百年指掌話神州。

【箋釋】

本詩首聯言「蠹簡」，蠹蟲蛀蝕後殘存之書簡。此蠹簡，竟爲牧齋稚孫欲讀之「魯《春秋》」，今搜之於「屋角」，則其廢棄久矣。牧齋本首詩意幽微，寄興遙深。

牧齋時人吳偉業有〈許九日顧伊人和元人齋中雜咏詩成持示戲效其體‧蠹簡〉詩云：「飽食終何用，難全不朽名。秦灰招鼠盜，魯壁竄鼱生。刀筆偏無害，神仙豈易成。卻留殘闕處，付與豎儒爭。」（《梅村集》卷10）以詠蠹簡起興，嘲諷古今經師之各是其是、各非其非，於經文之「殘闕處」，爭訟不休，欲「立言」以求不朽之名，實則與「豎儒」無異，詞氣刻薄。牧齋詩次聯曰：「定以孤行推杜預，每於敗績笑何休」，亦稍寓譏誚之意，惟語氣較內斂，亦不一筆抹殺先儒於經解之貢獻。中國傳統經典中，《春秋》並其三傳之文與義爭議獨多，爲中國詮釋學(hermeneutics)傳統中極具特色之一環。此聯上句詠晉杜預經解之作。《晉書‧杜預傳》云：「既立功之後，從容無事，乃耽思經籍，爲《春秋左氏經傳集解》。又參考眾家譜第，謂之釋例。又作《盟會圖》、《春秋長曆》，備成一家之學，比老乃成。……當時論者謂預文義質直，世人未之重，唯秘書監摯虞賞之，曰：『左丘明本爲《春秋》作傳，而《左傳》遂自孤行。釋例本爲傳設，而發明何但《左傳》，故亦孤行。』」則杜預著書，初非欲稱名於後世，而其《左傳》釋例之作，耽思典墳，博學多通，備成一家之學，遂亦「孤行」。孤行者，單行也，本爲詮解他書之作，以其勝義、發明獨多，乃自成一經典著作(a canonical work)。推揚杜預書之必「孤行」者，摯虞也，其言力排眾

議。則書籍之經典性（canonicity）或非不爭之實，猶待明眼人、有心人爲之抉
發，甚或建構。若言本句所詠，頗有經典性建立之思，則其對句，又涉及經解傳
統中一「去經典化」（de-canonize）之重要事件。後漢何休發憤著述，甚自信，自
序其《春秋公羊傳注疏》云：「……是以治古學貴文章者謂之俗儒，至使賈逵緣
隙奮筆，以爲《公羊》可奪，《左氏》可興。恨先師觀聽不決，多隨二創。此世
之餘事，斯豈非守文、持論、敗績、失據之過哉？」《公羊疏》云：「解云：此
先師，戴宏等也。凡論義之法，先觀前人之理，聽其辭之曲直然，以義正決之。
今戴宏作《解疑論》而難《左氏》，不得《左氏》之理，不能以正義決之，故云
『觀聽不決。』『多所二創』者，上文云『至有背經、任意、反傳違戾』者，與
《公羊》爲一創；又云『援引他經失其句讀』者，又與《公羊》爲一創。今戴宏
作《解疑論》多隨此二事，故曰『多隨二創』也。」何休以公羊學先輩猶不免
「守文、持論、敗績、失據」之過，遂著己書以正之。牧齋詩雖僅拈出「敗績」
一事，其意當亦含訓解失當之他病。《公羊疏》云：「解云：『守文』者，守
《公羊》之文。『持論』者，執持《公羊》之文以論《左氏》，即戴宏《解疑
論》之流矣。『敗績』者，爭義似戰陳，故以敗績言之。『失據』者，凡戰陳之
法，必須據其險勢以自固，若失所據，即不免敗績。若以《公羊》先師，欲持
《公羊》以論《左氏》，不閑《公羊》、《左氏》之義，反爲所窮，已業破敗，
是失所依據，故以喻焉。」何休得理不饒人，即其「先師」，亦在批評之列，大
有亞里士多德言「吾愛吾師，吾更愛眞理」（Plato is dear to me, but dearer still is
truth.）之餘韻。不意何休亦有「入室操戈」，以「敗績」駁難之者，其人鄭玄康
成是也。《後漢書・鄭玄傳》云：「時任城何休好《公羊》學，遂著《公羊墨
守》、《左氏膏肓》、《穀梁廢疾》；玄乃發《墨守》，針《膏肓》，起《廢
疾》。休見而歎曰：『康成入吾室，操吾矛，以伐我乎！』」觀此數事，足見大
師宿儒，函矢相攻，自古而然，不知「敗績」者果誰氏。牧齋授稚孫以《春
秋》，亦在此等煩言碎義章句之學乎？非也。

　　孟子曰：「王者之跡熄而詩亡，詩亡然後春秋作。晉之乘，楚之檮杌，魯之
春秋，一也。其事則齊桓、晉文，其文則史。孔子曰：『其義則丘竊取之
矣。』」（〈離婁下〉）又曰：「孔子成《春秋》，而亂臣賊子懼。」（〈滕文公

下〉)讀牧齋詩下半，知其所措意於《春秋》者，在書之大義，「春秋大義」，不在章句訓詁。第三聯二句均詠春秋之世，齊桓、管仲霸業之事，曰：「縣車束馬令支捷，蔽海牢山仲父謀。」上句「縣車束馬」一典，錢曾注引《漢書．郊祀志》作解，下句「蔽海牢山」一語，則引《國語》。以愚見，引《漢書．郊祀志》不若引《史記．封禪書》，而以此詩聯之文義言，不若俱引《國語．齊語》，蓋其中不僅「縣車」、「蔽海」之事在焉，而「令支」、「仲父」於詩句中之寄意亦粲然可觀。茲不嫌文煩，具錄於後。《國語．齊語》曰：「桓公曰：『吾欲南伐，何主？』管子對曰：『以魯爲主，反其侵地棠、潛，使海於有蔽，渠弭於有渚，環山於有牢。』桓公曰：『吾欲西伐，何主？』管子對曰：『以衛爲主，反其侵地臺、原、姑與漆里，使海於有蔽，渠弭於有渚，環山於有牢。』桓公曰：『吾欲北伐，何主？』管子對曰：『以燕爲主，反其侵地柴夫、吠狗，使海於有蔽，渠弭於有渚，環山於有牢。』四鄰大親。既反侵地，正封疆，地南至於餉陰，西至於濟，北至於河，東至於紀酅，有革車八百乘。擇天下之甚淫亂者而先征之。」又曰：「即位數年，東南多有淫亂者，萊、莒、徐夷、吳、越，一戰帥服三十一國。遂南征伐楚，濟汝，踰方城，望汶山，使貢絲於周而反。荊州諸侯莫敢不來服，遂北伐山戎，㓨令支，斬孤竹而南歸。海濱諸侯莫敢不來服。與諸侯飾牲爲載，以約誓于上下庶神，與諸侯戮力同心。西征攘白狄之地，至於西河，方舟設泭，乘桴濟河，至于石枕。懸車束馬，踰太行與辟耳之谿拘夏，西服流沙、西吳。南城於周，反胙于絳，嶽濱諸侯莫敢不來服。而大朝諸侯於陽穀。兵車之屬六，乘車之會三，諸侯甲不解纍，兵不解翳，弢無弓，服無矢。隱武事，行文道，帥諸侯而朝天子。」

「懸車束馬」，齊桓公西征攘白狄之地時行軍之事，蓋其踰山險谿谷，故懸鉤其車、纏束其馬以渡。「令支」，春秋時令支國，曾爲山戎所統治，秦時爲離枝縣，屬遼西郡，漢改離枝爲令支縣，屬幽州遼西郡。觀《國語》所載，令支爲桓公此數年間所攘諸夷地之一耳，而牧齋詩中獨舉此地，何居？詩中平仄聲韻之布置固爲考量之一，而傳統以滿人崛起於東北遼地，則牧齋詩「令支」云云，別具政治象徵意義(political significance)矣。以古喻今，此句或暗含滿人終敗滅於中土霸主之絃外之音。無論如何，牧齋此句結穴於《春秋》「尊王攘夷」之大義

可知，上引《國語》文中即有「海濱諸侯莫敢不來服」、「嶽濱諸侯莫敢不來
服」之句，而歸結於「隱武事，行文道，帥諸侯而朝天子」，可徵。(《管子‧
大匡篇》亦云：「桓公遇南州侯於召陵，曰：狄爲無道，犯天子令，以伐小國。
以天子之故，敬天之命，令以救伐。北州侯莫至。上不聽天子令，下無禮諸侯，
寡人請誅于北州之侯。諸侯許諾。桓公乃北伐令支，下鳧之山，斬孤竹，遇山
戎。」〈小匡篇〉又云：「北伐山戎，制冷支，斬孤竹，而九夷始聽。海濱諸
侯，莫不來服。」)「蔽海牢山」一語，脫自管仲之語於桓公：「使海於有蔽，
渠弭於有渚，環山於有牢」，言之再三。舊注云：「海，海濱也。有蔽言可依蔽
也。渠弭，裨海也。水中可居者曰渚。」又云：「環，繞也。牢，牛、羊、豕
也。言雖山險，皆有牢牧。一曰牢固也。」則蔽海、渠弭、牢山者，皆疆土防禦
之長久策略也。管仲言之，則在桓公之問南伐、西伐、北伐事時。其所成就者，
「四鄰大親。既反侵地，正封疆，地南至於㟴陰，西至於濟，北至於河，東至於
紀鄣，有革車八百乘。」國境四鄰既鞏固，其後乃有上述攘夷地之事，終帥諸侯
而朝天子，完成其爲春秋霸主之事業。桓公既霸，嘗自言：「寡人北伐山戎，過
孤竹，西伐大夏，涉流沙，束馬懸車，上卑耳之山。南伐至召陵，登熊耳山，以
望江漢。兵車之會三，而乘車之會六，九合諸侯，一匡天下，諸侯莫違我。昔三
代受命，亦何以異乎？」(《史記‧封禪書》)齊桓公尊王攘夷之霸業，得力於管
仲之謀略爲多，桓公尊稱管仲爲仲父。此正牧齋於詩句中致意於「仲父謀」之深
意。復次，仲父之詠，或亦出於牧齋自我認同或定義(self-identification, self-
definition)之心理機制。管仲於中原民族之意義經孔子點評而幾聖人化，垂之書
史而不朽。管仲何人哉？子貢曰：「管仲非仁者與？桓公殺公子糾，不能死，又
相之。」子曰：「管仲相桓公，霸諸侯，一匡天下，民到于今受其賜。微管仲，
吾其被髮左衽矣。豈若匹夫匹婦之爲諒也，自經於溝瀆，而莫之知也。」(《論
語‧憲問》)「不能死，又相之」，何似十八世紀清高宗乾隆帝責難明清之交
「貳臣」之辭？孔子之評管仲，美辭也，亦諒辭也，乃以管仲於天下之更大意義
而不繩之以一家一姓之愚忠死節。論者或謂牧齋之不殉明，復仕清，以「有待」
也。設若有移孔子之言以論牧齋者，牧齋必感激流涕。無論如何，讀牧齋詩下
半，知其所取汲於《春秋》者，在義理與事功，在王業與相業。

　　詩末聯云：「聊與兒曹攤故紙，百年指掌話神州。」「神州」，錢曾注引
《世說新語‧輕詆》以解，得其實。《世說》云：「桓公入洛，過淮、泗，踐北
境，與諸僚屬登平乘樓，眺矚中原，慨然曰：『遂使神州陸沉，百年丘墟，王夷
甫諸人，不得不任其責！』」「神州陸沉，百年丘墟」，國破家亡也。「指
掌」，舊有春秋指掌圖、春秋指要圖、指掌圖記之書，則上述《春秋》之語境，
又延展至本句化用桓溫（《世說》中亦稱桓公）語之脈絡中，如鹽入水，視之無
痕，妙甚。此「百年」者，揆諸詩意，非兩晉舊史，實乃明清之交百年近事也。
如此，則牧齋與兒曹所話之百年近事，關乎明清二代興廢之跡、人物功過是非之
月旦，牧齋特以《春秋》之事義譬況之，而褒貶與奪又必寓其中。本聯上句「故
紙」一語，錢曾引福州古靈神贊禪師事以解，其言曰：「本師又一日在窗下看
經，蜂子投窗紙求出。師睹之曰：『世界如許廣闊不肯出，鑽他故紙驢年去！』
遂有偈曰：『空門不肯出，投窗也大癡。百年鑽故紙，何日出頭時？』」蓋古靈
諷其本師不曉「體露真常，不拘文字」之理。（此亦古靈語，見《五燈會元》。
錢曾注引《傳燈錄》，其文脫略甚多，乃至於混淆古靈及其本師之事，讀者慎
之。）錢曾此注，解「故紙」之為名物尚可，惟失之淺顯矣。細味詩意，此「故
紙」者，猶首聯所謂之「蠹簡」，魯之《春秋》，牧齋以其義理事功語兒曹以古
今之王業相業，指劃明清百年間之軍國大事、人物功過，復寓己之幽微心事，寄
興遙深，斷不宜以禪門公案作解。

　　「稚孫仍讀魯《春秋》」，牧齋意緒於本詩稍見振起。

其七

　　懶學初無識字憂，不多肝肺戒雕鎪。

　　少知誦讀皆緣木，老解詞章盡刻舟。

　　扶養心神朝碧落，招回氣母守丹丘。

　　病瘖何敢方河渚，搖筆居然頌〈獨遊〉。

【箋釋】

　　「四海宗盟五十年」，此牧齋時人晚輩黃宗羲悼念牧齋詩中之名句也。明清之際，牧齋以學問、詩文稱雄當世，與吳偉業、龔鼎孳並稱「江左三大家」，四方以文壇宗匠目之，洵非虛譽。此首則老人自棄自嘲之辭，惟亦頗寓自滿自得之意。起聯曰：「懶學初無識字憂，不多肝肺戒雕鎪。」漢范曄〈獄中與諸甥侄書・自序〉云：「吾少懶學問，晚成人，年三十許，政始有向耳。自爾以來，轉爲心化，推老將至者，亦當未已也。」蘇軾詩名句：「人生識字憂患始，姓名粗記可以休。」(〈石蒼舒醉墨堂〉，《東坡詩集註》卷28)牧齋句似無因識文字而致禍害之意，自嘲少時無心向學耳。蘇軾又有詩聯云：「一篇向人寫肝肺，四海知我霜鬢鬚。」(〈次前韻送劉景文〉)意者搦筆和墨，爲詩文，「不多肝肺」、「戒雕鎪」，則不傷肝腎，不勞神思，然「戒雕鎪」一語，亦稍寓牧齋於文學詞章，以自然爲尙之主張。(宋張表臣《珊瑚鉤詩話》云：「篇章以含蓄天成爲上，破碎雕鎪爲下。」)

　　次聯曰：「少知誦讀皆緣木，老解詞章盡刻舟。」《孟子・梁惠王上》曰：「猶緣木而求魚也。」「刻舟」，尋常典故：「楚人有涉江者，其劍自舟中墜於水，遽契其舟曰：『是吾劍之所從墜。』舟止，從其所契者入水求之。舟已行矣，而劍不行，求劍若此，不亦惑乎？」緣木求魚，刻舟求劍，愚昧之舉，必徒勞無功。牧齋以此言少年之誦讀、老年之詞章，眞斯文掃地，每況愈下矣。此聯平直有力，語氣斬釘截鐵(注意「皆」字、「盡」字)，無商量餘地。

　　本詩最妙者第三聯，曰：「扶養心神朝碧落，招回氣母守丹丘。」此聯直可

以導引之術觀。上下二句，氣轉一小周天。「心神」，用《太平廣記·北齊李廣》故事：「北齊侍御史李廣，博覽群書。修史。夜夢一人曰：『我心神也，君役我太苦，辭去。』俄而廣疾卒。」(出《獨異志》)(此直近時「過勞死」事例，學者同仁，幸慎之。)「氣母」，元氣之謂。(元末明初宋濂詩：「奈何子有疾，客邪干氣母。」晉孫楚〈石人銘〉：「大象無形，元氣爲母，杳分冥分，陶冶眾有。」)「丹丘」，猶丹田也。《上清黃庭內景經·治生章》云：「丹田之中精氣微，玉池清水上生肥。」(宋張君房撰《雲笈七籤》卷12)(微，非小，乃「精氣微妙，難可盡分，故曰微矣。」)牧齋詩曰「扶養」，曰「招回」，以吐納氣功原理言，以意導氣之術也。曰「扶養」，知行氣徐緩，而至於頂門(「朝碧落」；「碧落」，猶青天也)。元氣最後使歸於丹田，蓋此爲蓄儲所練精氣之處所也。就最基本功用言，此猶深呼吸，可收攝心神，平服血脈。此「扶養」、「招回」一聯，緊承上聯言「誦讀」、「詞章」而來，予人牧齋真厭惡經卷文詞之感，思之即意亂心煩，氣脈紛雜，須行一吐納周天功以收攝之。

末聯頗寓自得之意，曰：「病瘏何敢方河渚，搖筆居然頌〈獨遊〉。」「河渚」，指仲長先生，隱者之流也，事見唐王績《東皋子集》卷下〈仲長先生傳〉：「先生諱子光，字不曜，自云洛陽人也。往來河東，傭力自給，無室廬，絕妻子。開皇末，始結庵河渚間，以息身焉。十餘年賣藥爲業，人莫知之也。汾陰侯生以筮著，因遊河渚，一睹而伏，曰：『東方朔、管輅不如也。』由是顯重。守令至者皆親謁，先生辭以瘖疾，未嘗交語。著〈獨遊頌〉與〈河渚先生傳〉以自喻，識者有以知其懸解也。人有請道者，則書『老易』二字示之。彈琴餌藥，以終其世。文中子比之虞仲夷逸。」牧齋與仲長先生均患瘖疾，故有此句之聯想，而仲長先生真古之隱士高士也，故牧齋謂未敢比擬於河渚。惟詩末又謂援筆行文之際，不期然而有類於〈獨遊頌〉之作，則牧齋以己爲高潔自持，特立獨行之高士矣。

其八

直木風搖自古憂，不材何意縱尋矛。

群蜉柱撼盆池樹，積羽空沉芥子舟。

說《易》累伸箕子難，編書頻訪大航頭。

白顛炳燭渾無暇，魯酒吳羹一笑休。

【箋釋】

　　本詩典故繁富。前四句，多用《莊子》書中語，喻己「不才」，惟仍不免遭群小攻迕。起聯曰：「直木風搖自古憂，不材何意縱尋矛。」「直木」，典出《莊子·山木》篇，其言曰：「直木先伐，甘井先竭。子其意者飾知以驚愚，脩身以明汙，昭昭乎如揭日月而行，故不免也。」「風搖」，出《逍遙遊》：「齊諧者，志怪者也。諧之言曰：『鵬之徙於南冥也，水擊三千里，摶扶搖而上者九萬里，去以六月息者也。』」郭象注云：「夫翼大則難舉，故摶扶搖而後能上九萬里，乃足自勝耳。」「扶搖」，風名，故牧齋詩云「風搖」。直木先伐，以其為才而遇害。鵬之徙南冥，非冥海不足以運其身，非九萬里不足以負其翼，以其為物大，其難亦大。人之立身行事，苟必直必大，則與眾為忤矣，故智者憂之，韜光養晦，混然大同。「不材」，不材之木，見《莊子·人間世》：「匠石之齊，至於曲轅，見櫟社樹。其大蔽千牛，絜之百圍，其高臨山十仞而後有枝，其可以為舟者旁十數。觀者如市，匠伯不顧，遂行不輟。」其弟子異之，乃曰：「散木也，以為舟則沉，以為棺槨則速腐，以為器則速毀，以為門戶則液樠，以為柱則蠹，是不材之木也，無所可用，故能若是之壽。」櫟社樹以其為不材之木，免遭斧斤之伐，此莊子無用之用之意也。牧齋謂己以「不材」自處，明哲保身，他人仍「縱尋矛」。「縱尋矛」，猶「縱尋斧」，語見《左傳·文公七年》：「昭公將去群公子，樂豫曰：『不可。公族，公室之枝葉也，若去之則本根無所庇蔭矣。葛藟猶能庇其本根，故君子以為比，況國君乎？此諺所謂庇焉而縱尋斧焉者也。……』」尋，訓用，尋斧，用斧也。（《文選》陸機〈五等諸侯

論〉：「尋斧始於所庇，制國昧於弱下。」李善注引賈逵《國語》注曰：「尋，用也。」)(牧齋時人張溥亦曾用此典以論文事。其《漢魏六朝百三家集題辭·庾子山集題詞》云：「夫唐人文章，去徐庾實近，窮情寫態，模範是出，而敢于毀侮，殆將諱所自來，先縱尋斧歟？」)

次聯申寫首聯意，曰：「群蚍枉撼盆池樹，積羽空沉芥子舟。」上句脫自韓愈〈調張籍〉之句：「李杜文章在，光燄萬丈長。不知群兒愚，那用故謗傷。蚍蜉撼大樹，可笑不自量。」(《五百家注昌黎文集》卷5)蚍蜉，大螞蟻，以喻妄人之論李、杜優劣。「蚍蜉」於韓詩中所撼者「大樹」，於牧齋詩中所撼者，則為「盆池樹」，一大一小，不言而喻。「盆池樹」之意象，牧齋得於韓愈另一詩。韓愈〈盆池五首〉其一云：「老翁真箇似童兒，汲水埋盆作小池。一夜青蛙鳴到曉，恰如方口釣魚時。」(《五百家注昌黎文集》卷9)韓愈「盆池」為戲，牧齋則言「盆池樹」，此樹自上聯《莊子》書中諸樹之寓言發展而來，以況己為微物，無用之物。牧齋句意越煉越密，「積羽空沉芥子舟」一句亦然。「積羽沉舟」，語見《史記·張儀列傳》：「臣聞之，積羽沉舟，群輕折軸，眾口鑠金，積毀銷骨，故願大王審定計議，且賜骸骨辟魏。」牧齋句中「積羽空沉」云云，喻小人誹謗之言，與上句中「群蚍枉撼」相呼應。以「芥子舟」對「盆池樹」，尤妙。《莊子·逍遙遊》云：「且夫水之積也不厚，則其負大舟也無力。覆杯水於坳堂之上，則芥為之舟；置杯焉則膠，水淺而舟大也。」(芥，小草也。)此中道理，郭象注已為揭明：「故理有至分，物有定極，各足稱事，其濟一也。」牧齋句則非取此義，乃自喻為「芥子舟」，微物，以顯群小謗傷之無聊也，聯中「枉」字、「空」字足見此意。

本詩下四句筆意蕩開，詠己胸次坦然。第三聯曰：「說易累伸箕子難，編書頻訪大航頭。」上句以箕子自況。《周易·明夷》：「離下坤上。明夷：利艱貞。」《正義》曰：「『明夷』，卦名。夷者，傷也。此卦日入地中，明夷之象。施之於人事，闇主在上，明臣在下，不敢顯其明智，亦明夷之義也。時雖至闇，不可隨世傾邪，故宜艱難堅固，守其貞正之德。故明夷之世，利在艱貞。」《象》曰：「明入地中，明夷。內文明而外柔順，以蒙大難，文王以之，『利艱貞』，晦其明也。內難而能正其志，箕子以之。」「六五」：「箕子之明夷，利

貞。最近於晦，與難爲比，險莫如茲。而在斯中，猶闇不能沒，明不可息，正不憂危，故『利貞』也。」《正義》曰：「『箕子之明夷』者，六五最比闇君，似箕子之近殷紂，故曰『箕子之明夷』也。『利貞』者，箕子執志不回，『闇不能沒，明不可息，正不憂危』，故曰『利貞』。」《論語・微子》稱箕子與微子、比干爲「殷有三仁」。今本《竹書紀年・殷紀》載紂王五十一年「冬十一月戊子，周師渡孟津而還。王囚箕子，殺王子比干，微子出奔。」「箕子難」者，箕子諫紂王，不聽，被囚。箕子以「內難而能正其志」，終脫險，爲武王師。《周易》「明夷」「內文明而外柔順，以蒙大難」之義，牧齋劫餘之人，於此感喟特深，乃自號「蒙叟」，其〈題《易箋》〉云：「文王明夷，則君可知矣。仲尼旅人，則世可知矣。故曰：『作《易》者其有憂患乎？』……余再蒙大難，思文明柔順之義，自名爲蒙叟。」（文後署「壬辰夏五」，即1652年；《有學集》卷50）知牧齋之取於「明夷」者，兼「內文明而外柔順」、「內難而能正其志」二端也。「編書頻訪大航頭」一句，則述己晚年於「文明」事業之「艱貞」。「大航頭」，事關《尚書・虞書・舜典》佚文之復完。〈舜典〉有句曰：「曰若稽古，帝舜，亦言其順考古道而行之。曰重華，協于帝。」（別本此下有「濬哲文明，溫恭允塞，玄德升聞，乃命以位」十六字。）《正義》曰：「昔東晉之初，豫章內史梅賾上孔氏傳，猶闕〈舜典〉。自此『乃命以位』已上二十八字，世所不傳。多用王、范之注補之，而皆以『愼徽』已下爲〈舜典〉之初。至齊蕭鸞建武四年，吳興姚方興于大航頭得孔氏傳古文〈舜典〉，亦類太康中書，乃表上之。事未施行，方興以罪至戮。至隋開皇初購求遺典，始得之。」〈舜典〉文本二十八字之補足，其事曲折如斯，足見文獻搜討之艱且難也。牧齋謂「編書頻訪大航頭」，似指其於1640、1650年代編纂如《列朝詩集》、《昭代文集》等巨著時之艱辛與堅持。

　　末聯曰：「白顚炳燭渾無暇，魯酒吳羹一笑休」，灑脫語也。上言「說易」、「編書」，此聯上句則言讀書。「白顚」，白頭，指老叟。（《晉書・束皙傳》：「丹墀步紈褲之童，東野遺白顚之叟。」）「炳燭」，炳燭之明，言老而好學之好處，事見《說苑・建本》：「晉平公問於師曠曰：『吾年七十欲學，恐已暮矣。』師曠曰：『何不炳燭乎？』平公曰：『安有爲人臣而戲其君乎？』

師曠曰：『盲臣安敢戲其君乎？臣聞之，少而好學，如日出之陽；壯而好學，如日中之光；老而好學，如炳燭之明。炳燭之明，孰與昧行乎？』平公曰：『善哉！』」善哉，而錢公曰：「渾無暇。」此語可作二解。一者，雖老，猶炳燭讀書不倦，於他事「渾無暇」。一者，老而好學雖好，而他事分心費神，「渾無暇」讀書也。合本聯下句讀，後解似較佳。「魯酒」，典出《莊子·胠篋》篇：「故曰：『脣竭則齒寒，魯酒薄而邯鄲圍，聖人生而大盜起。』」郭象注引許慎注《淮南》云：「楚會諸侯，魯、趙俱獻酒於楚王，魯酒薄而趙酒厚。楚之主酒吏求酒於趙，趙不與，吏怒，乃以趙厚酒易魯薄酒，奏之。楚王以趙酒薄，故圍邯鄲也。」「吳羹」，《楚辭·招魂》：「和酸若苦，陳吳羹些！」招魂而奉以吳羹，以吳人善作羹，酸苦皆得中，善鹹酸之和。「魯酒吳羹一笑休」，此結句總攬全篇。牧齋以酒之厚薄、羹之酸苦，喻人生遭際之難以逆料，五味雜陳，苦樂交集，詩思巧妙。「一笑休」，一笑置之。唐韋莊〈東陽酒家贈別二絕句〉其一云：「送君同上酒家樓，酩酊翻成一笑休。正是落花饒悵望，醉鄉前路莫回頭。」（《浣花集》卷5）莫回頭，牧翁已八十餘齡，何必回頭？

其九

　　詞場稂莠遞相仍，嗤點前賢莽自矜。
　　北斗文章誰比並？〈南山〉詩句敢憑陵。
　　昔年蛟鱷猶知避，今日蚍蜉恐未勝。
　　夢裏孟郊還拊手，千秋丹篆尚飛騰。

【箋釋】

　　牧齋此首，衛道者言，火氣甚猛，罵後生之信口雌黃，致譏誚於前賢也，其筆力較老杜〈戲爲六絕句〉猶健，近韓愈之〈調張籍〉詩。

　　首聯曰：「詞場稂莠遞相仍，嗤點前賢莽自矜。」知牧齋所批判者，文壇輕薄之後生，斥彼輩於前賢嗤笑指點，以自抬身價也。「嗤點前賢」云云，脫自杜甫名篇〈戲爲六絕句〉其一：「庾信文章老更成，凌雲健筆意縱橫。今人嗤點流傳賦，不覺前賢畏後生。」

　　牧齋次聯曰：「北斗文章誰比並，南山詩句敢憑陵？」乃推美韓愈，詰責後生之狂妄無知也。「北斗」，見《新唐書‧韓愈傳》，其贊文云：「昔孟軻拒楊、墨，去孔子才二百年。愈排二家，乃去千餘載，功與齊而力倍之，所以過況、雄爲不少矣。自愈沒，其言大行，學者仰之如泰山北斗云。」傳文所推崇者，韓愈之道學正統，牧齋則移之以美韓愈之「文章」。「憑陵」，欺侮也。〈南山〉詩，韓愈名篇。錢曾注「南山」句，引牧齋〈跋沈石田手抄吟窗小會前卷〉一文，信而可徵。牧齋文云：「石田先生《吟窗小會》，前卷皆古今人小詩警句，心賞手抄者。今爲遵王所收。後卷向在絳雲樓，爲六丁取去久矣。少陵云：『不薄今人愛古人。』前輩讀書學詩，眼明心細，虛懷求益，于此卷可以想見。今之妄人，中風狂走，斥梅聖俞不知興比，薄韓退之〈南山詩〉爲不佳，又云張承吉〈金山詩〉是學究對聯。公然批判，不復知世上復有兩眼，雖其愚而可惡，亦良可爲世道懼也。」（《有學集》卷46）讀此可知牧齋不滿於當時文壇風氣之更大範圍，惟文中所議論者爲「今之妄人」，當亦包括其所痛恨之復古、竟陵

派中人，不獨「詞場」之「後生」而已。此宜辨明者。

　　本詩下四句，典故俱涉韓愈舊事，而構句一氣呵成，剪裁無痕，且甚形象化，句法老練。第三聯曰：「昔年蛟鱷猶知避，今日蚍蜉恐未勝。」「蛟鱷」事，亦見《新唐書·韓愈傳》：「初，愈至潮州，問民疾苦，皆曰：『惡溪有鱷魚，食民畜產且盡，民以是窮。』數日，愈自往視之，令其屬秦濟以一羊一豚投溪水而祝曰……祝之夕，暴風震電起溪中，數日水盡涸，西徙六十里。自是潮無鱷魚患。」此韓愈遺事，文苑美譚，讀者當耳熟能詳。下句「蚍蜉」之喻，脫自韓愈〈調張籍〉詩：「李杜文章在，光燄萬丈長。不知群兒愚，那用故謗傷。蚍蜉撼大樹，可笑不自量。」（《五百家注昌黎文集》卷5）牧齋於此用韓愈詩意，甚妙，蓋韓愈詩亦為指斥後生之妄論前賢高下而發（可參上首詩箋）。

　　或云文人相輕，自古已然，惟亦有互不相掩，惺惺相惜者，如韓愈之與孟郊，此即牧齋末聯所詠美者，其言曰：「夢裏孟郊還拊手，千秋丹篆尚飛騰。」其本事見題唐柳宗元《龍城錄》卷上「韓退之夢吞丹篆」：「退之常說，少時，夢人與《丹篆》一卷，令強吞之，傍一人撫掌而笑，覺後亦似胸中如物噎，經數日方無恙。尚由記其一兩字，筆勢非人間書也。後識孟郊，似與知目熟。思之，乃夢中傍笑者，信乎相契如此。」（《五百家註柳先生集》）其事之有無，不可考，姑妄言之，姑妄聽之可也。而牧齋以之表知己知音之相惜相親，則明甚。明季清初，文壇一片戾氣，牧齋此詩，雖為呵護前賢而作，若論苦口婆心，不及杜公矣。此牧齋「晚年好罵」之一例歟？雖然，是可忍，孰不可忍，亦人之常情，有些後生是非罵不可。

其十

聲氣無如文字親，亂餘斑白尚沉淪。

春浮精舍營堂斧，春浮，蕭伯玉家園，今爲葬地。東壁高樓束楚薪。東壁樓，在德州城南，盧德水爲余假館。

《越絕》新書徵宛委，指山陰徐伯調。秦碑古字訪河濱。指朝邑李叔則。

嗜痂辛苦王烟客，摘槧懷鉛十指皴。

【箋釋】

本詩首聯曰：「聲氣無如文字親，亂餘斑白尚沉淪。」上句「聲氣」云云，或脫自《左傳・襄公三十一年》：「故君子在位可畏，施舍可愛，進退可度，周旋可則，容止可觀，作事可法，德行可象，聲氣可樂，動作有文，言語有章，以臨其下，謂之有威儀也。」此左氏傳言君子之氣象也。牧齋句似偏取「聲氣可樂，動作有文，言語有章」數義。「亂餘斑白尚沉淪」，其「尚沉淪」者，正上句之「文字」也。《後漢書・崔駰傳》云：「崔氏世有美才，兼以沉淪典籍，遂爲儒家文林。」合二句讀之，知牧齋所親近者，「沉淪典籍」之「儒家文林」也。「亂餘斑白」云云，出語沉痛。「亂餘」，明清易鼎，天崩地坼劫餘之時；「斑白」，言其老也。此輩文士滄桑歷劫，猶沉淪典籍，孜孜矻矻，至老不倦，牧齋引爲同道知己。「聲氣」、「亂餘」一聯領起下六句。

次聯曰：「春浮精舍營堂斧，東壁高樓束楚薪。」此聯上句詠蕭士瑋（伯玉，1585-1651），下句詠盧世㴆（德水，1588-1653），二人皆牧齋由明入清垂三、四十年之執友，至老猶殷殷懷念者。伯玉歿於順治八年（1651），德水歿於後二年（1653）。牧齋於上句後置小注云：「春浮，蕭伯玉家園，今爲葬地。」此即句中「營堂斧」之意。「堂斧」，墳墓也。「堂」指四方形而高者，「斧」指下寬上狹長形者，語出《禮記・檀弓上》。牧齋於下句後置小注云：「東壁樓，在德州城南，盧德水爲余假館。」前明崇禎十年丁丑（1637），牧齋被奏劾，逮京究問，道經山東，乃訪德水於德州，居停於程氏之東壁樓十餘日。此爲牧齋與德水

之初次會晤，而牧齋於赴逮途中，得晤久相思慕之同調(牧齋與德水皆耽於杜詩，有著述)，暫享詩、書、酒之樂，此東壁樓小住，於牧齋具有特殊意義，自不待言，宜乎牧齋有此追憶東壁樓之詠。句中「束楚薪」云云，脫自《詩‧王風‧揚之水》。〈揚之水〉三章，章六句。首章起句云：「揚之水，不流束薪。」次章起句云：「揚之水，不流束楚。」意謂水至湍迅，而不能流移「束薪」、「束楚」。「薪」、「楚」，木也，牧齋「束楚薪」云云，則感歎今東壁樓已毀，淪爲捆捆炊薪矣。

第三聯曰：「《越絕》新書徵宛委，秦碑古字訪河濱。」本聯上下句分詠徐緘(伯調，?-1670)、李楷(叔則，1603-1670)，用典甚妙。上句「《越絕》」云云，指《越絕書》，書載春秋吳、越二國史事，上起大禹治水，下迄兩漢，旁及其他諸侯，文章以博奧偉麗稱。「宛委」，宛委山，傳說禹登宛委山得金簡玉字之書。漢趙煜撰《吳越春秋》卷四〈越王無余外傳〉云：「〔玄夷蒼水使者〕東顧謂禹曰：『欲得我山神書者，齋於黃帝巖嶽之下三月，庚子登山發石，金簡之書存矣。』禹退又齋三月，庚子登宛委山，發金簡之書。案金簡玉字，得通水之理。」後因以喻書文之珍貴難得。牧齋於本句後置小注云：「指山陰徐伯調。」以知句中「《越絕》」、「宛委」云云，借其事以況伯調者也。「《越絕》」而言「新書」，喻伯調能著文章博奧偉麗如《越絕》之書文也。「徵宛委」，「徵」於伯調也。《吳越春秋‧越王無余外傳》云：「在于九山東南天柱，號曰宛委。」舊注云：「在會稽縣東南十五里。」伯調山陰人。明清時期山陰、會稽兩縣一體(山陰即會稽，邑在山陰，故名)，而宛委在會稽，牧齋乃以「宛委」借指山陰徐伯調。牧齋下句後置小注云：「指朝邑李叔則。」「秦碑」、「河濱」云云，出典爲「蔡中郎石經」。宋姚寬《西溪叢語》卷上云：「漢靈帝熹平四年，〔蔡〕邕以古文、篆、隸三體書《五經》，刻石於太學。至魏正始中，又爲一字石經，相承謂之七經正字。……北齊遷邕石經于鄴都，至河濱，岸崩，石沒于水者幾半。」此古代珍稀文物之傳奇經歷也。李楷，字叔則，晚號岸翁，學者稱河濱先生，陝西朝邑人。陝西，古秦地，「秦碑古字訪河濱」者，喻秦人李叔則滿腹經籍，學者景仰。

詩末聯曰：「嗜痂辛苦王烟客，摘蕍懷鉛十指皴。」牧齋本聯詠王煙客酷愛

己之著作。「嗜痂」者，南朝宋劉邕之「變態」行為也。《宋書・劉穆之傳》載：「邕所至嗜食瘡痂，以為味似鰒魚。嘗詣孟靈休，靈休先患灸瘡，瘡痂落床上，因取食之。靈休大驚。答曰：『性之所嗜。』靈休瘡痂未落者，悉褫取以飴邕。邕既去，靈休與何勖書曰：『劉邕向顧見啖，遂舉體流血。』南康國吏二百許人，不問有罪無罪，遞互與鞭，鞭瘡痂常以給膳。」昔者周文王嗜昌歜(菖蒲根醃製物)，孔子慕文王而食之以取味，乃「文明」之啖食，而劉邕竟嗜吃瘡痂，以為味似鰒魚(即鮑魚)，信乎人情、口味各殊，每有不可思議者。「摘槧懷鉛」，漢揚雄舊事。劉歆《西京雜記》云：「揚子雲好事，常懷鉛提槧，從諸計吏訪殊方絕域四方之語，以為裨補輶軒所載，亦洪意也。」「鉛」者，鉛粉；「槧」，書寫用木片。揚雄所從事者，猶今之「田野調查」，終成《方言》一書，學者至今稱之。牧齋以「嗜痂」、「摘槧懷鉛」二事以喻王煙客。煙客明清之際江南太倉人，畫壇巨擘，「婁東畫派」鼻祖。明亡後，牧齋與煙客友情契洽，而煙客酷愛牧齋詩文，歷年蒐求，寒暑抄錄，目眵手胼而不止，牧齋乃有句中「十指皴」之形容。

　　牧齋〈病榻消寒雜咏四十六首〉本首所詠人物最夥。此五人者，蕭伯玉少牧齋三歲，盧德水少牧齋六歲，王煙客少牧齋十歲，牧齋與此三人可謂同輩。徐伯調生年不詳，後死於牧齋六年，李叔則少牧齋二十一歲，揆諸相關文獻，知伯調與叔則於牧齋為後輩也。各人均身閱鼎革，明清改朝換代之際出處行藏各有不同，而無減對牧齋敬慕愛戴之情。牧齋與各人之友誼基礎，正在於以文字通聲氣，同聲相應，同氣相求，亂餘斑白，尚沉淪典籍，惺惺相惜，相互愛重。

　　牧齋〈病榻消寒〉詩其十所詠，僅牧齋與諸人交遊事跡之一斑耳。竊以為，考論牧齋與各人交誼始末，於瞭解牧齋之行誼思想，大有裨益。要之，蕭伯玉於五人中年齒與牧齋最近，約於同時立朝(明天啟初)。二人闕下諦交，出處進退亦有相若者，而牧齋顛躓於仕途，困窘危急時，伯玉屢伸援手。盧德水入仕較牧齋與伯玉晚，居官年月與牧齋亦不相屬。牧齋與德水初非政壇上共進退之黨人，二人始以杜詩及書文相敬慕。牧齋與德水約於牧齋丁丑獄案前後定交，牧齋赴逮途中訪德水於山東德州。二人氣類相感，一見如故。德水約於此時出補禮部，旋改御史，贊漕運。牧齋、德水諦交後問訊不斷，且共同閱歷明朝末祚，二人相知深

厚，以道義相亹勉。

　　徐伯調、李河濱則非牧齋所素識者，而於牧齋逝世前數年，相繼貽書致敬，論學論文，求賜序，情意殷切。書文往返，牧齋乃引二人爲知己同道，且有厚望焉。《初學集》刪定之役，囑於伯調；爲「好古學者」張軍，遏止復古派復興於關中，託於河濱。牧齋爲此二「筆友」所寫書函、序文，述及一生學術、文學思想數番轉變之因緣，並其最終之堅持與主張，乃探究牧齋學術之重要文獻，可作牧齋「學思自傳」觀。牧齋與伯調、河濱之交，文壇前後輩文字之交，觀其始末，可藉知牧齋桑榆時對己文學「遺產」之安排、對後輩之期盼、對文壇之願景，亦可窺見牧齋於時人心目中之地位。

　　江南常熟、太倉一衣帶水，百里相望，而牧齋與王煙客於前明有無交往無考。迨明社既屋，自順治初至牧齋於康熙三年(1664)逝世前，十餘年間二人交往殷勤，感情篤厚。牧齋與煙客於清初之文壇藝壇，巍然如魯殿靈光，二人惺惺相惜，相互愛重。二老贈言、進退以禮，往返文字，或道家常、訴衷曲，或寄託遙深，百感交集，期於傳世者，洵陽九百六，灰沉煙颺之時，詩文「可以群」之一段佳話。煙客高門之後，先世及己數世仕明，入清後，不無「身分危機」(identity crisis)之憂虞，牧齋乃爲設計其可對歷史評價有所交代之「自我形象」(self-image)，厥功不細。順康之世，大亂甫定，牧齋與煙客溫文爾雅之交，亦反映江南吳中虞山、婁東文苑藝林之呼息，而人文世界、精神之漸次復甦也。

　　(牧齋與五人交遊之始末，詳請參本書上編第四章：〈聲氣無如文字親──牧齋「亂餘斑白尙沉淪」之人／文世界〉)

其十一

柏寢梧宮事僾然，富平一叟記登延。

牽絲入仕陪元宰，執簡排場見古賢。

早歲光陰頻跋燭，百年人物遞當筵。

舉杯欲理滄桑話，兒女讙呶擁膝前。

余五六歲，看演《鳴鳳記》，見孫立庭袍笏登場。庚戌登第，富平爲太宰延
接，如見古人，迄今又五十四年矣。

【箋釋】

牧齋此首，追憶前輩國老儀容豐度與己初入仕時之青澀，語特馴雅，而鶴語
堯年之感充斥字裡行間。詩後小注曰：「余五六歲，看演《鳴鳳記》，見孫立庭
袍笏登場。庚戌[1610]登第，富平爲太宰延接，如見古人，迄今又五十四年
矣。」富平即孫丕揚(1531-1614)，陝西富平縣人，明嘉靖、隆慶、萬曆年間名
臣，本傳見《明史》卷二百二十四。(牧齋注謂見孫立庭袍笏登場，孫立庭似爲
扮演孫丕揚之演員。然孫丕揚號立山，「立庭」或爲「立山」之訛，亦有可
能。)孫丕揚爲官以廉直、敢言、善籌劃稱。萬曆二十二年(1595)，拜吏部尚
書，《明史》載：「丕揚挺勁不撓，百僚無敢以私干者，獨患中貴請謁，乃創爲
掣籤法，大選急選，悉聽其人自掣，請寄無所容。一時選人盛稱無私，然詮政自
是一大變矣。」

《鳴鳳記》，明代傳奇，作者不可確考，約成於隆慶年間，爲中國傳奇發展
史上時事劇之濫觴。《鳴鳳記》全劇四十一齣，寫嘉靖間權臣嚴嵩殺害力主收復
河套之夏言、曾銑，即劇中之「雙忠」。朝臣楊繼盛等激於義憤，相繼向朝廷陳
言極諫，備盡種種曲折，終於鬥倒嚴嵩。楊繼盛等八大臣，劇中稱「八義」，孫
丕揚與焉(孫氏劾奏嚴嵩事，《明史》本傳中無載)。《鳴鳳記》成於嚴嵩之子嚴
世藩伏誅後不久，時事時人入劇，頗富社會現實主義(social realism)色彩。牧齋
謂五、六歲時看演《鳴鳳記》，見扮演孫氏之演員袍笏登台。今案《鳴鳳記》第

三十六齣〈鄒孫准奏〉寫監察御史鄒應龍、刑科給事孫丕揚不約而同劾奏嚴嵩。茲錄戲文一段於後，藉之或可想見牧齋兒時所睹舞台上孫丕揚之風采：

【點絳脣後】〔末上〕為國忘眠，午夜聽傳漏。君知否？贊裏前後，忠骨潛消瘦。

顛衣起問夜何如，錦阜囊中有諫書。當道豺狼還未翦，何須郊外問狐狸？下官刑科給事孫丕揚便是。為嚴嵩父子奸黨盤根，罪惡盈貫，故此日夜勞心，訪得真情實跡，將他一一詳奏。倘蒙聽信，天下國家除大害矣。已到午門，想天氣尚早，朝班未齊。呀，這是鄒道長。〔生〕這是孫掌科。朝服在身，不敢施禮。〔末〕老道長幾時回朝的？〔生〕下官昨日纔回，今早復命。請問老掌科言責在身，奏何急務？〔末〕為嚴家事情。〔生〕實不相滿，下官亦是此舉。〔末〕可見賊臣為天下公惡。〔生〕恨吾輩面君之晚……。

〔末叩頭〕萬歲萬歲，臣孫丕揚誠惶誠恐稽首頓首謹奏。
【前腔】給事班流，職主言詞任國憂。〔老旦〕為甚事來？〔末〕只為八關賊子，九尾邪狐，敵國同舟。須防涓水泛洪流，燎原不滅難成救。懇乞天優，宥臣狂罪容臣奏。（見毛晉輯《六十種曲》）

《鳴鳳記》中，正是鄒、孫二人冒死彈奏，帝終悟嚴嵩父子無法無天，罪惡貫盈，「著錦衣衛親領官校，速拿去三法司逐一究問」。牧齋之得晤孫丕揚本尊，在庚戌（1610）年，牧齋是年登第成進士，殿試第三名，授翰林院編修。時牧齋僅二十九歲，而孫氏已七十九高齡，任吏部尚書。（後二年，孫氏辭官歸里，又二年，以八十三歲卒。）

牧齋詩首聯曰：「柏寢梧宮事儼然，富平一叟記登延。」「柏寢」，用《史記・孝武本紀》事：「〔李少君〕嘗從武安侯飲，坐中有年九十餘老人，少君乃言與其大父游射處，老人為兒時從其大父行，識其處，一坐盡驚。少君見上，上有故銅器，問少君。少君曰：『此器齊桓公十年陳於柏寢。』已而案其刻，果齊

桓公器，一宮盡駭，以少君爲神，數百歲人也。」「柏寢」，齊國臺名。「梧宮」，亦齊宮殿，牧齋言柏寢，遂牽連及之。(舊詩亦有「柏寢」、「梧宮」同詠者，如唐韓翃〈青州〉詩：「柏寢寒蕪變，梧臺宿雨收。」)牧齋乃以李少君喻孫丕揚，以丕揚耆碩，閱歷數朝也。「登延」，《漢書‧五行志》「臨延登受策」句注云：「師古曰：『延入而登殿。漢舊儀云：「丞相、御史大夫初拜，皇帝延登親詔也。」』」牧齋初見丕揚，正「登延」初拜之年，即注中「富平爲太宰延接，如見古人」云云。

　　詩次聯曰：「牽絲入仕陪元宰，執簡排場見古賢。」謝靈運〈初去郡〉句云：「牽絲及元興，解龜在景平。」《六臣註文選》李善注曰：「牽絲，初仕。」張銑注曰：「牽絲謂牽玉如絲之言而仕也。」元稹〈代李中丞謝官表〉云：「臣生值聖時，蔭分天屬，雖牽絲入仕，或因瑣碎之文，而執簡當朝，實由睦族而致。」牧齋詩「元宰」云云，固指丕揚，時任吏部尚書。「元宰」，冢宰、宰相、上相之謂。《明史》載：「丕揚齒雖邁，帝重其老成清德，眷遇益隆。」可見牧齋「元宰」云云，蓋寫實也。「執簡」者，史官、御史之屬。牧齋牽絲入仕，授翰林院編修，正「執簡」之史官。牧齋聯措語工切。牧齋以年不及三十而高第入仕，派翰林院官，「出身」一片光明，本聯之詠，正可見其意得志滿之神情。(雖然，牧齋對此榜之結果，不無遺憾，詳參下首詩箋。)

　　牧齋詩第三聯曰：「早歲光陰頻跋燭，百年人物遞當筵。」牧齋於上聯追憶疇昔崢嶸歲月，於本聯則感歎光陰飛逝，一生所見風流人物，不無當筵舞袖之徒，遜於「古賢」遠矣。「跋燭」，語見《禮記‧曲禮上》：「燭不見跋」。《注》云：「跋，本也。燭盡則去之，嫌若燼多有厭倦。」《疏》云：「跋，本也。本，把處也。古者未有蠟燭，唯呼火炬爲燭也。」牧齋詩「頻跋燭」云云，嗟惜人生如寄，歲月無憑，轉瞬如燭之燃盡。(宋黃庭堅〈次韻冕仲考進士試卷〉句云：「書窗過白駒，夜几跋紅燭。」)「當筵」云云，稍寓譏誚之意。宋楊億〈傀儡〉詩：「鮑老當筵笑郭郎，笑他舞袖太郎當。若教鮑老當筵舞，轉更郎當舞袖長。」極盡挖苦之能事。牧齋詩承上「登延」、「排場」之情景來，則本聯所詠之「百年人物」，或官場中長袖善舞之權貴也。

　　末聯甚妙，曰：「舉杯欲理滄桑話，兒女讙呶擁膝前。」此聯平易，欲語還

休，餘音裊裊。牧齋「愛官人」，一生宦海浮沉，大起大落，五、六十年所見、所交往者，率多「元宰」之流(牧齋於崇禎朝官至禮部侍郎，南明弘光朝拜禮部尚書，亦幾乎元宰矣)，欲董理其所與聞之「滄桑」舊事，無乃一部晚明政治鬥爭史，千頭萬緒，從何說起？宜乎「兒女讙呶擁膝前」，牧齋就此打住。(唐韓愈〈秋雨聯句〉詩句：「讙呶尋一聲，灌注咽群籟。」舊注：「讙呶，喧號也。《詩》：『載號載呶』。」)

明嘉靖間孫丕揚劾奏嚴嵩父子事，《明史‧孫丕揚傳》無載，而其事於《鳴鳳記》中早有渲染，深入民心。牧齋本詩追憶富平舊事，特點題此劇，讀者因之而記孫氏之挺勁不撓，敢於言事。牧齋本詩之富平寫照，可補史之闕。

其十二

> 硯席書生倚稚驕，邯鄲一部夜呼囂。
> 朱衣早作臚傳讖，青史翻爲度曲訛。
> 炊熟黃粱新剪韭，夢醒紅燭舊分蕉。
> 衛靈石槨誰鐫刻？莫向東城歎市朝。
> 是夕又演《邯鄲夢》。

【箋釋】

牧齋此首寫五十餘年前飲恨之事，由夜觀演戲觸動，抒發人生如戲，戲如人生之感歎。

首聯寫眾人觀戲之熱鬧場面，曰：「硯席書生倚稚驕，邯鄲一部夜呼囂。」「硯席」，硯臺與坐席，借代同學，即下接二字之「書生」。與書生並肩而坐者，「稚驕」之人。「稚驕」，猶「驕稚」，語出《莊子·列禦寇》：「人有見宋王者，錫車十乘，以其十乘驕稚莊子。」言此人以宋王所賜之十乘車驕矜炫耀於莊子也。（「驕稚」二字同義，舊注云：「稺〔稚〕亦驕也。」）此一眾人等雜坐囂鬧場面，牧齋於下句以「夜呼囂」一語承接之。此首牧齋於詩後置小注，云：「是夕又演《邯鄲夢》。」此即首聯下句「邯鄲一部」所指。起二句，牧齋似寫少年時看戲情景。

《邯鄲夢》，或稱《邯鄲夢記》，明劇作家湯顯祖名作，「臨川四夢」之一，本事據唐人沈既濟〈枕中記〉傳奇小說，其故事梗概爲：道士呂翁得神仙術，遊邯鄲道中，遇少年盧生，以囊中枕授之。生枕而夢，一生榮辱備嘗，黃粱尚未熟也。此成語「黃粱夢」、「一夢黃粱」、「黃粱美夢」、「邯鄲夢」之所由來，寓功名富貴猶如一夢，到頭來一場空之意。牧齋本首之詠《邯鄲夢》，則別有「今典」。

牧齋次聯曰：「朱衣早作臚傳讖，青史翻爲度曲訛。」觀上句「朱衣」、「臚傳」二語，大體可知與科舉事有關。「朱衣」，「朱衣神」，著朱衣，主管

文運，判文章優劣。宋趙令畤《侯鯖錄》載：「歐陽公〔歐陽修〕知貢舉日，每遣考試卷，坐後嘗覺一朱衣人時復點頭，然後其文入格，始疑侍吏，及回首視之，無所見，因語其事於同列，為之三歎，嘗有句云：『文章自古無憑據，惟願朱衣暗點頭。』」朱衣神與文昌帝君、魁星、呂祖師、關帝君合稱「五文昌」，士人學子尊奉之。朱衣亦指顯宦。《後漢書・蔡邕傳》云：「臣自在宰府，及備朱衣，迎氣五郊，而車駕稀出。」李賢注：「朱衣，謂祭官也。」宋徐鉉〈送劉山陽〉詩：「舊族知名士，朱衣宰楚城。」清唐孫華〈讀梅村先生〈鹿樵紀聞〉有感題長句〉之六有句云：「東市朱衣多裹血，西臺紅淚與招魂。」朱衣，亦指入仕、升官。「臚傳」，猶「傳臚」，舊時科舉殿試後，皇帝宣布登第進士名次之典禮。上傳語告下曰臚，傳臚即唱名之意。傳臚唱名，其制始於宋世。《幼學須知》載：「天子臨軒，宰臣進三卷，讀於御案前，讀畢拆視姓名，則曰某人。閣內則承之以傳於階下，衛士六七人，齊聲傳呼之，謂之傳臚。」此傳臚之廣義，明代科舉考試中，傳臚又有專指。《明史・選舉志》：「會試第一位會元，二甲第一為傳臚。」牧齋詩「朱衣」、「臚傳」云云，與《邯鄲夢》中盧生由御筆點紅，高中狀元之情節相符。雖然，句中「讖」字該作何解？《邯鄲夢》中無讖兆之事。其對句，「青史翻為度曲訛」，更莫名其妙。錢曾注「臚傳」一句，為記牧齋口授一事。讀之，始知牧齋此聯「今典」之始末。其文曰：「公云：『臨川〔湯顯祖〕嘗語余，《邯鄲夢》作於某年，曲中先有「韓盧」之句，竟成庚戌[1610]臚傳之讖。』此曲似為公而作，亦可異也。」湯顯祖〈邯鄲夢題詞〉自署「辛丑中秋前一日」，即萬曆二十九年，西元1601年。其後十年為庚戌，即萬曆三十八年，西元1610年。是歲於牧齋極為重要，乃其成進士之年。該科「傳臚」之事甚曲折。金鶴沖《錢牧齋先生年譜》「庚戌」條載：「廷試，以第三人授翰林院編修。先是先生以文望為中外屬目，宰相葉向高，以先生置第一。小璫官報，謂先生狀元，司禮監飛帖致意。臚傳前夕，賀者盈門。及榜發，狀元乃歸安韓敬。蓋敬受業宣城湯賓尹。廷對，賓尹為敬夤緣以得之。」此牧齋終身含恨之一事。「韓盧」，傳臚唱名韓敬為狀元之意也。「臚傳之讖」云云，以湯顯祖《邯鄲夢》作於1601年(或以前)，而戲文中藏有讖語，預示十年後牧齋會試之下場，即所謂「『韓盧』之句」。今檢《邯鄲夢》全劇，三十齣，並無「韓盧」字

句。因復思之，昔時詩讖、經讖、讖記等，須用拆字、諧音諸法破譯之始得。如此，則《邯鄲夢》第七齣〈奪元〉中有如此情節，或正牧齋所謂之「韓盧」之讖：

> 【一封書】都經御覽裁，看上了山東盧秀才。〔淨想介〕山東盧秀才？〔老〕名喚盧生。知他甚手策，動龍顏含笑孩？〔淨〕老公公，看見當眞點了他。〔老〕親看御筆題紅在，待剪宮袍賜綠來。〔合〕御筵排，榜花開，也是他際會風雲直上台。
>
> 〔淨〕奇哉，奇哉。這等，裴、蕭二人第幾？〔老〕蕭第二，裴第三。
>
> 【前腔】〔淨背介〕卷首定蕭、裴，怎到的寒盧那狗才？〔回介〕是他命運該，遇重瞳著眼撞。〔老〕老先不知，也非萬歲爺一人主裁，他與滿朝勳貴相知，都保他文才第一。便是本監，也看見他字字端楷哩。〔淨〕可知道了，他的書中有路能分拍，則道俺眼內無珠做總裁。(見錢南揚校點《湯顯祖戲曲集》)

「寒盧那狗才」，牧齋指「寒」罵「韓」，甚潑辣。(錢曾注中所記牧齋語，猶今之oral history，「口述歷史」，乃錢曾注牧齋詩之一大特色。於此，錢曾注猶牧齋自注，對詩句本事之詮解，幫助極大。然而，牧齋之口授錢曾者，往往無相關文獻可資參互考訂，其可信性亦無從完全確立。姑妄言之，姑妄聽之可也。)此筆舊賬，牧齋以「青史」目之，其事於牧齋生命之重要可知。此「青史」，湯顯祖於《邯鄲夢》卻早洩露天機，故牧齋聯中有「度曲訛」之歎。舊史中記童謠、民歌一類讖語，謂之「詩妖」，牧齋「度曲訛」云云，自此翻出。牧齋於明季清初，攘斥竟陵鍾惺、譚元春等爲「詩妖」，視作亡國之兆，批判極爲嚴苛。此詩聯中之「度曲訛」則爲湯顯祖，牧齋相當敬重之前輩故人，則此妖應不壞，用表靈異事耳。

　　牧齋第三聯：「炊熟黃粱新剪韭，夢醒紅燭舊分蕉。」於沈既濟〈枕中記〉及湯顯祖《邯鄲夢》中，黃粱未熟，盧生痁而富貴榮華之夢已然破滅，寓人世追求無非荒誕妄作之意(之後盧生即隨呂翁赴蓬萊仙山修道去也)。牧齋詩則云「炊

熟黃粱」，後又添益「新剪韭」之意象。原故事中，盧生入夢之處爲邯鄲橋頭小店，陳設簡陋可想而知。牧齋詩則云：「夢醒紅燭」，旁又有「舊分蕉」。牧齋本聯對原傳奇、戲文之改造可謂匠心獨運。原故事中之舉業、旅途、村店、黃粱夢，無不予人漂泊不安，轉瞬無憑之感。牧齋所詠，意象已轉「家居化」(domesticated)，黃粱夢醒，而日常生活依然，一種秩序、延續感(a sense of order and continuity)寄寓其中。此意復可於次聯及本聯所含之時間觀求之。次聯讖兆、「度曲訛」所牽動之時間、事件前後顛倒(「早作」、「翻爲」)，爲異常、難以理解之時間觀。第三聯「炊熟黃粱」，時間已過去，而接以「新剪韭」，又似延續過去而開展未來。「夢醒紅燭」，時間亦過去，然於「舊分蕉」中，仍可記「夢醒」之前更早之時間，此中爲可回溯、組織、理解之時間及事件。(聯中上下句第五字位置分別落「新」字、「舊」字，聲調一平一仄，語義、語音內部結構亦體現出秩序感。)詩次聯而至第三聯，由怪異而歸於平常，惟此中時間，於牧齋生命而言，卻可能橫跨五紀星辰。思及此，黃粱一夢之幻滅、欷歔感又復揮之不去，能不爲之慨然！牧齋此二聯詩太奇妙。(以「分蕉」一語入詩者鮮見，及憶與夢有關之典故尚有「蕉鹿夢」者，始悟牧齋此處爲押韻而以「蕉」代「鹿」也。《列子‧周穆王》：「鄭人有薪於野者，遇駭鹿，御而擊之，斃之。恐人見之也。遽而藏諸隍中，覆之以蕉，不勝其喜。俄而遺其所藏之處，遂以爲夢焉。順塗而詠其事，傍人有聞者，用其言而取之。」後乃有「蕉鹿」、「夢鹿分鹿」、「分鹿」等語，喻虛幻迷離、得失無常之意。)

　　「功名大抵黃粱夢，薄有田園便好閒。」此金元之際李俊民〈送郡侯段正卿北行二首〉詩中聯語。道理易懂，然傳統士子能超然於此名利場外者有幾人？牧齋詩末聯曰：「衛靈石槨誰鑴刻？莫向東城歎市朝。」寄寓牧齋對此五十餘年前「臚傳」舊事之感歎。滄桑憶往，感慨繫之；會元之榮幸，擦肩而過，一生耿耿於懷。「衛靈石槨」云云，用《莊子‧則陽》篇事：「狶韋曰：『夫靈公也死，卜葬於故墓，不吉，卜葬於沙丘而吉。掘之數仞，得石槨焉。洗而視之，有銘焉，曰：『不馮其子，靈公奪而里之。』夫靈公之爲靈也久矣，之二人可足以識之！」(「奪而里」：「而」，「汝」也；「里」，「居處」也。)郭象注云：「子，謂蒯瞶也。言不馮其子，靈公將奪女處也。夫物皆先有其命，故來事可知

也。是以凡所爲者，不得不爲；凡所不爲者，不可得爲；而愚者以爲之在己，不亦妄乎！」莊子書中此寓言之原本寄意，可勿論。而此石槨並其銘文，亦讖記也。銘文曰：「不馮其子，靈公奪而里之」，此中不亦有某人位置爲他人所奪之事？牧齋用此呼應次聯所詠「臚傳」之事。「誰鑴刻？」牧齋怨天乎？尤人乎？歔欷乎？憤懟乎？似乎都有。下句「東城歎市朝」，用《後漢書・薊子訓傳》舊事：「後人復於長安東霸城見之〔薊子訓〕，與一老公共摩挲銅人，相謂曰：『適見鑄此，已近五百歲矣。』」此「銅人」，秦始皇帝於咸陽所鑄金人十二，重各千斤。魏文帝黃初元年，命徙之，重不可致，因留霸城南。此千斤金人，矜貴極矣，其重若此，期以永久，然仍有大能力者能稍移之，留之「東城」。此不亦上述「臚傳」事之寫照乎？「莫歎市朝」，則回首舊事，歲月、身世之感寓焉，呼應第三聯。

其十三

　　紗縠禪衣召見新，至尊自賀得賢臣。

　　都將柱地擎天事，付與搔頭拭舌人。

　　內苑御舟思匣匭，上尊法酒賜逡巡。

　　按圖休問盧龍塞，萬里山河博易頻。

　　壬午五日，鵝籠公有龍舟御席之寵。

【箋釋】

　　牧齋本詩譏刺明末權臣周延儒(1593-1644)，並及崇禎帝，詩意狠辣，略無恕辭。牧齋與周延儒之恩怨情仇，說來話長。

　　先是，崇禎登極(戊辰，1628)。七月，詔起牧齋，不數月，洊擢詹事，轉禮部右侍郎，兼翰林院侍讀學士，協理詹事府事。十月，會推閣臣。牧齋素負物望，廷臣列成基命及牧齋等十一人名以進。時周延儒亦任禮部右侍郎，甚得崇禎寵信，惟廷臣以延儒望輕置之。(參《金譜》戊辰崇禎元年條)崇禎以延儒不預，大疑。(《明史·周延儒傳》)溫體仁望輕，亦不在所舉，乃引前浙闈事為詞(其事詳《金譜》天啟元年[1621]、二年條)，謂牧齋結黨受賄，延儒亦助體仁訐牧齋。執政皆言牧齋無罪，體仁、延儒乃言滿朝多牧齋之黨。「帝遂發怒，黜謙益，盡罷會推者不用。」(〈周延儒傳〉)明年，閣訟終結，牧齋坐杖論贖。六月，出都門南歸。終明之世，牧齋未再復官。(至南明弘光朝，始復起為禮部尚書。)十二月，崇禎帝拜延儒為禮部尚書兼東閣大學士。崇禎三年，體仁亦入閣，延儒為首輔。體仁陽曲謹媚延儒，陰欲奪其位。延儒為官貪鄙，任用私人，數年間，中外交相訐奏，延儒大困。崇禎六年，引疾乞歸，體仁遂為首輔。

　　始延儒頗從東林黨人遊，既陷牧齋，遂仇東林。至是歸，失勢，心內慚。而體仁益橫，越五年始去。去而張至發、薛國觀相繼當國，一時正人皆得罪。延儒謀再起，欲藉東林黨人朝野之力。張溥等語延儒曰：「公若再相，易前轍，可重得賢聲。」延儒以為然。崇禎十二年(1639)春，延儒訪牧齋於常熟拂水山莊，時

牧齋五十八歲。延儒枉駕造訪，牧齋頗得意，作〈陽羨相公枉駕山居即事賦呈四首〉，其一曰：「閣老行春至，山翁上冢回。衰衣爭聚看，棋局漫相陪。樂飲傾村釀，合羹折野梅。綠堤桃李樹，一一爲公開。」其四曰：「若問山東事，將無畏簡書？白衣悲命駕，紅袖泣登車。早第功誰奏？歌鐘賞尙虛。安危有公在，一笑偃蓬廬。」（《初學集》卷15）不無謟媚之意。東山再起之美夢，何止延儒？

　　張溥友吳昌時乃爲交關近侍，馮銓復助爲謀。會崇禎亦頗思延儒，而薛國觀適敗。崇禎十四年（1641），詔起延儒，復爲首輔。尋加少師兼太子太師，進吏部尙書、中極殿大學士。延儒被召，張溥等以數事要之。延儒慨然曰：「吾當銳意行之，以謝諸公。」既入朝，悉反體仁弊政。延儒又言於崇禎：「老成名德，不可輕棄。」於是鄭三俊長吏部，劉宗周掌督察院，范景文長工部，倪元璐佐兵部，皆起自廢籍。他如李邦華、張國維、徐石麒、張瑋、金光辰等，布滿九列。釋在獄傅宗龍等，贈已故文震孟、姚希孟等官。中外翕然稱賢。（〈周延儒傳〉）崇禎十四、十五年間，延儒補敝起廢，東林黨人復興，正牧齋回朝之大好時機，而延儒獨不召牧齋。牧齋憤恨交加。崇禎十六年癸未（1643），牧齋作〈元日雜題長句八首〉，其六起聯云：「廟廊題目片言中，准擬山林著此翁。」「題目」，用《世說新語・政事》典：「山司徒前後選，殆周遍百官，舉無失才，凡所題目，皆如其言。」牧齋於此聯後置小注云：「陽羨公語所知曰：『虞山正堪領袖山林耳。』」知牧齋此聯，蓋刺延儒不己之援引推挽也。後四月，復寫長信〈寄長安諸公書〉，情詞激越，盡洩對「元老」之憤恨。茲不嫌文煩，過錄一段如後，以見牧齋當時之情緒：「謙益衰頹晼晚，放棄明時。春明之夢已殘，京華之書久絕。……頃者一二門牆舊士，爲元老之葭莩桃李者，相率詆書，連章累牘，盛道其殷勤推挽、鄭重汲引，而天聽彌高，轉圜有待。闚其指意，則以爲元老此出，補治之勳已成，伊、周之頌無忝。惟是陳人長物，尙滯菰蘆，則格天之業，尙欠分毫，吠日之徒，或滋擬議。必欲描頭畫角，宣播其虛公；拭舌膏脣，補苴其罅隙。又謂謙益狂奴如故，倔強猶昔，從此當拆皮爲紙，刺血爲墨，涕淚悲泣，歸命投誠。庶幾平生之鯨刺可補，晚歲之桑榆可冀。其詞誠急，而其情誠可哀也。嗟乎！果若所言，則元老之于我，心已盡矣，力已殫矣。主上以師臣待元老，言無不信，諫無不從，獨難此一人一事，不啻如移山轉石。……群公以聖上

為天，諸人以元老為天，其為所天，區以別矣。謙益雖老鈍無似，其肯附諸人之末光，移群公之所天以事元老乎？假令從諸人之言，包羞忍恥，搖尾乞憐，元老亦憐而與之以一官。則此一官者，非朝廷之官而元老之官也。拜官公朝，謝恩私室。呈身識面，廉恥掃地。生平鬚眉皎皎，頗思孤撐另立，自豎頤頷於天壤之間。迨乎崦嵫景迫，桸豆戀深，遂一旦靦顏俛首，希鄰女之光，而附乞兒之火，靜夜捫心，清晨引鏡，能不啞然而一笑乎！分義決絕，事理分明。擲糞不得不避，食蠅不得不吐……。」（《初學集》卷80）

崇禎尊禮延儒特重，「然延儒實庸駑無材略，且性貪」。（〈周延儒傳〉）崇禎十六年(1643)四月，清兵略山東，還至近畿，延儒不得已，自請視師。然延儒實不敢戰，假傳捷報，蒙騙朝廷。偵清兵去，乃言敵退。中外交章彈劾延儒，崇禎乃大怒，放歸。冬十二月，命勒延儒自盡，籍其家。翌年三月，明亦亡。延儒傳入《明史‧奸臣傳》。延儒死後，民間有歌謠曰：「周延儒，字玉繩。先賜玉，後賜繩。繩繫延儒之頸，一同狐狗之頭。」

周延儒伏誅於1644年初，越數月，李自成陷北京，崇禎帝自縊身亡，迨牧齋之詠〈病榻消寒雜咏〉其十三，將近二十年矣。牧齋偶憶舊事，猶憤恨難平，乃發為此章咒罵之詞。牧齋「晚年好罵」，而善罵，此篇罵人藝術之精妙，教人拍案叫絕。本詩後置小注，曰：「壬午[1642]五日，鵝籠公有龍舟御席之寵。」牧齋才大，舉重若輕。本首所詠之事，不在周延儒身敗名裂之際，或藉周氏伏誅後之輿論，落井下石，此庸手可辦。牧齋切入之時間點，正周氏權望最隆，崇禎帝對之最寵信之際。牧齋以壬午年端午日，周延儒「有龍舟御席之寵」側寫當時情況。如上言，崇禎帝對周延儒特禮重。《明史‧周延儒傳》載：「帝尊禮延儒特重，嘗於歲首日東向揖之，曰：『朕以天下聽先生。』因遍及諸閣臣。」牧齋所述「龍舟御席」之事，在此後半載間，想非虛寫。牧齋於他處稱周延儒「陽羨公」、「陽羨相公」、「元首」，於此處則曰「鵝籠公」，醜化周氏之辭也。南朝梁吳均《續齊諧記》有「鵝籠書生」故事：「陽羨許彥負鵝籠而行，遇一書生，以腳痛求寄籠中。」「陽羨」與「鵝籠」之連結本此。周延儒宜興（陽羨）人，牧齋乃得說此俏皮話。

牧齋詩首聯曰：「紗縠襌衣召見新，至尊自賀得賢臣。」牧齋於詩後小注指

周延儒為「鵝」，於本聯上句則罵其為「走狗」。「紗縠襌衣召見」之事，出典為《漢書・江充傳》：「初，充召見犬臺宮，自請願以所常被服冠見上。上許之。充衣紗縠襌衣，曲裾後垂交輸，冠禪纚步搖冠，飛翮之纓。充為人魁岸，容貌甚壯。帝望見而異之，謂左右曰：『燕、趙固多奇士。』」「紗縠襌衣」，舊注曰：「紗縠，紡絲而織之也。輕者為紗，縐者為縠。襌衣，制若今之朝服中襌也。」江充衣此，容貌甚壯，帝異之。牧齋用此事典，卻非取容貌衣冠壯麗之義。江充與周延儒對衣飾儀容之講究或同，《明史・周延儒傳》謂周氏入仕時「美麗自喜」，上述牧齋〈陽羨相公枉駕山居即事賦呈〉詩中亦有「袞衣爭聚看」之形容。雖然，在牧齋眼中，周延儒無異衣冠禽獸。江充被召見處名「犬臺宮」。舊注：「晉灼曰：『《黃圖》：「上林有犬臺宮，外有走狗觀也。」』」牧齋乃言，周延儒之復被召，宜置之於「犬臺」，其人作「走狗觀」可也。好笑。本聯下句則譏議崇禎帝。「賀」、「得賢臣」，語出《漢書・佞幸傳・董賢傳》：「是時，賢年二十二，雖為三公，常給事中，領尚書，百官因賢奏事。……匈奴單于來朝，宴見，群臣在前。單于怪賢年少，以問譯，上令譯報曰：『大司馬年少，以大賢居位。』單于乃起拜，賀漢得賢臣。」（周延儒萬曆四十一年[1613]會試、殿試皆第一，授修撰，亦「年甫二十餘」。）此所謂「賢臣」，實「佞幸」之臣，其為非作歹，亦帝主寵幸之過。復次，《漢書》中，乃單于「賀漢得賢臣」，牧齋於此則曰「至尊自賀得賢臣」。「自」之一字，褒貶寓焉，牧齋乃刺崇禎偏執自用，不聽公論，誤信佞臣。

　　牧齋次聯詞意嚴切，直《春秋》「盡而不汙」之筆，曰：「都將柱地擎天事，付與搔頭拭舌人。」此斧鉞之貶也，責崇禎帝有眼無珠，寵幸周延儒，國事遂不可收拾矣。「柱地擎天」，南朝梁陸倕(字佐公)〈新漏刻銘〉：「皇帝有天下之五載也，樂遷夏諺，禮變商俗，業類補天，功均柱地。」（《六臣註文選》卷56）唐張說〈故開府儀同三司上柱國賜揚州刺史大都督梁國文貞公姚崇神道碑〉：「八柱承天，高明之位列；四時成歲，亭毒之功成。」（《文苑英華》卷884）「柱地擎天」事，國家政教大業也。顧其時外則遼事已急，內則饑旱連年，民變生，流寇起，而崇禎帝所言聽計從之首輔，竟一「搔頭拭舌人」。「搔頭」，《後漢書・李固傳》載：「遂共作飛章虛誣固罪曰……大行在殯，路人掩

涕，固獨胡粉飾貌，搔頭弄姿。」舊注引《西京雜記》釋「搔頭」：「武帝過李夫人，就取玉簪搔頭。自此後宮人搔頭皆用玉，玉價倍貴焉。」「拭舌」，典出《後漢書‧呂強傳》：「陛下不密其言，至令宣露，群邪項領，膏脣拭舌，競欲咀嚼，造作飛條。」注曰：「《毛詩》曰：『駕彼四牡，四牡項領。』注云：『項，大也。四牡者人所駕，今但養大其領，不肯爲用。論大臣自恣，王不能使也。』」史載：「延儒性警敏，善伺意指。崇禎元年多，錦州兵嘩，督師袁崇煥請給餉。帝御文華殿，召問諸大臣，皆請發內帑。延儒揣其意，獨進曰……帝方疑邊將要脅，聞延儒言，大說，由此屬意延儒。」又：「二年三月召對延儒於文華殿，漏下數十刻乃出，語秘不得聞。」又：「天下大亂，延儒一無所謀畫。」又：「延儒席槁待罪，自請戍邊。帝猶降溫旨……。」又：「及廷臣議上，帝復論延儒功多罪寡，令免議。延儒遂歸。」此崇禎寵任、庇護延儒之數例耳。牧齋之刺崇禎，論雖苛，亦有確見，秉董狐之筆，詩書不諱，臨文不諱。

　　牧齋詩第三聯筆意蕩開，曰：「內苑御舟思匼匝，上尊法酒賜逡巡。」詩上一聯言其大者，本聯具體而微。上述詩後小注中所謂「龍舟御席」之寵，牧齋鋪寫爲本聯上下句。「匼匝」，周繞貌；「逡巡」，徘徊貌。牧齋言「思匼匝」、「賜逡巡」，盡表崇禎對周延儒寵信之周至，二人情意之纏綿。

　　末聯筆鋒急轉，斥周延儒罪大惡極，曰：「按圖休問盧龍塞，萬里山河博易頻。」「盧龍塞」，在今河北喜峰口，城池依山而築，漢朝修建以防胡族入侵。唐錢起有〈盧龍塞〉詩，曰：「雨雪紛紛黑山外，行人共指盧龍塞。萬里飛沙咽鼓鼙，三軍殺氣凝旌旆。陳琳書記本翩翩，料敵張兵奪酒泉。聖主好文兼好武，封侯莫比漢皇年。」牧齋謂「按圖休問盧龍塞」，喻邊疆已陷於女眞矣。中國「萬里山河」，淪爲周延儒「博易」之資。（「博易」，貿易，交易也。）《明史‧周延儒傳》載：「當邊境喪師，李自成殘掠河南，張獻忠破楚、蜀，天下大亂，延儒一無謀畫。用侯恂、范志完督師，皆僨事，延儒無憂色。而門下客盛順、董廷獻因緣爲奸利。」觀此知牧齋之罪延儒，非純爲個人恩怨也。崇禎十六年四月，清兵逼近畿，延儒自請視師。「延儒駐通州不敢戰，惟與幕下客飲酒娛樂，而日騰章奏捷，帝輒賜璽書褒勵。偵大清兵去，乃言敵退，請下兵部議將吏功罪。既歸朝，繳敕諭，帝即令藏貯，以識勳勞。論功，加太師，廕子中書舍

人，賜銀幣、蟒服。」（〈周延儒傳〉)此延儒欺君誤國，以「萬里山河」爲「博易」事之最嚴重者，延儒亦因此身敗。

　　周延儒於崇禎十五年夏五月有「龍舟御席之寵」，隔年冬十二月，帝勒其自縊，籍其家。其後二十年，牧齋追憶前朝舊事，猶唾其面鞭其屍而後快。牧齋對延儒怨毒之深，一至於斯。抑延儒眞萬惡不赦之人歟？

其十四

鼓妖雞既史頻書，字入杓中自掃除。

人訝九頭能並噉，天教一首解橫噓。

鐘沉禁漏紗燈杳，水冽寒泉露井虛。

閑向四遊論近遠，高空寥廓轉愁余。

病中撰〈許司成墓誌〉，輟簡有感。

【箋釋】

本章詩後小注云：「病中撰〈許司成墓誌〉，輟簡有感。」今檢牧齋《有學集》卷二十八有〈明故南京國子監祭酒贈詹事府詹事翰林院侍讀學士石門許公合葬墓誌銘〉一文，即此〈許司成墓誌〉。牧齋文為許士柔(天啓二年[1622]進士，崇禎十五年[1642]卒)作，許氏《明史》卷二百一十六有傳。牧齋本詩乃撰許士柔墓誌銘成，有感而發，視之為該文之後跋亦無不可。文與詩對讀，詩之力量始盡顯，其本事始明。牧齋與許士柔為常熟同里人，牧齋父學《春秋》於許父，「為入室弟子」(〈墓誌銘〉)，錢許二家交誼甚篤可知。許士柔卒於1642年，年五十六，則與牧齋為同輩，少數歲。士柔於1622年始入仕，晚於牧齋十二年，惟立朝時間則較牧齋久，官至南京國子監祭酒。牧齋於明季天啓、崇禎二朝之數番起落、政治鬥爭，士柔實為見證者，亦頗與其事。《明史》中許士柔本傳甚簡略，概述士柔上帝王世系二疏，論《三朝要典》載記有失體統，並因而遭權臣溫體仁、張至發等排擠數事。《明史》許士柔傳文內容不出牧齋墓誌銘範圍，而其重心幾全同於牧齋文，頗疑清館臣逕取牧齋所為墓誌銘，撮錄成許傳文。

牧齋詩首聯曰：「鼓妖雞既史頻書，字入杓中自掃除。」上句「鼓妖」、「雞既」(「既」，同「禍」)二典，俱出《漢書·五行志》。《五行志》曰：「傳曰：『聽之不聰，是謂不謀，厥咎急，厥罰恆寒，厥極貧。時則有鼓妖，時則有魚孽，時則有豕禍，時則有耳痾，時則有黑眚黑祥。惟火沴水。』……言上偏聽不聰，下情隔塞，……君嚴猛而閉下，臣戰慄而塞耳，則妄聞之氣發於音

聲，故有鼓妖。」又載「鼓妖」之實例一：「哀帝建平二年四月乙亥朔，御史大夫朱博爲丞相，少府趙玄爲御史大夫，臨延登受策，有大聲如鐘鳴。……上以問黃門侍郎揚雄、李靈，尋對曰：『《洪範》所謂鼓妖者也。師法以爲人君不聽，爲眾所惑，空名得進，則有聲無形，不知所從生。……』揚雄亦以爲鼓妖，聽失之象也。朱博爲人強毅多權謀，宜將不宜相，恐有兇惡毆疾之怒。八月，博、玄坐爲奸謀，博自殺，玄減死論。」「雞旤」，《漢書・五行志》曰：「傳曰：『貌之不恭，是謂不肅，厥咎狂，厥罰恆雨，厥極惡。時則有服妖，時則有龜孽，時則有雞旤。』于《易》，『巽』爲雞，雞有冠距文武之貌。不爲威儀，貌氣毀，故有雞旤。一曰，水歲雞多死，及爲怪，亦是也。」牧齋以「鼓妖」喻帝偏聽不聽，下情隔塞，罪君，「鼓妖」其陪襯耳。「雞旤」則言群小當道，如雞妖，朝綱不振。本聯下句中「孛入杓中」云云，用《左傳》及《漢書・五行志》事。「孛」者，彗星也。《春秋左傳・文公十四年》載：「秋，七月，有星孛入于北斗。」《注》曰：「孛，彗也。既見而移入北斗，非常所有，故書之。」《正義》曰：「經言『入于北斗』，則從他處而入，是既見而移入北斗也。彗星長有尾，入于北斗杓中。妖星非常所有，故書。」《春秋穀梁傳注疏》曰：「據孛于大辰及東方皆不言入，此言入者，明斗有規郭，入其魁中也。劉向曰：『北斗貴星，人君之象也。孛星，亂臣之類，言邪亂之臣，將并弒其君。』」《漢書・五行志》曰：「京房《易傳》曰：『君不任賢，厥妖天雨星。』文公十四年『七月，有星孛入於北斗』。董仲舒以爲，孛者惡氣之所生也。謂之孛者，言其孛孛有所妨蔽，暗亂不明之貌也。北斗，大國象。後齊、宋、魯、莒、晉皆弒君。劉向以爲，君臣亂於朝，政令虧於外，則上濁三光之精，五星贏縮，變色逆行，甚則爲孛。北斗，人君象；孛星，亂臣類，篡殺之表也。」學者謂文公十四年(613 B.C.)之「有星孛入北斗」，或世界史上哈雷彗星之最早記載。彗星於古爲不祥之兆。彗星見，帝主每自責修省：如《明史本紀・憲宗一》載：「十二月甲戌，彗星見，下詔自責，敕群臣修省，條時政得失。壬午，彗星入紫微垣，避正殿，撤樂，御奉天門聽政。」牧齋句中「孛入杓中」云云，喻君不任賢，邪亂之臣恣虐於朝廷，欺君犯上，政令昏亂，與上句「鼓妖雞旤」之寓意同。如此，則「自掃除」，喻朝中忠貞大臣，際此昏暗之局，猶發憤圖強，以匡扶國體士

氣。「掃除」，用《漢書・李尋傳》事：尋好《洪範》災異，又學天文月令陰
陽。事丞相翟方進，方進亦善爲星曆，除尋爲吏，數爲翟侯言事。帝舅曲陽侯王
根爲大司馬票騎將軍，厚遇尋。是時多災異，根輔政，數虛己問尋。尋見漢家有
中衰陀會之象，其意以爲且有洪水爲災，乃說根曰：「不憂不改，洪水乃欲盪
滌，流彗乃欲埽除；改之，則有年亡期。」（師古曰：「言可延期，得攘災。」）

　　崇禎一朝，許士柔後先上二疏，初論魏忠賢所輯《三朝要典》所載光宗事蹟
失實，請訂正帝王世系，疏上，「奉旨謂累朝成例，不必滋煩」。士柔復抗疏言
所以摘抉改錄，政謂與累朝成例不合，孝端顯皇后世系，不宜抹殺于寸管，「此
尤天理人心，不容終泯者也」云云。疏上，「仍用前旨報聞」。其時溫體仁當
國，排斥異己，士柔之上帝王世系二疏，「明與烏程〔溫體仁〕相排穽，而公益
危」。（〈墓誌銘〉）牧齋於〈墓誌銘〉中秉如椽之筆，爲揭明此中利害關係，其
言曰：「嗚呼！三朝之事，根柢宮掖，下窮私燕，上及山陵。……群小之改《實
錄》也，護《要典》也，當璧之憂危，伏蒲之諫諍，以迄于選婚誕嗣，一切彝
典，皆歿而不錄，以爲必如是則椒塗之城塹日堅，汗青之罅隙盡杜。人主習其讀
而問其事，茫然如爛紙故牘，無可覽觀，何從撥煨燼于蕉園、埋科斗于汲冢？遂
使宮鄰金虎，皆得坐保百歲之安；而禁近銅龍，無復通知累朝之故。……識者歎
公之更事深、奮筆勇，憂國遠慮，比肩高陽〔孫承宗〕，而惜人主之不見省
也。」（〈墓誌銘〉）人主不見省，聽之不聰，下情隔塞，時則有「鼓妖」，時則
有「雞旤」，時則有妖星「孛入杓中」，邪亂之臣，欺君危國矣。牧齋本詩聯微
言大義，貶斥崇禎帝並諸權臣，褒美許士柔之忠賢也。

　　牧齋詩次聯曰：「人訝九頭能並噉，天教一首解橫噓。」上句典出《楚辭・
招魂》：「雄虺九首，往來儵忽，吞人以益其心些。」王逸注曰：「言復有雄
虺，一身九頭，往來奄忽，常喜吞人魂魄以益其心，賊害之甚也。」（洪興祖
《楚辭補注》卷9）下句用晉王嘉《拾遺記》卷九事：「東方有解形之民，使頭飛
於南海，左手飛於東山，右手飛於西澤。自臍已下，兩足孤立。至暮，頭還肩
上，兩手遇疾風，落玄洲之上，化爲五足獸，則一指爲一足也。其人既失兩手，
使傍人割裡肉以爲兩臂，宛然如舊也。」讀牧齋許士柔〈墓誌銘〉，知此聯或影
射崇禎朝之黨爭內幕並許氏與己於其中之遭遇。牧齋許氏〈墓誌銘〉云：「烏程

攘枚卜逐余，鋸牙歧舌，頭角囂囂，會稽〔倪元璐〕歎曰：『文華殿爲同文館矣。』公〔許氏〕昌言于朝：『閣訟是非較然，安能將一手掩天下目。』言路攻烏程，章無虛日。烏程疑二公唱導，而尤以鄉曲忌公。烏程當國久，勢張甚。公嶽嶽不少屈。甲戌，官宮諭。上帝王世系二疏，明與烏程相排窘，而公益危矣。」又云：「烏程起牢修獄殺余，羅網布中外。公焦頭濡足，上告下訴，奸人遂飛章訐公。先帝逐烏程，尸奸人于市，禍始得解。」知牧齋詩中九頭並噉之雄虺，即文中「鋸牙歧舌，頭角囂囂」之烏程溫體仁是也。牧齋〈墓誌銘〉又載：「烏程鋤異己益急，懸金購私人詆諆，黜逐會稽，牽連公族子《重熙私史》，請事窮究。公密封原書進御史，禍乃止。茂苑〔文震孟〕進購《春秋》，當上意登拜，烏程力排之，二月而罷。公復昌言于朝，如閣訟時。烏程語淄川〔張至發〕曰：『虞山、茂苑，二鳥也，有大小翮在，將怒飛，吾儕能安寢乎？』遂合謀出公于南。烏程去，淄川以詒詞發難逐公。」許士柔乃出爲南京國子監祭酒。甫蒞任，坐前撰詒文越職事降調。牧齋詩中「一首橫噓」之「解形之民」於《拾遺記》中頭飛於「南海」，牧齋似以之喻許士柔之被出於南京。《拾遺記》中之東方異人乃自解其形者，牧齋詩則云「天教」，責崇禎帝聽之不聰，不從公論，遂使錚錚之臣被逐出帝都矣。牧齋述許士柔事，頗與己有關，二人相愛惜之情，溢於言表，則牧齋書許氏命之不辰，寓己之身世懷抱矣。無怪乎此聯詞氣之鬱蒼勁健。

　　牧齋詩第三聯曰：「鐘沉禁漏紗燈杳，水冽寒泉露井虛。」牧齋詩上二聯充滿動感，至本聯轉趨冷靜。詩聯上句，於「鐘沉禁漏」中，時間潺緩流逝；「紗燈杳」，則燈前人面難辨。既言「禁漏」（宮中計時漏刻），指涉仍爲宮掖。「紗燈」於舊詩傳統中，多與佛寺、山居並言，如唐嚴維〈宿法華寺〉：「魚梵空山靜，紗燈古殿深。」李商隱〈驕兒詩〉：「又復紗燈旁，稽首禮夜佛。」張喬〈題詮律師院〉：「紗燈留火細，石井灌瓶清。」初頗疑「紗燈」與「禁漏」等之宮中意象不盡諧協。及讀錢曾詩注，知此語或本蘇軾〈贈寫御容妙善師〉詩。如此，則無妨。坡公詩云：「憶昔射策干先皇，珠簾翠幄分兩廂。紫衣中使下傳詔，跪奉冉冉聞天香。仰觀眩晃目生暈，但見曉色開扶桑。迎陽晚出步就坐，絳紗玉斧光照廊。野人不識日月角，彷彿尚記重瞳光。三年歸來眞一夢，橋山松檜

淒風霜。天容玉色誰敢畫,老師古寺畫閉房。夢中神授心有得,覺來信手筆已忘。幅巾常服儼不動,孤臣入門涕自滂。元老侑坐鬚眉古,虎臣立侍冠劍長。平生慣寫龍鳳質,肯顧草間猿與獐。都人踏破鐵門限,黃金白璧空堆床。爾來摹寫亦到我,謂是先帝白髮郎。不須覽鏡坐自了,明年乞身歸故鄉。」(王十朋《東坡詩集註》卷27)(「絳紗玉斧光照廊」一句,錢曾引「絳紗」作「紗燈」,疑誤。「紗燈玉斧」之意象則牧齋詩中有之,其〈清明日陪祀定陵恭述二首〉其一句云:「紗燈玉斧儼垂旒,慟哭珠襦閟一丘。」《初學集》卷2;又其〈眼鏡篇送張七異度北上公車〉句云:「春王三月花嬋娟,紗燈玉斧聽臚傳。」《初學集》卷9)則牧齋此句所暗示者,「紗燈」旁「先帝」之「御容」也,而今杳然不可尋矣。「孤臣」思之,「涕自滂」。其對句「水洌寒泉」云云,看似尋常,實用《易經》意,錢曾失注。《易經·井》,「九五」:「井洌寒泉,食。洌,絜也。居中得正,體剛不撓,不食不義,中正高絜,故『井洌寒泉』,然後『食』也。」九五,天下主君之位,《正義》曰:「餘爻不當貴位,但脩德以待用。九五為卦之主,擇人而用之。洌,絜也。九五居中得正,而體直。既體剛直,則不食污穢,必須井絜而寒泉,然後乃食。以言剛正之主,不納非賢,必須行絜才高,而後乃用。故曰:『井洌寒泉,食』也。」「井洌寒泉,食」,喻人君中正剛直,用行絜才高之賢人。牧齋句「冰洌寒泉」之後,所接非「食」之意,言「露井虛」。「露井」一語,見於唐王昌齡〈春宮怨〉:「昨夜風開露井桃,未央前殿月輪高。平陽歌舞新承寵,簾外春寒賜錦袍。」設為君主另有新歡之怨詞也。意者牧齋本句,乃言朝廷非無如「井洌寒泉」才德兼備之賢臣,特君主不能用耳。大賢人求自試而不見用,則君主雖居大位,無九五陽剛中正之德可知。牧齋本句既美賢臣,復暗刺君之失德,構句輕巧而寄意遙深,真不可多得之好句。牧齋詩首二聯辭氣剛勁,大開大闔,譏諷之意,宣洩無遺。本聯雖不無諷意,而辭氣婉轉蘊藉,怨辭也。老人心事,五味雜陳。上句「紗燈杳」云云,不無綣念先帝御容之思。下句「露井虛」云云,移之以言古今賢人之宿命亦無不可,則其感喟,別具一深沉之普遍意義(a universal meaning),非獨指崇禎一朝舊事矣。

牧齋詩結聯曰:「閒向四遊論近遠,高空寥廓轉愁余。」「四遊」,《爾雅·釋天》宋邢昺疏曰:「然二十八宿之外,上下東西各有萬五千里,是謂四遊

之極，謂之四表。據四表之內，並星宿內，總有三十八萬七千星。」（《爾雅注疏》卷5）上聯幽微之心事，至本聯而推至更虛更遠。四表皇穹，日月四時，世間滄桑，光陰流逝，此「近遠」之「愁」，難以告訴，惟發一浩歎耳，此杜公「獨立蒼茫自詠詩」之意歟？

　　讀詩罷，復披卷誦牧齋許士柔〈墓誌銘〉，可知老人詩結聯蒼茫情緒之所自。其文首段云：「天啓壬戌，國方夷之初旦，制科得人爲盛。臚傳首茂苑文文肅公〔文震孟〕，庶常擢會稽倪文正公〔倪元璐〕、漳浦黃石齋〔黃道周〕暨吾邑許公〔許士柔〕。余在班行，群公謂詞林有人，舉手相賀。既而文大用，以復陘貞吝。倪、黃晚用，以過涉終凶。許公則不遂不退，入於坎窞以歿。迄于今，井竈堙夷，宿素漸盡。余乃以子遺荒毫，漬淚而銘公之墓，悲夫！」文後銘詩末云：「我刻銘詩訊金薤，金鏡云亡世奚賴？王明受福終古嘖。」許士柔子以乃父墓誌銘請於牧齋，牧齋因之問許氏遺著之所在。（「金薤」，書也。韓愈〈調張籍〉詩：「平生千萬篇，金薤垂琳琅。」舊注曰：「金薤，書也。古有薤葉書……言李、杜文章，播於金石云爾。」）「金鏡云亡」：「金鏡」以明正道者（「金鏡」，亦書、文之謂），今不存矣。「世奚賴？」牧齋一輩文士之道義文章、事功志業，金鏡云亡，奚所賴哉？

　　牧齋許士柔詩與文，宜合讀。

其十五

羊腸九折不堪書，箭直刀橫血肉餘。
牢落技窮修月斧，顛狂心癢掉雷車。
伶仃怖影依枝鵠，吸呷呼人貫柳魚。
補貼殘骸惟老病，折枝摩腹夢迴初。

【箋釋】

　　自詩其十一之「牽絲入仕陪元宰」，至其十四之「高空寥廓轉愁余」，牧齋於晚明數朝仕宦之挫折已詠其犖犖大者，詩其十五可視作牧齋憶記此種種經驗後之情緒宣洩，故其辭紛亂，其意緒鬱悶難以紓解。首聯曰：「羊腸九折不堪書，箭直刀橫血肉餘。」言遭遇艱險曲折，此身雖在堪驚。「羊腸」，舊記謂覆舡山中十五里有七里坂，一名羊腸坂，「屈曲有壁立難昇之路」。（《太平寰宇記》卷82引《益州記》）「九折」，九折陂，在蜀郡嚴道縣，孝子王陽奉先人遺體登之，歎其險畏。（《漢書‧王尊傳》）「不堪書」，似直述，實含一典。李白〈釣臺〉詩句：「靄峰尖似筆，堪畫不堪書。」舊注引《方輿勝覽》云：「靄峰在黟縣南十五里，孤峭如削。」則牧齋詩起句取羊腸、九折、靄峰之險削難登以喻己經歷之「不堪書」，筆墨難以形容也。「箭直刀橫」，危險可以想見，「血肉餘」，倖存而已。

　　次聯曰：「牢落技窮修月斧，顛狂心癢掉雷車。」「牢落」，陸機〈文賦〉：「心牢落而無偶，意徘徊而不能揥。」「修月斧」，傳說月由七寶合成，其勢如丸，其影多為日爍，其惡處也，常有八萬二千戶脩之。（《酉陽雜俎》卷1）又以喻盡文章之能事。蘇軾〈王文玉挽詞〉云：「才名誰似廣文寒，月斧雲斤琢肺肝。」則牧齋此句或謂：世途險惡，心情牢落，於世道人心，己已「技窮」，唯有勤磨「月斧」，雕琢文詞以寄寓心事耳。往事既險仄崎嶇，思之猶激動如「顛狂」，如「雷車」隆隆作響於心中。「掉雷車」，形容雷聲如車行，轟隆作響。《酉陽雜俎‧雷》：「夜遇雷雨，每電起，光中見人頭數十，大如栲

棓。……見數人運斤造雷車，如圖畫者。」

　　第三聯曰：「伶仃怖影依枝鵒，吸呷呼人貫柳魚。」此猶首聯意，喻己經歷險危，思之猶有餘悸。「伶仃」，孤獨貌。「怖影鵒」，事見《五燈會元》、《景德傳燈錄》等載記：鵒子趁鴿子，飛向佛殿欄子上顫。有人問僧：「一切眾生，在佛影中常安常樂。鴿子見佛爲甚麼卻顫？」僧無對。法燈代云：「怕佛。」錢氏句取其「怕」義，表孤獨伶仃無依靠之心情耳，於原公案事無涉。「吸呷」，嘈雜貌。「呼人魚」，其事頗離奇。《太平廣記·水族·薛偉》記薛偉「病七日，忽奄然若往者，連呼不應，而心頭微暖。家人不忍即斂，環而伺之。經二十日，忽長吁起坐」，乃告眾夢中變爲鯉魚，將被殺製膾，急呼人，皆不應，「皆見其口動，實無聞焉」，彼頭適斬落，偉亦醒悟。(出《續玄怪錄》)牧齋用此喻己歷險時呼天不應，叫地不聞，無人救助也。「貫柳」，貫，穿也，〈石鼓文〉：「其魚維何，維鱮維鯉。何以橐之，維楊維柳。」

　　末聯曰：「補貼殘骸惟老病，折枝摩腹夢迴初。」白居易〈追歡偶作〉云：「追歡逐樂少閒時，補貼平生得事遲。何處花開曾後看，誰家酒熟不先知。石樓月下吹蘆管，金谷風前舞柳枝。十聽春啼變鶯舌，三嫌老醜換娥眉。樂天一過難知分，猶自咨嗟兩鬢絲。」蓋追惟平生，不無歡愉樂事也。牧齋則哀歎伴己殘生者，唯餘「老病」，午夜夢回，「折枝摩腹」，百無聊賴。《孟子》：「爲長者折枝。」趙岐注：「折枝，案摩、折手節、解罷枝也。」「折枝」，按摩、舒展手足也。詩文中「摩腹」多用於飽食之後，表滿足之意。牧齋「折枝摩腹」一語，則見「老病」之狀，妙甚。

其十六

羶毳重圍四浹旬，奴囚併命付灰塵。

三人縲索同三木，六足鉤牽有六身。

伏鼠盤頭遺宿溺，饑蠅攢口嗾餘津。

頻年風雨雞鳴候，猶省顛毛荷鬼神。

記丁亥羈囚事。

【箋釋】

　　順治四年(1647)至六年(1649)間，牧齋曾二度下清人獄：順治四年丁亥，逮獄北京；順治五年戊子至六年己丑，頌繫金陵。〈病榻消寒雜咏〉其十六後有小注，云：「記丁亥[1647]羈囚事」，即指下北京獄事。牧齋此次罹禍，其因不明，或謂受順治三年(1646)冬山東謝陛「私藏兵器」案牽連。(可參何齡修，〈《柳如是別傳》讀後〉，《五庫齋清史叢稿》〔北京：學苑出版社，2004〕，頁118-123；另參《方譜》，頁157。)牧齋以三月梢被捕，同年夏釋歸。出獄後有〈和東坡西臺詩韻六首〉之作，其前序曾記此事：

> 丁亥三月晦日，晨興禮佛，忽被急徵。銀鐺拖曳，命在漏刻。河東夫人沉痾臥蓐，蹶然而起，冒死從行，誓上書代死，否則從死。慷慨首塗，無刺刺可憐之語。余亦賴以自壯焉。獄急時，次東坡御史臺寄妻詩，以當訣別。獄中過紙筆，臨風闇誦，飲泣而已。生還之後，尋繹遺忘，尚存六章。值君三十設帨之辰，長筵初啓，引滿放歌，以博如皐之一笑，並以傳晬同聲，求屬和焉。(《有學集》卷1)

　　〈病榻〉詩其十六，即詠與二僕羈囚時之可憐、狼狽景況。首聯曰：「羶毳重圍四浹旬，奴囚併命付灰塵。」「羶毳」，猶「毳羶」。《周禮注疏》卷四：「羊泠毛而毳，羶。」泠毛，毛長也。毳謂毛聚結。羊毛長聚結則其肉必羶臭

也。此牧齋以狀獄中息惡「重圍」。「浹旬」，自子至亥十二日。(《周禮》)則
牧齋陷獄中幾五十日。「併命」，共命運，同死也。《顏氏家訓・兄弟》：
「〔王元紹〕為兵所圍，二弟爭共抱持，各求代死，終不得解。遂併命爾。」
「灰塵」，喻消亡。唐高適〈古大梁行〉詩句：「魏王宮觀盡禾黍，信陵賓客隨
灰塵。」牧齋句謂自度必與僕一同遇害也。

　　次聯曰：「三人縲索同三木，六足鉤牽有六身。」詠與二僕同束縛於牢籠，
行則若帶縲索，處則若關桎梏。「縲索」，繩索也，《莊子・駢拇》：「附離不
以膠漆，約束不以縲索。」「三木」，《後漢書・馬援傳》：「可有子抱三木，
而跳樑妄作，自同分羹之爭乎？」注云：「三木者，謂桎、梏及械也。」又〈范
滂傳〉：「滂等皆三木囊頭，暴於階下。」注云：「三木，項及手足皆有械，更
以物蒙覆其頭也。」此「三木」之書義，牧齋句中「三木」云云，不若讀如字，
謂三人被束縛，形同三柱木，動彈不得。其對句亦同其趣。三人六足，腳鐐相
「鉤牽」，如一足牽一身矣。此聯極形象化，對仗巧妙。「六足」、「六身」，
亦佛教名相，前者指「六足論」，小乘有部宗之六部根本論藏，後者指二「法
身」、二「報身」、二「應身」。又《左傳・襄公三十年》有「亥有二首六身」
之字謎。牧齋句與佛典及《左傳》義無涉，唯讀者見此數語被「誤置」於此，不
免莞爾。此老真愛玩。

　　第三聯曰：「伏鼠盤頭遺宿溺，饞蠅攢口嗑餘津。」意象大不雅，牧齋囚中
衛生條件之惡劣可以想見。四十餘日與鼠、蠅共處，腥臊膻臭必難頂，且鼠不畏
人，遺溺頭上，蠅攢人口，吸嗑「餘津」(殘留唾液)，思之可怖復可憐。此聯對
仗亦極工巧，非老手莫辦。

　　結聯曰：「頻年風雨雞鳴候，循省顛毛荷鬼神。」歎造物弄人也。「雞鳴
候」，本「雞鳴候旦」、「雞鳴戒旦」之謂，怕失曉誤正事，未旦即起。《詩・
齊風・雞鳴序》：「思賢妃，哀公荒淫怠慢，故陳賢妃貞女夙夜警戒相成之道
焉。」牧齋或以此喻己年來行事已謹慎警惕，然造物弄人，即便立身行事謹小慎
微，仍難遠離禍患。「顛毛」，頭髮。《左傳・昭公三年》：「余髮如此種種，
余奚能為？」杜預注：「種種，短也。自言衰老，不能復為害。」「顛毛種
種」，喻衰老。牧齋循覽己之顛毛已種種，猶身陷囹圄，性命且不保夕，能救己

者誰，其唯鬼神乎？

牧齋獄解後作〈和東坡西臺詩韻六首〉，詩其三，可與此首兩相發明，其詞曰：

> 三人貫索語酸淒，主犯災星僕運低。
> 溲溺關通真並命，影形絆縶似連雞。
> 夢回虎穴頻呼母，話到牛衣並念妻。
> 尚說故山花信好，紅闌橋在畫樓西。
> 余與二僕，共梏拳者四十日。（《有學集》卷1）

其十七

　　頌繫金陵憶削年，乳山道士日周旋。

　　過從漫指龍門在，束縛眞愁虎穴連。

　　桃葉春流亡國恨，槐花秋踏故宮烟。

　　於今敢下新亭淚，且爲交遊一惘然。

　　事具戊子《秋槐集》。

【箋釋】

　　順治四年（1647）羈囚事釋後，牧齋歸里（此獄事請參詩其十六箋釋）。順治五年戊子（1648）秋，又遭清人逮捕，頌繫金陵，逾年始解。牧齋本篇即詠囚繫金陵期間，與乳山道士林古度（茂之，1580-1665）「周旋」事。

　　牧齋此次逮獄，乃受黃毓祺（1579-1648）起兵海上案牽連所致。《清史列傳・錢謙益傳》載：「五年四月，鳳陽巡撫陳之龍擒江陰人黃毓祺於通州法寶寺，搜出僞總督印及悖逆詩詞，以謙益曾留黃毓祺宿其家，且許助貲招兵，入奏，詔總督馬國柱逮訊，謙益至江寧訴辯：『前此供職內院，邀沐恩榮，圖報不遑，況年已七十，奄奄餘息，動履藉人扶掖，豈有他念？哀籲問官，乞開脫。』」復以首告牧齋之盛名儒逃匿不赴質，黃毓祺病死獄中，馬國柱遂疏言「謙益以內院大臣，歸老山林，子姪三人，新列科目，榮幸已極，必不喪心負恩」云云，獄乃解，得釋歸。（《貳臣傳》）牧齋於順治六年（1649）夏以前歸里。牧齋曾否襄助黃毓祺起兵，眾說紛紜，難以確考。

　　牧齋此次繫獄，屬軟禁偵訊性質，故得以與友朋應酬，並採詩舊京，編纂《列朝詩集》。牧齋〈新安方氏伯仲詩序〉云：「戊子歲，余羈囚金陵，乳山道士林茂之，儳行相慰問。桐、皖間遺民盛集陶、何瘲明亦相過從，相與循故宮，踏落葉，悲歌相泣，忘其身爲楚囚也。」（《有學集》卷20）

　　林古度，字茂之，一字那子，福建福清人，一生閱歷明萬曆、天啓、崇禎、

清順治、康熙各朝，終身不仕，以布衣與當代名士交，長期寓居金陵，兒時一萬
曆錢，終身佩之。(《清史列傳・文苑傳》)牧齋《初學集》中，未見茂之蹤影，
《有學集》及《錢牧齋先生尺牘》中，則多有詠及茂之者，其中又以此次頌繫金
陵期間所寫者最夥。牧齋《列朝詩集》丁集中有茂之父「林舉人章」詩及傳，傳
文中有述及茂之者，曰：「初文二子，君遷、古度，皆能詩。古度與余好，居金
陵市中，家徒四壁，架上多謝皋羽、鄭所南殘書，摩娑撫玩，流涕漬濕，亦初文
之遺志也。」(《列朝詩集小傳》，頁530)則茂之亦明遺民也。茂之入清後貧
甚，王士禛〈林翁茂之挂劍集序〉云：「……天下大亂，事勢陵谷，永嘉南渡，
石頭不守，曩時風流文采之盛，不復可蹤跡，而諸公亦零落老死，無復存者矣。
顧翁獨亡恙，舊家華林園側有亭榭池館之美，胥化爲車庫馬廐，別卜數椽眞珠橋
南，陋巷掘門，蓬蒿蒙翳，彈琴讀書不輟，有所感激，尚時發之於詩。海內士大
夫慕其名而幸其不死，過金陵者，必停舟車訪焉。翁既貧窶，無復少壯時意氣，
朝炊冬褐，不能不仰四方交遊之力。顧世之士大夫，多非雅故，或陽浮慕之而
已，卒不能有所緩急，由是窮益日甚。」(《王士禛全集・詩文集之十・蠶尾續
文集》卷1，頁1992)

本詩首聯曰：「頌繫金陵憶判年，乳山道士日周旋。」「頌繫」者，散收而
不戴獄具，但處曹吏舍，不入狴牢，以牧齋乃帶銜之身而皇帝所知名者。《漢
書・刑法志》顏師古注：「頌，讀曰容。容，寬容之，不桎梏。」「判年」，猶
半年，杜甫〈重過何氏五首〉詩句：「到此應常宿，相留可判年。」《杜詩詳
註》引舊注云：「《禮記》注云：『判，半也。』」牧齋以順治五年秋赴逮金
陵，則本詩所詠者，自秋徂春間事也，故下第三聯有「桃葉春」、「槐花秋」之
意象。「周旋」，交際應酬，詩結句亦云「交遊」。牧齋頌繫已半載，而乳山道
士日與周旋，二人親密可知。

次聯曰：「過從漫指龍門在，束縛眞愁虎穴連。」自嘲之詞也。「龍門」，
《世說新語・德行》云：「李元禮〔膺〕風格秀整，高自標持，欲以天下名教是
非爲己任。後進之士，有升其堂者，皆以爲登龍門。」過從者咸以牧齋爲一代龍
門，牧齋曰：「漫指」，不敢當，以己爲囚徒也。「龍門」以下句「虎穴」對，
極工巧。《漢書・酷吏傳・尹賞傳》云：「賞至，修治長安獄，穿地方深各數

丈，致令辟爲郭，以大石覆其口，名爲『虎穴』。……賞親閱，見十置一，其餘盡以次內虎穴中，百人爲輩，覆以大石。數日一發視，皆相枕籍死，便輿出，瘞寺門桓東，楬著其姓名。」則「龍門」幾投「虎穴」中矣。牧齋此聯輕巧，又頗幽默。

　　第三聯曰：「桃葉春流亡國恨，槐花秋踏故宮烟。」本聯沉痛。「桃葉」，桃葉渡，在秦淮河口。《方輿勝覽》云：「一名南浦渡。《金陵覽古》：『在秦淮口。』」桃葉者，晉王獻之詩云：『桃葉復桃葉，渡江不用楫。但渡無所苦，我自迎接汝。』」則此渡頭本予人美好之聯想，然牧齋以「亡國恨」三字承之，心懷愴惻矣。杜牧〈泊秦淮〉云：「煙籠寒水月籠沙，夜泊秦淮近酒家。商女不知亡國恨，隔江猶唱後庭花。」牧齋此時與林茂之、盛集陶、何藛明輩等周旋，循故宮、踏落葉，遊賞之際，或「忘其身爲楚囚」，而觸景傷懷，「亡國恨」始終揮之不去。對句亦同此意，典出王維詩。《舊唐書·王維傳》載：「祿山陷兩都，玄宗出幸，維扈從不及，爲賊所得。維服藥取痢，僞稱瘖病。祿山素憐之，遣人迎置洛陽，拘於普施寺，迫以僞署。祿山宴其徒於凝碧宮，其樂工皆梨園弟子、教坊工人。維聞之悲惻，潛爲詩曰：『萬戶傷心生野煙，百官何日再朝天？秋槐花落空宮裡，凝碧池頭奏管絃。』賊平，陷賊官三等定罪。維以凝碧詩聞于行在，肅宗嘉之……。」王維詩曰「空宮」，牧齋詩則曰「故宮」。安史亂後，百官猶有朝天之日，南明弘光帝出亡，清軍入金陵，南京宮闕廊廟眞淪爲「故宮」矣。王維被迫就「僞署」，亂後猶可呈凝碧池詩自白，卒獲宥。牧齋以禮部尚書迎降，復仕清，身敗名裂。牧齋此際「身爲楚囚」而賦「秋槐」之句，哀悼國破之餘，反思己之遭際經歷，其淒楚感慨又不知多少倍於王右丞矣。

　　結聯曰：「於今敢下新亭淚，且爲交遊一惘然。」意志消沉。《世說新語·言語》云：「過江諸人，每至美日，輒相邀新亭，藉卉飲宴。周侯〔顗〕中坐而歎曰：『風景不殊，正自有山河之異！』皆相視流淚。唯王丞相〔導〕愀然變色曰：『當共戮力王室，克復神州，何至作楚囚相對？』」劉孝標注引《春秋傳》云：「楚伐鄭，諸侯救之。鄭執鄖公鍾儀獻晉，景公觀軍府，見而問之曰：『南冠而縶者爲誰？』有司對曰：『楚囚也。』使稅之。問其族，對曰：『伶人也。』『能爲樂乎？』曰：『先父之職，敢有二事。』與之琴，操南音。范文子

曰：『楚囚，君子也。樂操土風，不忘舊也。君盍歸之？以合晉、楚之成。』」「新亭」、「楚囚」之舊事，切牧齋明清之際遭遇。牧齋固「龍門」，素以「天下名教是非爲己任」者，如今敢作王導「戮力王室」之慷慨激昂語否？山河變色，陵谷遷移，身爲楚囚，不忘舊君，其下者正新亭之淚。末云「惘然」，老實語，大佳。牧齋心情心事，實難以言喻，付之「惘然」可也。

　　牧齋詩後置小注，云：「事具戊子《秋槐集》。」即今《有學集》卷一之《秋槐詩集》，乃牧齋入清後第一集詩，而其於頌繫金陵期間所寫者，極重要，蓋牧齋之「明遺民」形象，自此奠定，爲其入清後自我建構(self-constitution)不可或缺(甚或最重要)之一環。而牧齋此一形象，首見於其與林茂之、盛集陶、何詬明等遺民唱和之什。牧齋此集詩之得以保存，茂之之功且莫大焉。牧齋〈題《秋槐小稿》後〉(1650)云：

> 余自甲申以後，發誓不作詩文。間有應酬，都不削稿。戊子之秋，囚繫白門，身爲俘虜。閩人林叟茂之，僂行相勞苦，執手慰存，繼以涕泣。感嘆之餘，互有贈答。林叟爲收拾殘弃，楷書成冊，題之曰《秋槐小稿》。蓋取王右丞「葉落空宮」之句也。己丑[1649]冬，子羽〔黃翼聖〕持孟陽〔程嘉燧〕詩帙見示，並以素冊索書近詩。簡得林叟所書小冊，拂拭蛛網，錄今體詩二十餘首，並以近詩系之。嗟乎！莊舃之越吟，漢軍之楚歌，訑然而吟，訑然而止，是豈可以諧宮商、較聲病者哉？〈河上〉之歌，同病相憐，其亦有爲之欷歔煩酲，頓挫放咽，如李賀所謂金銅仙人拆盤臨載，潸然淚下者乎？……庚寅[1650]二月二十五日，蒙叟錢謙益書於絳雲樓左廂之沁雪石下。（《錢牧齋全集・牧齋雜著・牧齋有學集文鈔補遺》，頁503。）

　　〈病榻消寒〉本詩宜與此文合觀。牧齋逝世前二年(1662)，有〈復林茂之〉一札，其詞曰：

> 洞庭郵中，得和詩長篇。詩出老手，不須贊嘆。但喜其壯心生氣，湧出

筆間。知乳山老人當亦如箋後人老而不死，苦駐人間，看盡滄桑世界
也。詩集排纘已定，是大好事，此今日一部井中《心史》也。翁詩非
吾，誰當序者？不但翁生平一腔熱血，非我不能發揮，即如弟年來苦
心，灰頭土面，不求人知，惟兄爲海內一人知己，亦須借此序發揮一
番。但以看經課程嚴，自朝至夕，無晷刻之暇。即如兄命作洞庭一友詩
序，便費我繙經兩日工夫，殊爲懊惱。此序又不敢隨手應付，須待秋冬
經課少緩，料理一年宿逋，定以兄序作黃巢開刀樹也。一笑！來札中有
闇河蛙食其子，可後天地不死云云，上下文都不相屬，不知何謂？幸詳
明再示之，俾知奉行也。弟年來窮困，都無人理。盜刦歲荒，催徵疊
困。上下無交囷，無斗粟，天地間第一窮人，人不知也。案頭無墨，每
向人乞墨，如尺壁斗金，莫有應者，不能有餘墨奉寄也。可笑如此，亦
復可嘆！爾止已遊齊矣，秋期未可刻定。奈何！奈何！

「闇河蛙食其子，可後天地不死」、「上下文都不相屬，不知何謂」、「俾知奉
行」云云，應係茂之於致牧齋函中提供延年益壽之偏方，卻文義不通或語焉不
詳，牧齋乃於此追問也。二老八十餘高齡，衰頹之態呼之欲出，可笑復可憐。牧
齋又自命天地間第一窮人，謂案頭無墨，向人乞墨，莫有應者，無餘墨可奉寄，
知茂之函中求牧齋贈墨。二老桑榆暮景頗不堪。茂之來函應係索序於牧齋，故牧
齋謂「詩集排纘已定，是大好事」、「翁詩非吾，誰當序者？不但翁生平一腔熱
血，非我不能發揮」云云。然牧齋不果序茂之詩，可能茂之詩集當時非馬上開
雕，又不久後牧齋即辭世，故《有學集》中無茂之詩集序文。

　　究其實，設若牧齋曾寓目茂之此「排纘已定」之詩集，真不知作何感想，又
如何爲茂翁發揮其「生平一腔熱血」。茂之詩之傳與不傳，功過都在漁洋山人王
士禛。茂之晚年頗與漁洋遊。漁洋《池北偶談》卷十三「林茂之」條云：「因憶
辛丑壬寅[1661-1662]間，予在江南，常與林茂之(古度)先生遊……。時林方攜
其萬曆甲辰[1604]以後六十年所作，屬予論定，……因爲披揀得百五六十首，皆
清新婉縟，有六朝、初唐之風。」(《王士禛全集·雜著之六·池北偶談》，頁
3130)此應即今尚傳之《林茂之詩選》，二卷，僅載詩二百又四首耳。漁洋爲茂

之集曾撰二序，讀之可知其編刻始末。〈林翁茂之挂劍集序〉透露，康熙甲辰〔1664〕，茂之攜其萬曆甲辰以來六十年間所寫之詩來廣陵，屬漁洋刪定。酒酣，喟然曰：「吾束髮交遊，今年八十五，屈指平生師友彫喪盡矣！卷中諸君子皆化異物，每開卷見其姓字，輒作數日惡。此數巨軸，雖更兵燹僅存，然庋閣飽鼠蠹者，垂三十年矣，後世誰相知定吾文者？千秋之事，今以付子。」漁洋謂乃為披揀而精擇之，僅存百數十篇，率皆辛亥（1611）以前所作，以本年以後茂之與竟陵鍾、譚遊，其詩一變而為楚音，非其「真面目」。（《王士禛全集‧詩文集之十‧蠶尾續文集》卷1，頁1992-1993）

林茂之一甲子數千首詩，其國變前後之什，牧齋謂「此今日一部井中《心史》」、「翁生平一腔熱血」者，遂為漁洋剔抹殆盡。每思及此，輒作數日惡，故曰茂之詩之不傳，過在漁洋。雖然，茂之此集詩之傳，功亦在漁洋。茂之晚年貧甚，無能力刻己集。茂之歿後，康熙八年（1669）前後漁洋曾謀為雕布，欲刻未果。又四十年，至康熙四十九年（1710）（漁洋病逝前一年，時漁洋已七十七歲），漁洋命弟子主其事而刻之，遂有今傳之茂之詩集。（〈林翁茂之挂劍集又序〉，《王士禛全集‧詩文集之十，蠶尾續文集》卷1，頁1993）以此，茂之詩之傳，功在漁洋。

其十八

忠驅義感國恩賒，板蕩憑將赤手遮。
星散諸侯屯渤海，飈迴子弟走長沙。
神愁玉璽歸新室，天哭銅人別漢家。一云：「共和六載仍周室，章武三年
亦漢家。」
遲暮自憐長塌翼，垂楊古道數昏鴉。記癸未歲與群公謀王室事。

【箋釋】

　　牧齋於本章後置小注，云：「記癸未歲與群公謀王室事。」癸未，崇禎十六
年(1643)，大明江山搖搖欲墜，牧齋思有所作為，赤手回天，與文武大臣謀王
事。

　　先是，崇禎十五年(1642)歲暮，有欲舉薦牧齋治水師者，牧齋乃有〈送程九
屏領兵入衛二首時有郎官欲上書請余開府東海任搗勦之事故次首及之〉之作。詩
其二結聯云：「東征倘用樓船策，先與東風酹一卮。」(《初學集》卷20)可見牧
齋躍躍欲試之情狀。牧齋《初學集》最後一集詩題名「東山詩集四」，「起癸未
正月，盡十二月。」(《初學集》卷20)集中之詩頗可反映牧齋與諸公謀王事之梗
概。〈元日雜題長句八首〉其三詩中夾注云：「淮撫史公唱義勤王，馳書相
約。」此「淮撫史公」即史可法，時有勤王之議，馳書約牧齋共事。詩其四後置
小注云：「沈中翰上疏，請余開府登萊，以肄水師。疏甫入，而奴至，事亦中
格。」沈中翰即上文述及之「郎官」，中書沈廷揚是也。〈癸未四月吉水公總憲
詣闕詔書輦下知己及二三及門謝絕中朝寢閣啓事慨然書懷因成長句四首〉其四首
聯曰：「蘆堂長日對空枰，擇帥流聞及外兵。」後置小注：「上命精擇大帥，冢
宰建德公以衰晚姓名列上。」「冢宰建德公」乃吏部尚書鄭三俊，「吉水公」則
李邦華，江西吉水人。(詳下)〈嘉禾司寇再承召對下詢幽仄恭傳天語流聞吳中恭
賦今體十四韻以識榮感〉句：「虛名勞物色，樸學媿天人。」後置夾注云：「上
曰『錢某博通今古，學貫天人。』咨嗟詢問者再。」崇禎帝詢及牧齋，牧齋大為

感動,故詩結云:「歌罷臨青鏡,蕭然整角巾。」欲有所報效也。「嘉禾司寇」指徐石麒。〈中秋日得鳳督馬公書來報勦寇師期喜而有作〉乃歌頌馬士英者,時馬氏任鳳陽巡撫。觀此數事,知其時牧齋雖廢籍家居——〈元日雜題長句八首〉其六夾注云:「陽羨公〔周延儒〕語所知曰:『虞山正堪領袖山林耳。』」——而負物望,文武大臣頗有望其東山再起,與謀國事者。牧齋固素有此志,設若明室不亡於次年春,牧齋復出實大有可能。

上述沈廷揚上疏請牧齋開府登萊事,牧齋於〈卓去病先生墓誌銘〉中亦述及。去病,姓卓,名爾康,明季推官。去病喜談兵,「人皆易之,謂紙上兵法耳」。後盧象昇用其議,「于是向之易去病者,詫去病果知兵,又惜盧公能用去病,而坐視其抑沒以終老也。」至沈廷揚疏請牧齋開府東海,設重鎮,任援勦,牧齋云:「去病家居,老且病矣,聞之大喜,畫圖系說,條列用海大計,惟恐余之不得當也。疏入未報,而事已不可爲。去病晚歲論兵,嘗爲東事,及其所期于余者。至是而心灰夢斷,臣精銷亡,不復能久居此世矣。」去病卒於甲申十一月廿九日。牧齋論去病云:「余嘗謂去病以文士喜論兵,述戰守勝負之要,似尹師魯。遇事發憤,是是非非,無所忌諱,似石守道。歐陽公論守道曰:『其違世驚俗,人皆笑之,則曰吾非狂癡者也。』然則天下之士,雖知去病,其能推其心而哀其志者,則亦鮮矣。」(《有學集》卷32)此牧齋哀去病,亦自哀志不得申,復爲己以文人喜談兵置辯者也。

復有一事,可藉知其時邦國元老對牧齋之期許。崇禎十六年四月,牧齋赴揚州晤李邦華。牧齋於〈明都察院左都御史贈特進光祿大夫柱國太保吏部尙書諡忠文李公神道碑〉末段記其事之始末如此:

> 謙益辱公末契,踰壯迄老,函丈晤對,竿牘往來,師友篤論,家兒絜語,惟是憐才憂國,語不及私。癸未北上,要語廣陵僧舍,艱危執手,潸然流涕,囑曰:「左寧南〔良玉〕,名將也。東南有警,兄當與共事,我有成言于彼矣。」篋中出寧牘授余,曰:「所以識也。」入都,復郵書曰:「天下事不可爲矣。東南根本地,兄當努力,寧南必不負我,勿失此人也。」偷生假年,移日視息,生我知我,辜負良友。傷心

剋骨，有餘痛焉！彷徨執筆，老淚漬紙，而不忍終辭者，以爲比及未死，效隻字于青簡，庶可以有辭于枯竹朽骨也。洪惟萬曆以來，高陽〔孫承宗〕與公，當並爲宗臣，配食清廟，有其舉之，工歌之頌詞，曷可以已。（《有學集》卷34）

李邦華，字孟闇，號懋明，江西吉水人，萬曆甲辰進士，與孫承宗同榜，歷官都察院左都御史，殉甲申三月十九日之難，享年七十一歲。或謂甲申三月十九日之事，「文臣殉難者十有二人，而李公爲首」。(同上)明季數朝，邦華對牧齋多所提攜。

　　本詩首聯曰：「忠驅義感國恩賒，板蕩憑將赤手遮。」語激昂。《詩經》〈板〉、〈蕩〉二詩皆刺周厲王無道者。〈板·序〉曰：「凡伯刺厲王也」；〈蕩·序〉曰：「召穆公傷周室大壞也。厲王無道，天下蕩蕩，無綱紀文章，故作是詩也。」後以「板蕩」喻政局混亂，社會動盪。牧齋「板蕩」之語即取此「天下蕩蕩，無綱紀文章」之意。際此板蕩之世，猶思「赤手」回天，以臣民受國恩，當有忠義之舉以相報也。（《新唐書·蕭瑀傳》載李世民〈賜蕭瑀〉詩句：「疾風知勁草，板蕩識誠臣。」）詩下三聯，多以西漢末、東漢末故實以喻明季政局及己之抱負。

　　次聯曰：「星散諸侯屯渤海，飈迴子弟走長沙。」「星散」、「飈迴」二語皆喻亂象。《後漢書·光武帝紀》云：「炎正中微，大盜移國。九縣飈回，三精霧塞。」注云：「飈回謂亂也。三精，日月星也。霧塞言昏昧也。」上句用東漢末袁紹起兵討董卓事。《後漢書·袁紹傳》云：「初平元年，紹遂以勃海起兵，以從弟後將軍術⋯⋯濟北相鮑信等同時俱起，眾各數萬，以討卓爲名。」下句「子弟」、「長沙」云云，本唐呂溫〈題陽人城〉詩：「忠驅義感即風雷，誰道南方乏武才？天下起兵誅董卓，長沙子弟最先來。」（《呂衡州集》卷2）亦詠起兵討董卓事。牧齋詩起句「忠驅義感」一語即襲自呂溫此詩。「渤海」在東北，「長沙」在東南。本聯上下二句分詠南北「諸侯」、「子弟」，紛紛起而匡護漢室。此本聯舊典之寓意。「渤海」、「長沙」，又非虛寫，切牧齋之「今典」。崇禎十五年底，沈廷揚上疏請牧齋開府登萊，治水師，其地正「渤海」：登州屬

山東省萊州府，渤海處於直隸(河北)、遼東、膠東之間。復次，崇禎十六年李邦華所囑於牧齋者，「東南根本地」，言可以合作者，左良玉（1599-1645）。其時，左良玉擁兵湖北武昌一帶，有眾二十萬。「長沙子弟」，借喻其軍也。牧齋本聯似謂，崇禎帝苟能用己，則己出而開府登萊，鞏固近衛，復可聯絡東南軍事力量，南北響應，天下事仍有可爲。

第三聯曰：「神愁玉璽歸新室，天哭銅人別漢家。」喻己對社稷安危憂心如焚也。上句「玉璽」、「新室」云云，指王莽篡漢事。《漢書·元后傳》載：「初，漢高祖入咸陽至霸上，秦王子嬰降于軹道，奉上始皇璽。及高祖誅項籍，即天子位，因御服其璽，世世傳受，號曰漢傳國璽，以孺子未立，璽臧長樂宮。」此璽，乃漢朝皇權、治權(imperial authority, political legitimacy)之象徵。王莽即位，請璽，使安陽侯舜諭旨。元后無計，「乃出漢傳國璽，投之地以授舜，曰：『我老已死，如而兄弟，今族滅也！』舜既得傳國璽，奏之，莽大說。」漢失傳國璽，猶亡國。下句「銅人別漢家」事，見《三國志·魏書·明帝紀》引《魏略》、《漢晉春秋》諸記所述銅人事。銅人乃漢時所鑄，後爲魏所取，思漢，故哭。李賀有名篇〈金銅仙人辭漢歌〉，其序曰：「魏明帝青龍元年八月，詔宮官牽車西取漢孝武捧露盤仙人，欲立置前殿。宮官既拆盤，仙人臨載乃潸然淚下。唐諸王孫李長吉遂作〈金銅仙人辭漢歌〉。」詩有聯曰：「魏官牽車指千里，東關酸風射眸子。空將漢月出宮門，憶君清淚如鉛水。」（宋吳正子註，劉辰翁評《箋註評點李長吉歌詩》卷2）「銅人別漢」之典，牧齋詩文屢用之，喻亡國之痛也。

上述第三聯異文作：「共和六載仍周室，章武三年亦漢家。」詳味詩意，「共和」、「章武」一聯於義勝於「神愁」、「天哭」一聯。「共和」，西周自厲王失政，至宣王執政，其間十四年，號共和。《史記·周本紀》載：「王出奔於彘。厲王太子靜匿召公之家，國人聞之，乃圍之。召公曰：『昔吾驟諫王，王不從，以及此難也。今殺王太子，王其以我爲讎而懟怒乎？夫事君者，儉而不讎懟，怨而不怒，況事王乎！』乃以其子代王太子，太子竟得脫。召公、周公二相行政，號曰共和。」「章武」，三國蜀先主劉備年號。《三國志·蜀書·後主傳》：「三年夏四月，先主殂于永安宮。五月，後主襲位於成都，時年十

七。……是歲魏黃初四年也。」二句意謂：周王雖出奔，召公、周公「共和」行政，仍爲周室正統，而蜀漢偏安，章武朝僅三載，仍爲漢室正統。此聯實借古喻今，以況明崇禎朝最後一年間南遷之議。其時明室已岌岌可危，朝不保夕，南遷陪京南京，不失爲苟延殘喘之計。南遷者，或太子監撫南京，或皇帝親行南遷。(牧齋聯上句切前者，下句切後者。)其時李邦華先力主南遷，後見大勢已去，乃主死守，惟請用成祖朝仁宗皇帝監國故事，急遣皇太子監國南京，又請命定、永二王分封江南。(〈李公神道碑〉)牧齋云：「公于此籌之熟矣。請死守，所以力杜播遷之謀；請監國，所以全收固守之局。」(同上)牧齋《投筆集》卷上〈後秋興之七〉詩其三亦有聯云：「即看靈武收京早，轉恨親賢授鉞違。」句後牧齋自注：「指甲申春李忠文監國分封之議。」錢曾注云：「甲申二月，李忠文公邦華，具疏請用成祖朝仁宗皇帝監國故事，急遣皇太子監國南京。越數日，又請分封永、定王於南京。皆不報。」(《全集‧牧齋雜著‧投筆集》，頁34)監國、分封之請不果行，甲申三月，李自成陷北京，十九日，崇禎帝自縊煤山，明亡。

末聯曰：「遲暮自憐長塌翼，垂楊古道數昏鴉。」崇禎十六年癸未，牧齋六十二歲，在廢籍，猶思奮起與群公謀王室事，終徒勞而事不濟，明祚斬絕。至牧齋寫本詩時，又二十年矣，病榻纏綿，時日無多，能不興英雄遲暮之歎？「塌翼」，失意消沉貌，語見《文選》卷四十四陳琳〈爲袁紹檄豫州〉：「方今漢室陵遲，綱維弛絕，聖朝無一介之輔，股肱無折衝之勢，方畿之內，簡練之臣，皆垂頭搨翼，莫所憑恃。雖有忠義之佐，脅於暴虐之臣，焉能展其節？」(《六臣註文選》張銑曰：「搨，歛。」)陳琳爲袁紹書此檄以討曹操時，猶在漢末，而癸未之後，明社屋而清人入主中國，牧齋焉能不「長塌翼」？結句「垂楊古道數昏鴉」，似馬致遠小令〈天淨沙〉之悽惻：「枯藤老樹昏鴉，小橋流水人家，古道西風瘦馬。夕陽西下，斷腸人在天涯。」

其十九

> 蕭疎寒雨打窗遲，愕夢驚迴黯黯思。
> 箕斗每遭三尺喙，攝提猶列兩行眉。
> 拋殘短髮身方老，著盡枯棋局始知。
> 顧影有誰同此夕？焚枯撥芋夜談詩。

【箋釋】

詩其十九首聯曰：「蕭疎寒雨打窗遲，愕夢驚迴黯黯思。」一派寂寥蕭索。老人久坐窗前，種種怖畏之記憶如「愕夢」，縈迴腦際，無從排遣。回過神來始覺寒雨打窗，前塵往事，又再費一番思量。此「夢」與「思」啓下三聯。

其宦途如「愕夢」：「箕斗每遭三尺喙，攝提猶列兩行眉。」「箕斗」，南箕北斗。箕宿四星，形似簸箕；斗宿六星，似盛酒之斗。《詩·小雅·大東》云：「維南有箕，不可以簸揚；維北有斗，不可以挹酒漿。」又《文選·古詩十九首》：「南箕北有斗，牽牛不負軛。」《六臣註文選》李善曰：「言有名而無實也。」劉良曰：「南箕，星也。雖名箕反不可得以簸揚也；北斗，星也。雖名斗不可量用也；牽牛，星也。雖名牛不可以得負車軛……。」牧齋自謙己實徒負虛名耳，如其於〈戊辰七月應召赴闕車中言懷〉所云：「白馬清流傷往事，南箕北斗媿虛名。」（《初學集》卷6）無奈世人以「黨魁」、「龍門」視我，致「每遭三尺喙」之害矣。喙，嘴也。「三尺喙」，語出《莊子·徐无鬼》：「丘願有喙三尺。彼之謂不道之道，此之謂不言之辯，故道德之所一，而言休乎知之所不知。至矣。」後則以喻人強言善辯，含譏諷之意。如唐馮贄《雲仙雜記》卷九云：「陸餘慶爲洛州長史，善論事而繆於決判。時嘲之曰：『說事則喙長三尺，判事則手重五斤。』」牧齋乃歎己爲虛名所累，群小妒忌，屢爲讒言訐語所害。「攝提」，星也；「眉」，其「芒角」也。《晉書·天文志上》云：「攝提六星，直斗杓之南，主建時節，伺機祥。攝提爲楯，以夾擁帝座也，主九卿。」《漢書·瞿方進傳》云：「今提揚眉。」服虔注曰：「提，攝提星也。揚眉，揚

其芒角也。」本聯上下句合讀，知牧齋所怨恨者，「夾擁帝座」，「主九卿」之「攝提」星也，其「揚眉」猶「三尺喙」。牧齋意指溫體仁、周延儒輩歟？

　　第三聯曰：「拋殘短髮身方老，著盡枯棋局始知。」夢裡不知身在夢，「愕夢」醒時身已老。猛回首，一生翻覆戰枯棋，推枰始知結局如許慘澹，為時已晚，徒添懊惱。

　　結聯曰：「顧影有誰同此夕？焚枯撥芋夜談詩。」上句用陶公〈飲酒〉詩前序意：「余閒居寡歡，兼比夜已長，偶有名酒，無夕不飲。顧影獨盡，忽焉復醉。既醉之後，輒題數句自娛。紙墨遂多，辭無詮次。聊命故人書之，以為歡笑爾。」陶公「顧影」獨酌，猶有自得自樂之態。牧齋之「顧影」，似寂寞滿懷。下句「焚枯」者，「焚枯魚」之意。《文選》卷二十一應璩〈百一〉詩云：「田家無所有，酌醴焚枯魚。」李善曰：「蔡邕〈與袁公書〉曰：『酌麥醴，燔乾魚，欣然樂在其中矣。』」田家喝酒燔乾魚吃，真一樂也。惟牧齋句「焚枯」云云無此意，僅為下接之「撥芋」陪襯耳。「撥芋」，典出唐袁郊《甘澤謠・嬾殘》事：嬾殘者，唐天寶初衡嶽寺役僧也。鄴侯李泌讀書寺中，知非凡物。候中夜，潛往謁焉。「嬾殘大詬，仰空而唾曰：『是將賊我。』李公愈加敬謹，惟拜而已。嬾殘正撥牛糞火，出芋啗之。良久乃曰：『可以席地。』取所啗芋之半，以授焉。李公奉承就食而謝。謂李公曰：『慎勿多言，領取十年宰相。』」牧齋「領取十年宰相」之夢，換來毀譽參半，代價何其巨大！今老耄之年，思之惘然。「此夕」若有可與語者，莫提相業，「談詩」「以為歡笑」可也。

其二十

> 呼鷹臺下草蒙茸，扶杖登臨指斷蓬。
> 倚杖我應占北叟，興亡君莫問南公。
> 藥欄迸坼疏籬外，雞柵攲斜細雨中。
> 種罷薲菁還失笑，莫將老圃算英雄。

【箋釋】

本首自嘲之詞，亟寫英雄遲暮，可笑復可憐之態。

首聯曰：「呼鷹臺下草蒙茸，扶杖登臨指斷蓬。」「呼鷹臺」在今湖南襄陽，漢末荊州刺史劉表所建。宋樂史《太平寰宇記》卷一四五云：「呼鷹臺在縣東南一里。劉表所築。表往登之鼓琴作樂，有鷹來集，因名。」劉表曾作〈野鷹來〉曲。（《襄陽耆舊傳》）呼鷹臺固古英雄鷹揚之地。今詩人設想「扶杖登臨」，所見唯野草蒙茸雜亂，斷梗飛蓬，難興英雄意氣也。

次聯曰：「倚杖我應占北叟，興亡君莫問南公。」「北叟」、「南公」，古時二「智慧老人」（wise old man）也。北叟，塞上翁，知禍福倚伏之理，事見《淮南子・人間》。《文選》卷十四班固〈幽通賦〉云：「判迥穴其若茲兮，北叟頗識其倚伏。」《六臣註文選》呂延濟曰：「言禍福紛亂反側如此。此叟，塞上翁也。馬亡入胡，人弔之，翁曰：『安知非福乎？』後馬將駿馬而歸，人賀之，翁曰：『安知非禍乎？』後其子騎墮故折髀，人弔之，翁曰：『安知非福乎？』後胡兵大出，丁壯者戰而死，唯子以跛故得父子相保，以此叟知禍福相因倚而生也。」牧齋句謂將學北叟禍福相倚之道以處世。南公，事見《史記・項羽本紀》：「故楚南公曰：『楚雖三戶，亡秦必楚』也。」裴駰曰：「文穎曰：『南方老人也。』」《正義》曰：「虞喜《志林》云：『南公者，道士，識廢興之數，知亡秦必於楚。』」牧齋句謂勿以我為南公而問我興亡之數。

第三聯曰：「藥欄迸坼疏籬外，雞柵攲斜細雨中。」云今所作者，盡農家老叟之事耳。上句「藥欄」多指芍藥之欄，或泛指花欄。杜甫〈賓至〉有句曰：

「不嫌野外無供給，乘興還來看藥欄。」然牧齋〈病榻消寒〉詩多言老病，此處「藥」讀如字，作「草藥」解亦無不可。下句「雞柵」亦見杜詩，〈催宗文樹雞柵〉云：「牆東有隙地，可以樹高柵。」牧齋本聯以老農自況，不無自得之意。

　　末聯曰：「種罷蕪菁還失笑，莫將老圃算英雄。」此二句雖自嘲英雄遲暮，唯亦不無瀟灑之意。上句「蕪菁」，俗稱大頭菜，塊根可吃，古詩文屢見，牧齋此句則用《三國志・蜀書・先主傳》注中事。〈先主傳〉云：「先主據下邳。靈等還，先主乃殺徐州刺史車冑，留關羽守下邳，而身還小沛。」注引胡沖《吳歷》曰：「曹公數遣親近密覘諸將有賓客酒食者，輒因事害之。備時閉門，將人種蕪菁，曹公使人闚門。既去，備謂張飛、關羽曰：『吾豈種菜者乎？曹公必有疑意，不可復留。』……。」下句「老圃」，老農也，《論語》：「請學爲圃，曰：『吾不如老圃。』」「英雄」云云，亦用劉備事。《三國志・蜀書・先主傳》云：「時曹公從容謂先主曰：『今天下英雄，唯使君與操耳。本初之徒，不足數也。』先主方食，失匕箸。」牧齋乃笑謂我眞種大頭菜之老圃，切莫以假裝種菜之英雄視我。

其二十一

> 龍嶼雞籠錯小洲，秦皇纜繫剎江頭。
>
> 烟消貝闕常開市，風引蓬萊且放舟。
>
> 魚鼈星微沉後浪，黿鼉梁闊駕中流。
>
> 天涯地少雲多處，縱步期爲汗漫遊。
>
> 讀元人《島夷志》有感。

【箋釋】

　　本首詩後小注云：「讀元人《島夷志》有感。」詩中復多海嶼地理意象（geographical images）。初意牧齋本首所詠，或即《島夷志》中之載記，乃窮一日力讀《島夷志》並諸考(蘇繼廎《島夷誌略校釋》)。讀《島夷志》竟，始知牧齋本首之詮解，不能直接於是書中探得。牧齋所抒表者，特其讀《島夷志》之所感耳。

　　《島夷志》，元末汪大淵(字煥章，生平不詳，或云生於西元1311年前後)所撰。大淵〈《島夷誌》後序〉云：「大淵少年嘗附舶以浮于海。所過之地，竊嘗賦詩以記其山川、土俗、風景、物產之詭異，與夫可愕可鄙可笑之事，皆身所遊覽，耳目所親見。傳說之事，則不載焉。」（《校釋》，頁385）《島夷志》則以筆記文出之，敘述其身所遊覽，耳目親見海外諸地，凡九十九條，涉及域外地名逾二百。《四庫全書總目》云：「諸史外國列傳秉筆之人，皆未嘗身歷其地，即趙汝适《諸蕃志》之類，亦多得於市舶之口傳。大淵此書，則皆親歷而手記之，究非空談無徵者比。」大淵此書，近世以還，素爲中外學者重視，以其所記載者爲元代航海家之親歷，乃中外交通史之珍貴材料也。特牧齋本詩與大淵之書直接相關者，僅起句「龍嶼」一語及後「烟消貝闕常開市」一句。《島夷志》「龍涎嶼」條云：「嶼方而平，延袤荒野，上如雲塢之盤，絕無田產之利。每值天清氣和，風作浪湧，群龍游戲，出沒海濱，時吐涎沫於其嶼之上，故以得名。涎之色或黑於烏香，或類於浮石，聞之微有腥氣。然用之合諸香，則味尤清遠，雖茄藍

木、梅花腦、檀、麝、栀子花、沉速木、薔薇水衆香，必待此以發之。此地前代
無人居之，間有他番之人，用完木鑿舟，駕使以拾之，轉鬻於他國。貨用金銀之
屬博之。」(《校釋》，頁43-44)或云此嶼在今蘇門答臘北部一帶，而「龍涎」
者，實抹香鯨痛胃中所分泌之物質。李時珍《本草綱目》云：「龍涎，方藥鮮
用，惟入諸香，……焚之則翠煙浮空。出西南海洋中。……番人採得貨之，每兩
千錢。」蘇軾〈玉糝羹〉詩有句云：「香似龍涎仍釅白，味如牛乳更全清。」
(參《校釋》，頁45-46)牧齋詩取義，於龍涎嶼實地及龍涎之爲物實無涉。

　　通檢牧齋詩文集，與《島夷志》相關意象僅二見，一者即本詩所詠，一者在
牧齋《投筆集》〈後秋興〉之第十三疊中。〈後秋興〉之十三爲《投筆集》最後
一疊，約寫於〈病榻消寒雜咏〉之前半年，詩題下小序曰：「自壬寅[1662]七月
至癸卯[1663]五月，謠言繁興，鼠憂泣血，感慟而作，猶冀其言之或誣也。」壬
寅、癸卯二年間，關係南明最重要之事件：壬寅(康熙元年，1662)二月，鄭成功
收復臺灣；四月，明桂王(永曆帝)被殺於昆明；五月，鄭成功病逝臺灣；十一
月，前監國魯王薨(一說魯王逝於九月)。金鶴沖《錢牧齋先生年譜》云：「先生
至此，感憤無極，而《投筆集》遂於五月間終止。」觀乎〈後秋興〉之十三八
首，情詞激切，憂憤交煎，歌哭無端，其喻旨確在上述關乎南明命運之數事。如
詩其一上半云：「地坼天崩桂樹林，金枝玉葉痛蕭森。衣冠雨絕支祈鎖，閶闔風
淒紲絕陰。」傷桂王之被害也。詩下半云：「醜虜貫盈知有日，鬼神助虐果何
心？賊臣萬古無倫匹，纔切揮刀候斧碪。」詛咒清人及殺桂王之「賊臣」吳三
桂。〈後秋興〉之十三詩其二則有《島夷志》「龍涎嶼」之意象。詩云：「海角
崖山一線斜，從今也不屬中華。更無魚腹捐軀地，況有龍涎泛海槎？望斷關河非
漢幟，吹殘日月是胡笳。嫦娥老大無歸處，獨倚銀輪哭桂花。」鄭成功棄守閩
南，移駐臺灣，不數月而殂於東寧，年三十九耳。牧齋此首，對鄭成功之去「中
華」，渡海據臺，略無恕辭。鄭氏之渡臺，張煌言曾移書責之，謂軍有寸進而無
尺退，一入臺灣，則孤天下之望也。牧齋詩意近之，而沉痛過之。詩次聯上句
曰：「更無魚腹捐軀地。」用方回〈輓陸君實〉詩句「曾微一抔土，魚腹葬君
臣」意(錢曾注引)，以宋末陸秀夫抱帝昺赴水死事喻明帝死而國土盡喪。下句
曰：「況有龍涎泛海槎？」「龍涎」一語，錢曾注引上述《島夷志》「龍涎嶼」

條文釋之。牧齋句出以詰責之語氣，蓋以鄭氏之浮槎海外爲不智之舉也。由此觀之，牧齋於病榻上讀《島夷志》，或非純爲消寒送日而已，似有若干關心海外殘明勢力動向之意。《島夷志》首二條爲「彭湖」及「琉球」。「彭湖」即今臺灣之外島澎湖，而《島夷志》所載之「琉球」，學者指出，即今臺灣（「流求」入明代始爲沖繩島之專稱，而自崇禎以來，臺灣始成此大島之通稱）。牧齋讀《島夷志》，開卷即此二記，因之而思及鄭明之入臺，不亦自然？甚或牧齋之讀《島夷志》，正爲此二記？

較諸夏五「海角崖山」之詠，〈病榻消寒〉「龍嶼雞籠」一首情緒已轉冷靜。詩首聯曰：「龍嶼雞籠錯小洲，秦皇纜繫刹江頭。」「龍嶼」之義如上述，而「雞籠」亦海外一島嶼，宋樂史《太平寰宇記》卷一七七「赤土國」云：「赤土國，隋時通焉，扶南之別種也。直崖州之南，渡海水行百餘日，便風十餘日，經雞籠島至其國。所都土都土色多赤，因以爲號。」雞籠島似無特別故實，或因前言「龍嶼」，遂牽連及另一以動物命名之海嶼耳。牧齋想像，大海之中錯落如「龍嶼」、「雞籠」之類「小洲」。「秦皇纜繫」云云，則指宇內之「秦皇纜船石」。宋潛說友《咸淳臨安志》卷三十云：「在錢塘門外，相傳秦始皇東遊望海，艤舟於此。陸羽《武林山記》云：『自錢塘門至秦皇纜船石，俗呼西石頭。北關僧思淨刻大石佛於此。舊傳西湖本通海，東至沙河塘，向南一岸皆大江也，故秦皇纜舟於此。』」「刹江」與秦始皇東遊另一地點有關。錢塘有秦望山。《咸淳臨安志》卷二十三引晏元獻公《輿地志》云：「秦始皇東遊，登此山，欲度會稽。」又云：「近東南有羅刹石。大石崔巍，橫截江濤，商船海舶經此多爲風浪傾覆，因呼爲羅刹。每歲仲秋既望，必迎潮設祭，樂工鼓舞其上。」秦始皇東遊覽船之石曰「西石頭」，非「刹江頭」，牧齋以錢塘江諸名勝名泛言之耳。本聯上句言海外洲嶼，下句言內陸通海之地，構思頗妙。

次聯曰：「烟消貝闕常開市，風引蓬萊且放舟。」上句字面脫自蘇軾〈登州海市〉詩。坡公詩序云：「予聞登州海市舊矣。父老云：『嘗出於春夏，今歲晚不復見矣。』予到官五日而去，以不見爲恨，禱於海神廣德王之廟，明日見焉，乃作此詩。」「海市」，「海市蜃樓」之謂，幻象也。蘇詩前半云：「東方雲海空復空，群仙出沒空明中。蕩搖浮世生萬象，豈有貝闕藏珠宮。心知所見皆幻

影，敢以耳目煩神工。歲寒水冷天地閉，爲我起蟄鞭魚龍。重樓翠阜出霜曉，異事驚倒百歲翁。」牧齋句脫於此。惟蘇詩已言此海市爲難得一見「幻影」、「異事」，牧齋詩何得以言「常開市」？此則援藉汪大淵《島夷志》記文之特色也。汪志每述一地畢，例必並記其地之物殖並以資貿易之貨，篇篇如此，確予人「常開市」之印象。詩聯下句「蓬萊」云云，其事屢見舊史。《史記‧秦始皇本紀》云：「齊人徐市等上書，言海中有三神山，名曰蓬萊、方丈、瀛洲，仙人居之。」《正義》引《漢書‧郊祀志》云：「此三神山者，其傳在渤海中，去人不遠……未至，望之如雲；及至，三神山乃居水下；臨之，患且至，風輒引船而去，終莫能至云。」此舊載言蓬萊仙山之終不可至。牧齋句「風引蓬萊且放舟」，反用其意，言放舟風引，蓬萊可即可及。牧齋此聯似對海市幻象、海中仙山嚮往不已。

　　詩第三聯曰：「魚鼈星微沉後浪，黿鼉梁闊駕中流。」魚、鼈皆星名，《晉書‧天文志上》云：「魚一星，在尾後河中，主陰事，知雲雨之期也。」又：「鼈十四星，在南斗南。鼈爲水蟲，歸太陰。」以星象喻明清之際軍政大事乃牧齋詩歌之一大特色。（可參拙著：C. H. Lawrence Yim, *The Poet-historian Qian Qianyi*, pp. 88, 95-96.）以此聯言，以「微」、「沉」狀二星，其黯晦衰微可知。鼈十四星，在南斗南。《投筆集》〈金陵秋興八首次草堂韻〉（即〈後秋興〉之一）詩其二首聯云：「雜虜橫戈倒載斜，依然南斗是中華。」以「雜虜」稱滿人而指「南斗」爲「中華」。（傳統詩文中，「南斗」亦借指南方，南部地區。）以此，此南斗南之鼈十四星亦「中華」一隅之象徵乎？「魚鼈星微」而「黿鼉梁闊」，對比也。《文選》江淹〈恨賦〉云：「雄圖既溢，武力未畢，方架〔一作駕〕黿鼉以爲梁，巡海右以送日。」《六臣註文選》李善注引《紀年》曰：「周穆王三十七年，伐紂，大起九師，東至於九江。叱黿鼉以爲梁。」可以想見其意氣之高昂也。「中流」，《史記‧周本紀》云：「武王渡河，中流，白魚躍入王舟中，武王俯取以祭。」又《晉書‧祖逖傳》：「帝乃以逖爲奮威將軍、豫州刺史……渡江，中流擊楫而誓曰：『祖逖不能清中原而復濟者，有如大江！』」本聯二句合觀之，意者中華之星微而牧齋猶望有王者興於海國，匡復中原乎？〈後秋興〉之十三詩其八（亦即《投筆集》組詩最後一首）曰：「蛟宮螭窟勢逶迤，蠻

浪排波似越陂。荷鼓虛危新氣象，白茅青社舊孫枝。磨刀雨過看兵洗，舶棹風來想檥移。昨夜江天聊舉首，寒芒二八已昭垂。」亦對海國間殘明力量寄予希望者也。由是觀之，本聯對海天物象之形容，不無政治象徵意義矣。

詩末聯曰：「天涯地少雲多處，縱步期爲汗漫遊。」《淮南子‧道應訓》載盧敖遊北海，遇一士，「就而視之，方倦龜殼而食蛤梨」（「倦」，蹲坐。「蛤梨」，海蚌）。盧欲友之而同遊，士曰：「吾與汗漫期于九垓之外，吾不可久駐。」乃舉臂而竦身，遂入雲中。牧齋浮想聯翩，似對「天涯地少雲多處」之南方海嶼充滿遐想。此其讀元人汪大淵《島夷志》所興發之神仙之思，復寓其對南明海上力量之關懷與期望也。

其二十二

推篷剪燭夢悠悠，舊雨依稀記昔遊。

南國梟盧誰劇孟，北平雞酒有田疇。

霜前啼鳥皆朱囓，月下飛鳥盡白頭。

病樹枝顛天一握，爲君吹笛上高樓。

廣陵人傳研祥北訊。

【箋釋】

　　牧齋於本章後置小注，云：「廣陵人傳研祥北訊。」研祥者，馮文昌，明萬曆間名宦、文人馮夢禎（開之，1548?-1605）孫。（陳寅恪《柳如是別傳》稱研祥爲「馮開之夢禎孫文昌之子」，不確。）馮夢禎歿時，牧齋二十四歲，居邑讀書，爲舉子業，應未及親炙，惟後詩文中屢稱之，爲牧齋極景仰之前輩風流人物。牧齋《列朝詩集》丁集下收夢禎詩若干題，於馮氏小傳中云：「余誌其墓，以謂位不大，齒不尊，而風流弘長，衣被海內，謝安石之攜伎采藥，房次律之鳴琴弈棋，天下以王佐歸之，固不以用不用爲軒輊也。有《眞實居士集》若干卷，爲詩文疏朗通脫，不以刻鏤求工。而佛乘之文憨大師極推之，以爲宋金華之後一人也。孫文昌博學好修，實請余誌公葬云。」牧齋之心儀馮夢禎，可見一斑。牧齋爲撰〈南京國子監祭酒馮公墓誌銘〉，收入《初學集》卷五十一，文末云：「公卒於萬曆乙巳[1605]十月廿二日，享年五十有八。子三人，驥子、鸑雛、去邪，葬公於西溪之梅塢，公所樂游欲攜家地也。余與鸑雛好，而驥子之子文昌游於吾門。公歿後三十八年，文昌奉其父所述行狀來請銘。」知牧齋與夢禎子友善，而研祥之遊於牧齋門，稱弟子，不能遲於本文之作年，即崇禎十五年（1642）前後。馮家數世雅好收藏，夢禎「移病去官」後，築庵於西湖孤山之麓，家藏《快雪時晴帖》，名其堂曰「快雪」。牧齋《初學集》卷八十五〈跋董玄宰與馮開之尺牘〉嘗記云：「馮祭酒開之先生，得王右丞《江山霽雪圖》，藏弆快雪堂，爲平生鑒賞之冠。董元宰〔其昌〕在史館，詒書借閱。祭酒於三千里外緘

寄，經年而後歸。祭酒之孫研祥以玄宰借畫手書裝潢成冊，而屬余志之。……祭酒歿，此卷爲新安富人購去，煙雲筆墨，墮落銅山錢庫中三十餘年。余游黃山，始贖而出之。」牧齋黃山之遊，崇禎十四年(1641)二月事也，其跋董其昌與馮夢禎尺牘，當在賦歸以後，則崇禎十四、五年之際，研祥已遊於牧齋之門牆亦可知。

入清以後，牧齋之詠研祥而作期確切可知者，有四題詩：《有學集》卷二「秋槐詩支集」載〈馮研祥金夢蜚不遠千里自武林唁我白門喜而有作〉及〈疊前韻送別研祥夢蜚三首〉，集目標「起己丑[1649]年，盡庚寅[1650]四月」；卷十「紅豆詩二集」載〈酒逢知己歌贈馮生研祥〉，集目標「起己亥[1659]，盡一年」；再則卷十三〈病榻消寒雜咏四十六首〉本首之詠。除〈病榻消寒〉本首興發於「廣陵人傳研祥北訊」外，皆牧齋與研祥面晤時作。牧齋入清後詩文之及研祥雖不頻繁，然觀其作期及內容，可知研祥爲事牧齋有始終之弟子，而牧齋病榻纏綿之際，猶關心研祥消息，亦可知牧齋之惦念研祥也。(葛萬里《牧齋先生年譜》載牧齋順治七年[1650]夏五金華之行「同行有馮范研祥」，不知何據。又馮、范實二人，葛氏錯判爲一。)

馮研祥之生平行實今已不可確知，文獻不足故也，其所著《吳越野民集》似亦不傳。據零星載記，知研祥號吳越野民，顏其室曰「三餘堂」。諸生，寓於杭之西湖，善書畫，收藏甚富。得宋刊《金石錄》十卷，殊爲寶重，題跋其後，並鈐印「金石錄十卷人家」，長箋短札，帖尾書頭每每用之。(參《武林藏書錄》、《清稗類鈔》等。)黃宗羲《思舊錄》「張溥」條有語云：「甲戌[1634]，余與馮研祥同至太倉，值端午，天如宴于舟中，以觀競渡，遠方來執贄者紛然。」則研祥早歲亦頗與復社中人遊也。

牧齋之頌馮夢禎遺事，側重其「風流弘長，衣被海內」一面，而賦詠研祥，則表其於己始終不離不棄之情義。順治五年(1648)秋至六年(1649)春，牧齋因黃毓祺案牽連，有南京之逮，頌繫逾年。上述〈馮研祥金夢蜚不遠千里自武林唁我白門喜而有作〉及〈疊前韻送別研祥夢蜚三首〉二題詩正作於此時。〈馮研祥金夢蜚不遠千里自武林唁我白門喜而有作〉云：「踰冬免死又經旬，四海相存兩故人。吳澥各天如嶺嶠，干戈滿地況風塵。燈前細認平時面，坐久頻驚亂後身。詹

尹朝來傳好語，可知容易有斯晨。」及研祥、夢蜚(金漸皋，字夢蜚，號怡安，仁和人)告歸，牧齋依依不捨，乃有〈疊前韻送別研祥夢蜚三首〉之作，內有句云：「殘生握別無多淚，亂世遭逢有幾身。」(其一)「關心憔悴無過死，執手叮嚀要此身。」(其二)「自顧但餘驚破膽，相看莫是意生身。」(其三)此段舊事，對瞭解十餘載後牧齋病榻上所寫憶念研祥之詩相當重要。

　　牧齋〈病榻消寒〉之詠研祥，起聯曰：「推篷剪燭夢悠悠，舊雨依稀記昔遊。」意韻彷彿李商隱〈夜雨寄北〉詩：「君問歸期未有期，巴山夜雨漲秋池。何當共剪西窗燭，卻話巴山夜雨時。」此時研祥在北地，李商隱詩題「寄北」之意，亦切牧齋思念之方向。此聯實有「近典」，錢曾注已為拈出，知牧齋詩開首「推篷」一語亦非虛寫。錢曾注引李東陽《懷麓堂詩話》云：「維揚周岐鳳多藝能，坐事亡命，扁舟野泊無錫。錢曄投之以詩，有『一身為客如張儉，四海何人是孔融？野寺鶯花春對酒，河橋風雨夜推篷』之句。岐鳳得詩，為之大慟，江南人至今傳之。」李東陽詩話引錢曄詩略去首尾二聯，實則牧齋本聯之寄意，與該二聯不無關涉。朱彝尊《明詩綜》卷二十三載錢曄全詩作：「琴劍飄零西復東，舊遊清興幾時同？一身作客如張儉，四海何人是孔融？野寺鶯花春對酒，河橋風雨夜推篷。機心盡屬東流水，惟有家山在夢中。」其時牧齋因黃毓祺事頌繫金陵，亦「坐事」也(但牧齋赴逮金陵，並無「亡命」之舉)。「機心盡屬東流水，惟有家山在夢中」云云，正可作牧齋心情之寫照看。錢曄詩以張儉、孔融舊事喻己之關懷周岐鳳，牧齋詩復又借之詠研祥愛己，特自武林來謁己於患難中之隆情高義。

　　次聯承首聯意，曰：「南國梟盧誰劇孟，北平雞酒有田疇。」劇孟，博徒，以俠顯，《史記‧遊俠列傳》云：「……雒陽有劇孟，周人以商賈為資，而劇孟以任俠顯諸侯。吳、楚反時，條侯為太尉，乘傳車將至河南，得劇孟，喜曰：『吳、楚舉大事而不求孟，吾知其無能為已矣。』天下騷動，宰相得之若得一敵國云。劇孟行大類朱家，而好博，多少年之戲。然劇孟母死，自遠方送喪蓋千乘。及劇孟死，家無餘十金之財。」時人曰：「夫一旦有急叩門，不以親為解，不以存亡為辭，天下所望者，獨季心、劇孟耳。」(《史記‧袁盎列傳》)劇孟「好博」，六博之戲也，牧齋句以「梟盧」指代。梟、盧，六博中二種彩色，梟

為么,最勝,盧為六,次之,亦泛指賭博。田疇事見晉王嘉《拾遺記》卷七,乃
事君死生不渝者也。「田疇,北平人也。劉虞為公孫瓚所害,疇追慕無已,往虞
墓設雞酒,慟哭之音,動於林野……。疇臥於草間,忽有人通云:『劉幽州來,
欲與田子泰言平生之事。』疇神悟遠識,知是劉虞之魂。既近而拜,疇泣不自
支,因相與進雞酒。疇醉,虞曰:『公孫瓚求子甚急,宜竄伏以避害!』疇拜
曰:『聞君臣之義,生則盡禮,今見君之靈,願得同歸九地,死且不朽,安可逃
乎!』虞曰:『子萬古之貞士也,深慎爾儀!』奄然不見,疇亦醉醒。」牧齋此
聯蓋以劇孟之俠義、田疇之忠貞歸研祥,頌其事已如古之忠義士也,對仗尤工整
巧妙。

　　第三聯曰:「霜前啼鳥皆朱喙,月下飛烏盡白頭。」此聯順接上聯而再轉出
一新意。曰「皆」,曰「盡」,喻友朋同志之患難與共也。朱喙代指杜鵑,其喙
色紅,故有杜鵑啼血之說。下句含二典。《樂府詩集》卷四九:「〈古今樂錄〉
曰:『西烏夜飛』者,宋元徽五年荊州刺史沈攸之所作也。攸之舉兵發荊州東
下,未敗之前,思歸京師。所以歌和云:白日落西山,還去來。送聲云:折翅
烏,飛何處?被彈歸。」「白頭」,似用「白首同歸」意。《世說新語·仇隙》
云:「孫秀既恨石崇不與綠珠,又憾潘岳昔遇之不以禮……收石崇、歐陽堅石,
同日收岳。石先送市,亦不相知。潘後至,石謂潘曰:『安仁,卿亦復爾邪?』
潘曰:『可謂白首同所歸。』」(潘岳前有〈金谷集作詩〉:「春榮誰不慕?歲
寒良獨希。投分寄石友,白首同所歸。」時人以潘詩適成其讖。)杜鵑啼血,思
故國也。「西烏」、「白首」,生死危急時之言也。意者牧齋以此聯喻己與研祥
皆不忘故國舊君之遺民而履險危之境歟?研祥生平不詳,未敢遽言其事之有無,
請俟他日再考。

　　末聯曰:「病樹枝顛天一握,為君吹笛上高樓。」上句喻境地之險也,其事
見《太平廣記》(出《玉堂閒話》):「興元之南,有大竹路,通於巴州。其路則
深谿峭巖,捫蘿摸石,一上三日,而達於山頂。行人止宿,則以縆縵繫腰,縈樹
而寢。不然,則墮於深澗,若沉黃泉也。復登措大嶺,……其絕頂謂之孤雲兩
角,彼中諺云:『孤雲兩角,去天一握。』」於此崎嶇險峻之路,行人「縆縵繫
腰,縈樹而寢」,或可免高空墜落而死。牧齋卻言「病樹」,則此法亦未必奏效

矣。觀乎牧齋之「危言聳聽」，「廣陵人傳研祥北訊」，似大不妙。牧齋去年
(康熙元年，1662)秋間有〈秋日雜詩二十首〉之作(見《有學集》卷12)，詩其十
九下半詠及研祥，曰：「西陵短馮生，卓犖亦等倫。亂世干網羅，傭雇全其身。
舉舉鮮華子，蒙頭灰涴塵。吾衰失二子，趻踔嗟半人。馮生盍歸來，從我東海
濱。」觀此，研祥或惹官非而困阨流離於外。〈病榻消寒〉詩本聯「爲君吹笛上
高樓」句，牧齋以表「思舊之心」也。《文選》向秀〈思舊賦〉序中有語云：
「於時日薄虞淵，寒冰淒然。鄰人有吹笛者，發音寥亮。追思曩昔遊宴之好，感
音而歎，故作賦云。」惟向秀賦文並序無「高樓」之意象，此牧齋所添益者。
「上高樓」，登高以望遠也。置此一語，益顯牧齋思念研祥之殷切矣。

其二十三

中年招隱共丹黃，栝柏猶餘翰墨香。

畫裏夜山秋水閣，鏡中春瀑耦耕堂。

客來蕩槳聞朝咏，僧到支笻話夕陽。

留卻《中州》青簡恨，堯年鶴語正悲涼。

孟陽議倣《中州集》體列，編次本朝人詩。

【箋釋】

　　牧齋此首，追思故友程嘉燧(孟陽，1565-1644)者也。牧齋與孟陽情同手足，友誼真摯，當時後世，傳爲美談。牧齋《初學》、《有學》二集中，孟陽之名數百見。孟陽歿於崇禎十六年十二月，當誌其隧道之文者，牧齋而外，不作二人想。惟孟陽卒而國變燬，牧齋羈絏世網，浮湛喪亂經年，未遑經紀故人身後事矣。孟陽歿後十二年，牧齋編成《列朝詩集》，收錄孟陽詩甚夥，爲撰〈松圓詩老程嘉燧〉小傳(在「丁集下」集首)特詳盡，乃爲孟陽謀身後名而追憶與故人之情誼者也。據之，程嘉燧，字孟陽，休寧人，僑居嘉定，以處士終。少學制科不成，去學擊劍，又不成，乃折節讀書。刻意爲歌詩，三十而詩大就。其爲詩主于陶冶性情，耗磨塊壘，每遇知己，口吟手揮，纚纚不少休，若應酬牽率骩骳說眾之作，則薄而不爲。諳曉音律，善畫山水，兼工寫生，嗜古書畫器物。與友交，婉變曲折，生死患難，慷慨敦篤。與唐時升(叔達)、婁堅(子柔)、李流芳(長蘅)稱「嘉定四先生」。讀書不務博涉，精研簡練，晚尤深老、莊、荀、列、《楞嚴》諸書。牧齋論孟陽之學問，譽其「迥別于近代之俗學者，於是乎王、李之雲霧盡掃，後生之心眼一開，其功于斯道甚大，而世或未之知。」論者以爲，牧齋於此不無推揚過甚之虞。或然，而牧齋之愛重孟陽亦可知。傳文末云：「世無裕之，又誰知余之論孟陽，非阿私所好者哉！余故援中州之例，諡之曰松圓詩老，庶幾千百世而下，有知吾孟陽如裕之者。」孟陽著有《松圓浪淘集》、《偈庵集》、《耦耕堂集》等，今傳。

　　牧齋〈病榻消寒〉之詠孟陽，低佪於「中年招隱」與「中州青簡」二大端，
宜也，蓋前者最能見二人情義與夫相處之樂，而後者乃二人學術文章相激蕩之結
果。請述如次。

　　牧齋未第時(二十九歲前)已介李長蘅與孟陽過從，交好無間，萬曆間乃有棲
隱之約。崇禎二年(1629)閣訟終結，牧齋坐杖論贖，削職罷歸，六月出都門南
返。三年(1630)，牧齋四十九歲，移家拂水山莊，乃招孟陽同居唱和，築耦耕
堂。《初學集》卷四十五〈耦耕堂記〉云：「而孟陽不我遐棄，惠顧宿諾，移家
相就。予深幸夫迷塗之未遠，而隱居之不孤也，請於孟陽，以耦耕名其堂，孟陽
笑而許之。嗟夫！予與孟陽，遭逢聖世，爲太平之幸人，其所爲耦耕者，蓋亦感
閒居之多暇，喜一飽之有時，庶幾息勞生而稅塵鞅。豈與夫沮、溺者流，輟耕太
息於蔡、葉之間，歎滔滔以沒世，群鳥獸而不返者哉！」「遭逢聖世，爲太平之
幸人」云云，反話耳。此際牧齋放廢里居，心情憤懣可以想見。〈病榻消寒〉之
詠孟陽，起聯曰：「中年招隱共丹黃，栝柏猶餘翰墨香。」杜甫〈別張十三建
封〉詩有句云：「雖當霰雪嚴，未覺栝柏枯。高義在雲臺，嘶鳴望天衢。」栝，
柏也。栝與檜同，柏葉松身，歲寒後彫樹也，牧齋以自喻堅貞。曹丕《典論·論
文》云：「是以古之作者，寄身於翰墨，見意於篇籍。」牧齋言「猶餘翰墨
香」，適見其於榮名利祿無望，所可自信者，唯餘「翰墨」而已。雖然，拂水之
棲隱，牧齋亦眞得享山林朋友之樂。〈耦耕堂記〉又云：「人生歲月，眞不可把
玩。山林朋友之樂，造物不輕予人，殆有甚於榮名利祿也。予之得從孟陽於此堂
也，可不謂厚幸哉！」

　　詩之次聯曰：「畫裏夜山秋水閣，鏡中春瀑耦耕堂。」第三聯曰：「客來蕩
槳聞朝咏，僧到支筇話夕陽。」「耦耕堂」、「秋水閣」、「聞咏」，皆拂水山
莊之構築，而「夕陽」或亦暗指莊中之「朝陽樹」。牧齋《有學集》卷十八〈耦
耕堂詩序〉云：「耦耕堂在虞山西麓下，余與孟陽讀書結隱之地也。天啓初，孟
陽歸自澤潞，偕余棲拂水，磵泉活活循屋下，春水怒生，懸流噴激，孟陽樂之，
爲亭以踞磵右，顏之曰聞咏。又爲長廊以面北山，行吟坐臥，皆與山接。朝陽
樹、秋水閣次第落成。於是耦耕堂之名，遂假孟陽以聞四方。既而從形家言，斥
爲墓田，作明發堂于西偏，而徙耦耕堂于丙舍，以招孟陽，廬居比屋，晨夕晤

對，其游從爲最密。」詩曰「畫裏」、「鏡中」、「客來」、「僧到」，耦耕堂
風景如畫，無俗客，可以想見。孟陽歿後，「往者山堂礴戶，筆牀茶竈，綠尊紅
燭之樂，驚魂噩夢，瞥然不能一至，僅于孟陽詩句彷彿見之耳。」牧齋二十餘載
後於病榻上追惟舊事，雖雪泥鴻爪、前塵影事，猶揮之不去，不忍割捨，彷如銘
刻於藏識中之心靈圖像也。

牧齋〈松圓詩老程嘉燧〉云：「崇禎中，余罷官里居，搆耦耕堂于拂水，要
與偕隱，晨夕游處，修鹿門、南村之樂。後先十年，辛巳[1641]春，孟陽將歸新
安，余先游黃山，訪松圓故居，題詩屋壁。歸舟抵桐江，推篷夜語，泫然而別。
又明年，癸未[1643]十二月[1644]，孟陽卒于新安，年七十有九。卒之前一月，
爲余序《初學集》，蓋絕筆也。踰年而有甲申[1644]三月之事，銘旌大書曰明處
士某，豈不幸哉！」記孟陽逝世前後事如此。孟陽遺集曰《耦耕堂集》，自有紀
念與牧齋偕隱斯堂歲月之意。牧齋〈耦耕堂詩序〉云：「此集則自天啟迄崇禎拂
水卜居松圓終老之作，總而名之曰《耦耕》者，孟陽之志也。」孟陽歿前二月，
作〈耦耕堂集自序〉，云：「余既歸山中，暇日追錄遺忘，輯數年來詩文爲二
帙。會虞山刻《初學集》將就，書來索序甚亟。自念衰病，不能復東下，就見終
老，遂以是編寓之，而略序數年蹤跡于卷端，使故人見之，庶可當一夕面談，而
因以見予老年轉徙愁寂，筆墨之零落如此，或爲之慨然而太息也。」（《四庫禁
燬書叢刊補編》本《耦耕堂集》）孟陽逝世前念掛牧齋如此。後十二年，孟陽嘉
定門人謀刻《耦耕堂集》，牧齋遂有上述序文之製，末云：「援筆清淚，輟簡而
不能舍然」，信焉。

牧齋於詩末聯曰：「留卻中州青簡恨，堯年鶴語正悲涼。」詩後小注云：
「孟陽議倣《中州集》體列，編次本朝人詩。」牧齋《列朝詩集》輟簡於順治六
年(1649)前後，順治九年(1652)牧齋爲之序。牧齋聯中所謂之「堯年鶴語」，正
可於序文中求得，其辭略云：

毛子子晉刻《列朝詩集》成，予撫之，愾然而歎。毛子問曰：「夫子何
歎？」予曰：「有歎乎！予之歎，蓋歎孟陽也。」曰：「夫子何歎乎孟
陽也？」曰：「錄詩何始乎？自孟陽之讀《中州集》始也。孟陽之言

曰：『元氏之集詩也，以詩繫人，以人繫傳，《中州》之詩，亦金源之史也。吾將傲而為之，吾以採詩，子以庀史，不亦可乎？』山居多暇，譔次國朝詩集，幾三十家，未幾罷去。此天啟初年事也。越二十餘年，而丁開、寶之難，海宇板蕩，載籍放失，瀕死訟繫，復有事於斯集，託始於丙戌[1646]，徹簡於己丑[1649]。乃以其間論次昭代之文章，蒐討朝家之史集，州次部居，發凡起例，頭白汗青，庶幾有日。庚寅陽月，融風為災，插架盈箱，蕩為煨燼。此集先付殺青，幸免於秦火漢灰之餘，於乎怖矣！追惟始事，宛如積刦。奇文共賞，疑義相析，哲人其萎，流風迢然。惜孟陽之草創斯集，而不能丹鉛甲乙，奮筆以潰於成也。翟泉鵝出，天津鵑啼，《海錄》、《谷音》，咎徵先告。恨余之不前死從孟陽於九京，而猥以殘魂餘氣，應野史亭之遺懺也。哭泣之不可，歎於何有？故曰：予之歎，歎孟陽也。」（《有學集》卷14）

晉太康二年冬，大寒。南州人見二白鶴語於橋下曰：「今茲寒，不減堯崩年也。」於是飛去。(宋劉敬叔撰《異苑》卷3)鶴兮鶴兮，其孟陽與牧齋乎？

其二十四

　　至後京華淑景催，紫宸朝散夜傳杯。

　　綠窗銀燭消寒去，朱邸金盤送雪來。

　　板簇歌心遲漏轉，花漂酒面逗春迴。

　　殘燈欲話昇平樂，腰鼓勻闌不盡哀。

【箋釋】

　　本首寫時序之感、人生之慨。新正將臨，淑景初迴，幽陽潛起，人間熱鬧而牧齋心事卻顯蒼茫。全詩多虛設之詞。詩起聯曰：「至後京華淑景催，紫宸朝散夜傳杯。」想像冬至後京華景象，用杜甫〈紫宸殿退朝口號〉詩題及句意。杜詩云：「戶外昭容紫袖垂，雙瞻御座引朝儀。香飄合殿春風轉，花覆千官淑景移。畫漏希聞高閣報，天顏有喜近臣知。宮中每出歸東省，會送夔龍集鳳池。」仇兆鰲《杜詩詳註》卷六引《唐六典》云：「紫宸即內朝正殿也。」又引楊慎云：「紫宸，便殿也，謂之閣。朔望不御前殿，而御紫宸……。」或云杜公本詩「濃麗」而實有諷意，以朝儀非禮也。（《杜詩詳注》引黃生評。）牧齋似只取杜詩字面意，設想京城淑景初延，群臣散朝而「夜傳杯」，以春節將至也。（杜牧〈酬王秀才桃花園見寄〉有句云：「桃滿西園淑景催，幾多紅豔淺深開。」）

　　次聯曰：「綠窗銀燭消寒去，朱邸金盤送雪來。」亦虛寫帝京歲末習俗者。「消寒」，《帝京景物略》云：「日冬至，畫素梅一枝，爲瓣八十有一，日染一瓣，瓣盡而九九出，則春深矣，曰：『九九消寒圖』。」「送雪」，《列朝詩集》載明宗藩周憲王〈送雪〉詩句：「準備煖金香盒子，明朝送雪與相知。」注云：「汴中風俗，每歲遇初雪，則以盒子盛雪送與親知，以爲喜慶，置酒設席，相請歡飲，亦昇平之樂事，宮中尤尚之。」（牧齋詩末聯「昇平樂」一語或亦本此。）「朱邸」指王第，杜甫〈奉漢中王手札〉詩有句云：「入期朱邸雪，朝傍紫微垣。」本聯上句「綠窗銀燭」固亦富貴人家所有。

　　第三聯曰：「板簇歌心遲漏轉，花漂酒面逗春迴。」白居易〈贈晦叔憶夢

得）詩有句云：「酒面浮花應是喜，歌眉斂黛不關愁。」牧齋本聯似從此翻出。
歌、板久之不歇，故言「漏轉」「遲」。（漏，更漏。）下句言「花漂酒面」，風
吹送之也；新春將至，故言「逗春迴」。本聯喜氣洋洋。

　　末聯曰：「殘燈欲話昇平樂，腰鼓勾闌不盡哀。」意緒、氣氛急轉作結。
「昇平樂」者，以上三聯所詠種種京華「昇平」時樂事也。卻以「殘燈」領起，
難免予人急景殘年之感。下句「腰鼓」、「勾闌」本亦歲末熱鬧活動。《荊楚歲
時記》載：「十二月八日爲臘日。……諺言：『臘鼓鳴，春草生。』村人並繫細
腰鼓、戴胡公頭，及作金剛力士，以逐疫，沐浴轉除罪障。」「勾闌」即「勾
欄」，劇場或賣藝之所。此極熱鬧歡樂之事，牧齋卻以「不盡哀」承接並收束全
詩。牧齋此哀感從何而來，詩中無暗示。惟本聯以「殘燈」一語領起，或喻己桑
榆晚景，時日無多，追憶平生所見種種昇平樂事，反覺悲哀。又或「殘燈」所喻
者，乃此種種業已消失之昇平時樂事，撫今追昔，不盡悲哀也。

其二十五

　　望崖人遠送孤籐，粟散金輪總不應。

　　三世版圖歸脫屣，千年《宗鏡》護傳燈。

　　聚沙塔湧幡幢影，墮淚碑磨贔屭稜。

　　莫歎曾孫顦顇盡，大梁仍是布衣僧。

　　讀黃魯直先忠懿王〈像贊〉有感。

【箋釋】

　　牧齋本首追思先祖遺事，自傷衰殘窮蹇，俯首低迴，結以己能如遠祖皈依佛法自慰。詩後小注云：「讀黃魯直先忠懿王〈像贊〉有感。」宋黃庭堅（魯直）《山谷集》卷十四〈錢忠懿王畫像贊〉云：「文武忠懿，堂堂如春。中有樗里，不以示人。雷行八區，震驚聽聞。提十五州，共爲帝民。送君者自崖而反，以安樂其子孫。九萬里則風斯在下矣，眇大物而成仁。」蓋頌五代忠懿王歸地趙宋，「共爲帝民」爲「成仁」之行，其子民亦得「安樂其子孫」。忠懿王者，五代十國吳越國王錢俶（929-988），牧齋其二十二世後裔也。牧齋《有學集》卷四十九〈題武林兩關碑記〉亦云：「昔我先王，有國吳越。當五代濁亂之季，生全十四州之蒼赤，仰父俯子，昌大繁庶。」同意於黃庭堅〈錢忠懿王畫像贊〉。牧齋詩首聯曰：「望崖人遠送孤籐，粟散金輪總不應。」下句「粟散」、「金輪」云云，語本唐釋道世《法苑珠林》之言「貴賤」：「總束貴賤，合有六品：一貴中之貴，謂輪王等；貴中之次，謂粟散王等；三貴中之下，謂如百僚等；四賤中之賤，謂駘駑豎子等；五賤中之次，謂僕隸等；六賤中之下，謂姬妾等。麁束如是，細分難盡。」牧齋句接以「總不應」，則嗟歎先祖貴爲王者而己家世並不富貴顯赫也。

　　次聯曰：「三世版圖歸脫屣，千年宗鏡護傳燈。」「脫屣」，《漢書・郊祀志》云：「天子曰：『嗟乎！誠得如黃帝，吾視去妻子如脫屣耳。』」又《三國志・魏書・崔林傳》云：「刺史視去此州如脫屣，寧當相累邪？」又《列仙傳・

范蠡》云：「屣脫千金，與道舒卷。」此句本事實爲吳越王之歸地趙宋。明馮琦原編、陳邦瞻增輯《宋史紀事本末》卷二略云：「太宗太平興國三年己酉，吳越國王俶來朝。……其臣崔仁冀曰：『朝廷意可知矣，大王不速納土，禍且至！』俶左右爭言不可。仁冀厲聲曰：『今已在人掌握，且去國千里，惟有羽翼乃能飛去耳！』俶遂決策，上表獻其境內十三州、一軍、八十六縣。俶朝退，將吏始知之，皆慟哭曰：『吾王不歸矣！』」其事確如「三世版圖歸脫屣」也。此句言先祖「失國」事，對句則稱美忠懿王之「千秋大業」。「宗鏡」者，延壽所撰《宗鏡錄》，馬端臨《文獻通考》卷二百二十七云：「晁氏曰：『皇朝僧延壽撰。……建隆初，錢忠懿命居靈隱，以釋教東流，中夏學者不見大全，而天臺、賢首、慈恩性相三宗又互相矛盾，乃立重閣，館三宗知法僧，更相詰難，至詖險處，以心宗旨要折衷之。因集方等祕經六十部，華、梵聖賢之語三百家，以佐三宗之義，成此書。學佛者傳誦焉。』」吳越王崇佛，禮敬法師延壽，屢加供養，延壽《宗鏡錄》成且親爲製序。「護傳燈」，猶護佛法以傳之永久也。禪門有《景德傳燈錄》一類著述，燈以照暗，禪宗祖祖相授，以法傳人，如傳燈然，故名。其體例介於僧傳與語錄之間，與僧傳相比，略於記行，詳於記言，與語錄相比，燈傳擷取語錄精要，又按授受傳承世系編列，相當於史部中之譜錄。牧齋此句乃歌頌先祖於佛法傳承之貢獻功莫大焉，誠千秋偉業。此聯上言人世功業，下言宗門功德，一失一得，發人深省，對仗尤工妙。

第三聯曰：「聚沙塔湧幡幢影，墮淚碑磨贔屭稜。」牧齋此聯用典繁富，寄託幽眇。上句含二典，皆出佛教典籍。「聚沙塔」，聚細沙成寶塔，兒童遊戲，而《妙法蓮華經・方便品》云：「乃至童子戲，聚沙爲佛塔，如是諸人等，皆已成佛道。」其所以故者：「乃至童子戲，若草木及筆，或以指爪甲，而畫作佛像，如是諸人等，漸漸積功德，具足大悲心，皆已成佛道。」童子聚沙爲寶塔，所積功德已如此。而吳越王真有造塔事佛之舉，至今仍爲人稱頌。《佛祖統紀》載：「吳越王錢俶，天性敬佛，慕阿育王造塔之事，用金銅精鋼造八萬四千塔，中藏《寶篋印心呪經》，布散部內，凡十年而訖功。」「幡幢」即幢幡，刹上之幡也，《法苑珠林》云：「或見佛塔菩薩，或見僧眾列坐，或見帳蓋幡幢。」童子戲聚沙爲塔，三寶感應，諸天歡喜，幡幢湧現。吳越王金銅精鋼，十年造塔，

塔中藏經典，此多寶塔種種莊嚴殊勝更不可思議矣。此聯上下句對比強烈。「墮淚碑」固詩文習用之典實，然與末聯二句合觀，知牧齋此句實本蘇軾〈送表忠觀道士歸杭〉詩。舊注云：「先生〈表忠觀碑〉載趙抃知杭州，言故吳越國王錢氏墳廟在錢塘臨安者，皆蕪廢不治。請以妙因院爲觀，使錢氏之孫爲道士曰自然者居之，以守其墳廟。詔許之，改妙因爲表忠觀。」（宋王十朋《東坡詩集註》引次公語）知至坡公時，錢氏吳越王墳廟已蕪廢，無人照拂矣。蘇詩云：「先王舊德在民心，著令稱忠上意深。墮淚行看會祠下，挂名爭欲刻碑陰。淒涼破屋塵凝座，憔悴雲孫雪滿簪。未信諸豪容郭解，卻從他縣施千金。」「墮淚碑」，襄陽百姓於峴山羊祜平生遊憩處建碑立廟，歲時饗祭焉。望碑者莫不流涕。杜預因名之曰墮淚碑。羊祜嘗云：「自有宇宙，便有此山，由來賢達勝士，登山遠望，如我與卿者多矣！皆湮滅無聞，使人悲傷。如百歲後有知，魂魄猶應登此也。」（《晉書・羊祜傳》）至唐而李白賦〈襄陽曲〉，有句云：「峴山臨漢江，水綠沙如雪。上有墮淚碑，青苔久磨滅。」「贔屭」，猛士有力貌。「贔屭棱」，許是碑座碑身諸靈獸、力士雕像。本句言「碑」，復言「贔屭棱」，本最堅碩、期之永久之構設，卻嵌「磨」字於其中，則碑已蕪廢磨滅矣。此聯承次聯意，詠吳越王之禮佛事並現世功業，其佛事影響彷彿猶在，而於史上之作爲，則已泯滅無聞矣。

末聯曰：「莫歎曾孫顦顇盡，大梁仍是布衣僧。」此聯振起作結。「曾孫」，《事林廣記》云：「俗傳玉帝與太姥魏眞人武夷君建幔亭、綵屋數百間，施雲裀紫霞褥，宴鄉人男女千餘人於其上，皆呼爲曾孫。」「曾孫」、「顦顇」云云，實脫自坡公〈送表忠觀道士歸杭〉詩此聯：「淒涼破屋塵凝座，憔悴雲孫雪滿簪。」舊注云：「此指言錢道士矣。《爾雅》：『子之子爲孫，孫之子爲曾孫，曾孫之子爲玄孫，玄孫之子爲來孫，來孫之子爲晜孫，晜孫之子爲仍孫，仍孫之子爲雲孫。』注云：『輕遠如浮雲也。』」「曾孫」者，吳越王之苗裔也。下句「大梁布衣」語出宋李燾撰《續資治通鑑長編》卷十五：「〔開寶七年十一月〕戊子，吳越王俶遣使修貢，謝招撫制置之命也。並上江南國主所遺書，其略云：『今日無我，明日豈有君！明天子一旦易地酬勳，王亦大梁一布衣耳。』」「布衣僧」，牧齋自喻也。「大梁仍是布衣僧」，即便功業無成，仍是一僧。此

句盡顯牧齋皈依佛法之堅決不移。

　　（本詩進一步之詮釋，請詳本書上編〈蒲團歷歷前塵事〉章。）

其二十六

石語無憑響卜虛，強留春夢慰蕭疏。
倀僮背索催年去，王母傳籌報歲除。
耳聵卻欣聽妄語，眼昏猶解摸殘書。
莫嗟杖晚如彭老，兩腳隨身且閉廬。

【箋釋】

牧齋此首，歲暮胡思亂想、遊戲之作。全詩押上平聲六魚部韻，而實用孟浩然〈歲暮歸南山〉詩韻。孟詩云：「北闕休上書，南山歸敝廬。不才明主棄，多病故人疏。白髮催年老，青陽逼歲除。永懷愁不寐，松月夜窗虛。」韻腳押「書」、「廬」、「疏」、「除」、「虛」字，牧齋詩襲用之。孟夫子之詩係五律，歲暮書懷，自傷衰老放廢，牧齋詩則七律，句句用典。孟詩疏放，牧齋詩曲折。以寄意言，二詩同於歲末書懷一端，餘則無多關涉。

牧齋詩起聯曰：「石語無憑響卜虛，強留春夢慰蕭疏。」「石語」，《左傳》：「〔昭公〕八年春，石言于晉魏榆。晉侯問于師曠曰：『石何故言？』對曰：『石不能言，或馮焉。』」《注》云：「謂有精神馮依石而言。」石語，或有靈魂憑依焉。牧齋句云「無憑」，則石不能言矣，啓下「響卜虛」三字。「響卜」，聽往來之言，以卜休咎也。五代王定保《唐摭言》卷八載：「畢諴相公及第年，與一二人聽響卜。夜艾人稀，久無所聞。俄遇人投骨於地，群犬爭趨。又一人曰：『後來者必銜得。』韋甄及第年，事勢固萬全矣，然未知名第高下，志在鼎甲，未免撓懷。俄聽於光德里南街，忽覩一人，叩一板門甚急。良久軋然門開，呼曰：『十三官尊體萬福。』既而甄果是第十三人矣。」又宋朱弁《曲洧舊聞》卷九載：「《王建集》有〈鏡聽詞〉，謂懷鏡於通衢間，聽往來之言，以卜休咎。近世人懷杓以聽，亦猶是也。又有無所憑而直以耳聽之者，謂之響卜。蓋以有心聽無心耳，然往往而驗。曾叔夏尚書應舉時，方待省榜。元夕，與友生偕出聽響卜。至御街，有士人緩步大言誦東坡謝表曰：『彈冠結綬，共欣千載之

逢。』曾聞之喜，遂疾行。其友生後至，則聞曰：『掩面向隅，不忍一夫之泣。』是歲，曾登科，而友生果被黜。」此「響卜」數事，錢曾注所引述者，而考牧齋生平事跡，似無類似經驗。牧齋晚年耳聾劇甚，屢於詩文中言之，頗疑此句喻己耳聾，闇寂無聞。詩第三聯上句曰：「耳聵卻欣聽妄語。」「石語」、「響卜」，不亦「妄語」？己雖「欣聽」，然「耳聵」，似「無憑」且「虛」矣。「春夢」，蘇軾〈正月二十日與潘郭二生出郊尋春忽記去年是日同至女王城作詩乃和前韻〉云：「東風未肯入東門，走馬還尋去歲春。人似秋鴻來有信，事如春夢了無痕。江城白酒三杯釅，野老蒼顏一笑溫。已約年年爲此會，故人不用賦招魂。」又《侯鯖錄》載東坡逸事：「東坡老人在昌化，嘗負大瓢，行歌於田間。有老婦年七十，謂坡云：『內翰昔日富貴，一場春夢。』坡然之。里人呼此媼爲春夢婆。」老媼「內翰昔日富貴，一場春夢」云云，牧齋亦必然之，惟「強留」此場「春夢」，亦差可「慰蕭疎」也。

　　次聯曰：「侲僮背索催年去，王母傳籌報歲除。」寫年尾送舊迎新之熱鬧事也。「侲僮」，亦作侲童，童子也。「侲僮背索」，錢曾注引《後漢書》及張衡〈東京賦〉爲解。《後漢書・禮儀志》云：「先臘一日，大儺，謂之逐疫。其儀：選中黃門子弟年十歲以上，十二以下，百二十人爲侲子。皆赤幘皁製，執大鼗。方相氏黃金四目，蒙熊皮，玄衣朱裳，執戈揚盾。十二獸有衣毛角。中黃門行之，冗從僕射將之，以逐惡鬼于禁中。」又〈東京賦〉云：「爾乃卒歲大儺，毆除群癘。方相秉鉞，巫覡操茢。侲子萬童，丹首玄製。」（《六臣註文選》薛綜曰：「侲子，童男童女也。」）此扶陽抑陰，逐衰迎新之法事也。侲僮所爲者，類似雜技。張衡〈西京賦〉亦有句云：「侲僮逞材，上下翩翻。突倒投而跟絓，譬隕絕而復聯。」薛綜注云：「逞，猶見也。材，伎能也。翩翻，戲橦形也。突然倒投，身如將墜，足跟反絓橦上，若已絕而復連也。」惟牧齋詩句中「背索」一語不見上述諸引中，於舊詩文亦罕見。「背索」與下句「傳籌」對，應指某種動作或活動，然其確指日何，未敢斷言，望讀者有以教我。下句「王母傳籌」云云，本《漢書・哀帝紀》：「四年春，大旱。關東民傳行西王母籌。」師古注云：「西王母，元后壽考之象。行籌，又言執國家籌策行於天下。」牧齋此聯構句從孟浩然〈歲暮歸南山〉「白髮催年老，青陽逼歲除」一聯化出。

　　第三聯曰：「耳聵卻欣聽妄語，眼昏猶解摸殘書。」此聯幽默。「耳聵」、「眼昏」，老人難免，牧齋晚年詩文屢言之。宋蘇軾《仇池筆記》載徐積「耳聵甚，畫地爲字乃始通；終日面壁坐，不與人接，而四方事無不知」云云。蘇軾〈次韻秦太虛見戲耳聾〉詩有句云：「晚年更似杜陵翁，右臂雖存耳先聵。」「聽妄語」，事本宋葉夢得《避暑錄話》卷上載坡公逸事：「子瞻在黃州及嶺表，每旦起，不招客相與語，則必出而訪客。所與游者，亦不盡擇，各隨其人高下，談諧放蕩，不復爲畛畦。有不能談者，則強之說鬼。或辭無有，則曰姑妄言之，于是聞者無不絕倒，皆盡歡而後去。設一日無客，則歉然若有疾。其家子弟嘗爲予言之如此也。」坡公、牧翁，眞好事之徒也。下句「猶解摸殘書」，似「特異功能」。《隋書・盧太翼傳》云：「〔盧太翼〕七歲詣學，日誦數千言，州里號曰神童。及長，閒居味道，不求榮利。博綜群書，爰及佛道，皆得其精微，尤善占候算曆之術。隱於白鹿山，數年徙居林慮山茱萸嶺。請業者自遠而至，初無所拒，後憚其煩，逃於五臺山。地多藥物，與弟子數人廬於巖下，蕭然絕世，以爲神仙可致。皇太子勇聞而召之，太翼知太子必不爲嗣，謂所親曰：『吾拘逼而來，不知所稅駕也！』及太子廢，坐法當死，高祖惜其才而不害，配爲官奴。久之，乃釋。其後目盲，以手摸書而知其字。」

　　末聯曰：「莫嗟杖晚如彭老，兩腳隨身且閉廬。」上句猶言莫歎衰老「不壽」也。牧齋句當脫自黃庭堅〈以虎臂杖送李任道二首〉其二：「未衰筋力先扶杖，能救衰年十二三。八百老彭嗟杖晚，可憐矍鑠馬征南。」屈原〈天問〉句：「受壽永多，夫何久長？」洪興祖《楚辭補注》云：「彭祖至八百歲，猶自悔不壽，恨枕高而唾遠也。」《莊子釋文》引此，「枕高」作「杖晚」。「杖晚」，悔扶杖不早邪？下句含二典。「兩腳隨身」，脫自蘇軾〈次韻孔毅父久旱已而甚雨三首〉其三之句：「不如西州楊道士，萬里隨身惟兩膝。」牧齋「兩腳隨身」云云，喻安分、認命也。「閉廬」，《後漢書・樂恢傳》：「〔樂恢〕事博士焦永，永爲河東太守，恢隨之官，閉廬精誦，不交人物。」本聯意甚灑脫。

　　牧齋本詩，各聯自有佳處，惟合觀之，則不無湊合之感，有句無篇。此或牧齋用孟夫子詩韻以作文字遊戲，「病榻消寒」耳。

其二十七

由來造物忌安排，遮莫殘年事事乖。
無藥堪能除老病，有錢不合買癡獃。
未論我法如何是，且道卿言亦自佳。
漫說趙州行腳事，雲門猶未辨青鞵。

【箋釋】

牧齋此首，平易舒緩，表頤養天年，行事一以隨緣適意付之可也。起聯曰：「由來造物忌安排，遮莫殘年事事乖。」「造物」，猶言命運，逆順衰盛，初非人力意志可以轉移，故言「忌安排」。此意宋陸游詩中屢言之，亦牧齋詩語之所由來也。放翁〈北齋書志示兒輩〉云：「初夏佳風日，頹然坐北齋。百年從落魄，萬事忌安排。鄉俗能尊老，君恩許賜骸。饑寒雖未免，何足縈吾懷。」又〈兀坐久散步野舍〉云：「潝洞風號木，蕭條雨滴階。忽思穿兩屐，聊用散孤懷。赤腳舂畬粟，平頭拾澗柴。先師有遺訓，萬事忌安排。」又〈村舍雜興五首〉其二云：「堅臥非由病，端居不是齋。世情元自薄，人事固多乖。晨飯炊稊米，宵行點豆秸。昔人言可用，第一忌安排。」舊注云：「徐仲車聞安定先生『莫安排』之教，所學益進。」下句「遮莫」一語，宋羅大經《鶴林玉露》云：「詩家用『遮莫』字，蓋今俗語所謂『儘教』者是也，而乃有用為禁止之辭者，誤矣。」儘管風燭殘年，事事乖違，要之不迎不拒，聽之可也。

次聯曰：「無藥堪能除老病，有錢不合買癡獃。」衰老、疾病，誰不憎厭？卻又如何能減除？世間之人，為生老病死之所侵惱，四苦也。王維〈秋夜獨坐〉云：「獨坐悲霜鬢，空堂欲二更。雨中山果落，燈下草蟲鳴。白髮終難變，黃金不可成。欲知除老病，唯有學無生。」白居易〈自覺二首〉其一則云：「四十未為老，憂傷早衰惡。前歲二毛生，今年一齒落。形骸日損耗，心事同蕭索。夜寢與朝餐，其間味亦薄。同歲崔舍人，容光方灼灼。始知年與貌，衰盛隨憂樂。畏老老轉逼，憂病病彌縛。不畏復不憂，是除老病藥。」乃陸游〈春晚雨中作〉

云：「冉冉流年不貸人，東園青杏又嘗新。方書無藥醫治老，風雨何心斷送春。樂事久歸孤枕夢，酒痕空伴素衣塵。畏途回首濤瀾惡，賴有雲山著此身。」牧齋句「無藥」云云，脫自放翁詩，其寄意則近白樂天不畏不憂之教，而更篤定灑然。下句「買癡獃」事，乃吳中除夕風俗。元高德基撰《平江紀事》載：「吳人自相呼為獃子，又謂之蘇州獃。每歲除夕，群兒繞街呼叫云：『賣癡獃，千貫賣汝癡，萬貫賣汝獃。見賣儘多送，要賒隨我來。』蓋以吳人多獃，兒輩戲謔之耳。」（吾粵人舊俗則有年三十「賣懶」之舉。吳人賣癡獃，粵人賣懶，亦地域文化性格各異之一例也。思之好笑。）牧齋句言「不合買」，猶言「不合賣」，不買不賣，即詩首句「忌安排」之意也。

　　第三聯曰：「未論我法如何是，且道卿言亦自佳。」此聯妙甚，或處世進退應對之良策也。上句事本《晉書・庾峻傳》：「王衍不與〔庾〕敳交，敳卿之不置。衍曰：『君不得為耳。』敳曰：『卿自君我，我自卿卿。我自用我家法，卿自用卿家法。』衍甚奇之。」此蓋英語所謂whatever, let it be（「隨便」）之意乎？下句更幽默，事見《世說新語・言語》注引《司馬徽別傳》：「徽字德操，潁川陽翟人。有人倫鑒識，居荊州。知劉表性暗，必害善人，乃括囊不談議時人。有以人物問徽者，初不辨高下，每輒言佳。其婦諫曰：『人質所疑，君宜辨論，而一皆言佳，豈人所以咨君之意乎？』徽曰：『如君所言，亦復佳。』其婉約遜遁如此。」司馬徽蓋亂世不強出頭、明哲保身之士也。牧齋用此事典，多幾分隨意自得之感。

　　末聯曰：「漫說趙州行腳事，雲門猶未辦青鞵。」「趙州」，牧齋《有學集》卷二十五〈石林長老七十序〉云：「趙州年一百二十八，十方行腳，則七十已後，正其整理腰包，辦草鞋錢之日也。……將使公爭強怐力，為塵勞挐攫之事乎？則公為已老。將使公護法利生，為莊嚴淨福之事乎？則公為方壯。然則世固不應老，而公亦不應以自老也。」下句「雲門」、「青鞵」云云，脫自杜甫〈奉先劉少府新畫山水障歌〉句：「若耶溪，雲門寺。吾獨胡為在泥滓，青鞵布韈從此始。」（「青鞵布韈」，猶「青鞋布襪」。）仇兆鰲《杜詩詳注》卷四引胡夏客云：「若耶溪長數十里，凡有六寺，皆以雲門冠之。」趙州和尚七十歲始十方行腳，牧翁盍興乎來，辦其青鞵布韈而往遊雲門，有何不可？又或奮起而弘護大

法，誰曰不宜？此亦牧齋詩動靜行止，任運隨緣之意也。

其二十八

寒爐竟日畫殘灰，情緒禁持未破梅。

躲避病魔無複壁，逋逃文債少高臺。

生成窮骨難拋得，自鎖愁腸且放開。

慚愧西堂分衛畢，旋傾齋鉢送參來。

小盡日靈嵒長老送參。

【箋釋】

本章詩後小注云：「小盡日靈嵒長老送參。」長老云誰？靈巖繼起和尚是也。釋弘儲(1605-1672)，字繼起，號退翁、夫山和尚等，南通州人，俗姓李，明清之際一代名僧，臨濟宗大和尚。繼起國變前已出家，師事三峰漢月(1573-1635)，為高弟。其後十坐道場，而住蘇州靈巖最久。明清交替，繼起身為法王而「以忠孝作佛事」，東南士子欲全忠孝大節者仰慕傾心，皈依門下者不在少數。繼起座下龍象甚眾，緇白出身不同凡響。清末民初人丁傳靖(1870-1930)〈明事雜詠〉有妙句云：「大丞相與大司農，左右靈巖侍退翁。」「大丞相」，熊開元(1599-1676)是也，南明隆武帝授東閣大學士，投繼起剃度為僧；「大司農」指張有譽(1619年進士)，南明弘光朝戶部尚書，以白衣居士事繼起。前輩史家柴德賡曾著〈明末蘇州靈巖山愛國和尚弘儲〉一文，詳考繼起弟子中著名遺民八人，曰：熊開元、董說、趙㻞、沈麟生、張有譽、徐枋、王廷璧、郭郁賢。康熙十一年壬子（1672），繼起圓寂，其白衣弟子徐枋為〈退翁老人南嶽和尚哀辭〉哭之，於乃師「能以忠孝作佛事」一端大書特書，云：「滄桑以來，二十八年，心之精微，口不能言，每臨是諱，必素服焚香，北面揮涕，二十八年，直如一日。」(《居易堂集》卷19)「是諱」者，甲申三月十九日崇禎縊死煤山事也。繼起每年三月十九日，「必率徒眾為烈皇帝及諸死國大夫士脩齋誦經，淚出如雨」(顧苓《塔影園集‧靈巖退翁和尚別傳》)，其眷懷故國舊君之遺民性格表露無遺，宜乎改革之際賢士君子相率肥遯於其門下。徐枋又云：「吾師嘗言：『錫

類之仁，孝爲忠本。』故自爲《孝經箋說》以刻之，而復敦請大德居士講說《孝經》于叢席，俾一千五百衲子無不薰染于其中。而又推其忠孝之心，以翼芘生全天下之忠臣孝子，不容悉數。」順治八、九年間(1651-1652)，繼起以「弘法嬰難」(木陳道忞語)，浙江按院入疏奏彈，命下三院會問，赴臬司投到。繼起乃赴杭州投案，後徵赴永嘉，院鞫被杖，最後省釋放歸。繼起何故遭此「法難」，至今仍爲懸案。清全祖望(1705-1755)《鮚埼亭集》卷十四〈南嶽和尚退翁第二碑〉云：「其爲人排大難最多，世不盡知也。辛卯，竟被連染。諸義士爭救之，久而得脫，好事如故。」於其事之始末語焉不詳。清末李元度(1821-1887)《國朝先正事略》卷四十七〈董月函先生事略〉則云：「浙東起事，亡命者多主之，爲畫策，連染幾及禍。」其事有無，待考。繼起於明清易鼎之際之歷史、社群意義，則全祖望〈南嶽和尚退翁第二碑〉言之最辨，云：「易姓之交，諸遺民多隱於浮屠，其人不肯以浮屠自待，宜也。退翁本國難以前之浮屠，而耿耿別有至性，遂爲浮屠中之遺民，以收拾殘山剩水之局，不亦奇乎。故予之爲斯文也，不言退翁之禪，而言其大節，仍附之諸遺民之後，以爲足比宋之杲公，殆庶幾焉。」

　　繼起亦擅詩文，清卓爾堪《明遺民詩》云：「弘儲開法靈巖，志士詩人多與交遊，常具供給不倦。」

　　牧齋與繼起結緣始於何時，不可確考。牧齋刻行於前明之《初學集》中無詩文及繼起。《有學集》中，起己亥(1659)盡一年之「紅豆二集」載牧齋奉呈繼起二題詩，共六首，爲牧齋入清以後詠及繼起而年月可確知之最早者。而檢《錢牧齋先生尺牘》卷二，有〈與繼起和尚〉五首。第一函略云：「菊月初過吳門，已擬登臺入院，踐腰包扣訪之約。……箋注《首楞》，已五易稿，而未能愜當。……頃乃收召魂魄，誓以餘多，了此宿債。……糖菓之貺，老人翻經時，不覺中邊皆甜。敬謝法施。」此札當作於順治十四年丁酉(1657)冬。函中言及《首楞》箋注已五削稿。牧齋〈〔《大佛頂首楞嚴經疏蒙鈔》〕後記〉云：「蒙之鈔是經也，創始於辛卯[1651]歲之孟陬月，至今年中秋而始具草。歲凡七改，稿則五易矣。」文後署「歲在強圉作噩，中秋十有一日，輟簡再記於碧梧紅豆莊。是歲長至日，書於長干報恩寺之修藏社。」(《牧齋雜著》，頁476-477)「強圉作

噩」，丁酉年之謂。牧齋致繼起函當作於《首楞》蒙鈔輟簡後之冬日。是年秋，牧齋曾赴蘇州，此適與牧齋函中「菊月初過吳門」云云事合（「菊月」即九月）。冬，牧齋在南京，逼除始歸。牧齋函中又言繼起有「糖菓」之賜。以常理言，禮物應送至牧齋常熟府中。綜上所述，牧齋致繼起函應作於丁酉歲末，牧齋返自金陵後（如此，則西元已在1658年初，蓋是歲十一月二十八日已為西元元旦日）。（《錢牧齋先生尺牘》所載致繼起另四函約分別寫於1659、1660、1662年，最後一函應挪至首函後，順序始得當。）繼起所撰《樹泉集》梓行於順治十年癸巳（1653）秋，集中收書信甚夥，惟無及牧齋者。而細味牧齋丁酉致繼起函，二人情誼已非泛泛。總而言之，牧齋與繼起交遊事跡之見於文字者，始自順治十四年冬，終於康熙三年甲辰（1664）春牧齊順世前數月，而實際交往，應更早於順治十四年，惟在順治十年以後。期間牧齋與繼起相知相重，聲氣相投。和尚順治十四年冬贈牧翁以「糖菓」；後數年，牧齋八十大壽，「靈巖和上持天台萬年藤如意為壽」，牧齋大樂，作〈老藤如意歌〉（見《有學集》卷12）；至寫〈病榻消寒〉本詩時，和尚「送參」。二人又有相訪之事。《有學集》中，專為繼起所製文有三，篇幅均頗長：〈虎丘退菴儲和尚語錄序〉（卷21，作期不詳）、壬寅（1662）冬之〈報慈圖序贊〉（卷42）、甲辰（1664）春之〈壽量頌為退和尚稱壽〉（卷25）。〈壽量頌〉係為賀繼起六十大壽作，寫於康熙三年二月初，其時牧齋已病榻纏綿，再三月即撒手西歸。牧齋歿後，門人嚴熊（1626-1691）謁繼起於靈巖山，有〈與靈巖本師和尚夜話有懷牧翁時法堂懸翁手書壽量頌〉之作（見《嚴白雲詩集》卷3）。知牧齋所為手書〈壽量頌〉，繼起懸之於法堂。牧齋之為此文，妙筆生花，妙舌蓮花，極盡文章之能事，可謂力作，文長且一千六百餘字。本年立春日，牧齋有〈甲辰立春日口占〉一首，前有序，云：「立春日早誦《金剛經》一卷，適河東君以棗湯餉余，坐談鎮日。檢趙文敏金汁書蠅頭小楷《楞嚴經》示余。余兩眼如蒙霧，一字不見。腕中如有鬼，字多舛謬，歎筋力之衰也。口占一絕，並志跋後。甲辰立春日蒙叟題。」詩曰：「老眼模糊不耐看，繙經盡日作蒲團。東君已漏春消息，猶覺攤書十指寒。」（《牧齋雜著‧牧齋集再補》，頁911）其時牧齋身體衰頹如此。至為繼起和尚壽而手書一千六百餘字，辛苦吃力可以想見，思之不忍。（牧齋手書，繼起懸之法堂，其尺寸肯定不小。不知此墨寶

尚存天壤間否？）嚴熊詩結云：「摩挲玩遺筆，一字一漣洏。」良有以也。牧齋之愛重繼起可知，繼起之想念牧齋亦可知。

靈巖長老送參，牧齋感而作〈病榻消寒〉本詩，辭氣平易，不作道人語，直似向老友道家常，述近況。起聯曰：「寒爐竟日畫殘灰，情緒禁持未破梅。」一副百無聊賴之態。「禁持」一語，道破老人鬱悶情緒。「竟日畫殘灰」，對爐取暖，以消永日，亦渾噩無生意。香動梅破，幽陽動，梅先百卉知春回。新正即至而言「未破梅」，或其年大寒，或爲牧老心情之隱喻耳。

次聯曰：「躲避病魔無複壁，逋逃文債少高臺。」對仗工整，用典巧妙。上句言病，牧齋晚年詩文屢見。下句喊窮，乃實情，蓋牧齋晚年經濟條件大不如前，賣文賺取筆潤，爲其收入之一大宗也。「複壁」，典出《後漢書·趙岐傳》：「岐遂逃難四方……自匿姓名，賣餅北海市中。時安丘孫嵩年二十餘，遊市見岐，察非常人，停車呼與共載。岐懼失色，嵩乃下帷，令騎屏行人。密問岐曰……。岐素聞嵩名，即以實告之，遂以俱歸。嵩先入白母曰：『出行，乃得死友。』迎入上堂，饗之極歡。藏岐複壁中數年，岐作〈厄屯歌〉二十三章。後諸唐死滅，因赦乃出。」趙岐避難亡命，藏複壁中，獲保性命。牧齋亦欲覓一複壁藏匿其中，以躲避「病魔」。「高臺」，「避債之臺」也。《漢書·諸侯王表》云：「有逃責之臺，被竊鈇之言。」服虔注曰：「周赧王負責，無以歸之，主迫責急，乃逃於此臺，後人因以名之。」《太平御覽》引《帝王世紀》云：「王雖居天子之位，爲諸侯之所侵逼，與家人無異，多貰於民，無以歸之，乃上臺以避之，故周人因名其臺曰『逃債之臺。』」周赧王之上高臺，以欠百姓錢財而避債也。牧齋亦欲上其高臺，乃因「文債」纏身也。《錢牧齋先生尺牘》卷二載〈與王兆吉〉一函，對此「文債」有所披露，曰：「生平有二債，一文債，一錢債。錢債尚有一二老蒼頭理直，至文債，則一生自作之孽也。承委〈南軒世祠記〉，因一冬來文字宿逋未清，俟逼除時，當不復云祝相公不在家也。一笑。」（牧齋此函未署作日，然《有學集》卷二十七〈南軒世祠記〉後押「己亥十一月望日」，則其致王氏函亦應作於順治十六年[1659]冬。）黃宗羲曾述牧齋歿前一事，知牧齋「文債」云云，非虛寫。《思舊錄》載：「甲辰余至，值公病革。一見即云以喪事相託。余未之答，公言顧鹽臺求文三篇，潤筆千金，亦嘗使人代

草，不合我意，因知非兄不可。余欲稍遲，公不可。則導余入書室，反鎖於外。三文，一〈顧華封翁墓志〉，一〈華雲詩序〉，一〈莊子注序〉。余急欲外出，二鼓而畢。公使人將余草謄作大字，枕上視之，叩首而謝。」黃氏所記，雖〈病榻消寒〉本詩後數月間之事，惟冰封三尺，非一日之寒，牧齋晚年鬻文爲活，已非秘密，《思舊錄》所記情況由來已久。

第三聯曰：「生成窮骨難拋得，自鎖愁腸且放開。」本聯承上聯自嘲意，惟多幾分自我開解之幽默。窮困既命中注定，聽之可也，「自鎖愁腸」，復何益哉？且自寬懷爲宜。本聯不用舊典，牧齋詩少見。

末聯曰：「慚愧西堂分衛畢，旋傾齋鉢送參來。」二句詠靈巖長老送參之隆情美意。叢林制度，東爲主位，西住賓位。《禪林象器箋・稱呼門》云：「他山前住人，稱西堂。蓋西是位，他山退院人來此山，是賓客，故處西堂。」禪門術語中，「分衛」猶「乞食」。《翻譯名義集》云：「《善見論》云：『此云乞食。』《僧祇律》云：『乞食分施僧尼，衛護令修道業，故云分衛。』」細味本聯上句意，應指退翁施食於西堂僧眾。牧齋或以此喻和尚普濟眾生之功德。繼起獨好人物，別具至心，當時窮困潦倒之士多得其贈與，而「志士詩人多與交遊，常具供給不倦」，如「海內三遺民」之名士徐枋窮甚，繼起屢加周濟扶持，徐枋感激不盡，當時後世傳爲美談。下句詠繼起「送參」予己。佛門供養，平常蔬果素食，繼起卻能送參，可見靈巖住持經濟條件不差，待牧齋亦厚。

詩後小注言退翁「小盡日」送參與牧齋。「盡」者，月終。唐韓鄂《歲華紀麗》云：「月有小盡、大盡，三十日爲大盡，二十九日爲小盡。」二十九過年稱小盡，而考其年實有年三十，「小盡日」云云，想是牧齋記誤。

其二十九

> 兒童逼歲趁喧闐，嶽廟星壇言子阡。
> 夢裏挨肩爭爆竹，忙來哺飯看秋千。
> 氣蒸籬落辭年酒，燄罷星河祭竈烟。
> 老大荒涼餘井邑，半龕殘火一翁禪。

【箋釋】

　　牧齋此首蒼老渾成，乃〈病榻消寒〉詩中之極佳者。全詩除句七「老大荒涼」一語外，全爲景語，看似句句模寫具體意象(concrete images)，其實句句涉虛。本詩意境，須於抽象層次上推求之，而牧齋意中之象，多訴諸感官(senses)。

　　起聯曰：「兒童逼歲趁喧闐，嶽廟星壇言子阡。」「喧闐」，狀聲音震天，故此語又作「喧天」。牧齋耳聾，如何聽得見？蓋年關將近（「逼歲」），兒童放恣嬉鬧玩耍，其高分貝之尖呼聲中牧齋之耳。何以上句寫兒童歡鬧，下句卻接以三地景意象？以牧齋耳聾，兼又耳鳴，聲音雖入耳，卻轟轟然，似遠處傳來，而牧齋居處稍遠，正「嶽廟」、「星壇」、「言子阡」所在之地。明王鏊《姑蘇志》卷九「虞山」云：「〔山麓〕……又西北爲拂水巖，崖石陟峻，水奔注如虹，凌風飛濺，最爲奇勝。自南循山而西，有致道觀，又西有招眞宮，昭明太子讀書臺在焉，又西則嶽祠諸廟……。」致道觀即牧齋句中「星壇」所在，其西即「嶽廟」。錢曾注引元盧鎭重修《琴川志》云：「東嶽行祠在縣治西虞山南麓，依山高聳，規模雄偉。歲久摧圮，屢雖再新。然創造之由，無碑誌可考。」又引《海虞文苑》張應遴〈虞山記〉云：「致道觀，庭列虛皇壇，七星古檜，亦昭明所植，天師以神力移之。屈蟠夭矯，如龍如虬，其三猶蕭梁時物。」王世貞（弇州，1526-1590)曾述及此古檜，其《弇州四部稿》卷一百三十八〈沈啓南畫虞山致道觀昭明手植三檜〉云：「今天下闕里檜已焚，秦松非舊，獨虞山致道觀有昭明太子手植七星檜，然其存者三耳，幽奇怪崛，種種橫出意表，且在理外，餘俱

宋人補者，雖自遒偉，方之蔑如矣。余嘗欲令錢叔寶尤子求貌之，神手莫敢先。晚得沈石田〔周，1427-1509〕翁畫，獨其最舊者三株，且爲詩歌紀之，與余意甚合。余家小祇園縹緲臺望山頂蒼翠一抹，今復得此，篋笥中又有虞山矣，何必買百里舴艋也？」「言子阡」指「言偃墓」，在虞山東麓，今存，甚宏偉。牧齋句「墓」而言「阡」（「阡」亦有「冢」、「墳」意），或牧齋先得上句，末字爲「闉」，下句末字在韻腳，故改「墓」爲平聲且協「闉」字韻之「阡」字。

次聯曰：「夢裏挨肩爭爆竹，忙來哺飯看秋千。」此聯意象虛實交錯，思入微茫。「夢裏」句可作數解。首聯言「兒童」，則本聯此處或承上聯意，寫兒童興奮，睡夢中猶「挨肩爭爆竹」。或此爲牧齋之夢，夢境中兒童挨肩爭爆竹。又或牧齋夢己返老還童，挨肩爭爆竹。又或牧齋在睡夢中，而戶外兒童正鬧翻天，挨肩爭爆竹。上述種種情況都有可能。下句盪「秋千」（鞦韆）者，應是兒童，而「忙來哺飯」者，應是大人。《漢書·高帝本紀》有「輟飯吐哺」之語，顏師古注云：「輟，止也。哺，口中所含食也。飯音扶晚反。哺音步。」此句或言大人忙於準備過年物事，得空時「哺飯」，站門外看兒童盪「秋千」

第三聯曰：「氣蒸籬落辭年酒，燄麌星河祭竈烟。」「籬落」，籬笆也。唐柳宗元〈田家〉詩其二有句云：「籬落隔烟火，農談四鄰夕。」「辭年酒」，寫江南過年風俗。梁宗懍《荊楚歲時記》云：「歲暮，家家具肴蔌詣宿歲之位，以迎新年。相聚酣飲，留宿歲飯，至新年十二日，則棄之街衢，以爲去故納新也。孔子所以預以陪賓，一歲之出，盛於此節。閏月，不舉百事。」「祭竈」，《荊楚歲時記》云：「十二月八日爲臘月……其日，並以豚酒祭竈。」又按語云：「《禮記》云：『竈者老婦之祭也，盛於盆，尊於瓶。』言以瓶爲罇、盆盛饌也。許慎《五經異義》云：『顓頊有子曰黎，爲祝融，火正也。祀以爲竈神，姓蘇名吉利。婦姓王名搏頰。』漢宣帝時，陰子方者，至孝而仁恩。嘗臘日辰炊，而竈神形見，子方再拜受慶。家有黃犬，因以祭之，謂爲黃羊陰氏，世蒙其福，俗人所競尚，以此故也。」本聯上句言酒。酒味辛，蒸之，氤氳瀰漫，氣味充滿屋舍內外。下句寫祭竈。祭竈用「豚酒」，香味亦四溢，竈煙且上升於天。本聯味覺強烈，感覺溫暖。

末聯曰：「老大荒涼餘井邑，半龕殘火一翁禪。」「井邑」，故里也，承上

三聯種種意蘊。《周易》：「井：改邑不改井，井，以不變爲德者也。」《正義》曰：「『改邑不改井』者，以下明『井』有常德，此明『井』體有常，邑雖遷移而『井體』無改，故云『改邑不改井』也。」「老大荒涼」，桑榆晚景，一生顯隱窮通，最終只餘「井邑」，固不無失意落寞之感，然「井邑」者，家庭閭里之慰藉也，安穩實在，故牧齋於末句雖以「一翁禪」之自我形象現身，其徘徊眷戀者，依舊在人間。

　　（本詩進一步之分析，請詳本書上編〈蒲團歷歷前塵事〉一章。）

其三十

衰殘未省似今年，窮鬼揶揄病鬼纏。
典庫替支賒藥券，債家折算賣書錢。
陸機去國三間屋，伍員躬耕二耜田。
歎息古人曾似我，破窗風雨擁書眠。

【箋釋】

　　牧齋於〈病榻消寒〉詩其二十八喊窮，謂退翁和尚曰：「躲避病魔無複壁，逋逃文債少高臺。」本詩直似該聯之申寫，上半抱怨為「窮鬼」、「病鬼」所折磨，下半寫己如何為古今最窮之人。

　　首聯曰：「衰殘未省似今年，窮鬼揶揄病鬼纏。」上句言己之「衰殘」以今年最甚，下句乃以「窮鬼揶揄」、「病鬼纏」況之。宋陸游〈西路口山店〉詩有句云：「淹泊自悲窮不醒，衰殘更著病相纏。」亦有「窮」、「衰殘」、「病」、「纏」字樣，惟牧齋句似非從此翻出。「窮鬼」難打發，韓愈早有奇文敘之，其〈送窮文〉有云：「三揖窮鬼而告之曰：『聞子行有日矣，鄙人不敢問所塗，竊具船與車，備載糇糧，日吉時良，利行四方，子飯一盂，子啜一觴，攜朋挈儔，去故就新，駕塵彍風，與電爭光，子無底滯之尤，我有資送之恩，子等有意於行乎？』」古今窮與不窮人讀此，難免忍俊不禁。牧齋所用之窮鬼事亦好笑。錢曾注引《宋書・劉損傳》以解，惟審其引文，實出《南史》而非《宋書》，其事則劉伯龍貧窮，為鬼所嘲笑：「損同郡宗人有劉伯龍者，少而貧薄，及長，歷位尚書左丞、少府、武陵太守，貧寠尤甚。常在家慨然，召左右，將營十一之方，忽見一鬼在傍，撫掌大笑。伯龍歎曰：『貧困固有命，乃復為鬼所笑也。』遂止。」牧齋句「窮鬼」、「病鬼」並舉，「鬼」字句內不避重複，生動，妙甚。

　　次聯曰：「典庫替支賒藥券，債家折算賣書錢。」此聯承上「窮」、「病」意，而言之更確鑿。上句「典庫」即今所謂當鋪。句謂無力支付醫療費用（「藥

券」)，須典當以換取所需之資。對句同其趣，言「債家」討債，無法償還，唯有賣書換錢予之。「典庫替支」云云，想係比喻而已，而「賣書」一事則大有可能。牧齋收藏書畫文物本甚富，人皆豔羨，「大江以南，藏書之富，必推絳雲爲第一」(顧苓〈河東君小傳〉)。牧齋曾語曹溶曰：「我晚而貧，書則可云富矣。」(曹溶〈題詞絳雲樓書目〉)順治七年(1650)冬，絳雲樓失火，樓與書俱盡，所藏古籍只有少量倖存，牧齋有賣之換錢之舉。曹溶〈題詞絳雲樓書目〉曾述一事，可證：「〔牧齋〕謂予曰：『古書不存矣。尚有割成明臣志傳，數百本，俱厚四寸餘，在樓外，幸無恙。我昔年志在國史，聚此，今已灰冷。子便可取去。』予心豔之。長者前，未敢議值，則應曰：諾諾。別宗伯，急訪葉聖野，託其轉請。聖野行稍遲，越旬日，已爲松陵潘氏購去。歎息而已。」牧齋之另一「買家」，應係其族曾孫錢曾。《讀書敏求記校證》云：「然絳雲一燼之後，凡清常手校祕鈔書，都未爲六丁取去，牧翁悉作蔡邕之贈。天殆留此以佽助予之《詩注》耶！」(卷2之下「楊衒之《洛陽伽藍記》」條)「蔡邕之贈」云云，雅言耳，以舊時文人禮數言，錢曾應有回報之物(或錢)。《敏求記》「李誡《營造法式》」條云：「己丑[1649]春，予以四十千從牧翁購歸。牧翁又藏梁溪故家鏤本。庚寅[1650]冬，不戒於火，縹囊緗帙盡爲六丁取去，獨此本流傳人間，眞稀世之寶也。」(卷2之上)讀此條知牧齋、遵王之書籍買賣，於絳雲失火前已開始。又如「高誘注《戰國策》」條云：「予初購此書於絳雲樓，……得之如獲拱璧。」(卷3之上)則遵王向牧齋購書之另一例也。無論如何，牧齋晚年經濟條件大不如前乃事實，〈病榻消寒〉詩其二十八箋釋中已述黃宗羲代牧齋筆三文(充任ghost-writer)以賺潤筆千金之事，可參。牧齋歿後，黃宗羲悼念牧齋之詩亦有句云：「憑衲引燭燒殘話，囑筆完文抵債錢。」夾注云：「問疾時事。宗伯臨歿，以三文潤筆抵喪葬之費，皆余代草。」(見〈八哀詩〉，《南雷詩曆》卷2)可見牧齋「窮鬼揶揄」之歎，非盡誇張之辭。

　　第三聯曰：「陸機去國三間屋，伍員躬耕二耡田。」此聯言古人雖在困阨中，猶有若干治生之資。上句典出《世說新語・賞譽》：「蔡司徒在洛，見陸機兄弟在參佐廨中，三間瓦屋，士龍住東頭，士衡住西頭。士龍爲人文弱可愛，士衡長七尺餘，聲作鐘聲，言多慷慨。」下句用《史記・吳太伯世家》事：「伍子

胥之初奔吳，說吳王僚以伐楚之利。公子光曰：『胥之父兄爲僇於楚，欲自報其
仇耳。未見其利。』於是伍員知光有他志，乃求勇士專諸，見之光。光喜，乃客
伍子胥。子胥退而耕於野，以待專諸之事。」「三間屋」、「二耜田」，以喻陸
機、伍員困頓中之寒酸與夫卑微也。牧齋於《世說新語》得「三間屋」之意象，
乃以「二耜田」巧爲之對，《史記》言伍子胥「耕於野」，並未言其所耕作面積
之大小。（《周禮·多官·考工記》：「匠人爲溝洫。耜廣五寸，二耜爲耦。一
耦之伐，廣尺深尺謂之畎。」或云古「耦耕」爲二人各執一耜，共同耕作。牧齋
「二耜」云云，喻其小也。）

　　末聯曰：「歎息古人曾似我，破窗風雨擁書眠。」「曾似我」，猶言「誰似
我」也。陸機兄弟去國，猶有「三間屋」可住，伍員隱忍復仇，仍可耕其「二耜
田」，己則衰殘老病，須以典當、賣書維持生計，遜於古人矣。宋王安石〈莫
疑〉詩有句云：「露鶴聲中江月白，一燈岑寂擁書眠。」牧齋末句「破窗風雨擁
書眠」或受其啓發，惟荊公原詩不無灑脫自得之意，牧齋此聯則盡懊惱自嘲耳。

其三十一

> 雀羅門巷臨荊薪，上相傳呼訪隱淪。
> 豈敢低迴遲伏謁，即看扶服出城闉。
> 霜風壓頂寒欺骨，冰雪生膚臥決句。
> 多謝台星猶照戶，燒船病鬼去逡巡。
> 戲擬老杜〈客至〉之作。

【箋釋】

　　牧齋此首諷意辛辣，語含譏誚。當代「隱淪」之士覽之，得無赧然？牧齋所諷刺者，或有特定對象，又或其時「多謝台星照戶」之諸多「隱淪」之士，不必一一坐實。清順治元年，頒詔天下，有語曰：「故明建言罷謫諸臣及山林隱逸懷才抱德，堪爲世用者，撫按薦舉，來京擢用。」（《清史稿・世祖本紀》）此「薦擢」之命，終順治一朝執行。牧齋所譏議者，或此等爲清廷擢用之士。再者本詩起聯所指稱者，乃本「雀羅門巷臨荊薪」之「隱淪」輩，而末句謂「燒船病鬼去逡巡」，則牧齋詩旨，未必在刺其出或處，而在此等「隱淪」寒士之逢迎「上相」，冀得其周濟關照。復次，牧齋此首自嘲之辭乎？牧齋自嘲之篇什固多，〈病榻消寒〉詩中亦屢見，唯此數年間訪牧齋於常熟者，皆門生故舊耳(如吳偉業、周亮工、李元鼎、施偉長、方文、歸莊等)，並無「上相」一流人物，不切詩中所詠，故此首似非自嘲之作。

　　牧齋謂此首乃「戲擬老杜〈客至〉之作」。杜甫〈客至〉云：「舍南舍北皆春水，但見群鷗日日來。花徑不曾緣客掃，蓬門今始爲君開。盤飧市遠無兼味，樽酒家貧只舊醅。肯與鄰翁相對飲，隔籬呼取盡餘杯。」仇兆鰲《杜詩詳註》卷九引原注云：「喜崔明府相過。邵氏注：公母崔氏。明府，其舅氏也。此是草堂既成後春景。黃鶴編在上元二年。張綖注：前有〈賓至〉詩，而此云客至，前有敬之之意，此有親之之意。」又引黃生云：「上四，客至，有空谷足音之喜。下四，留客，見村家眞率之情。前借鷗鳥引端，後將鄰翁陪結，一時賓主忘機，亦

可見矣。」牧齋之「戲擬」老杜，直似〈客至〉之「滑稽仿作」（parody），詼諧苛刻，兼而有之，與老杜所詠之賓主忘機、清幽絕俗迥然不同。

起聯曰：「雀羅門巷隘荊薪，上相傳呼訪隱淪。」「雀羅」，捕鳥雀之網羅，《史記・汲黯傳》云：「太史公曰：夫以汲、鄭之賢，有勢則賓客十倍，無勢則否，況眾人乎！下邽翟公有言，始翟公為廷尉，賓客闐門；及廢，門外可設雀羅。翟公復為廷尉，賓客欲往，翟公乃大署其門曰：『一死一生，乃知交情。一貧一富，乃知交態。一貴一賤，交情乃見。』汲、鄭亦云，悲夫！」「荊薪」，柴草，陶潛〈歸園田居〉詩之五句云：「日入室中暗，荊薪代明燭。」則此「無勢」、「隱淪」之士，本處窮閭隘巷，無人聞問，門堪羅雀。「上相」，宰相之尊稱。（《史記・陸賈傳》云：「陸生曰：『足下位為上相，食三萬戶侯，可謂極富貴無欲矣。然有憂念，不過患諸呂、少主耳。』」）「訪隱淪」之「訪」，本謂「上相」愛才若渴，折節見窮閭隘巷之隱者，伉禮下布衣之士。牧齋卻謂「上相傳呼」，氣焰甚盛，非禮賢下士者可知矣。「隱淪」，固有沉淪埋沒之意。《文選》鮑照〈行樂至城東橋〉詩有句云：「尊賢永照灼，孤賤長隱淪。」舊注云：「隱淪，謂幽隱沉淪也。」而甘於隱淪者，閒居隘巷，室邇心遐，富仁寵義，職競弗羅，乃傳統所頌美之高士也。今之「隱淪」者如何？牧齋下三聯即寫「上相傳呼」時，彼等之舉措與心態。

次聯曰：「豈敢低迴遲伏謁，即看扶服出城闉。」「伏謁」，謁見尊者，伏地通姓名。「扶服」，亦作「扶匐」，同「匍匐」。《禮記正義》：「匍匐，猶顛蹶。」「扶服」，狀急遽、竭力貌。又揚雄〈長楊賦〉句云：「皆稽顙樹頷，扶服蛾伏。」《六臣註文選》李善云：「《說文》曰：『匍匐，手行也。』扶服與匍匐音義同。」「城闉」，《說文》：「闉，城內重門也。」亦泛指城郭。此聯狀「隱淪」之士猥瑣不堪。「上相傳呼」，「隱淪」之士莫不爭先恐後，顛蹶出城外，恭候「上相」冠蓋至而伏地通姓名也。二句用「豈敢」、「即看」分別領起，生動傳神，嘲諷之意，溢於言表。

第三聯曰：「霜風壓頂寒欺骨，冰雪生膚臥浹旬。」寫「隱淪」之士之狼狽可憐狀。「浹旬」，十日。「上相」未至，「隱淪」之士風霜雨雪，頂風冒寒苦苦守候。

　　結聯曰：「多謝台星猶照戶，燒船病鬼去逡巡。」「台星」，三台星，《晉書・天文志》云：「三台六星，兩兩而居，起文昌，列抵太微。一曰天柱，三公之位也。在人曰三公，在天曰三台，主開德宣符也。」借以喻宰輔，猶上述之「上相」。「燒船病鬼」云云，用韓愈〈送窮文〉意。〈送窮文〉略云：「凡此五鬼，爲吾五患。飢我寒我，興訛造訕。能使我迷，人莫能間。朝悔其行，暮已復然。蠅營狗苟，驅去復還。」「五鬼」者，「智窮」、「學窮」、「文窮」、「命窮」、「交窮」是也。窮鬼聞言，反駁云：「……雖遭斥逐，不忍子疏。謂予不信，請質《詩》、《書》。」「主人於是垂頭喪氣，上手稱謝，燒車與船，延之上座。」「逡巡」，拖延，遷延也。「病鬼」、「窮鬼」之難送如此，無怪乎「隱淪」之士唯盼「台星」「照戶」，多所施與，周濟窮困，俾脫飢寒之苦也。

其三十二

> 高枕匡牀白日眠，閒看世態轉頹然。
> 湛河不信多爲石，賣鬼還愁少得錢。
> 鑿空舊能雕混沌，舞文新擬案丁零。
> 睡餘偶憶柴桑集，畫扇蕭疎仰昔賢。

> 示遵王、勒先。

【箋釋】

此首若與上首(其三十一)作於同時，則牧齋賦「戲擬老杜〈客至〉之作」畢，意猶未盡，續寫本詩以諷刺其時投機逐利、舞文弄法之文士。詩後小注云：「示遵王、勒先。」則弟子遵王(錢曾，1629-1701)、勒先(陸貽典，1617-1686)適過談，牧齋示彼以本詩，又或因二人來訪，牧齋乃即席作本詩，以資談助。遵王、勒先，牧齋常熟里人，晚年極親近之門人。

王應奎(亦常熟人，1683-約1760)《海虞詩苑》卷四「錢文學曾」小傳云：「曾字遵王，牧翁宗伯之族曾孫也。在綺繡紈袴之間，而能以問學自勵。宗伯器之，授以詩法。是時海內之學于宗伯者，戶履恆滿。君每執都養，相與上下其議論，宗伯大喜，謂得君而門人加親也。詩學晚唐，典雅精細，陶鍊功深。宗伯晚年撰《吾炙集》，以君〈宿破山寺〉詩爲壓卷，並書其後云：『每觀吳越間名流詩句，字斃繢殊，若眼中金屑。今觀遵王新句，靈心慧眼，玲瓏漏穿，本之胎性，出乎毫端，不覺老眼如月。「莫取琉璃籠眼界，舉頭爭忍見山河。」取出世間義寫世間感慨。此何異切利天宮殿樓觀影現琉璃地上乎！』其推許如此。君爲宗伯詩註，庾辭讔語，悉發其覆，梵書道笈，必溯其源，非親炙而得其傳者不能。著有《讀書敏求記》及《懷園》、《鶯花》、《交蘆》、《判春》、《奚囊》等集。」遵王於牧齋歿前數年著手箋注牧齋詩，後成今傳之《初學集》、《有學集》、《投筆集》諸詩注，其得牧齋親授玄機，於詩之寄意、本事、故實之發覆，他人難望企及，誠牧齋詩流傳後世之功臣。本書之成，亦得遵王詩注沾

溉極鉅。惜乎牧齋歿後不久，遵王旋即捲入牧齋「家難」之是非中，有逼死柳夫
人之嫌疑，爲士林所不齒，其著除《讀書敏求記》一種以外，流傳甚稀。謝正
光先生費數紀工夫，搜訪遵王遺集於海內外，並爲箋注校訂，梓行《錢遵王詩集
箋校》，遵王詩始再流通於世。年前中央研究院中國文哲研究所爲謝先生出版
《箋校》增訂本，先生命余任校讎之役，遂得以細讀遵王詩並謝先生箋注，獲益
良多，幸甚！

　　牧齋《有學集》卷十九有〈陸勅先詩稿序〉。《海虞詩苑》卷五「陸文學貽
典」小傳云：「貽典字勅先，號覿菴，自少篤志墳典，師東澗〔牧齋〕而友鈍吟
〔馮班，亦牧齋弟子〕，學問最有原本。錢曾箋注東澗詩，僻事奧句，君搜訪伙
助爲多。爲人篤于友誼，如鈍吟及孫峋自、釋石林遺詩，皆賴君編輯付梓。君沒
後，所著詩亦賴其友張文鑌之子道淙出諸蠹蝕之餘，爲付梓焉。人爲食報不遠，
猶有天道，洵不誣云。」

　　牧齋本詩須讀至末聯，其寄意始明。「柴桑集」指陶淵明集，「畫扇」則陶
公之〈扇上畫贊〉，其所頌者悉古之隱士。牧齋於上三聯所抒發者，乃對其時汲
汲於名利之徒之譏諷也。

　　詩首聯曰：「高枕匡牀白日眠，閒看世態轉頹然。」「高枕」猶高臥，古詩
文用此語，多謂棄官退隱家居，故能無憂無慮，高枕「匡牀」（《淮南子‧主術
篇》：「匡牀蒻席。」高誘注：「匡，安也。」）唐白居易〈喜楊六侍御同宿〉
詩詠此高臥最妙，云：「岸幘靜言明月夜，匡牀閑臥落花朝。二三月裡饒春睡，
七八年來不早朝。濁水清塵難會合，高鵬低鷃各逍遙。眼看又上青雲去，更蔔同
衾一兩宵。」牧齋「閒看世態」而發「轉頹然」之歎，沮喪於世態炎涼、人心不
古也。此「世態」啓下二聯。

　　次聯曰：「湛河不信多爲石，賣鬼還愁少得錢。」此聯諷人之貪得無饜。上
句「湛河」云云，事本《水經注》卷五「河水」：「及子期篡位，與敬王戰，乃
取周之寶玉沉河以祈福。後二日，津人得之於河上，則變而爲石；及敬王位定，
得玉者獻之，復爲玉也。」牧齋句倒裝，意謂「不信湛河多爲石」，不信得之於
湛河之寶玉爲石，故多取之。下句「賣鬼」事出《太平御覽》卷八百八十四引
《列異傳》，略云：「南陽宋定伯年少時，夜行逢鬼，問曰：『誰？』鬼曰：

『鬼也。』鬼曰:『卿復誰?』定伯欺之,言:『我亦鬼也,欲至宛市。』……
定伯復言:『我新死,不知鬼悉何所畏忌?』鬼答曰:『惟不喜人唾。』……行
欲至宛,定伯便擔鬼至頭上,急持之。鬼大呼,聲咋咋,索下,不復聽之。徑至
宛市中,著地化爲羊,便賣之。恐其變化,乃唾之。得錢千五百,乃去。」牧齋
句倒裝,意謂「還愁賣鬼少得錢」,賣鬼得錢已爲「無本生意」,猶嫌錢少得
也。上下句「多」、「少」二意原典所無,牧齋用其事而增益者也。湛河拾得寶
玉、夜行逢鬼賣之得錢,無本生利,不勞而獲,猶嫌少,喻投機逐名逐利輩之多
欲,貪求無饜,剝人以肥己也。

　　第三聯曰:「鑿空舊能雕混沌,舞文新擬案丁零。」「雕混沌」,事見《莊
子‧應帝王》:「南海之帝爲儵,北海之帝爲忽,中央之帝爲渾沌。儵與忽時相
遇於渾沌之地,渾沌待之甚善。儵與忽謀報渾沌之德,曰:『人皆有七竅以視聽
食息,此獨無有,嘗試鑿之。』日鑿一竅,七日而渾沌死。」「渾沌」,喻自然
淳樸。鑿之死者,僞修混沌,破碎雕鏤,失彼天然也。「鑿空」亦相關語;「鑿
空之論」,謂憑空無據,穿鑿。唐韓愈〈答劉秀才論史書〉有云:「巧造語言,
鑿空構立善惡事跡。」下句含二典。「舞文」,舞文弄法。《史記‧汲黯傳》:
「主意所不欲,因而毀之;主意所欲,因而譽之。好興事,舞文法,內懷詐以御
主心,外挾賊吏以爲威重。」《集解》:「如淳曰:『舞猶弄也。』」《史記‧
貨殖列傳》亦云:「吏士舞文弄法,刻章僞書,不避刀鋸之誅者,沒於賂遺
也。」「舞文弄法」者,玩弄文字,扭曲作直,曲解法律也。「案丁零」云云,
《後漢書‧孔融傳》云:「後操討烏桓,〔融〕又嘲之曰:『大將軍遠征,蕭條
海外。昔肅愼不貢楛矢,丁零盜蘇武牛羊,可并案也。』舊注云:「《山海經》
曰:『北海之內,有丁零之國。』前書蘇武使匈奴,單于徙北海上,丁零盜武牛
羊,武遂窮厄也。」「并案」者,深文周納,無限上綱,構織罪狀也。此聯上句
言「舊」,人心虛僞邪曲,由來已久;下句言「新擬」,似喻近事,特不知牧齋
所指者何耳。此數年間,順治十七年(1660),鄭成功入長江敗後,清廷秋後算
帳,大獄屢起,史稱「通海案」。順治十八年(1661),清廷以江南紳衿「抗糧」
而興「奏銷案」。康熙二年(1663),「明史案」結,得重辟者七十人,凌遲者十
餘。類似之事均可能爲牧齋句中「舞文新擬」所影射之「案」。

　　末聯曰：「睡餘偶憶柴桑集，畫扇蕭疏仰昔賢。」陶淵明作品（「柴桑集」）
中有〈扇上畫贊〉（「畫扇」）一篇。陶詩所詠者，古之隱士也，即荷蓧丈人、長
沮、桀溺、於陵仲子、張良公、丙曼容、鄭次都、薛孟嘗、周陽珪九人。陶公
云：「三五道邈，淳風日盡。九流參差，互相推隕。形逐物遷，心無常準。是以
達人，有時而隱。」此等耦耕不仕之達人，本乎道義，與時進退，乃陶公「緬懷
千載，托契孤遊」者，亦牧齋所景仰之「昔賢」也。牧齋本聯，固亦瓣香於不爲
五斗米而折腰，隱居故里柴桑之陶公者也。牧齋以本聯所詠之隱士對比令其「頹
然」之功利熏心，得利忘義輩。隱士之對立面，固朝廷官吏或助紂爲虐之權要人
物也。牧齋厭之。

其三十三

老病何當賦〈子虛〉？形容休訝列仙如。

黃衣牒授劉中壘，瓊笈圖歸董仲舒。

籬桂冬榮疑月地，瓶梅夜落想雲居。

笑他脈望空乾死，絳帕蒙頭讀道書。

聞定遠讀道書，戲示。

【箋釋】

本章詩後小注云：「聞定遠讀道書，戲示。」「定遠」者，馮班(1602-1671)也，常熟人，與兄馮舒(1593-1645)吳中稱「海虞二馮」，牧齋高弟。王應奎《海虞詩苑》卷四「鈍吟詩老馮班」小傳云：「班，字定遠，嗣宗先生次子也。為人儻蕩悠忽，動不諧俗，胸有所得，輒曼聲長吟。行市井間，足滔淖，衣絓木，掉臂不顧，眼中若不見有一人者。當其被酒無聊，即席慟哭，人不知其所以。錢宗伯詩所謂『願借馮班慟一場』者也。里中指目為癡，先生怡然安之，遂自署曰：二癡。顧其衡量古今，論列是非，則又洞識竅要癥結，殊不癡也。為詩律細旨深，務裨風教。自唐李玉溪後，詩家多工賦體，而比興不存。先生含咀風騷，獨尋墜緒，直可上印玉溪。雖或才力小弱，醇而未肆，而于溫柔敦厚之教，庶乎其不謬矣。著有《鈍吟詩集》九卷、《鈍吟雜錄》十卷行世。其《雜錄》持論最善，益都趙贊善執信、長洲何學士焯並遵信之。」(案：王應奎所引牧齋詩句見《初學集》卷十一〈一歎示士龍〉，今本作「要倩馮班慟一場。」句後小注云：「里中小馮生善哭。」)

定遠得詩名早，牧齋於前明已序其詩，亟推許不置。《初學集》卷三十二〈馮定遠詩序〉略云：「定遠，吾友嗣宗之子也，而遊于吾門。其為人悠悠忽忽，不事家人生產，衣不揜骭，飯不充腹，銳志講誦，亡失衣冠，顛墜坑岸，似朱公叔。燎麻誦讀，昏睡爇髮，似劉孝標。闊略眇小，蕩佚人間，似其家敬通。里中以為狂生，為崇愚，聞之愈益自喜。其為詩，沉酣六代，出入于義山、牧

之、庭筠之間。其情深，其調苦，樂而哀，怨而思，信所謂窮而能工者也。」

　　此首幽默。師弟間相契甚厚，調笑爲樂，牧齋戲謔作此。詩起聯曰：「老病
何當賦子虛？形容休訝列仙如。」「賦子虛」，借司馬相如〈子虛賦〉事嘲定遠
之讀道書。《漢書・司馬相如傳》云：「相如見而說之，因病免，客游梁，得與
諸侯游士居，數歲，乃著〈子虛〉之賦。」〈子虛賦〉設爲楚子虛先生與齊烏有
先生之言，奢談齊楚之盛麗瑰瑋。「子虛烏有」，想像虛構之謂。「老病」而讀
「道書」，求仙長生，不亦虛誕妄作乎？此牧齋上句之寓意。《漢書・司馬相如
傳》又云：「相如以爲列仙之儒居山澤間，形容甚臞，此非帝王之仙意也，乃遂
奏〈大人賦〉。」（顏師古注云：「儒，柔也。術士之稱也。凡有道術皆爲
儒。」）牧齋下句從此傳文翻出，言定遠既讀道書，則莫訝其「形容」或如「列
仙」之臞瘦也。二句脫胎自舊史文，爲定遠讀道書寫照，用典工切，復生動傳
神，妙甚。

　　次聯曰：「黃衣牒授劉中壘，瓊笈圖歸董仲舒。」劉中壘即漢劉向，官終中
壘校尉，後世稱劉中壘。「黃衣牒」云云，有關劉向得仙人授書傳說。晉王嘉
《拾遺記》卷六載：「劉向於成帝之末，校書天祿閣，專精覃思。夜有老人，著
黃衣，植青藜杖，登閣而進，見向暗中獨坐誦書。老父乃吹杖端，煙燃，因以見
向，說開闢已前，向因受《洪範五行》之文，恐辭說繁廣忘之，乃裂裳及紳，以
記其言。至曙而去，向請問姓名。云：『我是太一之精，天帝聞金卯之子有博學
者，下而觀焉。』乃出懷中竹牒，有天文地圖之書，『余略授子焉。』至向子
歆，從向受其術，向亦不悟此人焉。」下句以「董仲舒」對上「劉中壘」，尚
可，人名對不易工。「瓊笈」，玉飾書箱，多指道書。董仲舒亦有得仙籍之傳
說。《漢武帝內傳》載：「上元夫人語帝曰：阿母今以窮笈妙蘊，發紫臺之文，
賜汝《八會》之書，《五嶽眞形》，可謂至珍至貴，上帝之玄觀矣。王母曰：汝
欲授《五嶽眞形》者，董仲舒似其人也。帝承王母言，以元封二年七月，齋戒以
《五嶽眞形圖》授董仲舒登受。」（案：本段文字迻錄自錢曾詩注，檢《四庫全
書》本《漢武帝內傳》，並無此引，錢曾所據當係別本。）牧齋本聯用劉向、董
仲舒得仙人授以天書故事，喻定遠本如劉、董，篤志於學，今則讀其道書，亦盼
仙家垂顧，傳授玄機秘籍乎？

　　第三聯曰：「籬桂多榮疑月地，瓶梅夜落想雲居。」「月地雲階」，仙境之謂。唐牛僧孺《周秦行紀》有句云：「香風引到大羅天，月地雲階拜洞仙。」牧齋析「月地雲階」為二語，置本聯上下句末，又以下句末字韻腳，易「階」為「居」。上句「多榮」云云，本《楚辭‧遠遊》句：「嘉南州之炎德兮，麗桂樹之多榮。」《楚辭補注》云：「元氣溫暖，不殞零也。補曰：桂凌冬不凋。」南方溫暖，故桂樹經冬不凋。下句「瓶梅夜落」，蘇軾〈次韻楊公濟奉議梅花〉十首其四有句云：「月地雲階漫一尊，玉奴終不負東昏。」惟牧齋詩所言為「籬桂」、「瓶梅」，則非殊方靈草神木，乃家園所見物事。牧齋本聯乃云：定遠家中讀道書，篝燈丙夜，逸思入微茫，舉頭見「籬桂多榮」、「瓶梅夜落」，都成「月地雲階」，彷彿仙境矣。

　　末聯曰：「笑他脈望空乾死，絳帕蒙頭讀道書。」此聯直似「卡通」(cartoon)，引人發噱。「脈望」，傳說蠹魚所化之物。唐段成式《酉陽雜俎》續集卷二載：「建中末，書生何諷常買得黃紙古書一卷。讀之，卷中得髮卷，規四寸，如環無端，何因絕之。斷處兩頭滴水升餘，燒之作髮氣。諷嘗言於道者，呀曰：『君固俗骨，遇此不能羽化，命也。據仙經曰：「蠹魚三食神仙字，則化為此物，名曰脈望。夜以規映當天中星，星使立降，可求還丹。取此和而服之，即時換骨上賓。」』因取古書閱之，數處蠹漏，尋義讀之，皆神仙字，諷方哭伏。」下句「絳帕蒙頭」云云，語本《三國志‧孫策傳》注文，略云：「時有道士琅邪于吉，先寓居東方，往來吳會，立精舍，燒香讀道書，制作符水以治病，吳會人多事之。……策曰：『昔南陽張津為交州刺史，舍前聖典訓，廢漢家法律，嘗著絳帕頭，鼓琴燒香，讀邪俗道書，云以助化，卒為南夷所殺。此甚無益，諸君但未悟耳。今此子已在鬼錄，勿復費紙筆也。』即催斬之，懸首於市。諸事之者，尚不謂其死而云尸解焉，復祭祀求福。」此錢曾注已引，惟錢曾尚有失察者，則牧齋本聯下句實摘自蘇軾詩。坡公〈客俎經句無肉又子由勸不讀書蕭然清坐乃無一事〉詩有句云：「從今免被孫郎笑，絳帕蒙頭讀道書。」脈望斷而兩頭滴水，服之即時羽化升仙，牧齋上句何以言「脈望乾死」？蓋定遠「絳帕蒙頭讀道書」，卷中「神仙」字為其挖取食盡，脈望無字可食，故乾死也！呵呵。本聯亦可作另一種解讀：牧齋於此乃嘲定遠雖「絳帕蒙頭讀道書」，實為凡夫俗

子，即便卷中脈望顯現，大概亦如古之何諷，不知其爲助化神物，斷之使白白乾死耳。

定遠之讀道書，實由來已久，今傳《鈍吟集》中，有《遊仙詩》二卷，上卷有其兄馮舒壬午年(1642)所爲撰序，下卷則定遠自序，有語云：「余自丁丑[1637]之歲作遊仙詩五十首，家兄序之，變革已來，二十餘年奔走乞索，不知文字爲何物矣。……于殘落詩稿中得向時所刻，讀之惘然，有如昨夢，因更作此五十章，以呈勑先、斧季。」此五十首其中一首用牧齋本詩韻，或係定遠讀牧齋詩後之回應。詩云：「凡骨辛勤望碧虛，漫拋塵累事山居。役夫卻是神仙者，冷笑先生讀道書。」定遠自嘲之辭亦頗幽默。

究其實，「讀道書」者，不唯鈍吟詩老，東澗牧翁亦殷勤讀之，晚年且於虞山構「胎仙閣」，練延年益壽之術。虞山素有仙山之稱，養生修煉之風氣，常熟一地實甚盛。

其三十四

　　老大聊爲秉燭遊，青春渾似在紅樓。

　　買回世上千金笑，送盡生年百歲憂。

　　留客笙歌圍酒尾，看場神鬼坐人頭。

　　蒲團歷歷前塵事，好夢何曾逐水流。

　　追憶庚辰冬半野堂文讌舊事。

【箋釋】

　　本詩詩後小注云：「追憶庚辰 [1640] 冬半野堂文讌舊事。」牧齋本詩追憶二十餘年以前，與一代才妓柳如是締緣伊始時之美好時光。牧齋門人顧苓(1626-1685以後)〈河東君小傳〉云：「庚辰冬，〔柳〕扁舟訪宗伯。幅巾弓鞵，著男子服，口便給，神情灑落，有林下風。宗伯大喜，謂天下風流佳麗，獨王修微、楊宛叔與君鼎足而三，何可使許霞城、茅止生崇國士名姝之目。」其時爲前明崇禎十三年庚辰十一月。柳如是翩然來訪，止居半野堂，牧齋爲築我聞室，十日落成，錢柳等文讌歡娛浹月於斯。半載以後，二人結褵於茸城(松江)舟中，柳隨牧齋返常熟，乃稱柳夫人，結束前此將近十年之遷轉飄泊。牧齋築絳雲樓於半野堂後，二人優游其中，彷如神仙眷侶。柳如是嫁入錢家時二十四歲，而牧齋已屆耳順之年。庚辰仲冬，牧齋之迷醉於柳氏不難想見。隔年仲春，牧齋嘗言：「庚辰冬，余方詠《唐風·蟋蟀》之章，修文讌之樂，絲肉交奮，履舄錯雜，嘉禾門人以某禪師開堂語錄緘寄，且爲乞敍。余不復省視，趣命僮子於蠟炬燒卻，颺其灰於溷廁，勿令污吾詩酒場也。」(〈書西溪濟舟長老冊子〉，《初學集》卷81)牧齋亢奮如熱戀中之公子哥兒。至牧齋賦〈病榻消寒〉本詩時，錢柳二人已相守相隨逾二十載矣。牧齋病榻纏綿之際，追憶庚辰冬半野堂文讌舊事，依然心花怒放。詩結句云：「好夢何曾逐水流」，更可見牧齋始終愛戀柳如是。

　　詩上四曰：「老大聊爲秉燭遊，青春渾似在紅樓。買回世上千金笑，送盡生年百歲憂。」陸游〈學射道中感事〉詩有句云：「得閒何惜傾家釀，漸老眞須秉

燭遊。」不及牧齋意興之高昂。鮑照〈代白紵曲〉其六下半云：「卷幌結帷羅玉
筵，齊謳秦吹盧女絃，千金顧笑買芳年。」庶幾牧齋千金買笑之歡，而牧齋句醇
雅過之。牧齋此四句，實從〈古詩十九首〉之〈生年不滿百〉一首翻出。〈生年
不滿百〉云：「生年不滿百，常懷千歲憂。晝短苦夜長，何不秉燭遊。爲樂當及
時，何能待來茲。愚者愛惜費，但爲後世嗤。仙人王子喬，難可與等期。」牧齋
雖云「聊爲」秉燭之遊，實則興致勃勃，樂而忘返，蓋「青春渾似在紅樓」也。
「愚者愛惜費，但爲後世嗤。」《六臣註文選》李周翰曰：「至愚之人皆愛惜其
財，不爲費用，一朝所滅，爲後世所笑。」牧齋不作此「愛惜費」之笨伯，不惜
千金買美人一笑，送盡生年百歲之憂。錢柳等文讌浹月，其時窮冬，虞山苦寒
地，然我聞室中想已春意盎然矣。

　　詩第三聯曰：「留客笙歌圍酒尾，看場神鬼坐人頭。」上句「留客」以「笙
歌」，可以想像，而「酒尾」一語卻甚費解。明萬曆間許自昌《樗齋漫錄》卷十
二云：「吳中俗人宴會好說酒尾，蓋飲後說古詩一句是也。」則「酒尾」或指飲
酒後；「笙歌圍酒尾」，意謂飲酒後繼以笙歌圍簇。下句「看場神鬼坐人頭」一
空依傍，全無舊典，而「神鬼坐人頭」之景況與宴會氣氛、場面殊不諧協。錢曾
注此句云：「公云：文讌時，有老嫗見紅袍烏帽三神坐絳雲樓下。」若非錢曾爲
轉述牧齋語，述其「本事」如此此，吾人讀牧齋此句必百思不得其解。錢曾牧齋
詩注之可貴，於此亦可見一斑。雖然，此解尚可疑議者，則「神鬼坐人頭」之
處，是否即絳雲樓？牧齋已明言，此爲庚辰冬半野堂文讌舊事，而絳雲樓之築，
在錢柳結褵後二年，即崇禎十六年(1643)，庚辰冬文讌時絳雲樓尚未存在。以
此，注中「絳雲樓」云云，若非牧齋記誤，即爲錢曾筆誤矣。「神鬼」示現處，
應在半野堂或我聞室。

　　末聯曰：「蒲團歷歷前塵事，好夢何曾逐水流。」上句「前塵事」，錢曾注
引《楞嚴經》「若分別性，離塵無體，斯則前塵分別影事」云云作解，治絲益
棼，大可不必。要之，禪者視外境爲「浮塵」，爲「幻化相」，六塵非實存，虛
幻如影，故有「前塵」、「影事」之說，此即牧齋「前塵事」一語之寄意也。牧
齋學佛人，坐「蒲團」上，固知五蘊皆空，一切經歷無非前塵影事，惟與柳如是
之情事猶歷歷在目，不忍割捨，縱墮情障所不計也。下句「好夢」之典原甚淒

麗，元陸友仁《吳中舊事》引《竹坡詩話》云：「姑蘇雍熙寺，每月夜向半，常有婦人往來廊廡間歌小詞，且笑且歎。聞者就之，輒不見。其詞云：『滿目江山憶舊遊，汀洲花草弄春柔。長亭纜住木蘭舟。好夢易隨流水去，芳心空逐曉雲愁。行人莫上望京樓。』好事者錄藏之。士子慕容嵓卿見之，驚曰：『此予亡妻所爲，外人無知者，君何從得之？』客告之故。嵓卿悲歎曰：『此寺蓋其旅櫬所在也。』」牧齋乃反用「好夢易隨流水去」之意，以言與柳如是之情緣乃其生命中之好夢美夢，雖日月丸飛，星霜駒逝，世事到頭須了徹，可前塵影事，事事關情，一切宛如昨日，刻骨銘心。

（本詩進一步之詮釋，請參本書上編〈蒲團歷歷前塵事〉一章。錢柳情緣，筆者另撰有〈情慾的詩學──窺探錢謙益柳如是《東山酬和集》〉一文，載王璦玲編：《明清文學與思想中之情、理、欲──文學篇》，可參。）

其三十五

一剪金刀繡佛前，裹將紅淚洒諸天。
三條裁製蓮花服，數畝誅鋤穭穭田。
朝日妝鉛眉正嫵，高樓點粉額猶鮮。
橫陳嚼蠟君能曉，已過三冬枯木禪。
同下，二首，爲河東君入道而作。

【箋釋】

牧齋於詩後置小注，云：「同下，二首，爲河東君入道而作。」本首淒美。
首聯曰：「一剪金刀繡佛前，裹將紅淚洒諸天。」句構俐落而意緒紊亂。
「一剪金刀」，脫自元好問〈紫牡丹三首〉其二，其詩云：「夢裡華胥失玉京，小闌春事自昇平。只緣造物偏留意，須信凡花浪得名。蜀錦浪淘添色重，御鑪風細覺香清。金刀一剪腸堪斷，綠鬢劉郎半白生。」遺山詩「一剪」者，猶「一枝」，宋人稱一枝曰一剪。「金刀一剪」者，剪花一枝，緘寄遠人，以表相思也。以牧齋詩句言，「一剪金刀」，剪花供「繡佛」前，自是禮佛所宜。惟本詩既爲「河東君入道而作」，則此「金刀一剪」，謂剪斷煩惱絲乎？下句亦有所本，劉禹錫〈懷妓四首〉其一云：「玉釵重和兩無緣，魚在深潭鶴在天。得意紫鸞休舞鏡，能言青鳥罷銜牋。金盆已覆難收水，玉軫長拋不續絃。若向巫山山下過，遙將紅淚洒窮泉。」「裹將紅淚洒諸天」與「遙將紅淚洒窮泉」構句大似，意象相近，諒非偶合。劉禹錫詩題「懷妓」，而河東君亦妓人出身，此層關涉，恐亦非偶然。「紅淚」，舊詩文中借指美人之淚。（晉王嘉《拾遺記》載：「文帝所愛美人，姓薛名靈芸，常山人也。……靈芸聞別父母，歔欷累日，淚下霑衣。至升車就路之時，以玉唾壺承淚，壺則紅色。既發常山，及至京師，壺中淚凝如血。」後因以「紅淚」稱美人淚。）「諸天」，天空，天界，亦佛教名相：三界二十八天，即欲界六天、色界十八天、無色界四天。亦指各天之護法天神。劉禹錫詩題「懷妓」，實怨妓、恨妓之詞，以玉釵無緣重合，覆水難收，妓有新

人而不我眷懷也。本詩牧齋為柳如是入道而作，何以起首即啓人以此種種哀怨悽惻之聯想？抑牧齋僅援用舊詩文之字面意象，無他深意？

次聯曰：「三條裁製蓮花服，數畝誅鋤穲稏田。」「三條」，「三衣」、「條衣」之謂。比丘有「三衣」：大眾集會或行授戒禮時穿大衣，或名眾聚時衣；禮誦、聽講、說戒時穿上衣；日常作業、安寢時穿內衣。僧衣由割截之布片縫合而成，有九條至二十五條之別，故曰「條衣」。釋法雲《翻譯名義集》云：「《菩薩經》云：『五條名中著衣，七條名上衣，大衣名眾集時衣。』《戒壇經》云：『五條下衣斷貪身也，七條中衣斷瞋口也，大衣上衣斷癡心也。』」「蓮花服」亦即三衣、條衣。《翻譯名義集》云：「《真諦雜記》云：『袈裟是外國三衣之名，名含多義：或名離塵服，由斷六塵故；或名消瘦服，由割煩惱故；或名蓮華服，服者離著故；或名間色服，以三如法色所成故。』」本句言河東君「入道」，裁製袈裟。下句所以對者則出人意表。「誅鋤」，根除草木，《楚辭·卜居》：「寧誅鋤草茅，以力耕乎？」「穲稏」，杜牧〈郡齋獨酌〉詩云：「穲稏百頃稻，西風吹半黃。尚可活鄉里，豈唯滿囷倉。」「穲稏」後夾注：「稻名。」宋趙與時《賓退錄》卷十引蘇軾詩亦有「翠浪舞翻紅穲稏，白雲穿破碧玲瓏」之句。「穲稏」云云，似無佛教典實。牧齋或以「誅鋤」、力耕喻河東君精進修行，修善斷惡、去染轉淨？

第三聯曰：「朝日妝鉛眉正嫵，高樓點粉額猶鮮。」「朝日」，曹植〈美女篇〉句：「容華耀朝日，誰不希令顏？」上句「妝鉛」、下句「點粉」實有所本。徐陵《玉臺新詠》卷九載〈王叔英婦贈答一首〉，元末明初陶宗儀《說郛》引《林下詩談》云：「王淑英婦，劉孝綽之妹，幼有辭藻。春日，淑英之官，劉不克從，寄贈以詩曰：『妝鉛點黛拂輕紅，鳴環動珮出房櫳。看梅復看柳，淚滿春衫中。』時人傳誦之。」牧齋易「黛」為「粉」，並析原文為二語，嵌上下句中。（「粉」，五代馬縞《中華古今注》卷中云：「自三代以鉛為粉。秦穆公女弄玉有容德，感仙人簫史，為燒水銀作粉與塗，亦名飛雲丹，傳以簫曲終而同上升。」）上句「眉正嫵」云云，亦有典實。《漢書·張敞列傳》云：「〔敞〕又為婦畫眉，長安中傳張京兆眉憮。有司以奏敞。上問之，對曰：『臣聞閨房之內，夫婦之私，有過於畫眉者。』上愛其能，弗備責也。然終不得大位。」（宋

祁曰：「憮，音嫵媚之嫵。」）下句典出唐釋道世《法苑珠林》卷三十一引《雜寶藏經》：「佛在迦毘羅衛國入城乞食，到弟孫陀羅難陀舍，會值難陀與婦作莊香塗眉間，聞佛門中，欲出外看，婦共要言：『出看如來，使我額上妝未乾頃便還入來。』難陀即出，見佛作禮，取鉢向舍，盛食奉佛。佛不爲取，過與阿難，亦不爲取，阿難語言：『汝從誰得鉢，還與本處。』於是持鉢詣佛，至尼拘屢精舍。佛即敕剃髮師，與難陀剃髮。難陀不肯，怒拳而語剃髮人言：『迦毘羅一切人民，汝今盡可剃其髮耶。』佛問剃髮者：『何以不剃？』答言：『畏故不敢爲剃。』佛共阿難，自至其邊，難陀畏故，不敢不剃。雖得剃髮，常欲還家，佛常將行，不能得去。」《玉臺新詠》所載〈王叔英婦贈答一首〉有「看梅復看柳」之句，本聯二句實牧齋「看柳〔如是〕」（gaze）之寫照。張敞爲婦畫眉甚嫵、阿難爲婦點額上粧，皆「閨房之內，夫婦之私」，牧齋以本聯暗示與柳夫婦恩愛之情。本詩爲柳入道而作，牧齋何故作此綺語，勾起情欲之想，墮入情障？

末聯曰：「橫陳嚼蠟君能曉，已過三冬枯木禪。」本聯寄意，耐人尋味。「橫陳嚼蠟」云云，出《楞嚴經》卷八，經文云：「我無欲心，應汝行事，於橫陳時，味如嚼蠟。命終之後，生越化地。如是一類，名樂變化天。」此所謂「欲界六天」之「樂變化天」，居第五界天，前四界爲「四天王天」、「忉利天」、「須焰摩天」、「兜率陀天」。以性事言，四天王天能止身之外動，忉利天內動微細，須燄天過境方動，兜率陀天境遇尙能不違心。所同者，爲心超形外，似離於動。至於樂變化天，已無淫欲念，肉體橫陳於前，不能引發淫欲之思，應汝行事，味同嚼蠟。此等人命終時，能生超越色塵化成自受樂之地，不必假借異性淫行而得樂，因無五欲之樂，故名樂變化天。牧齋言「橫陳嚼蠟」，不必寄託此全部義蘊，畢竟此是詩語而非法語，或只強調無淫欲之思一端。此意亦見於下句「三冬枯木禪」一典。宋釋普濟《五燈會元》卷六載：「昔有婆子，供養一庵主，經二十年。常令一二八女子送飯給侍。一日，令女子抱定，曰：『正恁麼時如何？』主曰：『枯木倚寒巖，三冬無暖氣。』女子舉似婆。婆曰：『我二十年祇養得箇俗漢。』遂遣出，燒卻庵。」於橫陳時，味同嚼蠟、女子抱庵主，庵主只覺枯木倚寒巖，無暖氣，二事同一理趣。牧齋句言「君能曉」，乃指河東君曉得此道理，無欲念，抑指河東君知曉牧齋無性欲？都有可能。惟本詩既爲河東君

入道而作，此聯似歸河東君爲妥。則牧齋言河東君無欲念。雖說佛經常就眾生「性欲」，方便說法。《法華經·方便品》即云：「今我亦如是，安隱眾生故，以種種法門，宣示於佛道。我以智慧力，知眾生性欲，方便說諸法，皆令得歡喜。」且色即是空，空即是色，亦大徹大悟之門。但此首寫柳如是入道，牧齋於第三聯寫夫婦閨房中之恩愛，復於此聯言性欲之有無，渲染烘托，發人遐思，究竟有無必要？

「入道」，皈依我佛，昨日種種，譬如昨日死，今日種種，譬如今日生。牧齋寫柳如是入道，卻滿載不忍不捨之情，且出以綺詞儷語，肅穆不足，豔麗有餘。此老之心思眞難摸透。

（本詩及下一首進一步之詮釋，請參本書上編〈蒲團歷歷前塵事〉一章。錢柳情緣，筆者另撰有〈情慾的詩學——窺探錢謙益柳如是《東山酬和集》〉一文，載王璦玲編：《明清文學與思想中之情、理、欲——文學篇》，可參。）

其三十六

　　鸚鵡疎窗畫語長，又教雙燕話雕梁。

　　雨交澧浦何曾濕，風認巫山別有香。

　　初著染衣身體澀，乍抛綢髮頂門涼。

　　縈烟飛絮三眠柳，颺盡春來未斷腸。

【箋釋】

　　本首宜與上首(其三十五)合讀，蓋牧齋於上首詩後置小注云：「同下，二首，為河東君入道而作。」故本首亦牧齋詠柳如是「入道」之詩。上首箋釋對本詩之理解亦有幫助，或可先觀看。較諸上詩，本詩典故較簡單，句法亦較平易，惟詩之寄意依然耐人尋味。

　　首聯曰：「鸚鵡疎窗畫語長，又教雙燕話雕梁。」牧齋於上首第三聯曰：「朝日妝鉛眉正嫵，高樓點粉額猶鮮。」乃言夫婦閨中之恩愛者，出之以綺豔之辭。本詩首聯似亦寫錢柳琴瑟之好、家庭之樂，而造意較靜好醇雅。《說文》云：「鸚鵡，能言鳥也。」「雙燕」，似比目鴛鴦之可羨。「疎窗」、「雕梁」，庭院朗暢，層閣雕梁堪穩棲。「畫語長」、「話雕梁」，可以想像戀人絮語綿綿。

　　次聯曰：「雨交澧浦何曾濕，風認巫山別有香。」「澧浦」，《楚辭·九歌·湘君》云：「捐余玦兮江中，遺余佩兮醴浦。」（「醴」同「澧」。）《山海經·中山經》云：「洞庭之山……帝之二女居之，是常遊于江淵，澧沅之風，交瀟湘之淵。」李白〈遠別離〉云：「遠別離，古有皇英之二女，乃在洞庭之南，瀟湘之浦。海水直下萬里深，誰人不言此離苦！日慘慘兮雲冥冥，猩猩啼煙兮鬼嘯雨。我縱言之將何補？」此三湘之地帝堯二女娥皇、女英之傳說。古以帝舜陟方而死，葬蒼梧之野，二妃從之，俱溺死湘江，遂為瀟湘之神。合下句讀，知牧齋句非取義於二女之傳說。「巫山」，錢曾注引《六臣註文選》李善引《襄陽耆舊傳》云：「赤帝女曰姚姬，未行而卒，葬於巫山之陽，故曰巫山之女。」引實

未完，後有「楚懷王遊於高唐，晝寢，夢見神遇，自稱是巫山之女」云云。究其實，此巫山神女故事方是牧齋句結穴所在，錢曾宜引宋玉〈高唐賦〉作解。《文選》載宋玉〈高唐賦 並序〉云：「王問玉曰：『此何氣也？』玉對曰：『所謂朝雲者也。』王曰：『何謂朝雲？』玉曰：『昔者先王嘗遊高唐，怠而晝寢，夢見一婦人曰：「妾巫山之女也，為高唐之客。聞君遊高唐，願薦枕席。」王因幸之，去而辭曰：「妾在巫山之陽，高丘之阻，旦為朝雲，暮為行雨。朝朝暮暮，陽臺之下。」旦朝視之如言，故為立廟，號曰「朝雲」。』」又《文選》載宋玉〈神女賦 並序〉云：「楚襄王與宋玉遊於雲夢之浦，使玉賦高唐之事。其夜王寢，果夢與神女遇，其狀甚麗。王異之，明日以白玉。……忽兮改容，婉若遊龍乘雲翔。嫷被服，倪薄裝。沐蘭澤，含若芳。性和適，宜侍旁。順序卑，調心腸。」此巫山神女雲雨之事正牧齋本聯詩賦詠之焦點，「雨」、「濕」、「風」、「香」云云，亦取象於宋玉之賦文，上句「澧浦」之事特其陪襯耳。牧齋本聯言薦枕席之事；巫山雲雨，男女合歡之喻。惟牧齋賦此，卻言「何曾濕」、「別有香」，大似上首詩箋所引《楞嚴經》「我無欲心，應汝行事，於橫陳時，味如嚼蠟」之寓意。牧齋於柳氏下髮「入道」之際，於首聯寄託夫婦琴瑟和諧之感，復於本聯渲染巫山雲雨之事，難免勾起綺思情恨，何苦來哉？

第三聯曰：「初著染衣身體澀，乍拋綢髮頂門涼。」牧齋本聯正寫柳如是下髮「入道」。「染衣」，《華嚴經·梵行品》云：「爾時，正念天子白法慧菩薩言：『佛子！一切世界諸菩薩眾，依如來教，染衣出家。云何而得梵行清靜，從菩薩位逮於無上菩提之道？』」染衣即僧服，出家後，脫去在俗之衣，改著木蘭色等壞色所染之衣。出家時，須落髮並著染衣，始成僧尼，故稱「剃髮染衣」。「綢髮」，《詩經·小雅·都人士》：「彼君子女，綢直如髮。」《傳》曰：「密直如髮也。」此「綢髮」一語之出處。「綢」猶「稠」，多而密也。柳如是固未真正落髮著染衣，出家為沙門，牧齋本聯泛寫耳。柳如是之「入道」，應係受某戒，通過某種儀式而已，仍是在家居士，帶髮修行。復次，本詩上聯既出以綺語儷詞，本聯「身體澀」、「頂門涼」之意象亦難免沾上綺思(對柳氏身體之凝視、想像)。本聯別本作「斫卻銀輪蟾寂寞，搗殘玉杵兔淒涼。」舊言月中有玉桂，有蟾蜍，有玉兔，有姮娥，有吳剛。(李白〈古朗月行〉有句云：「白兔

擣藥成，問言與誰餐。」又云：「蟾蜍蝕圓形，大明夜已殘。」）牧齋詩聯言月中仙人仙物互動之「失序」（disorder），以表「寂寞」、「淒涼」之感。牧齋似言，柳如是「入道」，自己頓失伴侶，不免寂寞淒涼。

末聯曰：「縈烟飛絮三眠柳，颺盡春來未斷腸。」「三眠柳」，宋計敏夫《唐詩紀事》卷五十三云：「商隱賦云：『豈如河畔牛星，隔年只聞一過；不及苑中人柳，終朝剩得三眠。』注：『漢〔苑〕中有人形柳，一日三起三側。』」「三眠柳」一語藏柳氏名，牧齋用以暗指柳氏，此用例牧齋詩文中屢見。末句云「颺盡春來」，此柳「未斷腸」，似詠柳如是「入道」時之心情。「未斷腸」，是否即平安喜樂，法喜充滿？此意不見於二詩他處，未敢遽言矣。

詩其三十五、三十六合觀，牧齋於柳如是入道之際，未見心生歡喜，喜得法侶，依舊愛欲癡慕，不忍不捨。語言則綺語儷詞，啓人綺思遐想。柳如是入道，牧齋心中究竟作如何想，似未能於二詩中探得。

其三十七

夜靜鐘殘換夕灰，冬缸秋帳替君哀。

漢宮玉釜香猶在，吳殿金釵葬幾回？

舊曲風淒邀笛步，新愁月冷拂雲堆。

夢魂約略歸巫峽，不奈琵琶馬上催。

和老杜「生長明妃」一首。

【箋釋】

　　本首及下一首，辭旨怳恍飄忽，撲朔迷離。苦思數日，真欲起牧齋於九泉而問之，否則難得確解。詩其三十七後，牧齋置小注，云：「和老杜『生長明妃』一首。」杜甫〈詠懷古跡〉五首其三云：「群山萬壑赴荊門，生長明妃尚有村。一去紫臺連朔漠，獨留青塚向黃昏。畫圖省識春風面，環珮空歸夜月魂。千載琵琶作胡語，分明怨恨曲中論。」牧齋詩中所詠，亦以王昭君出塞嫁匈奴恨事為主腦，惟次聯及第三聯中，卻有逸出此象限、不可解之細節（details）。要之，王昭君本蜀郡秭歸人（據《漢書》注），後獻於西漢元帝，入長安（今陝西西安）宮中，次聯「漢宮」云云切其事，然對句「吳殿金釵葬幾回」則吳王與西施舊事，與王昭君何涉？又「葬幾回」於義云何？第三聯下句「拂雲堆」乃塞外昭君青塚所在，惟上句「邀笛步」在上元縣，即今南京市青溪橋右，此與昭君事亦無涉。詩其三十八後牧齋之小注云：「和劉屏山『師師垂老』絕句。」則詠北宋末汴京（今河南開封）名妓李師師者。惟牧齋詩起句即云「秦淮池館御溝通」，乃以「秦淮池館」喻汴京之青樓瓦子乎？比擬不倫，不甚可取。第三聯中「舒隋苑」、「墜漢宮」之意蘊亦費解。此牧齋「庾辭讔語」之例乎？有寄託、象徵意義閃爍於字裡行間，而過於隱晦迷離，吾人數百載以後讀之，難於索解。

　　陳寅恪於《柳如是別傳》第四章〈河東君過訪半野堂及其前後之關係〉中曾附論牧齋此二詩，云：「此兩首列於『追憶庚辰冬半野堂文宴舊事』及『為河東君入道而作』諸詩後。和杜一首為董白作，和劉一首為陳沅作。牧齋所以如此排

列者，不獨因小宛畹芬〔案：即董小宛、陳圓圓〕與河東君同為一時名姝，物以類聚，既賦有關河東君三詩之後，遂聯想並及董陳，亦由己身能如盧家之終始保有莫愁，老病垂死之時聊借此自慰，且以河東君得免昆岡劫火為深幸也。」董小宛乃冒襄之愛妾，此習明清文史者所熟知。冒襄《影梅庵憶語》記小宛死於順治八年(1651)，而世有傳小宛未死，實為北兵掠去，且入清宮而為順治帝之董鄂妃。陳寅恪同意於孟森〈董小宛考〉一文之論證，認為董鄂妃不能即董小宛，然陳氏又言：「然則小宛雖非董鄂妃，但亦是被北兵劫去，冒氏之稱其病死乃諱飾之言歟？」此陳氏「假死」之說，異於孟森考證小宛真死於順治八年者也。復次，陳氏認為，牧齋亦以小宛為「假死」，且相信董鄂妃即小宛：「觀牧齋『吳殿金釵葬幾回』之語，其意亦謂冒氏所記述順治八年正月初二日小宛之死……乃其假死，清廷所發表順治十七年[1660]八月十九日董鄂妃之死即小宛之死，故云『葬幾回』，否則錢詩辭旨不可通矣。」至陳氏以牧齋詩其三十八乃詠陳圓圓者，其主要理據亦在陳圓圓有被劫北去之經歷。陳圓圓事蹟經吳梅村〈圓圓曲〉為之賦詠，吳三桂「衝冠一怒為紅顏」之傳奇至今仍膾炙人口。

　　詳味牧齋此二詩文辭，確有嗟惜吳地名妓命運不辰，落入帝王家而遭殃之意。陳寅恪以董小宛、陳圓圓坐實其人。陳氏之說固不無可能，然若以之為不刊之論則大可不必，蓋牧齋詩中無足夠內部證據(internal evidence)以資建立牧齋之所詠與董小宛、陳圓圓之間之必然聯繫。陳說可從與否，在讀者之自擇矣。筆者淺學，本首與下首之箋釋，以解說故實為主，不敢妄談詩之「本事」。

　　詩其三十七首聯曰：「夜靜鐘殘換夕灰，冬缸秋帳替君哀。」上句言「夜靜」、「鐘殘」、「夕灰」，長夜寂寂，意興闌珊。下句「冬缸秋帳」，脫自江淹〈別賦〉：「君結綬兮千里，惜瑤草之徒芳。慚幽閨之琴瑟，晦高臺之流黃。春宮閟此青苔色，秋帳含茲明月光，夏簟清兮晝不暮，冬釭凝兮夜何長。」「春宮」、「秋帳」、「夏簟」、「冬釭」，言四時之相思。牧齋「冬缸秋帳」云云，亦此意也。牧齋聯上句言日既逝，夜悠長，下句言四時相思，哀傷不盡。「替君哀」，詩人對此孤獨女子寄予同情也。

　　次聯「漢宮玉釜香猶在，吳殿金釵葬幾回？」上句「漢宮玉釜」云云，實含二典。「玉釜」事，出舊題漢東方朔《海內十洲記》，略云：「聚窟洲……山多

大樹，與楓木相類，而花葉香聞數百里，名爲反魂樹。……伐其木根心，於玉釜中煮，取汁，更微火煎，如黑餳狀，令可丸之，名曰驚精香，或名之爲震靈丸，或名之爲反生香，或名之爲震檀香，或名之爲人鳥精，或名之爲卻死香。一種六名，斯靈物也。香氣聞數百里，死者在地，聞香氣乃卻活，不復亡也。以香薰死人，更加神驗。」「漢宮」云云，本唐白居易〈李夫人〉詩，其上半云：「漢武帝，初喪李夫人。夫人病時不肯別，死後留得生前恩。君恩不盡念未已，甘泉殿裡令寫眞。丹青畫出竟何益，不言不笑愁殺人。又令方士合靈藥，玉釜煎煉金爐焚。九華帳深夜悄悄，反魂香降夫人魂。夫人之魂在何許，香煙引到焚香處。」下句「吳殿金釵」典出唐沈亞之《沈下賢集》卷四「雜著‧異夢錄」，略云：「吳興姚合曰：『吾友王炎者，元和初，夕夢游吳，侍吳王。久之，聞宮中出輦，鳴笳吹簫擊鼓，言葬西施。王悼悲不止，立詔詞客作挽歌。炎遂應教詩曰：「西望吳王國，雲書鳳字牌。連江起珠帳，擇土葬金釵。滿地紅心草，三層碧玉階。春風無處所，淒恨不勝懷。」詞進，王甚嘉之。及寤，能記其事。』」陳寅恪謂牧齋此聯中「葬幾回」暗喻董小宛順治八年之死訊爲假，順治十七年董鄂妃之死始爲董小宛之眞死，故有「葬幾回」之歎，否則牧齋「辭旨不可通」云云。究其實，以原典及牧齋之詩性表述（poetic representation）言，牧齋此句辭意尙可解，蓋春秋戰國時之西施固久葬，而唐時王炎又有夢葬西施事及詩，此不亦「葬幾回」乎？其眞正費解者，乃在於既言詠王昭君事，卻又衍出漢宮「反魂香」、吳地葬西施之枝節，此皆與王昭君傳說無涉者。就其大者而言，牧齋固可措意於王昭君、西施、李夫人紅顏薄命、風塵困瘁之「普遍意義」（universal meaning），然若如此，句中則不宜置過於個人化之細節（particularizing details），否則事與義間難以圓通。今觀此聯「香猶在」、「葬幾回」云云，不能索解於原來王昭君故事之意義系統，乃牧齋之微言隱語，惟此中影射之事，牧齋不說破，錢曾不揭露（或憒不敢言），陳寅恪試爲發覆，其說卻稍嫌曲折，眞惱人。

第三聯曰：「舊曲風淒邀笛步，新愁月冷拂雲堆。」本聯地景，上句江南，下句塞外；「舊曲」、「新愁」爲對，亦似寄今昔之感，悽愴莫狀。上句「邀笛步」者，本魏晉韻事。宋祝穆《方輿勝覽》卷十四「邀笛步」云：「舊名蕭家渡，在城東南青溪橋之右，今上水閘是也。《晉書》云：『桓伊善樂，盡一時之

妙，爲江左第一。有蔡邕柯亭笛，常自吹之。王徽之赴召京師，泊舟青溪側。伊
素與徽不相識，令人謂之曰：「聞君善吹笛，試爲我一奏。」伊便下車據胡床，
爲作三弄畢，便上車去，客主不交一言。』故名。」「邀笛步」亦予人另一種
「風流」聯想，蓋此地後爲教坊所在地，故亦泛指歌妓處所。牧齋「舊曲」云
云，或兼指桓伊三弄笛與金陵秦淮歌樂。下句「拂雲堆」乃昭君塞外青塚所在。
宋樂史《太平寰宇記》卷三十八云：「拂雲堆，在〔榆林〕縣北一百七十里。」
唐杜牧〈題木蘭廟〉詩云：「彎弓征戰作男兒，夢裡曾經與畫眉。幾度思歸還把
酒，拂雲堆上祝明妃。」本聯下句切王昭君事，上句不相關，似詠金陵歌妓。上
言「舊曲風凄」，下言「新愁月冷」，句意相續相連，今昔之感、滄桑之歎寓
焉。地則由南而北，似哀惜江南歌妓倏然零落於塞外荒煙蔓草之間。本聯寄意，
近於上聯，而其影射之本事亦難以確指。

　　末聯曰：「夢魂約略歸巫峽，不奈琵琶馬上催。」杜甫詩結聯曰：「千載琵
琶作胡語，分明怨恨曲中論。」此牧齋聯之所本也。王昭君本蜀郡秭歸人，故牧
齋以「巫峽」代指。「琵琶」云云，《文選》載石崇〈王明君詞 五言並序〉云：
「王明君者，本是王昭君，以觸文帝諱改焉。匈奴盛，請婚於漢。元帝以後宮良
家子昭君配焉。昔公主嫁烏孫，令琵琶馬上作樂，以慰其道路之思。送明君者，
亦必爾也，其造新曲，多哀怨之聲，故敘之於紙云爾。……」老杜「琵琶作胡
語」、「怨恨曲中論」之歎，亦牧齋「不奈琵琶馬上催」之託意歟？若然，則其
怨恨之語乃「滿語」矣。

　　牧齋言本詩乃「和老杜『生長明妃』一首」。老杜之詩旨，仇兆鰲《杜詩詳
註》卷十七云：「此懷昭君村也。上四記敘遺事，下乃傷弔之詞。生長名邦，而
歿身塞外。此足該舉明妃始末。五六，承上作轉語，言生前未經識面，則歿後魂
歸亦徒然耳，唯有琵琶寫意，千載留恨而已。」又引黃生云：「怨恨者，怨己之
遠嫁，恨漢之無恩也。」牧齋之和「生長明妃」，辭意非在明妃之身世始末，亦
非在明妃遠嫁匈奴之「怨恨」，其措意者，在詩中人之返魂（「香猶在」）、再葬
（「葬幾回」）並其零落飄淪之感（「舊曲」、「新愁」），此皆與明妃遺事或杜詩
旨意無多關涉。「和杜」云云，幌子而已。牧齋詩別有寄託，耐人尋味，其所賦
詠對象，非爲明妃，乃一吳地女子，歌妓出身，轉徙流離，經歷曲折，乃至於魂

斷異鄉。特其本事云何,筆者淺陋寡聞,不敢穿鑿附會,強作解人,幸讀者諒
之。

其三十八

> 秦淮池館御溝通，長養嬌嬈香界中。
> 十指琴心傳漏月，千行珮響從翔風。
> 柳矜青眼舒隋苑，桃惜紅顏墜漢宮。
> 垂老師師度湘水，縷衣檀板未爲窮。
> 和劉屏山「師師垂老」絕句。

【箋釋】

　　本首詩旨，陳寅恪謂與上首關係密切，其說之大要，已於上首詩箋中述介，讀者宜先參看。牧齋於本詩後置小注云：「和劉屏山『師師垂老』絕句。」上首詩後，牧齋之小注云：「和老杜『生長明妃』一首。」諷詠二詩，知牧齋和老杜、劉屏山之作，非只文字遊戲而已，有深意寓焉。陳寅恪認爲，牧齋上首所喻，實董小宛，本首所喻，乃陳圓圓，以董、陳二名姝，同有被掠北去，一入宮闈，一入侯門之離奇、不幸遭遇，故牧齋以婉曲筆法賦詠其事。今觀本詩「秦淮池館御溝通」、「舒隋苑」、「墜漢宮」等意象，確耐人尋味，似別有本事，非關師師。至若陳寅恪以陳圓圓坐實其人，爲一可能之推測，但陳氏並未舉述具體證據，不必視爲確論。

　　劉屏山即劉子翬(1101-1147)，南北宋之交人，道學家，亦有詩傳世。清吳之振編《宋詩鈔》卷五十三云：「劉子翬，字彥沖。以父韐任授承務郎，辟幕屬。韐死靖康之難，子翬痛憤哀毀，服除，通判興化軍事，以羸疾丐祠，歸隱屏山，學者稱屏山先生，而自號痛翁。與籍溪胡原仲、白水劉致中爲道義交，所學深遠。朱子受遺命往遊其門，子翬告以《易》『不遠復』三言，俾佩之終身。一日感微疾，即謁廟，訣別家人，與朱子言入道次第而歿。詩與曾茶山、韓子蒼、呂居仁相往還，故所詣殊高。五言幽淡卓鍊，及陶謝之勝，而無康樂繁縟細澀之態，則以其用經學不同，所得之理異也。」

　　「師師垂老」絕句，載劉子翬《屏山集》卷十八，係其〈汴京紀事〉二十首

最後一首，詩曰：「輦轂繁華事可傷，師師垂老過湖湘。縷衣檀板無顏色，一曲當時動帝王。」李師師者，北宋末汴京青樓名妓，傳與宋徽宗曾有風流韻事，好事者以故傳誦，吟詠不輟。或云金兵破汴，師師棄家為女道，金主帥欲獻之與金太宗，師師「乃脫金簪自刺其喉，不死，折而吞之，乃死」。（事載題宋代傳奇，或明季偽作之《李師師外傳》）或云師師於混亂中南渡，流寓江浙，仍以賣唱為生。北宋張邦基《墨莊漫錄》云：「士大夫猶邀之，以聽其歌，然憔悴，無復向來之態矣。」審子彙詩文辭，固亦以師師未死於金兵之破汴，而落魄江浙，花憔柳悴為其下場也。南宋劉克莊《後村集》卷十八「詩話下」云：「汴都角妓鄯六、李師師，多見前輩雜記。鄯即蔡奴也。元豐中，命待詔崔白圖其貌入禁中。師師著名宣和，入至掖庭。頃見鄭左司子敬云，汪端明家有《李師師傳》，欲借抄不果。劉屏山詩云：『輦轂繁華事可傷，師師垂老過湖湘。縷衣檀板無顏色，一曲當年動帝王。』亦前人感慨杜秋娘梨園子弟之類。」李師師北宋末一代名妓，傳聞曾入宮並被封為皇妃，而近世王國維已曾考辨，宋徽宗嫖娼應屬實，但師師從未進宮廷。

　　牧齋詩首聯曰：「秦淮池館御溝通，長養嬌嬈香界中。」起句即啓人疑竇。若牧齋以「御溝通」、「長養嬌嬈」影射李師師與宋徽宗有染，以青樓名媛而受寵於帝王，屬詞比事，尚屬允洽。惟師師所居汴京青樓瓦子何得云「秦淮池館」？北宋風月場所，青樓瓦子櫛比，絲竹調笑，而「秦淮池館」之槳聲燈影、錦繡輝煌則屬晚明之文化記憶（cultural memory），雖同是煙花地，韻致始終不同。牧齋本首寫晚明名妓，可謂「立竿見影」矣。「嬌嬈」，妍媚貌。女貌嬌嬈，謂之尤物。杜甫〈春日戲題惱郝使君兄〉云：「使君意氣凌青霄，憶昨歡娛常見招。細馬時鳴金腰裊，佳人屢出董嬌饒。東流江水西飛燕，可惜春光不相見。願攜王趙兩紅顏，再聘肌膚如素練。通泉百里近梓州，請公一來開我愁。舞處重看花滿面，樽前還有錦纏頭。」仇兆鰲《杜詩詳註》卷十一云：「此望郝攜妓而來。……不相見，指佳人而言，王、趙，乃使君家妓。」「王趙兩紅顏」，猶上「佳人屢出董嬌饒」，妓也。「香界」，《楞嚴經》云：「阿難！又汝所明，鼻香為緣，生於鼻識。此識為復因鼻所生，以鼻為界。因香所生，以香為界。」牧齋用「香界」之字面義耳，與佛經義理無涉，實與所謂「天香國色」於

義爲近。本聯二句合觀，可知牧齋暗喻秦淮池館之嬌嬈名姝入於帝王之家，惟此究爲何人，如上首，不可確考矣。「嬌嬈香界中」云云，啓詩次聯二句。

　　次聯曰：「十指琴心傳漏月，千行珮響從翔風。」「漏月」事，見漢佚名《燕丹子》：「秦王曰：『今日之事，從子計耳！乞聽琴聲而死。』召姬人鼓琴，琴聲曰：『羅縠單衣，可掣而絕。八尺屏風，可超而越。鹿盧之劍，可負而拔。』軻不解音。秦王從琴聲負劍拔之，於是奮袖超屏風而走，軻拔匕擿之，決秦王，刃入銅柱，火出，秦王還斷軻兩手。軻因倚柱而笑，箕踞而罵，曰：『吾坐輕易，爲豎子所欺，燕國之不報，我事之不立哉！』」(案：此事錢曾注引楊愼《禪林鉤玄》所載，不若逕引《燕丹子》。)「翔鳳」事，詳晉王嘉《拾遺記》卷九，略云：「石季倫〔崇〕愛婢名翔風，魏末於胡中得之。至十五，無有比其容貌，特以姿態見美。妙別玉聲，巧觀金色。石氏之富，方比王家，驕侈當世，珍寶奇異，視如瓦礫，積如糞土，皆殊方異國所得，莫有辨識其出處者。乃使翔風別其聲色，悉知其處。言西方北方，玉聲沉重而性溫潤，佩服者益人性靈；東方南方，玉聲輕潔而性清涼，佩服者利人精神。……崇常擇美容姿相類者十人，裝飾衣服大小一等，使忽視不相分別，常侍於側。使翔風調玉以付工人，爲倒龍之珮，縈金爲鳳冠之釵，言：『刻玉爲倒龍之勢，鑄金釵象鳳皇之冠。』結袖繞楹而舞，晝夜相接，謂之『恆舞』。欲有所召，不呼姓名，悉聽珮聲、視釵色，玉聲輕者居前，金色豔者居後，以爲行次而進也。」牧齋詩於首聯主腦已立，此「漏月」、「翔風」一聯可視作其「襯筆」、「旁筆」，乃借古帝宮豪門中「嬌嬈」女子之傳奇事蹟、風流韻事以側寫「秦淮池館」名妓之不可多得、多才多藝。

　　第三聯曰：「柳矜青眼舒隋苑，桃惜紅顏墜漢宮。」牧齋此聯轉得妙，看似閒筆，點綴餘情，實寓古今之慨，復對薄命紅顏寄予同情。豔如桃柳，美人尤物之容姿，眉如柳葉，眼若桃瓣，傾國傾城。梁苑隋堤，行樂快意，而遊龍戲鳳，盼地久天長，終歸風流雲散。牧齋聯甚似唐韓琮〈楊柳枝〉詩意：「梁苑隋堤事已空，萬條猶舞舊春風。那堪更想千年後，誰見楊花入漢宮。」

　　末聯曰：「垂老師師度湘水，縷衣檀板未爲窮。」金人破汴京，師師落魄江浙，徐娘半老，猶「縷衣檀板」，重操故業。牧齋言「未爲窮」，固以身在爲

幸，然師師「無復向來之態矣」。雖言「未爲窮」，難免興發潦倒落寞之悲感。

　　劉屏山〈汴京紀事〉二十首，成於靖康之難後不久，宋室南渡之初，山河破碎，內外交困。屏山賦此二十章，可謂詩史，慨念故國，傷心禾黍，追惟家國破滅之由，憤慨時事，非尋常思舊篇什之比。茲錄如後，以備讀者觀覽：

　　　　帝城王氣雜妖氛，胡虜何知屢易君。
　　　　猶有太平遺老在，時時灑淚向南雲。（其一）
　　　　玉璽相傳舜紹堯，壺春堂上獨逍遙。
　　　　唐虞盛事今寥落，盡卷清風入聖朝。（其二）
　　　　聖君嘗膽憤艱難，雙蹕無因日問安。
　　　　漢節凋零胡地闊，北州何處是通汗。（其三）
　　　　朝廷植黨互相延，政事紛更屢紀年。
　　　　曾讀上皇哀痛詔，責躬猶是禹湯賢。（其四）
　　　　聯翩漕舸入神州，梁主經營授宋休。
　　　　一自胡兒來飲馬，春波惟見斷冰流。（其五）
　　　　內苑珍林蔚絳霄，圍城不復禁芻蕘。
　　　　舳艫歲歲銜清汴，才足都人幾炬燒。（其六）
　　　　空嗟覆鼎誤前朝，骨朽人間罵未銷。
　　　　夜月池台王傅宅，春風楊柳太師橋。（其七）
　　　　御路丹花映綠槐，瞳瞳日照五門開。
　　　　吾皇欲與民同樂，不惜千金築露臺。（其八）
　　　　神霄宮殿五雲間，羽服黃冠綴曉班。
　　　　詔許群臣親受籙，步虛聲裡認龍顏。（其九）
　　　　宮娃控馬紫茸袍，笑撚金丸彈翠毛。
　　　　鳳輦北遊今未返，蓬蓬艮岳內中高。（其十）
　　　　篤耨清香步障遮，並桃冠子玉簪斜。
　　　　一時風物堪魂斷，機女猶挑韻字紗。（其十一）
　　　　萬炬銀花錦繡圍，景龍門外軟紅飛。

淒涼但有雲頭月，曾照當時步輦歸。（其十二）

雲芝九幹麥雙岐，盍有嘉生瑞聖時。

玉殿稱觴聞好語，時教張補撰宮詞。（其十三）

橋上遊人度鏡光，五花殿裡奏笙簧。

日曛未放龍舟泊，中使傳宣趣鄆王。（其十四）

天廄龍媒十萬蹄，春池蹴踏浪花飛。

路人爭看蕭衙內，月下親調御馬歸。（其十五）

磐石曾聞受國封，承恩不與幸臣同。

時危運作高城炮，猶解捐軀立戰功。（其十六）

梁園歌舞足風流，美酒如刀解斷愁。

憶得少年多樂事，夜深燈火上樊樓。（其十七）

倉黃禁陌夜飛戈，南去人稀北去多。

自古胡沙埋皓齒，不堪重唱蓬蓬歌。（其十八）

河漢如雲掃沆瀣，登東寒鐵響清宵。

竹窩驚破高人夢，門外駁駁萬馬朝。（其十九）

輦轂繁華事可傷，師師垂老過湖湘。

縷衣檀板無顏色，一曲當時動帝王。（其二十）

　　屏山所詠，固北宋末、南渡初時事，惟所寫君臣誤國之由、宋室偏安一隅，苟延殘喘，移之以狀明季並南明弘光朝史事亦無不可。則牧齋詩雖和屏山詩之最後一章，或亦有其他十九首在其眼目中？若然，牧齋之和「師師垂老」，寄慨遙深，不唯對「秦淮池館」「嬌嬈」女子命運之喟嘆矣。

其三十九

編蒲曾記昔因緣，蒲室蒲菴一樣便。
寬比鵝籠能縮地，溫如蠶室省裝綿。
燈明龍蟄含珠睡，風燠雞栖伏卵眠。
針孔藕絲渾未定，於今真學鳥窠禪。
新製蒲龕成。

【箋釋】

　　牧齋詩後小注云：「新製蒲龕成。」新製「蒲龕」完成，牧齋似頗得意，賦詩記之。此首語帶幽默，自得自嘲，兼而有之。

　　首聯曰：「編蒲曾記昔因緣，蒲室蒲菴一樣便。」「蒲龕」，以蒲草編製之小室，用以禮佛奉佛，猶「禪龕」。杜甫〈謁文公上方〉詩有句云：「吾師雨花外，不下十年餘。長者自布金，禪龕只晏如。」牧齋聯嵌三「蒲」字樣，為義本各不同。「編蒲」，「編蒲書」之謂，本喻苦學不倦。《漢書·路溫舒傳》云：「路溫舒，字長君，巨鹿東里人也。父為里監門，使溫舒牧羊，溫舒取澤中蒲，截以為牒，編用書寫。」南朝梁任昉〈為蕭揚州薦士表〉云：「既筆耕為養，亦傭書成學。至乃集螢映雪，編蒲輯柳。先言往行，人物雅俗，甘泉遺儀，南宮故事，畫地成圖，抵掌可述。」牧齋「編蒲」云云，似非取此編蒲為牒，用以書寫意，只因其禪龕亦編蒲而成，遂牽連及此，有點胡言亂語。下句「蒲室」、「蒲菴」，可同義通假，指草庵、佛龕，如元張翥《蛻菴集·奉答新仲銘禪師》云：「我識新公老禪衲，一燈蒲室是真傳。」宋陸游〈梅市暮歸〉云：「何當倚蒲龕，一坐十小劫。」元周伯琦〈答覆見心長老見寄〉云：「浙水東頭佛舍連，蒲庵上士坐忘年。」惟「蒲菴」云云，又有「思親」義。錢曾注引明初宋濂（景濂）〈蒲菴禪師畫象贊〉云：「師名來復，字見心。兵起，避地會稽山慈溪，與會稽鄰壤，中有定水院，師主之，為起其廢。尋以干戈載途，不能見母，築室寺東澗，取陳尊宿故事名為蒲菴，示思親也。」牧齋固知「蒲菴」此「思親」義者，

特新製蒲龕成，高興，「編蒲」也好，「蒲室」也好，「蒲菴」也好，「一樣便」。牧齋意興高，語無倫次。「便」，安也，適宜也，啓下二聯。

　　次聯曰：「寬比鵝籠能縮地，溫如蠶室省裝綿。」此聯言蒲龕大小適中，溫暖。上句「鵝籠能縮地」云云，含二典。「鵝籠」，錢曾失注。「鵝籠」事，見梁吳均《續齊諧記》：「東晉陽羨許彥于綏安山行，遇一書生，年十七八，臥路側，云：『腳痛』，求寄彥鵝籠中，彥以爲戲言，書生便入籠。籠亦不更廣，書生亦不更小。宛然與雙鵝並坐，鵝亦不驚。彥負籠而去，都不覺重。」「縮地」，晉葛洪《神仙傳・壺公》云：「費長房有神術，能縮地脈，千里存在，目前宛然，放之復舒如舊也。」「鵝籠」，下句以「蠶室」對，妙，牧老詼諧。「蠶室」謂宮刑，《漢書・張湯傳》顏師古注云：「謂腐刑也。凡養蠶者，欲其溫而早成，故爲密室蓄火置之。而新腐刑亦有中風之患，須入秘室乃得以全，因呼爲蠶室耳。」此聯「溫」字啓下一聯。

　　第三聯曰：「燈明龍蟄含珠睡，風煖雞栖伏卵眠。」此聯寫此蒲龕給予牧齋之溫暖、安穩感。錢曾注引陳摶(希夷)《五龍甘臥法》云：「修仙之心，如如不動，如龍之養珠，雞之抱卵。」「五龍甘臥法」或稱「五龍酣睡訣」、「五龍蟄法」，道家「睡功」，內丹胎息之法，其語常見於修仙口訣靈文，甚或房中術。牧齋固非於此蒲龕修此道家胎息睡功，特借龍養珠、雞抱卵之意象、感覺以喻此龕之安泰耳。牧齋用此而添「燈明」、「風煖」二語領起上下句，益增溫暖安逸之感，信宜「睡」，宜「眠」。

　　末聯曰：「針孔藕絲渾未定，於今眞學鳥窠禪。」此聯另起一意作結。下句「鳥窠禪」承上各聯「蒲龕」之意蘊。宋釋普濟《五燈會元》卷二「鳥窠道林禪師」云：「〔禪師〕後見秦望山有長松，枝葉繁茂，盤屈如蓋，遂棲止其上，故時人謂之鳥窠禪師。復有鵲巢於其側，自然馴狎，人亦目爲鵲巢和尚。」道林禪師許是搭「簡易棚」於樹上而住之，牧齋謂己製蒲龕而禮佛其中似之。上句「針孔」、「藕絲」卻況不安、「未定」之感。「針孔」，西晉傅咸〈小語賦〉云：「唐勒曰：『攀蚊髯，附蚋翼，我自謂重彼不極，邂逅有急相切逼，竄於針孔以自匿。』」宋章樵註《古文苑》卷二載宋玉〈小言賦〉云：「景差曰：『載氛埃兮乘剽塵，體輕蚊翼，形微蚤鱗，聿遑浮踴，凌雲縱身。經由針孔，出入羅巾，

飄妙翩綿，乍見乍泯。』」註云：「言奮身騰躍不過由針眼穿羅巾。」「藕絲」
事較恐怖。《佛說觀佛三昧海經》卷一云：「我持此法當成佛道，令阿修羅自然
退敗。作是語時，於虛空中有四刀輪，帝釋功德故，自然而下當阿修羅上。時阿
修羅耳鼻手足一時盡落，令大海水赤如絳汁。時阿修羅即便驚怖。遁走無處，入
藕絲孔。」「針孔」、「藕絲」云云，牧齋自嘲也，謂己藏匿於蒲龕，求其穩
暖，自欺欺人，無關道行修為。牧齋實不必如此計過自訟，常熟冬日苦寒，製一
蒲龕窩於其中(如貓兒藏身紙盒)，禮佛、取暖「一樣便」！

（本詩進一步之詮釋，請參本書上編〈蒲團歷歷前塵事〉一章。）

其四十

> 信筆塗鴉字不齊，叢殘篇什少詩題。
> 心情癢癢如中酒，手腕騰騰欲降乩。
> 搜索句窮翻壁蠹，喔咿吟苦伴鄰雞。
> 才華自分龍襃並，未敢囊詩付小奚。

【箋釋】

　　此首述衰老無奈之狀，大概即前詩其三十所謂「衰殘未省似今年」之意，又嗟歎才思枯竭，江郎才盡。牧齋描狀老態，入木三分，自嗟才盡，屬詞比事，亦甚傳神。此首平易道來，乾淨俐落，顫顫牧翁，栩栩如在目前，真不可多得之好詩。

　　首聯曰：「信筆塗鴉字不齊，叢殘篇什少詩題。」〈病榻消寒雜咏〉前序謂「臥榻無聊，時時蘸藥汁寫詩，都無倫次」，正本聯所狀之景況。〈病榻消寒〉一目，想係輟簡後補題，故此時言「少詩題」，紀實也。牧齋臥榻，信筆寫此等「雜咏」，至本詩已積四十篇，是可以言「叢殘篇什」矣。「塗鴉」，寫字潦草似「鬼畫符」，而古之詩人，唐盧仝〈示添丁〉詩道之最有趣，有句云：「數日不食強強行，何忍索我抱看滿樹花。不知四體正困憊，泥人啼哭聲呀呀。忽來案上翻墨汁，塗抹詩書如老鴉。父憐母惜摑不得，卻生癡笑令人嗟。」蓋述孫子之淘氣搗蛋狀者也。「叢殘」，瑣碎、零亂之謂，《文選》江淹〈雜體詩・李都尉陵〉有句云：「袖中有短書，願寄雙飛燕。」《六臣註文選》李善注云：「桓子〔桓譚〕《新論》曰：『若其小說家合叢殘小語，近取譬論，以作短書，治身理家，有可觀之辭。』」

　　次聯曰：「心情癢癢如中酒，手腕騰騰欲降乩。」寫老人衰頹貌，唯肖唯妙，呼之欲出。「癢癢」，《詩・邶風・二子乘舟》云：「願言思之，中心養養。」《傳》云：「養養然憂不知所定。」《箋》云：「心為之憂養養然。」則「癢癢」本有「憂」義。然合下「中酒」語觀之，不若讀如字，乃狀受刺激需要

抓撓之感(英語可譯itchy，亦有不安、神經質之意)。「中酒」，飲酒半酣，《漢書‧樊噲傳》：「項羽既饗軍士，中酒，亞父謀欲殺沛公。」顏師古注：「飲酒之中也。不醉不醒，故謂之中。」或即指醉酒。「手腕」，錢曾引《太平廣記》載《譚賓錄》述蘇頲事為解，略云：蘇頲年少聰俊，為中書舍人，初當劇任，文詔填委，動以萬計。「頲手操口對，無毫釐差失。主書韓禮、譚子陽轉書詔草，屢謂頲曰：『乞公稍遲，禮等書不及，恐手腕將廢。』」而合下語「騰騰」看，「手腕」實不煩出注。「騰騰」，唐白居易〈勸酒詩十四首‧不如來飲酒七首〉其六云：「魚爛緣吞餌，蛾焦為撲燈。不如來飲酒，任性醉騰騰。」牧齋句之最妙者，在以「欲降乩」狀「手腕騰騰」——扶乩時神靈下降附體，不自主抖動，牧齋以此喻手抖無法控制。〈病榻消寒〉本首寫後不久，牧齋有〈甲辰立春日口占〉一首，其詩前小序適可與牧齋本句合觀。牧齋云：「立春日早誦《金剛經》一卷，適河東君以棗湯餉余，坐談鎮日。檢趙文敏金汁書蠅頭小楷《楞嚴經》示余。余兩眼如蒙霧，一字不見。腕中如有鬼，字多舛謬，歎筋力之衰也。」(《牧齋雜著‧牧齋集再補》頁911)

第三聯曰：「搜索句窮翻壁蠹，喔咿吟苦伴鄰雞。」此聯言才盡詞窮，搜索枯腸，不成一句。「壁蠹」，杜甫〈歸來〉詩有句云：「開門野鼠走，散帙壁魚乾。」蘇軾〈九月十五日邇英講《論語》終篇……〉詩句云：「壁中蠹簡今千年，漆書科斗光射天。」王十朋《東坡詩集註》卷二十七厚注云：「魯共王壞孔子宅，於壁中得古文《論語》。」此二引見錢曾注，其實大可不必，蓋牧齋句以蠹蟲蚛書喻己覓句之難，其意甚顯。雖然，牧齋晚年詩好用僻典、佛典，牧齋「翻壁蠹」喻己才盡，只得求詩料於墳典，亦不無可能。若如此，則錢曾注亦無妨。「喔咿」，狀禽鳴聲，牧齋喻己苦吟如喔咿也。韓愈〈天星送楊凝郎中賀正〉詩句云：「天星牢落雞喔咿，僕夫起餐車載脂。」舊注云：「喔咿，雞鳴聲。」陸游〈新寒〉詩有句云：「此懷擬向何人說，賴有昏燈伴苦吟。」不及牧齋本句之繪聲繪影，生動傳神。

末聯曰：「才華自分龍褒並，未敢囊詩付小奚。」此牧齋自我揶揄之詞，謂己所作非詩，「趁韻」而已。「才華」，《顏氏家訓‧文章》云：「近在并州，有一士族，好為可笑詩賦，誂撇刑、魏諸公，眾共嘲弄，虛相讚說，便擊牛釃

酒，招延聲譽。其妻，明鑒婦人也，泣而諫之。此人歎曰：『才華不爲妻子所
容，何況行路！』至死不覺。自見之謂明，此誠難也。」「龍褒」亦「好爲可笑
詩賦」者，事見宋計敏夫《唐詩紀事》卷八十「權龍褒」：「景龍中，〔權龍
褒〕爲左武衛將軍，好賦詩而不知聲律，中宗與學士賦詩，輒自預焉。帝戲呼爲
權學士。……嘗吟〈夏日〉詩：『嚴雪白皓皓，明月赤團團。』或曰：『豈是夏
景？』答曰：『趁韻而已。』……始賦〈夏日〉『嚴霜』、『明月』之句，乃皇
太子宴賦詩。太子援筆譏之曰：『龍褒才子，泰州人士。明月晝耀，嚴雪夏起。
如此詩章，趁韻而已。』」「囊詩」事則與上述二笑話迥異，乃李賀苦吟之傳
奇。《唐詩紀事》載：「〔賀〕常從小奚奴，騎距驢，背一古破錦囊，遇有所
得，即書投囊中。及暮歸，太夫人使婢探囊出之，見所書多，輒曰：『是兒要當
嘔出心始已耳！』」李賀所投錦囊中者，嘔心瀝血之佳句，必留傳後世，牧齋之
所以「未敢囊詩付小奚」，乃以己塗鴉之作只如并州士子、權龍褒「趁韻」之
「可笑詩賦」而已，未敢獻世，貽笑方家也。

其四十一

落木蕭蕭吹竹風，紙窗木榻與君同。

白頭韸韤無三老，青鏡鬚眉似一翁。

行藥每於參禮後，安禪即在墓田中。

永明百卷丹鉛約，少待春燈爛漫紅。

懷落木菴主。

【箋釋】

牧齋詩後小注云：「懷落木菴主。」本詩乃牧齋歲末懷人之作。落木庵主，徐波（元歎，1590-1663?）是也，明清之際詩人，牧齋老友，少牧齋八歲。元歎《清史稿·文苑傳》有小傳，甚簡略。沈德潛（1673-1769）頗景仰元歎之爲人，爲作傳甚傳神，略云：徐元歎，名波，蘇之吳縣人，其稱「頑庵」，前代國變後所更號也。少孤，向學，爲諸生，旋入太學。負意氣，任俠，急友朋難，至欲爲報仇，破其家不顧。喜爲詩，湔除塵俗，抽思鍊要。吳中求同調不易得，之楚交鍾伯敬、譚友夏。時兩人欲變王、李習見，孑孑生新，不主故常者力揚詡之，名大著吳楚間。當是時，先生年未艾，欲留其身有爲，不以文人終也。後見廟堂水火，蛾賊四起，柄國者泄泄，無救時術，慨然曰：「此乾坤何等時，尚思燕巢幕上乎？」淡志歸隱。與友夏別，友夏曰：「子還吳，如落葉歸根矣。」書「落木庵」三字以贈，後揭諸庵門。鼎革後，葬父母天池山麓，遂結廬老焉。松栝蔽空，縛帚掃葉，以供茶竈。先生既結廬天池，與靈巖、中峰二高僧遊，寫像各貯佛寺，談討多出世語言，外人弗能聞也。年七十四卒。沈德潛論元歎云：「讀其自撰〈頑庵生壙志〉，廉悍之氣猶在簡中。先生固逃於虛空者耶？吳人士或目爲迂人，或目爲詩老，或目爲枯禪，而識者稱爲遺民，庶得其眞云。」（見清李桓輯《國朝耆獻類徵初稿》卷470補錄）

元歎之別友夏歸吳，在崇禎六年（1633）。明末清初徐崧、張大純纂輯《百城烟水》云：「落木庵，在天池山中。爲吾宗元歎丙舍，其額竟陵譚友夏所題也。

鍾退谷因寫《支硎山圖》以贈之。明末竟陵派吳門四詩家，曰徐波元歎、劉錫名虛受、張澤草臣、葉襄聖野，而元歎爲巨擘。靈巖繼起和尚捐資刻元歎詩，庵因歸靈巖。」明季清初攻排竟陵派之最力者，牧齋也（可參拙著〈錢謙益攻排竟陵鍾、譚側議〉，載《中國文哲研究通訊》第14卷第2期〔2004年6月〕），而牧齋又與元歎友善，從無譏呵言，此牧齋有所偏私邪？牧齋《初學集》卷九有〈戲題徐元歎所藏鍾伯敬茶訊詩卷〉（1631）；卷十七〈姚叔祥過明發堂共論近代詞人戲作絕句十六首〉（1640）其十四論及元歎，云：「安期　周永年　下筆無停手，元歎徐波撚毫正苦心。贏得老夫雙眼飽，探箱拂壁每長吟。」卷三十二有〈徐元歎詩序〉（1642?），內云：「元歎之爲人，淡於榮利，篤於交友，苦心於讀書，而感憤於世道，皆用以資爲詩者也。元歎之詩，爲一世之所宗。則夫別裁僞體，使學者志于古學而不昧其所從，元歎之責也。」入清以後，《有學集》卷二有〈徐元歎六十〉（1649）；卷十有〈徐元歎勸酒詞十首〉（1659）；卷四十八有〈香觀說書徐元歎詩後〉（1660）；至〈病榻消寒雜咏〉本首（1663/1664）亦及元歎。此外，《錢牧齋先生尺牘》卷二有〈與徐元歎〉二函（1659、1660）。讀之可知牧齋與元歎友情深厚，至老彌篤。

　　牧齋〈病榻消寒〉「懷落木菴主」詩起聯曰：「落木蕭蕭吹竹風，紙窗木榻與君同。」「落木」云云，一語雙關。元歎與竟陵譚友夏別，友夏爲書「落木庵」三字以贈。元歎歸吳，構廬天池山麓，乃顏之曰「落木庵」。「落木蕭蕭」、「紙窗木榻」，則言庵主生活之清貧，超軼遠塵俗也。卓爾堪《遺民詩》卷三云：「〔元歎〕情性如澄潭止水，居落木庵，斷炊絕粒，靈巖退翁分缽中餐以周之，他有所遺，不屑也。」順治六年（1649），元歎六十歲，牧齋作〈徐元歎六十〉爲壽，所詠亦正可與本聯對讀：「飄然領鶴駐高閒，石戶雲房處處開。萬事總隨青鬢去，此身留得翠微間。隱將佛土逃三劫，貧爲詩人鍊九還。若問少微星好在，鉤簾君自看西山。」牧齋言「與君同」，固謂元歎與己爲知己同調，然亦有己清貧如元歎之意。順治十六年（1659），元歎七十歲，牧齋爲作〈徐元歎勸酒詞十首〉，詩其九即云：「落木菴空紅豆貧，木魚風響貝多新。長明燈下須彌頂，雪北香南見兩人。」

　　次聯曰：「白頭聾瞶無三老，青鏡鬚眉似一翁。」此嗟歎元歎與己爲桑滄劫

餘之人，且垂垂老矣。古禮，天子帥群臣躬養三老、五更於辟雍。三老，老人知天、地、人事者；五更，長老之稱。(見《後漢書・禮儀志》及注)牧齋句用其字面義耳，「無三老」，則只二老，落木菴主與牧齋老人也。此句亦以元歎為前賢遺老也。〈徐元歎勸酒詞十首〉其一云：「皇天老眼慰蹉跎，七十年華小刦過。天寶貞元詞客盡，江東留得一徐波。」其二云：「項背交遊異世塵，衣冠潦倒筆花新。後生要識前賢面，元歎今為古老人。」即本聯詩言下之意也。「聾聵」，耳聾。《國語・晉語四》：「聾聵不可使聽。」韋昭注：「耳不別五聲之和曰聾。生而聾曰聵。」「白頭聾聵」，狀元歎及己之老態。「似一翁」乃隱語，謂元歎「鬚眉」容貌似己。李白〈贈潘侍御論錢少陽〉詩有句云：「雖無二十五老者，且有一翁錢少陽。眉如松雪齊四皓，調笑可以安儲皇。」牧齋蓋以「一翁錢少陽」指代「一翁錢牧齋」也。

第三聯曰：「行藥每於參禮後，安禪即在墓田中。」元歎究心佛學，晚年禮中峰讀徹蒼雪法師、靈巖繼起弘儲禪師，時人甚或以「枯禪」視元歎，故牧齋本聯有「參禮」、「安禪」之詠。「安禪即在墓田中」，牧齋蓋謂元歎行將就木乎？非也。元歎葬父母於天池山麓，遂結廬老焉，故落木庵所在，亦元歎父母墓田丙舍之地，故云。

結聯曰：「永明百卷丹鉛約，少待春燈爛漫紅。」錢曾注云：「徐元嘆見公所著《宗鏡提綱》，歡喜贊嘆，欲相資問，故有春燈之約。」是元歎與牧齋為法友矣。「永明百卷」指五代永明延壽禪師(904-975)所纂《宗鏡錄》，凡百卷，八十餘萬字。牧齋著有《宗鏡提綱》一卷(今似不傳)。「丹鉛約」，元歎欲就是書相資問，牧齋允相與研討也。(韓愈〈秋懷〉十一首其七有句云：「不如覷文字，丹鉛事點勘。」)「春燈之約」，二老恐無法實現矣。牧齋寫本詩後不及半年即順世，而此時元歎甚或已卒。沈德潛謂元歎「年七十四卒」，則元歎歿於康熙二年(1663)，正牧齋寫〈病榻消寒〉詩之年。牧齋歲末仍有此首懷落木庵主之作，且有「春燈」之約，固以元歎尚在人世。或牧齋寫本詩時未悉元歎逝世之噩耗？或沈歸愚記誤？待確考。

其四十二

丈室挑燈餞歲餘，披衣步屧有相於。

詩詮麗藻金壺墨，謂編次唐詩。史覆神遠玉洞書。余將訂《武安王集》。

窮以文章為苑囿，老將知契託蟲魚。

無終路阻重華遠，自合南村訂卜居。除夜定遠、夕公、遵王見過。

【箋釋】

　　牧齋詩後小注云：「除夜定遠、夕公、遵王見過。」知除夕夜，弟子定遠、夕公、遵王來謁，相談甚歡，牧齋作本詩紀之。定遠者，馮班也。遵王即錢曾，二人介紹請參上詩其三十二、三十三箋釋。夕公，王應奎輯《海虞詩苑》卷四「錢文學龍惕」云：「龍惕，字夕公，為諸生，有時名。屢躓場屋，遂謝去，刻意為詩。其詩原本溫、李，旁及于子瞻、裕之，憔悴婉篤，大約愁苦之詞居多，與其族父履之倡和最數，相得歡甚，一時有竹林大小阮之目。著有《大咒集》五卷。君熟精義山詩，嘗作小箋數條，頗為精審。今附載朱氏義山詩註中。」

　　詩首聯曰：「丈室挑燈餞歲餘，披衣步屧有相於。」「丈室」，佛教名相，唐釋道世《法苑珠林》卷二十九云：「於大唐顯慶年中，勅使衛長史王玄策，因向印度過淨名宅，以笏量基，止有十笏，故號方丈之室也。」後多以指寺院之正寢。牧齋句用此語泛指斗室耳，不必拘泥原義，如白居易〈秋居書懷〉詩云：「何須廣居處，不用多積蓄。丈室可容身，斗儲可充腹。」「餞歲」，設酒宴送別舊歲也。「屧」，《說文》云：「履中薦也。」泛指屐、鞋。「步屧」，杜甫〈遭田父泥飲美嚴中丞〉云：「步屧隨春風，村村自花柳。田翁逼社日，邀我嘗春酒。」「相於」，相厚，相親近也。曹植〈當來日大難〉詩云：「日苦短，樂有餘，乃置玉樽辦東廚。廣情故，心相於。閨門置酒，和樂欣欣。」杜甫〈贈李八秘書別三十韻〉詩句：「此行非大濟，良友昔相於。」仇兆鰲《杜詩詳注》卷十七引《易林》云：「患解憂除，良友相於。」除夕夜，親近弟子過訪，詩酒歡會，牧齋興致高，「披衣步屧」，談興甚濃，下聯即告眾弟子以己擬編著之二

書。

次聯曰：「詩詮麗藻金壺墨，謂編次唐詩，史覆神遶玉洞書。余將訂《武安王集》。」上句後牧齋置小注云：「謂編次唐詩。」牧齋此唐詩之編爲未成之書，其稿本則甚可貴，乃絳雲樓火災劫餘之物。《錢牧齋先生尺牘》卷一載〈致程翼蒼〉其二云：「衰殘多病，閉戶繙經。企想絳帳緇帷，如在天外。頃承翰教，所索唐詩，以數十年編集之書，幸逃煨燼。禪誦之暇，晨夕檢括，不離几案。半千兄如欲校讐，必須身至虞山，假館數日，便可卒業而去。若欲取全本奉閱，則萬萬不能也。」函中所稱之「唐詩」，應即本詩所指者。牧齋歿，此稿本錢曾得之，後歸季振宜。季氏遞輯彙整爲七百一十六卷、一百一十九冊，收詩四萬二千餘首。論者謂錢、季是編或即康熙勅編之《全唐詩》底本。錢、季稿本今珍藏於台灣國家圖書館。「麗藻」，牧齋所編集唐人之詩也。(陸機〈文賦〉云：「詠世德之駿烈，誦先人之清芬。遊文章之林府，嘉麗藻之彬彬。」)牧齋以「金壺墨」一典喻己「詩詮」所費之心力。晉王嘉《拾遺記》卷三載：「浮提之國，獻神通善書二人，乍老乍少，隱形則出影，聞聲則藏形。出肘間金壺四寸，上有五龍之檢，封以青泥。壺中有黑汁，如淳漆，灑地及石，皆成篆隸科斗之字。記造化人倫之始，佐老子撰《道德經》，垂十萬言。寫以玉牒，編以金繩，貯以玉函。晝夜精勤，形勞神倦。及金壺汁盡，二人剖心瀝血，以代墨焉。遞鑽腦骨取髓，代爲膏燭，及髓血皆竭，探懷中玉管，中有丹藥之屑，以塗其身，骨乃如故。老子曰：『更除其繁紊，存五千言。』及至經成工畢，二人亦不知所往。」牧齋用此典故，喻己編次唐詩之形勞神倦，剖心瀝血。

牧齋之編訂《武安王集》，其因緣甚曲折離奇。武安王，關羽雲長，關聖帝君是也，元時有封關羽爲「顯靈義勇武安英濟王」之舉，故稱。牧齋與關聖帝君結緣甚早。《有學集》卷二十七〈河南府孟津縣關聖帝君廟靈感記〉末段披露：「謙益爲舉子時，夢謁帝北臺上，取所乘赤兔馬揖送。錫鸞之聲，醒猶震耳。厥後洊更閔兇，詔告不絕。」順治十八年(1661)三月，牧齋紅豆村居被盜，而牧齋適以宴客城中拂水山莊，得免於難。牧齋以此爲關帝救護脫險，乃發願重訂《武安王集》，以酬神恩。《錢牧齋先生尺牘》卷二載〈與李梅公〉函云：「相知聚首，樂極生悲。山堂燕及之辰，即江村肬餒之夕。山妻稚子，匍匐荒田。片紙寸

絲，遂無剩餘。幸以扁舟早出，免於白刃。關帝降靈呵護，靈響赫然。不然殆矣。以此自幸，餘生猶不爲神明所吐棄，知己者當開顏相慶也。」同卷又載〈與趙月潭〉書，內云：「逆賊之來，焚如突如，意誠不在貨財也。僕以石臺公祖赴酌，倉卒入城，彼不及知，幸免於難。數日前，敝鄉迎關帝賽會，示夢社人云：『錢家莊上有大難。廿八至初二日，要往救護，過此方許出會。』則此日之得免，與一家之九死不死，大帝之救護昭昭矣。方以爲幸，方以爲感，豈復有芥蒂於中乎？」牧齋句「玉洞書」云云，指此《義勇武安王集》，關聖帝君之神蹟遺事也。「神逴」，冥冥中顯示靈異，賜福降災之神道。《文選》載張衡〈思玄賦〉云：「神逴昧其難覆兮，疇克謀而從諸。」舊注云：「九交道曰逴。覆，審也。」又云：「逴，道也。」牧齋「史覆神逴」云云，則透露其將訂《武安王集》之方法也。錢曾《讀書敏求記》卷二「重編義勇武安王」條云：「公齋心著是書者，蓋所以答神佑也。元季巴郡胡琦編刻《關王事蹟》。嘉靖四年，高陵呂柟復校次刻之，名《義勇武安王集》。公取二書次第釐定，考正刪補，而謂之『重編』者，因名仍呂公之舊耳。公又取錢塘羅貫中撰《通俗演義三國志》及內府《元人雜劇》，摭拾其與史傳牴牾者，力爲舉正。」以此知牧齋之重編是集，除訂正文字外，尙有考史之役，此即詩中「史覆」之意也。錢曾《敏求記》有此書之記，可推知牧齋歿後，此稿亦入錢曾述古堂書庫矣。牧齋此稿尙存世，1990年收入《北京圖書館古籍珍本叢刊》第十四輯，影印出版，雖年久日遠，字跡尙算完整，且此稿乃牧齋順世前數月所製，藉之可觀牧齋遺筆，彌足珍貴。顧牧齋生平之求於關聖帝君者，有重於一己身家性命財產者。《牧齋雜著・牧齋有學集文鈔補遺》有牧齋〈關壯繆侯畫像贊〉一首，其詞曰：「惟壯繆侯，虎臣國士。王封帝號，崇我明祀。羯奴蛾賊，盜賊之靡。遊魂未滅，惟帝之恥。都山鐵刀，東沸黑水。長沙銅柱，肅鎮南紀。陰護金繩，陽燿玉璽。佑我皇明，億萬年只。」審其文詞，當係寫於明季，祈求關聖顯靈，外驅滿人，內殺流賊者也。牧齋此求，關帝未之應。

　　第三聯曰：「窮以文章爲苑囿，老將知契託蟲魚。」本聯上句應次聯上句，下句應次聯下句。「唐詩」集詩數萬首，洵爲詞章苑囿，可怡樂其中，而「蟲魚」考證注釋，不必即雕蟲小藝，猶有待博學洽聞之士如牧齋始能善其事。

　　末聯曰：「無終路阻重華遠，自合南村訂卜居。」本聯脫自陶淵明數詩。「無終」，陶公〈擬古〉九首其二云：「辭家夙嚴駕，當往志無終。問君今何行？非商復非戎。聞有田子春，節義為士雄。其人久已死，鄉里習其風。生有高世名，既沒傳無窮。不學狂馳子，直在百年中。」「無終」，田子春，節義之士，陶公所仰慕者。舊注云：「田疇，字子春，漢北平無終人，時董卓遷帝于長安，幽州牧劉虞欲遣使奔問行在，無其人聞。疇，奇士，乃署為從事。疇將行，道路阻絕，遂循間道至長安，致命詔拜騎都尉，疇以天子蒙塵遠，不可荷佩榮寵，固辭不受。得報還，虞已為公孫瓚所滅。疇謁虞墓，哭泣而去。瓚怒曰：『汝何不送報章於我！』疇答曰云云。瓚壯之，疇得北歸，遂入徐無山中。」「重華」，陶公〈詠貧士〉七首其三有句云：「重華去我久，貧士世相尋。」虞舜(重華)以聖人治世，天下太平，無貧窮之人，《莊子‧秋水》云：「當堯舜而天下無窮人。」今重華遠去，只餘貧士不斷「相尋」。牧齋本句乃謂欲遠舉求友節義之士不得，且貧如陶公之所詠。末句錢曾失注。「南村卜居」云云，脫自陶公〈移居〉二首其二：「昔欲居南村，非為卜其宅。聞多素心人，樂與數晨夕。懷此頗有年，今日從茲役。弊廬何必廣，取足蔽床席。鄰曲時時來，抗言談在昔。奇文共欣賞，疑義相與析。」牧齋寫此句以謝定遠、夕公、遵王除夕夜之過訪也。牧齋以心地純潔、淡泊世情之「素心人」視數子，願與為鄰，晨夕相見，共賞奇文，相析疑義也。

其四十三

　　繕經點勘判年工，頭白書生硯削同。

　　豈有鉤深能摸象，卻愁攻苦類雕蟲。

　　牢籠世界蓮花裏，磨耗生涯貝葉中。

　　歲酒酌殘兒女鬧，犍椎聲殷一燈紅。

【箋釋】

　　牧齋於生命之最後十餘年間，花大力氣著成《心經》、《金剛經》、《楞嚴經》、《華嚴經》諸疏解。〈病榻消寒〉詩本首乃牧齋回憶年來注經甘苦之作。牧齋寫本詩時，《心經》、《金剛》、《楞嚴》諸疏已付梓人，本詩之詠，或專指《華嚴經疏鈔》，此牧齋治佛書之最後一種。《金譜》康熙二年(1663)條末云：「《華嚴經注》亦輟簡」。

　　諸經疏中，牧齋之製《大佛頂首楞嚴經疏蒙鈔》，自創始至付梓，前後歷十載光陰，五易其稿，期間艱辛備嘗，於佛學功德無量，亦最能見出牧齋於佛學著述之精勤。牧齋治佛經之時節因緣，其中之艱難，於數篇《佛頂蒙鈔》之「緣起」、「後記」文字中有懇切之敘述，其言曰：「萬曆己亥[1599]之歲，蒙年一十有八，我神宗顯皇帝二十有七年也。帖括之暇，先宮保命閱《首楞嚴經》。中秋之夕，讀眾生業果一章，忽發深省，寥然如涼風振簫，晨鐘扣枕。夜夢至一空堂，世尊南面凝立，眉間白毫相光，昱昱面門。佛身衣袂，皆湧現白光中。旁有人傳呼禮佛，蒙趨進禮拜已，手捧經函，中貯《金剛》、《楞嚴》二經，《大學》一書。世尊手取《楞嚴》，壓《金剛》上，仍面命曰：『世人知持誦《金剛》福德，不知持誦《楞嚴》，福德尤大。』蒙復跪接經函，肅拜而起。既寤，金口圓音，落落在耳。由是憶想隔生，思惟昔夢。染神浹骨，諦信不疑矣。」其開悟之神異如此。然令牧齋之發願注經，猶待五十年後庚寅(1650)冬絳雲樓之一火。牧齋云：「庚寅之冬，不戒於火，五車萬卷，蕩為劫灰。佛像經廚，火燄輒返。金容梵夾，如有神護。震悼良久，蹶然憬悟。是誠我佛世尊，深慈大悲，愍

我多生曠劫，遊盤世間文字海中，沒命洄淵，不克自出。故遣火頭金剛猛利告報，相拔救耳。剋念瘡疣，痛求對治。刿心發願，誓盡餘年，將世間文字因緣，迴向般若。憶識誦習，緣熟是經，覽塵未忘，披文如故。撫劫後之餘燼，如寤時人說夢中事。開夢裡之經函，如醒中人取夢中物。此《佛頂蒙鈔》一大緣起也。」（《牧齋雜著‧牧齋有學集文鈔補遺‧大佛頂首楞嚴經疏蒙鈔緣起論》）牧齋此〈緣起〉署年「闕逢敦牂」，即甲午，1654年，在庚寅絳雲火災後五年，書於《佛頂蒙鈔》稿之初成。數年後，牧齋又云：「蒙之鈔是經也，創始於辛卯[1651]歲之孟陬月，至今年[1657]中秋而始具草。歲凡七改，稿則五易矣。七年之中，疾病侵尋，禍患煎逼，僦居促數，行旅喧呶，無一日不奉經與俱。細雨孤舟，朔風短檠，曉窗雞語，秋戶蟲吟。暗燭暈筆，殘膏漬紙，細書欹格，夾注差行。每至目輪火爆，肩髀石壓，氣息交綴，懂而就寢。蓋殘年老眼，著述之艱難若此。今得潰於成焉，幸矣！」（《文鈔補遺‧〔《大佛頂首楞嚴經疏蒙鈔》〕後記》）知至順治十四年（1657）中秋，《佛頂蒙鈔》五削稿矣。後數年，牧齋又云：「踰三年己亥[1659]，江村歲晚，覆視舊稿，良多踳駁。抖擻筋力，刊定繕寫。寒燈闇淡，老眼昏花，五閱月始輟簡。……明歲〔順治十八年，1661〕，余年八十，室人勸請流通法寶，以報佛恩，遂勉狥其意。」（《文鈔補鈔‧〔《大佛頂首楞嚴經疏蒙鈔》〕重記》）則牧齋之撰《佛頂蒙鈔》，歷時幾十載始成，六易其稿。牧齋於是書耗費心血之巨，思之令人動容。

　　牧齋〈病榻消寒〉本詩首聯曰：「繙經點勘判年工，頭白書生硯削同。」「點勘」，點校也。韓愈〈秋懷〉詩十一首其七句云：「不如覷文字，丹鉛事點勘。」「判年」猶半年，牧齋之製《佛頂蒙鈔》費時幾一紀，其言「判年」者，或指其付梓前於順治十六年（1659）最後一次整稿所耗時間（「五閱月始輟簡」），或指其治《華嚴經疏鈔》費時半年。「硯削」，「摩研編削」之謂，典出《後漢書‧蘇竟傳》：「〔竟〕王莽時，〔與〕劉歆等共典校書……與龔書〔劉歆兄子〕曉之曰：『君執事無恙。走昔以摩研編削之才，與國師公從事出入，校定秘書……。』」注云：「《說文》曰：『編，次也。』削謂簡也，一曰削書刀也。」「摩研」，切磋研究也。「編削」，編次簡冊也。此聯狀己之辛勤注經。《錢牧齋先生尺牘》卷一載〈與趙月潭〉書，有語云：「別後掩跡荒村，自了繙

經公案。寒燈午夜，雞鳴月落，揩摩老眼，鑽穴貝葉。人世有八十老書生，未了燈窗夜債，如此矻矻不休者乎？朔風日競，青陽逼除。俯仰乾坤，又將王正。」所述適本詩此聯情狀。

　　次聯曰：「豈有鉤深能摸象，卻愁攻苦類雕蟲。」此牧齋自謙之詞，謂經義精深，雖黽勉爲之，猶恐未得正解。「鉤深」，「鉤深致遠」，出《易・繫辭上》：「探賾索隱，鉤深致遠，以定天下之亹亹者，莫大乎蓍龜。」「摸象」，永明延壽《心賦注》注引《大涅槃經》云：「明眾盲摸象，各說異端，不見象之真體，亦況錯會般若之人。依通見解，說相似般若，九十六種外道，及三乘學者，禪宗不得旨人，並是不見象之真體。唯直下見心性之人，如晝見色，分明無惑，具己眼者，可相應矣。」「雕蟲」云云，揚雄《法言・吾子》云：「或問：『吾子少而好賦。』曰：『然。童子雕蟲篆刻。』俄而曰：『壯夫不爲也。』」牧齋用此取其「雕蟲篆刻」之字面義以自謙抑也。

　　第三聯曰：「牢籠世界蓮花裏，磨耗生涯貝葉中。」「牢籠世界」，錢曾注引南朝齊王融〈三月三日曲水詩序〉「牢籠世界，彌壓山川」云云爲解。此二語實出《淮南子・本經訓》：「帝者體太一，王者法陰陽，霸者則四時，君者用六律。秉太一者，牢籠天地，彌壓山川……。」高誘注云：「牢，讀屋霤，楚人謂牢爲霤。彌山川，令出雲雨，復能壓止之也。」牧齋「牢籠世界」後置「蓮華裏」三字，則易此太一世界爲佛世界矣。《華嚴經・華藏世界品》云：「此上過佛刹微塵數世界，有世界，名：寶蓮華莊嚴；形如半月，依一切蓮華莊嚴海住，一切寶華雲彌覆其上，七佛刹微塵數世界圍遶，純一清淨，佛號：功德華清淨眼。」蓮華世界如此美好，而己則作佛奴，抖擻筋力爲佛經作疏解。（《有學集》卷十二〈贈歸玄恭八十二韻戲效玄恭體〉[1662]有句云：「吾老歸空門，賣身充佛使。貝葉開心花，明燈息意藥。三幡研精微，四輪徵恢詭。」）「磨耗」，損耗也。吳梅村〈周櫟園有墨癖蓄墨萬種歲除以酒澆之作祭墨詩友人王紫崖話其事漫賦二律〉其一結聯云：「磨耗年光心力短，只因躭誤楮先生。」是人各有「磨耗」生命之不同方式也。「貝葉」，貝多羅葉，梵語*pattra*之音譯，略稱貝多、貝葉，古印度以此種樹葉書寫經文，故佛經又稱貝葉經。宋釋法雲《翻譯名義集》卷三引《西域記》云：「南印建那補國北不遠有多羅樹林，三十餘

里。其葉長廣,其色光潤。諸國書寫,莫不采用。」

　　末聯曰:「歲酒酌殘兒女鬧,犍椎聲殷一燈紅。」前明天啓七年(1627),牧齋有〈丁卯元日〉之作,其詞云:「一樽歲酒拜庭除,稚子牽衣慰屏居。奉母猶欣餐有肉,占年更喜夢維魚。鉤簾欲迓新巢燕,滌硯還疏舊著書。旋了比鄰雞黍局,並無塵事到吾廬。」(見《初學集》卷4)三、四十年後,時日相近,牧齋依舊「硯削書生」,惟此時所疏之書已非前賢之「舊著書」,乃貝葉經也。「兒女鬧」,或脫自宋范成大詩。范成大〈冬至晚起,枕上有懷晉陵楊使君〉云:「新衣兒女鬧燈前,夢裡莊周正栩然。騎馬十年聽曉鼓,人生元有日高眠。」「犍椎」,又作犍遲、犍槌、犍抵,寺院敲打用之報時器具。《翻譯名義集‧犍椎道具篇》云:「阿難升講堂擊犍椎者,此是如來信鼓也。」此錢曾注所引,而阿難此事實出《佛說受新歲經》:「是時尊者阿難聞此語已,歡喜踊躍不能自勝,即升講堂手執犍槌,並作是說:『我今擊此如來信鼓,諸有如來弟子眾者盡當普集。』」是「受新歲日」號召眾如來弟子來集者也。則本聯上句言家人熱鬧過年,下句召弟子來集,歡樂度歲。

其四十四

> 滿堂歡笑解寒冰，紅燭青煙燄氣凝。
>
> 婦子報開新凍飲，兒童催放隔年燈。
>
> 舊朝左个憑宵夢，早拜東皇戒夙興。
>
> 銀榜南山煩遠祝，長筵朋酒爲君增。
>
> 歸玄恭送春聯云：「居東海之濱，如南山之壽。」

【箋釋】

　　本詩寫將近過年光景，兼謝弟子歸莊送贈春聯。詩中典故、難字不多，錢曾注卻治絲愈棼。

　　詩首聯曰：「滿堂歡笑解寒冰，紅燭青煙燄氣凝。」文從字順，過年老少闔家團圓，「滿堂歡笑」，祭竈祭祖，故「紅燭青煙」點燃縈繞。此「歡笑」、「燄氣」足以解寒冰。「解寒冰」，錢曾引韓愈〈贈張籍〉詩「喜氣排寒冰」作解，誤字。〈贈張籍〉詩句應作「喜氣排寒冬」。

　　次聯曰：「婦子報開新凍飲，兒童催放隔年燈。」此聯承上聯意，寫「婦子」、「兒童」喧騰，歡笑一堂。孟春之月，《禮記・月令》云：「東風解凍，蟄蟲始振，魚上冰，獺祭魚，鴻雁來。」上句「報開新凍飲」云云，應是喻春意萌發，寒冰漸解。錢曾注引《楚辭》宋玉〈招魂〉：「挫糟凍飲，酎清涼些！」王逸注云：「凍，冰也。」錢曾此注，真「失時」之極。牧齋句寫孟春之事，錢曾卻以盛夏之故實以解。〈招魂〉句「凍」爲「冰」，「糟」爲「酒滓」，可以「凍飲」。宋洪興祖《楚辭補注》卷九云：「言盛夏則爲覆蘪乾釀，提去其糟，但取清醇，居之冰上，然後飲之。酒寒涼，又長味，好飲也。」知此爲盛夏飲「冰鎮」之酒，何得移以言牧齋句中之春飲？下句「隔年燈」，錢曾注引周密《武林舊事》「自去歲九月賞菊燈之後，迤邐試燈，謂之預賞」云云作解。周密所記實南宋臨安(杭州)元夕「禁中」舊事，引以注牧齋本句似無必要。江南一帶素有觀燈、賞月、猜燈謎習俗，而常熟元宵燈會、虞山尚湖觀燈亦遠近知名。

「隔年」猶舊年，新歲即至，兒童急不及待，催大人張燈結綵以玩樂也。

第三聯曰：「舊朝左个憑宵夢，早拜東皇戒夙興。」「左个」，《禮記·月令》云：「孟春之月……天子居青陽左个。」舊注云：「青陽左个，大寢東堂北偏。」牧齋此句似言昔日奉帝君之歲月早逝，而今只能於「宵夢」中重溫。一宵之後即元旦，故有下句之對。「東皇」，錢曾注引屈原〈九歌·東皇太乙〉五臣注云：「太乙，星名，天之尊神。祠在楚東，以配東帝，故曰東皇。」此注大可不必。「東皇」，司春之神，《尚書緯》云：「春爲東皇，又爲青帝。」「戒夙興」，戒夙興夜寐。《詩·大雅·抑》云：「夙興夜寐，灑埽庭內，維民之章。」孔穎達疏云：「侵早而起，晚夜而寐，灑埽室庭之內。」《詩·小雅·小宛》云：「題彼脊令，載飛載鳴。我日斯邁，而月斯征。夙興夜寐，無忝爾所生。」大臣夙興上朝，勞謙日昃，牧齋已無王事須效勞，大可晏眠，故曰「戒」。

末聯曰：「銀牓南山煩遠祝，長筵朋酒爲君增。」後置小注云：「歸玄恭送春聯云：『居東海之濱，如南山之壽。』」「牓」本指「牓額」、「匾額」，此處指歸玄恭所送之春聯，所書字許是以銀粉寫成，故曰「銀牓」。錢曾卻引《太平御覽·神異經》「東明山有宮，墻面一門，門有銀牓」云云作解，眞不知所云。（錢曾引未完，後尚有「以青石碧鏤，題曰『天地長男之宮』」之語。）「長筵」，曹植〈名都篇〉云：「鳴儔嘯匹侶，列坐竟長筵。」「朋酒」，朋酒之會，《晉書·陶潛傳》：「性不解音，而畜素琴一張，弦徽不具，每朋酒之會，則撫而和之……。」牧齋寫此聯以謝歸玄恭寄贈春聯祝福，並邀其來虞山喝春酒也。

歸玄恭（1613-1673），名莊，號恆軒，崑山人，明清之際詩人、書家、大怪人。王德森《崑山明賢畫像傳贊》云：「〔玄恭〕爲人豪邁尙氣節。年十四，補諸生。縱覽六藝百家之書，尤精《司馬兵法》。既遭家難，遂棄儒冠，浪跡江湖間。嘗南渡錢塘，北涉江淮，所至遇名山川，憑弔古今，輒大哭，見者驚怪，而公不顧也。與顧炎武齊名，時有歸奇顧怪之目。詩仿香山、劍南，而豪逸過之。善擘窠大字及狂草墨竹，醉後揮灑，旁若無人。年六十卒。太倉張應麟贊曰：『草聖張顚，酒狂阮籍，野服終身，嗜奇成癖』。」（見《歸莊集》附錄二「傳

略」)牧齋與歸氏一家「三世有緣」。玄恭乃歸有光曾孫。明清之際，牧齋推揚
歸有光不遺餘力，歸之學術文章始粲然於世。至玄恭謀刻歸有光全集，乃以體
例、編次之役請於牧齋。牧齋與玄恭父歸昌世（文休，1574-1645）為摯友，感情
篤厚（牧齋《初學集》卷四十有〈歸文休七十序〉、《有學集》卷三十二有〈歸
文休墓誌銘〉）。歸昌世歿於弘光元年（1645），生前已「筮日使三子端拜攝齋，
授經于余〔牧齋〕」。（見〈歸文休墓誌銘〉）牧齋歿而玄恭有〈祭錢牧齋先生
文〉，內云：「小子某，始也昧昧，及門之後，薰炙陶鎔。始知家學之當守，而
痛懲夫妄庸。二十餘年，談經問字，庶幾侯芭之與揚雄。」（見《歸莊集》卷8）
玄恭之身影，屢見於牧齋晚年詩文。《有學集》中，專為玄恭所作者，有卷五
〈冬夜假我堂文宴詩・和歸玄恭〉（1654）；卷十九〈歸玄恭恆軒集序〉（1656）；
卷九〈題歸玄恭僧衣畫像四首〉（1658）；卷四十九〈讀歸玄恭看花二記〉
（1661）；卷十二〈贈歸玄恭八十二韻戲效玄恭體〉（1662）；卷四十四〈原諱〉
（1662年或以後）；及〈病榻消寒雜咏〉本詩（1664）。玄恭拜牧齋為門下士，牧齋
喜甚，親近無間。牧齋康熙元年（1662）寫〈贈歸玄恭八十二韻戲效玄恭體〉詩首
云：「衰老寡朋舊，最愛玄恭子。玄恭亦昵余，不以老髦鄙。江村蓬藋鄉，一歲
數倒屣。懶病常畏人，蛛絲絡巾履。啄木嚮倉琅，柴門撼馬簠。無乃玄恭乎？招
延果然是。牽手共絕倒，豈但莞然喜。過從永夕夜，笑抃移日晷。子如汗血駒，
騰驤抹千里。憐我老識道，創殘重依倚。問我誦讀法，訪我述作軌。」可徵。牧
齋歿後，門生故舊有祭文以悼牧齋者，只二人，一為龔鼎孳，一即歸莊玄恭。牧
齋家難起，柳夫人自縊身亡，玄恭撩衣奮臂，聲討凶手。凡此種種，均可見玄恭
對牧齋之情義深長。玄恭〈祭錢牧齋先生文〉內云：「窺先生之意，亦悔中道之
委蛇，思欲以晚蓋，何天之待先生之酷，竟使之賷志以終。」洵為平情之論。
(牧齋與玄恭關係進一步之探究，請參本書上編〈陶家形影神〉一章)

　　歸玄恭春聯云：「居東海之濱，如南山之壽。」上句用《孟子・離婁上》
語：「伯夷辟紂，居北海之濱，聞文王作，興曰：『盍歸乎來！吾聞西伯善養老
者。』太公辟紂，居東海之濱，聞文王作，興曰：『盍歸乎來！吾聞西伯善養老
者。』天下之大老也，而歸之，是天下之父歸之也。天下之父歸之，其子焉往？
諸侯有行文王之政者，七年之內，必為政於天下矣。」玄恭「居東海之濱」云

云，應是取「天下之大老」之義以頌牧齋也。牧齋《有學集》卷十二〈秋日雜詩二十首〉(1662)其二十有句云：「馮生盍歸來？從我東海濱。」牧齋固亦以太公自喻也。「南山之壽」云云，《詩·小雅·天保》第六章云：「如月之恆，如日之升。如南山之壽，不騫不崩。如松柏之茂，無不爾或承。」玄恭援用以祝牧齋新歲安康，老如松柏，壽比南山。玄恭之春聯，弟子新正伊始之吉祥語也，大概如明人洪楩《清平山堂話本·花燈轎蓮花女成佛記》所云：「壽比南山，福如東海，佳期。從今後，兒孫昌盛，個個赴丹墀。」特陳寅恪《柳如是別傳》第一章「緣起」有語云：「又鄙意恆軒此聯，固用詩經孟子成語，但實從庾子山哀江南賦『畏南山之雨，忽踐秦庭。讓東海之濱，遂參周粟。』脫胎而來。其所注意在『秦庭』『周粟』，暗寓惋惜之深旨，與牧齋降清，以著書修史自解之情事最為切合。」過大年，陳公卻不「給假」，志士仁人君子仍須夙興夜寐，無忝所生，繼續「遺民」。陳氏之說固自成脈絡，惟其將如何解釋牧齋詩與玄恭春聯所構成之「詮釋循環」(hermeneutical circle)？

　　歸玄恭之春聯確有可疑，可疑處在其格律。「居東海之濱，如南山之壽」中，「濱」字平聲，「壽」字仄聲，若此為左右聯，則二句至少要對換位置始合對聯一般仄起平收之習慣。(雖然，春聯亦偶有不依此規律者。)頗疑牧齋詩後所錄者，為原聯之一部分，或即右聯，左聯並未錄出。此疑尚可求證於聯語中平仄聲之布置。「居東海之濱，如南山之壽」十字中，除上句第三字「海」及下句末字「壽」為仄聲外，全屬平聲，此大不尋常。愚意玄恭應有另十字以對，而於此對句中多置仄聲字，以救上聯平仄聲平衡之失調，並以顯其製聯技巧之高超也。

其四十五

　　新年八十又加三，老耄於今始學憨。

　　入眼歡娛應拾取，隨身煩惱好辭擔。

　　山催柳綠先含翠，水待桃紅欲放藍。

　　看取護花旛旋動，東風數日到江潭。

　　元旦二首。

【箋釋】

　　本首及下一首，牧齋自注云：「元旦二首。」確是春意盎然，充滿生趣。

　　本詩首聯曰：「新年八十又加三，老耄於今始學憨。」康熙三年甲辰（1664），牧齋八十三歲。「老耄」，《禮記·曲禮上》：「八十、九十曰耄，七年曰悼，悼與耄雖有罪，不加刑焉。」「憨」者，癡也。「學憨」，求其適意任情也，啓下一聯。

　　次聯曰：「入眼歡娛應拾取，隨身煩惱好辭擔。」日子波瀾不驚，自有喜樂年華，當心存感慰。「辭擔」，猶「棄擔」，《大智度論·大智度初品中》云：「〔經〕棄擔能擔。〔論〕五眾麁重常惱故，名爲『擔』。如佛所說：『何謂擔？五眾是擔。』諸阿羅漢此擔已除，以是故言『棄擔』。『能擔』者，是佛法中二種功德擔應擔：『一者、自益利，二者、他益利。』一切諸漏盡，不悔解脫等諸功德，是名自利益；信、戒、捨、定、慧等諸功德能與他人，是名利益他。是諸阿羅漢，自擔、他擔能擔，故名『能擔』。復次，譬如大牛壯力，能服重載；此諸阿羅漢亦如是，得無漏根、力、覺、道，能擔佛法大事擔。以是故諸阿羅漢名『能擔』。」牧齋句未必全依此佛學名義，只願「隨身煩惱」消，遠離憂患常安樂，自在清靜。

　　第三聯曰：「山催柳綠先含翠，水待桃紅欲放藍。」此望早日春回大地，青山綠水，綠水青山。

　　末聯曰：「看取護花旛旋動，東風數日到江潭。」《歲時風土記》云：「立

春之日，士大夫之家，剪綵爲小幡，謂之春幡。或懸於家人之頭，或綴於花枝之下。」「護花旛」事則出《太平廣記》卷四百十六載《酉陽雜俎》及《博異記》事，略云：唐天寶中處士崔玄微於洛東宅中，三更後有女子來訪，有綠裳者楊氏、李氏、陶氏、緋衣小女石阿措，色皆殊絕，滿座芳香，馥馥襲人。坐未定，報封十八姨來。乃命酒，各歌之送之。十八姨持盞，性頗輕挑，翻洒汗阿措衣，阿措作色，眾遂散去。明夜阿措復來，謂崔曰：「諸侶皆住苑中，每歲多被惡風所撓，居止不安，常求十八姨相庇。昨阿措不能依回，應難取力。」乃求崔每歲歲日，與作一朱幡，上圖日月五星之文，于苑東立之，則可免難。崔依其言，立幡。是日東風振地，自洛南折樹飛沙，而苑中繁花不動。崔乃悟。諸女曰姓楊李陶，及衣服顏色之異，皆眾花之精也。緋衣名阿措，即安石榴也。封十八姨，乃風神也。牧齋書此聯以祈神明庇護，風和日暖，繁花似錦。

其四十六

> 排日春光不暫停，憑將笑口破沉冥。
> 苔邊鶴跡尋孤衲，花底鶯歌拉小伶。
> 天曳酒旗招綠醑，星中參宿試紅燈。
> 條風未到先開凍，閒殺凌人問斬冰。

【箋釋】

此首乃牧齋「元旦二首」之二，亦〈病榻消寒雜咏四十六首〉最後一首。

首聯曰：「排日春光不暫停，憑將笑口破沉冥。」「排日」，每日、逐日之意。陸游〈夢與數客劇飲或請賦詩予已大醉縱筆一絕覺而錄之〉云：「高談雄辯憑陵酒，豪竹哀絲蹴蹋春。占斷名園排日醉，不教虛作太平人。」又有〈小飲梅花下作〉云：「脫巾莫歎髮成絲，六十年間萬首詩。排日醉過梅落後，通宵吟到雪殘時。偶容後死寧非幸，自乞歸耕已憾遲。青史滿前閒即讀，幾人爲我作蓍龜。」「沉冥」，錢曾注引揚雄《法言・問明》云：「蜀莊沉冥。」並吳祕注云：「晦跡不仕，故曰沉冥。」實則此語不煩出注，讀如字即可。「沉冥」，昏暗、幽暗也。春回大地，笑口開，送走昏暗冬日也。

次聯曰：「苔邊鶴跡尋孤衲，花底鶯歌拉小伶。」本聯上句應是自白居易〈小臺〉詩化出。白詩云：「新樹低如帳，小臺平似掌。六尺白藤床，一莖青竹杖。風飄竹皮落，苔印鶴跡上。幽境與誰同，閒人自來往。」牧齋詩中之幽境則野鶴與「孤衲」共徘徊。此句寂靜，對句則熱鬧。「花底」百囀歌者，不辨爲春鶯抑小伶。

第三聯曰：「天曳酒旗招綠醑，星中參宿試紅燈。」「酒旗」，星座名，《晉書・天文志上》云：「軒轅右角南三星曰酒旗。酒官之旗也。主宴饗飲食。五星守酒旗，天下大餔。」酒旗星於天上曳動，誘人間品嘗美酒。皮日休〈酒中十詠・酒星〉云：「誰遣酒旗耀，天文列其位。彩微嘗似醺，芒弱偏如醉。」「綠醑」，美酒也，色綠。白居易〈戲招諸客〉詩云：「黃醅綠醑迎冬熟，絳帳

紅爐逐夜開。誰道洛中多逸客，不將書喚不曾來。」「參宿」，二十八宿之一，《呂氏春秋・孟春紀・正月紀》云：「孟春之月，日在營室，昏參中，且尾中。」高誘注云：「參，西方宿，晉之分野。尾，東方宿，燕之分野。是月昏旦時，皆中於南方。」古參宿又稱福祿壽三星、將軍星，參宿乃其中之壽星，所謂「三星高照，新年來到」。參宿甚明耀，故有人間「紅燈」之聯想。聯中寫星是襯托，「綠醅」、「紅燈」寫實，過年熱鬧取樂也。

末聯曰：「條風未到先開凍，閒殺凌人問斬冰。」「條風」，又名融風，主立春四十五日，《史記・律書》云：「條風居東北，主出萬物。條之言條治萬物而出之，故曰條風。」《淮南子・天文訓》云：「何謂八風？距日冬至四十五日，條風至；條風至四十五日，明庶風至。」又云：「條風至，則出輕繫，去稽留；明庶風至，則正封疆，修田疇；清明風至，則出幣帛，使諸侯。」「凌人」，周代官名，掌管藏冰之事。《周禮・天官・凌人》：「凌人，掌冰；正歲十有二月，令斬冰，三其凌。」（「三其凌」，三其室也。）牧老感春意融融，興致高，乃幽「凌人」一默。寒冰已解，氣濡水，「凌人」無冰可斬，故曰「閒殺」。牧齋寫此詩時為元旦日，春冰未解，遲日猶寒，特過年高興，欣然發此快語耳。

（2010年歲次庚寅孟秋之月稿成於臺北溫州街「路上撿到一隻貓」咖啡館）

後記

　　本書於過去數年間斷續寫成。感謝中央研究院提供近乎理想的研究環境與資源；中國文哲研究所同仁們的支持、厚愛，以及問難；臺、港、中、美眾多師友、同好的惕勵；母親、家人無條件的愛、包容(與縱容)；聽過我講牧齋以及其他明清之際詩人的課的同學們；我來臺服務以來先後助理們認真不懈的工作……。中心藏之，無日忘之。

　　不能不特別感謝業師孫康宜教授(Prof. Kang-i Sun Chang)及前輩學者謝正光教授(Prof. Andrew Hsieh)。年來每有疑義難解處，未敢自信者，輒電郵呈政於二位教授。總是很快便收到二師的回覆，予以鼓勵、去疑解惑、分享文獻，不一而足，啟我助我良多！師恩浩瀚，永銘於心。中研院出版委員會聘任之二位匿名審查人，耐心讀完近三十萬字的書稿，提供善意、中肯的修改建議，使得本書更臻完善，不勝感激之至。

　　還有臺北溫州街咖啡館善良的小友們，知道我眼睛不好，總是把有燈光的桌子讓給我，有你們真好。這是我寫牧齋的第二本書，十多年前在美東榆城陪伴我開始苦讀牧齋的愛貓南子(Nancy)，已經飛到彩虹橋了，如果她能看到書的出版，會有多好。

　　歲月倥傯，猙獰如虎靜如秋，直到今天我仍能安靜平和地讀詩，是好的。

Halloween 2011, Taipei City

參考書目

丁功誼，《錢謙益文學思想研究》（上海：上海古籍出版社，2006）。

川合康三，蔡毅譯，《中國的自傳文學》（北京：中央編譯出版社，1999）。

大慧宗杲，《大慧普覺禪師語錄》，收入大藏經刊行會編，《大正新脩大藏經》
　　（台北：新文豐出版公司），1983年影印大正13年至昭和9年大正一切經刊行
　　會排印本，第47冊。

《大智度論》，收入大藏經刊行會編，《大正新脩大藏經》（台北：新文豐出版
　　公司），1983年影印大正13年至昭和9年大正一切經刊行會排印本，第25
　　冊。

方良，〈清初錢謙益、柳如是到德州考辯〉，《常熟理工學院學報(哲學社會科
　　學)》，第9期，2008年9月，頁118-120。

＿＿，《錢謙益年譜》（北京：線裝書局，2007）。

＿＿，〈錢謙益清初行蹤考〉，《江南大學學報(人文社會科學版)》第4卷第4
　　期，2005年8月，頁45-48。

王抃，《王巢松年譜》（上海：上海書店），1994年《叢書集成續編》，史部第37
　　冊影印吳中文獻小叢書。

王維，趙殿成注，《王右丞集箋注》（台北：臺灣商務印書館），1983年《景印文
　　淵閣四庫全書》影印國立故宮博物院藏本，第1971冊。

王弼，韓康伯注，陸德明音義，孔穎達疏，《周易注疏》（台北：臺灣商務印書
　　館），1983年《景印文淵閣四庫全書》影印國立故宮博物院藏本，第7冊。

王嘉，《拾遺記》（台北：臺灣商務印書館），1983年《景印文淵閣四庫全書》影
　　印國立故宮博物院藏本，第1042冊。

王豫、阮亨輯，《淮海英靈續集》（上海：上海古籍出版社），1995年《續修四庫
　　全書》，第1682冊影印清道光刻本。

王鏊，《姑蘇志》（台北：臺灣商務印書館），1983年《景印文淵閣四庫全書》影
　　印國立故宮博物院藏本，第493冊。

王十朋，《東坡詩集註》（台北：臺灣商務印書館），1983年《景印文淵閣四庫全
　　書》影印國立故宮博物院藏本，第1109冊。

王夫之，《薑齋詩話》，《清詩話》（上海：上海古籍出版社，1963）。

王士禛，袁世碩主編：《王士禛全集》（濟南：齊魯書社，2007）。

王兆鰲纂修，《朝邑縣後志》（台北：成文出版社），1969年《中國方志叢書》，
　　華北地方陝西省第241號據清嘉慶間重刊康熙五十一年(1712)刊本影印。

王時敏，《王煙客集》（蘇州：振新書社，1916）。

王鍾翰點校，《清史列傳》（北京：中華書局，1987）。

王錫爵，《王文肅公文集》（北京：北京出版社），2000年《四庫禁燬書叢刊》，
　　第7-8冊影印北京大學圖書館藏明萬曆王時敏刻本。

王應奎輯，《海虞詩苑》，清乾隆二十四年(1759)王氏家刊本。

王寶仁編，《奉常公年譜》（北京：北京圖書館出版社），1998年《北京圖書館藏
　　珍本年譜叢刊》，第66冊影印清道光十八年(1838)刻本。

公羊高，何休解詁，徐彥疏，陸德明音義，《春秋公羊傳注疏》（台北：臺灣商
　　務印書館），1983年《景印文淵閣四庫全書》影印國立故宮博物院藏本，第
　　145冊。

元好問，《遺山集》（台北：臺灣商務印書館），1983年《景印文淵閣四庫全書》
　　影印國立故宮博物院藏本，第1191冊。

孔安國傳，陸德明音義，孔穎達疏，《尚書注疏》（台北：臺灣商務印書館），
　　1983年《景印文淵閣四庫全書》影印國立故宮博物院藏本，第54冊。

仇兆鰲，《杜詩詳註》（台北：臺灣商務印書館），1983年《景印文淵閣四庫全
　　書》影印國立故宮博物院藏本，第1070冊。

毛亨傳，鄭玄箋，孔穎達疏，陸德明音義，《毛詩注疏》（台北：臺灣商務印書
　　館），1983年《景印文淵閣四庫全書》影印國立故宮博物院藏本，第69冊。

毛奇齡，《西河合集》，中央研究院傅斯年圖書館藏清康熙間李塨等刊蕭山陸凝瑞堂藏板本。

文翔鳳，《皇極篇》（北京：北京出版社），2000年《四庫禁燬書叢刊》，集部第49冊影印天津圖書館藏明萬曆刻本。

田雯，《古歡堂集》（山東：山東大學），2006年《山東文獻集成》，第1輯第35冊影印山東省圖書館藏清康熙間德州田氏刻本。

白居易，《白氏長慶集》（台北：臺灣商務印書館），1983年《景印文淵閣四庫全書》影印國立故宮博物院藏本，第1081冊。

司馬遷，裴駰集解，司馬貞索隱，張守節正義，《史記》（北京：中華書局，1959）。

左丘明傳，杜預注，孔穎達疏，陸德明音義，《春秋左傳注疏》（台北：臺灣商務印書館），1983年《景印文淵閣四庫全書》影印國立故宮博物院藏本，第143-144冊。

米歇爾・傅柯（Michel Foucault），余碧平譯，《性經驗史》（增訂版）（上海：上海人民出版社，2002）。

艾瑪紐埃爾・勒維納斯（Emmanuel Lévinas），余中先譯，《上帝・死亡和時間》（Dieu, la mort et le temps）（北京：三聯書店，1997）。

吉川幸次郎，《吉川幸次郎全集》（東京：筑摩書屋，1970）。

李白，《李太白文集》（台北：臺灣商務印書館），1983年《景印文淵閣四庫全書》影印國立故宮博物院藏本，第1066冊。

李昉編，《太平廣記》（台北：臺灣商務印書館），1983年《景印文淵閣四庫全書》影印國立故宮博物院藏本，第1043-1046冊。

李軌，柳宗元注，宋咸、吳祕、司馬光添注，《揚子法言》（台北：臺灣商務印書館），1983年《景印文淵閣四庫全書》影印國立故宮博物院藏本，第696冊。

李肇，《唐國史補》（台北：臺灣商務印書館），1983年《景印文淵閣四庫全書》影印國立故宮博物院藏本，第1035冊。

李燾，《續資治通鑑長編》（台北：臺灣商務印書館），1983年《景印文淵閣四庫

全書》影印國立故宮博物院藏本，第314-322冊。

李元春，《河濱遺書抄》（上海：上海古籍出版社），2010年《清代詩文集彙編》，第34冊據清嘉慶謝蘭佩謝澤刻本影印。

李格非，《洛陽名園記》（台北：臺灣商務印書館），1983年《景印文淵閣四庫全書》影印國立故宮博物院藏本，第587冊。

杜聯喆，《明人自傳文鈔》（台北：藝文印書館，1977）。

何晏集解，刑昺疏，陸德明音義，《論語注疏》（台北：臺灣商務印書館），1983年《景印文淵閣四庫全書》影印國立故宮博物院藏本，第195冊。

何乏筆(Fabian Heubel)，〈自我發現與自我創造——關於哈道特和傅柯修養論之差異〉，收入黃瑞祺主編，《後學新論：後現代／後結構／後殖民》（台北：左岸文化，2003）。

_____，〈從性史到修養史——論傅柯《性史》第二卷中的四元架構〉，《歐美研究》，第32卷第3期，2002年9月，頁437-467；又收入黃瑞祺主編，《後學新論：後現代／後結構／後殖民》（台北：左岸文化，2003）。

何齡修，〈《柳如是別傳》讀後〉，《五庫齋清史叢稿》（北京：學苑出版社，2004）。

志磐，《佛祖統紀》，收入大藏經刊行會編，《大正新脩大藏經》（台北：新文豐出版公司)1983年影印大正13年至昭和9年大正一切經刊行會排印本，第49冊。

沈約，《宋書》（北京：中華書局，1974）。

汪世清，〈石濤生平的幾個問題——石濤散考之一〉，《卷懷天地自有真——汪世清藝苑查疑補證散考》（台北：石頭出版股分有限公司，2006）。

宋琬，辛鴻義、趙家斌點校，《宋琬全集》（濟南：齊魯書社，2003）。

孟元老，《東京夢華錄》（台北：臺灣商務印書館），1983年《景印文淵閣四庫全書》影印國立故宮博物院藏本，第589冊。

金鶴沖，《錢牧齋先生年譜》，收入錢謙益著，錢曾箋注，錢仲聯標校，《錢牧齋全集》（上海：上海古籍出版社，2003）。

房玄齡，《晉書》（北京：中華書局，1974）。

范成大，《石湖詩集》（台北：臺灣商務印書館），1983年《景印文淵閣四庫全書》影印國立故宮博物院藏本，第1159冊。

＿＿＿＿＿，《吳郡志》（台北：臺灣商務印書館），1983年《景印文淵閣四庫全書》影印國立故宮博物院藏本，第485冊。

范景中、周書田編，《柳如是事輯》（杭州：中國美術出版社，2002）。

范曄，司馬彪撰志，李賢注，劉昭注志，《後漢書》（北京：中華書局，1965）。

宗懍，《荊楚歲時記》（台北：臺灣商務印書館），1983年《景印文淵閣四庫全書》影印國立故宮博物院藏本，第589冊。

《佛光大辭典》（高雄：佛光出版社，1988）。

竺法護譯，《佛說受新歲經》，收入大藏經刊行會編，《大正新脩大藏經》（台北：新文豐出版公司），1983年影印大正13年至昭和9年大正一切經刊行會排印本，第1冊。

吳偉業，李學穎集評標校，《吳梅村全集》（上海：上海古籍出版社，1999）。

吳言生，《禪宗詩歌境界》（北京：中華書局，2001）。

《法苑珠林》，收入大藏經刊行會編，《大正新脩大藏經》（台北：新文豐出版公司），1983年影印大正13年至昭和9年大正一切經刊行會排印本，第53冊。

佛馱跋陀羅譯，《大方廣佛華嚴經》，收入大藏經刊行會編，《大正新脩大藏經》（台北：新文豐出版公司，1983），第9冊。

＿＿＿＿＿＿＿＿，《佛說觀佛三昧海經》，收入大藏經刊行會編，《大正新脩大藏經》（台北：新文豐出版公司，1983），第15冊。

周在浚輯，《賴古堂名賢尺牘新鈔・藏弄集》（北京：北京出版社），2000年《四庫禁燬書叢刊》，集部第36冊據清華大學圖書館藏清康熙賴古堂刻本影印。

韋昭注，《國語》（台北：臺灣商務印書館），1983年《景印文淵閣四庫全書》影印國立故宮博物院藏本，第406冊。

胡幼峰，《清初虞山派詩論》（台北：國立編譯館，1994）。

胡仔，《漁隱叢話》（台北：臺灣商務印書館），1983年《景印文淵閣四庫全書》

影印國立故宮博物院藏本，第1480冊。

洪興祖，《楚辭補註》（台北：臺灣商務印書館），1983年《景印文淵閣四庫全書》影印國立故宮博物院藏本，第1062冊。

計六奇，《明季南略》（北京：中華書局，1984）。

計敏夫，《唐詩紀事》（台北：臺灣商務印書館），1983年《景印文淵閣四庫全書》影印國立故宮博物院藏本，第1479冊。

柳宗元，《柳河東集》（台北：臺灣商務印書館），1983年《景印文淵閣四庫全書》影印國立故宮博物院藏本，第1076冊。

姚寬，《西溪叢語》（台北：臺灣商務印書館），1983年《景印文淵閣四庫全書》影印國立故宮博物院藏本，第850冊。

施閏章，《學餘堂文集》（台北：臺灣商務印書館），1983年《景印文淵閣四庫全書》影印國立故宮博物院藏本，第1313冊。

孫之梅，《錢謙益與明末清初文學》（濟南：齊魯書社，1996）。

班固，顏師古注，《漢書》（北京：中華書局，1962）。

馬縞，《中華古今註》（台北：臺灣商務印書館），1983年《景印文淵閣四庫全書》影印國立故宮博物院藏本，第850冊。

馬端臨，《文獻通考》（台北：臺灣商務印書館），1983年《景印文淵閣四庫全書》影印國立故宮博物院藏本，第610-616冊。

祝穆，《古今事文類聚》（台北：臺灣商務印書館），1983年《景印文淵閣四庫全書》影印國立故宮博物院藏本，第925-929冊。

柴德賡，〈明末蘇州靈岩山愛國和尚弘儲〉，《史學叢考》（北京：中華書局，1982）。

夏詒鈺等纂修，《永年縣志》（台北：成文出版社），1969年《中國方志叢書》，華北地方河北省第187號影印清光緒三年(1877)年刊本。

清高宗，《御製詩集‧三集》（台北：臺灣商務印書館），1983年《景印文淵閣四庫全書》影印國立故宮博物院藏本，第1302-1331冊。

清聖祖御定，《御定全唐詩》（台北：臺灣商務印書館），1983年《景印文淵閣四庫全書》影印國立故宮博物院藏本，第1423-1431冊。

黃宗羲，《黃梨洲詩集》（香港：中華書局，1977）。

＿＿＿＿，沈善洪主編，《黃宗羲全集》（杭州：浙江古籍出版社，2005）。

黃瑞祺，〈自我修養與自我創新：晚年傅柯的主體／自我觀〉，《後學新論：後現代／後結構／後殖民》（台北：左岸文化，2003）。

黃庭堅，《山谷集》（台北：臺灣商務印書館），1983年《景印文淵閣四庫全書》影印國立故宮博物院藏本，第1113冊。

郭象注，《莊子注》（台北：臺灣商務印書館），1983年《景印文淵閣四庫全書》影印國立故宮博物院藏本，第1056冊。

郭璞，《山海經》（台北：臺灣商務印書館），1983年《景印文淵閣四庫全書》影印國立故宮博物院藏本，第1042冊。

陳寅恪，《柳如是別傳》（上海：上海古籍出版社，1980）。

陳壽，裴松之注，《三國志》（北京：中華書局，1959）。

許慎，徐鉉增釋，《說文解字》（台北：臺灣商務印書館），1983年《景印文淵閣四庫全書》影印國立故宮博物院藏本，第223冊。

許自昌，《樗齋漫錄》（上海：上海古籍出版社），1997年《續修四庫全書》，子部，雜家類，第1133冊影印明萬曆刻本。

許德金、朱錦平，〈轉義〉，收入趙一凡等編，《西方文論關鍵詞》（北京：外語教學與研究出版社，2006）。

連瑞枝，〈錢謙益的佛教生涯與理念〉，《中華佛學學報》，第7期，1994年7月，頁315-371。

＿＿＿＿，《錢謙益與明末清初的佛教》（新竹：清華大學歷史研究所碩士論文，1993）。

陸游，《劍南詩藁》（台北：臺灣商務印書館），1983年《景印文淵閣四庫全書》影印國立故宮博物院藏本，第1162-1163冊。

陸友仁，《吳中舊事》（台北：臺灣商務印書館），1983年《景印文淵閣四庫全書》影印國立故宮博物院藏本，第590冊。

陸世儀，《復社紀略》（台北：明文書局），1991年《明代傳記叢刊》，第7冊影印排印本。

陸時化，《吳越所見書畫錄》（上海：上海古籍出版社），1997年《續修四庫全書》，子部第1068冊影印清乾隆懷烟閣刻本。

張翥，《蛻菴集》（台北：臺灣商務印書館），1983年《景印文淵閣四庫全書》影印國立故宮博物院藏本，第1215冊。

張伯偉，〈宮體詩與佛教〉，《禪與詩學》（浙江：浙江人民出版社，1992）。

陶潛，《陶淵明集》（台北：臺灣商務印書館），1983年《景印文淵閣四庫全書》影印國立故宮博物院藏本，第1063冊。

陶宗儀，《說郛》（台北：臺灣商務印書館），1983年《景印文淵閣四庫全書》影印國立故宮博物院藏本，第876-882冊。

馮琦原編，陳邦瞻增輯，《宋史紀事本末》（台北：臺灣商務印書館），1983年《景印文淵閣四庫全書》影印國立故宮博物院藏本，第353冊。

馮夢龍輯，《古今譚概》（上海：上海古籍出版社），1997年《續修四庫全書》，第1195冊。

葛萬里，《牧翁先生年譜》，收入雷瑨、君曜編，《清人說薈二編》（上海：掃葉山房，1917）。

傅雲龍、吳可主編，《船山遺書》（北京：北京出版社，1999）。

焦竑，《澹園集》（北京：中華書局，1999）。

《聖經》（香港：香港聖經公會，1970）。

道原纂，《景德傳燈錄》，收入大藏經刊行會編，《大正新脩大藏經》（台北：新文豐出版公司），1983年影印大正13年至昭和9年大正一切經刊行會排印本，第51冊。

楊連民，《錢謙益詩學研究》（北京：社會科學文獻出版社，2007）。

趙煜，《吳越春秋》（台北：臺灣商務印書館），1983年《景印文淵閣四庫全書》影印國立故宮博物院藏本，第463冊。

趙翼，《甌北詩話》，收入郭紹虞編選，富壽蓀校點，《清詩話續編》（上海：上海古籍出版社，1983）。

趙爾巽，《清史稿》（北京：中華書局，1976-1977）。

趙與時，《賓退錄》（台北：臺灣商務印書館），1983年《景印文淵閣四庫全書》

影印國立故宮博物院藏本，第853冊。

鳩摩羅什譯，《妙法蓮華經》，收入大藏經刊行會編，《大正新脩大藏經》（台北：新文豐出版公司），1983年影印大正13年至昭和9年大正一切經刊行會排印本，第9冊。

僧肇選，《注維摩詰經》，收入大藏經刊行會編，《大正新脩大藏經》（台北：新文豐出版公司），1983年影印大正13年至昭和9年大正一切經刊行會排印本，第38冊。

蔡營源，《錢謙益之生平與著述》（苗栗：作者自印，1976）。

裴世俊，《四海宗盟五十年》（北京：東方出版社，2001）。

_____，《錢謙益古文首探》（濟南：齊魯書社，1996）。

_____，《錢謙益詩歌研究》（銀川：寧夏人民出版社，1991）。

蕭統編，李善等注，《六臣註文選》（台北：臺灣商務印書館），1983年《景印文淵閣四庫全書》影印國立故宮博物院藏本，第1330-1331冊。

蕭馳，《抒情傳統與中國思想——王夫之詩學發微》（上海：上海古籍出版社，2003）。

蕭士瑋，《春浮園集》（北京：北京出版社），2000年《四庫禁燬書叢刊》，集部第108冊影印北京大學圖書館藏清光緒刻本。

劉安，高誘注，《淮南鴻烈解》（台北：臺灣商務印書館），1983年《景印文淵閣四庫全書》影印國立故宮博物院藏本，第848冊。

劉侗，《帝京景物略》（上海：上海古籍出版社），1997年《續修四庫全書》，第729冊影印明崇禎刻本。

劉昫，《舊唐書》（北京：中華書局，1975）。

劉歆，葛洪輯，《西京雜記》（台北：臺灣商務印書館），1983年《景印文淵閣四庫全書》影印國立故宮博物院藏本，第1035冊。

劉勰，《文心雕龍》（台北：臺灣商務印書館），1983年《景印文淵閣四庫全書》影印國立故宮博物院藏本，第1478冊。

劉子翬，《屏山集》（台北：臺灣商務印書館），1983年《景印文淵閣四庫全書》影印國立故宮博物院藏本，第1134冊。

劉禹錫，《劉賓客文集》（台北：臺灣商務印書館），1983年《景印文淵閣四庫全書》影印國立故宮博物院藏本，第1077冊。

劉義慶，劉孝標注，《世說新語》（台北：臺灣商務印書館），1983年《景印文淵閣四庫全書》影印國立故宮博物院藏本，第1035冊。

龍樹菩薩造，鳩摩羅什譯，《大智度論》，收入大藏經刊行會編，《大正新脩大藏經》（台北：新文豐出版公司），1983年影印大正13年至昭和9年大正一切經刊行會排印本，第25冊。

鮑照，《鮑明遠集》（台北：臺灣商務印書館），1983年《景印文淵閣四庫全書》影印國立故宮博物院藏本，第1063冊。

歐陽詢，《藝文類聚》（台北：臺灣商務印書館），1983年《景印文淵閣四庫全書》影印國立故宮博物院藏本，第887-888冊。

錢謙益，《列朝詩集小傳》（上海：上海古籍出版社，1983）。

_____，《楞嚴經疏解蒙鈔》，《卍新纂續藏經》（台北：新文豐出版公司），1987年，第13冊。

_____，錢曾箋注，錢仲聯標校，《牧齋有學集》（上海：上海古籍出版社，1996）。

_____，錢曾箋注，錢仲聯標校，《牧齋初學集》（上海：上海古籍出版社，1985）。

_____，錢曾箋注，錢仲聯標校，《錢牧齋全集》（上海：上海古籍出版社，2003）。

_____箋注，《錢注杜詩》（上海：上海古籍出版社，2009年第2版）。

盧之頤，《本草乘雅半偈》（台北：臺灣商務印書館），1983年《景印文淵閣四庫全書》影印國立故宮博物院藏本，第779冊。

盧世㴶，《尊水園集略》（上海：上海古籍出版社），1997年《續修四庫全書》，集部第1392冊影印清順治刻十七年(1660)盧孝餘增修本。

謝榛，《四溟詩話》（北京：中華書局），1985年影印《叢書集成初編》本。

謝正光，《清初詩文與士人交遊考》（南京：南京大學出版社，2001）。

_____，〈錢謙益奉佛之前後因緣及其意義〉，《清華大學學報(哲學社會科學

版)》第21卷，2006年第3期，頁13-30。

＿＿＿＿、范金民編，《明遺民錄彙編》（南京：南京大學出版社，1995）。

＿＿＿＿箋校，嚴志雄編訂，《錢遵王詩集箋校》（增訂版）（台北：中央研究院中國文哲研究所，2007）。

韓非，何犿注，《韓非子》（台北：臺灣商務印書館），1983年《景印文淵閣四庫全書》影印國立故宮博物院藏本，第729冊。

韓愈，馬其昶校注，馬茂元整理，《韓昌黎文集校注》（上海：上海古籍出版社，1987）。

＿＿＿，魏仲舉編，《五百家註昌黎文集》（台北：臺灣商務印書館），1983年《景印文淵閣四庫全書》影印國立故宮博物院藏本，第1074冊。

歸莊，《歸莊集》（上海：上海古籍出版社，1984）。

羅濬，《寶慶四明志》（台北：臺灣商務印書館），1983年《景印文淵閣四庫全書》影印國立故宮博物院藏本，第487冊。

嚴志雄，〈情慾的詩學——窺探錢謙益柳如是《東山酬和集》〉，收入王璦玲編，《明清文學與思想中之情、理、欲——文學篇》（台北：中央研究院中國文哲研究所，2009）。

＿＿＿＿，〈錢謙益攻排竟陵鍾、譚側議〉，《中國文哲研究通訊》第14卷第2期，2004年6月，頁93-119。

嚴耀中，《江南佛教史》（上海：上海人民出版社，2000）。

釋延壽，《心賦注》，《卍新纂續藏經》（台北：新文豐出版公司，1987），第63冊。

釋法雲，《翻譯名義集》，收入大藏經刊行會編，《大正新脩大藏經》（台北：新文豐出版公司），1983年影印大正13年至昭和9年大正一切經刊行會排印本，第54冊。

釋普濟，《五燈會元》，《卍新纂續藏經》（台北：新文豐出版公司，1987），第80冊。

釋普覺，《大慧普覺禪師語錄》，收入大藏經刊行會編，《大正新脩大藏經》（台北：新文豐出版公司），1983年影印大正13年至昭和9年大正一切經刊行

會排印本，第47冊。

釋覺範，《石門文字禪》（台北：臺灣商務印書館），1983年《景印文淵閣四庫全書》影印國立故宮博物院藏本，第1116冊。

釋義玄、慧然集，《鎮州臨濟慧照禪師語錄》，收入大藏經刊行會編，《大正新脩大藏經》（台北：新文豐出版公司），1983年影印大正13年至昭和9年大正一切經刊行會排印本，第47冊。

釋慧能述，宗寶編，《六祖大師法寶壇經》，收入大藏經刊行會編，《大正新脩大藏經》（台北：新文豐出版公司），1983年影印大正13年至昭和9年大正一切經刊行會排印本，第48冊。

顧嗣立編，《元詩選・初集》（台北：臺灣商務印書館），1983年《景印文淵閣四庫全書》影印國立故宮博物院藏本，第1468-1471冊。

Blake, William. *Blake: The Complete Poems* (Harlow, England; London: Pearson/ Longman, 2007).

Brook, Timothy. *Praying for Power: Buddhism and the Formation of Gentry Society in Late-Ming China* (Cambridge, Mass.: Harvard University Press, 1993).

Chang, Kang-i Sun. "Qian Qianyi and His Place in History." In Idema, Wilt. L., Wai-yee Li, and Ellen Widmer, eds. *Trauma and Transcendence in Early Qing Literature* (Cambridge [Massachusetts] and London: Harvard University Asia Center, 2006), pp. 199-219.

_____. *Six Dynasties Poetry* (Princeton, New Jersey: Princeton University Press, 1986).

Dardess, John W. *A Ming Society: T'ai-ho County, Kiangsi, in the Fourteenth to Seventeenth Centuries* (Berkeley & London: University of California Press, 1996).

Davidson, Arnold I. "Archaeology, Genealogy, Ethics." In Hoy, David Couzens, ed. *Foucault: A Critical Reader* (Oxford, UK & Cambridge, MA: Blackwell Publishers Ltd., 1986), pp. 221-33.

De Man, Paul. *The Rhetoric of Romanticism* (New York: Columbia University Press, 1984).

Dreyfus, Hubert L. and Paul Rabinow. *Michel Foucault: Beyond Structuralism and Hermeneutics* (Chicago: University of Chicago Press, 1982).

Folkenflik, Robert. *The Culture of Autobiography: Constructions of Self-Representation* (Stanford, California: Stanford University Press, 1993).

Foucault, Michel. "Technologies of the Self." In Rabinow, Paul, ed. Hurley, Robert & others, trans. *Ethics: Subjectivity and Truth* (New York: The New Press, 1997), pp. 223-51.

___. *The Use of Pleasure: The History of Sexuality: Volume 2*. Trans. Robert Hurley (London: Penguin Books, 1992).

Martin, Luther H., Huck Gutman & Patrick H. Hutton, eds. *Technologies of the Self: A Seminar with Michel Foucault* (Amherst: The University of Massachusetts Press, 1988).

Preminger, Alex et al., eds. *The New Princeton Encyclopedia of Poetry and Poetics* (Princeton, New Jersey: Princeton University Press, 1993).

Strozier, Robert M. *Foucault, Subjectivity and Identity: Historical Constructions of Subject and Self* (Detroit: Wayne State University Press, 2002).

Wittgenstein, Ludwig. *Prototractatus* (London: Routledge & Kegan Paul, 1971).

Wong, Siu-kit, trans. *Notes on Poetry from the Ginger Studio* (Hong Kong: The Chinese University Press, 1987).

Yim, Lawrence C. H.(嚴志雄) *The Poet-historian Qian Qianyi* (London & New York: Routledge, 2009).

Zhang, Longxi. *The Tao and the Logos: Literary Hermeneutics, East and West* (Durham & London: Duke University Press, 1992).

人名索引

中央研究院叢書

錢謙益〈病榻消寒雜咏〉論釋

2012年5月初版　　　　　　　　　　　　　　定價：新臺幣580元
2019年3月初版第二刷
有著作權·翻印必究
Printed in Taiwan.

著　　　者	嚴	志	雄
叢 書 主 編	沙	淑	芬
校　　　對	吳	美	滿
封 面 設 計	蔡	婕	岑

出 版 者　中　央　研　究　院
　　　　　聯經出版事業股份有限公司
地　　址　新北市汐止區大同路一段369號1樓
編輯部地址　新北市汐止區大同路一段369號1樓
叢書主編電話　(0 2) 8 6 9 2 5 5 8 8 轉 5 3 1 0
台北聯經書房　台 北 市 新 生 南 路 三 段 9 4 號
　　　電話　(0 2) 2 3 6 2 0 3 0 8
台中分公司　台 中 市 北 區 崇 德 路 一 段 1 9 8 號
暨門市電話　(0 4) 2 2 3 1 2 0 2 3
郵 政 劃 撥 帳 戶 第 0 1 0 0 5 5 9 - 3 號
郵 撥 電 話 (0 2) 2 3 6 2 0 3 0 8
印　刷　者　世 和 印 製 企 業 有 限 公 司
總　經　銷　聯 合 發 行 股 份 有 限 公 司
發　行　所　新北市新店區寶橋路235巷6弄6號2F
　　　電話　(0 2) 2 9 1 7 8 0 2 2

總 編 輯　胡　金　倫
總 經 理　陳　芝　宇
社　　長　羅　國　俊
發 行 人　林　載　爵

行政院新聞局出版事業登記證局版臺業字第0130號

本書如有缺頁，破損，倒裝請寄回台北聯經書房更換。　ISBN　978-986-03-2439-6 (精裝)
聯經網址 http://www.linkingbooks.com.tw
電子信箱 e-mail:linking@udngroup.com

國家圖書館出版品預行編目資料

錢謙益〈病榻消寒雜咏〉論釋/
嚴志雄著 . 初版 . 新北市 . 中研究、聯經 .
2012.05 . 432面 . 17×23公分 . (中央研究院叢書)
ISBN　978-986-03-2439-6（精裝）
[2019年3月初版第二刷]

1.（清）錢謙益　2.詩學 3.詩評. 4.注釋

851.472　　　　　　　　　　　101007495